पालि-व्याकरण

पालि-व्याकरण

डॉ. रामअवध पाण्डेय
डॉ. रविनाथ मिश्र

मोतीलाल बनारसीदास
दिल्ली, मुम्बई, चेन्नई, कोलकाता,
बंगलूरू, वाराणसी, पटना

*द्वितीय पुनर्मुद्रण: दिल्ली, **2018***
प्रथम संस्करण : 1977

ISBN: 978-81-208-3505-4 (सजिल्द)
ISBN: 978-81-208-3506-1 (अजिल्द)

मोतीलाल बनारसीदास

41 यू.ए. बंग्लो रोड, जवाहर नगर, दिल्ली 110 007
236, नाइंथ मेन, III ब्लॉक, जयनगर, बंगलूरू 560 011
1-बी, ज्योति स्टुडियो कम्पाउन्ड, केन्नेडी ब्रिज, नाना चौक, मुम्बई 400 007
203 रायपेट्टा हाई रोड, मैलापोर, चेन्नई 600 004
8 कैमेक स्ट्रीट, कोलकाता 700 017
अशोक राजपथ, पटना 800 004
चौक, वाराणसी 221 001

आर.पी. जैन के द्वारा एन ए बी प्रिंटिंग यूनिट,
ए-44, नारायणा, फेज़-1, नई दिल्ली 110 028 में मुद्रित
एवं जे.पी. जैन द्वारा मोतीलाल बनारसीदास
41 यू.ए., बंगलो रोड, जवाहर नगर, दिल्ली-110 007, के लिए प्रकाशित

प्रस्तावना

प्रस्तुत ग्रन्थ पालि भाषा का वर्णनात्मक व्याकरण है। इसमें केवल प्रथम अध्याय जिसमें पालि वर्ण संघटना और सन्धि की चर्चा है ऐतिहासिक पद्धति पर आधृत है और 'गायगर के पालिभाषा और साहित्य' की परम्परा का अनुसरण करता है। शेष अध्याय प्राचीन पालि व्याकरणों की वर्णनात्मक पद्धति का अनुसरण करते हैं। जिसमें कौन रूप किससे उद्भूत हैं, कैसे विकसित है, इसके ऊपर ध्यान न देकर जिस रूप में पालि भाषा है, उस समग्र रूप में एक एक रूप की क्या परस्पर सापेक्ष स्थिति है, इसी का निरूपण मुख्य उद्देश्य है। इस प्रकार यह पाणिनीय व्याकरण धारणा का अनुगामी है। प्राचीन पालि वैयाकरण भाषा की संघटना की स्वयं पूर्णता के प्रति उतने ही जागरूक थे, जितने कि आज के आधुनिक भाषा विज्ञानी। इसका मुख्य कारण यह है कि भारत में भाषा के प्रति जागरूकता केवल संस्कृत तक ही सीमित नहीं रही, वह पूरे देश की सांस्कृतिक चेतना का मुख्य अंग बनी। यह नहीं कि ऐतिहासिक बोध था नहीं। वररुचि का प्राकृतप्रकाश विश्व का प्रथम ऐतिहासिक तुलनात्मक व्याकरण है। पर प्राचीन वैयाकरण सबसे अधिक बल भाषा के समकालिक स्तर की स्वयम्पूर्णता पर देते रहे, इसका प्रमाण विहारीलाल के पारसीक-प्रकाश से मिलता है जो १७ वीं सदी में संस्कृत में लिखा हुआ फ़ारसी का अपने में पूर्ण वर्णनात्मक व्याकरण है। प्रस्तुत ग्रन्थ हिन्दी के माध्यम से उस परम्परा के अभिवर्धन का स्तुत्य प्रयास है।

पालि या प्राकृत भाषा का महत्त्व सम्प्रदायगत वाङ्मय की रक्षा की दृष्टि से जो सीमा में बँधता जा रहा है, वह पूरे देश के लिए चिन्ता का विषय है। ये भाषायें प्राचीन और आधुनिक के बीच की अनुपेक्षणीय कड़ी का काम करती हैं। पालि और शौरसेनी प्राकृत किस प्रकार सार्वदेशिक स्तर पर मानव भाषा के रूप में स्वीकृत होने के लिए इन दोनों भाषाओं ने अनेक बोलियों के मुहाविरों को आत्मसात् किया, किस प्रकार इन दोनों भाषाओं ने अपने को संस्कृत-परिष्कृत रूप में ढाल कर अपने को शास्त्रीय बनाया। शौरसेनी प्राकृत ने तो जैन-वाङ्मय की भाषा बनकर अपने रूप में अर्द्ध मागधी को खपा लिया, यह समूची प्रक्रिया वर्त्तमान हिन्दी में भी घटित हो रही है और इस दृष्टि से भी हिन्दी की सम्भावना और भावी दिशा के संकेत पाने के लिए भी इन मध्य भारतीय आर्य-भाषाओं का अध्ययन अत्यन्त अपरिहार्य है। जिस प्रकार संस्कृत केवल भाषा

नहीं है, एक चेतना भी है, जिसमें बौद्धिक प्रखरता, उदात्त भावना, देशकालातिक्रामी मानवीय आकांक्षा, अखण्ड विश्वदृष्टि और वाचिक शुद्धि ये सभी ओत-प्रोत हैं उसी प्रकार पालि भी केवल भाषा नहीं है, वह एक जागरूक लोक-मानस की नयी आकांक्षा भी है, संस्कृत भाषा की चेतना की विरोधी नहीं पूरक है। पश्चिम के प्रभाव से कई प्रकार के द्वैधीभाव हम लोगों के बौद्धिक जीवन में आये, एक तो यह कि संस्कृत तो कभी बोली जाने वाली भाषा थी ही नहीं, मानों वैदिक संस्कृत से एक दम छलाँग मार कर पालि और प्राकृत भाषायें उद्भूत हो गयीं, इसलिए संस्कृत ब्राह्मणों के षडयन्त्र का फल है; दूसरी यह कि संस्कृत में निहित सामग्री का लोक जीवन से कोई सम्बन्ध नहीं, वह उच्च वर्ग की संस्कृति की ही रक्षा करती है, केवल पालि प्राकृत ही निचले तपकों के लोगों की संस्कृति की वाहिका है, तीसरा यह कि पालि-प्राकृत का उदय वैदिक संस्कृत के विरोध में हुआ जिस प्रकार बौद्ध और जैन धर्म का उदय वैदिक कर्म काण्ड के विरोध में हुआ। इन द्वैधीभावों ने हमारी पारम्परिक अखण्ड दृष्टि छीन ली है, इसलिए संस्कृत वाला पालि प्राकृत और आधुनिक भाषाओं के प्रति उदासीन है। पालि प्राकृत वाला संस्कृत और आधुनिक भाषाओं के प्रति और आधुनिक भाषाओं वाला आदमी एकदम स्वयम्भू है। हमने सातत्य को मूल्य मानना ही छोड़ दिया है। हम यह समझने की कोशिश नहीं करते कि पाणिनि के समय में ही संस्कृत की कई विभाषायें (बोलियाँ) थीं, पर मानक संस्कृत का केन्द्र पश्चिमोत्तर भारत था। उन्हीं विभाषाओं से विभिन्न क्षेत्रीय प्राकृतों का उद्भव हुआ, संस्कृत से उत्तर पश्चिम में एक सन्धि संस्कृत उद्भूत हुई, मध्य और प्राच्य प्रदेशों में अलग भाषायें विकसित हुई, पर संस्कृत का लोप नहीं हुआ। उसके प्रयोग का परिसीमन भर अवश्य हुआ और जब जब किसी को भी अपने विचार संगुम्फित और व्यवस्थित रूप में प्रस्तुत करने की आवश्यकता हुई तो उसने संस्कृत का आश्रय लिया। माध्यमिकों, विज्ञान वादियों और जैन चित्रकों के अवदान को काट कर संस्कृत बाङ्मय की समृद्धि की पूरी कल्पना साकार नहीं होती। हम यह भी नहीं देखते कि समृद्धि का जो ब्यौरा जैन प्राकृत और पालि में मिलता है, वह केवल इनसे प्रभावित उत्तरवर्त्ती संस्कृत साहित्य में ही सुलभ है। संस्कृत में प्रकृति की सम्पदा का विस्तार है, ऐश्वर्य और तप का उत्कर्ष है तो प्राकृत में गाँवों की जिन्दगी की विविधता है, पालि में शिल्पियों, संस्थागारियों और विहारों का जीवन है, सब मिल कर चित्र पूरा होता है और सभी भाषायें एक दूसरे के साहित्य के विकास को प्रभावित करती हैं। विरोध का भाव इनके बीच होता तो संस्कृत व्याकरण की विश्लेषण पद्धति और चिन्तन पीठिका पालि में क्यों अपनायी जाती। उसी प्रकार के पदकृत्य, संज्ञा, परिभाषा, अधिकार

आदि की व्यवस्था क्यों अपनायी जाती । आवश्यकता आज इस बात की है कि अपने प्राचीन वाङ्मय को एक शृंखला के रूप में समग्र दृष्टि से फिर से पढ़ा जाय और देखा जाय कि किस प्रकार बिना ऐतिहासिक कार्य-कारण भाव जोड़े हुए भी भिन्न भिन्न भाषाओं के व्याकरण एक प्रकार की विचार पद्धति को आगे बढ़ाते हैं ।

प्रस्तुत ग्रन्थ मुख्य रूप से पालि के प्रख्यात० याकरणों (कचायन और मोग्गल्लान) का हिन्दी अनुकलन है और आधुनिक संघटनावादी विचार धारा के लिए नयी प्रेरणा देने वाला है कि पालि का वर्णन करते समय पालि का अपने में पूर्ण ढाँचा ही सामने रखना अधिक उपयुक्त है, संस्कृत से उसकी पग पग पर तुलना करने से भाषा की आन्तरिक जुड़ाई का स्पष्ट चित्र सामने नहीं उभरता। संस्कृत व्याकरण के सांचे में और उसकी विश्लेषण युक्तियों में जितना कुछ सर्वसाधारण होने की क्षमता रखता है, उसका उपयोग करके प्राचीन भाषा चिन्तन धारा का उत्तरोत्तर अभिवर्धन करने का प्रयास किया गया है । इस ग्रन्थ के लेखकों ने सार ग्राहिणी बुद्धि से कच्चान और मोग्गल्लान दोनों व्याकरणों से उपादेय सूत्रों का पाद टिप्पणियों में उपयोग किया है इससे यह ग्रन्थ अधिक समन्वयात्मक हो गया है । वर्त्तमान रूप में यह अधिक शास्त्रीय नहीं है, पर मैं आशा करता हूँ कि इसके अनुसन्धित्सु लेखक पालि-व्याकरण की शास्त्रीय पीठिका पर अलग विस्तृत ग्रन्थ हिन्दी माध्यम से प्रस्तुत करेंगे, जिससे आज के भारतीय वैयाकरणों और भाषा विवेचकों को एक जीवन्त भाषा चिन्तन धारा की निरन्तरता की दीक्षा मिल सके । मैं इस पारम्परिक रूप में प्रस्तुत पालि व्याकरण का स्वागत करता हूँ ।

८-६-७७ **विद्यानिवास मिश्र**

विषय-सूची

भूमिका

विचारों का आदान-प्रदान दो प्रकार से होता है—पहला, संकेतों द्वारा तथा दूसरा एक विशेष मानव समुदाय द्वारा स्वीकृत यादृच्छिक वाचिक प्रतीकों द्वारा, जिसे हम भाषा कहते हैं। विचारों से आदान-प्रदान का पहला प्रकार स्थूल भावों को व्यक्त करने तक ही सीमित रहता है। भाषा का क्षेत्र अपेक्षाकृत अधिक विस्तृत है। विचारों के आदान-प्रदान का माध्यम बनने वाली यह भाषा स्थान एवं काल भेद के कारण हजारों प्रकार की होती है। भाषा-वैज्ञानिकों ने अपने शोध के परिणाम स्वरूप यह निष्कर्ष निकाला है कि वर्तमान समय में संसार में लगभग दो हजार भाषायें हैं जिनको जीवित भाषा कहा जा सकता है। संसार की इन उपलब्ध जीवित भाषाओं में प्राचीनतम लिखित प्रमाणों के पाये जाने के कारण भारोपीय भाषा परिवार का अपना एक विशेष महत्त्व है। इसी भारोपीय भाषा परिवार की एक महत्त्वपूर्ण शाखा भारतीय आर्य भाषा है। अध्ययन की सुविधा की दृष्टि से इस आर्य भाषा को भी कालक्रम के आधार पर तीन भागों में बाँटा जा सकता है—

१. प्राचीन भारतीय आर्यभाषा,

२. मध्य भारतीय आर्यभाषा, तथा

३. अधुनिक भारतीय आर्यभापा।

प्राचीन और आधुनिक इन दो कालों की भाषाओं को जोड़ने के कारण मध्य भारतीय आर्यभाषायें अपना एक ऐतिहासिक महत्त्व रखती हैं। सूक्ष्म अध्ययन करने के दृष्टि कोण से इन मध्य भारतीय आर्य भाषाओं को भी तीन भागों में बाँट सकते हैं --

१. पालि,

२. प्राकृत,

३. अपभ्रंश।

अपने विपुल वाङ्मय तथा विश्व के एक अत्यन्त महत्त्वपूर्ण धर्म को अपने माध्यम से लोगों तक पहुँचाने का कार्य करने के कारण पालि भाषा का विशेष महत्त्व है। इस अत्यन्त महत्त्वपूर्ण भाषा की व्युत्पत्ति, प्रदेश एवं निहित वाङ्मय का अध्ययन अत्यन्त आवश्यक है।

पालि शब्द की व्युत्पत्ति—पालि शब्द की व्युत्पत्ति के सम्बन्ध में विद्वानों के विभिन्न मत प्रकाश में आये हैं जो विचारणीय हैं। इस शब्द से आजकल जिस अर्थ का बोध होता है उसी अर्थ का बोध तथा जिस भाषा को पालि

भाषा कहते हैं, ये दोनों अपेक्षाकृत नवीन हैं। विभिन्न अर्थों में प्रयुक्त होने वाले इस शब्द की व्युत्पत्तियाँ ये हैं—

१. पालि शब्द का प्रयोग चतुर्थ शताब्दी में होने वाले आचार्य बुद्धघोष की अट्ठकथाओं और उनके विसुद्धिमग्ग में मिलता है। बुद्धघोष ने 'बुद्धवचन' या मूल त्रिपिटक के रूप में तथा 'पाठ' या 'मूलत्रिपिटक के पाठ' के अर्थ में पाली शब्द का प्रयोग किया है। जहाँ कहीं उन्होंने पोराण-अट्ठकथा (प्राचीन अर्थकथा) से भिन्नता दिखाने के लिए मूल त्रिपिटक के किसी अंश को संकेतित किया है, जैसे—विसुद्धिमग्ग में 'इमानि ताव पालियं, अट्ठकथायं पन····' (ये तो पालि में हैं, किन्तु अट्ठकथा में तो····) आदि। इसी प्रकार चौथी शताब्दी की रचना 'दीपवंस', पाँचवीं-छठी शताब्दी की आचार्य धम्मपाल की रचना 'परमत्थ-दीपिनी,' तेरहवीं शताब्दी की रचना 'चूलवंस' आदि में पालि शब्द का प्रयोग 'बुद्धवचन' एवं 'मूल त्रिपिटक' के अर्थ में किया गया है।

२. महामहोपाध्याय विधुशेखर भट्टाचार्य ने 'पालि' शब्द का विकास संस्कृत के 'पंक्ति' शब्द से माना है। इन्होंने इसका यह क्रम बताया है—पंक्ति > पन्ति > पत्ति > पल्लि > पालि।

इस मत की आलोचना करते हुए भिक्षु जगदीश काश्यप ने इसमें मुख्यतः तीन कमियाँ दिखाई हैं—

(i) 'पंक्ति' के लिए लिखित ग्रन्थ का होना आवश्यक है। त्रिपिटक प्रथम शताब्दी ई० पूर्व से पहले लिखा नहीं गया था। अतः उस समय के लिए त्रिपिटक के उद्धरण के लिए 'पालि' या 'पंक्ति' शब्द इस अर्थ में नहीं प्रयुक्त हो सकता था।

(ii) 'पालि' शब्द का अर्थ यदि 'पंक्ति' होता तो उस अवस्था में 'उदान पालि' शब्द जैसे प्रयोगों में 'उदान पंक्ति' ऐसा प्रयोग करने से कोई समझने योग्य अर्थ नहीं निकलता।

(iii) 'पालि' शब्द का अर्थ यदि 'पंक्ति' होता तो अट्ठ कथाओं आदि में कहीं भी उसका बहुवचन में भी प्रयोग दृष्टिगोचर होना चाहिये था, जो नहीं होता। अतः 'पालि' शब्द का 'पंक्ति' अर्थ उसके मौलिक स्वरूप तक हमें नहीं ले जा सकता।

३ भिक्षु सिद्धार्थ ने 'पाळि' या 'पालि' शब्द का मूल संस्कृत 'पाठ' शब्द को माना है। उनका कहना है कि जब वेदपाठी ब्राह्मण बौद्ध हुए तो वेदपाठ शब्द परिचित होने के कारण बुद्धवचनों के लिए भी उन लोगों ने 'पाठ' शब्द का प्रयोग करना प्रारम्भ कर दिया। पूर्वाभ्यास के कारण ही ऐसा हो सका

था। बाद में वही 'पाठ' शब्द पाळ > पाळि > पालि हो गया। कुछ लोगों को यह मत एवं यह व्युत्पत्ति उचित नहीं प्रतीत होती क्योंकि इसे ऐतिहासिक रूप से ठीक होने के लिए यह आवश्यक है कि 'पाळ' शब्द का प्रयोग पालि साहित्य में उपलब्ध हो। ऐसा होने पर ही इसके आधार पर 'पालि' शब्द की व्युत्पत्ति की स्थापना की जा सकती है, किन्तु भिक्षु सिद्धार्थं ने अपने निबन्ध में एक भी ऐसा उदाहरण नहीं प्रस्तुत किया।

४. भिक्षु जगदीश काश्यप ने अपने 'पालि महाव्याकरण' की 'वस्तुकथा' में यह सिद्ध किया है कि पालि शब्द का प्राचीनतम रूप 'परियाय' शब्द में मिलता है। परियाय शब्द त्रिपिटक में अनेक बार आया है, जैसे—'को नामो, अयं भन्ते, धम्मपरियायो ति' तथा 'भगवता अनेकपरियायेन धम्मो पकासितो' आदि। ऐसे स्थलों में 'परियाय' शब्द का अर्थ बुद्धोपदेश है। 'परियाय' से ही 'पलियाय' हो गया। अशोक के प्रसिद्ध बभ्रु शिलालेख में 'पलियाय' शब्द का प्रयोग इसी अर्थ में मिलता है, जैसे—'इमानि भन्ते, धम्मपलियायानि........एतानि भन्ते, धम्मपलियायानि इच्छामि........। पलियाय शब्द पलि का दीर्घ होकर 'पालियाय' शब्द बन गया। पालियाय शब्द का ही संक्षिप्त रूप बाद में 'पालि' होकर बुद्धवचन या मूल त्रिपिटक के अर्थ में प्रयुक्त होने लगा।

५. जर्मन विद्वान् डॉ० मैक्स वेलेसन ने 'पाटलि' 'पाडलि' (पाटलिपुत्र की भाषा) शब्द का ही संक्षिप्त रूप पालि है, ऐसा माना है।

६. कुछ विद्वानों के मत में 'पल्लि' (गाँव) ही 'पालि' शब्द की व्युत्पत्ति का कारण बना।

७. कुछ अन्यों के अनुसार पालि शब्द का विकास का यह क्रम रहा है—प्राकृत > पाकट > पाअड > पाअल > पालि।

८. किन्हीं विद्वानों ने पालि शब्द को 'प्रालेय' या 'प्रालेयक' (पड़ोसी) से व्युत्पन्न करने का प्रयास किया है। सच्चाई यह है इस प्रकार की कपोलकल्पना की कोई भी स्थिति स्वीकार नहीं की जा सकती।

इन उपर्युक्त मतों के अतिरिक्त पालि शब्द की व्युत्पत्ति पर कुछ कोश ग्रंथों ने प्रकाश डाला है जो विचारणीय है। इन कोश ग्रन्थों को हम तीन भागों में बांट सकते हैं—

१. पालिकोश ग्रन्थ,

२. संस्कृत भाषा के कोश ग्रन्थ (Dictionaries),

३. अमरकोश जैसे कोश ग्रन्थ।

१. मोग्गलान ने पालिकोश 'अभिधानप्पदीपिका' में पालि के सम्बन्ध में लिखा है—'पाळि रेखा तु राजि च' तथा 'सेतुस्मिं तन्तिमन्तासु नारियं पाळि

कथ्यते'। इन उक्तियों पर व्याख्यान करते हुए सूभूति ने 'अभिधानप्पदीपिका-सूची'[1] नामक अपने ग्रन्थ में कहा है--

"पाळि--पा रक्खणे ळि, पाति रक्खतीति पाळि, पाळी ति एकच्चे' [तन्ति (संस्कृत तन्त्र), बुद्धवचनं पन्ति पाळि, भगवता बुच्चमानस्स अत्थस्स वोहारस्स च दीपनतो सद्दो येव पाळि नामा ति गण्ठिपदेसु वुत्तं ति अभिधम्म-कथाय लिखितं]....।

तात्पर्य यह है कि जो पालन करती है, रक्षा करती है, वह पाळि है। यह व्युत्पत्ति सम्भवतः उस ऐतिहासिक तथ्य की ओर संकेत करती है जिसका उल्लेख 'महावंस' में मिलता है--'जब भिक्षुओं ने, जो समग्र त्रिपिटक और अट्ठकथायें कण्ठस्थ कर ले गये थे, एकत्र होकर जनता के कल्याण के लिए उन्हें लेखबद्ध किया था।"

२. (i) मोनियर विलियम्स के संस्कृत कोश में इसे √पाल धातु से निष्पन्न किया गया है तथा इसके कई अर्थ--सीमा, किनारा, अवधि, पंक्ति आदि किये गये हैं।

(ii) वाचस्पत्यम् में पालि शब्द की व्युत्पत्ति इस प्रकार दी गयी है[2]--

"पालि (ली) स्त्री० पल--वा० इण्। १. कर्णलताग्रे, २. अश्रौ कोणे, ३. श्रेणौ, ४. अंकभेदे, ५. छात्रादिदेये च (मेदिनीकोश)- ६. यूकायां, ७. पोटायां ८. प्रशंसायां, ९. प्रस्थे, १०. उत्संगे क्रोडे च (हेमचन्द्र), वा ङीप् दीर्घान्तः, ११. स्थाल्याम् (शब्द च०)"

यहाँ भी इसके अनेक अर्थ दिये गये हैं जो मोनियर विलियम्स के अर्थ का ही पोषण करते हैं।

३. संस्कृत भाषा के पालि शब्द के पर्यायों की गणना कराते हुए अमरकोश कार ने, 'कोणस्तु स्त्रियः पाल्यश्रिकोट्यः' (अम० २।८।९३) लिखा है। अमरकोश के प्रसिद्ध टीकाकार भानुजी दीक्षित ने पालि शब्द की व्युत्पत्ति यों बतायी है--

'पाल रक्षणे' धातु से 'अच इः' (उ०, ४/१३९) सूत्र से 'इ' प्रत्यय होकर पालि शब्द बना है। भानुजी दीक्षित के पूर्व अमरकोश के टीकाकार रायमुकुट ने 'पा रक्षणे' धातु से 'ऋतुन्यञ्जि०' (उ०, ४/२) सूत्र से बाहुलकात् 'आलि' प्रत्यय करके पालि शब्द सिद्ध किया है। कहने का तात्पर्य यह है कि पाळि-

---

१. द्रष्टव्य--अभिधानप्पदीपिका सूची, पृ० २३४, कच्चायन व्याकरण, (ले० श्री लक्ष्मीनारायण तिवारी) की भूमिका पृष्ठ ३१ से उद्धृत।

२. द्रष्टव्य--"वाचस्पत्यम्" भा० ५, पृ० ४३२, १।

भाषा के वैयाकरणों द्वारा स्वीकृत दोनों धातुओं—पा तथा पाल[1]—से पालि शब्द की व्युत्पत्ति संस्कृत के वैयाकरणों एवं कोशकारों द्वारा पूर्ण स्वीकृत है। 'राजदन्तादिषु परम्' (पा०, २।२।३१) इस पाणिनीय सूत्र में राजदन्तादि गण में 'गोपालिधानपूलासम्' शब्द के पाठ से पाळि शब्द का संस्कृत में व्यवहार अतिप्राचीन और सुप्रचलित है। गणपाठों की परम्परा पाणिनिपूर्व होने के कारण कम से कम पाणिनि के पूर्व इसी अर्थ में इसके प्रचलन को स्वीकार करना ही पड़ेगा।

अमरकोश के अतिरिक्त, मेद्रिनीकोश, हलायुधकोश आदि से भी पालि शब्द की व्युत्पत्ति पर प्रकाश पड़ता है।

ऊपर लिखे गये सभी मतों को ध्यान में रखने पर इस सन्दर्भ में ऐसा सोच पाना सम्भव हो जाता है कि एक ओर तो संस्कृत भाषा में 'रक्षा करनेवाला' अर्थ में पालि शब्द के प्रयोग का संस्कार और दूसरी ओर परिमाण या पंक्ति या और किसी प्रामाणिक शब्द से निकला हुआ, 'बुद्धवचन, बुद्धोपदेश या बुद्धोपदेशना, इन अर्थोंवाला' पालि शब्द का संस्कार था। इन दोनों प्रकारों से संस्कारों के सम्मिलन से जिस भाषा में बुद्ध वचन सुरक्षित हों और जो भाषा प्रायः बुद्ध वचन मय हो उसका ही पालि भाषा, यह नामकरण हुआ।

पालि भाषा का प्रदेश—जिस प्रकार पालि की व्युत्पत्ति अध्ययन का एक महत्त्वपूर्ण विषय था ठीक वैसे ही यह भी एक अत्यन्त महत्त्वपूर्ण विषय है कि जिस भाषा में विपुल धार्मिक एवं धार्मिकेतर साहित्य भरा हुआ है उस भाषा का मूल प्रदेश कौन सा है? इस ओर अनुसंधित्सु विद्वानों का ध्यान गया तथा उनमें से कुछ ने ठोस प्रमाणों के आधार पर तथा कुछ ने शुद्ध कल्पना के आधार पर इसके मूल प्रदेश के सम्बन्ध में अपने-अपने विचार व्यक्त किये।

जिस प्रकार भोजपुरी, मैथिली, बंगाली, कन्नड़, तेलुगु आदि भाषाओं के नाम से ही किसी न किसी प्रदेश का संकेत मिलता है, उसी प्रकार 'पालि' शब्द से या इस शब्द की उपर्युक्त व्युत्पत्तियों से किसी भी प्रदेश के संकेत की सम्भावना नहीं प्रतीत होती। व्युत्पत्ति से मात्र इतना ज्ञात होता है कि इस भाषा के द्वारा या इस भाषा में बुद्ध वचनों की रक्षा की गयी है और यही कारण है कि कुछ मनीषियों ने इसे मगध की भाषा माना है। यद्यपि मागधी भाषा की पालि भाषा से तुलना करने पर अनेक मौलिक भिन्नतायें मिलती हैं।

---

१. द्र०—हेलमर स्मिथ, "सद्दनीति" भाग २, पृष्ठ ५६२।
—श्री लक्ष्मीनारायण तिवारी के 'कच्चायन व्याकरण' की 'भूमिका' पृष्ठ ३२ में उद्धृत।

जहाँ तक बुद्धवचनों की रक्षा का प्रश्न है, महायानियों की परम्परा के अनुसार 'मूल सर्वास्तिवाद' के ग्रन्थ संस्कृत में, 'महासांघिक' के प्राकृत में, 'महासम्मतीय' के अपभ्रंश में और 'स्थविर सम्प्रदाय' के पैशाची में थे। हीनयानी यह मानते हैं कि भगवान् बुद्ध ने मूलतः पालि भाषा में ही उपदेश दिये थे। श्रीलंका के भिक्षुओं ने इसी आधार पर मागधी भाषा को ही पालि भाषा समझा और यह कुछ हद तक स्वाभाविक ही है।

इस विवाद-ग्रस्त प्रश्न पर अनेक विदेशी तथा भारतीय विद्वानों ने अपने-अपने मत या सुझाव रखे हैं जो वस्तुतः विचारणीय हैं।

१. डॉ० ओल्डेनबर्ग के अनुसार पालि भाषा का आधार कलिंग की भाषा थी। इनका कहना है कि सिंहल में 'महिन्द' द्वारा बौद्धधर्म के प्रचार की बात ऐतिहासिक नहीं, अपितु भारत एवं सिंहल के अनेक वर्षों के सम्पर्क से सिंहल में बौद्धधर्म का प्रचार हुआ होगा। यतः खारवेल के खण्डागिरि अभिलेख की भाषा पालि भाषा के बहुत समान है, अतः प्रतीत होता है कि कलिंग से लंका में बौद्धधर्म का प्रचार हुआ और इस प्रकार कलिंग की भाषा पालि भाषा का आधार प्रतीत होती है।

२. वेस्टरगार्ड और कुह्न ने पालिभाषा को उज्जैन प्रदेश की बोली माना है। अशोक के गिरनार (गुजरात) अभिलेख की पालिभाषा से समानता तथा राजकुमार महिन्द (महेन्द्र) का जन्म उज्जैन में हुआ था, अतः उसकी मातृभाषा का ज्ञान, ये दो कारण इनके मत को पुष्ट करते हैं।

३. आर. ओ. फ्रैंक ओर स्टेनकोनो ने बड़े परिश्रम से पालिभाषा को विन्ध्य-प्रदेश की भाषा सिद्ध करने का प्रयत्न किया है।

४. डॉ० ग्रियर्सन ने पालिभाषा में मागधी एवं पैशाची की अनेक विशेषताओं को देखकर पालिभाषा का आधार मागधी भाषा को माना है।

५. प्रो० राइस डेविड्स ने बुद्ध भगवान् के इस कथन पर कि वे 'कोसल खत्तिय' (कोशल क्षत्रिय) थे, अतः कोशल की बोली में ही उन्होंने उपदेश किये होंगे, यह सिद्ध करने का प्रयास किया है कि भगवान् बुद्ध के उपदेश यतः पालि-भाषा में हैं अतः पालिभाषा एवं कोसलभाषा एक ही है तथा कोसल ही पालि-भाषा का मूलप्रदेश है।

६. विंडिश तथा गायगर ने यह तो कहा कि पालि भाषा एक साहित्यिक भाषा है और यह सब जनपदों में समझी जाती थी, परन्तु इन लोगों ने इस पर कोई मत नहीं व्यक्त किया कि वह साहित्यिक भाषा किस जनपद की भाषा पर आधृत है।

७. महापण्डित राहुल सांकृत्यायन ने यह तो माना है कि त्रिपिटक मूलतः मागधी भाषा में ही लिखे गये थे, परन्तु सिंहल में जिन गुजराती प्रबासियों को प्रायः ढाई सौ वर्ष तक इन्हें कण्ठस्थ करने का भार दिया गया था उसी बीच सम्भवतः मागधी की सारी विशेषतायें लुप्त हो गयीं।

८. डॉ० सुनीति कुमार चाटुर्ज्या का मत है भारत वर्ष में मध्य देश की बोली का ही सर्वदा विशेप प्रभाब रहा है। अतः पालिभाषा का इसे ही आधार मानना चाहिए। उन्होंने कहा है कि भगवान् बुद्ध के उपदेशों का सर्व प्रथम पूर्वी बोली में ही प्रणयन हुआ और बाद में उनका अनुवाद पालि भाषा में हुआ जो मध्य देश की प्राचीन भाषा पर आधृत एक साहित्यिक भाषा थी।

उपर्युक्त मतों को देखते हुए तीन ही तथ्य सामने आते हैं—

१. प्रत्यक्ष मागधी भाषा ही पालि भाषा है।

२. महिन्द के सम्बन्ध से उज्जैन की भाषा पाली भाषा है।

३. पूर्वी बोली का साहित्यिक रूप पालि भाषा है।

जहाँ तक पहले मत का सम्बन्ध है, तत्कालीन मगध में बोली जाने वाली भाषा में ही उपदेश दिये गये हैं; यह सर्वांशतः बुद्धिगभ्य नहीं प्रतीत होता। जहाँ तक दूसरे मत का सम्बन्ध है, उसके बारे में यह कहा जा सकता है कि महिन्द ने अपनी पूरी धार्मिक भावनाओं से प्रेरित होकर मूलरूप में यथास्थित बुद्धवचनों का ही उपदेश किया होगा, न कि उनमें अपनी भाषा भी मिला दी होगी। अब तीसरा मत अवशिष्ट रहता है। यह पर्याप्त सम्भव है कि एक तो स्वयं बुद्ध वचन कुछ साहित्यिक भाव भंगिमा पूर्ण भाषा में हुए हों या जैसा कि डॉ० चाटुर्ज्या ने कहा, उनका अनुवाद इस भाषा में हुआ हो, और सबसे प्रबल बात यह है कि मध्य देश की भाषा होने के कारण उससे प्रभावित भाषा में यह कार्य हुआ हो।

पालि व्याकरण—पालि भाषा का धार्मिक साहित्य जितना ही प्राचीन है व्याकरण साहित्य उतना ही अर्वाचीन। किन्तु इसकी अर्वाचीनता का अभिप्राय इसके प्रति विद्वानों की उपेक्षा नहीं कही जा सकती। इस मत के पीछे पालि-व्याकरण की एक विशाल परम्परा है। व्यवस्थित रूप में न पाई जाने वाली इन पालि व्याकरण परम्पराओं के अतिरिक्त पालि साहित्य के विभिन्न ग्रन्थों के अनुशीलन से ज्ञात होता है कि व्याकरण-सम्बन्धी बातें बुद्ध घोष के समय में अवश्य रही हैं। यह बात दूसरी है कि पारिभाषिक अर्थों में उनका परिगणन पालि व्याकरण के रूप में न किया जाता रहा हो। पालि व्याकरण के तत्वों के ये संकेत पालि त्रिपिटक साहित्य में अनेकत्र मिलते हैं। धम्मपद के एक पद में महाप्रज्ञ भिक्षु के लिए 'निरुत्तिकोविदो' तथा 'अक्खरानं सन्निपातं' से परिचित

होना आवश्यक बताया गया है।[1] इससे यह प्रतीत होता है कि धम्मपद के पूर्व व्याकरण सम्बन्धी कोई ऐसी व्यवस्था अवश्य रही होगी जिसमें ज्ञानी भिक्षु निरुक्ति, पद एवं शब्दयोजना आदि का अध्ययन करता रहा होगा। एक बौद्ध अनुश्रुति के अनुसार जब भगवान् बुद्ध के नियमों एवं उपदेशों के श्रोताओं के लिए यह कठिन हो गया कि वे उनका अर्थ समझ सकें, तब भगवान् के एक प्रधान शिष्य महाकच्चान समाधि लगाकर पालिव्याकरण को लेकर उपस्थित हुए। इस प्रकार इस अनुश्रुति के अनुसार प्रथम पालिव्याकरण के रचयिता के रूप में इनका नाम लिया जाता है। जो भी हो, पर्याप्त सामग्री के अभाव में इस कथन पर पूर्ण रूप से विश्वास नहीं किया जा सकता है।

वर्तमान स्थिति में उपलब्ध सामग्री तथा सूचना के आधार पर पाँच व्याकरण सम्प्रदायों का उल्लेख मिलता है--

१. कच्चान व्याकरण,
२. बोधिसत्त व्याकरण,
३. सब्बगुणाकर व्याकरण,
४. मोग्गल्लान व्याकरण,
५. सद्दनीति व्याकरण।

इन उपर्युक्त पाँचों व्याकरणों में दूसरा बोधिसत्त व्याकरण एवं तीसरा सब्बगुणाकर व्याकरण उपलब्ध नहीं हो रहे हैं। केवल बौद्ध परम्पराओंके अनुसार इन्हें सुना जाता है। इन अवशिष्ट तीनों व्याकरणोंकी भाषाकी व्याख्या करने की अपनी एक पद्धति है तथा इन सबकी अपनी-अपनी अलग-अलग परम्परायें हैं।

१. कच्चान व्याकरण[2]—कच्चान-व्याकरणको कच्चायन व्याकरण भी कहते हैं। इसी का एक दूसरा नाम कच्चायन गन्ध (कात्यायन ग्रन्थ) भी है! इसी को इस व्याकरण के 'सन्धि कप्प' के आधार पर 'सुसन्धिकप्प' भी कहते हैं। काण्ड-विशेष के आधार पर ग्रन्थ के नामकरण की यह प्रक्रिया पालित्रिपिटक साहित्य में भी उपलब्ध होती है, यथा--पाराजिककण्ड के आधार पर विनयपिटक के एक ग्रन्थ का नाम 'पाराजिको' है। बहुत से विद्वान इस व्याकरण के रच-

---

१. धम्मपद।
२. इस समय जो कच्चायन व्याकरण उपलब्ध है, उसका सम्पादन श्री लक्ष्मीनारायण तिवारी एवं श्री बीरबल शर्मा ने किया है। उक्त ग्रन्थ तारा पब्लिकेशन्स- वाराणसी से पहली बार सन् १९६१ई० में प्रकाशित हुआ है।

यिता के रूप में भगवान् बुद्ध के एक प्रधान शिष्य महाकच्चायन का नाम लेते हैं। किन्तु पर्याप्त प्रमाणोंके आधार पर इस महाकच्चायन का सम्बन्ध इस कच्चान-व्याकरण से नहीं जोड़ा जा सकता है। कभी-कभी पाणिनि की अष्टाध्यायी के समालोचक तृतीय शताब्दी के वार्तिककार कात्यायन से भी इस कच्चान व्याकरण का सम्बन्ध जोड़ने का प्रयास किया जाता है किन्तु उक्त कात्यायन कच्चान (पालि व्याकरण) के रचयिता से भिन्न हैं।

इस व्याकरण का रचयिता कौन है इस सम्बन्ध में विभिन्न परम्पराओं एवं विद्वानों के मतों का विधिवत् अनुशीलन करने के पश्चात् यही निष्कर्ष निकलता है कि इस व्याकरण के रचयिता ७वीं शताब्दीके कच्चायन (कच्चान) हैं जो उपर्युक्त सभी कच्चायन या कात्यायनों से भिन्न हैं।

कच्चान व्याकरण के रचयिता का सम्बन्ध विभिन्न व्यक्तियों से जोड़े जाने के कारण कच्चान के काल के सम्बन्ध में हमारे सम्मुख कई मत आते हैं। इन सब मतों में कौन-सा मत ठीक है इसके सम्बन्ध में विद्वान् आलोचकों का युक्तियुक्त निर्णय ही मान्य हो सकता है। इसके काल निर्धारण से सम्बन्धित प्रमुख चार मत हैं जो विचारणीय हैं तथा अधिकांश विद्वान् इन्हीं में से किसी-न-किसी का समर्थन करते देखे और सुने जाते हैं।

१ ६०० ई० पूर्व—जब महाकच्चायन (भगवान बुद्ध के प्रधान शिष्य) से कच्चान का सम्बन्ध जोड़ा जाता है उस स्थिति में कच्चान व्याकरण के रचयिता का समय ६०० ई० पू० निर्धारित होता है। यह मत सर्वथा स्वीकार्य नहीं हो सकता। इसके दो प्रधान कारण हैं--

(i) यदि कच्चान चतुर्थ शताब्दी के बुद्धघोष के पहले हुए होते तो निश्चय ही वे अपने ग्रन्थों में इनकी चर्चा किये होते।

(ii) कच्चान व्याकरण पर चतुर्थ शताब्दी ई० के कातन्त्र व्याकरण[1] तथा ७वीं शताब्दी ई० की काशिकावृत्ति का स्पष्ट प्रभाव परिलक्षित होता है। अतः इनका समय ६०० ई० पूर्व नहीं हो सकता।

२. तीसरी शताब्दी ई० पूर्व—सतीशचन्द्र विद्याभूषण ने कच्चान व्याकरण

---

१. काले वत्तमानातीते ण्वादयो, क० व्या० ४.६.२७ पर 'उणादयो भूतेऽपि' कातन्त्र व्याकरण का प्रभाव द्रष्टव्य है। इसी प्रकार—किरियायं ण्वुतवो, क० व्या० ४.६.२९ पर 'वुण्तुमौ क्रियायां क्रियार्थायाम्' कातन्त्र व्याकरण का भी प्रभाव द्रष्टव्य है। इसी प्रकार और भी अनेक प्रभावों को सप्रमाण देखा जा सकता है।

के दो सूत्रों[1] को उद्धृत करके, उनमें उल्लिखित उपगुप्त एवं देवानां पिय तिस्स दोनों अशोक के समकालीन होने के कारण कच्चान का काल २५० ई० पूर्व माना है। यह मत युक्तियुक्त नहीं है। इसका कारण यह है कि इसके द्वारा मात्र इतना ही निर्धारित किया जा सकता है कि कच्चान अशोक के पूर्व नहीं हुए होंगे। काल की अन्तिम सीमा का निश्चय इससे नहीं किया जा सकता है।

३. प्रथम शताब्दी ईसा पूर्व—कच्चान को ही वररुचि मानकर कुछ लोगों ने इनका काल प्रथम शताब्दी ईसा पूर्व माना है इसे भी उपर्युक्त कपोलकल्पित तर्कों की भाँति स्वीकारा नहीं जा सकता।

४. ५०० ई० से ११०० ई० के मध्य—चौथी शताब्दी ईसा के बुद्धघोष के पूर्व कच्चान का उल्लेख नहीं मिलता, तथा इसके साथ ही ११वीं शती के बाद की पालि व्याकरण की टीकाओं में कच्चानव्याकरण की संज्ञाओं का प्रयोग हुआ है। अतः इसके पूर्व अवश्य इस व्याकरण की रचना हो चुकी होगी।

उपर्युक्त मत सभी मतों में युक्तियुक्त प्रतीत होता है। अब रही बात कि इन ६०० वर्षों में कहाँ इनके समय को निर्धारित किया जा सकता है। आजकल अधिकांश विद्वान् इस काशिकावृत्ति के कच्चान व्याकरण पर पड़े प्रभाव के आधार पर इसे काशिकावृत्ति की रचना के बाद की रचना स्वीकार करते हैं। काशिकावृत्ति की रचना का समय सातवीं शती है। अतएव इस कच्चान व्याकरण की रचना इसके बाद हुयी होगी। जो भी हो, आजकल यह सिद्धान्त प्रायः सर्वमान्य-सा है कि इस व्याकरण की रचना सातवीं शती के बाद हुयी है।

कच्चान-व्याकरण के रचयिता का वास्तविक नाम कच्चान या कच्चायन न होकर '(वसिष्ठस्य गोत्रापत्यं) वासिष्ठः' की भाँति गोत्र नाम है। पालि-वाङ्मय में गोत्र नाम के रूप में इसका प्रयोग पकुधकच्चायन, पुब्बकच्चायन आदि के रूप में अनेकत्र मिलता है। इस नाम की व्याख्या इस रूप में देखी जा सकती है—

"इदं हि कच्चायनस्स इदं ति कच्चायनं ति वुच्चति।"[2]
"इति कच्चोसपुत्तो तु तस्स कच्चायनो मतो।

---

१. किस्मा वो च, क० व्या० २.५.५ की वृत्ति 'क्व गतोसि त्वं देवानम्पियतिस्स।' तथा—
यो करोति स कत्ता, क० व्या० २.६.११ की वृत्ति '....उपगुत्तेन बद्धो मारो।'

२. 'न्यास,' पृ० ५। श्री लक्ष्मीनारायण तिवारी के 'कच्चायन-व्याकरण' की भूमिका पृष्ठ ५८ से उद्धृत।

तेनेव कतसत्थम्पि कच्चायनन्ति ञायति ।
कच्चायनस्सिदं सत्थं तिमिनावचनत्थतो !।''[1]

कच्चायन व्याकरण की रचना में मुख्यरूप से तीन बातों का विवेचन किया गया है। ये मुख्य तीन बातें हैं—सुत्त, वुत्ति, तथा पयोग (उदाहरण)। कुछ लोग जिनमें भरतसिंह उपाध्याय का नाम प्रमुख है, इन तीन विवेच्य विषयों के अतिरिक्त न्यास (व्याख्यात्मक टिपणियों) को भी इस व्याकरण की विवेचना का विषय स्वीकार करते हैं।[2] न्यास अलग पुस्तक रूप में उपलब्ध है जिसका एक अन्य नाम 'मुखमत्त दीपनी' भी है। ऐसी परम्परा है कि इन चारों सुत्त, वुत्ति, पयोग तथा न्यास के भिन्न-भिन्न रचयिता हैं, जैसा कि निम्न कारिका से व्यक्त होता है—

''कच्चायनेन कतो योगो वुत्ति च सङ्घनन्दिनो ।
पयोगो ब्रह्मदत्तेन न्यासो विमलबुद्धिना ।''[3]

अर्थात् योग (सुत्त) की कच्चायन ने, वुत्ति की सङ्घनन्दि ने, पयोग (उदाहरण) की ब्रह्मदत्त ने तथा न्यास की विमलबुद्धि ने रचना की है। जो भी स्थिति रही हो, आज जो कच्चायन व्याकरण उपलब्ध है उसमें सुत्त, वुत्ति एवं पयोग —ये तीनों पाये जाते हैं।

कच्चायन व्याकरण के सूत्रों की संख्या के सम्बन्ध में बहुत पहले से ही विवाद रहा है। आज जो कच्चायन व्याकरण उपलब्ध है उसमें ६७५ सूत्र हैं। 'न्यास' में इन सूत्रों की संख्या ७१० बतलायी गयी है। वर्मा के ११ वीं शती के धम्मसेनापति की 'कारिका' में इन सूत्रों की संख्या ६७२ बतायी गयी है। किन्तु आज पालि व्याकरण के प्रमुख अध्येताओंके द्वारा यह संख्यां ६७५ ही स्वीकार की गयी है।

६७५ सूत्र संख्या वाला यह कच्चायन व्याकरण चार कप्पों (कल्पों) में

---

१. 'कच्चायन भेद', ३-४ कारिका। श्री लक्ष्मीनारायण तिवारी के 'कच्चायन व्याकरण' की भूमिका पृष्ठ ५८ से उद्धृत।
२. दे० पालि साहित्य का इतिहास,–लेखक भरत सिंह उपाध्याय पृष्ठ ६४६।
३. 'जेम्स एलविस द्वारा ''introduction to kaccayana's Grammar' में ''कच्चायनभेद टीका'' से उद्धृत, श्री लक्ष्मीनारायण तिवारी के 'पालि-व्याकरण की 'भूमिका' पृष्ठ ५९ से उद्धृत।

विभक्त है जिसमें तेईस[1] परिच्छेद (कण्ड=काण्ड) गिनाये गये हैं। इन चारों कप्पों का विभाजन विषय वस्तु की दृष्टि से किया गया है—

१. सन्धि कप्पो,
२. नाम कप्पो,
३. आख्यात कप्पो तथा
४. किब्बिधान कप्पो।

सन्धि कप्प में सञ्ञाविधान, नामकप्प में कारक, समास तथा तद्धित एवं किब्बिधान कप्प में उणादि विभिन्न कण्डों के रूप में वर्णित किये गये हैं।

बुद्धप्पिय दीपंकर ने सात काण्डों (जिन्हें कप्प कहा जा सकता है) की चर्चा की है। इनके अनुसार वे इस प्रकार हैं—

१. सन्धि, २. नाम, ३. कारक, ४. समास, ५. तद्धित, ६. आख्यात तथा ७. कित।

कच्चायन व्याकरण सम्प्रदाय के अन्य ग्रन्थ—संस्कृत भाषा के व्याकरणों में अत्यधिक प्रचार-प्रसार जिस प्रकार पाणिनीय व्याकरण के ग्रन्थ अष्टाध्यायी का हुआ हैं उसी प्रकार पालि व्याकरण में कच्चायन व्याकरण का अत्यधिक प्रचार-प्रसार हुआ है। पाणिनि अष्टाध्यायी को सुगम एवं सुबोध बनाने के लिए जिस प्रकार उस पर भाषा एवं टीकायें लिखी गयी ठीक उसी प्रकार इस पर भी अनेक टीकायें इस व्याकरण को सुबोध बनाने के लिए लिखी गयीं और इस प्रकार कच्चायन व्याकरण का एक सम्प्रदाय ही चल पड़ा। इस सम्प्रदाय में लिखे गये सभी ग्रन्थ प्रायः इसकी टीका के रूप में हमारे सामने हैं। मात्र कुछेक ऐसे ग्रन्थ हैं जो केवल टीका न होकर इसके अतिरिक्त भी कुछ हैं। ऐसे ग्रन्थों में 'सम्बन्ध-चिन्ता' 'सद्दत्थभेदचिन्ता', 'सद्दसारत्थसालिनी' आदि प्रमुख हैं। इन ग्रन्थों में स्वतन्त्र रूप से व्याकरण के कुछ अन्य अत्यन्त महत्त्वपूर्ण विन्दुओं पर विचार किया गया है। इस सम्प्रदाय के कुछ मुख्य ग्रन्थ ये हैं—

१. न्यास—इस ग्रन्थ को कच्चायन न्यास या मुखमत्तदीपनी के नाम से जाना जाता है। यह कच्चायन व्याकरण पर सबसे महत्त्वपूर्ण एवं सबसे प्राचीन भाष्य है। पतञ्जलि के महाभाष्यका जो स्थान संस्कृत व्याकरण में पाणिनि की

---

१. भरत सिंह उपाध्याय ने आठ परिच्छेदों की बात की है। सम्भवतः ये आठ परिच्छेद आठ प्रकार के विषय वस्तुओं के लिए कहे गये हैं—१. सन्धि, २. संज्ञा, ३. नाम, ४. कारक, ५. समास, ६. तद्धित, ७. आख्यात तथा ८. कित। दे०, 'पालि साहित्य का इतिहास,'—भरतसिंह उपाध्याय पृष्ठ ६४५-४६।

अष्टाध्यायी के सन्दर्भ में है वही स्थान इसका कच्चायन व्याकरण के सन्दर्भ में पालि व्याकरण में है। इसकी रचना ७ वीं और ११ वीं शताब्दी मध्यके सिंहल निवासी किसी विमलबुद्धि नामक वैयाकरण ने की थी। कुछ विद्वान् इसे वर्मा का निवासी स्वीकार करते हैं।

२. न्यास प्रदीप—कच्चायन व्याकरण की टीका न्यास की टीका स्वरूप इस ग्रन्थ की रचना वर्मी भिक्षु छपद ने १२ वीं शताब्दी के अन्त में की थी। इसके अतिरिक्त न्यास पर १७ वीं शताब्दी में ही किसी और टीका का संकेत मिलता है जिसके रचनाकार कोई वर्मा निवासी ही थे।

३. सुत्तनिद्देश—न्यासप्रदीप के रचनाकार छपद ने ही, ११७१ में कच्चायन व्याकरण की टीका के रूप में, इसकी रचना की थी[1]।

४. कारिका—११ वीं शताब्दी में धम्म सेनापति ने इस ग्रन्थ की रचना कच्चान व्याकरण के आधार पर की। इसमें ५६८ कारिकायें हैं।

५. सम्बन्ध चिन्ता—१२ वीं शताब्दी के अन्त में स्थविर संघरक्खित ने कच्चान व्याकरण के आधार पर ही पालि की शब्द योजना या पद योजना के सम्बन्ध में इस ग्रन्थ की रचना की है। इस ग्रन्थ में वाक्यों में पदों एवं कारकों के प्रयोग का सम्यग् विवेचन किया गया है। क्रिया का कारक के साथ कैसा सम्बन्ध होता है, इसका भी बड़ा ही सुन्दर विवेचन प्रस्तुत किया गया है। यह ग्रन्थ गद्य-पद्य मय है। अधिकांश गद्य मय ही है। इस ग्रन्थ पर लिखो गयी दो टीकाओं का संकेत मिलता है जिनमें एक सम्भवतः सारिपुत्त के शिष्य वाचिस्सर की 'सम्बन्ध चिन्ता टीका' है तथा दूसरी पगान के अभय नामक स्थविर की।

६. सद्दत्थभेदचिन्ता—कच्चान व्याकरण पर लिखी गयी टीकाओं में से यह ग्रन्थ हैं। इसमें शब्द, अर्थ एवं शब्दार्थ पर सुन्दर विचार किया गया है। इसकी रचना बारहवीं शताब्दी के अन्त में वर्मी स्थविर 'सद्धम्मसिरि' ने की।

७. रूपसिद्धि—कच्चान व्याकरण के आधार पर लिखा गया यह एक प्रक्रिया ग्रन्थ है। इसमें कच्चान व्याकरण के सूत्रों को प्रक्रिया के अनुसार भिन्न क्रम में रखा गया है। पालि व्याकरण का यह एक उत्कृष्ट ग्रंथ है। इस ग्रन्थ का नाम पदरूपसिद्धि भी है। इसकी रचना बुद्धप्पिय दीपंकर ने १३ वीं शताब्दी के अन्त में की थी। रूपसिद्धि सात परिच्छेदों में विभक्त है। इसपर बुद्धप्पिय ने ही एक टीका भी लिखी है जिसका स्वयं सिंहली भाषा में अनुवाद भी किया है।

---

१. श्री लक्ष्मीनारायण तिवारी ने 'कच्चान व्याकरण' की अपनी भूमिका पृष्ठ ७४ में सुभूति को उद्धृत करते हुए इस समय को ११८१ ई० कहा है। भरतसिंह उपाध्याय ने ११७१ ई० इस तिथि को माना है।

८. बालावतार[1]—चौदहवीं शताब्दी में धम्मकित्ति ने इस ग्रन्थ की रचना की। कच्चान व्याकरण का यह एक लघुसंस्करण है, यदि ऐसा कहा जाय तो अत्युक्ति नहीं होगी। वर्मा एवं श्याम में इसकी अत्यधिक लोकप्रियता के आधार पर ही इसके महत्त्व एवं उपादेयता को आँका जा सकता है। इस व्याकरण की सिंहली भाषा में अनेक एवं पालि में दो टीकायें उपलब्ध हैं। संस्कृत भाषा के व्याकरण में प्रवेश के लिए लघुसिद्धान्त कौमुदी की जो उपादेयता है वही पालि भाषा के व्याकरण में प्रवेश के लिए बालावतार व्याकरण की है।

९. सद्दसारत्थजालिनी—५१६ कारिकाओं में बद्ध इस ग्रन्थ की रचना १३५६ ई० में भदन्त नागिन या कण्टक खिप नागिन ने कच्चान व्याकरण की टीका स्वरूप की थी। विषय वस्तु की दृष्टि से यह ग्रन्थ बहुत ही महत्त्व-पूर्ण है। सद्द, अत्थ, सन्धि, नाम, कारक, समास, तद्धित, आख्यात तथा कित आदि जैसे महत्त्वपूर्ण विषयों का विवेचन इस ग्रन्थ में उपलब्ध होता है। इसके अतिरिक्त कुछ महत्त्वपूर्ण संज्ञाओं की परिभाषायें भी इसमें दी गयी हैं इस ग्रन्थ पर एक टीका भी उपलब्ध है।

१०. कच्चायनभेद—थातोन (वर्मा) के स्थविर महायस ने १४ वीं शताब्दी के अन्त में इस ग्रन्थ की रचना की। उपर्युक्त ग्रन्थ की भाँति ही यह भी कारि-काओं में ही रचा गया है। इसमें कुल १७८ कारिकायें हैं। १७ वीं शताब्दी के प्रारम्भ में 'सारत्थ विकासिनी' नामक तथा अज्ञात काल में 'कच्चायन भेद महाटीका' नामक दो टीकायें इस पर उपलब्ध हैं।

११. कच्चायनसार—महायस ने ही ७२ कारिकाओं में इस ग्रन्थ की रचना की है जिसमें व्याकरण के मूलभूत सिद्धान्तों जैसे, आख्यात, कृत, कारक, समास, आदि का विवेचन किया गया है।

१२. सद्दबिन्दु—१५ वीं शताब्दी में वर्मा के राजा 'क्यच्वा' ने इस ग्रन्थ की रचना की। इसमें कुल बीस कारिकायें हैं। इस ग्रन्थ का आधार कच्चान व्याकरण ही है। इस ग्रन्थ में भी उपर्युक्त ग्रन्थ की भाँति ही संधि, नाम, कारक, आदि का विवेचन किया गया है। इस पर लिखी गयी एक टीका का भी उल्लेख मिलता है।

---

१. इस ग्रन्थ का सर्वप्रथम सम्पादन बँगला भाषा में हुआ था। मूल के साथ साथ ही इसका अनुवाद भी बँगला में ही किया गया था। सर्वप्रथम देव-नागरी लिपि में हिन्दी अनुवाद के साथ इस ग्रन्थ का सम्पादन स्वामी द्वारिकादास शास्त्री ने सन् १९७५ में किया इसका प्रकाशन बौद्ध भारती वाराणसी से हुआ है।

१३. कच्चायन वण्णना—१७ वीं शताब्दी के प्रारम्भ में महायिजितावी ने कच्चान व्याकरण पर एक प्रौढ़ टीका के रूप में इस ग्रन्थ की रचना की।

१४ वाचकोपदेस—व्याकरणशास्त्र की नैयायिक दृष्टि से व्याख्या करने वाला यह ग्रन्थ है। महाविजितावी के द्वारा लिखा गया है। यह गद्य एवं पद्यमय है।

१५. अभिनव चूलिनिरुत्ति—कच्चान व्याकरण के नियमों के अपवादों के निवारण के रूप में इस ग्रन्थ की रचना की गयी है। कुछ लोग इसके रचयिता के रूप में 'सिरिसद्धम्मालंकार' के नाम का उल्लेख करते हैं, किन्तु अन्तिम रूप से इसके रचयिता के सम्बन्ध में नहीं कहा जा सकता है। इसकी रचना कब हुई, यह भी अनिश्चित है।

वलिप्पबोधन—१६वीं शताब्दी के मध्य में इस व्याकरण की रचना हुई। इसके रचयिता का नाम अज्ञात है।

१७ धातुमञ्जूसा—कच्चान व्याकरण के अनुसार धातुओं की सूची इस ग्रन्थ में संकलित की गयी है। यह रचना पद्यबद्ध है। सुभूति के अनुसार कविकल्पद्रुम से इस ग्रन्थ में सहायता ली गयी। पाणिनीय धातुपाठ का भी पर्याप्त प्रभाव इस पर परिलक्षित होता है।

मोग्गल्लान व्याकरण[1]—इस व्याकरण का नाम मोग्गल्लान या मोग्गल्लायन व्याकरण भी है। इसका ही एक दूसरा नाम मागधसद्दलक्खण भी है। सम्भवतः यह नामकरण पालि भाषा को मागधी भाषा एवं इसके बोलने वालों के निवास मगध (स्थान विशेष) होने के कारण ही किया गया है। इस ग्रन्थ के रचयिता महाथेर मोग्गल्लान हैं जिनका काल परक्कमभुज (पराक्रम बाहु प्रथम) का काल है। पराक्रम बाहु प्रथम का समय बारहवीं शताब्दी के मध्य से बारहवीं शताब्दी के अन्त तक रहा है। इन्हीं के शासन काल में महाथेर मोग्गल्लान ने अपने व्याकरण ग्रन्थ की रचना की थी। अपने व्याकरण की वुत्ति के अन्त में मोग्गल्लान ने अपने उक्त समय का उल्लेख किया है। इसके साथ ही साथ वुत्ति के अन्त में ही उन्होंने अपने निवास स्थान का भी उल्लेख किया है जिससे पता चलता है कि ये लंका के अनुराधपुर के थूपाराम नामक बिहार में निवास करते थे।

---

१. मोग्गल्लान व्याकरण का हिन्दी अनुवाद के साथ नागरीलिपि में सम्पादन भदन्त आनन्द कौसल्यायन ने किया है। इस पुस्तक का हिन्दी अनुवाद इतना अस्पष्ट है कि वह स्वयं एक टीका की अपेक्षा रखता है। अतएव इस ग्रन्थ के पुनः सम्पादन की आवश्यकता है।

यद्यपि यह ग्रन्थ कच्चायन-व्याकरण की अपेक्षा अर्वाचीन है फिर भी भाषा सम्बन्धी व्यवस्थित नियमों एवं सर्वाङ्गीण विवेचन के कारण इसका कच्चायन-व्याकरण की तुलना में अधिक प्रचार एवं प्रसार मिलता है। आजकल पालि भाषा के अध्येताओं में प्रायः अधिकांश इसी का अध्ययन करते हैं।

इस ग्रन्थ में कुल ८१७ सूत्र हैं जिनमें सूत्रपाठ, ण्वादिपाठ, गणपाठ आदि संकलित किये गये हैं। इसका अलग से धातुपाठ भी उपलब्ध होता है जिसे भिक्षु जगदीश काश्यप ने अपने ग्रन्थ पालि महाव्याकरण के परिशिष्ट में संकलित किया है। इन्होंने अपने ग्रन्थ के सूत्रों पर स्वयं बुत्ति (वृत्ति) और पुनः इस बुत्ति पर एक अत्यन्त पाण्डित्य पूर्ण टीका पञ्चिका लिखी है। अपने ही सूत्रों पर बुत्ति एवं पञ्चिका ऐसी पाण्डित्यपूर्ण टीकाओं के स्वयं लिखने के कारण इस ग्रन्थ (मोग्गल्लान व्याकरण) का महत्त्व अधिक बढ़ गया है क्योंकि अपने ही ग्रन्थ पर टीका और पुनः टीका पर टीका लिखने वाले विद्वानों की परम्परा अत्यल्प है। मोग्गल्लान की लिखी पञ्चिका का सम्पादन लंका के किसी महाथेर ने की है जो लंका के विद्यालंकार परिवेण से प्रकाशित हुई है।

मोग्गल्लान-व्याकरण पर प्राचीन पालि-व्याकरणों का तो प्रभाव है ही, इसके अतिरिक्त, पाणिनि की अष्टाध्यायी, कातन्त्र व्याकरण एवं चन्द्रगोमिन के चान्द्र व्याकरण का भी पर्याप्त प्रभाव है।

मोग्गल्लान-व्याकरण सम्प्रदाय के अन्य ग्रन्थ——जिस प्रकार कच्चान व्याकरण का अत्यधिक प्रचार-प्रसार हुआ एवं उस सम्प्रदाय में अनेक ग्रन्थों की रचना हुई ठीक उसी प्रकार मोग्गल्लान-व्याकरण की परम्परा में भी अनेक ग्रन्थ लिखे गये। इन ग्रन्थों में मुख्य ग्रन्थ ये हैं——

१. पदसाधन——इस ग्रन्थ की रचना मोग्गल्लान के ही एक शिष्य पियदस्सी ने की। पियदस्सी मोग्गल्लान के ही समकालीन थे। यह ग्रन्थ, कच्चान व्याकरण के संक्षिप्त रूप बालावतार की भाँति ही मोग्गल्लान-व्याजरण का एक संक्षिप्त रूप है। इस पर भी एकाधिक टीकायें लिखी गयीं जिनमें वाचिस्सर उपाधिधारी राहुल ने पदसाधन टीका या बुद्धिप्पसादिनी नाम की टीका लिखी।

२. पयोगसिद्धि——इसके रचयिता वनरतन मेधङ्कर हैं। इनका समय, भवन-बाहु प्रथम के समकालीन होने के कारण १२७७ से १२८८ ई० के बीच अर्थात् १३वीं शताब्दी का अन्त है। ये सिंहल के निवासी थे। मोग्गल्लान व्याकरण-सम्प्रदाय में इस ग्रन्थ का वही महत्त्व है जो कच्चान-व्याकरण-सम्प्रदाय में रूप-सिद्धि का है।

३. मोग्गल्लानपञ्चिका प्रदीप—पदसाधनटीका के रचयिता वाचिस्सर (वागीश्वर) उपाधिधारी राहुल ही इसके रचयिता हैं। यह ग्रन्थ मोग्गल्लान-पञ्चिका की व्याख्या है। इस ग्रन्थ की भाषा पालि एवं सिंहली मिश्रित है। यह ग्रन्थ पालि व्याकरण का एक अत्यन्त पाण्डित्यपूर्ण ग्रन्थ है। इस ग्रन्थ के रचयिता वाचिस्सर राहुल स्वयं बहुत बड़े विद्वान् थे तथा अनेक भाषाओं के ज्ञाता थे। सिंहली भाषा इनकी मातृभाषा थी अतएव इसके ज्ञान के अतिरिक्त इन्हें संस्कृत, मागधी (पालि), अपभ्रंश, पैशाची, शौरसेनी एवं तमिल का उत्कट ज्ञान था। इसीलिए इन्हें 'षड्भाषापरमेश्वर' भी कहा जाता था। इस ग्रन्थ में संस्कृत, पालि, सिंहली, तमिल आदि भाषाओं के उद्धरण पर्याप्त मात्रा में दिये गये हैं। इस प्रकार से ऐतिहासिक भाषा विज्ञान की दृष्टि से इस ग्रन्थ का अत्यन्त महत्त्व है। इस ग्रन्थ का रचनाकाल १४५७ ई० के लगभग है।

४. धातुपाठ—धातुपाठ के रचयिता के नाम तथा समय के सम्बन्ध में कुछ भी निश्चित रूप से नहीं कहा जा सकता है। कच्चान-व्याकरण परम्परा की धातुमञ्जूसा से तुलना करने पर गायगर महोदय को धातुपाठ प्राचीन लगा है। इन्होंने अपनी पुस्तक 'पालि लिटरेचर एण्ड लैंग्वेज' में लिखा है कि धातुमंजूसा को लिखते समय उसके रचयिता ने धातुपाठ का ही आश्रय लिया है। यह ग्रन्थ गद्य में है तथा धातुमञ्जूसा की अपेक्षा संक्षिप्त है।

सद्दनीति—पालि व्याकरण-सम्प्रदायों में यह उपलब्ध तीसरा एवं अत्यन्त महत्त्वपूर्ण ग्रन्थ है। इस सद्दनीति की रचना वर्मा में बरमी राजा नरपति सिंधु के शासनकाल (११६७ ई०-१२०२ ई०) में बर्मा के पगान स्थान के निवासी भिक्खु अग्गवंस ने की थी। ये उक्त राजाके गुरु भी थे। अपने अत्यधिक पांडित्य के कारण ही सम्भवतः इन्हें 'अग्गपण्डित' के नाम से पुकारा गया है। अग्गवंस ने अपने व्याकरण सद्दनीति को अत्यन्त प्रामाणिक एवं उत्कृष्ट कोटि का बनाने के मूल त्रिपिटक साहित्य एवं संस्कृत के व्याकरणों, विशेषकर पाणिनि की अष्टाध्यायी का अध्ययन किया तथा उपग्रन्थों का भरपूर आश्रय लिया। इस ग्रन्थ में कुल २७ अध्याय हैं तो तीन भागों में विभक्त हैं—

१. पदमाला,

२. धातुमाला और

३. सुत्तमाला।

पदमाला में पदों, धातुमाला में धातुओं एवं धातुओं से निष्पन्न शब्दों तथा सुत्तमाला में सूत्रोंका विवेचन किया गया है। धातुमाला में लेखक ने पाली रूपों के संस्कृत प्रतिरूप भी दिये हैं। इस प्रकार २७ अध्यायों वाला यह ग्रन्थ एक

अत्यन्त विशाल पालिव्याकरण का ग्रन्थ है।, अकेले सुत्तमाला में १३९१ सूत्र हैं। इन २७ अध्यायों को स्थूल रूप में दो वर्गों में विभक्त किया गया है—

१. महासद्दनीति—प्रथम १८ अध्यायों को 'महासद्दनीति' कहते हैं।

२. चुल्लकसद्दनीति—अवशिष्ट ९ अध्यायों को 'चुल्लकसद्दनीति' कहते हैं।

यह ग्रन्थ अत्यन्त पाण्डित्यपूर्ण होने के कारण केवल बर्मा में ही नहीं अपितु अन्य स्थानों पर भी विशेष रूप से प्रशंसित हुआ है। बर्मा में तो शास्त्र के रूप में इसका अध्ययन होता है।

ऐसी किंवदन्ती है कि बर्मा में इस ग्रन्थ की रचना के कुछ ही दिनों बाद जब इसकी प्रति को समुद्र के मार्ग से उत्तरजीव लंका के महाविहार में लेकर आये, तो इसका अध्ययन करके वहाँ के भिक्षुओं ने इस ग्रन्थ की भूरि-भूरि प्रशंसा की इसे स्वीकार किया तथा इसका अत्यन्त प्रचार एवं प्रसार किया। यह ग्रन्थ यद्यपि कच्चान व्याकरण पर आधारित है फिर भी एक सम्प्रदाय के रूप में अपनी स्वतन्त्र महत्ता रखता है।

सद्दनीति व्याकरण सम्प्रदाय—यह ग्रन्थ वर्मा एवं लंका में अत्यन्त प्रशंसित रहा है फिर भी इस सम्प्रदाय में अधिक ग्रन्थों की रचना नहीं हो सकी। केवल धातुओं की सूची के संकलन के रूप में इस सम्प्रदाय का एक ग्रन्थ 'धात्वत्थदीपनी' मिलता है।

धात्वत्थदीपनी—यह ग्रन्थ सद्दनीति व्याकरण के आधार पर पालि धातुओं का पद्यबद्ध संकलन मात्र है। इसके रचयिता के रूप में बर्मी भिक्षु 'हिंगुलबल जिनरतन' का नाम लिया जाता है। इसके काल के सम्बन्ध में कोई जानकारी नहीं प्राप्त हो सकी है। इस ग्रन्थ में कच्चान व्याकरण की धातुमञ्जूसा मोग्गल्लान व्याकरण के धातुपाठ के अतिरिक्त पाणिनीय धातुपाठ का भी पर्याप्त आश्रय लिया गया है।

उपर्युक्त ग्रन्थ के अतिरिक्त इस परम्परा में पाये जाने वाले अन्य किसी ग्रन्थ का उल्लेख नहीं मिलता है।

अन्य पालि व्याकरण ग्रन्थ—इन उपर्युक्त प्रमुख पालि व्याकरणों के अतिरिक्त कुछ स्फुट पालि व्याकरण भी हैं जिनकी जानकारी आवश्यक है। ये व्याकरण ग्रन्थ ऊपर वर्णित पालि व्याकरण के किसी भी सम्प्रदाय में नहीं रखे जा सकते हैं। इनमें से कुछ प्रमुख पालि व्याकरण ये हैं—

१. वच्चवाचक—बर्मा निवासी भिक्षु सामणेर धम्मदस्सी ने चौदहवीं शताब्दी के अन्त में इस ग्रन्थ की रचना की। इसका दूसरा नाम 'वाचवाचक'

भी है। इस पर अठारहवीं शताब्दी के उत्तरार्द्ध (१७६८ ई०) में बर्मी भिक्खु सद्धम्मनन्दी ने टीका लिखी है।

२. गन्धट्ठि—बर्मा निवासी भिक्खु मंगल ने चौदहवीं शताब्दी में इस ग्रन्थ की रचना की। इसमें पालि उपसर्गों का विवेचन किया गया है।

३. विभत्त्यत्थप्पकरण—बर्मा के राजा क्यच्वा की पुत्री ने १४८१ ई० में इस ग्रन्थ की रचना की। इसमें २७ श्लोक हैं जिनमें विभक्तियों के प्रयोगों का विवेचन किया गया है। बाद में इस ग्रन्थ पर लिखी गयी तीन टीकाओं का उल्लेख मिलता है—विभत्त्यत्थटीका, विभत्त्यत्थदीपनी तथा विभत्तिकथावण्णन।

४. गन्धाभरण—१४३६ ई० में अरियवंस ने इस ग्रन्थ की रचना की। इस ग्रन्थ के दूसरे नाम 'गन्थाभरण' तथा गण्डाभरण भी हैं। इसमें उपसर्गों का विवेचन किया गया है।

५. संवण्णनानयदीपनी—१६५१ ई० में जम्बुधन ने इस ग्रन्थ की रचना की।

६. कारकपुप्फमञ्जरी—लंका के राजा कीर्तिश्री राजसिंह के १७४७ ई० से १७८० ई० के शासनकाल में सरणंकर संघराज के शिष्य लंकानिवासी ऊत्तरगम बंडार राजगुरु ने इग ग्रन्थ की रचना की। इस ग्रन्थ में शब्दयोजना का बड़ा ही सुन्दर विवेचन किया गया है।

७. सद्दवुत्ति—सत्रहवीं शताब्दी के उत्तरार्द्ध में बर्मा निवासी सद्धम्मपाल (सद्धम्मगुरु ?) ने इस ग्रन्थ की रचना की। कुछ लोग इसकी रचना का समय १४वीं शताब्दी भी मानते हैं।

८. सुधीरमुखमण्डन—पालिसमासों पर लिखी गयी रचना अत्यन्त ही महत्त्वपूर्ण है इसके रचयिता एवं रचनाकाल के सम्बन्ध में निश्चित रूप से कुछ ज्ञात नहीं हैं।

९. नयलक्खणविभावनी—१८वीं शताब्दी के उत्तरार्ध में बर्मी भिक्खु विचित्ताचार ने इस ग्रन्थ की रचना की।

इन उपर्युक्त फुटकर ग्रन्थों के अतिरिक्त सद्दविन्दु, सद्दकलिका, सद्दविनिच्छय आदि कुछ अन्य महत्त्वपूर्ण ग्रन्थ लिखे गये। आज भी पालिव्याकरण की रचना विभिन्न भाषाओं, जैसे, अंग्रेजी, जर्मन, फ्रेंच, सिंहली, बर्मी तथा हिन्दी भाषा में हयी है तथा हो रही है। हिन्दीभाषा में बीसवीं शताब्दी में लिखे गये पालि

व्याकरणों में भिक्षु जगदीश काश्यप का पालिमहाव्याकरण विशेषरूप से उल्लेखनीय है। यह व्याकरण मोग्गल्लान व्याकरण के आधार पर लिखा होने पर भी अपना स्वतन्त्र महत्त्व रखता है। इतना होने पर इस ग्रन्थ में तमाम कमियाँ हैं जिन्हें दूर करने के लिए किसी नये पालिव्याकरण की हिन्दी भाषा में अत्यन्त आवश्यकता है। पालिभाषा के अध्येताओं से आशा है कि इस कमी को वे अवश्य दूर करेंगे।

॥ इत्यलम् ॥

प्रारम्भिक

पालिभाषा का ध्वनिसमूह

पालिभाषा में ध्वनिसमूह के भी दो विभाग हो सकते हैं—

१. स्वर ध्वनिसमूह

२. व्यञ्जन ध्वनिसमूह

मोग्गल्लान-व्याकरण सम्प्रदाय के अनुसार पालिभाषा में कुल ४३ वर्ण होते हैं,[१] परन्तु कच्चायन-व्याकरण-सम्प्रदाय के अनुसार कुल ४१ वर्ण होते हैं।[२] मोग्गल्लान के अनुसार १० स्वर[3], ३३ व्यंजन और कच्चायन के अनुसार ८ स्वर[४] और ३३ व्यञ्जन होते हैं। मोग्गल्लान ने ह्रस्व 'ए' और ह्रस्व 'ओ' दो अधिक स्वर माने हैं जो कच्चायन में नहीं माने गये हैं।

स्वर-ध्वनियाँ—

अ, आ, इ, ई, उ, ऊ, एँ, ए, ओँ, ओ

इन स्वरों में दो-दो को सवर्ण कहते हैं।[५] पूर्व-पूर्व को ह्रस्व और पर-पर को दीर्घ कहते हैं।[६] पालिभाषा में दो मात्रा से अधिक मात्रा नहीं होती।[७] ह्रस्व की एक मात्रा होती है तथा दीर्घ की दो मात्रा।[८]

---

१. अआदयो तितालिस वण्णा—मो० व्या० १

२. अक्खरापादयो एकचत्तालीसं—क० व्या० १, १, २.

३. दसादो सरा—मो० व्या० २

४. तथोदन्ता सरा अट्ठ—क० व्या० १, १, ३

५. द्वे द्वे सवण्णा—मो० व्या० ३

६. पुब्बो रस्सो—मो० व्या० ४

लहुमत्ता तयो रस्सा, क० व्या० १, १, ४

परो दीघो, मो० व्या० ५, अञ्ञे दीघा, क० व्या० १, १, ५

७. In Pali, as generally in Middle Indian, a syllable can contain only one mora or two moras but never more, —गायगर, पालि लिटरेचर ऐण्ड लैंग्वेज, पृ० ६३, तु० आर० ओ० फ्रैंक, पालि उण्ड संस्कृत पृ० ९० एफ।

८. एक मात्रो भवेध्रस्वो द्विमात्रो दीर्घ उच्यते ....शिक्षा।

व्यञ्जन-ध्वनि

क, ख, ग, घ, ङ,
च, छ, ज, झ, ञ,
ट, ठ, ड, ढ, ण,
त, थ, द, ध, न
प, फ, ब, भ, म
य, र, ल, ळ, व,
स, ह, अं (ं)

क से म तक के व्यञ्जनों में पाँच-पाँच की वर्ग संज्ञा होती है।[1] 'अं' (ं) की पालिभाषा में निग्गहीत संज्ञा होती है तथा इसकी गणना व्यञ्जनों में होती है, स्वरों में नहीं।[2]

मात्रा-काल-नियम (Law of mora)

डब्ल्यू० गायगर महोदय ने पालि-भाषा एवं उसके साहित्य का बड़े परिश्रम के साथ अध्ययन किया। उस अध्ययन के परिणामस्वरूप उन्होंने जर्मन भाषा में 'पालि लिटरेचर उण्ड स्प्राखे' नामकी पुस्तक लिखी। संस्कृतभाषा की किन-किन ध्वनियों का पालिभाषा में क्या-क्या स्वरूप हो गया, इसका पर्याप्त विवेचन करके श्री गायगर ने 'मात्रा-काल-नियम' का निर्माण किया। यह बात दूसरी है कि उस नियम के अनेक अपवाद भी उन्हें मिले तथा मिलते हैं। पालिभाषा का व्याकरण तथा उसके ध्वनि-परिवर्तनों के अध्ययन के समय इस मात्राकाल-नियम पर अवश्य ध्यान देना चाहिये। उन्होंने लिखा है—जैसा कि प्रायः मध्य भारतीय भाषाओं में देखा जाता है, पालिभाषा में किसी शब्द के शब्दांश[3]

---

१. पञ्च पञ्चका वग्गा, मो० व्या० ७, वग्गा पञ्चपञ्चसो मन्ता; क० व्या०, १, १, ७.

२. बिन्दु निग्गहीतं, मो० व्या० ८, अं इति निग्गहीतं, क० व्या० १, १, ८. ठपेत्वा अट्ठसरे, सेसा अक्खरा ककारादयो निग्गहीतन्ता व्यञ्जना नाम होन्ति सेसा ब्यञ्जना, क० व्या० १, १, ६ की वृत्ति। बिन्दु (ं) को ही निग्गहीत कहा जाता है। कच्चायन व्याकरण में जो 'अं' लिखा है वह इसी बिन्दु को ही सरलता से समझाने के लिए है।

३. किसी शब्द में आगे या पीछे उच्चरित होने वाले व्यञ्जनों-सहित स्वर को जिनका उच्चारण एक झटके में किया जाता है, शब्दांश (Syllable) माना गया है, जैसे-पु-रि-सो (स्वरान्त शब्दांश) मा-ला (स्वरान्त शाब्दांश) गन्-तुम् (व्यञ्जनान्त शब्दांश)।

(Syllable) की या तो केवल एक मात्रा, या दो मात्रायें ही हो सकती हैं। दो मात्राओं से अधिक मात्रायें कभी नहीं हो सकतीं। शब्दांश स्वरान्त और व्यञ्जनान्त दो प्रकार का हो सकता है। स्वरान्त शब्दांश में ह्रस्वस्वर (एकमात्रा) या दीर्घस्वर (दो मात्रायें) होंगे। व्यञ्जनान्त शब्दांश में ह्रस्वस्वर (दो मात्रायें) ही होगा। दीर्घस्वर वाला स्वरान्त शब्दांश और ह्रस्वस्वर वाला व्यञ्जनान्त शब्दांश इन दोनों की मात्रायें दो-दो होती हैं। दीर्घ सानुस्वार स्वर नहीं होता इस प्रकार 'मा-ला' शब्द में, जिसमें दो दीर्घस्वर वाले (चार मात्राओं वाले) स्वरान्त शब्दांश हैं और 'गन्-तुम' शब्द में, जिसमें दो ह्रस्वस्वर वाले (ह्रस्वस्वर की एक मात्रा होती है, अतः दो मात्रायें होनी चाहिये, परन्तु यहाँ सानुस्वार स्वर की दो मात्रायें मानी जाती हैं, अतः चार मात्राओं वाले) व्यञ्जनान्त शब्दांश हैं, चार-चार मात्रायें उच्चारण की दृष्टि से होती हैं।

इस नियम के कारण व्यञ्जनान्त शब्दांश में संस्कृत में संयुक्ताक्षर के पहले यदि दीर्घस्वर हो तो पालि में या तो संयुक्ताक्षर के पहले का वह दीर्घस्वर ह्रस्वस्वर हो जाता है, या संयुक्ताक्षर के पहले का वह दीर्घस्वर रह जाता है और संयुक्ताक्षर असंयुक्ताक्षर में परिवर्तित हो जाता है, यथा—

सं० जीर्ण >पा० जिण्ण। यहाँ पर संयुक्ताक्षर के पहले का दीर्घस्वर पालि में ह्रस्वस्वर हो गया है। इसी प्रकार सं० मांस >पा० मंस, सं० नदीम् >पा० नदिं।

सं० लाक्षा >पा० लाखा, सं० दीर्घ >पा० दीघ। यहाँ पर संयुक्ताक्षर के पहले का संयुक्त दीर्घस्वर रह गया तथा संयुक्ताक्षर का असंयुक्ताक्षर हो गया है।

कुछ और भी ऐसे परिवर्तन पाये जाते हैं जिन्हें इस नियम के अनुसार सरलता से समझा जा सकता है।

१. (क) जहाँ संस्कृत में संयुक्ताक्षर के पूर्व ह्रस्वस्वर है वहीं उससे विकसित पालिभाषा में असंयुक्ताक्षर के पूर्व दीर्घस्वर हो जाता है, यथा—

सं०.सर्षप >पा० सासप (*सस्सप के स्थान पर)

सं० बल्क >पा० वाक (*वक्क के स्थान पर)

(ख) जहाँ संस्कृत में असंयुक्त व्यञ्जन के पूर्व दीर्घस्वर है वहीं पालि में संयुक्त व्यञ्जन के पूर्व ह्रस्वस्वर है, यथा—

सं० आवृहति >पा० अब्बहति

सं० नीड >पा० निड्ड

सं० उदूखल >पा० उदुक्खल

(ग) यतः ह्रस्वसानुस्वार स्वर की दो मात्रा, पालि में दीर्घ की तरह

मानी जाती हैं, अतः शुद्ध दीर्घस्वर के स्थान पर प्रायः सानुस्वार ह्रस्वस्वर हो जाता है। यथा—

सं० मत्कुण >पा० मंकुण (*माकुण या *मक्कुण के स्थान पर)

सं० शर्वरी >पा० संवरी (*सावरी या *सब्बरी के स्थान पर)

सं० शुल्क >पा० सुंक (*सूक या *सुक्क के स्थान पर)

सं० घर्षति >पा० घंसति (*घासति या *घस्सति के स्थान पर)

(घ) उपर्युक्त '(ग)' नियम का विपर्यय भी पाया जाता है, यथा—

सं० सिंह >पा० सीह

सं० विंशति >पा० वीसति, वीसं

सं० संरम्भ >पा० सारम्भ।

सम् उपसर्ग के साथ दूसरे शब्दों की भी यही स्थिति होती है।

२. कभी-कभी संयुक्तव्यञ्जन से पूर्व दीर्घस्वर रह जाता है। ऐसा विशेषकर सन्धियों में होता है, यथा—

सं० साद्य >पा० साज्ज (सा + अज्ज)

सं० यथाध्याशयेन पा० यथाज्झासयेन (यथा + अज्झासयेन)

३. इस मात्रानियम के अनुसार ही जहाँ पर स्वर-भक्ति के द्वारा संयुक्त-व्यञ्जन का विभाग किया जाता है वहाँ संयुक्तव्यञ्जन का पूर्ववर्ती दीर्घस्वर नियमतः ह्रस्वस्वर हो जाता है। इस तरह के प्रसंगों में एक मात्रा वाले दो शब्दांश दो मात्रावाले एक शब्दांश का प्रतिनिधित्व करते हैं, यथा—

सं० सूर्य >पा० सुरिय (*सुय्य के स्थान पर)

सं० प्रकीर्य >पा० पकिरिय

सं० चैत्य >पा० चेतिय

सं० मौर्य >पा० मोरिय। इन अंतिम दो उदाहरणों में 'ए' और 'ओ' ह्रस्व हैं।

ध्वनि-परिवर्तन

डब्ल्यू० गायगर महोदय ने ध्वनिपरिर्तन के सम्बन्ध में विस्तार से विचार किया है, यहाँ उन्हीं के अनुसार ध्वनि-परिवर्तन के नियम दिये जाते हैं।

१. प्रायः संयुक्त व्यञ्जन के पूर्व के अकार का ह्रस्व एकार हो जाता है, यथा—सं० फल्गु >पा० फेग्गु

सं० शय्या >पा० सेय्या

सं० अत्र >पा० एत्थ

सं० अधस्तात् >पा० हेट्ठ

एत्थ और हेट्ठ ये दोनों अत्र और अधस्तात् की अपेक्षा *इत्र और अधेष्ठात् (अधिष्ठात्) से विकसित प्रतीत होते हैं। अवेस्ता में 'इथ्' की उपस्थिति से संस्कृत में *इत्र का अनुमान किया जा सकता है, संस्कृत में 'अधि' और 'अधस्' दोनों हैं ही।

२. (क) इकारान्त और उकारान्त शब्दों के करण और अधिकरण कारक के बहुवचन में अन्तिम इकार और उकार को दीर्घ हो जाता है, यथा—

सं० मुनिभिः >पा० मुनीहि, सं० भिक्षुभिः >पा० भिक्खूहि

सं० मुनिषु >पा० मुनीसु, सं० भिक्षुषु >पा० भिक्खूसु

(ख) संयुक्तव्यञ्जन के पूर्व इ और उ को क्रमशः प्रायः ऍ और ऑ हो जाता है, यथा—

सं० विष्णु >पा० वेॅण्हु

सं० निष्क >पा० नेक्ख

सं० उष्ट्र >पा० ओट्ठ

सं० उल्कामुख >पा० ओक्कामुख

(ग) संयुक्त व्यञ्जन के पूर्व दीर्घ ई और ऊ को क्रमशः प्रायः ए और ओ हो जाता है, यथा—

सं० रामणीय >पा० रामणेय्य

सं० कूर्च >पा० कोच्छ

सं० विहिंसति >पा० विहेसति। इस प्रसंग में संस्कृत से पालिरूप होने में इन आन्तरिक परिवर्तन-क्रमों पर ध्यान देना चाहिये—

*विहीसति, *विहिस्सति, *विहेॅस्सति।

३. (क) संस्कृतभाषा के 'ऋ' स्वर का पालि में अर्, इर्, उर् रूप हो जाता है। यतः मध्यभारतीय आर्यभाषाओं में रेफ का लोप हो जाता है, अतः अ, इ, उ रूप ही मिलते हैं। ऋ स्वर का यह परिवर्तन प्रतिवेशी (पड़ोसी) ध्वनि से अधिकतर प्रभावित पाया जाता है, यद्यपि यह सार्वत्रिक नियम नहीं है।

ऋ के लिए अ (अर्)—सं० ऋक्ष >पा० अच्छ

सं० पृषत >पा० पसद

सं० वृक >पा० वक

सं० हृदय >पा० हदय

ऋ के लिए इ (इर्)—सं० ऋण >पा० इण

सं० वृश्चिक >पा० विच्छिक

सं० सृपाटिका >पा० सिपाटिका

ऋ के लिए उ (उर्)—सं० ऋजु >पा० उजु (उज्जु)

सं० ऋषभ >पा० उसभ

सं० पृच्छति >पा० पुच्छति

सं० मृणाळ >पा० मुळाळ और मुळाली।

यह कोई सार्वत्रिक नियम नहीं है कि ऋकारयुक्त संस्कृत शब्द का पालिभाषा या प्रायः सभी मध्यभारतीय आर्यभाषाओं में परिवर्तित रूप एक ही प्रकार का होगा, अपितु कभी कभी उसी शब्द के परिवर्तित रूप में, उन उन लोकभाषाओं के प्रभाव से, भिन्न भिन्न दो प्रकार के या दो से अधिक प्रकार के परिवर्तन देखे जाते हैं। यथा—सं० ऋक्ष >पा० अच्छ होने के साथ ही पालि में इक्क भी पाया जाता है। इसी प्रकार—

सं० ऋण > पा० इण और अनण (सं० अनृण)

सं० वृद्धि > पा० वढ्ढि और वुद्धि

सं० मृग > पा० मग और मिग

सं० कृष्ण > पा० कण्ह और किण्ह

सं० पृथवी > पा० पथवी, पठवी, पुथवी, पुथुवी और पुठुवी

(ख) कभी-कभी संस्कृत का ऋ स्वर मध्य भारतीय आर्यभाषाओं में रु या र में परिवर्तित हो जाता है, यथा—

ऋ के लिए रु—सं० वृक्ष > पा० रुक्ख

—सं० प्रावृत > पा० पारुत

—सं० अपावृत > पा० अपारुत

ऋ के लिए र—सं० वृहन्त > पा० ब्रहन्त

४. संस्कृत भाषा में एक मात्र 'क्लृप् सामर्थ्ये' धातु से वनने वाले शब्द ही 'ऌ' स्वर-युक्त मिलते हैं। पालिभाषा में भी इन्हीं शब्दों के परिवर्तित रूपों का पाया जाना स्वाभाविक है, किन्तु संस्कृत के ऌ स्वर का पालिभाषा में 'उ' में परिवर्तन हो जाता है। यथा—

सं० क्लृप्त > पा० कुत्त

सं० क्लृप्ति > पा० कुत्ति

५. संस्कृत भाषा की ए और ओ ध्वनियाँ पालि में वैसी की वैसी हैं। संस्कृत की ऐ और औ ध्वनियाँ पालि में क्रमशः ए और ओ में परिवर्तित हो जाती हैं, यथा—

सं० ऐरावण >पा० एरावण

सं० मैत्री >पा० मेत्ती

सं० वै >पा० वे

सं० औरस >पा० ओरस

सं० पौर >पा० पोर

६. संयुक्त व्यञ्जन के पूर्व ए और ओ ध्वनियाँ प्रायः इ और उ ध्वनियों में परिवर्तित हो जाती हैं। वह संयुक्तव्यञ्जन प्राचीन आर्यभाषा का न भी हो और मध्य भारतीय आर्य भाषा में संयुक्त व्यञ्जन हो गया हो तो भी यह नियम लग जाता है। यथा—

(क० १) सं० प्रतिवेश्यक > पतिविस्सक। सम्भवतः संस्कृत प्रतिवेश्यक से★ पतिवेॅश्यक और उससे पतिविस्सक बना हो।

सं० प्रसेवक > पा० पसिब्बक (< ★पसेॅब्बक)

(क० २) इ< ए< ऐ (संस्कृत भाषा)

सं० ऐश्वर्य >पा० इस्सरिय (< ★एॅस्सरिय)

सं० सैन्धव >पा० सिन्धव (< ★सेॅन्धव)

(ख० १) उ< ओॅ < ओॅ (संस्कृत भाषा)

सं० अकोप्य >पा० अकुप्प (< ★अकोॅप्प)

सं० तोत्त्र >पा० तुत्त (< ★तोॅत्त)

सं०श्रोष्यामि >पा० सुस्सं (< ★सोॅस्सं)

सं० गोनाम् >पा० गुन्नं (< ★गोन्नं)

(ख० २) उ< ओॅ < औ (संस्कृत भाषा)

सं० औत्सुक्य >पा० उस्सुक्क (< ★ओॅस्सुक्क)

सं० क्षौद्र >पा० खुद्द (< ★खोद्द)

सं० रौद्र >पा० लुद्द (< ★लोद्द)

सं० अश्रौष्म >पा० अस्सुम्ह (< ★अस्सोॅम्ह)

(ख० ३) उ< ओ< अव (संस्कृत)

सं० अवश्याय >पा० उस्साव (< ★ओॅस्साव)

७. संस्कृत भाषा के शब्दों के पालिभाषा में परिवर्तित रूपों में कभी-कभी प्रतिवेशी स्वरों एवं व्यञ्जनों का प्रभाव स्वरों पर देखा जाता है। यथा—

(क) इ का उ हो जाता है यदि उसके बाद कोई उ स्वर हो, जैसे—

सं० इषु >पा० उसु

सं० शिशु >पा० सुसु

सं० इक्षु >पा० उच्छु

(ख) अ का उ हो जाता है, यदि बाद में कोई उ स्वर हो, जैसे—

सं०समुद्ग >पा० सुमुग्ग (समुग्ग के स्थान पर)

(ग) अ का इ हो जाता है, यदि बाद में इ हो, जैसे—

सं० सरीसृप > पा० सिरिंसप

सं० तमिस्रा > पा० तिमिस्सा

(घ) उ का अ हो जाता है यदि बाद में अ हो, जैसे—

सं० कूर्पर > कप्पर

८. उपर्युक्त नियम में जिस प्रकार बाद में रहने वाले स्वरों का प्रभाव पूर्व के स्वरों पर पड़ता है उसी प्रकार कभी-कभी पूर्व के स्वरों का प्रभाव बाद के स्वरों पर भी पड़ता है और इस प्रकार बाद के स्वर पूर्व के स्वरों में परिवर्तित हो जाते हैं। यथा—

(क) अ को उ हो जाता है यदि उसके पहले उ हो, यथा—

सं० उदङ्क > पा० उलुंक

सं० कुरङ्ग > पा० कुरुंग

(ख) इ को अ हो जाता है यदि उसके पहले अ हो, यथा—

सं० अलिञ्जर > पा० अरञ्जर

सं० पुष्करिणी > पा० पोक्खरणी

(ग) उ को अ हो जाता है यदि उसके पहले अ हो, यथा—

सं० मस्तुलङ्ग > पा० मत्थलुङ्ग

(घ) अ को इ हो जाता है यदि उसके पहले इ हो, यथा—

सं० शृङ्गबेर > पा० सिंगिवेर

सं० निषण्ण > पा० निसिन्न

९. संस्कृत भाषा के शब्दों के स्वरों का पालिभाषा में जो परिवर्तन होता है उस पर न केवल पूर्ववर्ती और परवर्ती स्वरों का ही प्रभाव माना जा सकता है अपितु कभी-कभी व्यञ्जनों का भी प्रभाव देखा जाता है। ओष्ठ्य व्यञ्जन के प्रभाव से उ में परिवर्तन और तालव्य व्यञ्जन के प्रभाव से इ में परिवर्तन देखा जाता है। यथा—

सं० मति > पा० मुति

सं० मत > पा० मुत

सं० मतिमान् > पा० मुतिमा

सं० मज्जा > पा० मिज्जा

सं० जुगुप्सते > पा० जिगुच्छति

१०. संस्कृत के शब्दों का पालिभाषा में स्वराघात (aceent) के कारण ही कभी-कभी स्वर परिवर्तन हुआ है। जिन तीन-चार शब्दांश वाले संस्कृत के

शब्दों के प्रथम शब्दांश पर स्वराघात है उन शब्दों के, पालिभाषा में, द्वितीय शब्दांश का स्वर प्रायः ह्रस्व हो जाता है। अधिकतर स्थलों पर वह ह्रस्व स्वर 'इ' के रूप में होता है। वही स्वर यदि ओष्ठ्य अक्षरों के बाद हो तो, सर्वत्र तो नहीं किन्तु प्रायः इ के बदले उ के रूप में हो जाता है।

(क) स्वराघात वाले शब्दांश के बाद अ को इ हो जाता है, यथा—

सं० चन्द्रमस् >पा० चन्दिमा

सं० चरम >पा० चरिमा

(ख) स्वराघात वाले शब्दांश के बाद अ का उ हो जाता है, यथा—

सं० नवति >पा० नवुति

सं० प्रावरण >पा० पापुरण

सं० सम्मति >पा० सम्मुति

(ग) स्वराघात वाले शब्दांश के बाद कभी-कभी इ के स्थान पर उ और उ के स्थान पर इ हो जाता है, यथा—

सं० राजिल >पा० राजुल

सं० गैरिक >पा० गेरुक

सं० प्रसित >पा० पसुत

सं० मृदुता >पा० मुदिता और मृदुता भी

११. कभी-कभी पालिभाषा के पूर्ण विकास से पूर्व स्वराघात रहित ह्रस्व स्वर लुप्त हो जाता था और इस प्रकार लोप हो जाने पर स्वर से अव्यवहित होने के कारण संयुक्त व्यञ्जनों का पालिभाषा में समीकरण हो गया, यथा—

सं० जागर्ति >पा० जागरति (स्वरभक्ति के कारण, अन्यथा जग्गति< *जाग्रति)

सं० उदक >पा० ओक (*ओॅक्क, उक्क, *उत्क या *उद्क)

१२. संस्कृत के किसी शब्द के दीर्घस्वर से पूर्व यदि स्वराघात वाला शब्दांश हो तो पालिभाषा में उस दीर्घस्वर को प्रायः ह्रस्वस्वर हो जाता है, यथा—

सं० कार्षापण >पा० कहापण

१३. स्वराघात के प्रभाव के कारण ही कभी-कभी अनुदात्त अन्तिम शब्दांश का स्वर ह्रस्व हो जाता है। इस प्रकार ओ का उ हो जाता है, यथा—

सं० असौ >पा० असु (< *असो)

सं० उताहो >पा० उदाहु

१४. अधिकांश शब्दों में स्वराघात में परिवर्तन के कारण द्वितीय शब्दांश का दीर्घस्वर ह्रस्व हो जाता है। स्पष्टतः यह परिवर्तन स्वराघात के प्रथमाक्षर पर स्थान परिवर्तन के कारण होता है, यथा—

सं० अलीक >पा० अलिक

सं० गृहीत >पा० गहित

१५. किन्हीं-किन्हीं शब्दों में प्रथम शब्दांश के स्वर पर स्वराघात आ जाने कारण, वह स्वर दीर्घ हो जाता है, यथा—

सं० अजिर >पा० आजिर

सं० अलिन्द >पा० आलिन्द

१६. यण् (य, व, र, ल) अक्षरों से युक्त संस्कृत भाषा के शब्दों का पालिभाषा में सम्प्रसारण एवं सन्धि के अनुसार अक्षरलोप होकर परिवर्तन देखा जाता है। उदात्त या और य के स्थान में ई और वा के स्थान में ऊ परिवर्तन देखा जाता है,[1] यथा—

सं० स्त्यान >पा० थीन

सं० द्व्यह >पा० द्वीह

यह सम्प्रसारणीकरण का नियम सार्वत्रिक नहीं है, जैसे—

व्यसन, व्याध आदि में य और या रह गये हैं। और इसी प्रकार सं० त्यजति >पा० चजति, सं० मध्य >पा० मज्झ आदि में पूर्णस्वर के साथ 'य' का समीकरण हो गया है।

सं० श्वान >पा० सून

संयुक्त व्यञ्जन के पूर्व के ऊ को कभी-कभी ओ भी हो जाता है, (ऊ > उ > ओ) यथा—

सं० स्वस्ति >पा० सोत्थि (*सुवत्थि के स्थान पर)

सं० श्वभ्र >पा० सोब्भ (*सुवब्भ के स्थान पर)

व के साथ समीकरण होने के कारण कभी-कभी वॉ रह भी जाता है, यथा—

सं० अश्वत्थ >पा० अस्सत्थ (अस्सोत्थ के स्थान पर)

व का समीकरण 'श्' के साथ हो गया, पालि में दन्त्य स ही होने के कारण दोनों 'स्स' हो गये। अब द्वितीय 'स' के रूप में 'व' रह गया है।

---

१. पाणिनि-व्याकरण के अनुसार यण् के स्थान में यदि इक् (इ, उ, ऋ, ऌ) होते हैं तो वे सम्प्रसारण कहलाते हैं—इग्यणः सम्प्रसारणम् पा० १, १, ४५. जिस यण् वर्ण का सम्प्रसारण होता है उसके बाद वाले स्वर को पूर्व रूप हो जाता है—सम्प्रसारणाच्च पा० ६, १, १०८. अर्थात् यदि 'या' में 'य' के स्थान पर 'इ' हुआ तो 'आ' का भी पूर्वरूप हो जाता है।

१७. सन्धियों के कारण मूल प्राचीन आर्य भाषा का 'अय' 'ए' के रूप में (अय >अयि >अइ) और 'अव' 'ओ' के रूप में (अव >अवु >अउ) परिवर्तित हो जाता है। यथा—

सं० जयति >पा० जेति

सं० अध्ययन >पा० अज्झेन

सं० त्रयोदश >पा० तेरस (*त्रयदश)

सं० नयन और सं० शयन आदि में 'अय' का परिवर्तन नहीं हुआ, किन्तु सं० शयनासन >पा० सेनासन (सयनासन के स्थान पर) आदि में हो गया।

सं० अवधि >पा० ओधि

सं० अवम >पा० ओम

सं० लवण >पा० लोण

सं० भवति >पा० होति

सं० लवन और सं० सवन आदि में 'अव' का परिवर्तन नहीं भी देखा जाता है।

१८. मूलप्राचीन आर्यभाषा के शब्दों में आये हुए अय और आय का 'आ' आव का 'ओ' अवा का 'आ', अयि और अवि का तथा परिभाषिक शब्दों के अयि का 'ए' इय का 'ई' (इ) परिवर्तित रूप मध्यभारतीय आर्यभाषाओं में प्रायः देखा जाता है, यथा —

अय और आय का 'आ'

सं० प्रतिसंलयन > पा० पतिसाल्लान

सं० स्वस्त्ययन > पा० सोत्थान

सं० वैहायस > पा० वेहास

सं० उपस्थायक > पा० उपट्ठाक (स्त्रीलिंग में उपट्ठायिका)

विशेष कर शब्दों के प्रथम शब्दांश में आया हुआ 'आय' प्रायः रह जाता है, यथा वायस, जायति।

आव का 'ओ'

* अतिधावन > पा० अतिधोन (चारिन्) किन्तु प्रथम शब्दांश में 'आव' रह जाता है, यथा-पावक, सावक।

अवा का 'आ'

सं० यवागू >पा० यागु

किन्तु सन्धिविहीन 'अवा' रह जाता है, यथा—

कवाट, पवाट (जैसे दयालु में अया रह गया है।)

अयि और अवि का ए

सं० आश्चर्य >पा० अच्छेर या अच्छरिय (< ★अच्छयिर)

सं० आचार्य >पा० आचेर या आचरिय

सं० स्थविर >पा० थेर

सं० भविष्यति >पा० हेस्सति

आयि का 'ए'

★ अत्यायिक >पा० अच्चेक या अच्चायिक। असाधारणस्थिति में दिये जाने वाले वेशविशेष को अच्चेक कहते हैं।

'ए' के अतिरिक्त 'पाटिहीर' जैसे कुछ शब्दों में 'ई' भी होता है, यथा—सं० प्रातिहार्य >पा० पाटिहीर या पाटिहारिय।

इय का ई (इ)—

★ कियत्तक >पा० कित्तक

★ इयत्तक >पा० एत्तक (< ★इत्तक)

१९. मूल प्राचीन आर्यभाषाओं से विकास होकर जो मध्यभारतीय-आर्यभाषाओं का रूप सामने आया, उसके आने के समय तक विकास की कई प्रक्रियायें अवश्य हुई होंगी। उदाहरणों से यह स्पष्ट है कि कभी अन्तर्वर्ती व्यञ्जनों का लोप हो जाया करता था। उन व्यञ्जनों के लोप हो जाने पर अवशिष्ट स्वर ही प्रतिवेशी रह जाते थे। परिणामस्वरूप, सं० मयूर >★मऊर >मोर सं० मौद्गल्यायन >★मोद्गल्यायन >★ मोद्गलायन >★ मोग्गलायन >मोग्गलाअन >मोग्गलान (या मोग्गल्लान भी) इसी प्रकार से विकास की प्रक्रिया का अनुमान किया जा सकता है।

२०. जैसा कि प्राकृतों में देखा जाता है, पालि में 'उप' और 'अप' उपसर्गों का क्रम से 'ऊ' और 'ओ' रूप हो जाता है!

उप का 'ऊ'

सं० उपहदति >पा० ऊहदेति (< ★ उवहदेति)

सं० उपहसन >पा० ऊहसन (< ★ उवहसन)

अप का 'ओ'

सं० अपवरक >पा० ओवरक (< ★ अववरक)

सं० अपत्रपति >पा०ओत्तपति (< ★अवत्तपति)

२१. संस्कृत भाषा के केवल उन्हीं शब्दों के, जिनमें र्, ल्, य्, व् एवं

अनुनासिक व्यञ्जनों का संयोग है, संयुक्त व्यञ्जनों को स्वरभक्ति[१] द्वारा पृथक कर दिया जाता है। इसका एक अपवाद सं० कष्ट >पा० कसट मिलता है। सम्भवतः यह अपवाद भी बोलचाल की भाषा की विशेषता के कारण है क्योंकि पैशाची प्राकृत में 'कसद' शब्द सं० कष्ट के लिए आया है। स्वरभक्ति के कारण जुटने वाला स्वर प्रायः शब्दों के मध्य में पाया जाता है। केवल सं० स्त्री > पा० इत्थी (< *इस्त्री) तथा सं० स्मयते >पा० उम्हयति (< उस्मयति) शब्दों के आदि में स्वरभक्ति पाई जाती है। 'इत्थी' शब्द का इकार भी प्रायः छन्द के कारण मिलता है। इत्थी के अतिरिक्त 'त्थी' शब्द भी देखा जाता है। स्वर-भक्ति से निर्मित अर्द्ध तत्सम रूपों के साथ-साथ उन शब्दों के तद्भव रूप भी पालिभाषा में मिलते हैं।

सं० सूर्य >पा० सुरिय (सूय्य* के स्थल पर)
सं० ग्लान >पा० गिलान
सं० श्री >पा० सिरी
सं० ह्री >पा० हिरी

इस स्वर-भक्ति नियम से बने हुए रूपों के अतिरिक्त वे रूप भी, जिनमें संयुक्त व्यञ्जनों का समीकरण हुआ है, पाये जाते हैं। समीकरण वाले रूप एक प्रकार से आर्ष प्रयोग हैं और विशेषकर ये गाथाओं में मिलते हैं। इन समीकरण वाले रूपों की व्याख्या टीकाकारों ने स्वरभक्ति वाले रूपों को देकर की है, जैसे—'असि तिक्खो व मंसम्हि....' गाथा में आये हुये 'तिक्ख' शब्द को समझाने के लिये टीकाकार ने 'तिक्खिण' (< सं० तीक्ष्ण) शब्द दिया है।

२२. स्वर भक्ति के द्वारा इ, अ और उ प्रायः आगम के रूप में आते हैं। इनमें भी चाहे मध्यागम हो या अग्रागम हो इ अधिकतर पाया जाता है।

संयुक्त व्यञ्जन 'र्य्'—सं० मर्यादा >पा० मरियादा
सं० वार्यते >पा० वारियति
संयुक्त व्यञ्जन य् के साथ—सं० कालुष्य >पा० कालुसिय
सं० ज्या >पा० जिया

इसी प्रकरण में कर्मवाच्य के प्रायः सभी रूपों को समझना चाहिये।

सं० पृच्छ्यते >पा० पुच्छियति

---

१. वैदिक भाषा में जिसे स्वरभक्ति कहते हैं, उसे ही पालिभाषा एवं प्राकृत भाषाओं के प्रसंग में विप्रकर्ष (Anaptyxis) कहते हैं। अन्तर दोनों में यह है कि स्वरभक्ति की जहाँ आधी मात्रा या उससे कम मात्रा मानी जाती है, वहीं विप्रकर्ष से कुछ अधिक मात्रा का बोध होता है।

सं० ह्यस् >पा० हिय्यो

संयुक्तव्यञ्जन र् के साथ

सं० वज्र >पा० वजिर

सं० श्री >पा० सिरी

सं० पुरुष >पा० पुरिस (< *पूर्ष)

सम्भवतः सं० पुरुष >पा० पोस (< *पोस्स< *पुस्स< *पूर्ष) जो रूप देखा जाता है उसमें कारण यह प्रतीत होता है कि पुरुष शब्द का बोलचाल की भाषा में 'पूर्ष' ही अधिक व्यवहृत था और उसी से यह विकास हुआ।

संयुक्त व्यञ्जन ल् के साथ—

सं० प्लक्ष >पा० पिलक्खु

सं० ह्लाद >पा० हिलाद

संयुक्त व्यञ्जन अनुनासिक के साथ

सं० स्नेह >पा० सिनेह

सं० तृष्णा >पा० तसिणा होता है, जबकि सं० कृष्ण का पालि में कण्ह रूप भी होता है। शब्दों के विभक्त्यन्त रूपों में भी यह परिवर्तन देखा जाता है—

सं० राज्ञा >पा० राजिना (रञ्ञा भी)

सं० राज्ञः >पा० राजिनो (रञ्ञो भी)

स्वर-भक्ति के द्वारा 'अ' का आगम विशेष कर उन्हीं संयुक्तव्यजन वाले शब्दों में होता है, जिनमें 'अ' स्वर संयोग के आगे और पीछे रहे, यथा—

सं० गर्हा >पा० गरहा

सं० गर्हति >पा० गरहति

सं० प्लवति >पा० पलवति (पिलवति भी)

स्वरभक्ति के द्वारा 'उ' स्वरागम संयुक्तव्यञ्जन म् और व् के पहले होता है, यथा—

सं० उष्मन् >पा० उसुमा

सं० सूक्ष्म >पा० सुखुम

सं० मूर्वा >पा० मरुवा (मुरुवा भी)

कभी-कभी संयुक्त व्यञ्जन के बाद यदि 'उ' हो तो उसके प्रभाव से 'उ' का आगम हो जाता है, यथा—

सं० क्रूर >पा० कुरुर। सम्भवतः इसी नियम के कारण सं० स्नुषा >पा० सुणिसा (> * सुनुसा, यह रूप पैशाची प्राकृत में देखा जाता है) रूप भी बना है।

सं० शक्नोति >पा० सक्कुणाति

सं० प्राप्नोति >पा० पापुणाति

२३. कहीं-कहीं छन्दों के कारण स्वरों के मात्राकाल में परिवर्तन देखा जाता है—

ह्रस्वस्वर का दीर्घस्वर

सतिमती के स्थान पर सतीमती

तुरियं के स्थान पर तूरीयं

ततियं के स्थान पर ततीयं

अनुदक के स्थान पर अनूदक

प्रायः अन्तिम स्वर दीर्घ हो जाता है, यथा—'सीहो व नदती वने' इस पद्य में नदति के स्थान पर नदती हो गया है।

मात्राकालनियम (Law of Mora) के अनुसार पूर्वस्वर का दीर्घीकरण और उसके बाद के व्यञ्जन का द्वित्व ये दोनों समान माने जाते हैं। यथा—'सरतिब्बयो' = सरतीवयो, परिब्बसानो = परी वसानो।

दीर्घस्वर का ह्रस्वस्वर

'(भूतानि) भुम्मानि वा यानि व' इस पद्यांश में 'वा' के स्थान पर 'व' का प्रयोग हुआ है।

पच्चनिका, पच्चनीका के स्थान पर।

'ओ' का 'अ'

ओकमोकत, ओकमोकतो के स्थान पर।

'ए' का 'इ'

गिम्हिसु, गिम्हेसु के स्थान पर।

पद्य में ईनं, ऊनं, ईहि, ऊहि, ईसु और ऊसु ये चतुर्थी, षष्ठी, तृतीया, पञ्चमी और सप्तमी (बहुवचन) विभक्तियों से सिद्ध होने वाले (विभक्त्यन्त) शब्दों के अंश ह्रस्व हो जाते हैं जब कि गद्य में दीर्घ ही रहते हैं। सानुनासिक स्वर निरनुनासिक हो जाते हैं, यथा—

दीघं अद्धान····, अद्धानं के स्थान पर।

पापुणि, पापूणि के स्थान पर।

शब्दों के अन्त में आये हुए सानुनासिक भी निरनुनासिक हो जाते हैं, यथा—

जीवतो, जीवन्तो के स्थान पर।

दीर्घस्वर का ह्रस्वीकरण और संयुक्त व्यञ्जन का असंयुक्त व्यञ्जन, ये दोनों बराबर माने जाते हैं, अतएव 'दुखं' का प्रयोग 'दुक्खं' के लिए 'दखिसं', का 'दक्खिस्सं' के लिए हुआ है।

२४. समास के प्रथम घटक का अन्तिम ह्रस्व-स्वर प्रायः दीर्घ हो जाता है, यथा—

ह्रस्व का दीर्घ—सखीभाव, सखिभाव के स्थान पर।

अब्भामत्त, अब्भमत्त के स्थान पर।

समास के द्वितीय घटक के प्रथम व्यञ्जन का द्वित्व-ह्रस्व स्वर का दीर्घ-

जातस्सर, जातासर के स्थान पर।

नवक्खत्तुं, नवाखत्तुं के स्थान पर।

ह्रस्व स्वर का दीर्घस्वर और व्यञ्जनों का द्वित्व, जहाँ उपसर्गों के साथ समाप्त होता है वहाँ अधिकांश रूप में देखा जाता है, यथा—

पावचन, पवचन के स्थान पर।

पाकट, पकट के स्थान पर।

अभिक्कन्त, अभिकन्त (अभीकान्त) के स्थान पर।

पटिक्कूल; (पटिकूल भी) पटीकूल के स्थान पर।

दीर्घ का ह्रस्व

यदि समास के, आकारान्त, ईकारान्त, ऊकारान्त शब्द प्रथम घटक हों तो उनके इन दीर्घस्वरों का ह्रस्वस्वर हो जाता है, यथा—

उपाहनदान, उपाहनादान के स्थान पर।

दासिगण, दासीगण के स्थान पर।

सस्सुदेवा, सस्सूदेवा के स्थान पर।

२५. प्राचीन मूल आर्यभाषाओं से मध्यभारतीय आर्यभाषाओं, विशेषकर पालिभाषा के विकास का अध्ययन कर गायगर महोदय ने पालिभाषा के स्वर परिवर्तन के विषय में अनेक नियम-उपनियम बनाये। परन्तु अनेक शब्दों में स्वरों का विकास इस प्रकार हुआ है कि उन्हें किसी नियम में बाँध पाना उनके लिए सम्भव न हो सका। भाषाओं के विकास का क्रम वस्तुतः बड़ा विचित्र है। महर्षि पाणिनि जैसे अप्रतिम प्रतिभासम्पन्न वैयाकरण को भी कुछ शब्दों के लिए निपातन करने की आवश्यकता पड़ ही गयी। संस्कृतभाषा में इन सबके बावजूद कुछ प्रयोगों को आर्ष माना जाता है। आर्ष का अर्थ अनियमित नहीं होता, उसका भी अपना स्वारस्य है, जिसका ज्ञान अध्ययन साध्य है। पालिभाषा में संस्कृत की अपेक्षा अधिक आर्ष प्रयोग है। जिन स्वरों के विकासों को गायगर नियम में न बाँध सके, उन विकासों को उन्होंने पृथक् दे दिया है, यथा—

सं० पुनर् } >पा० पुन = पुनः, एक बार और, दुबारा
>पा० पन = किन्तु, परन्तु

सं० गुरु >पा० गरु

सं० कलिञ्ज >पा० किलञ्ज (किलिञ्ज के स्थान पर)

पालिशब्दों में कुछ ऐसे शब्द मिलते हैं जिनका विकास लौकिक संस्कृत के किसी शब्द से न होकर वैदिक संस्कृत के किसी शब्द से प्रत्यक्ष हुआ सा प्रतीत होता है, यथा—

पा० सिम्बल–लि < वैदिक सं० शिम्बल, न कि सं० शाल्मली

पा० तेकिच्छा < *चेकित्सा (< वैदिक सं० चिकित्सा)

व्यञ्जन-ध्वनिपरिवर्तन

२६. पालिभाषा में असंयुक्त व्यञ्जन पूर्ण रूप से सुरक्षित हैं। जिस प्रकार पालिभाषा में दो स्वरों के मध्य में आने वाले स्पर्श वर्ण अवशिष्ट रह जाते हैं उस प्रकार प्राकृत में नहीं। पालिभाषा में 'न' और 'य' का परिवर्तन नहीं हुआ, किन्तु उत्तरकालीन प्राकृतों में न का 'ण' और य् का 'ज्' में परिवर्तन देखा जाता है। उष्मा वर्ण श्, ष्, स्, तीनों का दन्त्य स् रूप में ही अवशेष रह गया। एक प्रकार से सार्वत्रिक नियम कहा जा सकता है कि स्वरमध्यग ड् का 'ळ्' और ढ् का 'ळ्ह्' रूप में परिवर्तन हो जाता है। इस परिवर्तन की दृष्टि से पालिभाषा लौकिक संस्कृत की अपेक्षा वैदिक संस्कृत के अधिक निकट मानी जा सकती है, यथा—

सं० पेडा >पा० पेळा

सं० हिण्डते >पा० हिळेति

सं० मीढ >पा० मीळ्ह

सं० वूढ >पा० वूॅळ्ह

सं० कुड्मल >पा० कुडुमल में 'ड्' रह गया है। वस्तुस्थिति यह है कि सं० में यह 'ड्' स्वरमध्यग है ही नहीं। सह + ऊढ = सहोढ में ढ् का परिवर्तन न होना विचारणीय है।

२७. पालिभाषा के किन्हीं-किन्हीं एकाध शब्दों के परिवर्तन में जो प्राकृत भाषा के शब्दों के विकास की प्रक्रिया देखी जाती है, वह बोलियों के उन शब्दों के विकास की प्रक्रिया से सम्बद्ध है जो प्राकृत का रूप धारण कर रहे थे और जिनके रूप पालि की साहित्यिक भाषा में प्रचलित थे। इस प्रकार के कुछ एक आध प्रयोग, स्वरमध्यग स्पर्श वर्ण का लोप और उसके अभाव की पूर्ति के लिए वहाँ 'य' और 'व' के सन्निवेश के कारण भी देखा जाता है। यथा—

सं० शुक >पा० सुव (सुक भी)

सं० खादित >पा० खायित

सं० निज >पा० निय

२८. पालिभाषा में प्राकृतभाषा की एक यह भी विशेषता देखी जाती है कि कहीं-कहीं स्वरमध्यग सघोष महाप्राणध्वनियों के स्थान पर 'ह्' अवशिष्ट रह जाता है, यथा—

सं० लघु >पा० लहु

सं० रुधिर >पा० रुहिर (रुधिर भी)

सं० साधु >पा० साहु

सं० भवति >पा० होति

सं० प्रभूत >पा० पहूत

यह एक मनोरञ्जक बात है कि कभी-कभी किसी महाप्राण-ध्वनि का संस्कृत में 'ह' परिवर्तन हो जाने पर भी वैदिक संस्कृत के प्रभाव के कारण पालि में महाप्राण-ध्वनि ही अवशिष्ट है, 'ह' रूप में परिवर्तन नहीं हुआ, यथा—

वै० सं० इध >पा० इध (सं० इह)

पालि में अघोष महाप्राण ध्वनियों के स्थान पर 'ह' हो जाता है, यथा—

सं० समीखते >पा० समीहति

पालि का 'सुहता' शब्द सं० 'सुख' शब्द से सम्बद्ध है।

मूल प्राचीन आर्यभाषाओं के स्वरमध्यग व्यञ्जनों की मध्यभारतीय आर्य भाषाओं तक विकसित होने में तीन अवस्थायें हुई हैं। प्रथम अवस्था में अघोष स्पर्श ध्वनि घोष हो जाती है, द्वितीय अवस्था में घोषस्पर्शध्वनि 'य्' ध्वनि में परिवर्तित हो जाती है और तृतीय अवस्था में 'य्' ध्वनि का भी लोप हो जाता है। यह तृतीय अवस्था उत्तरकालीन प्राकृतों में और प्रथम दो अवस्थायें मुख्यतः पालिभाषा में पायी जाती हैं।

२९. पालिभाषा की एक दूसरी विशेषता यह है कि स्वरमध्यग सघोष-ध्वनियों का अघोषध्वनियों में परिवर्तन हो जाता है। इस प्रकार के परिवर्तन पर बोलियों का ही प्रभाव अधिक माना जा सकता है। यथा—

क् का 'ग'

सं० एडमूक >पा० एकमूग

सं० प्रतिकृत्य >पा० पटिगच्च

ख् का 'घ्'

सं० निखनिष्यसि >पा० निघञ्जसि

च् का 'ज्'

सं० स्रुच् >पा० स्रुजा

ट् का 'ळ्' (>*ड्)

सं० कक्खट >पा० कक्खळ

सं० खेट >पा० खेळ (= ग्राम)

त् का 'द्'

सं० प्रतियातयति >पा० पटियादेति

सं० पृषत >पा० पसद

थ् का 'ध्'

सं० ग्रथित >पा० गधित

सं० प्रव्यथते >पा० पवेधति

प् का 'व्' (प्रायः)

सं० अपाङ्ग >पा० अवंग

सं० कपि >पा० कवि

३०. बोलियों के विभिन्न विकासक्रम के प्रभाव का ही यह परिणाम है कि पालिभाषा में सघोषस्पर्श ध्वनियाँ अघोषस्पर्श ध्वनियों में परिवर्तित हो गयी हैं। यथा—

ग् का 'क्'

सं० अगुरु >पा० अकलु

सं० छगल >पा० चकल

घ् का 'ख्'

सं० परिघ >पा० पलिख (प्रायः 'पलिघ' भी)

ज् का 'च्'

सं० प्राजति >पा० पाचेति (पाजेति भी)

द् का 'त्'

सं० कुसीद >पा० कुसीत

सं० प्रदर >पा० पतर

सं० मृदंग >पा० मुतिंग

ध् का 'थ्'

सं० उपधेय >पा० उपथेय्य

सं० पिधीयते >पा० पिथीयति (तु० पिदहति और पिधान)

ब् और व् का 'प्'

सं० बल्बज (बल्वज) ?) >पा० पब्बज

सं० प्रलाव >पा० प्रलाप (=भूसा, तुष)

सं० प्रावरण >पा० पापुरण

सं० लाब, लाव >पा० लाप (=वर्तक-तिका)

सं० हावयति >पा० हापेति (=बुझाता है)

३१· कहीं-कहीं एक-आध शब्दों में अल्पप्राण का महाप्राण होना या न होना पालि और प्राकृत में समानरूप से देखा जाता है। यह नियम प्रायः अव्युत्पन्न शब्दों के प्रसंग में ही सत्य है। यथा—

आदिम अल्पप्राण ध्वनि का महाप्राण

सं० कील >पा० खील

सं० कुब्ज >पा० खुज्ज

सं० तुष >पा० थुस

सं० परशु >पा० फरसु (परसु भी)

सं० परुष >पा० फरुस

सं वस्त >पा० भस्त

सं० बिस >पा० भिस

सं० षट् >पा० छ (पिशल के अनुसार)

सं० शकृत >पा० छकन (,, ,, ,,)

अन्तर्वर्ती अल्पप्राण ध्वनि का महाप्राण

सं० सुकुमार >पा० सुखुमाल

सं० ककुद >पा० ककुध

संस्कृत की महाप्राणध्वनियों का उत्तरकालीन भाषाओं में न दिखायी देना

सं० झल्लिका >पा० जल्लिका

सं० कफोणि >पा० कपोणि

सं० क्षुधा >पा० खुदा

* कथिका >पा० कतिका (कथिका भी)

३२. यह बोलियों का ही प्रभाव है कि कभी-कभी व्यञ्जनों के उच्चारण-स्थान का परिवर्तन हो जाता है, यथा—

कण्ठ्य का तालव्य

सं० कुन्द >पा० चुन्द

सं०.इंग >पा० इञ्ज

तालव्य का दन्त्य

सं० जाज्वल्यते >पा० दद्दल्लति

सं० चिकित्सति >पा० तिकिच्छति

मूर्धन्य के लिए दन्त्य

सं० डिण्डिम >पा० देण्डिम (दिन्दिम भी)

३३. संस्कृत की दन्त्य ध्वनियों के स्थान पर पालि में प्रायः सर्वत्र मूर्धन्य ध्वनियाँ होती हैं और विशेषकर वहाँ, जहाँ ये दन्त्य ध्वनियाँ र या ऋ के बाद रहती हैं। यह भी सम्भव है कि पालि में ये र् और ऋ ध्वनियाँ लुप्त हो चुकी हैं। यथा—

त् के लिए ट्

सं० आम्रातक >पा० अम्बाटक

मूल प्राचीन आर्यभाषा के ऋ से युक्त धातुओं के कृदन्तरूप से पालिभाषा में विकसित शब्दों में प्रायः 'त्' का 'ट्' हो जाता है। यथा—

सं० हृत >पा० हट

सं० व्यापृत >पा० व्यावट

जहाँ एक तरफ उपर्युक्त नियम के अनुसार परिवर्तन होते हैं वहीं दूसरी तरफ सं० मृत >पा० मत, सं० कृत >पा० कत आदि रूप भी देखे जाते हैं। संस्कृत प्रति >पा० पति और कभी पटि, ये दोनों रूप विकसित हुए हैं। माइ-केल्सन सम्भवतः 'पटि' का सम्बन्ध संस्कृत 'प्रति' से, किन्तु 'पति' का सम्बन्ध अवेस्ता 'पैति' (प्राचीन फारसी में 'पतिय्' होता है) से मानते हैं।

थ् के लिए ठ्

सं० प्रथम >पा० पठम

★श्रृथिल (सं० शिथिल ?) >पा० सठिल (सिथिल भी) पा० पठवी (< सं० पृथवी) के सम्बन्ध में कोई निश्चित नियम ज्ञात नहीं होता।

द् के लिए ड्

√दंश् और √दह इन दो संस्कृत धातुओं के रूप और उनसे बने हुए अन्य कृदन्त आदि रूप इसके उदाहरण हैं, यथा—

डसति (पा०), डहति, डाह आदि। किन्तु सं० दग्ध > पा० दड्ढ रूप विचारणीय है। इन दोनों धातुओं के अतिरिक्त कुछ अन्य धातु और उनसे बने शब्दों में भी यह परिवर्तन देखा जाता है. यथा—

सं० उदार >पा० उलार (< ★उडार)

ध् के लिए ढ् (>ळ्ह)

सं० द्वैध >पा० द्वेळ्ह (क) (< ★द्वेढ (क))

न् के लिए ण्

सं० शकुन >पा० सकुण

सं० ज्ञान >पा० ञाण

३४. इस मूर्धन्यीकरण वाले नियम के प्रसंग में ही यह ज्ञातव्य है कि कभी कभी 'द्' का प्रतिनिधित्व 'र्', 'न्' का प्रतिनिधित्व या तो 'ल्' या 'र्', और 'ण्' का प्रतिनिधित्व 'ळ्' करते हैं, यथा—

द् (>ड्) का र्

यह उपनियम प्रायः कुछ संख्यावाचक समस्त (दशन् के साथ) एवं सर्वनाम शब्दों में देखा जाता है, यथा—

सं० एकादश >पा० एकारस (एकादस भी)

सं० द्वादश >पा० बारस (दक्षिण पश्चिम की बोली के प्रभाव के कारण 'द्वा' के स्थान पर 'बा')

सं० ईदृश >पा० एरिस (एदिस भी)

सं० ईदृक्ष >पा० एरिक्ख (एदिक्ख भी)

सं० सप्तति >पा० सत्तरि, इस परिवर्तन के सम्बन्ध में कच्चायन (४, ६, १९) ने 'त्' का 'र्' रूप में विकास माना है।

न् के लिए 'ल्'

सं० एनस् >पा० एळ

सं० पिनह्यति >पा० पिलन्धति

न् के लिए 'र्'

सं० नैरञ्जना >पा० नेरञ्जरा

ण् के लिए 'ळ्'

सं० वेणु >पा० वेळु

सं० मृणाल >पा० मुळाल

३५. पालिभाषा में र् ध्वनि का ल् ध्वनि में परिवर्तन अत्यन्त सामान्य है। प्राकृतभाषाओं में, विशेष कर मागधी के लिए तो र् ध्वनि का ल् ध्वनि में परिवर्तन नियम ही है, यथा—

सं० रुज्यते >पा० लुज्जति

सं० रौद्र >पा० लुद्द

सं० एरण्ड >पा० एलण्ड

सं० तरुण >पा० तलुण

सं० त्रिपुष्कर >पा० तिपुक्खल

कभी-कभी संस्कृत में र् ध्वनि और ल् ध्वनि वाले दोनों शब्द साथ साथ प्रयुक्त होते हैं, यथा—

सं० लूक्ष, रूक्ष >पा० लूख

सं० लोध्र, रोध्र >पा० लोद्द

कभी-कभी सं० में पाये जाने वाले दोनों रूप पालि में भी सुरक्षित हैं, यथा—

रोम, लोम; रोहित, लोहित

३६. कभी कभी पालिभाषा में संस्कृत की 'ल्' ध्वनि का प्रतिनिधित्व र् एवं न् ध्वनियाँ करती हैं, यथा—

ल् के लिए 'र्'

सं० अलिञ्जर >पा० अरञ्जर

सं० आलम्बन >पा० आरम्मण

सं० किल >पा० किर

ल् के लिए न्'

सं० लाङ्गल >पा० नङ्गल

सं० ललाट >पा० नलाट

सं० देहली >पा० देहनी

३७. कुछ शब्दों में 'य्' के स्थान पर 'व्' और इसी प्रकार 'व्' के स्थान पर य् ध्वनि देखी जाती है, यथा—

य् के लिए 'व्'—

सं० आयुध >पा० आवुध

सं० अवश्याय >पा० उस्साव

सं० कषाय >पा० कसाव

सं० पूय >पा० पुब्ब (< *पुव्व< *पूव) आदि उदाहरणों में 'व्' का द्वित्व हो जाने पर 'ब्ब्' रूप मिलता है। सं० वृद्ध >पा० बुड्ढ (वुड्ढ भी) आदि शब्दों के संस्कृत 'व्' ध्वनि के स्थान पर ब् ध्वनि होती है ! अतएव स्वभावतः 'य्' ध्वनि के स्थान पर भी 'ब्' ध्वनि होती है, क्योंकि 'य्' से 'व्' के विकासक्रम में ही 'ब्' हो गया और ऐसा प्रतीत होने लगा कि य् के स्थान पर 'ब्' हुआ है, यथा—

सं० जरायु >पा० जलाबु

व् के लिए 'य्'

सं० दाव > पा० दाय (दाव भी)

इसी नियम के अनुसार ई० कुह्न ने ★चत्यर > पा० चच्चर माना है और कहा है कि सं० चत्वर > ★चत्यर हुआ है।

इसी प्रकार कभी कभी य् के लिए ल् ध्वनि का प्रयोग होता है, यथा—

सं० यष्टि > पा० लट्ठि (यट्ठि भी)

३८. मूलभाषा के शब्दों में समानव्यञ्जन-ध्वनि के एक से अधिक बार आने पर ध्वनियों में भेद करने के विचार से कभी कभी व्यञ्जन में परिवर्तन हो जाता है, यथा—

सं० पिपीलिका > पा० किपीलिका

सं० कक्कोल > पा० तक्कोल

पालिभाषा में विविध प्रकार के वर्णविपर्यय हुए हैं, यह वर्ण-विपर्यय र् ध्वनि के साथ अधिकतर मिलते हैं, यथा—

सं० आरालिक > पा० आलारिक

सं० करेणु > पा० कणेरु

सं० प्रपूरण > पा० पारूपण (पापूरण भी)

सं० आश्चर्य > पा० अच्छेर वर्णविपर्यय का ही एक मनोरञ्जक उदाहरण है, यथा—

सं० आश्चर्य > ★अच्छरिय > ★अच्छयिर > पा० अच्छेर

सं० मशक > पा० मकस (< ★मसक)

३९. जैसा कि ऊपर कहा जा चुका है, पालिभाषा में प्रायः स्वरभक्ति के द्वारा संयुक्तव्यञ्जन अलग कर दिये जाते हैं। वे कुछ परिस्थितियों में संयुक्त ही रह जाते हैं, जैसे—

(i) यदि वे संयुक्तव्यञ्जन समान व्यञ्जनों से बने हों,

(ii) अथवा अनुरूप महाप्राण ध्वनि के साथ स्पर्श-ध्वनि से बने हों,

(iii) अथवा यदि वे सवर्ण स्पर्श व्यञ्जन के साथ सानुनासिक व्यञ्जन से बने हों।

'पञ्च' शब्द से बनने वाले रूपों में 'ञ्च्' के स्थान पर 'न्न्', 'ण्ण्', 'ञ्ञ्'—

पन्नरस, पण्णुवीस (पञ्चदस और पञ्चवीस भी)

पा० पण्णासं या पञ्ञासं < सं० पञ्चाशत्

स्पर्श व्यञ्जन का अपने पूर्ववर्ती सानुनासिक व्यन्जन के साथ समीकरण भी हुआ है, यथा—

सं० आलम्बन >पा० आरम्मण

४०. ह् ध्वनि के सहयोग से बने हुए संयुक्त व्यन्जनों में भी वर्णविपर्यय होता है। ह् + सानुनासिक, ह् + य् और ह् + व् संयुक्त व्यन्जनों में वर्ण-विपर्यय के कारण ह्ण को ण्ह्, ह्न् का न्ह्, ह्म् का म्ह्, ह्य् का य्ह् और ह्व् का व्ह् हो जाता है, यथा—

सं० पूर्वाह्ण >पा० पुब्बण्ह
सं० अपराह्ण >पा० अपरण्ह

सं० सायाह्न >पा० सायन्ह
सं० चिह्न >पा० चिन्ह

सं० जिह्म >पा० जिम्ह

सं० वॉह्य >पा० वाय्ह
सं० सह्य >पा० सय्ह
सं० आरुह्य >पा० आरुय्ह

सं० जिह्वा >पा० जिव्हा

सं० बह्वोदक >पा० बव्होदक

ह् + र् संयुक्त ध्वनि के विविध विकसित रूप होते हैं, यथा—

सं० ह्रेषते >पा० हेसति

सं० ह्रेषा >पा० हेसा

सं० ह्रस्व >पा० रस्स

सं० ह्रद् >पा० रहद। इस अन्तिम उदाहरण में स्वरभक्ति और वर्णविपर्यय दोनों हुए हैं।

४१. ह को छोड़कर अन्य ऊष्माध्वनियों का सानुनासिक ध्वनियों से यदि संयोग हो और उस संयोग में सानुनासिक ध्वनियाँ परवर्ती हों तो ऊष्मा वर्णों के ह् में परिवर्तन के साथ वर्णविपर्यय हो जाता है। एक ओर पालिभाषा में वर्णविपर्यय के साथ स् का ह् में परिवर्तन वाले कुछ रूप और दूसरी ओर वे रूप, जिनमें पालिभाषा के रूप में परिवर्तन होने के पूर्व ही स्वरभक्ति हो गयी है, समानान्तर पाये जाते हैं।

श्न् का ञ्ह्

सं० प्रश्न >पा० पञ्ह

सं० पृश्निपर्णी >पा० पञ्हिपण्णी

श्म् का म्ह्

सं० अश्मना >पा० अम्हना (अस्मा भी)

कभी-कभी स्म् < श्म् अवशिष्ट भी रह जाता है, यथा—

सं० कश्मीर > पा० कस्मीर

सं० रश्मि > पा० रस्मि (रंसि भी)

आदिम श् का म् के साथ समीकरण हो गया है, यथा—

सं० श्मश्रु > पा० मस्सु (< *म्मस्सु)

ष्ण् का ण्ह्

सं० उष्ण > पा० उण्ह

सं० उष्णीष > पा० उण्हीस

सं० विष्णु > पा० वेण्हु

ष्म् का म्ह्

सं० ग्रीष्म > पा० गिम्ह

सं० श्लेष्मन् > पा० सेम्ह

सं० उष्मा > पा० उस्मा आदि में ष्म > स्म रह गया है।

स्न् का न्ह्

सं० स्नान > पा० न्हान

स्म् का म्ह्

सं० विस्मय > पा० विम्हय

सं० अस्माकम् > पा० अम्हाकं

सं० अस्मि > पा० अस्मि (अम्हि भी), अस्मात् > पा० अस्मा (अम्हा भी) आदि उदाहरणों में संस्कृत की 'स्म्' ध्वनि रह गयी है।

सं० स्मरति > पा० सुमिरति (सरति भी समीकरण के आधार पर), इस उदाहरण में आद्य 'स्म्' संयोग को स्वरभक्ति द्वारा अलग कर दिया गया है। सं० स्मित > पा० सित और मिहित। 'मिहित' इस विकसित रूप में वर्ण-विपर्यय के साथ-साथ स् का ह् में परिवर्तन और स्वरभक्ति दोनों हुए हैं।

४२. जहाँ तक व्यञ्जनों के समीकरण का प्रश्न है, उसमें जब तक स्वर-भक्ति व्यवधान रूप में नहीं उपस्थित होती, इसके सम्बन्ध में यह निर्णय किया जा सकता है कि संयुक्त व्यञ्जनों में जिस व्यञ्जन की समीकरण की प्रतिबन्धक शक्ति दुर्बल है उसका समीकरण उस व्यञ्जन के साथ हो जाता है जिसकी समीकरण की प्रतिबन्धक शक्ति प्रबल है। समीकरण की प्रतिबन्धक शक्ति स्पर्श-ऊष्मा (ह् को छोड़कर) अनुनासिक—ल, व, य, र, इस क्रम में उत्तरोत्तर दुर्बल मानी गयी है। इस प्रकार र् ध्वनि का स्पर्श ध्वनि में अथवा ऊष्मा (ह् को छोड़कर) ध्वनि में; चाहे पूर्व में हो या पर में हो, परिवर्तन हो

जाता है । जब स्पर्श ध्वनि के साथ स्पर्श ध्वनि का अथवा अनुनासिक ध्वनि के साथ अनुनासिक ध्वनि का संयोग होता है तो प्रथम व्यञ्जन का समीकरण द्वितीय व्यञ्जन में हो जाता है ।

अधोलिखित उदाहरण ध्यान देने योग्य हैं—

(i) यदि संयुक्त व्यञ्जनों में कोई महाप्राण ध्वनि है तो वह ध्वनि समीकृतरूप का अन्तिम अवयव हो जाती है, यथा—

ख् + य् = ख्ख् > क्ख्

क् + थ् = थ्थ् > त्थ्

साधारणतः मूल संयुक्त व्यञ्जनों में ऊष्मा ध्वनि की उपस्थिति के कारण ही समीकृत संयुक्त व्यञ्जनों में महाप्राण ध्वनि होती है, यथा—

स् + त् = त्त् > त्थ्

(ii) आद्य अवस्था में संयुक्त व्यञ्जनों के समीकृत रूप में एक ही व्यञ्जन अवशिष्ट रहता है जो प्रायः द्वितीय व्यञ्जन रहता है, यथा—

ट्ठ् > ठ्

(iii) समीकरण के नियम के अनुसार 'व्व्' का परिवर्तन 'ब्ब्' में हो जाता है और आद्य अवस्था में केवल 'व्' रहता है । यद्यपि यह नियम मध्य भारतीय बोलियों में नहीं होता तथापि पालि में होता है ।

(iv) कभी कभी दन्त्य ध्वनियाँ और ण् ध्वनि, यदि इनके बाद 'य्' आवे तो समीकरण के सम्पादन के पहले ही, तालव्य में परिवर्तित हो जाती हैं । कभी-कभी 'क् + ष्,' इस संयोग में क् के स्थान पर तालव्य ध्वनि हो जाती है ।

(v) म् + तरल ध्वनि (ट्, ठ्, ड्, ढ् को छोड़कर स्पर्श ध्वनि एवं र्, ल् और स् ध्वनियाँ) इस संयोग के पहले तो 'ब्' ध्वनि का सन्निवेश होता है और उसके बाद ही समीकरण या स्वर भक्ति स्वर से पृथक्करण हो जाता है, यथा—

सं० आम्र > *अम्ब्र > पा० अम्ब

सं० ताम्र > *तम्ब्र > पा० तम्ब

सं० अम्ल > *अम्बल > पा० अम्बिल (स्वरभक्ति)

सं० गुल्म > *गुम्बल > (*गुम्ल भी > पा० गुम्ब (वर्णविपर्यय)

४३. निम्नलिखित अवस्थाओं में अग्रगामी समीकरण (Progressive Assimilation) होता है

(i) स्पर्श ध्वनि + स्पर्श ध्वनि

सं० षट्क > पा० छक्क

सं० सक्थि >पा० सत्थि < सथ्थि)

सं० मुद्ग >पा० मुग्ग

(ii) ऊष्मा + स्पर्श ध्वनि

सं० निष्क >पा० निक्ख (नेक्ख भी) (< *नेख्ख)

सं०आस्फोटयति >पा० अप्फोटेति (< *अफ्फोटेति)

सं० स्खलति >पा० खलति

कहीं-कहीं समीकरण नहीं हुआ है, यथा—

सं० वनस्पति >पा० वनस्पति

(iii) अन्तस्थ + स्पर्श

सं० कर्क >पा० कक्क

सं० किल्बिष >पा० किब्बिस

(iv) अन्तस्थ + ऊष्मा (ह् को छोड़कर)

सं० कर्षक >पा० कस्सक

(v) अन्तस्थ + अनुनासिक

सं० ऊर्मि >पा० ऊमि

सं० कल्माष >पा० कम्मास

(vi) अनुनासिक + अनुनासिक

सं० निम्न >पा० निन्न

सं० उन्मूलयति >पा० उम्मूलेति

(vii) र् + ल्

सं० दुर्लभ >पा० दुल्लभ

(viii) र् + य्

सं० आर्य >पा० अय्य (अरिय भी)

सं० उदीर्यते >पा० उदिय्यति

(ix) र् + व्

सं० कुर्वन्ति >पा० कुब्बन्ति

सं० सर्व >पा० सब्ब

४४. पश्चगामी समीकरण (Regressive Assimilation)

(i) स्पर्श + अनुनासिक

सं० उद्विग्न >पा० उब्बिग्ग

सं० छद्मन् >पा० छद्दन

'ज्ञ्' का अग्रगामी समीकरण के अनुसार 'ञ्ञ्' भी देखा जाता है, यथा—

सं० प्रज्ञा > पा० पञ्ञा

सं० प्रज्ञान > पा० पञ्ञाण

यदि यही 'ञ्ञ्' शब्दादि में रहे तो 'ञ्' मात्र अवशिष्ट रहता है, यथा—

सं० ज्ञप्ति > पा० ञत्ति

(ii) स्पर्श + अन्तस्थ

सं० तक्र > पा० तक्क

सं० श्वभ्र > पा० सोब्भ

कभी स्पर्श + र् अवशिष्ट भी रह जाता है, यथा—

सं० न्यग्रोध > पा० निग्रोध

सं० तत्र > पा० तत्र

सं० शुक्ल > पा० सुक्क

सं० शक्य > पा० सक्क

सं० उच्यते > पा० वुच्चति

सं० कुड्य > पा० कुड्ड

सं० प्रज्वलति > पा० पज्जति

सं० चत्वारस् > पा० चत्तारो

सं० शाद्वल > पा० सद्दल

कभी-कभी स्पर्श अर्धस्वर अपरिवर्तित रह जाते हैं, यथा—

सं० वाक्य > पा० वाक्य

सं० आरोग्य > पा० आरोग्य

सं० क्वचित् > पा० क्वचि

(iv) ऊष्मा + अन्तस्थ—

सं० मिश्र > पा० मिस्स

सं० अवश्यं > पा० अवस्सं

सं० वयस्य > पा० वयस्स

सं० अश्व > पा० अस्स

सं० परिष्वजते > पा० पलिस्सजति

सं० श्लेष्मन् > पा० सेम्ह

स्स् का आदिम अवस्था में केवल स् अवशिष्ट रहता है, यथा—

सं० स्रोत > पा० सोत

सं० श्वेत > पा० सेत

कहीं-कहीं आदिम 'स्व्' अवशिष्ट रहता है, यथा—

सं० श्वस् >पा० स्वे (सुवे भी)

सं० स्वागत >पा० स्वागत (सागत भी)

भविष्यत् काल के रूपों में 'ष्य्' संयुक्तव्यञ्जन 'ह' में परिवर्तित हो जाता है, यथा—

सं० एष्यसि >पा० एहिसि (एस्ससि भी)

सं० एष्यति >पा० एहिति (एस्सति भी)

(V) अनुनासिक + अर्धस्वर—

सं० सम्मन्वते >पा० सम्मन्नति

'अन्वदेव' आदि में 'न्व' ध्वनि अवशिष्ट रहती है।

सं० किण्व >पा० किण्ण, सं० रम्य >पा० रम्म

'०कम्य०' कम्यता' आदि में 'म्य' ध्वनि अवशिष्ट रहती है।

सं० न्याय >पा० ञाय

सं० पिण्याक >पा० पिञ्ञाक

(vi) ल् + अर्धस्वर—

सं० कल्य >पा० कल्ल

सं० माल्य >पा० मल्य, आदि कुछ उदाहरणों में 'ल्य' ध्वनि अवशिष्ट रहती है।

सं० बिल्व >पा० बिल्ल

सं० बैल्व >पा० बेल्ल (बेलुव भी)

सं० खल्वाट >पा० खल्लाट

(vii) व्य् और 'व्र्' >ब्ब् (>*व्व्)—

सं० परिव्यय >पा० परिब्बय

सं० उदयव्यय >पा० उदयब्बय

सं० तीव्र >पा० तिब्ब

सं० पतिव्रता >पा० पतिब्बता

शब्दादि का 'व्य्' >*व्व् >व् अवशिष्ट रह जाता है, यथा—

सं० व्यपयन्ति >पा० वपयन्ति

सं० व्याड >पा० वाळ

शब्दादि का 'व्र्' >*व्व >व अवशिष्ट रह जाता है—

सं० व्रत >पा० वत

प्रायः 'व्य्' ध्वनि अवशिष्ट रहती है, यथा—

सं० व्यासेक >पा० व्यासेक

सं० व्यापृत >पा० व्यावट

४५. य् के साथ जब तवर्ग ध्वनियों का संयोग हो तो य् के साथ आयी हुई ध्वनि के स्थान में तालव्य ध्वनियाँ हो जाती हैं और इसी प्रकार यदि 'ण्' का 'य्' के साथ संयोग हो तो ण् ध्वनि तालव्यध्वनि में परिवर्तित हो जाती है। यथा—

सं० सत्य >पा० सच्च

सं० रथ्या >पा० रच्छा

सं० छिद्यते >पा० छिज्जति

सं० द्वैध्य >पा० द्वोज्झ

सं० अन्य >पा० अञ्ञ

शब्दादि के प्रारम्भ मे पहले बताये हुए नियम के अनुसार एक ही तालव्य ध्वनि रह पाती है, यथा—

सं० त्यजति >चजति

सं० द्योतते >जोतति

सं० न्याय >ञाय

ण्य् के ण् का ञ्

सं० कर्मण्य >पा० कम्मञ्ञ (कम्मणिय भी)

ऐसा ही नियम मूर्धन्य ध्वनियों के साथ 'य्' का संयोग होने पर भी प्रयुक्त होता है, यथा—

सं० विकुरण्ड >पा० वेकुरञ्जा (< ★वेकुरण्ड्य)

किन्तु सं० आढ्य का पालि अड्ढ होता है। ऐसे शब्द का, जिसके पूर्व 'उद' हो, प्रारम्भिक 'य्' द् के साथ संयुक्त होने पर, द्य् ध्वनि 'य्य्' ध्वनि में परिवर्तित हो जाती है। इसमें अग्रगामी समीकरण का प्रभाव परिलक्षित होता है, यथा—

सं० उद्यान >पा० उय्यान

सं० उद्युत >पा० उय्युत्त

४६. संस्कृत भाषा के 'क्ष्' ध्वनि की कुछ विशेष परिस्थितियाँ हैं।

संस्कृत भाषा की क्ष् ध्वनि भारत-ईरानी शाखा की क्ष्' या श्ष, इन ध्वनियों का प्रतिनिधित्व प्राकृत भाषा की क्ख् या च्छ् ध्वनियाँ करती हैं। इस तरह के प्रसंग में पिशल महोदय ने कल्पना की है कि भारत-ईरानी-शाखा की क्ष् = अवेस्ता ख्श (xš) ध्वनि से प्राकृत भाषा की 'क्ख्' ध्वनि और भारत-

ईरानी-शाखा की श्ष् = अवेस्था श् (Ś) ध्वनि से प्राकृत भाषा की च्छ् ध्वनि निकली हुई होनी चाहिये, यद्यपि प्राकृत दोनों ध्वनियाँ संस्कृत में 'क्ष्' इस एक ही रूप में दिखाई देती हैं। इस पर गायगर महोदय ने कहा है कि पालि और प्राकृत की वस्तुस्थितियों को ध्यान में रखकर विचार करने पर पिशल महोदय का यह कथन महत्त्वपूर्ण नहीं लगता है, अपितु ऐसा लगता है कि प्राकृतभाषा की 'क्ख्' और 'च्छ्' ध्वनियाँ, अवेस्ता की भाषा के आकार क्रम से पूर्णतः क्रमहीन ही अवभासित होती हैं क्योंकि कुछ अवसरों को छोड़कर पिशल महोदय के कथन से विपरीत सम्बन्ध ही देखा जाता है। एक-आध प्रयोगों में पालि और प्राकृत की ये दोनों ध्वनियाँ समान हैं परन्तु बहुधा ये दोनों रूप पालि और प्राकृत में साथ-साथ प्रयुक्त हुए हैं।[1]

सं० दक्षिण >पा० दक्खिण, प्रा० दक्खिण, किन्तु अवे० दशिन

सं० मक्षिका >पा० मक्खिका, प्रा० मच्छिआ, किन्तु अवे० मख्शि (Maxši)

सं० क्षुधा >पा० खुदा, प्रा० खुहा और छुहा, किन्तु अवे० शुद (Šuda)

सं० कक्ष >पा० कच्छ, महा कच्छ, अ० माग० और जै० महा० कक्ख, अवे० कश (Kaša)

सं० तक्षति >पा० तच्छति, प्रा० तक्खइ, तच्छइ, अवे० तशन (Tašan)

सं० अक्षि >पा० अच्छि, अक्खि, पा० अक्खि, अच्छि, अवे० अशि (Aši)

सं० क्षण >पा० छण (त्योहार) खण (क्षण)

सं० क्षमा >पा० छमा (पृथ्वी) खमा (क्षमा)

इन अन्तिम दो उदाहरणों में ध्वनिपरिवर्तन के साथ साथ अर्थपरिवर्तन भी हुआ है।

---

१. Pischel's hypothesis, according to which Pkr. Kkh should be derived from Indo-Iranian Kṣ. = Avestan Xš, and Pkr. cch from Indo-Iranian śṣ = Āvestan Ś, although both have coincided in Kṣ. in Skr., can be as little proved from the actual state of things in Pāli as from that in Pkr. Rather it seems that kkh and cch appear quite promiscuously, sometimes in accordance with, but as often in opposition to, the indication of the Avestan language. Sometimes even Pāli an Pkr. do not agree with each other, and not infrequently both forms are found side by side a.so in P. as in Pkr.

—W. Geiger-Pāli Literature and Language, English Translation pp 99.

४७. जहाँ भारत-ईरानी शाखा की ग्ज़् (Zˇẓ) = अवे० ग्ज़् (rZˇ) ध्वनि से संस्कृत की क्ष ध्वनि का संवाद देखा जाता है वहीं पालि में 'ग्घ्' और 'ज्झ्' तथा प्राकृत में 'ज्झ्' ध्वनियाँ होती हैं, यथा—

सं० क्षरति > पा० ग्घरति, प्रा० झरइ, भा० ई० शा० ग्जेरेति (Zˇẓereti) अवे० ग्जेरेति (Zˇẓereti)

४८. संस्कृत की त्स् और प्स् ध्वनियों का विकास पालिभाषा में च्छ् ध्वनि में हुआ है, यथा—

सं० कुत्सित > पा० कुच्छित   सं० अप्सरस् > पा० अच्छरा
सं० मत्सरिन् > पा० मच्छरिन्   सं जुगुप्सा > पा० जिगुच्छा

संस्कृत भाषा की 'इच्छति' और ईप्सते, ये दोनों क्रियायें इसी नियम के अनुसार 'इच्छति' के रूप में संगत हुई हैं। बोलियों के कारण संस्कृत की 'त्स्' ध्वनि 'थ्' ध्वनि में विकसित हुई है, यथा—

सं० त्सरु > पा० थरु (छरु भी)

इस शब्द की आद्य त् ध्वनि पहले कहे गये नियम के अनुसार लुप्त हो गयी है।

४९. समीकरण के साधारण नियमों के प्रभाव के कारण ही जहाँ पर मूल प्राचीन आर्यभाषा में दो से, अधिक व्यञ्जनों का संयोग है वहाँ प्रायः मध्य-भारतीय आर्यभाषाओं में दो ही व्यञ्जनों का संयोग अवशिष्ट रहता है।

(i) जब अनुनासिकध्वनि, जिसके पूर्व स्पर्शध्वनि हो, संयुक्तव्यञ्जनों के पूर्व रहती है, तो वह अवशिष्ट होती है और शेष परवर्ती व्यञ्जनों का समीकरण हो जाता है और उनमें असंयुक्त रूप में एक ही अवशिष्ट रह जाता है, यथा—

सं० आनन्त्य > पा० आनञ्च (< *आनञ्च्च)
सं० रन्ध्र > पा० रन्ध (< *रन्द्ध)
सं० काङ्क्षा > पा० कङ्खा (< *कङ्क्खा)

(ii) जब कठिन ध्वनियाँ (स्पर्श या ऊष्मा (ह्र छोड़कर) ध्वनियाँ) सरल ध्वनियों (सानुनासिक या अन्तस्थ) के मध्य में आवें तो सर्वप्रथम सरल (अनुनासिक या अन्तस्थ) ध्वनियों का कठिन (स्पर्श या ऊष्मा) ध्वनियों में समीकरण हो जाता है, यथा—

सं० मर्त्य > पा० मच्च (< *मत्य < *मत्त्य)
सं० पार्ष्णि > पा० पण्हि (का) (< *पष्णि < *पष्ष्णि)
सं० वर्त्मन् > पा० वटुम (< *वट्म < *वट्ट्म) (स्वरभक्ति)

(iii) इसी प्रकार प्रथम दो व्यञ्जनों का समीकरण और असंयुक्तीकरण (Simplification) सर्वप्रथम उन प्रसंगों में हो जाते हैं, जहाँ संयुक्त-व्यञ्जनों

में सरल ध्वनि अन्तिम हो और अवशिष्ट दो ध्वनियों में, दोनों या तो कठिन ध्वनियाँ हों या एक कठिन ध्वनि हो और एक सरल ध्वनि । यथा—

सं० उष्ट्र >पा० ओट्ठ (< *उठ्< *उट्ठ्)

सं० तीक्ष्ण >पा० तिक्ख (< *तिख्ण< *तिक्ख्ण)

५०. (i) क्ष्ण्, क्ष्म, त्स्न् ध्वनिसमुदाय सम्भवतः क्रमशः ष्ण् ष्म् और स्न् रूप में व्यवहृत किये जा सकते हैं और इस प्रकार नियम ४१ के अनुसार ये क्रमशः ण्ह्, म्ह्, और न्ह्, ध्वनि में परिवर्तित किये जा सकते हैं । यथा—

सं० श्लक्ष्ण >पा० सण्ह

सं० अभीक्ष्णम् >पा० अभिण्हं (अभिक्खणं भी)

सं० पक्ष्मन् >पा० पम्ह (पखुम भी)

सं० ज्योत्स्ना >पा० जुण्हा (मूर्धन्यीकरण के साथ< ०जुन्हा)

(ii) कभी कभी 'त्स्न्' ध्वनि का सिन् ध्वनि के रूप में भी व्यवहार होता है, यथा—

सं० ज्यौत्स्न >पा० दोसिन (< *दोस्न< *दोस्त्न)

सं० कृत्स्न >पा० कसिन

(iii) इसी प्रकार च्छ्र् ध्वनि का सिर् ध्वनि में परिवर्तन देखा जाता है, यथा—

सं० कृच्छ्र >पा० कसिर (किच्छ भी)

(iv) 'र्ध्व्' ध्वनि का 'द्ध्' और 'ब्भ्' ध्वनियों में परिवर्तन देखा जाता है, यथा—

सं० ऊर्ध्वम् >पा० उद्धं और उब्भं

(v) सं० दृष्ट्वा का पा० दिस्वा रूप होता है ।

५१. घोष महाप्राण ध्वनियों का ह् में परिवर्तन होता है ।

भ्य् ध्वनि के 'भ्' का 'ह्' में परिवर्तन—

सं० तुभ्यम् >पा० तुय्हं (< *तुह्यं) वर्णविपर्यय

किन्तु ऐसा परिवर्तन सम्भवतः 'मय्हं' के सादृश्य के आधार पर हुआ प्रतीत होता है ।

किन्हीं किन्हीं शब्दों में अनुनासिक के बाद आयी हुई ह् ध्वनि का महाप्राण ध्वनि में परिवर्तन हो जाता है । यथा—

सुम्भति< सुम्हति, (सुम्हति भी) वम्भेति< वम्हेति, (वम्हेति भी)

जहाँ तक एक ही धातु से रुन्धति, रुम्भति और रुम्हति तीनों रूपों के प्रयोग का प्रश्न है, वस्तुतः विचारणीय है । इसी प्रकार समूहन्ति, समूहत के

स्थान पर *समूधन्ति, *समुद्धन्ति और *समुद्धत का प्रयोग न होना भी विचारणीय है ।

५२. (i) अनुनासिक ध्वनि के बाद अघोष ध्वनि का कभी-कभी कोमल वर्णों में परिवर्तन हो जाता है । यथा—

सं० निघण्टु > पा० निघण्डु

सं० ग्रन्थ > पा० गन्ध (गन्थ भी)

सं० हन्त > पा० हन्द

सं० प्रोञ्छति > पा० पुञ्जति (लेखक–प्रमाद से, पुञ्छति ?)

सं० शक्ष्यसि > पा० सग्घसि (सक्खसि के स्थान पर)

(ii) अनुनासिक के बाद घोष का कभी-कभी कठोर वर्णों में परिवर्तन हो जाता है, यथा—

सं० भृङ्गार > पा० भिङ्कार

सं० तीव्र > पा० तिप्प (तिब्ब भी)

सं० विलग्न > पा० विलाक (< *विलग्ग < *विलक्क)

५३. ध्वनि समुदायों में अव्युत्पन्न महाप्राणीकरण या अल्पप्राणीकरण दुर्लभ नहीं है । यथा—

(i) महाप्राणीकरण—

सं० शृङ्गाटक > पा० सिङ्घाटक

सं० स्कन्दपुर > पा० खन्धपुर

सं० पिप्पल > पा० पिप्फल

इस प्रकार का महाप्राणीकरण प्रायः र् ध्वनि के कारण अधिक हुआ है, यथा—

सं० अर्चिष् > पा० अच्छि (अच्चि भी) सं० कूर्च > पा० कोच्छ

मूल ध्वनि समुदाय में कभी-कभी रेफ द्वितीय स्थान ग्रहण कर लेता है, यथा—

सं० तत्र > पा० तत्थ (तत्र भी)

सं० श्रोत्रिय > पा० सोत्थिय (सोत्तिय भी)

सं० क्रीडा > पा० खिड्डा (< *खीडा) (कीडा भी)

(ii) अल्पप्राणीकरण—

सं० लोध्र या रोध्र > पा० लोड्ड

सं० बभ्रु > पा० बब्बु (क)

सं० बुध्न > पा० बुन्द (आनुषंगिक वर्णविपर्यय)

यदि ध्वनि समुदाय में ऊष्मा वर्ण रहें तो अपेक्षित महाप्राणीकरण प्रायः नहीं होता है, यथा—

सं० चतुष्क >पा० चतुक्क   सं० तस्कर >पा० तक्कर

सं० वाष्प >पा० बप्प   सं० संत्रस्त >पा० संतत्त

सं० मृष्ट >पा० मट्ट (मट्ठ भी) सं० लेष्टु >पा० लेड्डु (< *लेट्ठु< *लेट्टु)

समस्त पदों में भी अपेक्षित महाप्राणीकरण नहीं होता है, यथा—

सं० निश्चल >पा० निच्चल   सं० दुस्तर >पा० दुत्तर

सं० दुश्चरित >पा० दुच्चरित   सं० नमस्कार >पा० नमक्कार

जिन ध्वनि समुदायों में ऊष्मावर्ण द्वितीयस्थान में हैं उनमें प्रायः महाप्राणीकरण नहीं होता है, यथा—

सं० ध्वाङ्क्ष >पा० धङ्क (*धङ्ख)   सं० तक्षशिला >पा० तक्कसिला

शब्द के प्रारम्भ में भी प्रत्याशित महाप्राणीकरण नहीं हुआ है, यथा—

सं० क्षुद्र >पा० कुड्ड (खुद्द भी)   सं० क्षुल्ल >पा० चुल्ल (चूल भी)

५४. व्यञ्जनों के वर्गो का वर्गों में परिवर्तन होता है, यथा—

(i) तालव्य ध्वनियों का कण्ठध्वनि—

सं० भिषज् >पा० भिसक्क

किन्तु सं० भैषज्य >पा० भेसज्ज

(ii) तालव्य ध्वनियों का मूर्धन्य—

सं० आज्ञा >पा० आणा (अञ्ञा भी)

किन्तु सं० अज्ञात्वा >पा० अञ्ञाय   सं० पञ्चविंश >पा० पण्णुवीस

इसीप्रकार सं० पञ्चदश >पा० पण्णरस   सं० पञ्चाशत् >पा० पण्णास

(iii) तालव्य का दन्त्य—

सं० उच्छिष्ट >पा० उत्तिट्ठ (उच्छिट्ठ भी)

सं० ज्यौत्स्न >पा० दोसिन। इस अन्तिम नियम में आद्य ज्य् के स्थान पर द् होता है न कि 'ज्'।

५५. दन्त्य ध्वनियों का मूर्धन्यीकरण प्रायः देखा जाता है, यथा—

(i) रेफ के प्रभाव के कारण त्, द्, ध् ध्वनियाँ क्रम से 'ट्,' 'ड्ड्' 'ड्ढ्' में परिवर्तित हो जाती हैं, यथा—

सं० आर्त >पा० अट्ट

सं० कैवर्त >पा० केवट्ट

सं० छर्दयति >पा० छड्डेति

सं० वर्धते >पा० वड्ढति, इसी धातु से बुद्ध, वद्ध; बुड्ढ, वड्ढ रूप भी होते हैं। 'अट्ट' (=मुकदमा) (अमहाप्राणीकृतरूप) और 'अत्थ' (=सम्पत्ति)

ये दोनों शब्द मूलभूत 'अर्थ' शब्द से विकसित हुए हैं। इनमें ध्वनिपरिवर्तन के साथ-साथ इनके अर्थों में भेद पाया जाता है।

सं० वर्त्तते } >पा० वट्टति (=उचित है),
>पा० वत्तति (=होता है)

इसीप्रकार सं० वृत्त >पा० वट्ट (=गोल, वृत्त)
>पा० वत्त (=कर्तव्य, उत्तरदायित्व)

मूलभाषा में स्थित 'ऋ' ध्वनि के कारण 'न्त्' ध्वनि 'ण्ट्' ध्वनि में परिवर्तित हो जाती है, यथा—

सं० वृन्त >पा० वण्ट

सं० आर्द्र >पा० अल्ल (< *अड्ड < * अड्ड्र)

(ii) ऊष्मा वर्णों के प्रभाव के कारण मूर्धन्यीकरण—

सं० स्थान >पा० ठान सं० प्रस्थाय >पा० पट्ठाय

सं० संस्थान >पा० संठान सं० कूटस्थ >पा० कूटट्ट

(iii) अनियमित मूर्धन्यीकरण—

सं० जानु >पा० जन्नु और जण्णु सं० दग्ध >दड्ढ

५५. कभी-कभी मूल प्राचीन आर्यभाषा के शब्दों के मध्यभारतीय आर्यभाषा में समानाक्षर में से एक का लोप हो जाता है। यथा—

सं० अर्द्धतृतीय >पा० अड्ढतिय (*अड्ढततिय) (अड्ढतेय्य भी)

सं० विज्ञानानन्त्यायतन >पा० विञ्ञाणञ्चायतन (विञ्ञाणानञ्चायतन के स्थान पर)

पा० पविस्सामि (पविसिस्सामि के स्थान पर)

पा० सोस्सि (सोस्ससि के स्थान पर)

पा० विपस्सि (विपस्ससि के स्थान पर)

पा० गच्छिसि (गच्छिस्ससि के स्थान पर)

सन्धि-प्रकरण

एक ही शब्द के दो अक्षरों में अथवा दो शब्दों के बीच, चाहे वे दो शब्द पृथक्-पृथक् प्रयुक्त हों या किसी समास-नियम के कारण एकत्र प्रयुज्यमान हों, बोलने की सुविधा की दृष्टि से प्रथम शब्द के अन्तिम अक्षर और द्वितीय शब्द के आदि अक्षरों के बीच किन्हीं नियमों के अनुसार जो परिवर्तन होते हैं, उन्हें सन्धि कहते हैं।[1] यद्यपि कच्चायन और मोग्गलान दोनों ने सन्धि के नियमों को अपने अपने क्रम से गिना दिया है और सन्धि-प्रकरण का किसी आधार पर विभाग नहीं किया है तथापि कच्चायन ने 'स्वरसन्धि' और 'व्यञ्जनसन्धि' दोनों के नाम लिये हैं।[2] भिक्षु जगदीश काश्यप ने अपने पालिमहाव्याकरण में तीन प्रकार की सन्धियों का विभाग किया है—

(१) स्वर सन्धि
(२) व्यञ्जन सन्धि
(३) निग्गहीत सन्धि

यद्यपि निग्गहीत की गणना व्यञ्जनों में होती है, फिर भी निग्गहीत सन्धि को सम्भवतः विद्यार्थियों की सुविधा की दृष्टि से पृथक् माना गया है।

१. सरो लोपो सरे (मो० १, २६)—स्वर के बाद यदि स्वर आये तो पूर्व स्वर का लोप होता है[3]। यथा—

सद्धा + इन्द्रियं = सद्ध् + इन्द्रियं = सद्धिन्द्रियं
अभिभू + आयतनं = अभिभ् + आयतनं = अभिभायतनं
तत्र + इमे = तत्र् + इमे = तत्रिमे
भिक्खुनी + ओवादो = भिक्खुन् + ओवादो = भिक्खुनोवादो
पुत्ता मे + अत्थि = पुत्ता म् + अत्थि = पुत्तामत्थि
नो हि + एतं = नोह् + एतं = नोहेतं
समेतु + आयस्मा = समेत् + आयस्मा = समेतायस्मा

---

१. प्राचीन पद्धति का अनुसरण करने वाले पालिभाषा के वैयाकरणों के अनुसार यहाँ सन्धियाँ दी जाती हैं। वस्तुस्थिति यह है कि 'ध्वनिपरिवर्तन प्रकरण' में यथावसर इनका संग्रह प्रायः हो चुका है।

२. 'अनुपदिट्ठानं उपसग्गनिपातानं सरसन्धीहि व्यञ्जनसन्धीहि वुत्तसन्धीहि यथापयोगं योजेतब्बं·····।—क० व्या० सू० सं० १,५,१० की वृत्ति।

३. सरा सरे लोपं, क० व्या० १,२,१।

२. परो क्वचि (मो० १,२७)–स्वर के बाद आने वाले स्वर का कभी-कभी लोप हो जाता है[1]। यथा—

चत्तारो + इमे = चत्तारो + मे = चत्तारोमे

सो + अपि = सो + पि = सोपि

सा + एव = सा + व = साव

यतो + उदकं = यतो + दकं = यतोदकं

किन्नु + इमाव = किन्नु + माव = किन्नुमाव

३. न द्वे वा (मो० १,२८)–स्वर के बाद यदि स्वर हो तो विकल्प से दोनों स्वरों में से किसी का भी लोप नहीं होता है[2]। यथा—

लता + इव = लता इव, लतेव, लताव

को + इमं = को इमं

४. युवण्णानमे ओ लुत्ता (मो० १,२९)–यदि ऐसे स्वर के बाद, जिनका लोप हो गया हो, इ, ई और उ, ऊ आवे तो विकल्प से इ, ई और उ, ऊ क्रमशः ए और ओ में परिवर्तित हो जाते हैं[3]। यथा—

तस्स + इदं = तस्स् + इदं = तस्सेदं

वात + ईरितं = वात् + ईरितं = वातेरितं

न + उपेति = न् + उपेति = नोपेति

अति + इव = अत् + इव = अतेव

वि + उदकं = व् + उदकं = वोदकं

५. यवा सरे (मो० १, ३०)–इ तथा उ के बाद कोई भी स्वर आवे तो इ और उ विकल्प से क्रमशः य् और व् में परिवर्तित हो जाते हैं[4]। यथा—

वि + अकासि = व्य् + अकासि = व्याकासि

इति + अस्स = इत्य् + अस्स = इच्चस्य

अधि + इणमुत्तो = अध्य् + इणमुत्तो = अज्झिणमुत्तो

सु + आगतं = स्व् + आगतं = स्वागतं

भु + आपनलानिलं = भ्व् + आपनलानिलं = भवापनलानिलं

---

१. वा परो असरूपा, क० व्या० १,२,२।

२. सरे क्वचि, क० व्या० १, ३, २।

३. क्वचासवण्णं लुत्ते, क० व्या० १, २, ३।

४. इवण्णो यन्न वा, क० व्या० १, २, १० और वमोदुदन्तानं, क० व्या० १, २, ७।

६. ए ओ नं (मो० १, ३१)–ए और ओ के बाद कोई स्वर हो तो विकल्प से उनका य् और व् हो जाता है[१]। यथा—

ते + अहं = त् य् + अहं = त्याहं (तेहं भी)
ते + अज्ज = त् य् + अज्ज = त्यज्ज (तेज्ज भी)
सो + अहं = स् व् + अहं = स्वाहं (सोहं भी)
खो + अस्स = ख् + व् + अस्स = ख्वस्स
सो + अस्स = स् + व् + अस्स = स्वस्स

७. गोस्सावङ् (मो० १, ३२)—'गो' शब्द के बाद यदि कोई भी स्वर आवे तो 'गो' को 'गव' (ओ का अवङ् हो जाता है) आदेश होता है[२]। यथा—

गो + अस्सं = गव + अस्सं = गव् + आस्सं = गवास्सं

८. दीघं (क० व्या० १, २, ४)—पूर्व स्वर के लोप होने पर बाद में आने वाला स्वर विकल्प से दीर्घ हो जाता है[3]। यथा—

सद्धा + इध = सद्ध् + इध = सद्ध् + ईध = सद्धीध
च + उभयं = च् + उभयं = च् + ऊभयं = चूभयं

९. पुब्बो च (क० व्या० १, २, ५)—बाद में आने वाले स्वर के लोप होने पर पूर्ववर्ती स्वर विकल्प से दीर्घ हो जाता है[४]। यथा—

किंसु + इध = किंसु + ध = किंसू + ध=किंसूध
साधु + इति = साधु + ति = साधू + ति = साधूति

१०. एवादिस्स रि पुब्बो च रस्सो (क० व्या०, १, २, ११)—स्वर के बाद यदि 'एव' शब्द आवे तो 'एव' के एकार को विकल्प से 'रि' आदेश हो जाता है तथा पूर्व स्वर का ह्रस्व हो जाता है[५]। यथा—

यथा + एव = यथ + रिव = यथरिव
तथा + एव = तथ + रिव = तथरिव

---

१. यमेदन्तस्सादेसो, क० व्या० १, २, ६ और वमोदुदन्तानं, क० व्या० १, २, ७।
२. क० व्या० के 'सन्धिकप्पो' में, जहाँ सन्धियों का निर्देश किया गया है, इस सन्धि का उल्लेख नहीं मिलता है।
३. मो० में जहाँ सन्धियों का निर्देश किया गया है वहाँ इस सन्धि का उल्लेख नहीं पाया जाता है।
४. मो० व्या० में इस सन्धि का उल्लेख नहीं मिलता है।
५. मो० व्या० में इस सन्धि का उल्लेख नहीं मिलता है।

११. ब्यञ्जने दीघरस्सा (मो० १, ३३)—यदि व्यञ्जन बाद में हो, तो कहीं-कहीं पूर्ववर्ती ह्रस्व स्वर का दीर्घ और दीर्घ स्वर का ह्रस्व हो जाता है[१]। यथा—

तत्र + अयं = तत्रयं = तत्रायं सम्मा + एव = सम्मदेव
मुनि + चरे = मुनीचरे माला + भारी = मालभारी
सम्म + धम्मं = सम्माधम्मं भोवादी + नाम = भोवादिनाम
खन्ति + परमं = खन्ती परमं यथाभावी + गुणेन = यथाभाविगुणेन

१२. सरम्हा द्वे (मो० १, ३४)—स्वर के बाद यदि व्यञ्जन हो तो उस व्यञ्जन को कभी-कभी द्वित्व हो जाता है[२]। यथा—

प + गहो = पग्गहो इध + पमादो = इधप्पमादो
दु + कतं = दुक्कतं (दुक्कटं भी) प + बजं = पब्बजं
चातु + दसी = चातुद्दसी

१३. चतुत्थदुतियेस्वेसं ततिय पठमा (मो० १, ३५)—किसी भी वर्ग का चतुर्थ वर्ण और द्वितीय वर्ण यदि स्वर के बाद आवे तो परवर्ती चतुर्थ वर्ण एवं द्वितीय वर्ण क्रमशः अपने वर्ग के तृतीय एवं प्रथम वर्ण में परिवर्तित हो जाता है[३]। यथा—

नि + घोसो = नि + घ् + घोसो = निग्घोसो
अ + खंति = अ + ख् + खंति = अक्खंति
एसोवत + झानफलो=एसोवत + झ् + झानफलो = एसोवचज्झानफलो
यत्र + ठितं = यत्र + ठ् + ठितं = यत्रट्ठितं
महा + धनो = महा + ध् + धनो = महद्धनो
यस + थेरो = यस + थ् + थेरो = यसत्थेरो
अ + फुटं = अ + फ् + फुटं = अप्फुटं
अभि + उग्गतो = अ + भ् + भ् + इ + उग्गतो = अब्भ् + उग्गतो
= अब्भुग्गतो

१४. वितिस्सेवे वा (मो० १, ३६)—यदि 'एव' 'इति' के बाद आवे तो 'इति' शब्द के द्वितीय इकार को 'व्' विकल्प से हो जाता है[४]। यथा—

इति + एव = इत्व् + एव = इत्वेव (इच्चेव भी)

---

१. दीघं, क० व्या० १, ३, ३ तथा रस्सं, क० व्या० १, ३, ४
२. परद्वेभावो ठाने, क० व्या० १, ३, ६
३. वग्गे घोसाघोसाणं ततियपठमा, क० व्या० १, ३, ७
४. क० व्या० में इस सन्धि का निर्देश नहीं मिलता है।

१५. एओनम वण्णे (मो० १, ३७)—ए, ओ के बाद यदि कोई स्वर आये तो ए, ओ को कभी-कभी अ आदेश हो जाता है[1]। यथा—

याचके + आगते = याचक् + अ + आगते = याचकमागते

अकरम्हसे + ते = अकरम्हस् + अ + ते + अकरम्हसते

एसो + अत्थ + एस् + अ + अत्थो = एस अत्थो

अग्गो + अक्खायति = अग्ग् + अ + अक्खायति = अग्गमक्खायति

१६. निग्गहीतं (को० १, ३८)—कहीं-कहीं स्वर अथवा व्यञ्जन बाद में रहने पर निग्गहीत का आगम हो जाता है[2]। यथा—

चक्खु + उदपादि = चक्खुं उदपादि (चक्खु उदपादि भी)

अव + सिरो = अवंसिरो

पुरिम + जाति = पुरिमं जाति

मनोपुब्ब + गमा = मनोपुब्बंगमा

याव + चिदं = यावंचिदं

अणु + थुलानि = अणुंथुलानि

१७. लोपो (मो० १, १९)—निग्गहीत के बाद स्वर अथवा व्यञ्जन रहने पर कहीं-कहीं निग्गहीत का लोप हो जाता है[3]। यथा—

किं + अहं = कि + अहं = क् य् + अहं = क्याहं

तासं + अहं = तास + अहं = तासाहं

विद्नूं + अग्गं = विद्नून + अग्गं = विदूनग्गं

सं० + रत्तो = स + रत्तो = सारत्तो

अरियसच्चानं + दस्सनं = अरियसच्चानदस्सं

बुद्धानं + सासनं = बुद्धानशासनं

१८. परसरस्स (मो० १, ४०)—निग्गहीत के बाद के स्वर का पालिभाषा में विकल्प से लोप हो जाता है[4]। यथा—

त्वं + असि = त्वंसि उत्तत्तं + इव = उत्तत्तं व

अभिनन्दुं + इति = अभिनन्दुन्ति यथाबीजं + इव = यथाबीजं व

१९. वग्गेवग्गन्तो (मो०, १, ४१)—निग्गहीत के बाद यदि कोई भी

---

१. तु० लोपञ्च तत्राकारो, क० व्या० १, ३, ५.

२. निग्गहीतञ्च, का० व्या० १, ४, ८.

३. क्वचि लोपं, क० व्या० १, ४, ९. तथा व्यञ्जने च, क० व्या० १, ४, १०.

४. परो वा सरो, क० व्या० १, ४, ११.

व्यञ्जन आवे तो निग्गहीत, विकल्प से परवर्ती व्यञ्जन के पञ्चम वर्ण में परिवर्तित हो जाता है[१]। यथा—

तं + करोति = तङ्करोति   तं + धनं = तन्धनं
तं + चरति = तञ्चरति   तं + पाति = तम्पाति
तं + ठनं = तण्ठानं

पद के मध्य में आने पर अनुस्वार नियतरूप से परवर्ती व्यञ्जन के पञ्चम वर्ण में परिवर्तित हो जाता है। यथा—

गम + त्वा = गन्त्वा आदि।

२०. ये वहि सुञ्ञो (मो० १, ४२)—निग्गहीत के बाद यदि य, एव, तथा हि शब्द आये तो निग्गहीत, विकल्प से, ञ् में परिवर्तित हो जाता है[२]। यथा—

यं + यदेव = य ञ् + यदेव = यञ्ञदेव
तं + एव = त ञ् + एव = तञ्ञेव
पच्चतं + एव = पच्चत्तञ् + एव = पच्चत्तञ्ञेव
तं + हि = त ञ् + हि = तञ्हि

२१. ये संस्स (मो० १, ४३)—यदि यकार बाद में हो तो पूर्ववर्ती 'सं' में स्थित निग्गहीत विकल्प से ञ् में परिवर्तित हो जाता है[3]। यथा—

सं० + यमो = सञ्ञमो (संयमो भी)
सं० + योगो = सञ्ञोगो
सं० + युत्तं = सञ्ञुत्तं

२२. मयदासरे (मो० १, ४४)—स्वर यदि बाद में हो तो निग्गहीत कभी-कभी म, य या द में परिवर्तित हो जाता है[४]। यथा—

तं + अहं = तमहं   एतं + अवोच = एतदवोच
तं + इदं = तमिदं   तं + अलं = तदलं

२३. व न त र गा चागमा (मो० १, ४५)—स्वर यदि बाद में रहे, तो विकल्प से म, य, द, व, न, त, र और ग का आगम होता है[५]। यथा—

लहु + एस्सति = लहुमेस्सति   चिरं + आयाति = चिरन्नायाति
इध + आहु = इधमाहु   इतो + आयादि + इतो नायाति

१. वग्गन्तं वा वग्गे, क० व्या० १, ४, २।
२. तु० एहेञ्ञं, क० व्या० १, ४, ३।
३. सये च, क० व्या० १, ४, ४,
४. तु० मदा सरे, क० व्या० १, ४, ५।
५. तु० यवमदनतरळा चागमा, क० व्या० १, ४, ६।

न + इमस्स = नयिमस्स　　तस्मा + इह = तस्मातिह
यथा + इदं = यथयिदं　　अज्ज + अग्गे = अज्जतग्गे
सम्मा + अञ्ञा = सम्मदञ्ञा　　नि + ओजं = निरोजं
अत्त + अत्थमभिञ्ञाय = अत्तदत्थमभिञ्ञाय　　सासपो + इव = सासपोरिव
ति + अङ्गिकं = तिवङ्गिकं　　सब्भि + एव = सब्भिरेव
भन्ता + उदिक्खति = भन्तावुदिक्खति　　पुथु + एव = पुथगेव

२४.छा ळो (मो० १, ४६)—छ शब्द के बाद यदि कोई भी स्वर आवे तो विकल्प से ळ् का आगम होता है[1]। यथा—

छ + अंगं = छळङ्गं
छ + आयतनं = छळायतनं
छ + अभिञ्ञा = छळभिञ्ञा

२५. तवग्गवरणानं ये चवग्गबयञा (मो० १, ४८)—'य्' यदि बाद में हो, तो तवर्ग का चवर्ग तथा व्, र्, ण्, को क्रमशः ब्, य्, ञ् आदेश होता है[2]। यथा—

यदि + एवं = यद् + य् + एवं = यज्जेवं
अपूति + अण्डकायं = अपूत् + य् + अण्डकायं = अपूच्चण्डकायं
अधि + अत्तं = अध् + य् + अत्तं = अज्झत्तं
परि + एसना = पर् + य् + एसना = पय्येसना
दिव् + यं = दिब् + यं = दिब्बं
पोक्खरणी + यो = पोक्खरञी + यो = पोक्खरञ्ञो

२६. वग्गलसेहि ते (मो० १, ४९)—कवर्ग, चवर्ग, टवर्ग, तवर्ग, पवर्ग, ल और स के बाद यदि य आवे, तो विकल्प से य क्रमशः कवर्ग, चवर्ग, टवर्ग, तवर्ग पवर्ग, ल और स में परिवर्तित हो जाता है[3], यथा—

सक + य + ते = सक + क + ते = सक्कते
पच + य + ते = पच + च + ते = पच्चते
अट + य + ते = अट + ट + ते = अट्टते
कुप + य + ते = कुप + प + ते = कुप्पते
फल + य + ते = फल + ल + ते = फल्लते
अस + य + ते = अस्सते

२७. हस्स विपल्लासो (मो० १, ५०)—यदि 'य' ह के साथ संयुक्त होकर

---

१. तु० यवमदनतरळा चागमा, क० व्या० १, ४, ६ ।
२.३. इन सन्धियों का उल्लेख क० व्या० में नहीं किया गया है।

आये तथा वह संयुक्त व्यञ्जन का परवर्ती वर्ण हो तो ह का विपर्यास हो जाता है[1] (ह, य के बाद आकर संयुक्त हो जाता है)। यथा—

गुह्यं = गुय्हं

२८. वे वा (मो० १, ५१)—यदि 'व' ह के साथ संयुक्त होकर आये तथा वह संयुक्त व्यञ्जन का परवर्ती वर्ण हो तो ह का विकल्प से विपर्यास हो जाता है[2] (ह व के बाद आकर संयुक्त हो जाता है)। यथा—

बह्वाबाध = बव्हाबाध

२९. तथनरानं टठणला (मो० १, ५२)–पालिभाषा में त, थ, न और र विकल्प से क्रमशः ट, ठ, ण और ल में परिवर्तित हो जाते हैं[3]। यथा—

दुक्कतं = दुक्कटं गहनं = गहणं

अत्थकथा = अट्ठकथा परिघो = पलिघो

३०. संयोगादि लोपो (मो० १, ५३)–संयुक्त व्यञ्जन के पूर्व आने वाला व्यञ्जन विकल्प से लुप्त हो जाता है[4]। यथा—

पुप्फं + अस्सा = पुप्फंस्सा जायते + अग्गिनि = जायतेगिनि

३१. स्यादि लोपो पुब्बमेकस्स (मो० १, ५५) वीप्सा के कारण जब एक शब्द का द्वित्व होता है, तो पूर्ववर्ती शब्द की विभक्ति का लोप हो जाता है[5]। यथा—

मत्थकेन मत्थकेन = मत्थकमत्थकेन

३२. सब्बादीनं वीतिहारे (मो० १, ५६)–विनिमय के कारण जब एक शब्द का द्वित्व होता है, उस अवस्था में पूर्ववर्ती शब्द की विभक्ति का लोप हो जाता है[6]। यथा—

इतरीतरस्स भोजका

१.२.३. इन सन्धियों का उल्लेख क० व्या० में नहीं किया गया है।

४. तु० व्यञ्जनो च विसञ्ञोगो, क० व्या० १, ४, १२।

५. इस सन्धि का उल्लेख क० व्या० में नहीं किया गया है। वीप्सा होने के कारण एक शब्द के द्वित्व होने पर पूर्ववर्ती शब्द की विभक्ति का लोप होने के कारण ही इसे सन्धि प्रकरण में निर्दिष्ट किया गया है। स्वयं मोग्गल्लान ने उक्त सूक्त सूत्र की वृत्ति में कहा है—
वीच्छायमेकस्स द्वित्ते पुब्बस्स स्यादि लोपो होति एकेकस्स: कथं मत्थकमत्थकेनाति ? स्यादि लोपो पुब्बस्साति योगविभागा; न चातिप्पसङ्गो योगविभागा इट्ठप्पसिद्धीति। —मो० व्या० सूत्र सं० १, ५५ की वृत्ति

६. इस सन्धि का उल्लेख क० व्या० में नहीं किया गया है।

३३. सरा पकति व्यञ्जने (क० व्या० १, ३, १)—स्वर के बाद यदि कोई भी व्यञ्जन आये तो स्वर में कोई परिवर्तन नहीं होता है[1]। यथा—

मनोपुब्बङ्गमा + धम्मा = मनोपुब्बङ्गमा धम्मा

तिण्णो + पारगतो = तिण्णो पारगतो

३४. अं ब्यञ्जने निग्गहीतं (क० व्या० १, ४, १)—निग्गहीत के बाद यदि व्यञ्जन आये तो निग्गहीत को अं हो जाता है[2]। यथा—

एवं + वुत्ते = एवं वुत्ते   तं + साधु = तं साधु

३५. क्वचि ओ ब्यञ्जने (क० व्या० १, ४, ७)—स्वर के बाद यदि ब्यञ्जन आये तो कहीं-कहीं ओ का आगम होता है[3]। यथा—

अतिप्पग + खो = अतिप्पगो खो   पर + सहस्सं = परसहस्सं

३६. ब्यञ्जनो च विसञ्ञोगो (क० व्या० १, ४, १२)—निग्गहीत के बाद आने वाले स्वर के लुप्त हो जाने पर यदि उक्त लुप्त स्वर के बाद संयुक्त व्यञ्जन हो तो वह संयुक्त व्यञ्जन असंयुक्त कर दिया जाता है[4]। यथा—

एवं + अस्स = एवं + स्स = एवंस

पुप्फं + अस्सा = पुप्फं + स्सा = पुप्फंस्सा

३७. गो सरे पुथस्सागमो क्वचि (क० व्या० १, ५, १)—'पुथ' शब्द के बाद यदि स्वर आये तो 'पुथ' के बाद कभी-कभी 'ग' का आगम हो जाता है[5]। यथा—

पुथ + एव = पुथगेव

३८. अब्भो अभि (क० व्या० १, ५, ३०)—'अभि' शब्द के बाद यदि स्वर आये तो 'अभि' शब्द का 'अब्भ' आदेश हो जाता है[6]। यथा—

अभि + उदीरितं = अब्भुदीरितं   अभि + उग्गच्छति = अब्भुग्गच्छति

३९. अज्झो अधि (क० व्या० १, ५, ४)—अधि शब्द के बाद यदि स्वर आये तो अधि शब्द का अज्झ आदेश हो जाता है[7]। यथा—

अधि + ओकासो = अज्झोकासो   अधि + अगमा = अज्झगमा

४०. ते न वा इवण्णे (क० व्या० १, ५, ५)—'अभि' और 'अधि' शब्द के बाद यदि इकार आये तो 'अभि' और 'अधि' का विकल्प से 'अब्भ' और 'अज्झ' आदेश नहीं होता है[8]। यथा—

अभि + इज्झितं = अभिज्झितं   अधि + ईरितं = अधीरितं

१.२.३. इन सन्धियों का उल्लेख क० व्या० में नहीं किया गया है।

४.५.६.७.८. इन सन्धियों का उल्लेख मो० व्या० में नहीं किया गया है।

४१. सब्बोचन्ति (क० व्या० १, २, ८)—'ति' के बाद यदि स्वर आये तो 'ति' विकल्प से चकार में परिवर्तित हो जाता है[1]। यथा—

इति + एतं = इच्चेतं   इति + अस्स = इच्चस्स

पति + उत्तरित्वा = पच्चुत्तरित्वा   पति + आहरति = पच्चाहरति

४२. दो धस्स च (क० व्या० १, २, ९)—धकार के बाद यदि स्वर आये तो धकार का कहीं-कहीं दकार आदेश होता है[2]। यथा

एकं + इध + अहं = एकमिदाहं

४३. अतिस्स चन्तस्स (क० व्या० १, ५, ६)—'अति' के बाद यदि इकार आये तो 'ति' चकार में परिवर्तित नहीं होता है[3]। यथा—

अति + इसिगणो = अतिसिगणो   अति + ईरितं = अतीरितं

४४. क्वचि पटि पतिस्स (क० व्या० १, ५, ७)–'पति' के बाद कोई भी वर्ण आये तो 'पति' कभी कभी 'पटि' में परिवर्तित हो जाता है[4]। यथा—

पति + अग्गि = पटि + अग्ग = पटग्गि पति + हञ्ञति = पटिहञ्ञति

४५. पुथस्सु ब्यञ्जने (क० व्या० १, ५, ८)–पुथ एवं कुछ अन्य शब्दों के बाद यदि व्यञ्जन आये तो पुथ एवं उन अन्य शब्दों का अन्तिम स्वर उकार में परिवर्तित हो जाता है[5]। यथा—

पुथ + जनो = पुथुज्जनो   मनो + अञ्ञं = मनुञ्ञं

पुथ + भूतं = पुथुभूतं

४६. ओ अवस्स (क० व्या० १, ५, ९)–'अव' के बाद यदि व्यञ्जन आये तो 'अव' कहीं कहीं 'ओ' में परिवर्ति हो जाता है[6]। यथा—

अव + नद्धा = ओनद्धा

४७. अनुपदिट्ठानं वुत्तयोगतो (क० व्या० १, ५, १०)–अनुपदिष्ट उपसर्ग एवं निपातों के सम्बन्ध में इन उपर्युक्त स्वर सन्धि एवं व्यञ्जसन्धियों के नियमों का पालन करना चाहिये क्योंकि इनके सम्बन्ध में कोई पृथक् नियम नहीं दिया गया है।

•

१.२.३.४.५.६. इन सन्धियों का उल्लेख मो० व्या० में नहीं किया गया है।

नाम प्रकरण

पालि-व्याकरण की दृष्टि से नाम-प्रकरण में संज्ञा, सर्वनाम, विशेषण एवं अव्यय शब्दों के विभिन्न रूपों की बनावट का अध्ययन किया जाता है। संस्कृत भाषा के शब्दों की भाँति पालि भाषा में हलन्त शब्द नहीं मिलते, अजन्त ही मिलते हैं। इन सभी शब्दों के सातों विभक्तियों तथा आलपन (सम्बोधन) में विभिन्न रूप पाये जाते हैं। पालिभाषा में द्विवचन नहीं होता। ये सातों विभक्तियाँ इस प्रकार हैं[1]—

विभक्ति	एकवचन	बहुवचन (अनेक वचन)
१. पठमा	सि	यो
२. दुतिया	अं	यो
३. ततिया	ना	हि
४. चतुत्थी	स	नं
५. पञ्चमी	स्मा	हि
६. छट्ठी	स	नं
७. सत्तमी	स्मिं	सु
८. आलपन	सि (ग[2])	यो

संस्कृतभाषा के व्याकरणों की वासना के कारण ही पालिभाषा में चतुर्थी और षष्ठी दो विभक्तियाँ मानी जाती हैं। कच्चायन ('सम्पदाने चतुत्थी' २, ६, २३ तथा 'सामिस्मिं छट्ठी' २, ६, ३१) एवं मोग्गलान ने ('चतुत्थी सम्पदाने' २, २६ तथा 'छट्ठी सम्बन्धे' २, ४१) जो दो विभक्तियाँ मानीं उससे सम्प्रदान और सम्बन्ध इन दोनों अर्थों में भेद दिखलाना मात्र तात्पर्य है, किन्तु शब्दों के रूपों के आधार पर तो यह भेद कदापि ज्ञात नहीं हो सकता।[3]

---

१. द्वे द्वे कानेकेसु नामस्मा सि यो अं यो ना हि स नं स्मा हि स नं स्मिं सु— मो० २, १—नाम से परे एकवचन तथा बहुवचनों से युक्त विभक्तियों में सि, यो, अं, यो आदि का आगम होता है (सियो अंयो नाहि सनं स्माहि सनं स्मिंसु, क० व्या० २, १, ४)।

२. आलपने सि गसञ्ञो (क० व्या० २, १, ६)—सम्बोधन के अर्थ में 'सि' विभक्ति की 'ग' संज्ञा होती है।

३. केवल अकारान्त प्रातिपदिक के चतुर्थी एकवचन को 'स' विभक्ति का विकल्प से 'आय' आदेश हो जाता है और यह भी रूप प्रायिक है—द्र० मो० व्या० २, ४६ तथा क० व्या० २, १, ५८।

जहाँ तक अव्यय शब्दों का प्रश्न है, इनका रूप के कारण कोई परिवर्तन नहीं होता। संस्कृत के वैयाकरणों ने भी स्वमतानुसार तीनों लिङ्गों, सब विभक्तियों एवं सब वचनों में जिसका रूप न बदलता हो उसे अव्यय माना है (सदृशं त्रिषु लिङ्गेषु सर्वासु च विभक्तिषु। वचनेषु च सर्वेषु यन्न व्येति तदव्ययन् ।।)।

मोग्गल्लान ने अव्यय को 'असंख्य' कहा है और ऐसे शब्दों के बाद की सभी विभक्तियों का लोप हो जाता है, ऐसा बताया है—मो० व्या० २, १२०।

पालिभाषा में पुंल्लिङ्ग, स्त्रीलिङ्ग और नपुंसकलिङ्ग ये तीन लिङ्ग होते हैं। संज्ञाओं एवं सर्वनामों के इन लिङ्गों के आधार पर कुछ अतिप्रचलित मानक शब्दों के पृथक्-पृथक् एक एक उदाहरण दिये जाते हैं और अवशिष्ट शब्दों के रूप इन्हीं के आधार पर समझने चाहिये—

अकारान्त पुंल्लिङ्ग शब्द

'बुद्ध'

	एकवचन	बहुवचन
पठमा	बुद्धो[1] (बुद्धे[2])	बुद्धा[3]
दुतिया	बुद्धं	बुद्धे
ततिया	बुद्धेन[4]	बुद्धेहि[5], बुद्धेभि[6]

'बुद्ध'

१. सिस्सो (मो० २, १११)—अकारान्त पुंल्लिङ्ग नाम शब्द के बाद आने वाली 'सि' विभक्ति को 'ओ' आदेश हो जाता है (सो, क० व्या० २, १, ५३)।

२. क्वचे वा (मो० २, ११२)—अकारान्त पुंल्लिग नाम शब्द के बाद आने वाले 'सि' को कहीं-कहीं विकल्प से 'ए' आदेश हो जाता है।

३. अतो यो नं टा टे (मो० २, ४३)—अकारान्त नाम शब्द के बाद आने वाली प्रथमा एवं द्वितीया बहुवचन के 'यो' को क्रमशः टा (आ) और टे (ए) आदेश होते हैं (तु० सब्बयोनीनमाए, क० व्या० २, १, ५६)।

४. अतेन (मो० २, ११०)—अकारान्त नाम शब्द के बाद आने वाली 'ना' विभक्ति को 'एन' आदेश होता है (अतो नेन, क० व्या० २, १, ५२)। कच्चायन के मत से कुछ अकारान्त नाम शब्दों के बाद आने वाले ना विभक्ति प्रत्यय को 'सो' आदेश भी होता है, यथा—अत्थसो, सुत्तसो, यससो आदि। (सो वा, क० व्या० २, १, ५४.)

५. सुहिस्वस्से (२, १००)—अकारान्त नामशब्द के बाद आने वाली 'सु'

चतुत्थी	बुद्धाय[७], बुद्धस्स[८]	बुद्धानं[९]
पञ्चमी	बुद्धा[१०], बुद्धम्हा, बुद्धस्मा	बुद्धेहि, बुद्धेभि
छट्ठी	बुद्धस्स	बुद्धानं
सप्तमी	बुद्धे, बुद्धम्हि, बुद्धस्मि	बुद्धेसु
आलपन	बुद्ध[११], बुद्धा[१२]	बुद्धा

और 'हि' विभक्ति को 'ए' आदेश हो जाता है (सुहिस्वकारो ए, क० व्या० २, १ ५०)।

६. स्माहिस्मिन्नं म्हाभिम्हि (मो० २, ९९)—नामशब्द के बाद आने वाली 'स्मा', 'हि' और 'स्मि' विभक्तियों को विकल्प से 'म्हा' 'भि' और 'म्हि' आदेश होते हैं (स्माहिस्मिन्नं म्हाभिम्हि वा, क० व्या० २, १, ४८)।

७. सस्साय चतुत्थिया (मो० २, ४६)—अकारान्त नामशब्द के बाद आने वाले चतुर्थी विभक्ति के 'स' को विकल्प से 'आय' आदेश होता है (आय चतुत्थेकवचनस्स तु, क० व्या० २, १, ५८)।

८. सुञ् सस्स (मो० २, ५३)—नामशब्द के बाद आने वाली 'स' विभक्ति को सुञ् >स का आगम होता है (सागमो से, क० व्या० २, १, ११)।

९. सु नं हि सु (मो० २, ९१)—नामशब्द के बाद सु, नं, हि विभक्ति के आने पर नामशब्द का अन्तिम स्वर दीर्घ हो जाता है (सुनंहिसु च, क० व्या० २, १, ३८.)।

१०. स्मास्मिन्नं (मो० २, ४५)—अकारान्त नामशब्द के बाद आने वाले स्मा और स्मि विभक्ति को विकल्प से क्रमशः टा (आ) और टे (ए) आदेश होते हैं (स्मास्मिन्नं वा, क० व्या० २, १, ५७)

११. गसीनं (मो० २, ११९)—यदि कोई दूसरा विधान न किया गया हो तो नामशब्द के बाद आने वाली 'ग' संज्ञा एवं 'सि' विभक्ति का लोप हो जाता है। (गो स्यालपने, मो० १, १२—आलपन में 'सि' को ग संज्ञा होती है। दे० आलपने सि गसञ्ञो, क० २, १, ६)

१२. अयूनं वा दीघो (मो० २, ६१) तीनों लिंगों के एकारान्त और उकारान्त नामशब्दों के बाद यदि 'ग' आदेश आये तो पूर्ववर्ती अकारान्त, इकारान्त और उकारान्त शब्दों का अन्तिम स्वर विकल्प से दीर्घ होता है (तु० अकारपिताद्यन्तानमा, क० व्या० २, ४, ३६.)

इकारान्त पुंल्लिग शब्द

'इसि' (ऋषि)

	एकवचन	बहुवचन
पठमा	इसि[1]	इसी[2], इसयो[3]
दुतिया	इसिं[4]	इसी, इसयो[3]
ततिया	इसिना	इसीहि[5], इसीभि
चतुत्थी	[6]इसिनो, इसिस्स	इसीनं

'इसि'

१. गसीनं (मो० २, ११९)—अन्य विधान के अभाव में प्रातिपदिक से परे गसंज्ञक विभक्ति तथा 'सि' विभक्ति का लोप हो जाता है। (सेसतो लोपं गसिपि, क० व्या० २, ४, १०)।

२. लोपो (मो० २, ११६)—झ संज्ञक (अर्थात् पुंल्लिग इ, ई) और ल संज्ञक (अर्थात् पुंल्लिग उ, ऊ) शब्दों के बाद आने वाली 'यो' विभक्ति का लोप होता है। तु० घपतो च योनं लोपो, क० व्या० २, १, ६७ तथा योसु कतनिकार-लोपेसु दीघं, क० व्या० २, १, ३७ यो विभक्तियों के लोप होने पर अथवा नि आदेश होने पर सभी (अन्तिम) स्वरों का दीर्घ हो जाता है। (इयुवण्णा झला नामस्सन्ते, मो० १, ९—नाम के अन्तिम इवर्ण को 'झ' और उवर्ण को 'ल' संज्ञा क्रम से होती है। दे० इवण्णुवण्णा झला क० २, १, ७)।

३. योसु झिस्स पुमे (मो० २, ९५)—झ संज्ञक (इकारान्त) पुंल्लिग शब्दों के इकार को विकल्प से 'ट' (अ) आदेश होता है यदि बाद में 'यो' विभक्तियाँ हों तो। (तु० योस्वकतरस्सोज्झो, क० व्या० २, १, ४५)

४. अम्मो निग्गहीतं झलपेहि (क० व्या०, २, १, ३१)— झ संज्ञक (इकारान्त) ल संज्ञक (उकारान्त) तथा प संज्ञक (इकारान्त तथा उकारान्त स्त्री वाचक) शब्दों के बाद यदि 'अ' विभक्ति तथा 'म्' रहें तो इनका निग्गहीत में परिवर्तन हो जाता है। (पित्थियं, मो० १, १०—स्त्रीलिङ्ग में नाम के अन्तिम इवर्ण उवर्ण को 'प' संज्ञा होती है। दे० ते इत्थिख्या पो०, क० २, १, ८,)

५. सु नं हि सु (मो० २, ९१)—नाम शब्दों के बाद यदि सु, नं और हि विभक्तियाँ आयें तो नाम शब्दों के अन्तिम स्वर को दीर्घ आदेश हो जाता है (सुनंहिसु च, क० व्या०, २, १, ३८)।

६. झला सस्स नो (मो० २, ८३)—झ संज्ञक (इ, ईकारान्त) तथा ल संज्ञक (उ, ऊकारान्त) शब्दों के बाद आने वाली 'स' विभक्ति को विकल्प से 'नो' आदेश होता है (झलतो सस्स नो वा, क० व्या०, २, १, ६६)।

पञ्चमी	इसिना,[७] इसिम्हा, इसिस्मा	इसीहि,[५] इसीभि
छट्ठी	इसिनो, इसिस्स	इसीनं
सत्तमी	इसिम्हि, इसिस्मिं	इसिसु, इसीसु[५]
आलपन	इसि, इसी	इसी, इसयो

ईकारान्त पुंल्लिङ्ग शब्द

'दण्डी'

	एकवचन	बहुवचन
पठमा	दण्डी[१]	दण्डी, दण्डिनो[२]
दुतिया	दण्डिनं,[३] दण्डिं[४]	दण्डी,[५] दण्डिनो, दण्डिने[२]

७. ना स्मा स्स (मो०, २, ८४)—झ तथा ल संज्ञक शब्दों के बाद आने वाली 'स्मा' विभक्ति को विकल्प से 'ना' आदेश होता है (झलतो च, क० व्या० २, ४, ५)।

'दण्डी'

१. एकवचनयोस्वघोनं (मो० २, ६६) तथा अघो रस्समेकवचनयोस्वपिच (क० व्या० २, १, ३३) के अनुसार 'दण्डी' के अन्तिम ईकार को ह्रस्व प्राप्त था किन्तु सिस्मिं नानपुंसकस्स (मो० २, ६८)—ईकारान्त तथा ऊकारान्त पुंल्लिग एवं स्त्रीलिंग शब्दों के अन्तिम ईकार और ऊकार को ह्रस्व आदेश नहीं होता है, यदि बाद में 'सि' विभक्ति हो (न सिस्मिमनपुंसकानि क० व्या० २, १, १४)।

२. यो नं नोने पुमे (मो० २, ७७)—ईकारान्त पुंल्लिग शब्दों के बाद आने वाली प्रथमा एवं द्वितीया के 'यो' विभक्तियों को क्रमशः 'नो' तथा 'ने' आदेश होते हैं (तु० योनन्नो, क० व्या० २, ४, १५)।

३. नं झीतो (मो० २, ७६)—ईकारान्त पुंल्लिग शब्द के बाद आने वाली 'अं' विभक्ति को नं आदेश विकल्प से होता है (नं झतो कतरस्सा, क० व्या० २, ४, १४)।

४. 'एकवचनयोस्वघोनं' (मो० २, ६६)—एकवचन तथा 'यो' विभक्तियों के परे होने पर घ संज्ञक तथा ओकारान्त रहित नामों के अन्तिम स्वर को तीनों लिङ्गों में ह्रस्व होता है। ('अघो रस्समेकवचनयोस्वपि,' क० व्या० २, १, ३३)।

५. नो (मो० २, ७८)—पुंल्लिग में झ संज्ञक ईकारान्त के बाद आयी हुई 'यो' विभक्तियों को नो आदेश विकल्प से होता है। (यो नन्नो, क० व्या० २, ४, १५)

ततिया	दण्डिना	दण्डीहि, दण्डीभि
चतुत्थी	दण्डिनो, दण्डिस्स	दण्डीनं
पञ्चमी	दण्डिना, दण्डिस्मा, दण्डिम्हा	दण्डीहि, दण्डीभि
छट्ठी	दण्डिनो, दण्डिस्स	दण्डीनं
सत्तमी	दण्डिनि,[६] दण्डिम्हि, दण्डिस्मि	दण्डिसु, दण्डीसु
आलपन	दण्डि[७], दण्डी	दण्डी, दण्डिनो[५]

उकारान्त पुंल्लिग शब्द

'भानु'

	एकवचन	बहुवचन
पठमा	भानु	भानू, भानवो[१]
दुतिया	भानुं	भानू, भानवो[१]
ततिया	भानुना	भानूहि, भानूभि
चतुत्थी	भानुनो, भानुस्स	भानूनं
पञ्चमी	भानुना, भानुस्मा, भानुम्हा	भानूहि, भानूभि
छट्ठी	भानुनो, भानुस्स	भानूनं
सत्तमी	भानुस्मि, भानुम्हि	भानुसु, भानूसु
आलपन	भानु	भानू, भानवे,[२] भानवो[३]

---

६. स्मिनो नि (मो० २, ७९)—ईकारान्त पुंल्लिग शब्द के बाद आने वाली 'स्मि' विभक्ति को विकल्प से 'नि' आदेश होता है (स्मिन्नि, क० व्या० २, ४, १६)

७. गे वा (मो० २, ६७)—सम्बोधन में आकारान्त स्त्रीलिंग तथा ओकारान्त नामों को छोड़कर अन्यों के तीनों लिङ्गों में अन्तिम स्वर को विकल्प से ह्रस्व हो जाता है। (क० व्या० २, ४, ३७)।

'भानु'

१. लायोनं वो पुमे (मो० २,८५)—ऊकारान्त पुंल्लिग शब्द के बाद आने वाली यो विभक्ति को विकल्प से 'वो' आदेश होता है (लतो वोकारो च, क० व्या० २, १, ६८)।

२. पुमालपने वे वो (मो० २, ९८)—उकारान्त पुंल्लिग शब्द के बाद आने वाली आलपन की यो विभक्ति को 'वे' तथा 'वो' आदेश विकल्प से हो जाते हैं (अकतरस्सा लतो य्वालपनस्स वे वो, क० व्या० २, १, ६५)।

३. वे वो सुलुस्स (मो० २, ९६)—उकारान्त पुंल्लिग शब्दों के बाद 'वे' या 'वो' आवे तो 'उ' का 'अ' हो जाता है।

ऊकारान्त पुंल्लिग शब्द

'धम्मञ्ञू' (= धर्मज्ञ)

	एकवचन	बहुवचन
पठमा	धम्मञ्ञू	धम्मञ्ञू, धम्मञ्ञुनो[1]
दुतिया	धम्मञ्ञु	धम्मञ्ञू, धम्मञ्ञुनो[1]
ततिया	धम्मञ्ञुना	धम्मञ्ञूहि, धम्मञ्ञूभि
चतुत्थी	धम्मञ्ञुनो, धम्मञ्ञुस्स	धम्मञ्ञूनं
पञ्चमी	धम्मञ्ञुना, धम्मञ्ञुस्मा, धम्मञ्ञुम्हा	धम्मञ्ञूहि, धम्मञ्ञूभि
छट्ठी	धम्मञ्ञुनो, धम्मञ्ञुस्स	धम्मञ्ञूनं
सत्तमी	धम्मञ्ञुम्हि, धम्मञ्ञुस्मिं	धम्मञ्ञुसु
आलपन	धम्मञ्ञू	धम्मञ्ञू, धम्मञ्ञुनो

ओकारान्त पुंल्लिङ्ग शब्द

'गो' (= बैल)

	एकवचन	बहुवचन
पठमा	गो	गावो[1] गवो
दुतिया	गावु[2], गावं, गवं	गावो[1], गवो
ततिया	गावेन, गवेन, गावा,[4] गवा, गोणेन[5],	गोहि, गोभि, गोणेहि[5]

'धम्मञ्ञू'

१. कुतो (मो० २, ८७)—'कु' प्रत्ययान्त शब्दों के बाद आने वाली 'यो' विभक्ति को 'नो' आदेश होता है विकल्प से। किन्तु 'योनन्नो' (क० व्या०, २, ४, १५) के अनुसार 'धम्मञ्ञुवो' रूप बनेगा।

'गो'

१. गोस्सागसिहिनं सु गाव गवा (मो० २, ६९)—'ग' 'सि' 'हि' तथा 'नं' विभक्तियों को छोड़कर गो शब्द के बाद शेष विभक्तियों के आने पर 'गो' शब्द को 'गाव' तथा 'गव' आदेश होते हैं (तु० गाव से, क० व्या० २, १, २२, योसु च क० व्या० २, १, २३ तथा अवम्हि च, क० व्या० २, १, २४)। उभगो हि टो (मो० २, १७२)—'उभ' तथा 'गो' शब्दों के बाद आने वाली 'यो' विभक्ति को 'ओ' आदेश होता है।

२. गावुम्हि (मो० २, ७४)—'गो' शब्द के बाद यदि 'अं' विभक्ति आवे तो 'गो' को विकल्प से 'गावु' आदेश होता है (आवस्सु, क० व्या० २, १, २५)

४. नास्सा (मो० २, ७३)—गो शब्द के बाद आने वाली 'ना' विभक्ति को विकल्प से 'आ' आदेश होता है (तु० मनोगणादितो स्मिंनानमिआ क० व्या०, २, ३, २१)

५. सुहिनासु च (क० व्या० २, १, ३०)—सु हि तथा ना विभक्तियों

चतुत्थी	गावस्स, गवस्स, गवं[6]	गवं, गुन्नं[7], गोनं गोणानं[8]
पञ्चमी	गवा, गावा, गावस्मा; गावम्हा गवस्मा, गवम्हा	गोहि, गोभि, गोणेहि[8]
छट्ठी	गावस्स, गवस्स, गवं	गवं, गुन्नं, गोनं, गोणानं[8]
सत्तमी	गावे, गवे, गावम्हि, गवम्हि गावस्मिं, गवस्मिं	गावेसु, गवेसु, गोसु गोणेसु[8]
आलपन	गो	गावो, गवो

अकारान्त पुल्लिङ्ग शब्द

'राज' (= राजा)

	एक वचन	बहु वचन
पठमा	राजा[1]	राजा, राजानो[2]
दुतिया	राजानं[3], राजं	राजे, राजानो[2]

के बाद में रहने पर, गो शब्द को विकल्प से 'गोण' आदेश हो जाता है।

६. गवं सेन (मो० २, ७१)—गो शब्द के बाद 'स' विभक्ति आने पर 'स' विभक्ति सहित 'गो' शब्द को 'गवं' आदेश हो जाता है।

७. गुन्नं च नं ना (मो० २, ८२)—गो शब्द के बाद 'न' विभक्ति आने पर विभक्ति सहित गो शब्द को विकल्प से 'गवं' तथा 'गुन्नं' आदेश हो जाते हैं (तु० ततो नं अं पतिम्हा लुत्ते च समासे, क० व्या० २, १, २६)

८. गोण नम्हि वा (क० व्या० २, १, २९) गो शब्द के बाद 'नं' विभक्ति आने पर 'गो' को विकल्प से 'गोण' आदेश होता है।

'राज'

१. राजादि युवादित्वा (मो० २, १५६)–'राज' आदि (राजगण में राज, ब्रह्म, सख, अत्त, आतुम आदि पढ़े गये हैं) तथा 'युव' आदि के बाद आने वाली 'सि' विभक्ति को 'आ' आदेश होता है (क व्या० २, ३, २९)।

२. योनमानो (मो० २, १५८)–'राज' आदि तथा 'युव' आदि के बाद आने वाली 'यो' विभक्ति को विकल्प से 'आनो' आदेश होता है (क० व्या० २, ३, ३०)।

३. वाम्हानङ् (मो० २, १, ५७)–'राज' आदि तथा 'युव' आदि के बाद 'अं' विभक्ति आने पर 'राज' और 'युव' शब्द को विकल्प से क्रमशः 'राजान' तथा 'युवान' आदेश होता है (तु० ब्रह्मत्तसखराजादितो अमानं, क० व्या० २, ३, २८)।

ततिया	रञ्ञा[४], राजेन, राजिना[५]	राजेहि, राजूहि[६], राजेभि, राजूभि[६]
चतुत्थी	रञ्ञो[७], रञ्ञस्स[७], राजिनो[७], राजस्स	रञ्ञं, राजूनं[८], राजानं
पञ्चमी	रञ्ञा[४], राजम्हा, राजस्मा	राजेहि, राजेभि, राजूहि[६], राजूभि[६]
छट्ठी	रञ्ञो[७], रञ्ञस्स[७], राजिनो[७], राजस्स	रञ्ञं[८], राजूनं[६], राजानं
सत्तमी	रञ्ञे[९], राजिनि[९], राजस्मि, राजम्हि	राजूसु[६], राजेसु
आलपन	राज, राजा[१]	राजानो[२], राजा

'ब्रह्म' (= ब्रह्मा)

	एक वचन	बहु वचन
पठमा	ब्रह्मा	ब्रह्मा, ब्रह्मानो
दुतिया	ब्रह्मानं, ब्रह्मं	ब्रह्मानो, ब्रह्मे

---

४. नास्मासु रञ्ञा (मो० २, २२४)–'राज' शब्द के बाद 'ना' तथा 'स्मा' आने पर विभक्ति सहित 'राज' शब्द को 'रञ्ञा 'आदेश विकल्प से होता है (तु० नाम्हि रञ्ञा वा, क० व्या० २, २, १८) ।

५. राजस्सि नाम्हि (मो० २, १२५)–'राज' शब्द के बाद 'ना' विभक्ति के आने पर विकल्प से 'इ' का आगम होता है ।

६. सुनं हिसू (मो० २, १२६)–'राज' शब्द के बाद 'सु' 'नं' तथा 'हि' विभक्ति आने पर तो विकल्प से 'ऊ' का आगम होता है (राजस्स राजु सुनंहि सु च, क० व्या० २, ३, ९) ।

७. रञ्ञोरञ्ञस्स राजिनो से (मो० २, २२५)–'स' विभक्ति बाद में आने पर 'स' विभक्ति सहित 'राज' शब्द को 'रञ्ञो' 'रञ्ञस्स' और 'राजिनो' आदेश होते हैं (राजस्स रञ्ञो से, क० व्या० २, २, १६) ।

८. राजस्स रञ्ञं (मो० २, २२३)–'नं' विभक्ति के बाद में आने पर नं विभक्ति सहित 'राज' शब्द को विकल्प से 'रञ्ञं' आदेश होता है (रञ्ञं नाम्हि वा, क० व्या० २, २, १७) ।

९. स्मिम्हि रञ्ञे राजिनि (मो० २, २२६)–'स्मि' विभक्ति के बाद में आने पर 'स्मि' विभक्ति सहित 'राज' शब्द को 'रञ्ञे' और राजिनि आदेश विकल्प से होते हैं (स्मिम्हि रञ्ञे राजिनि, क० व्या० २, २, १९) ।

समासे वा (मो० २, २२७)–'राज शब्द के साथ समास होने पर ऊपर बताये गये आदेश विकल्प से होते हैं ।

ततिया	ब्रह्मना, ब्रह्मुना[1]	ब्रह्मेहि, ब्रह्मेभि, ब्रह्मूहि, ब्रह्मूभि
चतुत्थी	ब्रह्मुनो[1], ब्रह्मस्स	ब्रह्मानं, ब्रह्मूनं[1]
पञ्चमी	ब्रह्मना[2], ब्रह्मुना	ब्रह्मेहि, ब्रह्मेभि, ब्रह्मूहि ब्रह्मूभि
छट्ठी	ब्रह्मुनो[1] ब्रह्मस्स	ब्रह्मानं, ब्रह्मूनं
सत्तमी	ब्रह्मे, ब्रह्मनि[3], ब्रह्मस्मिं, ब्रह्मम्हि	ब्रह्मेसु, ब्रह्मूसु
आलपन	ब्रह्मे[4]	ब्रह्मा, ब्रह्मानो

अकारान्त पुंल्लिग शब्द
'अत्त' (= आत्मा)

	एक वचन	बहु वचन
पठमा	अत्ता	अत्ता, अत्तानो
दुतिया	अत्तानं, अत्तं	अत्तानो, अत्ते
ततिया	अत्तेन, अत्तना	अत्तेहि, अत्तेभि, अत्तनेहि[1], अत्तनेभि[1]
चतुत्थी	अत्तनो[2], अत्तस्स	अत्तानं

'ब्रह्म'

१. ब्रह्मस्सु वा (मो० २, १९२), नाम्हि (मो० २, १९३)–'ब्रह्म शब्द के बाद 'स', 'नं' तथा 'ना' विभक्ति आने पर 'ब्रह्म' शब्द को 'ब्रह्मु' आदेश होता है (उत्तं सनासु, क० व्या० २, ३, ३८) ।

२. स्मास्स ना ब्रह्मा च (मो० २, १९८)—ब्रह्म अत्त तथा आतुम शब्दों से परे स्मा को 'ना' आदेश होता है ।

३. ब्रह्मातो तु स्मिन्नि (क० व्या० २, ३, ३७)—'ब्रह्म' शब्द के बाद आने वाली स्मि विभक्ति को 'नि' आदेश होता है ।

४. ब्रह्मातो गस्स च (क० व्या० २, ३, ३३)—ब्रह्म शब्द के बाद सम्बोधन में प्रयुक्त होने वाली 'सि' विभक्ति को 'ए' आदेश होता है ।

'अत्त'

१. नो त्ता तुमा (मो० २, १९७)—अत्त तथा आतुम शब्दों के बाद सु तथा हि विभक्ति आने पर विकल्प से नक् (न) का आगम होता है (अत्तान्तो हिस्मिमनत्तं, क० व्या० २, ४, १) ।

२. नो त्ता तुमा (मो० २, १९६)—अत्त तथा आतुम के बाद आने वाली स विभक्ति को विकल्प से 'नो' आदेश होता है (सस्स नो, क० व्या० २, ४, ३) ।

पञ्चमी	अत्तना[3], अत्तस्मा, अत्तम्हा	अत्तेहि, अत्तेभि, अत्तनेहि[1], अत्तनेभि[1]
छट्ठी	अत्तनो[2], अत्तस्स	अत्तानं
सत्तमी	अत्तनि, अत्तस्मिं, अत्तम्हि, अत्ते	अत्तनेसु, अत्तेसु
आलपन	अत्त, अत्ता	अत्ता, अत्तानो

कच्चायन व्याकरण (२, ४, ४ की वृत्ति) के अनुसार 'अत्त' शब्द के द्वितीय 'त' को सभी विभक्तियों में (विकल्प से) (समास में ?) 'र' आदेश हो जाता है यथा–अत्रजो, अत्रजं।

"पुन ततोग्गहणेन तस्स अत्तनो तकारस्स रकारो होति सब्बेसु वचनेसु। अत्तनि जातो, पुत्तो अत्रजो, अत्रजो।"

'युव'[1] (= युवक)

	एकवचन	बहुवचन
पठमा	युवा, युवानो[2]	युवा, युवानो[3], युवाना[2]
दुतिया	युवानं[4], युवं	युवाने[3], युवे

३. स्मा ना (क० व्या० २, ४, ४)—अत्त शब्द के बाद आने वाली 'स्मा' विभक्ति को 'ना' (विकल्प से) आदेश होता है। (तु० मो० व्या० २, १९८)।

४. ततो स्मिन्नि (क० व्या०)—'अत्त' शब्द के बाद आने वाली स्मिं विभक्ति को 'नि' आदेश होता है।

'युव'

१. यतः 'युव' शब्द का पाठ राजादि गण में पढ़ा गया है अतः राजादिगण में पठित शब्दों के अनुसार इसके रूप भी होंगे। जो विशेष नियम हैं उन्हें यथावसर दिया जा रहा है।

२. हि विभत्तिम्हि च (क० व्या० २, २, ३८ की वृत्ति)–इस सूत्र में 'च' शब्द के ग्रहण के कारण 'सि', 'यो' 'अ' तथा 'यो' विभक्तियाँ यदि बाद में रहें तो 'मघव' तथा 'युव' आदि शब्दों के अन्तिम स्वर को 'आन' आदेश होता है तथा यदि 'स' और 'स्मा' विभक्तियाँ बाद में रहें तो 'पुम' 'कम्म' तथा 'थाम' शब्दों के अन्तिम स्वर का उकार हो जाता है।

३. योनं नो ने वा (मो० २, १८३)–युव आदि से परे यो विभक्तियों को विकल्प से नो (प्रथमा) और 'ने' आदेश होते हैं तथा नो ना ने स्वा (मो० व्या० २, १८१) से दीर्घ होकर 'युव' का 'युवा' होता है। (तु० हि विभत्तिम्हि च, क० व्या० २, २, ३८)।

४. वाम्हानङ् (मो० २, १५७)–अर्थ के लिए देखें 'राजा' शब्द की टिप्पणी। (तु० क० व्या० २, २, ३८)।

ततिया	युवाना[५], युवानेन, युवेन	[६]युवानेहि, युवानेभि[६], युवेहि, युवेभि
चतुत्थी	युवानस्स, युवस्स, युविनो[७]	युवानानं, युवानं
पञ्चमी	युवाना[८], युवानस्मा, युवानम्हा	[६]युवानेहि, [६]युवानेभि, युवेहि, युवेभि
छट्ठी	युवानस्स, युवस्स, युविनो[७]	युवानानं, युवानं
सत्तमी	युवाने[८], युवानस्मि, युवस्मि, युवानम्हि, युवम्हि, युवे	युवानेसु[६], युवासु, युवेसु
आलपन	युव, युवा, युवाना, युवान	युवनो, युवानो

'पुम' (= मनुष्य)

	एकवचन	बहुवचन
पठमा	पुमा	पुमा, पुमानो[२]
दुतिया	पुमानं[३], पुमं	पुमानो[२] पुमाने पुमे
ततिया	पुमाना[४], पुमुना[५], पुमेन	पुमानेहि[६], पुमानेभि[६], पुमेहि, पुमेभि

---

५. मो० व्या०, २, १८१ तथा क० व्या० २, २, ४१।

६. युवादीनं सुहिस्वानङ् (मो० २, १८०)–'सु' तथा 'हि' विभक्ति के बाद में रहने पर युवादि को आन (ङ्) होता है। (तु० क० व्या० २, २, ३८)

७. युवा सस्सिनो (मो० २, १९५)–युव शब्द के बाद 'स' विभक्ति को विकल्प से 'इनो' आदेश हो जाता है।

८. स्मास्मिन्नं ना ने (मो० २, १८२)–युवादि से परे 'स्मा' विभक्ति को 'ना' और 'स्मि' विभक्ति को 'ने' आदेश (विकल्प से) होता है। (तु० आने स्मिम्हि वा, क० व्या० २, २, ३७)।

'पुम'

१. दे० 'राज' शब्द की टिप्पणी, (पुमन्तस्सा सिम्हि क०, व्या २, २, ३२)।

२. दे० 'राज' शब्द की टिप्पणी, (योस्वानो, क० व्या० २, २, ३६)।

३. दे० 'राज' शब्द की टिप्पणी। (हि विभत्तिम्हि च, क० व्या०, २, २, ३८ की वृत्ति)।

४. नाम्हि (मो० २, १८७)–'पुम' शब्द के अन्तिम स्वर को 'ना' विभक्ति के बाद में रहने पर नो ना ने स्वा (मो०, २, १८१) सूत्र से प्राप्त 'आ' विकल्प से होता ह (क० व्या० २, २, ४०)।

५. पुम कम्मथामद्धानं वा स स्मा सु च (मो० २, १९४)–पुम, कम्म, थाम,

चतुत्थी	पुमुनो, पुमस्स	पुमानं
पञ्चमी	पुमाना, पुमुना[७], पुमा[८], पुमस्मा, पुमम्हा	पुमानेहि[६], पुमेहि, पुमानेभि[६], पुमेभि
छट्ठी	पुमुनो, पुमस्स	पुमानं
सत्तमी	पुमाने[८], पुमे, पुमस्मि, पुमम्हि	पुमासु[९], पुमानेसु, पुमेसु
आलपन	पुमं, पुम	पुमानो, पुमा

'सख' (= मित्र)

	एकवचन	बहुवचन
पठमा	सख	सखायो[१], सखानो[१] सखिनो[१], सखा, सखारो[२]

अद्ध शब्दों के अन्तिम स्वर को स, स्मा तथा ना विभक्तियों के बाद में रहने पर 'उ' आदेश हो जाता है। (उ नाम्हि च, क० व्या० २, २, ४०)।

६. हि विभत्तिम्हि च (क० व्या०, २, २, ३८)–'पुम' शब्द के अन्तिम स्वर का, हि विभक्ति बाद में रहने पर 'आने', आदेश हो जाता है।

७. झलतो सस्स नो वा (क० व्या० २, १, ६६)–झ, ल संज्ञक शब्दों के बाद आयी हुई 'स' विभक्ति को विकल्प से नो आदेश होता है।

८. पुमा (मो० २, १८६)–'पुम' शब्द के बाद आने वाली स्मिं विभक्ति को 'ने' आदेश होता है (तु० आने स्मिम्हि वा, क० व्या० २, २ ३७)

९. सुम्हा च (मो० २, १८८)–'सु' विभक्ति के बाद में रहने पर पुम शब्द के अन्तिम स्वर को विकल्प से आ हो जाता है। (सुस्मिमा वा, क० व्या० २, २, ३९)।

'सख'

१. आयोनो च सखा (मो० २, १५९)—'सख' शब्द से परे यो विभक्तियों को आय, नो तथा आनो आदेश विकल्प से होते हैं (सखातो चायो नो, क० व्या० २, ३, ३१) और 'सख' शब्द के अन्तिम आकार को, 'नो', 'ना', 'स', 'स्मा', 'नं' विभक्तियों के परे रहने पर, इकार आदेश विकल्प से होता है—नोना से स्वि, स्मा नं सुवा (मो० व्या० २, १६१)–६२) सखान्तस्सि नोनानंसेसु, (क० व्या०, २, ३, ३४)।

२. योस्वंहिसु चारङ् (मो० २, १६३)—यो सु, अं, हि, स्मा तथा नं विभक्तियों के परे रहने पर 'सख' शब्द के अन्तिम स्वर के स्थान पर विकल्प से आर '(ङ्)' आदेश होता है (तु० सुनमंसु वा, क० व्या० २, ३, ३६) तथा आरङ्स्मा (मो० २, १७३) से 'यो' (प्रथमा) को हो (ओ) तथा

दुतिया	सखानं, सखं, सखारं[२], सखायं	सखयो[१], सखानो[१], सखिनो[१] सखे सखारो[२], सखारे[२]
ततिया	सखिना[१]	सकेहि, सकेभि, सखारेहि[२] सखारेभि[२]
चतुत्थी	सखिनो[१], सखिस्स[१]	सखीनं, सखारानं[२], सखानं,
पञ्चमी	सखिना[१] सखारा[२], सखारस्मा[२] सखिस्मा[१], सखस्मा, सखिम्हा[१], सखम्हा, सखारम्हा[१]	सखेहि, सखेभि, सखारेहि[२], सखारेभि[२]
छट्ठी	सखिनो[१], सखिस्स[१]	सखीनं[१], सखारानं[२], सखानं
सत्तमी	सखे[3]	सखारेसु[२], सखेसु
आलपन	सख[४], सख[४], सखि[४], सखी[४], सखे[४]	सखायो[१], सखानो[१], सखिनो[१] सखा, सखारो[२]

'गच्छन्त' (= जाता हुआ)

	एकवचन	**बहुवचन**
पठमा	**गच्छं,[१] गच्छन्तो**	**गच्छन्तो[२], गच्छन्ता**
दुतिया	**गच्छन्तं**	**गच्छन्ते**
ततिया	**गच्छता,[3] गच्छन्तेन[३]**	**गच्छन्तेहि, गच्छन्तेभि**

टो टे वा (मो० २, १७४) से 'यो' (द्वितीया) को विकल्प से 'टो' (ओ) और 'टे' (ए) आदेश होते हैं।

३. टे स्मिनो (मो० २, १६०)—'सख' शब्द के बाद आयी हुई 'स्मि' विभक्ति को 'टे' आदेश होता है। (स्मिमे, क० व्या० २, ३, ३२)

४. सखातो गस्से वा (क० व्या० २, १, ६२)—'सख' शब्द के बाद आने वाली आलपन की एकवचन 'सि' विभक्ति को 'अ' 'आ', 'इ' 'ई' तथा 'ए' आदेश हो जाते हैं।

'गच्छन्त'

१. न्तस्सं (मो०, २. १५०)—'सि' विभक्ति के परे रहने पर 'न्त' प्रत्ययान्त शब्दों के 'न्त' अंश को विकल्प से 'अं' आदेश होता है (सिन्हि गच्छन्तादीनं न्तसद्दो अं, क० व्या० २, ३, २६)।

२. न्तन्तूनं न्तो योम्हि पठमे (मो० २, २१७)—प्रथमा की 'यो' विभक्ति परे रहने पर 'न्त' प्रत्ययान्त तथा 'न्तु' प्रत्ययान्त शब्दों के अन्तिम अंश 'न्त' और 'न्तु' तथा विभक्ति—दोनों के स्थान पर 'न्तो' आदेश हो जाते हैं। (सेसेसु न्तुव, क० व्या० २, ३, २७ तथा न्तुस्स न्तो, क० व्या० २, २, ३)

३. तोताितता सस्मास्मिं नासु (मो० २, २१९)—'स','स्मा', 'स्मिं' और'ना' विभक्तियों के बाद में रहने पर 'न्त' प्रत्ययान्त और 'न्तु' प्रत्ययान्त

चतुत्थी	गच्छतो,[3] गच्छन्तस्स	गच्छतं,[४] गच्छन्तानं
पञ्चमी	गच्छता[3] गच्छन्तम्हा,[3] गच्छन्तस्मा[3]	गच्छन्तेहि, गच्छन्तेभि
छट्ठी	गच्छतो,[3] गच्छन्तस्स[3]	गच्छतं,[४] गच्छन्तानं
सत्तमी	गच्छति,[3] गच्छन्तस्मि, गच्छन्तम्हि, गच्छन्ते[3]	गच्छन्तेसु
आलपन	गच्छं,[५] गच्छ,[१] गच्छा[५]	गच्छन्तो,[२] गच्छन्ता

'सा' (=कुत्ता)

	एकवचन	बहुवचन
पठमा	सा	सा, सानो
दुतिया	सं, सानं[१]	से, साने
ततिया	सेन, साना	सेहि, सेभि, सानेहि, सानेभि
चतुत्थी	सस्स, साय, सानस्स[१]	सानं
पञ्चमी	सा, सस्मा, सम्हा, साना	सेहि, सेभि, सानेहि, सानेभि
छट्ठी	सस्स, सानस्स[१]	सानं
सत्तमी	से, सस्मि, सम्हि, साने	सासु
आलपन	स, सान[१]	सा, सानो

शब्दों के 'न्त' और 'न्तु' अंश और विभक्ति दोनों के स्थान पर क्रम से तो, 'ता', 'ति' 'ता' आदेश से हो जाते हैं (तु० तोतिता सस्मिनासु, क० व्या० २, २, ८)।

४. तं नम्हि (मो० २, २१८)—'नं' विभक्ति के परे रहने पर 'न्त' प्रत्ययान्त और 'न्तु' प्रत्ययान्त शब्दों के 'न्त' और 'न्तु' अंश और विभक्ति दोनों के स्थान पर 'तं' आदेश विकल्प से होता है (नम्हि तं वा, क० व्या० २, २, ९)।

५. ट टा अंगे (मो० २, २२०)—'ग' संज्ञा परे रहने पर 'न्त' प्रत्ययान्त और 'न्तु' प्रत्ययान्त शब्दों के 'न्त' और 'न्तु' अंश और विभक्ति दोनों के स्थान पर ट (अ) टा (आ) और अं आदेश होते हैं (अवण्णा च गे, क० व्या० २, २, ७)।

'सा'

१. सा स्सं से चानङ् (मो०, २, १९०)–'अं', 'स' तथा 'ग' (सम्बोधन) विभक्तियों के बाद में रहने पर 'सा' शब्द के अन्तिम स्वर को आन (ङ्) हो जाता है।

गुणवन्तु (= गुणवाला)

	एकवचन	बहुवचन
पठमा	गुणवा[1]	गुणवन्तो, गुणवन्ता
दुतिया	गुणवन्तं	गुणवन्ते
ततिया	गुणवता, गुणवन्तेन	गुणवन्तेहि, गुणवन्तेभि
चतुत्थी	गुणवतो, गुणवन्तस्स	गुणवतं, गुणवन्तानं
पञ्चमी	गुणवता, गुणवन्तस्मा, गुणवन्तम्हा	गुणवन्तेहि, गुणवन्तेभि
छट्ठी	गुणवतो, गुणवन्तस्स	गुणवतं, गुणवन्तानं
सत्तमी	गुणवति, गुणवन्ते, गुणवन्तस्मि, गुणवन्तम्हि	गुणवन्तेसु
आलपन	गुणवं, गुणव, गुणवा	गुणवन्तो, गुणवन्ता

'दातु' (= दाता)

	एकवचन	बहुवचन
पठमा	दाता[1]	दातारो[2]
दुतिया	दातारं[2]	दातारे[3], दातारो[3]

'गुणवन्तु'

१. न्तुस्स (मो० २, १५३)–'सि' विभक्ति बाद में होने पर न्तु प्रत्ययान्त शब्दों के 'न्तु' को टा (आ) हो जाता है। (आ सिम्हि, क० व्या० २, २५)। शेष रूपों के लिए 'गच्छन्त', शब्द को देखें।

'दातु'

१. ल्तु पितादीनमासिम्हि (मो० २, ५९)–'ल्तु' प्रत्ययान्त तथा 'पिता' आदि शब्दों के परे 'सि' विभक्ति होने पर इनके अन्तिम स्वर का आ हो जाता है। (तु० सत्थुपितादीनमा सिस्मिं सि लोपो च, क० व्या० २, ३, ३९)

२. ल्तुपितादीनमसे (मो० २, १६४)–'ल्तु' प्रत्ययान्त तथा 'पिता' आदि शब्दों के अन्तिम स्वर को, 'स' विभक्ति को छोड़कर अन्य सभी विभक्तियों के बाद में रहने पर, आर (ङ्) हो जाता है (अञ्ञेस्वारत्तं, क० व्या० २, ३, ४०) तथा आरङ्स्मा (मो० २, १७३) आरङ् आदेश के बाद की 'यो' (प्रथमा) विभक्ति को 'टो' (ओ) हो जाता है (ततो योनमो तु, क० व्या० २, ३, ४५)

३. टो टे वा (मो० २, १७४)–आरङ् आदेश से परे 'यो' (द्वितीया) को विकल्प से 'टो' (ओ) और 'टे' (ए) आदेश होते हैं। (तु० ततो योनमो तु, क० व्या० २, ३, ४५)

ततिया	दातारा[४]	दातारेहि[५], दातारेभि[५], दातूहि, दातूभि
चतुत्थी	दातु[६], दातुनो, दातुस्स	दातारानं[७], दातानं[८]
पञ्चमी	दातारा[४]	दातारेहि[५], दातारेभि[५], दातूहि, दातूभि
छट्ठी	दातु[६], दातुनो, दातुस्स	दातारानं[७], दातानं[८]
सत्तमी	दातरि[९]	दातारेसु[५], दातुसु
आलपन	दा[१०], दाता	दातारो[२]

'पितु' (= पिता)

	एकवचन	बहुवचन
पठमा	पिता	पितरो[१]

४. टानास्मानं (मो० २, १७५)—आरङ् आदेश से परे 'ना' तथा 'स्मा' को 'टा' (आ) आदेश विकल्प से होता है (तु० ना आ, क० व्या० २, २, ४७)

५. सुहिस्वारङ् (मो० २, १६८)—'सु' तथा 'हि' विभक्तियों के आने से 'ल्तु' प्रत्ययान्त तथा 'पिता' आदि शब्दों के अन्त्य स्वर को विकल्प से 'आर' आदेश होता है।

६. स लोपो (मो० २, १६७)—'ल्तु' प्रत्ययान्त तथा 'पिता' आदि शब्दों के बाद आने वाली 'स' विभक्ति का विकल्प से लोप होता है।

७. तम्हि वा (मो० २, १६५)—'ल्तु' प्रत्यायन्त तथा 'पिता' आदि शब्दों के अन्तिम स्वर को, 'नं' विभक्ति बाद में रहने पर, विकल्प से आरङ आदेश होता है।

८. आ (मो० २, १६६)—'ल्तु' प्रत्ययान्त तथा 'पिता' आदि शब्दों के अन्तिम स्वर को, 'नं०' विभक्ति बाद में रहने पर विकल्प से 'आ' आदेश होता है।

९. रस्सारङ् (मो० २, १७८)—'स्मि' विभक्ति के बाद में रहने पर 'आर' को ह्रस्व 'अर' हो जाता है (आरो रस्समिकारे, क० व्या० २, ३, ४८)। तथा टि स्मिनो (मो० २, १७६)—'आरङ्' आदेश से परे 'स्मि' को 'टि' (इ) हो जाता है (ततो स्मिमि, क० व्या० २, ३, ४६)।

१०. गे अ च (मो० २, ६०)—'ल्तु' प्रत्ययान्त तथा 'पिता, आदि शब्दों से परे 'ग' (सम्बोधन 'सि') होने पर इनके अन्तिम स्वरों को 'अ' और 'आ' आदेश होते हैं। (अकारपितायन्तानमा २, ४, ३६, तथा आकारो वा, क० व्या० २, ४, ३८)

'पितु'

१. पितादीनमनत्वादीनं (मो० २, १७९)—नत्त्वादि को छोड़ कर 'पिता' आदि

दुतिया	पितरं	पितरे, पितरो
ततिया	पितरा	पितरेहि, पितरेभि, पितूहि, पितूभि
चतुत्थी	पितु, पितुनो, पितुस्स	पितरानं, पितानं, पितूनं
पञ्चमी	पितरा	पितरेहि, पितरेभि, पितूहि, पितूभि
छट्ठी	पितु, पितुनो, पितुस्स	पितरानं, पितानं, पितूनं
सत्तमी	पितरि	पितरेसु, पितूसु
आलपन	पित, पिता	पितरो

'सत्थु' (= शास्ता, बुद्ध)

	एकवचन	बहुनचन
पठमा	सत्था	सत्था, सत्थारो
दुतिया	सत्थारं	सत्थारो, सत्थारे
ततिया	सत्थरा. सत्थारा, सत्थुना	सत्थारेहि, सत्थारेभि
चतुत्थी	सत्थु, सत्थुनो, सत्थुस्स	सत्थारानं, सत्थानं, सत्थूनं
पञ्चमी	सत्थरा, सत्थारा, सत्थुना	सत्थारेहि, सत्थारेभि
छट्ठी	सत्थु, सत्थुनो, सत्थुस्स	सत्थारानं, सत्थानं, सत्थूनं
सत्तमी	सत्थरि	सत्थारेसु, सत्थूसु
आलपन	सत्थ, सत्था	सत्था, सत्थारो

'मन'

	एकवचन	बहुवचन
पठमा	मनो	मना
दुतिया	मनं, मनो[1]	मने

शब्दों में आदेश प्राप्त 'आर' को ह्रस्व 'अर' हो जाता है सभी विभक्तियों के परे रहते। (पितादीनमसिम्हि क० व्या० २, ३, ४९)

'मन'

१. मनादीहि स्मिं सं ना स्मानं सि सो ओ सा सा (मो० २, १४६) 'मन' आदि से परे 'स्मिं' को 'सि', 'स' को 'सो', 'अं' को 'ओ', 'ना' को 'सा' तथा 'स्मा' को 'सा' आदेश विकल्प से होते हैं (तु० मनोगणादितो स्मिंनानमिआ, सस्स चो क० व्या० २, ३, २१-२२, स सरे वागमो, क० व्या० २, ३, २४ तथा 'अं' विभक्ति के ओकारादेश के लिए देखिये कच्चायन वण्णना, क० व्या० २, ३, २२)

ततिया	मनसा[१], मनेन	मनेहि, मनेभि
चतुत्थी	मनसो[१], मनस्स	मनानं
पञ्चमी	मनसा[१], मनस्मा, मनम्हा	मनेहि, मनेभि
छट्ठी	मनसो[१], मनस्स	मनानं
सत्तमी	मनसि[१], मने, मनम्हि, मनस्मि	मनेसु
आलपन	मन, मना	मना

आकारान्त स्त्रीलिङ्ग शब्द

'लता'

	एकवचन	बहुबचन
पठमा	लता	लता[१], लतायो
दुतिया	लतं	लता[१], लतायो
ततिया	लताय[२]	लताहि, लताभि
चतुत्थी	लताय[२]	लतानं
पञ्चमी	लताय[२]	लताहि, लताभि
छट्ठी	लताय[२]	लतानं
सत्तमी	लयायं[3], लताय[२]	लतासु
आलपन	लते[४], लता	लता, लतायो

'लता'

१. जन्तुहेत्वीघपेहिवा (मो० २, ११७)—'जन्तु', 'हेतु' शब्दों से परे, ईकारान्त शब्दों से परे तथा 'घ' 'प' संज्ञकों से परे यो विभक्तियों का विकल्प से लोप होता है। दे० घपतो च योनं लोपो, क० व्या० २, १, ६७ (घा, मो० १, ११–स्त्रीलिङ्ग नाम के अन्तिम आकार को 'घ' संज्ञा होती है। दे० आ घो, क० २, १, ९)

२. घपतेकस्मिं नादीनं यया (मो० २, २७.)—घ संज्ञक वर्णों को 'य' तथा 'प' संज्ञकवर्णों को 'या' आदेश होता है, यदि इनके बाद ना, 'स' 'स्मा' 'स' तथा 'स्मिं' विभक्तियाँ रहें। (तु० घतो नादीनं क० व्या० २, १, ६०)

३. यं (मो० २, १०५)—'घ' संज्ञक तथा 'प' संज्ञकों से परे 'स्मिं' को विकल्प से 'यं' आदेश होता है। (घपतो स्मिं यं वा, क० व्या० २, ४, ६)

४. घ ब्रह्मादिते (मो०–२, ६२)—'घ' संज्ञक तथा ब्रह्मादि शब्दों के बाद आने वाली आलपन की 'सि' विभक्ति को विकल्प से 'ए' आदेश होता है। (तु० घते च, क० व्या० २, १, ६३.)

इकारान्त स्त्रीलिङ्ग शब्द

'बुद्धि'

	एकवचन	बहुवचन
पठमा	बुद्धि	बुद्धी, बुद्धियो; बुद्ध्यो[1]
दुतिया	बुद्धिं	बुद्धी, बुद्धियो, बुद्ध्यो[1]
ततिया	बुद्धिया, बुद्ध्या[1]	बुद्धीहि, बुद्धीभि
चतुत्थी	बुद्धिया, बुद्ध्या[1]	बुद्धीनं
पञ्चमी	बुद्धिया बुद्ध्या[1]	बुद्धीहि, बुद्धीभि
छट्ठी	बुद्धिया, बुद्ध्या[1]	बुद्धीनं
सत्तमी	बुद्धियं, बुद्ध्यं[2] बुद्ध्या बुद्धि[3], बुद्धो[4] बुद्धिया[1]	बुद्धीसु, बुद्धिसु
आलपन	बुद्धि	बुद्धी, बुद्धियो[1], बुद्ध्यो[1]

ईकारान्त स्त्रीलिंग शब्द

'इत्थी' (=स्त्री)

	एक वचन	बहु वचन
पठमा	इत्थी	इत्थी, इत्थियो[1]
दुतिया	इत्थियं[2], इत्थिं	इत्थी, इत्थियो[1]

'बुद्धि'

१. ये पस्सिवण्णस्स (मो० २, ११८)—यकार परे हो, तो स्त्रीलिङ्ग नामशब्द के अन्तिम 'इ' तथा 'ई' का विकल्प से लोप होता है ।

२. दे० 'लतायं' की टि०, (तु० अमा पतो स्मिं स्मानं वा, क० व्या० २, १, १७) ।

३. च सद्दग्गहणेन अञ्ञस्मा पि स्मिंवचनस्स आ, ओ, अं आदेसा होन्ति वा आदितो ओ च, क० व्या० २, १, १८ की वृत्ति)—सूत्र में 'च' शब्द के ग्रहण करने के कारण दूसरे शब्दों से भी आयी हुई स्मिं विभक्ति के स्थान पर 'आ', 'ओ' तथा 'अं' आदेश विकल्प से होते हैं ।

४. रत्यादीहि टो स्मिनो (मो० २, ५७)—रत्ति आदि शब्दों से परे 'स्मिं' विभक्ति को विकल्प से हो (ओ) आदेश होता है (तु० आदि तो ओ च, क० व्या० २, १, १८.)

'इत्थी'

१. दे० 'दण्डी' शब्द की टिप्पणी ।

२. यं पीतो (मो० २, ७५)—प संज्ञक ईकार के बाद आयी हुई 'अं' विभक्ति को विकल्प से 'यं' आदेश हो जाता है (अं यमीतो पसञ्ञातो, क० व्या० २, ४, १३) ।

ततिया	इत्थिया	इत्थीहि, इत्थीभि
चतुत्थी	इत्थिया	इत्थीनं
पञ्चमी	इत्थिया	इत्थीहि, इत्थीभि
छट्ठी	इत्थिया	इत्थीनं
सत्तमी	इत्थियं, इत्थिया	इत्थीसु
आलपन	इत्थि[3], इत्थी	इत्थी, इत्थियो[1]

उकारान्त स्त्रीलिंग शब्द

'धेनु' (= गाय)

	एक वचन	बहु वचन
पठमा	धेनु	धेनू, धेनुयो
दुतिया	धेनुं	धेनू, धेनुयो
ततिया	धेनुया	धेनूहि. धेनूभि
चतुत्थी	धेनुया	धेनूनं
पञ्चमी	धेनुया	धेनूहि, धेनूभि
छट्ठी	धेनुया	धेनूनं
सत्तमी	धेनुयं, धेनुया	धेनूसु
आलपन	धेनु	धेनू, धेनुयो

'मातु'

	एक वचन	बहु वचन
पठमा	माता	मातरो
दुतिया	मातरं	मातरे, मातरो
ततिया	मातुया[1], मातरा, मात्या[1]	मातरेहि, मातरेभि, मातूहि
चतुत्थी	मातुया[1], मातु, मात्या[1], मातुस्स	मातरानं, मातानं, मातूनं

३. गे वा (मो० २, ६७)—आलपन में 'घ' संज्ञक तथा ओकारान्त रहित नामों को तीनों लिङ्गों में ह्रस्व होता है (झलपा रस्सं, क० व्या० २, ४, ३७)।

'मातु'

१. आर० सी० चाइल्डर्स ने 'ए डिक्शॉनरी ऑफ दि पालि लैंग्वेज' में पालि ग्रन्थों से उद्धरण देते हुए इन रूपों का निर्देश किया है। समस्त 'मातुया' रूपों की सिद्धि के लिये दे० घपतेकस्मिनादीनं यया (मो० २, ४७) तथा पतो या (क० व्या० २, १, ६१)। 'मातुयं' रूप की सिद्धि के लिए दे० यं, (मो० २, १०५)।

पञ्चमी	मातुया[1], मातरा, मात्या[1]	मातरेहि, मातरेभि, मातूहि
छट्ठी	मातुया[1], मातु, मात्या[1], मातुस्स	मातरानं, मातानं, मातूनं
सत्तमी	मातरि, मातुया, मात्या[1], मातुयं[1] मात्यं[1]	मातरेसु, मातूसु
आलपन	मात, माता	मातरो

ऊकारान्त स्त्रीलिंग शब्द

'वधू' (=बहू)

	एक वचन	बहु वचन
पठमा	वधू	वधू, वधुयो
दुतिया	वधुं	वधू, वधुयो
ततिया	वधुया	वधूहि, वधूभि
चतुत्थी	वधुया	वधूनं
पञ्चमी	वधुया	वधूहि, वधूभि
छट्ठी	वधुया	वधूनं
सत्तमी	वधुयं, वधुया	वधूसु
आलपन	वधू	वध, वधूयो

अकारान्त नपुंसकलिंग शब्द

'फल'

	एक वचन	बहु वचन
पठमा	फलं[1]	फलानि[2], फला[3]
दुतिया	फलं	फलानि[2], फले[3]
आलपन	फल, फला	फलानि[2]

शेष रूप 'बुद्ध' के समान जानने चाहिये।

'फल'

१. अन्नपुंसके (मो० २, ११३)—अकारान्त नाम शब्द के बाद आने वाली 'सि' विभक्ति को नपुंसकलिङ्ग में 'अं' आदेश होता है। (सिं, क० व्या० २, ४, ९)।

२. योनं नि (मो० २, ११४)—अकारान्त नाम शब्दों से परे 'यो' विभक्तियों को नपुंसकलिङ्ग में 'नि' आदेश होता है (अतो निच्चं, क० व्या० २, ४, ८)।

३. नीनं वा (मो० २, ४४)—अकारान्त नाम शब्दों से प्रथमा तथा द्वितीया की 'यो' विभक्तियों को क्रमशः टा (आ) और टे (ए) आदेश होते हैं (सब्बयोनीनभाए २, १, ५६)।

इकारान्त नपुंसकलिंग शब्द

'दधि' (= दही)

	एक वचन	बहु वचन
पठमा	दधि	दधीनि[1], दधी[2]
दुतिया	दधिं	दधीनि[1], दधी[2]
आलपन	दधि	दधीनि[1], दधी

शेष रूप पुल्लिङ्ग 'इसि' के समान जानने चाहिये ।

ईकारान्त नपुंसकलिंग शब्द

'सुखकारी' (= सुख देने वाला)

	एक वचन	बहु वचन
पठमा	सुखकारी	सुखकारीनि, सुखकारी
दुतिया	सुखकारिं	सुखकारीनि, सुखकारी
आलपन	सुखकारी	सुखकारीनि, सुखकारी

शेष रूप पुल्लिङ्ग 'दण्डी' के समान जानने चाहिये ।

उकारान्त नपुंसकलिङ्ग शब्द

'चक्खु' (= आँख)

	एकवचन	बहुवचन
पठमा	चक्खु	चक्खूनि, चक्खू
दुतिया	चक्खुं	चक्खूनि, चक्खू
आलपन	चक्खु	चक्खूनि, चक्खू

शेष रूप पुंल्लिङ्ग 'भानु' के समान जानने चाहिये ।

'दधि'

१. झला वा (मो० २, ११५)—'झ' संज्ञक तथा 'ल' संज्ञक से परे 'यो' विभक्तियों को नपुंसकलिङ्ग में विकल्प से 'नि' आदेश हो जाता है (यो नन्नि नपुंसकेहि, क० व्या० २, ४, ७) ।

२. लोपो (मो० २, ११६)—'झ' संज्ञक तथा 'ल' संज्ञक से परे 'यो' विभक्तियों का लोप होता है (घपतो च योनं लोपो, क० व्या० २, १, ६७) तथा 'यो' लोपनिसु दीघो (मो० २, ९०)—'यो' विभक्तियों के होने पर अथवा उनके स्थान पर 'नि' आदेश होने पर पूर्व स्वर को दीर्घ होता है (योसु कतनिकारलोपेसु दीघं, क० ब्या० २, १, ३७) ।

ऊकारान्त नपुंसकलिङ्ग शब्द

सयम्भू (=स्वयम्भू)

	एकवचन	बहुवचन
पठमा	सयम्भु	सयम्भू, सयम्भुनि
दुतिया	सयम्भुं	सयम्भू सयम्भुनि
आलपन	सयम्भु	सयम्भू, सयम्भुनि

शेष रूप पुंल्लिङ्ग 'धम्मञ्ञू' के समान जानने चाहिये।

ओकारान्त नपुंसकलिङ्ग शब्द

'चित्तगु' (= विचित्र गौवों वाला)

	एकवचन	बहुवचन
पठमा	चित्तगु	चित्तगू, चित्तगूनि
दुतिया	चित्तगुं	चित्तगू, चित्तगूनि
आलपन	चित्तगु	चित्तगू, चित्तगूनि

शेष रूप 'चक्खु' के समान चाहिये।

सर्वनाम[1]—

पुंल्लिङ्ग 'सब्ब' शब्द

	एकवचन	बहुवचन
पठमा	सब्बो	सब्बे[2]
दुतिया	सब्बं	सब्बे

'सब्ब'

१. प्रायः सभी भाषाओं में कुछ ऐसे शब्द हैं जो सभी नामों के लिए प्रयुक्त होते हैं। इन शब्दों को 'सर्वनाम' कहते हैं। इनके रूपों में और अन्य नामों के रूपों में कुछ उल्लेखनीय अन्तर पाये जाते हैं, अतएव वैयाकरणों ने इन सर्वनामों के रूपों की संघटना के सम्बन्ध में अलग से विचार किया है। सब्बनामकारते पठमो, (क० २, ३, ४)—सूत्र की व्याख्या कच्चायनवण्णना में लिखा है—''सब्बेसं नामानि सब्बनामानि·······सब्बनामं ति परसञ्ञा··········वुत्तं च—

'सब्ब कतर-कतम-उभय-इतरा पि च।
अञ्ञतर-अञ्ञतम-पुब्ब-अपर-दक्खिणा॥
उत्तर-पर-अञ्ञा च य-त-एत-अमु-इमा।
किं-तुम्ह-अम्ह-एका व द्वि-ति-चतु च पञ्च छ।
सत्त अट्ठ नव दस वीसादि याव सङ्ख्या' 'ति'' ॥

ततिया	सब्बेन	सब्बेहि, सब्बेभि
चतुत्थी	सब्बस्स	सब्बेसं[3], सब्बेसानं[3]
पञ्चमी	सब्बम्हा, सब्बस्मा	सब्बेहि, सब्बेभि
छट्ठी	सब्बस्स	सब्बेसं, सब्बेसानं
सत्तमी	सब्बम्हि, सब्बस्मिं	सब्बेसु
आलपन	सब्ब, सब्बा	सब्बे

स्त्रीलिङ्ग 'सब्बा' शब्द

पठमा	सब्बा	सब्बा, सब्बायो
दुतिया	सब्बं	सब्बा, सब्बायो
ततिया	सब्बाय	सब्बाहि, सब्बाभि
चतुत्थी	सब्बस्सा[1], सब्बाय	सब्बासं, सब्बासानं

अधोलिखित स्थितियों में इन सर्वनामों के रूप अन्य नामों की भाँति होंगे·

(i) यदि सर्वनामों का प्रयोग संज्ञा की भाँति हो,

(ii) यदि समास के अवयव होने के कारण ये सर्वनाम अप्रधान हों,

(ii) यदि इनका तृतीयार्थ के साथ योग हो,

(iv) यदि ये चार्थ (द्वन्द्व) समास के विषय हों तो विकल्प से ।

—नाञ्ञञ्च नामप्पधाना, ततियत्थ योगे, चत्थ समासे, बेट (मो० २, १४१–१४४) तु० द्वन्द्वट्ठा वा; नाञ्ञंसब्बनामिकं; बहुब्बीहिम्मि च० (क० २. ३, ५–७.)।

२. योनमेट् (मो० २, १००)—अकारान्त सब्बादि से परे 'यो' विभक्तियों को 'एट्' (ए) आदेश होता है (तु० सब्बनामकारते पठमो, क० २, ३, ४.)।

३. सब्बादीनं नम्हि च; सं सानं (मो० २, १०१–१०२)—अकारान्त 'सब्ब' आदि शब्दों से परे 'नं' विभक्ति रहने पर 'सब्बादि' शब्दों के अन्तिम अकार को 'ए' हो जाता है तथा अकारान्त 'सब्ब' आदि शब्दों से परे 'नं' विभक्ति को 'सं' तथा 'सानं' आदेश होते हैं (सब्बनामानं-न्नम्हि च, क० २, १, ५१. तथा सब्बतो नं संसानं, क० २, ३, ८.)।

'सब्बा'

१. 'घपा सस्सा सा वा' (मो० २, १०३) 'घ' संज्ञक तथा 'प' संज्ञक सर्वादि शब्द से परे यदि 'स' विभक्ति हो, तो उसे विकल्प से 'स्सा' आदेश हो जाता है तथा 'घो स्सं स्सा स्सायं हिंसु' (मो० २, ६५)—'स्सं', 'स्सा', 'स्साय', 'अं' और 'ति' यदि बाद में रहे, तो घ संज्ञक का ह्रस्व हो जाता है (तु० 'घपतो स्मिसानं संसा, क० २, ३, १९ तथा घो रस्सं क० २, १, १५)।

पञ्चमी	सब्बाय	सब्बाहि, सब्बाभि
छट्ठी	सब्बस्सा, सब्बाय	सब्बासं, सब्बासानं
सत्तमी	सब्बस्सं[२], सब्बायं	सब्बासु
आलपन	सब्बे	सब्बा, सब्बायो

नपुंसकलिङ्ग 'सब्ब' शब्द

	एक वचन	बहु वचन
पठमा	सब्बं	सब्बानि[१]
दुतिया	सब्बं	सब्बे, सब्बानि
आलपन	सब्ब, सब्बा	सब्बानि[१]

शेष रूप पुल्लिङ्ग 'सब्ब' के समान जानने चाहिये।

पुंल्लिङ्ग 'किं[१]' शब्द

	एकवचन	बहुवचन
पठमा	को	के
दुतिया	कं	के
ततिया	केन	केहि, केभि
चतुत्थी	कस्स, किस्स[२]	केसं, केसानं
पञ्चमी	कम्हा, कस्मा,	केहि, केभि
छट्ठी	कस्स, किस्स	केसं, केसानं
सत्तमी	कम्हि. किम्हि, कस्मिं, किस्मिं	केसु

---

२. 'स्मिनो स्सं' (मो० २, १०४)—'घ' संज्ञक तथा 'प' संज्ञक सर्वादि शब्द से परे यदि 'स्मिं' विभक्ति हो तो उसे विकल्प से 'स्सं' आदेश होता है तथा 'घो स्सं स्सा स्सायं तिंसु' (मो० २, ६५) से घ संज्ञक का ह्रस्व हो जाता है (दे० क० २, ३, १९ तथा क० २, १, १५)।

'सब्ब'

१. दे० 'फल' शब्द की टिप्पणी तथा 'सब्बादीहि' (मो० १३९) सब्बादि से परे 'नि' को 'टा' (आ०) आदेश नहीं होता है।

'किं'

१. 'किस्स को सब्बासु' (मो०, २, २००)–सभी विभक्तियों में 'किं' शब्द को 'क' आदेश हो जाता है। (तु० 'सेसेसु च क० २, ४, १९ तथा 'किस्स क वे च', क० २, ४, १७ की वृत्ति ?)

२. 'किंसस्मिं सु वा नित्थियं' (मो० २, २०१)–पुंल्लिङ्ग तथा नपुंसकलिङ्ग में 'किं' शब्द को विकल्प से 'कि' आदेश होता है यदि बाद में 'स' या 'स्मिं' विभक्ति हो।

स्त्रीलिङ्ग 'किं' शब्द

	एकवचन	बहुवचन
पठमा	का	का, कायो
दुतिया	कं	का, कायो
ततिया	काय	काहि, काभि
चतुत्थी	कस्सा, काय	कास, कासानं
पञ्चमी	काय	काहि, काभि
छट्ठी	कस्सा, काय	कासं, कासानं
सत्तमी	कस्सं, कायं	कासु

नपुंसकलिङ्ग 'किं' शब्द

	एकवचन	बहुवचन
पठमा	किं[1],	के कानि
दुतिया	किं,	के, कानि

शेष रूप पुंल्लिङ्ग 'किं' शब्द के समान जानने चाहिये।

पुंल्लिङ्ग 'य' (=जो) शब्द

	एकवचन	बहुवचन
पठमा	यो	ये
दुतिया	यं	ये
ततिया	येन	येहि, येभि
चतुत्थी	यस्स	येसं, येसानं
पञ्चमी	यम्हा, यस्मा	येहि, येभि
छट्ठी	यस्स	येसं, येसानं
सत्तमी	यस्मि	येसु

स्त्रीलिङ्ग 'य' = (जो) शब्द

	एकवचन	बहुवचन
पठमा	या	या, यायो
दुतिया	यं	या, यायो
ततिया	याय	याहि, याभि

१. 'किमं सि सु सह नपुंसके' (मो० २, २०२)—नपुंसकलिङ्ग में, 'सि' तथा 'अं' विभक्तियों के परे रहने पर, विभक्ति सहित 'किं' शब्द को 'किं' आदेश हो जाता है।

चतुत्थी	यस्सा, याय	यासं, यासानं
पञ्चमी	याय	याहि, याभि
छट्ठी	यस्सा, याय	यासं, यासानं
सत्तमी	यस्सं, यायं	यासु

नपुंसकलिङ्ग 'य' (= जो) शब्द

	एकवचन	बहुवचन
पठमा	यं	ये, यानि
दुतिया	यं	ये, यानि

शेष रूप पुंल्लिङ्ग 'य' (= जो) के समान जानने चाहिये।

पुल्लिङ्ग 'त' (= वह) शब्द

	एक वचन	बहु वचन
पठमा	सो[1]	ते, ने[2]
दुतिया	तं, नं	ते, ने[2]
ततिया	तेन, नेन[2]	तेहि, नेहि[2], तेभि, नेभि[2]
चतुत्थी	तस्स, नस्स[2], अस्स[3]	तेसं, नेसं[2], तेसानं, नेसानं[2]
पञ्चमी	तम्हा, अम्हा[3], नम्हा[2], तस्मा, नस्मा[2], अस्मा[3]	तेहि, नेहि[2], तेभि, नेभि[2]
छट्ठी	तस्स, नस्स[2], अस्स[3]	तेसं, नेसं[2], तेसानं, नेसानं[2]
सत्तमी	तम्हि, अम्हि[3], नम्हि[2], तस्मिं, नस्मिं[2], अस्मिं[3]	तेसु, नेसु[2]

स्त्रीलिङ्ग 'ता' (= वह) शब्द

	एक वचन	बहु वचन
पठमा	सा	ता, ना, तायो, नायो

'त'

१. 'त्यतेतानमनपुंसकानं' (मो० २, १३०)—'त्य', 'त' और 'एत' शब्दों के 'त' को 'स' हो जाता है, 'सि' विभक्ति परे रहे तो ('एततेसं तो' क० २, ३, १४)।

२. 'ततस्स नो सब्बासु' (मो० २, १३३)—'त' शब्द के तकार को विकल्प से सभी विभक्तियों में 'न' होजाता है ('तस्स वा नत्तं सब्बत्थ', क० २, ३, १५)।

३. 'ट सस्मास्मिंस्सायस्सं स्सा संम्हा म्हि स्विमस्स च' (मो० २, ३४)—'स', 'स्मा', 'स्मिं', 'स्साय', 'सं' और 'सा' यदि बाद में हो तो 'इम' शब्द और 'त' शब्द को विकल्प से 'अ' आदेश हो जाता है। ('सस्मास्मिंसंसास्वत्तं' तथा 'इमसद्दस्स च' क० २, ३, १६-१७)।

	एक वचन	बहु वचन
दुतिया	तं, नं	ता, ना, तायो, नायो
ततिया	ताय, नाय, तस्सा[1], तिस्सा[2]	ताहि, नाहि, ताभि, नाभि
चतुत्थी	तिस्साय[3], तस्साय, अस्साय, तिस्सा तस्सा, ताय	तासं, आसं, तासानं
पञ्चमी	ताय, नाय, तस्सा	ताहि, नाहि, ताभि, नाभि
छट्ठी	तिस्साय[3], तस्साय, अस्साय, तिस्सा, तस्सा, अस्सा, ताय	तासं, आसं, तासानं
सत्तमी	तिस्सं, तस्सं[4], अस्सं, तायं, तस्सा, तिस्सा	तासु

नपुंसकलिङ्ग 'त' शब्द

	एक वचन	बहु वचन
पठमा	तं, नं	ते, ने, तानि, नानि
दुतिया	तं, नं	ते, ने, तानि, नानि

शेष रूप पुंल्लिङ्ग 'त' के समान जानने चाहिये।

'अम्ह' (= मैं)

	एक वचन	बहु वचन
पठमा	अहं[1]	मयं[2], अस्मा[2], अम्हे, नो[3]

'ता'

१. 'स्सा वा तेतिमामूहि' (मो० २, ४८)—'ना', 'स', 'स्मा' तथा 'सि' विभक्तियाँ 'घ' तथा 'प' संज्ञक 'ता' 'एता', 'इमा' तथा 'अमु' शब्दों के परे हों तो विकल्प से 'स्सा' आदेश होता है।

२. 'ताय वा' (मो० २, ५५)—'स्सं' 'सा' आदि परे हों तो 'त' को विकल्प से 'इ' का आगम होता है (तु० 'तस्सा वा', क० २, १, ३)।

३. 'ते ति मातो सस्स स्साय' (मो० २, ५६)—'ता' 'एता', तथा 'इमा' शब्दों से परे 'स' विभक्ति का विकल्प से 'स्साय' आदेश हो जाता है ('ततो सस्स स्साय' क० २, १, १४)

४. 'घो स्सं स्सा स्सायं तिं सु' (मो० २, ६५)—'स्सं', 'स्सा', 'स्साय', 'अं', 'तिं' परे हों तो घ संज्ञक शब्दों का ह्रस्व हो जाता है ('घो रस्सं' क० २, १, १५)।

'अम्ह'

१. 'सिम्हहं' (मो० २, २१३)—'सि' विभक्ति बाद में रहते 'अम्ह' शब्द को विभक्ति सहित 'अहं' हो जाता है (त्वमहं सिम्हि च' क० २, २, २१)।

२. 'मयमस्माम्हस्स' (मो० २, २११)—'यो' विभक्ति के परे रहने पर विभक्ति सहित 'अम्ह' शब्द को विकल्प से 'मयं' और 'अस्मा' आदेश होते

दुतिया	मं[४], ममं	अम्हं[५], अम्हाकं[५], अम्हे, नो[३]
ततिया	मया[६], मे[७]	अम्हेहि, अम्हेभि, नो[3]
चतुत्थी	मम[८], मय्हं[८], अम्हं[९], ममं[१०], मे[७]	अस्माकं[१०], अम्हाकं[११], अम्हं[११], नो[3]
पञ्चमी	मया[६]	अम्हेहि, अम्हेभि
छट्ठी	मम[८], मय्हं[८], अम्हं[९], ममं[१०], मे[७]	अम्हाकं[११], अस्माकं[१०], नो[3], अम्हं[११]
सत्तमी	मयि[१२]	अस्मासु[१३], अम्हेसु

हैं (मयं योम्हि पठमे' क० २२)।

३. 'यो नं हि स्वपञ्चम्या वो नो' (मो० २, २३५)—'यो', 'नं' या 'हि' (पञ्चमी को छोड़कर) विभक्ति के परे रहने पर विभक्ति सहित 'तुम्ह' और 'अम्ह' शब्दों को, जो पाद के आदि में न हो और किसी पद के बाद हो और एक ही वाक्य में प्रयुक्त हों, क्रमशः विकल्प से 'वो' 'नो' आदेश होते हैं। (तु० 'पदतो दुतिया-चतुत्थी-छट्ठीसु वो नो', क० २, २, ३२ और 'बहुवचनेसु वो नो', क० २, २, ३२ और इस सूत्र की वृत्ति)

४. 'अम्हि तं मं तवं ममं' (मो० २, २२९)—'अं' विभक्ति यदि बाद में रहे तो विभक्ति सहित 'तुम्ह' शब्द को 'तं' या 'तवं' तथा विभक्ति सहित 'अम्ह' शब्द को 'मं' या 'ममं' आदेश होते हैं। ('तं ममम्हि' और 'तवं ममं च न वा', क० २, २, २४–२५)।

५. 'दुतिये योम्हि च' (मो० २, २३३)—द्वितीया की 'यो' विभक्ति के परे रहने पर विभक्ति सहित 'तुम्ह' शब्द के बाद 'तुम्हे', 'तुम्हाकं' तथा विभक्ति सहित 'अम्ह' शब्द को 'अम्हे' 'अम्हाकं' आदेश होते हैं। ('वा य्वप्पठमो' क० २, ३, २)।

६. 'नास्मासु तया मया' (मो० २, २३०)—'ना' या 'स्मा' विभक्ति के रहने पर विभक्ति सहित 'तुम्ह' शब्द को 'तया' तथा विभक्ति सहित 'अम्ह' शब्द को 'मया' आदेश होते हैं ('नाम्हि तया मया', क० २, २, २६)।

७. 'ते मे ना से' (मो० २, २३६)—'ना' या 'स' विभक्ति के परे रहने पर विभक्ति सहित 'तुम्ह' और 'अम्ह' शब्द को, जो पाद के आदि में न हो, किसी पद के बाद हो और एक ही वाक्य में स्थित हों, विकल्प से क्रमशः 'ते' और 'मे' आदेश होते हैं ('ते मेकवचने' 'नाम्हि', 'वा ततिये च', क० २, २, २९–३१)।

८. 'तवममतुय्हंमय्हं से' (मो० २, २३१)—'स' विभक्ति के परे रहने पर विभक्ति सहित 'तुम्ह' शब्द को 'तव', 'तुय्हं' तथा विभक्ति सहित 'अम्ह'

'तुम्ह' (= तुम)

	एक वचन	बहु वचन
पठमा	त्वं[1], तुवं[1]	तुम्हे, वो
दुतिया	तं, तवं, तुवं[1], त्वं[1]	तुम्हं, तुम्हाकं, तुम्हे, वो

शब्द को 'मम', 'मय्हं' आदेश होते हैं ('तवमम से', 'तुय्हं' 'मय्हं च', क० २, २, २२–२३)।

९. 'सस्सं' (क० २, ३, ३)—'तुम्ह' और 'अम्ह' शब्दों के बाद की 'स' विभक्तियों को विकल्प से 'अं' आदेश होता है।

१०. 'नं से स्वस्माकं ममं' (मो० २, २१२)—'नं' तथा 'स' विभक्ति के परे रहने पर विभक्ति सहित 'अम्ह' शब्द को क्रमशः 'अस्माकं' और 'ममं' आदेश होते हैं (तु० 'अम्हस्स ममं सविभत्तिस्स से' क० २, २, १)।

११. 'ङं ङाकं नम्हि' (मो० २, २, २३२)—'तुम्ह' और 'अम्ह' शब्द के बाद आने वाली 'नं' विभक्ति को 'ङं' (अं) एवं 'ङाकं' (आकं) आदेश होते हैं (तु० 'तुम्हाम्हेहि नामाकं' क० २, १, १)।

१२. 'स्मिम्हि तुम्हाम्हानं तयि मयि' (मो० २, २२८)—'स्मिं' विभक्ति परे रहे तो विभक्ति सहित 'तुम्ह' शब्द को 'तयि' और विभक्ति सहित 'अम्ह' शब्द को 'मयि' आदेश होते हैं ('तुम्हाम्हानं तयिमयि' क० २, २, २०)

१३. 'सुम्हाम्हस्सास्मा' (मो० २, २०५)—'सु' विभक्ति परे रहने पर 'अम्ह' शब्द को विकल्प से 'अस्मा' हो जाता है।

'तुम्ह'

१. 'तुम्हस्स तुवं त्वमम्हि च' (मो० २, २१४)—'अं' तथा 'सि' विभक्ति परे रहने पर विभक्ति सहित 'तुम्ह' शब्द को क्रमशः 'तुवं' और 'त्वं' आदेश होते हैं। (तु० 'त्वमहं सिम्हि च', क० २, २, २१ और 'तुम्हस्स तुवं त्वमम्हि', क० १, २, २७)। मोग्गलान ने उपर्युक्त सूत्र की वृत्ति इस प्रकार दी है—"अम्हि सिम्हि च तुम्हस्स सविभक्तिस्स तुवं त्वं होन्ति यथाक्कमं, तुवं त्वं।" यहाँ विचारणीय यह है कि—'अं' विभक्ति में तुवं और 'सि' विभक्ति में 'त्वं' रूप होंगे। कच्चायन के अनुसार 'सि' विभक्ति में 'त्वं' तथा 'अं' विभक्ति में 'तुवं' और 'त्वं' रूप होंगे। चाइल्डर्स ने 'सि' विभक्ति में 'त्वं' और 'तुवं' तथा 'अं' में 'तं' रूप का निर्देश किया है। (ए डिक्शनरी आफ दि पालि लैंग्वेज, पृ० ५१३) गाइगर ने, 'सि' में 'त्वं' (तुवं) तथा 'अं' में 'तं' (त्वं, तुवं), इस प्रकार स्वतन्त्र और कोष्ठक में रूपों का निर्देश किया है और इस पर एक निर्णय दिया है—

ततिया	त्वया[2], तया, ते	तुम्हेहि, तुम्हेभि, वो
चतुत्थी	तव, तुय्हं, तुम्हं, ते	तुम्हाकं, तुम्हे, वो
पञ्चमी	त्वया, तया, त्वम्हा[3]	तुम्हेहि, तुम्हेभि
छट्ठी	तव, तुय्हं, तुम्हं, ते	तुम्हाकं, तुम्हे, वो
सत्तमी	त्वयि[2], तयि	तुम्हेसु

पुंल्लिग 'एत' (= यह) शब्द

	एक वचन	बहु वचन
पठमा	एसो	एते
दुतिया	एत, एनं[1]	एते, एने[1]
ततिया	एतेन, एनेन[2]	एतेहि, एतेभि
चतुत्थी	एतस्स	एतेसं, एतेसानं
पञ्चमी	एतम्हा, एतस्मा	एतेहि, एतेभि

'He unbracketed forms are the regular ones in the Post-canovical prose, in which, for instance, clear distinction is made between tran 'thou' and tarn 'thee'. All these-forms are used also already in the oldest periods of the language. He bracketed forms are arachaic or rare.

—Pali Literature and Language, pp. 143.

२. 'तयातयीनं त्व वा तस्स' (मो० २, २१५)—'तुम्ह' शब्द के 'तया' 'तयि' रूपों के 'त' को विकल्प से 'त्व' हो जाता है ('तयातयीनं तकारो त्वत्तं वा' क०, २, ३, ५०)।

३. 'स्माम्हि त्वम्हा' (मो० २, २१६)—'स्मा' विभक्ति के परे रहने पर विभक्ति सहित 'तुम्ह' शब्द को विकल्प से 'त्वम्हा' आदेश होता है ।

'एत'

१. 'इमेतानमेनान्वादेसे दुतियायं' (मो० २, १९९)—'इम' तथा 'एत' शब्दों को द्वितीया विभक्ति के दोनों वचनों में 'एन' आदेश हो जाता है यदि अन्वादेश का विषय हो। अन्वादेश का अर्थ इस सूत्र की वृत्ति में मोग्गल्लान ने 'कथितानुकथितविसये' किया है। इसका तात्पर्य यह है कि 'यदि किसी व्यक्ति या वस्तु के विषय में कुछ कहा जा चुका हो और उसी व्यक्ति या वस्तु के विषय में पुनः कुछ कहना अभिप्रेत हो।

२. दे० चाइल्डर्स, ए डिक्शनरी ऑफ दी पालि लैंग्वेज, पृ० १३ और गायगर, पालि लिटरेचर ऐण्ड लैंग्वेज, पृ० १४५।

छट्ठी	एतस्स	एतेसं, एतेसानं
सत्तमी	एतम्हि, एतस्मि	एतेसु

स्त्रीलिंग 'एत' (= यह) शब्द

	एक वचन	बहु वचन
पठमा	एसा	एता, एतायो
दुतिया	एतं	एता, एतायो
ततिया	एताय	एताहि, एताभि
चतुत्थी	एतिस्साय[१], एतिस्सा[१], एताय	एतासं, एतासानं
पञ्चमी	एताय	एताहि, एताभि
छट्ठी	एतिस्साय[१], एतिस्सा[१], एताय	एतासं, एतासानं
सत्तमी	एतिस्सं[१], एतासं	एतासु

नपुंसकलिंग 'एत' (= यह) शब्द

	एक वचन	बहु वचन
पठमा	एतं	एते, एतानि
दुतिया	एतं, (एनं)	एते, एतानि, (एने) (एनानि)

शेष रूप पुंल्लिङ्ग 'एत' शब्द के समान जानने चाहिये।

पुंल्लिग 'इम' (= यह) शब्द

	एक वचन	बहु वचन
पठमा	अयं[१]	इमे
दुतिया	इमं	इमे
ततिया	अनेन[२], इमिना[२]	एहि[३], एभि[३], इमेहि, इमेभि

'एत' (स्त्री)

१. 'स्संस्सास्सायेस्वितरेकञ्ञेतिमानमि' (मो० २, ५४)—'इतर', 'एक', 'अञ्ञ', 'एत' तथा 'इम' शब्दों के अन्तिम स्वर को, 'स्सं', 'स्सा' और 'स्साय' होने पर ह्रस्व इकार हो जाता है ('एतिमासमि', क० २,१,१२)।

'इम'

१. 'सिम्हनपुंसकस्सायं' (मो० २, १२९)—पुंल्लिङ्ग तथा स्त्रीलिङ्ग में 'सि' विभक्ति बाद में होने पर 'इम' शब्द को 'अयं' आदेश होता है (अनपुंसकस्सायं 'सिम्हि', क० २, १, १)।

२. 'नाम्हनिमि' (मो० २, १२८)—पुंल्लिङ्ग और नपुंसकलिङ्ग में 'ना' विभक्ति बाद में होने पर 'इम' शब्द को 'अन' तथा 'इमि' आदेश होते हैं ('अनिभि नाम्हि च' क० २, ३, ११)।

३. 'इमस्सानित्थियं टे' (मो० २, १२७)—पुंल्लिङ्ग और नपुंसकलिङ्ग में

चतुत्थी	अस्स, इमस्स	एसं[3], एसानं[3], इमेसं, इमेसानं
पञ्चमी	अस्मा, इमस्मा, इमम्हा	एहि[२], एभि[२], इमेहि, इमेभि
छट्ठी	अस्स, इमस्स	एसं[२], एसानं[3], इमेसं, इमेसानं
सत्तमी	अस्मिं, इमम्हि, इमस्मिं	एसे[3], इमेसु

स्त्रीलिङ्ग 'इमा' (= यह) शब्द

	एक वचन	बहु वचन
पठमा	अयं	इमा, इमायो
दुतिया	इमं	इमा, इमायो
ततिया	इमाय	इमाहि, इमाभि
चतुत्थी	अस्साय, अस्सा, इमिस्साय इमिस्सा, इमाय	इमासं, इमासानं
पञ्चमी	इमाय	इमाहि, इमाभि
छट्ठी	अस्साय, अस्सा, इमिस्साय इमिस्सा, इमाय	इमासं, इमासानं
सत्तमी	अस्सं, इमिस्सं, इमायं	इमासु

नपुंसकलिङ्ग 'इम' (= यह) शब्द

	एक वचन	बहु वचन
पठमा	इदं[1], इमं	इमे, इमानि
दुतिया	इदं, इमं	इमे, इमानि

शेष रूप पुंल्लिग 'इम' शब्द के समान जानने चाहिये।

पुल्लिङ्ग 'अमु' (= वह) शब्द

	एक वचन	बहु वचन
पठमा	असु[1]	अमू[2]

'सु', 'नं' तथा 'हि' विभक्तियों के बाद में रहने पर 'इम' शब्द को विकल्प से 'टे' (ए) आदेश होता है ('सब्बस्सिमस्सेवा' क० २, ३, १०)।

'इम'

१. 'इमस्सिदं वा' (मो० २, २०३)—नपुंसकलिंग में 'अं' और 'सि' के परे रहने पर 'इम' शब्द को, विकल्प से 'इदं' आदेश होता है (इमस्मि-दमंसिसु नपुंसके' क० २, २, १०)।

'अमु'

१. 'मस्सामुस्स' (मो० २, १३१)—पुंलिङ्ग और स्त्रीलिंग में 'सि' विभक्ति के बाद में रहने पर 'अमु' शब्द के 'म' को 'स' हो जाता है (तु० 'अमुस्स

दुतिया	अमुं	अमू[२]
ततिया	अमुना	अमूहि, अमूभि
चतुत्थी	अमुस्स[३]	अमूसं, अमूसानं
पञ्चमी	अमुना, अमुम्हा, अमुस्मा	अमूहि, अमूभि
छट्ठी	अमुस्स[३]	अमूसं, अमूसानं
सत्तमी	अमुम्हि, अमुस्मिं	अमूसु

स्त्रीलिङ्ग 'अमु' (=वह)शब्द

	एक वचन	बहु वचन
पठमा	असु, अमु	अमू, अमुयो
दुतिया	अमुं	अमू, अमुयो
ततिया	अमुया	अमूहि, अमूभि
चतुत्थी	अमुस्सा, अमुया	अमूसं, अमूसानं
पञ्चमी	अमुया	अमूहि, अमूभि
छट्ठी	अमुस्सा, अमुया	अमूसं, अमूसानं
सत्तमी	अमुस्सं, अमुयं	अमूसु

नपुंसकलिंग 'अमु' शब्द

	एक वचन	बहु वचन
पठमा	अदुं[१], अमुं	अमू, अमूनि

मो सं' क० २, ३, १३) 'सब्बतो को' (क० २, ३, १८)—'सि' विभक्ति परे रहते सभी सर्वनामों मे 'क' का आगम विकल्प मे होता है। 'के वा' (मो० २, १३२)—'क' प्रत्यय परे रहने पर 'अमु' शब्द के मकार को विकल्प से 'स' आदेश होता है। इस प्रकार 'असुको', 'अमुको', 'असुका', 'अमुका', 'असुकं', अमुकं, असुकानि, अमुकानि और इनके अतिरिक्त चाइल्डर्स ने 'अमुकस्स', 'अमुकम्हि' और गायगर ने केवल 'अमुकस्मिं' प्रयोग दिया है।

२. 'लोपोमुस्मा' (मो० २, ८८)—पुंल्लिंग में 'अमु' शब्द से परे 'यो' विभक्ति का नित्य लोप हो जाता है।

३. 'न नो सस्स' (मो० २, ८९)—'अमु' शब्द से परे आयी हुई 'स' विभक्ति को 'नो' आदेश नहीं होता है।

'अमु' (नपुं०)

१. 'अमुस्सादुं' (मो० २, २०४)—नपुंसकलिंग में 'अं' और 'सि' विभ-

दुतिया	अदुं[1], अमुं	अमू, अमूनि

शेष रूप पुंल्लिग 'अमु' के समान जानने चाहिये ।

संख्यावाची विशेषण—

गुणवाची शब्दों, प्रायः कृदन्त एवं तद्धितान्त और संख्यावाची शब्दों का प्रयोग विशेषण के रूप में होता है। विशेषण विशेष्यों के अधीन होते हैं। विशेष्य में जो लिंग, वचन और विभक्ति होती है उसके विशेषण में वही लिंग, वचन और विभक्ति होती है । यथा—

पुंल्लिग	स्त्रीलिंग	नपुंसकलिंग
विसालो मनुस्सो	विसाला नगरी	विसालं फलं

उपर्युक्त उदाहरण में विशेष्य 'मनुस्स', 'फल' और और 'नगरी' हैं तथा विशेषण 'विसाल' शब्द है, अतः 'मनुस्स' के लिंग, वचन, विभक्ति के अनुसार 'विसाल' का भी लिंग, वचन एवं विभक्ति है ।

जहाँ तक संख्यावाचक विशेषणों का सम्बन्ध है, इनकी स्थिति अन्य विशेषणों से थोड़ी भिन्न है । संख्यावाचक विशेषण एक ही वचन में (या तो एकवचन या बहुवचन में) होते हैं, जैसे—संख्यावाची 'एक' शब्द एक वचन, 'द्वि' 'ति', 'चतु' बहु वचन होते हैं । संख्यावाची विशेषणों में 'एक' 'द्वि' 'ति' 'चतु' एवं 'उभ' का पाठ सर्वादिगण में होने के कारण, इनके रूप सर्वादि शब्दों की भाँति होंगे । 'एक' शब्द से 'चतु' शब्द तक के रूप तीनों लिंगों में पाये जाते हैं । 'पञ्च' से 'अट्ठारस' तक के रूप बहु वचन में ही तीनों लिंगों में 'पञ्च' शब्द के समान होते हैं । 'एकूनवीसति' से 'अट्ठचालीसति' तक के रूप स्त्रीलिंग एक वचन में ही 'बुद्धि' शब्द के समान होंगे । 'एकूनपञ्ञासा' से 'अट्ठपञ्ञासा' तक के रूप स्त्रीलिंग एकवचन में ही 'लता' शब्द के समान होंगे । (कभी-कभी 'एकूनपञ्ञास' से 'अट्ठपञ्ञास' तक के रूप नपुंसकलिंग एकवचन में ही 'फल' शब्द के समान भी होंगे ।) 'एकूनसट्ठि' से 'अट्ठनवुति' तक के रूप स्त्रीलिंग एकवचन में ही 'बुद्धि' शब्द के समान होंगे । 'एकूनसत' से आगे की संख्याओं में अकारान्त संख्याओं के नपुंसकलिंग एकवचन में फल शब्द की भाँति और इकारान्त संख्याओं के स्त्रीलिंग एकवचन में ही 'बुद्धि' शब्द के समान रूप होंगे ।

'एक' से 'पञ्च' तक संख्यावाची शब्दों के तथा अन्य कुछ मानक शब्दों

---

[1] क्तियों के परे रहने पर विभक्ति सहित 'अमु' शब्द को विकल्प से अदुं हो जाता है । (तु० 'अमुस्सादुं') ।

के रूप दिये गये हैं। अवशिष्ट संख्याओं को पालिभाषा में इस प्रकार कहते हैं[1]—

छ = छह

सत्त = सात

अट्ठ = आठ

नव = नौ

दस = दस

एकादस, एकारस = ग्यारह

बारस, द्वादस = बारह

तेरह, तेलस = तेरह

चुद्दस, चोद्दस, चतुद्दस = चौदह

पञ्चदस, पन्नरस = पन्द्रह

सोलस, सोरस = सोलह

सत्तदस, सत्तरस = सत्रह

अट्ठारस, अट्ठादस = अठारह

एकूनवीसति = उन्नीस

वीसति = बीस

एकवीसति = इक्कीस

द्वेवीसति, द्वावीसति, बावीसति = बाईस

तेवीसति = तेईस

चतुवीसति = चौबीस

पञ्चवीसति, पण्णुवीसति, पण्णवीसति = पच्चीस

छब्बीसति = छब्बीस

सत्तवीसति = सत्ताईस

अट्ठवीसति = अट्ठाईस

---

१. 'यावदुत्तरिं दसगुणितञ्च'—यावतासं संख्यानं उत्तरिं दसगुणितञ्च कातब्बं। यथा—दसस्स दसगुणितं कत्वा सतं होति, सतस्स दसगुणितं कत्वा सहस्सं होति, सहस्सस्स दसगुणितं कत्वा दससहस्सं होति, दससहस्सस्स दसगुणितं कत्वा सतसहस्सं होति, सतसहस्सस्स दसगुणितं कत्वा दससतसहस्सं होति, दससतसहस्सस्स दसगुणितं कत्वा कोटि होति, कोटिसतसहस्सानं सतं पकोटि होति, एवं सेसनिपि कातब्बानि।

'सकनामेहि'—यासं पन संख्यानं अनिद्दिट्ठनामधेय्यानं सकेहि नामेहि निपच्चन्ते। सतसहस्सानं सतं कोटि, कोटिसतसहस्सानं सतं पकोटि, पकोटिसतसहस्सानं सतं कोटिप्पकोटि, कोटिप्पकोटिसतसहस्सानं सतं नहुतं, नहुतसहस्सानं सतं निन्नहुतं, निन्नहुतसतसहस्सानं सतं अक्खोहिणी, तथा—विन्दु, अब्बुदं, निरब्बुदं, अहहं, अबबं, अटटं, सोगन्धिकं, उप्पलं, पुण्डरीकं, पदुमं, कथानं, महाकथानं, असंख्येय्यं।

—क० २, ८, ५१–५२

एकूनतिंसति = उन्तीस
तिंसति = तीस
एकतिंसति = इकतीस
द्वत्तिसति, बत्तिसति = बत्तीस
तेत्तिसति = तैंतीस
चतुत्तिसति = चौतीस
पञ्चतिंसति = पैंतीस
छत्तिसति = छत्तीस
सत्ततिंसति = सैंतीस
अट्ठतिंसति = अड़तीस
एकूनचत्तालीसति = उन्तालीस
चत्तालीसति = चालीस
एकचत्तालीसति = इकतालीस
द्वाचत्तालीसति, द्विचत्तालीसति = बयालीस
तेचत्तालीसति, तिचत्तालीसति = तैंतालीस
चतुचत्तालीसति, चोंत्तालीसति, चुत्तालीसति = चौवालीस
पञ्चचत्तालीसति = पैंतालीस
छचत्तालीसति = छियालीस
सत्तचत्तालीसति = सैंतालीस
अट्ठचत्तालीसति, अट्ठचत्तारीति = अड़तालीस
एकूनपञ्ञासा = उन्चास
पञ्ञासा = पचास
एकपञ्ञासा = इक्यावन
द्वेपञ्ञासा, द्विपञ्ञासा = बावन
तेपञ्ञासा, तिपञ्ञासा = तिरपन

चतुपञ्ञासा = चौवन
पञ्चपञ्ञासा = पचपन
छपञ्ञासा = छप्पन
सत्तपञ्ञासा = सत्तावन
अट्ठपञ्ञासा = अट्ठावन
एकूनसट्ठि = उन्सठि
सट्ठि = साठ
एकसट्ठि = इकसठ
द्वासट्ठि, द्वेसट्ठि, द्विसट्ठि = बासठ
तेसट्ठि – तिरसठ
चतुसट्ठि = चौंसठ
पञ्चसट्ठि = पैंसठ
छसट्ठि = छाछठ
सत्तसट्ठि = सरसठ
अट्ठसट्ठि = अड़सठ
एकूनसत्तति = उनहत्तर
सत्तति = सत्तर
एकसत्तति = इकहत्तर
द्वासत्तति, द्विसत्तति = बहत्तर
तेसत्ति, तिसत्तति = तिहत्तर
चतुसत्तति = चौहत्तर
पञ्चसत्तति = पचहत्तर
छसत्तति = छिहत्तर
सत्तसत्तति = सतहत्तर
अट्ठसत्तति = अठहत्तर
एकूनासीति = उन्यासी
असीति = अस्सी
एकासीति = इक्यासी
द्वेअसीति, द्वासीति = बयासी
तेअसीति = तिरासी
चतुरासीति = चौरासी

पञ्चासीति - पचासी
छासीति = छियासी
सत्तासीति = सतासी
अट्ठासीति = अठासी
एकूननवुति = नवासी
नवुति = नब्बे
एकनवुति = इक्यानबे
द्वानवुति, द्वेनवुति, द्विनवुति = बानबे
तेनवुति, तिनवुति = तिरानबे
चतुनवुति = चौरानबे
पञ्चनवुति = पंचानवे
छन्नवुति = छानबे
सत्तनवुति = सत्तानबे
अट्ठनवुति = अट्ठानबे
एकूनसतं = सौ
सतं = सौ
सहस्सं = हजार
नहुतं = दसहजार
सतसहस्सं = लाख
कोटि = करोड़
पकोटि = दस नील
कोटिप्पकोठि = एक पर इक्कीस शून्य
(पुन) नहुत = एक पर अट्ठाईस शून्य
निन्नहुतं = एक पर पैंतीस शून्य
अक्खोहिणी = एक पर बयालिस शून्य
बिन्दु = एक पर उन्चास शून्य आदि ।

पुल्लिङ्ग 'एक'[1] शब्द

	एकवचन	बहुवचन
पठमा	एको	एके
दुतिया	एकं	एके
ततिया	एकेन	एकेहि, एकेभि
चतुत्थी	एकस्स	एकेसं, एकेसानं
पञ्चमी	एकम्हा, एकस्मा	एकेहि, एकेभि
छट्ठी	एकस्स	एकेसं, एकेसानं
सत्तमी	एकम्हि, एकस्मि	एकेसु

नपुंसकलिङ्ग 'एक' शब्द

	एकवचन	बहुवचन
पठमा	एकं	एके, एकानि
दुतिया	एकं	एके, एकानि

शेष रूप पुंल्लिङ्ग 'एक' के समान समझने चाहिये ।

---

१. 'एक' शब्द का चार अर्थों में प्रयोग होता है, प्रधान अन्य, असहाय और संख्या । संख्या अर्थ में एक शब्द का प्रयोग एकवचन में और शेष अर्थों में दोनों वचनों में अन्य सर्वनामों की भाँति रूप होते हैं ।

स्त्रीलिङ्ग 'एक' शब्द

	एकवचन	बहुबचन
पठमा	एका	एका, एकायो
दुतिया	एकं	एका, एकायो
ततिया	एकाय	एकाहि, एकाभि
चतुत्थी	एकस्सा, एकाय	एकासं, एकासानं
पञ्चमी	एकाय	एकाहि, एकाभि
छट्ठी	एकस्सा, एकाय	एकासं, एकासानं
सत्तमी	एकस्सं, एकायं	एकासु

'द्वि' शब्द

	बहुवचन
पठमा	दुवे, द्वे[1]
दुतिया	दुवे, द्वे[1]
ततिया	द्वीहि, द्वीभि
चतुत्थी	द्विन्नं[2], दुविन्नं[3]
पञ्चमी	द्वीहि, द्वीभि
छट्ठी	द्विन्नं[2], दुविन्नं[3]
सत्तमी	द्वीसु

'उभ'[1] (= दोनों) शब्द

	बहुवचन
पठमा	उभो
दुतिया	उभो

'द्वि'

१. 'योम्हि द्विन्नं दुवे द्वे' (मो० २, २११)—'द्वि' शब्द के बाद आने वाली 'यो' विभक्तियों (प्रथमा तथा द्वितीया) के साथ 'द्वि' शब्द को 'दुवे' 'द्वे' ये दोनों आदेश होते हैं (तु० 'योसु द्विन्नं द्वे च' क० २, २, १३)

२. 'नम्हि नुक् द्वादीनं सत्तरसन्नं' (मो० २, ४९)—'द्वि' आदि सत्रह (अर्थात् 'द्वि' से 'अट्ठारस' तक) संख्याओं को 'नं' विभक्ति परे होने पर 'नक्' (न) का आगम होता है। ('नो द्वादितो नम्हि' क० २, १, १६)

३. 'दुविन्नं नम्हि वा' (मो० २, २२२)—'नं' विभक्ति परे रहने पर विभक्ति सहित 'द्वि' शब्द को विकल्प से 'दुविन्नं' होता है (तु० 'योसु द्विन्नं द्वे च', क० २, २, १३ की वृत्ति)

'उभ'

१. 'उभ' शब्द के तीनों लिंगों में समान रूप होते हैं।

ततिया	उभोहि[२], उभोभि[२], उभेहि, उभेभि
चतुत्थी	उभिन्नं[3]
पञ्चमी	उभोहि[२], उभोभि[२], उभेहि, उभेभि
छट्ठी	उभिन्नं[3]
सत्तमी	उभोसु[२], उभेसु

पुंल्लिग 'ति' (= तीन) शब्द

	वहुवचन
पठमा	तयो[१]
दुतिया	तयो[१]
ततिया	तीहि, तीभि
चतुत्थी	तिण्णं[२], तिण्णन्नं[२]
पञ्चमी	तीहि, तीभि
छट्ठी	तिण्णं[२], तिण्णन्नं[२]
सत्तमी	तीसु

स्त्री 'ति' (= तीन) शब्द

	बहुवचन
पठमा	तिस्सो[१]

---

२. 'सुहिसु भस्सो' (मो० २, ५८)—'उभ' शब्द के बाद 'सु' या 'हि' विभक्ति होने पर 'उभ' के अन्तिम स्वर का 'ओ' हो जाता है।

३. 'उभिन्नं' (मो० २, ५२)—'उभ' शब्द के बाद आने वाली 'नं' विभक्ति को 'इन्नं' आदेश होता है (तु० 'उभादितो नमिन्नं', क० २, १, ३५)।

'ति' (पुं०)

१. 'पुमे तयो चत्तारो' (मो० २, २०९)—पुंल्लिग में 'यो' विभक्तियों के परे रहने पर विभक्ति सहित 'ति' को तयो और 'चतु' को 'चत्तारो' आदेश होते हैं (तु० तिचतुन्नं तिस्सो चतस्सो तयो चत्तारो तीणि चत्तारि' क० २, २, १४)।

२. 'ण्णं ण्णन्नं तितो झा' (मो० २, ५१)—'झ' संज्ञक 'ति' शब्द से परे आयी हुई 'नं' विभक्ति को 'ण्णं', 'ण्णणं' आदेश होते हैं (इण्णमिण्णनं तीहि संख्याहि' क० २, १, ३६)।

'ति' (स्त्री)

१. 'तिस्सो चतस्सो योम्हि सविभत्तीनं' (मो० २, २०७)—स्त्रीलिङ्ग में 'यो' विभक्तियों के परे रहने पर विभक्ति सहित 'ति' शब्द को 'तिस्सो'

दुतिया	तिस्सो[1]
ततिया	तीहि, तीभि
चतुत्थी	तिस्सन्नं[2]
पञ्चमी	तीहि, तीभि
छट्ठी	तिस्सन्नं[2]
सत्तमी	तीसु

नपुंसकलिंग 'ति' (= तीन) शब्द

बहुवचन
तीणि[1]
तीणि[1]

शेष रूप पुंल्लिग 'ति' के समान जानने चाहिये ।

पुंल्लिग 'चतु' (= चार) शब्द

	बहुवचन
पठमा	चत्तारो, चतुरो[1]
दुतिया	चत्तारो, चतुरो[1]
ततिया	चतूहि, चतूभि
चतुत्थी	चतुन्नं

और विभक्ति सहित 'चतु' शब्द को चतस्सो आदेश होते हैं । (तु० 'तिचतुन्नं तिस्सो चतस्सो तयो चत्तारो तीणि चत्तारि' क० २, २, १४) ।

२. 'नम्हि ति चतुन्नमित्थियं तिस्सचतस्सा' (मो० २; २०६)—नं विभक्ति परे रहने पर स्त्रीलिङ्ग में 'ति' तथा 'चतु' शब्द को क्रमशः 'तिस्स', 'चतस्स' आदेश होते हैं (तु० 'ति चतुन्नं तिस्सो चतुस्सो तयो चत्तारो तीणि चत्तारि' क० २, २, १४) ।

'ति' (नपुं०)

१. 'तीणि चत्तारि नपुंसके' (मो० २, २०८)—नपुंसकलिंग में 'यो' विभक्तियों के परे रहने पर विभक्ति सहित 'ति' को 'तीणि' और विभक्ति सहित 'चतु' को 'चत्तारि' आदेश होते हैं ('तु० 'ति चतुन्नंतिस्सो चतुस्सो तयो चत्तारो तीणि चत्तारि', क० २, २, १४) ।

'चतु'

१. 'चतुरो वा चतस्स' (मो० २, २१०)—पुंल्लिग में 'यो' विभक्तियों के परे रहने पर विभक्ति सहित 'चतु' शब्द को विकल्प से 'चतुरो' आदेश होते हैं ।

पञ्चमी	चतूहि, चतूभि
छट्ठी	चतुन्नं
सत्तमी	चतुसु

स्त्रीलिंग 'चतु' शब्द

	बहुवचन
पठमा	चतस्सो
दुतिया	चतस्सो
ततिया	चतूहि, चतूभि
चतुत्थी	चतस्सन्नं
पञ्चमी	चतूहि, चतूभि
छट्ठी	चतस्सनं
सत्तमी	चतुसु

नपुंसकलिंग 'चतु' शब्द

	बहुवचन
पठमा	चत्तारि
दुतिया	चत्तारि

शेष रूप पुंल्लिग 'चतु' के समान जानने चाहिये।

'पञ्च' (= पांच) शब्द

	बहुवचन
पठमा	पञ्च[1]
दुतिया	पञ्च[1]
ततिया	पञ्चहि[2], पञ्चभि[2]
चतुत्थी	पञ्चन्नं[2],
पञ्चमी	पञ्चहि[2], पञ्चभि[2]
छट्ठी	पञ्चन्नं[2]
सत्तमी	पञ्चसु[2]

'पञ्च'

१. 'ट पञ्चादीहिचुद्दसहि' (मो० २, २७१)—पञ्चादि चौदह ('पञ्च' से 'अट्ठारस' तक) संख्याओं से परे आयी हुई 'यो' विभक्तियों को 'ट' (अ) आदेश होता है (तु० 'पञ्चादीनमकारो' क० २, २, १५)।

२. 'पञ्चादीनं चुद्दसन्नम' (मो० २, ९२)—'पञ्च' आदि चौदह संख्याओं से परे 'सु', 'नं', 'हि' विभक्तियों के रहने पर उपर्युक्त संख्याओं में अन्तिम स्वर को 'अ' आदेश हो जाता है ('पञ्चादीनमत्तं' क० २, १, ३९)।

'एकूनवीसति' (= उन्नीस) शब्द
स्त्रीलिंग

	एक वचन
पठमा	एकूनवीसति
दुतिया	एकूनवीसतिं
ततिया	एकूनवीसतिया
चतुत्थी	एकूनवीसतिया
पञ्चमी	एकूनवीसतिया
छट्ठी	एकूनवीसतिया
सत्तमी	एकूनवीसतिया
सत्तमी	एकूनवीसतियं

'एकूनसत' (= निन्नानबे) शब्द
नपुंसकलिंग

	एक वचन
पठमा	एकूनसतं
दुतिया	एकूनसतं
ततिया	एकूनसतेन
चतुत्थी	एकूनसतस्स, एकूनसताय
पञ्चमी	एकूनसता, एकूनसतस्मा, एकूनसतम्हा
छट्ठी	एकूनसतस्स
सत्तमी	एकूनसते, एकूनसतम्हि, एकूनसतस्मिं

'कति' (= कितना) शब्द

	बहुवचन
पठमा	कति[1]
दुतिया	कति[1]
ततिया	कतीहि, कतीभि
चतुत्थी	कतीनं, कतिन्नं[2]
पञ्चमी	कतीहि, कतीभि
छट्ठी	कतीनं, कतिन्नं[2]
सत्तमी	कतीसु

'कति'

१. 'टि कतिम्हा' (मो० २, १७०)—'कति' शब्द से परे 'यो' विभक्तियों को 'टि' (इ) आदेश होता है ।

२. 'बहुकतिन्नं' (मो० २, ५०)—'बहु' तथा 'कति' शब्दों से परे 'नं' विभक्ति होने पर 'नुक्' का आगम होता है ।

कारक-प्रकरण

मूल शब्द को प्रातिपदिक, नाम या लिंग, ये सब नाम मिलते हैं। इन शब्दों के साथ जुटे हुए किसी अर्थ विशेष को द्योतित करने के लिए इनसे विभक्तियाँ जोड़ी जाती हैं। यतः अर्थ विशेष को द्योतित करने के लिए विभक्तियाँ जोड़ी जाती हैं, अतः वे अर्थ विभक्तियों के अपने होते हैं। इन अर्थों का सम्बन्ध क्रिया से होने के कारण ये अर्थ 'कारक' कहलाते हैं और इस प्रकार इसे 'कारक' या 'विभक्त्यर्थ' कहते हैं। एक तो, विभक्तियाँ 'कारक' को बताती हैं और दूसरे कभी-कभी किन्हीं विशेष शब्दों के योग से भी कुछ विशेष विभक्तियाँ होती हैं। इन्हें क्रमशः कारक विभक्ति और उपपद विभक्ति कहते हैं। इन दोनों प्रकार की विभक्तियों के नियम यहाँ दिये जाते हैं।

पठमा विभत्ति

१. प्रातिपदिक के अर्थ मात्र का ज्ञान कराने के लिए प्रथमा विभक्ति होती है[1], यथा—रुक्खो, इत्थी, पुमा।

(क) यतः प्रातिपदिक का अर्थ लिंग भी होता है अतः लिंगमात्र का ज्ञान कराने के लिए प्रथमा विभक्ति होती है।

(ख) प्रातिपदिकार्थ परिमाणमात्र का ज्ञान कराने के लिए भी प्रथमा विभक्ति होती है, यथा—"दोणो, खारी, आळ्हकं।"

(ग) प्रातिपदिकार्थ संख्यामात्र का ज्ञान कराने के लिए प्रथमा विभक्ति होती है, यथा—"एको, द्वे, बहवो।"

(घ) इनके अतिरिक्त प्रायः सभी कारकों में और अन्य अर्थों में भी प्रथमा विभक्ति का प्रयोग अत्यन्त स्वल्प पाया जाता है। कारकों के अतिरिक्त दिशा के योग में, यथा—"येन भगवा तेनुमसङ्कमि।"

२. आमन्त्रण अर्थात् सम्बोधन में प्रथमा विभक्ति होती है[2], यथा 'भो पुरिस, भो इत्थि, भो नपुंसक'।

---

१. 'पठमात्थमत्ते', मो० २, ३९ तथा 'लिङ्गत्थे पठमा', क० २, ६, १४।

२. 'आमन्तणे', मो० २४० तथा 'आलपने च', क० २, ६, १५। किसी व्यक्ति या वस्तु को अपनी ओर अभिमुख करने को आमन्त्रण कहते हैं—'सतो सद्देनाभिमुखीकरणमामन्तणं' (मो० २, ४० की वृत्ति) आमन्त्रण को ही आलपन और सम्बोधन कहते हैं।

दुतिया विभत्ति

१. कर्म[1] के अर्थ में द्वितीया विभक्ति होती है[2], यथा—'कठं करोति, ओदनं पचति, आदिच्चं पस्सति, धम्मं सुणाति, बुद्धं पूजयति'।

(क) कर्त्ता के द्वारा इच्छित या अनिच्छित भी यदि कर्म के साथ रहे तो द्वितीया विभक्ति होती है, यथा—'गामं गच्छन्तो रुक्खमूलमुपसप्पति'

(ख) 'अधि' उपसर्ग के बाद यदि √सि' √ठा' और '√सा' रहें तो इनके अधिकरण को कर्म हो जाता है, यथा– 'पठविं अधिसेस्सति, गाममधितिट्ठति, रुक्खमज्झासते'।

(ग) 'पटि' के योग में द्वितीया विभक्ति होती है, यथा—पटिभन्तु तं चुन्द बोज्झङ्गा'।

२. क्रिया, गुण और द्रव्य के साथ यदि कालवाची और 'अध्व' वाची शब्दों का पूर्णतः (अविछिन्न) सम्बन्ध हो तो कालवाची और अध्ववाची शब्दों से द्वितीया विभक्ति होती है[3], यथा—'मासमधीते, मासं कल्याणि, मासं गुळधाना, कोसं अधीते, कोसं कुटिला नदी, कोसं पब्बतो'। यह द्वितीया विभक्ति अत्यन्त संयोग (अविच्छिन्न संयोग) में ही होती है। यदि संयोग अविच्छिन्न न हो तो नहीं, जैसे—'मासस्स द्वीहमधीते, कोसस्सेकदेसे पब्बतो'।

३. गत्यर्थक, ज्ञानार्थक, भोजनार्थक, शब्दकर्मक आदि धातुओं के [4]प्रयोज्य कर्त्ता में द्वितीया विभक्ति होती है[5], यथा—गमयति माणवकं गामं, बोधयति माणवकं धम्मं, भोजयति माणवकमोदनं अज्झापयति माणवकं वेदं', आदि।

---

१. जिसके द्वारा किया जाय अर्थात् जिसके द्वारा कर्त्ता का क्रिया के साथ सम्बन्ध स्थापित किया जाय उसे कर्म कहते हैं—'करीयति कत्तुक्रियायाभि सम्बन्धीयतीति कम्मं', मो० २, २ की वृत्ति ('यं करोति तं कम्मं', क० २, ६, १०)

२. 'कम्मे दुतिया' मो० २, २, तथा 'कम्मत्थे दुतिया', क० २, ६, २७.

३. 'कालद्धानमच्चन्त संयोगे', मो० २, ३ तथा 'कालद्धानमच्चन्तसंयोगे', क० २, ६, २८.

४. जब किसी क्रिया के कर्त्ता का कोई अन्य प्रयोजक या प्रेरक होता है तो वह क्रिया प्रेरणार्थक क्रिया और उसका कर्त्ता प्रयोज्य कर्त्ता तथा उसका प्रयोजक या प्रेरक प्रयोजक कर्त्ता, प्रेरक कर्त्ता या हेतु कर्त्ता कहलाता है। ('यो करोति स हेतुं', क० २, ६, १२.)

५. गतिबोधाहारसद्दत्थाकम्सकमज्जादीनं पयोज्जे' मो० २, ४ तथा 'गतिबुद्धि-भुजपठहरकरसायादीनं कारिते वा', क० २, ६, ३०.

४. 'धि' आदि अव्ययपदों का प्रयोग होने पर द्वितीया होती है, यथा—'धिरत्थु मं पूतिकायं, अन्तरा च राजगहं, अन्तरा च नालन्दं, समाधानमन्तरेन, मुचलिन्दमभितो सरं ।

५. लक्षण (संकेत), इत्थंभूत (इस प्रकार का), वीप्सा और भाग (हिस्सा) अर्थों वाले पति, परि, अनु और अभि उपसर्गों के साथ द्वितीया विभक्ति होती है[२], यथा—'रुक्खमभिविज्जोतते विज्जु, 'साधु देवदत्तो मातरमभि, रुक्खंरुक्खमभितिट्ठति, रुक्खं पति विज्जोतते विज्जु, साधु देवदत्तो मातरं पति, रुक्खं रुक्खं पति तिट्ठति, रुक्खं परिविज्जोतते विज्जु, साधु देवदत्तो मातरं परि, रुक्खं रुक्खं परितिट्ठति, रुक्खमनु विज्जोतते विज्जु, साधु देवदत्तो मातरमनु, रुक्खं रुक्खमनुतिट्ठति',

६. सहित एवं हीन अर्थ वाले 'अनु' के योग में द्वितोया विभक्ति होती है[3], यथा 'पब्बतमनुतिट्ठति', 'अनुसारिपुत्तं पञ्ञावन्तो' ।

७. हीन अर्थवाले 'उप' के योग में द्वितीया विभक्ति होती है[४] यथा—उपसारिपुत्तं पञ्ञावन्तो ।

८. षष्ठी विभक्ति के अर्थ में कभी-कभी द्वितीया विभक्ति हो जाती है[५], यथा—अपिस्सु मं अग्गिवेस्सन तिस्सो उपमायो पटिभंसु ।

९. तृतीया और सप्तमी के अर्थ में भी कभी-कभी द्वितीया विभक्ति होती है[६], यथा—'सचे मं समणो गोतमो नालपिस्सति' 'त्वञ्च मं नाभिभाससि' (तृतीया के अर्थ में), 'पुब्बण्हसमयं निवासेत्वा', 'एकं समयं भगवा' (सप्तमी के अर्थ में)

ततिया विभक्ति

१. [७]कत्तृकारक तथा करणकारक[८] में तृतीया विभक्ति होती है[९], यथा—

---

१. 'ध्यादीहि युत्ता', मो० २, ९.

२ 'लक्खणित्थंभूतवीच्छास्वाभिना', 'पति परी हि भागे च', 'अनुना', मो० २, १०–१२.

३. 'सहत्थे' 'हीने', मो० २, १३-१४.

४. 'उपेन' मो० २, १५.

५. 'क्वचि दुतिया छट्ठीनमत्थे' क० २, ६, ३६

६. 'ततिया सत्तमीनञ्च' क० २, ६, ३७.

७. 'यो करोति स कत्ता', क० २, ६, ११

८ 'येन वा कयिरते तं करणं', क० २, ६, ९

९ 'कत्तुकरणेसु ततिया' मो० २, १८, तथा 'करणे ततिया', क० २, ६, १६ 'कत्तरि च', क० २, ६, १८, 'विसेसने च', क० २, ६, २२

'पुरिसेन कतं', 'असिना छिन्दति', 'पकतियाभिरुपो', 'गोत्तेन गोतमो' 'सुमेधोनाम नामेन' 'जातिया सत्तवस्सिको', 'समेन धावति' 'विसमेन धावति', 'द्विदोणेन धञ्ञं किणाति', 'पञ्चकेन पसवो किणाति'।

२. सह के योग में तृतीया विभक्ति होती है[१], और षष्ठी विभक्ति की तरह अप्रधान के साथ। यथा—'पुत्तेन सहागतो', पुत्तेन सद्धि आगतो।

३. लक्षणद्योतक शब्द से तृतीया विभक्ति होती है[२], यथा—'तिदण्डकेन परिब्बाजकमदक्खि' 'अक्खिना काणो' (यहाँ त्रिदण्ड से परिव्राजक और आँख से आँख वाले का विकार लक्षित होता है।)

'हत्थेन कुणी', पादेन खञ्जो, 'पिट्ठिया खुज्जो'।

४. क्रिया में जो हेतु हो उस हेतुवाचक शब्द से तृतीया विभक्ति होती है[३], यथा—'अन्नेन वसति, विञ्जाय यसो'।

५. ऋण हेतु होने पर तृतीया और पञ्चमी विभक्ति होती है[४], यथा—'सतेन सतस्मा वा बद्धो'।

६. जहाँ गुण हेतु हो, वहाँ उस गुणभूतहेतुवाचक शब्द से तृतीया या पञ्चमी विभक्ति होती है[५], यथा—'जळत्तेन बद्धो, जळत्ता वा,' 'पञ्ञाय मुत्तो'। ('जळत्त' गुण ही बन्धन क्रिया का हेतु है)।

७. काल और अध्ववाची शब्दों के साथ क्रिया का अत्यन्त (अविच्छिन्न) संयोग होने पर और अपवर्ग[६] (फल प्राप्ति) होने पर तृतीया विभक्ति होती है[७], यथा—'मासेन अनुवाको धीतो', 'कोसेनानुवाको धीतो।' फल प्राप्ति न रहने पर 'माममधीतोनुवाको न चानेन गहितो।'

८. तुल्य अर्थवाले शब्दों के योग में तृतीया और षष्ठी विभक्तियाँ होती हैं[८], यथा—तुल्यो पितरा, तुल्यो पितु; सदिसो पितरा, सदिसो पितु।

---

१. 'सहत्थेन', मो० २, १९ तथा 'सहादियोगे च' क० २, ६, १७.
२. 'लक्खणे' मो० २, २० 'येनङ्गविकारो' क० २, ६, २१
३. 'हेतुम्हि' मो० २, २१; 'हेत्वत्थे च' क० २, ६, १९.
४. 'पञ्चमिणे वा' मो० २, २२.
५. 'गुणे' मो० २, २३.
६. 'फलप्पत्तीयं क्रियासुपरिसमत्त्यपवग्गो'—(फल प्राप्ति के साथ यदि क्रिया-परिसमाप्ति हो तो उसे अपवर्ग कहते हैं) 'मो० २, ३' की वृत्ति।
७. दे० मो. २, ३ की वृत्ति
८. 'तुल्यत्थेन वा ततिया' मो० २, ४२

९. सप्तमी के अर्थ में भी कभी-कभी तृतीया विभक्ति होती है[१], यथा—'तेन कालेन।'

१०. मण्डित (प्रसन्न) और उस्सुक्क अर्थ में तृतीया और सप्तमी विभक्तियाँ होती हैं[२], यथा—ञाणेन पसीदितो, ञाणस्मिं वा पसीदितो; ञाणेन उस्सुक्को, ञाणस्मिं वा उस्सुक्को।'

चतुत्थी विभत्ति

१. सम्प्रदान[3] में चतुर्थी विभक्ति होती है[४], यथा—'समणस्स चीवरं ददाति' 'संघस्स ददाति', (क) आधार की विवक्षा में सप्तमी भी होती है[५], यथा—'संघे देहि'।

२. सिलाघ, हनु, ठा, सप, धार, पिह, कुध, दुह, इस्स, इन धातुओं के प्रयोग में, ईर्ष्यार्थिक धातुओं के प्रयोग में, राध तथा इक्ख धातुओं के प्रयोग में, पति अथवा आ उपसर्ग के साथ सुण, धातु के प्रयोग में पूर्वकर्त्ता में, अनु अथवा पति उपसर्ग के साथ गिण धातु के प्रयोग में पूर्वकर्त्ता में, आरोचन के अर्थ में, तादर्थ्य में, तुम प्रत्यय के अर्थ में, अलं के अर्थ में, अनादर व्यक्त हो तो 'मञ्ञ' धातु के प्रयोग में प्राणिभिन्न में गत्यर्थक धातुओं के कर्म, आसंसन अर्थ में, सम्मुति और भिय्य शब्दों के प्रयोग में एवं सप्तमी के अर्थ में कारक की सम्पदान संज्ञा होती है[६]।

सिलाघ धातु—बुद्धस्स सिलाघते।
हनु धातु—हनुते मय्हमेव।
ठा धातु—उपतिट्ठेय्य सक्यपुत्तानं वड्ढकी
सप धातु—मय्हं सपते
धार धातु—सुवण्णं ते धारयते
पिह धातु—बुद्धस्स अञ्ञतित्थिया पिहयन्ति

---

१. 'सत्तम्यत्थे च', क० २, ६, २०।

२. 'मण्डितुस्सुक्केसु ततिया च', क० २, ६, ४५।

३. 'यस्स दातुकामो रोचते धारयते वा तं सम्पदानं', (क०, २, ६, ६)—जिसे देने की इच्छा हो उसे, जिसके प्रति रुचि हो उसे, तथा जिसके लिए ऋण रूप में कोई वस्तु धारण की जाय उसे सम्पदान संज्ञा होती है।

४. 'चतुत्थी सम्पदाने', मो० २, २६; 'सम्पदाने चतुत्थी', क० २, २३।

५. 'आधारविवक्खायं सत्तमीपि सिया' मो० २, २६ की वृत्ति।

६. सिलाघहनुठासपधारपिहकुधदुहिस्सासूयराधिक्खपच्चासुणअनुपतिगिणपुब्ब-कत्तारोचनत्थतदत्थतुमत्थालमत्थमञ्ञानादरप्पाणिनिगत्यत्थकम्मनिमंसनत्थ-सम्मुतिभिय्यसत्तम्यत्थेसु च' क० २, ६, ७ एवं इसकी वृत्ति।

कुध धातु—कोधयति देवदत्तस्स

दुह धातु—दुहयति दिसानं मेधो

इस्स धातु—तित्थिया इस्सयन्ति समणानं गुणगिद्धेन

इर्ष्यार्थक धातु—तित्थिया समणानं उसुय्यन्ति

राध धातु—आराधो मे रञ्ञो ('आराधो मे राजानं' भी)

इक्ख धातु—आयस्मतो उपालित्थेरस्स उपसम्पदापेक्खो उपतिस्सो ('आयस्मन्तं उपालित्थेरं उपसम्पदापेक्खो उपतिस्सो' भी)

पति + सुण धातु—ते भिक्खू भगवतो पच्चस्सोसुं

आ + सुण धातु—आसुणन्ति बुद्धस्स भिक्खू

अनु + गिण धातु—तस्स हि भिक्खुनो जनो अनुगिणाति

पति + गिण धातु—तस्स भिक्खुनो जनो पतिगिणाति

आरोचन के अर्थ में—आरोचयामि वो भिक्खवे

तादर्थ्य[1] में—ऊनस्स पारिपूरिया, बुद्धस्स अत्थाय, धम्मस्स अत्थाय, संघस्स अत्थाय जीवितं परिच्चजामि

तुमर्थ में—लोकानुकम्पाय अत्थाय हिताय सुखाय भिक्खू फासु विहाराय

पर्याप्त अर्थ वाले अलं के योग में—अलम्मे बुद्धो, अलम्मे रज्जं, अलं भिक्खुपत्त अलं मल्लो मल्लस्स

निवारण अर्थ वाले अलं के योग में—अलं ते रूपं करणीयं, अलं मे हिरञ्ञ सुवण्णेन ।

प्राणि से भिन्न के अनादर में प्रयुक्त मञ्ञ धातु—कठ्ठस्स तुवं मञ्ञे, कलिङ्गरस्स मञ्ञे

गत्यर्थक धातुओं के कर्म में—गामस्स पादेन गतो, नगरस्स पादेन ('गामं पादेन गतो, नगरं पादेन गतो)

आर्मसन अर्थ में—आयस्मतो दीघायु होतु, कुसलं भवतो होतु, भद्दं भवतो होतु, अनामयं भवतो होतु

सम्मुति शब्द के प्रयोग में—अञ्ञत्र संघसम्मुतिया भिक्खुस्स विप्पोन वट्टति, साधुसम्मुतिया मे भगवतो दस्सनाय

भिय्य शब्द के प्रयोग में—भीयो सोमत्ताय

नम[2] आदि के प्रयोग में—नमो ते बुद्धवीरत्थु, सोत्थि पजानं, नमो करोहि नागस्स, स्वागतं ते महाराज

---

१. 'तादत्थ्ये', मो० २, २७ एवं इसकी वृत्ति ।

२. 'नमो योगादिस्वपि च' क० २, ६, २४ ।

सप्तमी के अर्थ में—तुम्हं चस्स आविकरोमि

पञ्चमी विभक्ति

१. अपादान[1] में पञ्चमी विभक्ति होती है[2], यथा—गामस्मा आगच्छति, पापा चित्तं निवारये, अब्भा मुत्तो व चन्दिमा भया मुञ्चति सो नरो।

२. धातुओं, नामों और उपसर्गों के योग में भी कारक को अपादान संज्ञा होती है,[3] यथा—

परा + जिधातु—बुद्धस्मा पराजेन्ति अञ्ञतित्थिया,

प + भू धातु—हिमवता पभवन्ति पञ्च महानदियो, अनवतत्तम्हा पभवन्ति महासरा, अचिरवतिया पभवन्ति कुन्नदियो।

नाम के प्रयोग में—उरस्मा जाता पुत्तो, भूमितो निग्गतो रसो, उभतो सुजातो पुत्तो मातितो च पितितो च।

उपसर्गों के योग में—अप[4] सालाय आयन्ति वणिजा, आ ब्रह्मलोक सद्दो अब्भुग्गच्छति, उपरि पब्बता देवो वस्सति, बुद्धस्मा पति सारिपुत्तोधम्मदेसनाय भिक्खु आलपति तेमासं, कनकमस्स हिरञ्ञस्मा पति ददाति।

(क) कभी-कभी कारकों के मध्य में भी पञ्चमी विभक्ति होती है, यथा—इतो पक्खस्मा विज्झति मिगं लुद्दको, इतो कोसा विज्झति कुञ्जरं, मासस्मा भुञ्जति भोजनं।

(ख) निपात के प्रयोग में भी पञ्चमी विभक्ति होती है तथा द्वितीया और तृतीया भी, यथा—रहिता मातुजा पुञ्ञं कत्वा दानं देति, रहिता मातुजं, मातुजेन वा; रिते[5] सद्धम्मा कुतो सुखं भवति, रिते सद्धम्मं, रिते सद्धम्मेन वा, ते भिक्खू नानाकुला पब्बजिता, नानाकुलं, नानाकुलेन वा; विना सद्धम्मा नत्थञ्ञो

---

१. 'यस्मादपेति भयमादत्ते वा तदपादानं' (क० २, ६, १)—जिससे विभाग हो, जिससे भय हो और जिससे आदान (ग्रहण) हो उस कारक को अपादान कहते हैं, यथा—गामा अपेन्ति मुनयो, चोरा भयं जायते, आचरियुपज्झायेहि सिक्खं गण्हाति सिस्सो।

२. 'अपादाने पञ्चमी', क० व्या० २, ६, २५; 'पञ्चम्यवधिस्मा', २, २८ एवं इसकी वृत्ति।

३. 'धातुनामानमुपसग्गयोगादिस्वपि च', क० २, ६, २ एवं इसकी वृत्ति

४. 'अपपरीहि वज्जने', मो० २, २९.

५. 'रिते दुतिया च', मो० २, ३१.

कोचि नाथो लोके विज्जति, विना सद्धम्मं विना[1] सद्धम्मेन वा; विना बुद्धस्मा विना बुद्धं विना बुद्धेन वा। अञ्ञत्र[1] धम्मं, अञ्ञत्र धम्मा।

(ग) उपर्युक्त प्रसङ्गों से भिन्न प्रसङ्गों में भी पञ्चमी विभक्ति होती है, यथा—यतोहं भगिनि अरियाय जातिया जातो, यतोहं सरामि अत्तानं, यतो पत्तोस्मि विञ्ञुतं।

३. रक्षणार्थक धातुओं के योग में जिससे रक्षा अभीष्ट हो उसे अपादान संज्ञा होती है,[2] यथा—काकेहि रक्खन्ति तण्डुला।

४. जिससे अदर्शन (छिप जाना) अभीप्सित हो उसे अपादान संज्ञा होती है,[3] यथा—'उपज्झाया अन्तरधायति सिस्सो, मातरा च पितरा च अन्तरधायति पुत्तो।

(क) कभी-कभी सप्तमी विभक्ति भी होती है, यथा—जेतवने अन्तरहितो, वेलुवने अन्तरहितो भगवा।

५. दूरार्थ, समीपार्थ, अध्व-परिच्छेद, कालपरिच्छेद, कर्म तथा अधिकरण में होने वाले 'त्वा' के लोप, दिसायोग, विभाग, आरति शब्द के प्रयोग, शुद्धार्थ, प्रमोचनार्थ, हेत्वर्थ, अलग होने के अर्थ, प्रमाण के अर्थ, 'पुब्ब' शब्द के योग, बन्धन, गुणकथन, प्रश्न, कथन, स्तोक और कर्तृभिन्न अर्थ आदि में कारक को अपादान संज्ञा होती है,[4] यथा—

दूरार्थ में—कीव दूरो इतो नळकारगामो, दूरतो वागम्म आरका ते मोघपुरिसा इसस्मा धम्मविनया। कभी-कभी द्वितीया और तृतीया भी होती हैं—दूरं गामं आगतो दूरेन गामेन वा आगतो।

समीपार्थ में—अन्तिकं गामा, आसन्नं गामा, समीपं गामा। कभी-कभी द्वितीया और तृतीया भी होती हैं, यथा—अन्तिकं गामं गामेन वा, आसन्नं गामं गामेन वा, समीपं गामं गामेन वा।

अध्वपरिच्छेद में—इतो मथुराय चतूसु योजनेसु सङ्कस्सं नाम नगरं तत्थ बहुजना वसन्ति।

कालपरिच्छेद में—इतो खो भिक्खवे एकनवुति कप्पे विपस्सी नाम भगवा लोके उदपादि, इतो तिण्णं मासानं अच्चयेन परिनिब्बायिस्सामि।

---

१. 'विनाञ्ञत्र ततिया च', मो० २, ३२

२. 'रक्खणत्थानमिच्छितं', क० २, ६, ३

३. 'येन वादस्सनं' क० २, ६, ४.

४. 'दूरन्तिकद्धकालनिम्माणत्वालोपदिसायोगविभत्तारप्पयोगेसुद्धप्पमोचनहेतुविवित्तप्पमाणपुब्बयोगबन्धनगुणवचनपञ्हकथनथोकाकत्तूसु च', क० २, ६, ५.

कर्म तथा अधिकरण में होने वाले 'त्वा' के लोप में—पासादा सङ्कमेय्य, पासादमभिरुहित्वा वा, पब्बता सङ्कमेय्य, पब्बतमभिरुहित्वा वा, हत्थिक्खन्धा सङ्कमेय्य हत्थिक्खन्धमभिरुहित्वा वा।

दिसा के योग में—अवीचितो याव उपरि भवग्गमन्तरे बहुसत्तनिकामा वसन्ति, यतो खेमं ततो भयं, पुरत्थिमतो दक्खिणतो पच्छिमतो उत्तरतो अग्गि पज्जलति, यतो अस्सोसुं भगवन्तं, उद्धं पादतला अधो केसमत्थका।

विभाग में—यतो पणीततरो वा, विसिट्ठतरो वा नत्थि। इस अर्थ में कभी-कभी षष्ठी विभक्ति भी होती है, यथा—छन्नवुतीनं पासण्डानं धम्मानं पवरं यदिदं सुगतविनयं इच्चेवमादि।

आरति शब्द के प्रयोग में—गामधम्मा असद्धम्मा आरति विरति पटिविरति पाणातिपाता वेरमणी।

शुद्धार्थ में—लोभनीयेहि धम्मेहि सुद्धो असंसट्ठो, मातितो च पितितो च सुद्धो असंसट्ठो अनुपकुट्ठो अगरहितो।

प्रमोचनार्थ में—परिमुत्तो दुक्खस्माति वदामि, मुत्तोस्मि मारबन्धना, न ते मुच्चन्ति मच्चुना।

हेत्वर्थ में—कस्मा हेतुस्मा, कस्मा नु तुम्हे दहरा न मीयरे कस्मा इधेव मरणं भविस्सति।

कभी-कभी तृतीया चतुर्थी और षष्ठी भी होती है, यथा—केन हेतुना, किस्स हेतु।

अलग होने के अर्थ में—विवित्तो पापका धम्मा, विविच्चेव कामेहि, विविच्चा कुसलेहि धम्मेहि।

प्रमाण अर्थ में—दीघसो नवविदत्थियो सुगत विदत्थिया पमाणिका कारेतब्बा, मज्झिमस्स पुरिसस्स अड्ढतेळसहत्था।

पुब्ब शब्द के योग में—पुब्बेव मे भिक्खवे सम्बोधा।

बन्धनार्थ में—सतस्मा बद्धो नरो रञ्ञा इणत्थेन।

कभी-कभी तृतीया भी होती है, यथा—सतेन बद्धो नरो रञ्ञा इणत्थेन।

गुणकथन में—पुञ्ञाय सुगतिं यन्ति, चागाय विपुलं धनं, पञ्ञाय मुत्तो मनो।

प्रश्न के अर्थ में (कर्म तथा अधिकरण के अर्थ में होने वाले 'त्वा' के लोप होने पर)—अभिधम्मा पुच्छन्ति, अभिधम्मं सुत्वा ठत्वा वा; विनया पुच्छन्ति विनयं सुत्वा ठत्वा वा।

कभी-कभी द्वितीया और तृतीया भी होती हैं—अभिधम्मं अभिधम्मेन वा, विनयं विनयेन वा पुच्छन्ति।

कथन के अर्थ में (कर्म तथा अधिकरण के अर्थ में होने वाले 'त्वा' के लोप होने पर)—अभिधम्मा कथयन्ति विनया कथयन्ति ।

कभी-कभी द्वितीया और तृतीया भी होती है, यथा—विनयं विनयेन वा कथयन्ति ।

स्तोक (थोड़ा) अर्थ में—थोका मुच्चति, अप्पमत्तका मुच्चति, किच्छा मुच्चति ।

कभी-कभी तृतीया भी होती है, यथा—थोकेन, अप्पमत्तकेन, किच्छेन वा मुच्चति ।

कर्तृभिन्न अर्थ में—कम्मस्स कतत्ता, उपचितत्ता, उस्सन्नत्ता विपुलत्ता, उप्पन्नं चक्खु विज्जाणं ।

इनके अतिरिक्त और भी अपादान कारक के प्रयोग मिलते हैं ।

६. प्रतिनिधि और प्रतिदान अर्थ वाले 'पति' के योग में नाम से पञ्चमी विभक्ति होती है[1], यथा—

'बुद्धस्मा पतिसारिपुत्तो, घतमस्स तेलस्मा पतिददाति' ।

७. कारण के अर्थ में भी पञ्चमी विभक्ति होती है,[2] यथा—

'अननुबोधा अप्पटिवेधा चतुन्नं अरियसच्चानं यथाभूतं अदस्सना' ।

छट्ठी विभत्ति

१. सम्बन्ध में तथा स्वामी अर्थ में षष्ठी विभक्ति होती है[3], यथा—

'रञ्ञो पुरिसो, तस्स भिक्खुनो पटिविसो,
तस्स भिक्खुनो मुखं, तस्स भिक्खुनो पत्तचीवरं ।

२. कभी-कभी तृतीया और सप्तमी के अर्थ में भी षष्ठी विभक्ति होती है,[4] यथा—'कतो मे कल्याणो, कतं मे पापं (तृतीयार्थ)
कुसला नच्चगीतस्स सिक्खिता चतुरित्थियो, कुसलो त्वं रथस्स अङ्गपच्चङ्गानं (सप्तम्यर्थ) ।

३. द्वितीया और पञ्चमी के अर्थ में कभी-कभी षष्ठी विभक्ति होती है[5], यथा—'तस्स भवन्ति वत्तारो, सहसा तस्स कम्मस्स कत्तारो (द्वितीयार्थ); अस्सवनता धम्मस्स परिहायन्ति, किन्नो खो अहं तस्स

---

१. 'पटिनिधिपटिदानेसुपतिना' मो० २, ३० ।

२. 'कारणत्थे च' क० २, ६, २६ ।

३. 'छट्ठी सम्बन्धे', मो० २, ४१ तथा इसकी वृत्ति 'सामिस्मिं छट्ठी' क० २, ६, ३१ ।

४. 'छट्ठी च', क० २, ६, ३८ ।

५. 'दुतियापञ्चमीनञ्च', २, ६, ३९ ।

सुखस्स भायामि, सब्बे तसन्ति दण्डस्स, सब्बे भायन्ति मच्चुनो (पञ्चम्यर्थ)।

४. हेत्वर्थ वाचक शब्दों के साथ योग रहने पर उन सब शब्दों से षष्ठी विभक्ति होती है[1], यथा—

उदरस्स हेतु, उदरस्स कारणा।

५. सामी, इस्सर, अधिपति, दायाद, सक्खि, पतिभू, पसूत, कुसल इन शब्दों के योग में षष्ठी तथा सप्तमी विभक्तियाँ होती हैं[2], यथा—

गोणानं गोणेसु वा सामी, गोणानं गोणेसु वा इस्सरो,
गोणानं गोणेसु वा अधिपति, गोणानं गोणेसु वा दायादो,
गोणानं गोणेसु वा सक्खि, गोणानं गोणेसु वा पतिभू
गोणानं गोणेसु वा पसूतो गोणानं गोणेसु वा कुसलो

६. जाति, गुण एवं क्रिया के द्वारा यदि समुदाय से पृथक् एक देश की विशेषता का निर्धारण किया जाय तो समुदायवाची शब्द से षष्ठी और सप्तमी विभक्तियाँ होती हैं[3], यथा—

सालियो सूकधञ्ञानं सूकधञ्ञेसु वा पथ्यतमा,
कण्हा गावीनं गावीसु वा सम्पन्नखीरतमा,
गच्छतं गच्छतेसु वा धावन्तो सीघतमा,

७. जिसकी क्रिया दूसरी क्रिया का लक्षण (संकेत) हो तो उसकी क्रिया में षष्ठी या सप्तमी विभक्तियाँ होती हैं, किन्तु ये भी तभी जब इनसे अनादर का द्योतन करना अभीष्ट हो[4], यथा—

'आकोटयन्तो सो नेति सिविराजस्स पेक्खतो,'
'मच्चु गच्छति आदाय पेक्खमाने महाजने,'
'रुदतो दारकस्स रुदन्तस्मिं दारके वा पब्बजि'

सत्तमी विभत्ति

१. कर्त्ता और कर्म के द्वारा उनमें रहने वाली क्रिया का जो आधार, उस

---

१. 'छट्ठी हेत्वत्थे हि' मो० २, २४।

२. 'सामिस्सराधिपतिदायादसक्खिपतिभूपसूतकुसलेहि च' क० २, ६, ३३।

३. 'यतो निद्धारणं,' मो० २, ३८ तथा इसकी वृत्ति, 'निद्धारणे च,' क० २, ६, ३४।

४. 'छट्ठी चानादरे,' मो० २, ३७ तथा इसकी वृत्ति, 'अनादरे च,' क० २, ६, ३५।

आधार से परे सप्तमी विभक्ति होती है।[1] यह आधार चार प्रकार का होता है[2]—

(i) ब्यापिको, यथा—तिलेसु तेलं, उच्छुसु रसो

(ii) ओपसिलेसिको, यथा—परियङ्के राजा सेति, आसने उपविट्ठो सङ्घो

(iii) वेसयिको—भूमीसु मनुस्सा चरन्ति

(iv) सामीपिको, यथा—वने हत्थिनो चरन्ति, गङ्गाय घोसो तिट्ठति, वजे गावो दुहन्ति, सावत्थियं विहरति जेतवने।

आधार को ही ओकास[2] भी कहते हैं।

२. कर्म, करण तथा निमित्त के अर्थ में सप्तमी विभक्ति होती है[3], यथा—
'सुन्दरावुसो इमे आजीविका भिक्खूसु अभिवादेन्ति' (कर्मार्थ)
हत्थेसु पिण्डाय चरन्ति, पत्तेसु पिण्डाय चरन्ति, पथेसु गच्छन्ति (करणार्थ)
दीपी चम्मेसु हञ्ञते, कुञ्जरो दन्तेसु हञ्ञते (निमित्तार्थ)।

३. सम्प्रदान के अर्थ में भी कभी-कभी सप्तमी विभक्ति होती है[4], यथा—
सङ्घे दिन्नं महप्फलं, सङ्घे गोतमि देहि. सङ्घे
दिन्ने अहञ्चेव पूजितो भविस्सामि।

४. पञ्चमी के अर्थ में भी कभी-कभी सप्तमी विभक्ति होती है[5], यथा—
कदलीसु गजे रक्खन्ति।

५. जिसकी क्रिया किसी अन्य क्रिया का लक्षण (संकेत) होती है उससे सप्तमी विभक्ति होती है[6], यथा—

गावीसु दुय्हमानासु गतो, दुद्धासु आगतो, भिक्खुसङ्घेसु भोभियमानेसु गतो, भुत्तेसु आगतो।

(क) काल अर्थ में भी सप्तमी विभक्ति होती है, यथा—
पुब्बण्हसमये गतो, सायण्हसमये आगतो।

---

१. 'सत्तम्याधारे', मो० २, ३४; 'ओकासे सत्तमी' क० २, ६, ३२।

२. 'योधारो तमोकासं', क० २, ६, ८ तथा इसकी वृत्ति।

३. 'कम्मकरणनिमित्तत्थेसु सत्तमी', क० २, ६, ४०; तु० 'निमित्ते', मो० २, ३५।

४. 'सम्पदाने च', क० २, ६, ४२; द्र० मो० २, २६ की वृत्ति।

५. 'पञ्चम्यत्थे च', क० २, ६, ४१।

६. 'यब्भावो भावलक्खणं', मो० २, ३६; तु० 'कालभावेसु च', क० २, ६, ४३।

६. यदि अधिक अर्थ अभिप्रेत हो और 'उप' का प्रयोग हो तथा इसी प्रकार ईश्वर अर्थ अभिप्रेत हो और 'अधि' का प्रयोग हो तो सप्तमी विभक्ति होती है[1], यथा—

उपखारियं दोणो, उपनिक्खे कहापणं; अधिब्रह्मदत्ते पञ्चाला, अधि-नच्चेसु गोतमी, अधि देवेसु बुद्धो।

७. हेतु अर्थ का ज्ञान कराने वाले शब्दों का योग होने पर 'सब्ब' आदि सर्वनाम शब्दों के साथ सभी विभक्तियाँ होती हैं[2], यथा—

को हेतु, कं हेतुं, केन हेतुना, कस्सहेतुस्म, कस्मा हेतुस्सा, कस्स हेतुस्स, कस्मि हेतुस्मि, किं कारणं, केन कारणेन, किं निमित्तं, केन निमित्तेन, किं पयोजनं, केन पयोजनेन।

---

१. 'उपाध्यधिकिस्सर वचने', क० २, ६, ४४; 'सत्तम्याधिक्ये' तथा 'सामित्ते-धिना', मो० २, १६–१७।

२. 'सब्बादितो सब्बा', मो० २, २५।

समास प्रकरण

दो या दो से अधिक भिन्नार्थक स्याद्यन्त (विभक्त्यन्त) पदों का युक्तार्थ, संगतार्थ या सम्बद्धार्थ में प्रयोग, समास कहलाता है। समास का अर्थ संक्षेप होता है। यह समास शब्दों और अर्थों दोनों का होता है। कभी तो समास के घटक पदार्थों से अन्य कोई पदार्थ प्रधान होता है, कभी उन्हीं में से पहला पदार्थ प्रधान होता है, कभी उन्हीं में दूसरा पदार्थ प्रधान होता है और कभी-कभी दोनों पदार्थ प्रधान होते हैं। समास के अव्ययीभाव, तत्पुरुष, बहुव्रीहि और द्वन्द्व ये चार भेद होते हैं। तत्पुरुष का भेद कर्मधारय और उसका भेद द्विगु होता है। द्वन्द्व के, समाहारद्वन्द्व और इतरेतर द्वन्द्व, दो भेद होते हैं। मोगाल्लान ने[1], स्याद्यन्तों (विभक्त्यन्तों) का स्याद्यन्तों (विभक्त्यन्तों) के साथ एकार्थीभाव होता है और भिन्न अर्थ वालों का यह एकार्थीभाव समास कहलाता है, ऐसा कहा है। कच्चायन ने[2] इसी बात को दूसरे ढंग से कहा है कि नामों (पदों) का (और) प्रयुज्यमान पदार्थों का जो युक्तार्थ (एकार्थीभाव) है उसे समास कहते हैं। कच्चायन व्याकरण-सम्प्रदाय की 'रूपसिद्धि' नामक पुस्तक में, नाम शब्द का अर्थ स्यादि-विभक्त्यन्त, समास का अर्थ पदसंक्षेप आदि सविस्तर वर्णित है[3] और वहाँ समास का प्रयोजन बताते हुए कहा गया है कि—

---

१. 'स्यादि स्यादिनेकत्थं', मो० ३, १ तथा इसकी वृत्ति—"स्याद्यन्तं स्याद्यन्तेन सहेकत्थं होतीति-इदमधिकतं वेदितब्बं, सो च भिन्नत्थानमेकत्थीभावो समासोति वुच्चते।"

२. 'नामानं समासो युत्तत्थो', क० २, ७, १ तथा इसकी वृत्ति—"तेसं नामानं पयुञ्जमानपदत्थानं यो युत्तत्थो सो समाससञ्ञो होति।"

३. "तेसं नामानं पयुञ्जमानपदत्थानं यो युत्तत्थो सो समाससञ्ञो होदि तदञ्ञं वाक्यमिति रूळ्हं। नामानि स्यादिविभत्त्यन्तानि। समस्यति समासो, सङ्खिपीयतीति अत्थो। वुत्तं हि—

'समासो पदसङ्खेपो पदप्पच्चयसंहितं।
तद्धितं नाम होतेवं विञ्ञेय्यं तेसमन्तरं॥ ति

दुविधञ्चस्स समसनं-सद्दसमसनमत्थसमसनञ्च। तदुभयम्पि लुत्तसमासे परिपुण्णमेव लब्भति। अलुत्तसमासे पन अत्थसमसनमेव विभत्तिलोपाभावतो। तत्थपि वा एकपदत्तूपगमनतो दुविधम्पि लब्भतेव। द्वे हि समासस्स पयोजनानि-एकपदत्तमेकविभत्तित्तञ्च। युत्तो सङ्गतो सम्बन्धो वा अत्थो यस्स

"एकपदत्तमेकविभत्तित्तञ्च", अर्थात् समास का प्रयोजन एकपदत्व और एकविभक्तित्व है। एकपदत्व और एकविभक्तित्व वस्तुतः एक ही वस्तु है। वस्तुस्थिति यह है कि जिन समास घटक शब्दों का समास होता है उनमें से प्रत्येक के आगे की विभक्ति का लोप हो जाता है और वे उन सबकी प्रकृतिमात्र अवशिष्ट रह जाती है। उन अवशिष्ट प्रकृति का समूह अब एक नाम, प्रातिपदिक या लिङ्ग की भाँति व्यवहृत होता है। अन्य नामों की भाँति ही उस समस्त नाम के आगे विभक्तियाँ, लिङ्ग, वचन आदि की योजना होती है, यथा–'बुद्धस्स देय्यं', इस अर्थ में 'अमादि' (मो० ३, १०) सूत्र से एकार्थीभाव (समास) होता है। एकार्थीभाव होने पर 'एकत्थतायं' (मो० २, १२०) सूत्र के अनुसार सभी विभक्तियों का लोप हो जाता है। मात्र 'बुद्ध देय्य' बच जाता है। अब इस समस्त को एक नाम समझकर अन्य नामों की भाँति लिङ्ग विभक्ति वचन आदि की योजना होती है। कच्चायन व्याकरण के अनुसार भी यही प्रक्रिया है। उन-उन समास करने वाले नियमों के अनुसार युक्तार्थ समास हो जाने पर 'तेसं विभत्तियो लोपा च' (क० २, ७, २) सूत्र से समासघटक नामों के आगे की विभक्तियाँ लुप्त हो जाती हैं और उसके बाद 'पकति चस्स सरन्तस्स' (क० २, ७, ३) सूत्र से समास के घटकों की प्रकृति मात्र अवशिष्ट रह जाती है और उससे अन्य नामों की भांति ही लिङ्ग वचनों की योजना होती है।

मोग्गल्लान ने 'चत्थे' (मो० ३, १९) की वृत्ति में लिखा है कि इस एकार्थीभाव (समास) प्रकरण में, क्रम के अतिक्रमण (क्रमोल्लङ्घन) के निष्प्रयोजन होने के कारण, जो पूर्व में कहा गया है उसका ही प्रायः पूर्व निपात होता है। कभी-कभी 'दन्तानं राजा राजदन्तो' आदि प्रयोगों में उपर्युक्त नियम का विपर्यास भी बहुलाधिकार के कारण होता ही है। कहीं-कहीं कर्म (क्रिया) का अनादर होने के कारण पूर्वकाल में होने वाले कर्म का भी पर निपात होता है, जैसे—'लित्तत वासितो' (=पहले वासित पीछे लिप्त), 'नग्गमूसितो' (=पहले मूषि पीछे नग्न)

सोयं युत्तत्थो! एतेन सङ्गतत्थेन युत्तत्थवचनेन भिन्नत्थानं एकत्थभावे समासलक्खणं ति वुत्तं होति। एत्थ च नामानं वचनेन देवदत्तो पचती ति आदिसु आख्यातेन समासो न होतीति दस्सेति। सम्बन्धत्थेन युत्तत्थग्गहणेन पन भटो रञ्ञो पुत्तो देवदत्तस्सा ति आदिसु अञ्ञ मञ्ञानपेक्खेसु, देवदत्तस्स कण्हा दन्ता ति आदिसु च अञ्ञमञ्ञसापेक्खेसु अयुत्तत्थताय समासो न होती ति दीपेति।"

अव्ययीभाव[1] समास

१. विभक्त्यादि अर्थों में वर्तमान स्याद्यन्त (विभक्त्यन्त) असंख्यों (अव्ययों) का स्याद्यन्तों) के साथ एकार्थीभाव (समास) होता है,[2] यथा—

विभक्त्यर्थ—'इत्थीसु कथा पवत्ता', इस विग्रह में 'अधि इत्थी' इन पदों का समास हुआ, 'पुब्बासामादितो'[3] सूत्र से विभक्ति-लोप हुआ, 'तन्नपुंसक'[4] से नपुंसक संज्ञा हुई, 'स्यादिसु'[5] से ह्रस्व हो गया। अधि के इकार या इत्थि के प्रथम इकार का 'सरो लोपो सरे'[6] अथवा 'परो वर्चाच'[7] से लोप हो गया, 'अधित्थि' ऐसा समस्तरूप बना। इसी प्रकार 'अधिकुमारि', आदि रूप बनेंगे।

(क) शरीरसम्पत्ति, यथा–सम्पन्नं ब्रह्मं, सब्रह्मं[8] लिच्छवीनं
(ख) समृद्धि, यथा–समिद्धि भिक्खानं, सुभिक्खं

समीपार्थ—कुम्भस्स समीपं, उपकुम्भं। अव्ययीभाव समास होने पर यदि वह समस्तपद अकारान्त हो तो पञ्चमी विभक्ति को छोड़कर अन्य विभक्तिवों को 'अं' हो जाता है और यह 'अं' भी तृतीय सप्तमी इन दोनों के स्थान पर विकल्प से होता है।[9] अतएव उपकुम्भेन कतं,

---

१. तत्थ अव्ययमिति उपसग्गनिपातानं सञ्ञा लिङ्गवचनभेदे पि व्ययरहितत्ता। अव्ययानं अत्थं विभावयतीति अव्ययीभावो, अव्ययत्थ पुब्बङ्गमत्ता; अनव्ययं अब्ययं वा अब्ययीभावो। पुब्बपदत्थप्पधानो हि अब्ययीभावो। एत्थ च उपसग्गनिपातपुब्बको तिवुत्तत्ता उपसग्गनिपातमेव पुब्बनिपातो"

—रूपसिद्धि, सु० ३१५.

२. 'असंख्यं विभत्तिसम्पत्तिसमीपसाकल्यभावयथापच्छायुगपदत्थे', मो० ३, २., 'उपसग्गनिपातपुब्बको अब्ययीभावो', क० २, ७, ४. (यही अव्ययीभाव संज्ञा तथा समास दोनों कार्य करता है।)

३. 'मो० २, १२२, 'अञ्ञस्मा लोपो च', क० २, ७, २८.

४. मो० ३, ९., 'सो नपुंसकलिङ्गो', क० २, ७ ५.

५. मो० ३, २३., 'सरो रस्सो नपुंसके' क० २, ७, २७.

६. मो० १, २६.

७. मो० १, २७.

८. 'अकाले सकत्थे' (मो० ३, ८१)—अकालवाची शब्द उत्तर पद होने पर 'सह' शब्द को 'स' आदेश होता है, यदि इसका अपना अर्थ प्रधान हो।

९. 'नातोमपञ्चमिया', 'वा ततिया सत्तमीनं,' मो० २, १२३–१२४, तु० 'अं विभत्तीनमकारन्तव्ययीभावा,' क० २, ७, २६ तथा—

"न पञ्चम्यायमम्भावो·क्वचीति अधिकारतो
ततियासत्तमीछट्ठीनन्तु होति विकप्पतो"

उपकुम्भं कतं, उपकुम्भे निधेहि, उपकुम्भं निधेहि ये प्रयोग होंगे और पञ्चमी विभक्ति में तो 'उपकुम्भा आनय' ऐसा प्रयोग होगा।

साकल्यार्थ—सतिणं अज्झोहरति, साग्गमधीते।

अभावार्थ—
(क) ऋद्धि का अभाव–विगता इद्धि सद्दिकानं दुस्सद्दिकं
(ख) अर्थ का अभाव–अभावो मक्खिकानं, निम्मक्खिकं
(ग) अतिक्रमण का अभाव–अतिगतानि तिणानि, नित्तिणं,
(घ) सम्प्राप्त का अभाव–अतिगतं लहुपापुरणं, अतिलहुपापुरणं
(लहुपापुरणस्स नायमुपभोगकालोति अत्थो)

यथा[1] का अर्थ—(क) योग्यता का अर्थ–अनुरूपं सुरूपो वहति,
(ख) वीप्सा का अर्थ—अन्वद्धमासं,
(ग) अर्थानतिवर्त्ती का अर्थ (पदार्थ की समाप्ति नहीं हुई रहने पर)—यथासत्ति,
(घ) सादृश्य का अर्थ—सकिरिव,
(ङ) आनुपूर्वी का अर्थ—अनुजेट्ठं,

पश्चात् का अर्थ—अनुरथं,
युगपद् का अर्थ—सचक्कं निधेहि

२. अवधारण अर्थ में 'याव' शब्द का स्याद्यन्त के साथ समास होता है[2], यथा—'यावामत्तं ब्राह्मणे आमन्तय,' यावजीवं

अवधारणा का अर्थ परिच्छेद (इयत्तकता) या सीमा है। अतएव 'यावदिन्नं तावभुत्तं नावधारयामि कित्तकं मया भुत्तं' यहाँ समास नहीं होता।

३. परि, अप, आ, बहि, तिरो, पुरे और पच्छा का पञ्चम्यन्त के साथ विकल्प से समास होता है[3], यथा—परिपब्बतं वस्सि देवो, परिपब्बता, अपपब्बतं वस्सिदेवो, अपपब्बता, आ पाटलिपुत्तं वस्सि देवो, आ पाटलिपुत्ता, बहिगामं, बहिगामो, तिरोपब्बतं, तिरोपब्बता, पुरेभत्तं, पुरेभत्ता, पच्छाभत्तं, पच्छाभत्ता।

४. समीपार्थक और आयामार्थक अनु शब्द का स्याद्यन्त के साथ विकल्प से समास होता है[4], यथा—

---

१. 'यथा न तुल्ये' (मो० ३, ३)—'यथा' शब्द यदि तुल्यार्थक हो तो उसका स्याद्यन्त (विभक्त्यन्त) के साथ समास नहीं होता, जैसे—यथा देवदत्तो तथा यञ्ञदत्तो।

२. 'यावावधारणे,' मो० ३, ४, 'उपसग्गनियातपुब्बको अव्ययीभावो', क० २, ७, ४।

३. 'पय्यपाबाहिरतिरो पुरे पच्छा वा पञ्चम्या', मो० ३, ५।

४. 'समीपायामेस्वनु', मो० ३, ६।

अनुवनं असनि गता, अनुगङ्गं वाराणसी

इन दोनों अर्थों से भिन्न अर्थ में समास नहीं होगा, जैसे—

रुक्खमनु विज्जोतते विज्जु

५. 'तिट्ठगु' आदि कुछ शब्दों का समास के विषय में निपातन होता है[1], यथा—

तिट्ठन्ति गावो यस्मिं काले तिट्ठगुकालो; वहन्ति गावो यस्मिं काले वहग्गुकालो; आयन्ति गावो यस्मिं काले आयतिगवं।

'चि' प्रत्ययान्तों का भी इसी सूत्र में संग्रह होता है, यथा—

केसाकेसि, दण्डादण्डि[2]

समय का उल्लेख करने वालों का भी इसी सूत्र के अनुसार समास के विषय में निपातन होता है, यथा—

पातो नहानं पातनहानं; सायं नहानं सायनहानं, पातकालं, सायकालं, पातमेघं, सायमेघं, पातमग्गं, सायमग्गं।

६. ओरे, उपरि, पटि, पारे, मज्झे, हेट्ठ, उद्ध, अधो, अन्तो शब्दों का षष्ठ्यन्त के साथ विकल्प से समास होता है[3]।

ओरे गङ्गं, उपरिसिखरं, परिसोतं, पारेयमुनं, मज्झेगङ्गं, हेट्ठापासादं, उद्धगङ्गं, अधोगङ्गं, अन्तोपासादं।

इन निपातित रूपों के साथ ही 'गङ्गओरं', 'सिखरोपरि' आदि तत्पुरुष समासवाले प्रयोग भी होंगे[4]।

७. 'पर' शब्द के बाद उत्तरपदभुत यदि संख्यायें हों तो 'पर' शब्द के अकार को ओकार हो जाता है[5], यथा—

परोसतं, परोसहस्सं

---

१. 'तिट्ठगवादीनि', मो० ३, ७ तथा इसकी वृत्ति भी।

२. 'तत्थ गहेत्वा तेन पहरित्वा यदे सरूपं' (मो० ३, १८)। अनेक सप्तम्यन्त और तृतीयान्त सरूपों का 'उन्हें पकड़कर, उनसे प्रहार कर युद्ध' अर्थ में अन्य पदार्थ में समास होता है।

३. ओरेपरिपटिपारेमज्झेहेट्ठुद्धाधोन्तो वा छट्ठिया' मो० ३, ८; क० २, ७, ४।

४. 'पथ्यपावहि०' (मो० ३, ५) इत्यादि सूत्र से विकल्पार्थक 'वा' की अनुवृत्ति सम्भव होने पर भी जो ओरे परि०' इत्यादि सूत्र में पुनः 'वा' के विधान के कारण ऐसे प्रयोग सम्भव हैं।

५. 'परस्स संख्यासु', मो० ३, ६०।

तत्पुरुषसमास

१. अं आदि स्याद्यन्त का स्याद्यन्तों के साथ बहुल प्रकार से समास होता है[1], यथा—

(क) गामं गतो गामगतो, मुहुत्तं सुखं मुहुत्तसुखं; उपपद समास भी समास-वृत्ति है, यथा—

कुम्भकारो, सपाको, तन्तवायो, वराहरो;

न्त, मान, क्तवन्तु प्रत्ययों से युक्त समास तो वास्तव में वाक्य ही हैं, यथा—

धम्मं सुणन्तो, धम्मं सुणमानो, ओदनं-भुत्तवा;

(ख) रञ्ञा हतो राजहतो, असिना छिन्नो असिछिन्नो, पितुसदिसो, पितुसमो, दधिना उपसित्तं भोजनं, गुळेन मिस्सो ओदनो गुळोदनो;

(i) कहीं-कहीं केवल समास ही होता है, यथा—
उरगो, पादपो

(ii) कहीं-कहीं वाक्य ही रह जाता है, यथा—
फरसुना छिन्नवा, दस्सनेन पहातब्बा ।

(ग) बुद्धस्स देय्यं बुद्धदेय्यं, यूपाय दारु यूपदारु, रजनाय दोणि रजनदोणि

(घ) सबरेहि भयं सबरभयं, गामनिग्गतो, मेथुनापेत ।

(i) कहीं केवल समास ही होता है, यथा—
कम्मजं, चित्तजं ।

(ii) कहीं कहीं समास नहीं होता है, यथा—
रुक्खा पतितो ।

(ङ) रञ्ञो पुरिसो राजपुरिसो; पुब्बन्हो[2], अपरन्हो[2], अज्जन्हो[2], सायन्हो[2], मज्झन्हो[2],

(i) न्त प्रत्ययान्त, मान प्रत्ययान्त, निर्द्धारण अर्थवाले, पूर्ण अर्थवाले, भाव

---

१. 'अमादि', मो० ३, १० तथा इसकी वृत्ति; 'अमादयो परपदेहि', क० २, ७, १२ इस सूत्र में इसके पूर्व के सूत्र 'उमे तप्पुरिसा', (क० २, ७, ११) से 'तप्पुरिसा' की अनुवृत्ति आने से, इससे जो समास होता है उसे, तत्पुरुष समास कहते हैं ।

२. 'पुब्ब' आदि शब्द यदि पूर्वपद हों तो उत्तर पद 'अह' शब्द का 'अन्ह' आदेश हो जाता है—

'पुब्बापरज्जसामज्झेहि अहस्स अन्हो', मो० ३, ११०

अर्थवाले और तृप्ति अर्थवाले पदों का षष्ठ्यन्त के साथ समास नहीं होता है, यथा—

ममानुकुब्बं, ममानुकुरुमानो गुन्नं कण्हा सम्पन्नखीरतमा, सिस्सानं पञ्चमो, पटस्स सुक्कता फलानं तित्तो, फलानमासितो, फलानं सुहितो,

(ii) इसके कुछ अपवाद भी मिलते हैं, यथा—
वत्तमानसामीप्यं चन्दनगन्धो, नदीघोसो, कञ्ञारूपं, कायसमफस्सो, फलरसो।

(iii) सापेक्ष होने पर षष्ठी समास नहीं होता है, यथा—
ब्राह्मणस्स सुक्का दन्ता, इस वाक्य में 'ब्राह्मणस्स' का 'सुक्का' के साथ, सापेक्ष होने के कारण समास नहीं होगा। 'सुक्का' कहने पर कौन सी वस्तु 'सुक्का' है ? ऐसी अपेक्षा होती है। इसी प्रकार 'रञ्ञो पाटलिपुत्तकस्स धनं' इस वाक्य में धन का सम्बन्ध 'रञ्ञो' से होने के कारण 'पाटलिपुत्तकस्स' के साथ 'धनं' का समास नहीं होगा और 'रञ्ञो गो च अस्सो च पुरीसो च' इस वाक्य में भिन्नार्थकों के साथ समास नहीं होगा, किन्तु यदि इन्हीं का 'गवास्स-पुरिसा' ऐसा द्वन्द्व हो जाने पर एकार्थ होने से 'राजगवास्सपुरिसा' ऐसा होता ही है।

(iv) षष्ठी तत्पुरुष समास कहीं कहीं नपुंसकलिङ्ग होता[1] है, यथा—
सलभानं छाया सलभच्छायं,[2] सकुन्तानं छाया-सकुन्तछायं पासादच्छायं,

(v) अमनुष्य के साथ सभा शब्द का समास होने पर नपुंसकलिङ्ग तथा एकवचन होता है, यथा—
ब्रह्मसभं, देवसभं, इन्दसभं, यक्खसभं, सरभसभं आदि। और यदि मनुष्य के साथ सभा शब्द का समास होगा तो नहीं, यथा—
खत्तियसभा, राजसभा आदि।

(vi) समास के अन्त में आने वाले नामों के अन्तिम स्वर का कहीं-कहीं विकल्प से अकार हो जाता है,[3] यथा—
देवानं राजा, देवराजो देवराजा, देवानं सखा देवसखो देवसखा

(च) दाने सोण्डो दानसोण्डो, धम्मरतो, दानाभिरतो

(:) कहीं-कहीं समास ही होता है, यथा—

---

१. 'क्वचेकत्तञ्च छट्ठिया', मो० ३, २२

२. दे० मो० ३, २३, तथा तु० क० २, ७, २७.

३. 'क्वचि समासन्तगतानमकारन्तो', क० २, ७, २२.

कुच्छिसयो, थलट्ठो पङ्कजं, सरोरुहं ।

(ii) कही-कहीं समास नहीं होता है, यथा—

भोजने मत्तञ्ञुता, इन्द्रियेसु गुत्तद्वारता, आसने निसिन्नो, आसने निसीदितब्बं ।

२. इसके अतिरिक्त भी तत्पुरुष समास के कुछ भिन्न प्रकार के उदाहरण मिलते हैं ।

(क) उत्तरपद परे रहने पर 'इम' शब्द को 'इदं' आदेश होता है,[1] यथा—

इदप्पच्चया, इदमट्ठिता ।

(ख) उत्तरपद परे रहने पर 'पुम' शब्द को विकल्प से 'पुं' आदेश होता है,[2] यथा—

पुंलिङ्गं या पुमलिङ्गं और पुल्लिङ्गं[3] ।

(ग) उत्तरपद परे होने पर 'ल्तु' प्रत्ययान्त शब्दों के अन्तिम स्वर को विकल्प से आरङ् (आर) और पितादि शब्दों के अन्तिम स्वर को विकल्प से अरङ् (अर) हो जाता है,[4] यथा—

सत्थुनो दस्सनं, सत्थारदस्सन, सत्थुदस्सनं

कत्तुनो निद्देसो कत्तारनिद्देसो, कत्तुनिद्देसो

पितादि शब्दों का उदाहरण द्वन्द्व समास में देखें ।

(घ) स्त्रीवाचक सर्वादि शब्द सभी वृत्तियों में पुंल्लिङ्ग ही होते हैं[5] । यथा—

तस्सा मुखं तम्मुखं, तस्सं (ति) तत्र, ताम (ति) ततो, तस्सं वेलायं (त) तदा ।

(ङ) यदि 'कुम्भ' आदि उत्तरपद में रहें तो 'उदक' शब्द को विकल्प से 'उद' आदेश होता है,[6] यथा—

---

१. 'इमस्सिदं', मो० ३, ५५.

२. 'पुं पुमस्सवा', मो० ३, ५६.

३. पुम शब्द का लिङ्ग शब्द के साथ समास होने पर और विकल्प से पुम का 'पुं' होने पर एक रूप 'पुंल्लिङ्ग' ऐसा बनेगा । 'लोपो' मो० १, ३९ से निग्गहीत का लोप हो जायगा । तथा 'सरम्हा द्वे', मो० १, ३४. से विकल्प से 'ल' का द्वित्व हो जायेगा । इस प्रकार पुमलिङ्ग और पुंलिङ्ग के अतिरिक्त 'पुल्लिङ्ग' रूप भी होगा ।

४. 'ल्तुपितादीनमारङरङ्', मो० ३, ६३.

५. 'सब्बादयो वुत्तिमत्ते', मो० ३, ६९.

६. 'कुम्भादिसु वा', नो० ३, ७२.

उदकुम्भो उदककुम्भो वा, उदपत्तो उदकपत्तो वा, उदबिन्दु उदकबिन्दु वा। यह प्राकृतिक गण है।

(च) 'सोत' आदि शब्द उत्तरपद रहने पर उदक के 'उ' का लोप हो जाता है,[1] यथा—

दकसोतं, दकरक्खसो

कर्मधारय

१. स्याद्यन्त विशेषण का समानाधिकरणक विशेष्य के साथ समास होता है[2]। ऐसे ही समास को कच्चायन ने 'कर्मधारय[3]' संज्ञा दी है। यथा—

नीलञ्च तं उप्पलञ्चेति नीलुप्पलं,
लोहितञ्च तं चन्दनञ्चाति लोहितचन्दनं,
खत्तिया च सा कञ्ञा चाति खत्तियकञ्ञा[4]
सत्थीव सत्थी, सत्थी च सा सामा चाति सत्थिसामा,
सीहो व सीहो, मुनि च सो सीहो चाति मुनिसीहो;
सीलमेव धनं सीलधनं, पुथुज्जनो,[5] महापुरिसो,[6] महादेवी,[6] महाबलं,[6] महाफलं,[6] महानागो,[6] महायसो,[6] महाधनं[6] महापञ्ञो[6] महण्णवं,[7] महप्फलं,[7] महब्बलं,[7] महद्धनं,[7] सपक्खो,[8] समानपक्खो'

---

१. 'सोतादिसू लोपो', मो० ३, ७३.
२. 'विसेसनमेकत्थेन', मो० ३, ११.
३. 'द्विपदे तुल्याधिकरणे कम्मधारयो', क० २, ७, ९.
४. 'कर्मधारय सञ्ञे च' (क० २, ७, १७)—कर्मधारय समास में स्त्रीलिङ्ग में वर्तमान तुल्य अधिकरण वाले पद के परे रहने पर पूर्वपद में स्थित स्त्रीवाचक शब्द का, जिसका प्रयोग पुंल्लिङ्ग में भी होता हो (समास से भिन्नस्थल में) पुंल्लिङ्ग की तरह रूप हो जाता है।
५. 'जन' शब्द यदि उत्तरपद में हो, तो पूर्वपद 'पुथ' शब्द के अन्त्य स्वर का 'उ' हो जाता है।
६. समानाधिकरणक 'महन्त' शब्द यदि पूर्वपद हो तो 'महन्त' को 'महा' आदेश हो जाता है।
—'महन्तं महा तुल्याधिकरणे पदे', क० २, ७, १५।
७. कहीं कहीं 'महन्त' शब्द को 'मह' आदेश हो जाता है—
—दे० क० २, ७, १५ की वृत्ति।
८. 'पक्ख' आदि शब्दों के उत्तरपद रहने पर 'समान' शब्द को विकल्प से 'स' आदेश होता है।
—'समानस्स पक्खादिसु वा', मो० ३, ८३।

(क) कहीं वाक्य ही रह जाता है, यथा—

पुण्णो मन्ताणि पुत्तो,
चित्तो गहपति,

(ख) कहीं समास ही होता है, यथा—

कण्हसप्पो,
लोहितसालि,

२. स्याद्यन्त नञ् का स्याद्यन्त के साथ समाम होता है,[१] यथा—

न ब्राह्मणो अब्राह्मणो,

'नञ्' के साथ किसी शब्द का समास होने पर नञ् के बाद उत्तरपद रहने पर 'नञ्' (न) को 'ट' (अ) हो जाता है,[२] यथा—

न ब्राह्मणो अब्राह्मणो अपुनगेय्या गाथा।

नञ् समास में स्वरादि शब्द यदि उत्तरपद में हो तो नञ् शब्द को 'अन्' आदेश हो जाता है,[3] यथा—

नञ् + ओकासं = अनोकासं कारेत्वा, नञ् + अक्खातं = अनक्खातं।

'नख' आदि शब्दों का निपातन होता है। इनके नकार का 'अ' या 'अन' आदेश नहीं होता है,[४] यथा –

न + खो = नखो,
न + कुलो = नकुलो

अप्राणिवाची 'नग' शब्द का विकल्प से निपातन होता है, न का 'अ' या 'अन्' नहीं होता, यथा—

नगा रुक्खा, अगा रुक्खा, नगा पब्बता, अगा पब्बता।

३. स्यादिविधिविषय से अन्यत्र 'कु' तथा 'प' आदि शब्दों का स्याद्यन्त के साथ समास होता है,[६] यथा—

१. 'नञ्', मो० ३, १२, तु० क० २, ७, ९।
२. 'टनञस्स', मो० ३, ७४, 'अत्तन्नस्स तप्पुरिसे', क० २, ७, १८।
३. 'अन्सरे', मो० ३, ७५, 'सरे अनं', क० २, ७, १९।
४. नखादयो', मो० ३, ७६।
५. 'नगो वा प्पाणिमि', मो० ३, ७७।
६. 'कुपादयो निच्चमस्यादि विधिम्हि', मो० ३, १३, तु० क० २, ७, ९।

कुच्छितो ब्राह्मणो, कुब्राह्मणो; कदन्नं,[1] कदसनं,[1] कालवणं,[2] कुपुरिसो,[3] कापुरिसो, पनायको, पकतं, दुप्पुरिसो, दुक्कतं, सुपुरिसो, सुकतं, अभित्थुतं, ।

४. 'गमन' आदि के अर्थ में प्रयुक्त होने वाले 'प' आदि शब्दों का प्रथमा विभक्त्यन्त के साथ समास होता है,[४] यथा—

'पगतो आचरियो पाचरियो, पगतो अन्तोवसी, पन्तेवासी ।

५. 'क्रान्त' आदि के अर्थ में प्रयुक्त होने वाले अति आदि शब्दों का द्वितीया विभक्ति के साथ समास होता है,[५] यथा—

अतिक्कन्तो मञ्चमतिमञ्चो, अतिक्कन्तो मालमतिमालो ।

६. (आ) 'क्रुष्ट' आदि के अर्थ में प्रयुक्त होने वाले 'अव' आदि शब्दों का तृतीया विभक्त्यन्त के साथ समास होता है,[६] यथा—

अवकुट्ठं कोकिलाय वनमवकोकिलं, अवकुट्ठं मयूरेन वनमवमयूरं ।

७. ग्लान (रोगी) आदि के अर्थ में प्रयुक्त होने वाले 'परि' आदि शब्दों का चतुर्थी विभक्तयन्त के साथ समास होता है,[७] यथा—

परिगिलानोज्झनाय परियज्झेनो ।

८. (निष्) 'क्रान्त' आदि के अर्थ में प्रयुक्त होने वाले 'नि' आदि शब्दों का पञ्चमी विभक्तयन्त के साथ समास होता है,[८] यथा—

निक्खन्तो कोसम्बिया निक्कोसम्बी ।

९. 'ची' प्रत्ययान्त शब्दों का क्रियार्थस्याद्यन्त शब्दों के साथ समास होता है[९] यथा—

मलिनीकरिय ।

---

१. स्वरादि शब्द उत्तरपद परे रहने पर 'कु' शब्द को 'कद' आदेश होता है, कु + अन्नं = कदन्नं, कु + असनं = कदसनं

—'सरे कद् कुस्सुत्तरत्थे, मो० ३, १०७, 'कदं कुस्स', क० २,७,२०

२. उत्तरपद परे रहने पर अल्पार्थ 'कु' शब्द को 'का' आदेश होता है, कु (अप्पकं) + लवणं = कालवणं ।

३. 'पुरिस' शब्द उत्तर में रहने पर 'कु' शब्द को विकल्प से 'का' आदेश होता है—कु + पुरिसो = कापुरिसो, कुपुरिसो ।

—'पुरिसे वा', मो० ३, १०९, तु० क० २, ७, २१ की वृत्ति ।

४.५.६.७.८. दे० मो० ३, १३ की वृत्ति ।

९. 'चि (ची) क्रियत्थेहि', मो० ३, १४ ।

१०. भूषण, आदर तथा अनादर के अर्थ में क्रमशः प्रयुक्त होने वाले 'अलं', 'स' और 'अस' शब्दों का क्रियार्थस्याद्यन्त शब्दों के साथ समास होता है[1]। यथा–

अलङ्करिय सक्कच्च, असक्कच्च। भूषण आदि अर्थों से भिन्न अर्थों में समास नहीं होगा, यथा—

अलं भुत्वा गतो (= पर्याप्त खाकर गया), सक्कत्वा गतो (= सत्कार करके गया), असक्कत्वा गतो (= असत्कार करके गया)

११. कुछ अन्य शब्दों का भी क्रियार्थ स्याद्यन्त के साथ बहुल करके समास होता है[2] यथा—

पुरोभूय, तिरोभूय, तिरोकरिय, उरसिकरिय, मनसिकरिय, मज्झेकरिय, तुण्हीभूय, समानो वियदिस्सति सरी,[3] सदी,[3] सरिक्खो,[3] सदिक्खो,[3] सरिसो,[3] सदिसो,[3]

यो विय दिस्सति यादी,[4] यादिक्खो,[4] यादिसो,[4]

भवं विय दिस्सति भवादी,[5] भवादिक्खो,[5] भवादिसो,[5]

कीदी,[5] कीदिक्खो,[5] कीदिसो,[5] ईदी, ईदिक्खो, ईदिसो,[5]

तादी,[6] तादिक्खो,[6] तादिसो,[6] मादी,[6] मादिक्खो,[6] मादिसो,[6]

बहुवचन में तुम्हादी, अम्हादी आदि।

एदो,[7] एतादी,[7] एदिक्खो,[7] एतादिक्खो,[7] एदिसो,[7] एतादिसो,[7]

उदकं धाति अस्मिं इति उदधि,[8]

उदकं पीयते अस्मिं इति उदपानं[8]

---

१. 'भूसनादरानादरेस्वलंसासा', मो० ३, १५।

२. 'अञ्ञे च', मो० ३, १६।

३. 'रीरिक्खकेसु', मो० ३, ८५।

४. 'सब्बादीनमा', (मो० ३, ८६)–'री' 'रिक्ख' तथा 'क' प्रत्यय बाद में रहने पर 'सब्ब' आदि शब्दों के अन्तिम स्वर को 'आ' होता है।

५. 'न्तकिमिमानं टा की टी', (मो० ३, ८७)–'री', 'रिक्ख' तथा 'क' प्रत्ययों के बाद में रहने पर 'न्त' प्रत्यय, 'किं' तथा 'इम' शब्द को क्रम से 'टा' (आ), 'की' तथा 'टी' (ई) आदेश होते हैं।

६. 'तुम्हाम्हानं तामेकस्मिं', (मो० ३, ८८)–'री', 'रिक्ख' तथा 'क' प्रत्ययों के बाद में रहने पर एकवचन में 'तुम्ह' को 'ता' तथा 'अम्ह' को 'मा' आदेश होता है।

७. 'वेतस्सेट्' (मो० ३, ९०) 'री', 'रिक्ख' तथा 'क' प्रत्ययों के बाद में रहने पर 'एत' शब्द को विकल्प से 'ए' आदेश होता है।

८. 'सञ्ञायमुदोदकस्स' (मो० ३, ७१)–संज्ञा का अर्थ यदि गम्यमान हो तो पूर्वपद में आये हुए 'उदक' शब्द को 'उद' आदेश होता है।

द्विगु समास

जिस कर्मधारय समास में पूर्वपद संख्यावाची हो उसे द्विगु समास कहते हैं[1] और द्विगु समास का 'एकत्व' और नपुंसकलिङ्गत्व होता है,[2] यथा—

तयो लोका तिलोकं, तयो दण्डा तिदण्डं, तीणि नयनानि तिनयनं, तीणि मलानि तिमलं, तीणि फलानि तिफलं, तयो सिंगा तिसिंगं, चतस्सो दिसा चतुद्दिसं, पञ्च इन्द्रियानि पञ्चिन्द्रियं, सत्तगोदावरानि सत्तगोदावरं, दस दिसा दसदिसं, पञ्चगवं, चतुप्पथं, साहं,[3] द्विन्नं रत्तीनं समाहारो दिरत्तं,[4] द्विन्नं गुन्नं समाहारो दिगु[4]।

बहुव्रीहि समास

१. अनेक स्याद्यन्तों का अन्य (समासघटक स्याद्यन्तों से भिन्न) पद के अर्थ में विकल्प से एकार्थीभाव होता है और इस एकार्थीभाव को बहुव्रीहि कहते हैं,[5] यथा—

आगता समणा यं सङ्घारामं सोयं आगतसमणो सङ्घारामो,
जितानि इन्द्रियानि येन सो जितेन्द्रियो,
दिन्नं सुङ्को यस्स रञ्जो सोयं दिन्नसुङ्को राजा,
निग्गता जना यस्मा गामा सोयं निग्गतजनो गामो,
छिन्ना हत्था यस्स पुरिसस्स सोयं छिन्नहत्थो पुरिसो,
सम्पन्नानि सस्सानि यस्मिं जनपदे सोयं सम्पन्नसस्सो जनपदो'
द्वे वा तयो वा परिमाणं एसं द्वत्तयो, द्वे वा तयो वा द्वत्तयो,
दक्खिणस्सा च पुब्बस्सा च दिसाय यदन्तरालं दक्खिणपुब्बा दिसा,
दक्खिणा च सा पुब्बा चाति वा,
निग्रोधस्स परिमण्डलो निग्रोधपरिमण्डलो, निग्रोधपरिमण्डलो इव परिमण्डलो यो राजकुमारो सोयं निग्रोधपरिमण्डलो राजकुमारो

---

१. 'सङ्ख्यापुब्बो द्विगु', क० २, ७, १०।

२. 'संख्यादि', मो० ३, २१ तथा इसकी वृत्ति 'द्विगुस्सेकत्तं', क० २, ७, ६।

३. 'सो छस्साहायतने वा', (मो० ३, ६२)–'अह' तथा 'आयतन शब्द उत्तर-पद रहने पर 'छ' का विकल्प से 'स' होता है, यथा—

छन्नं अहानं समाहारो साहं, छाहं, छन्नं आयतनानं समाहारो सळायतनं, छळायतनं।

४. 'दिगुणादिसु' (मो० ३, ९२)–'गुण' आदि के परे रहने पर 'द्वि' को 'दि' आदेश होता है।

५. 'वानेकञ्ञत्थे', मो० ३, १७, 'अञ्ञपदत्थेसुबहुब्बीहि', क० २, ७, १३।

अथवा निग्रोधपरिमण्डलो इव परिमण्डलो यस्स राजकुमारस्स सोयं निग्रोधपरिमण्डलो राजकुमारो।

(क) बहुव्रीहि समास विग्रह की दृष्टि से दो प्रकार का होता है–

(i) समानाधिकरण या तुल्याधिकरण बहुव्रीहि,

(ii) व्यधिकरण या भिन्नाधिकरण बहुव्रीहि,

यथा—

ब्यालम्बाम्बुधरबिन्दुचुम्बितकूटो ति = अम्बु धारेतीति अम्बुधरो (को सो ? पज्जुन्नो), विविधो आलम्बो ब्यालम्बो, ब्यालम्बो च सो अम्बुधरो चा ति ब्यालम्बाम्बुधरो, ब्यालम्बाम्बुधरस्स बिन्दु ब्यालम्बाम्बुधरबिन्दु, ब्यालम्बाम्बुधरबिन्दूहि चुम्बितो ब्यालम्बाम्बुधरबिन्दुचुम्बितो, ब्यालम्बाम्बुधरबिन्दुचुम्बितो कूटो यस्स (पब्बतराजस्स) सोयं ब्यालम्बाम्बुधरबिन्दुचुम्बितकूटो।

इसे कर्मधारयतत्पुरुष गर्भित तुल्याधिकरणबहुव्रीहि कहते हैं।

चुम्बितो कूटो चुम्बितकूटो (सापेक्खत्ते सति गमकत्ता समासो; ब्यालम्बाम्बुधरबिन्दूहि चुम्बितकूटो यस्स (पब्बतराजस्स) सोयं ब्यालम्बाम्बुधरबिन्दुचुम्बितकूटो।

इसे भिन्नाधिकरणबहुव्रीहि कहते हैं। तात्पर्य यह है कि जहाँ समासघटक शब्द एक विभक्ति, लिङ्ग, वचन के होंगे वहाँ तुल्याधिकरण बहुव्रीहि और जहाँ भिन्न विभक्ति, लिङ्ग वचन के होंगे, वहाँ भिन्नाधिकरण बहुव्रीहि कहा जाता है।

सहपुत्तेन आगतो सपुत्तो[1], सहपुत्तो;

सह अस्सत्थेन वत्तति सास्सत्थं[2];

सह अग्गिना विज्जमानो साग्गि[3] कपोतो;

सपिसाचा[3] वातमण्डलिका;

सकलं[4] जोतिमधीते, सदोणा[4] खारी;

---

१. 'सहस्स सोञ्ञत्थे' (मो० ३, ७८)—बहुव्रीहि समास में उत्तर पद परे रहने पर विकल्प से 'सह' को 'स' आदेश होता है।

२. 'सञ्ञायं' (मो० ३, ६९)–बहुव्रीहि समास में संज्ञा के उत्तरपद रहने पर 'सह' शब्द को 'स' आदेश होता है।

३. 'अपच्चक्खे' (मो० ३, ८०)–बहुव्रीहि समास में यदि उत्तरपद अप्रत्यक्ष रहे तो 'सह' शब्द को 'स' होता है।

४. 'गन्थन्ताधिक्ये' (मो० ३, ८२)–बहुव्रीहि समास में उत्तरपद यदि ग्रन्थान्त

सोदरियो[1], समानोदरियो;
बहुमाली[2] पोसो; चित्तगु[3]
भवम्पतिट्ठा[4] भगवन्मूलका[5] नो धम्मा, गुणवन्तपतिट्ठो[5]: मनोसेट्ठो[6];
कुमारी भरिया यस्स सो कुमारभरियो[7];
दीघा जङ्घा यस्स सो दीघजङ्घो[7], कल्याणा भरिया यस्स सो
कल्याणभरियो[7], पहूता पञ्ञा यस्स सो पहूतपञ्ञो[7]
युवती जाया यस्स सो युवजाया[7];

का वाचक अथवा आधिक्य का वाचक हो तो 'सह' को 'स' आदेश होता है।

१. 'उदरे इये' (मो० ३. ८४)–'इय' प्रत्यय युक्त 'उदर' शब्द के परे रहते 'समान' शब्द को विकल्प से 'स' आदेश होता है।
२. 'घपस्सान्तस्साप्पधानस्स' (मो० ३, २४)–बहुव्रीहि समास में अन्तभूत अप्रधान शब्दों के घसंज्ञक और पसंज्ञक वर्णों का 'सि' आदि विभक्ति परे रहने पर ह्रस्व हो जाता है।
३. 'गोस्सु' (मो० ३, २५)–बहुव्रीहि समास में अन्तभूत अप्रधान गो शब्द के 'ओ' को, 'सि' आदि विभक्ति परे रहने पर 'उ' आदेश होता है। यदि गो शब्द प्रधान रहे तब ह्रस्व नहीं होगा जैसे—सुगो।
४. 'टन्तन्तूनं' (मो० ३, ५७)–बहुव्रीहि समास में उत्तरपद परे रहने पर 'न्त' और 'न्तु' प्रत्यय को विकल्प से 'ट' (अ) होता है—
भवन्त + पतिट्टा = भव + पतिट्ठा, 'निग्गहीतं' (मो० १, ३८) से निग्गहीत होने पर भवं + पतिट्ठा, 'वग्गे वग्गन्तो' (मो० १, ४१) से निग्गहीत को 'म्' हो जायेगा, भवम्पतिट्ठा बनेगा।
भगवन्तु + मूलका = भगव + मूलका = भगवं + मूलका = भगवन्मूलका।
५. 'अ' (मो० ३, ५८)—बहुव्रीहि समास में उत्तरपद परे रहने पर 'न्तु' और 'न्त' के अन्तिम स्वर को 'अ' आदेश हो जाता है।
६. मनाद्यपादीनमोमये च' (मो० ३, ५९)—बहुव्रीहि समास में 'मन' आदि और 'आप' आदि के अन्तिम स्वर को, उत्तर पद परे रहने पर 'ओ' हो जाता है तथा 'मय' प्रत्यय परे रहने पर भी 'ओ' हो जाता है—मनो सेट्ठं येसं ते मनोसेट्ठा तथा मनोमया।
७. 'इत्थियम्भासितपुमित्थिपुमेवेकत्थे' (मो० ३, ६७)—बहुव्रीहि समास में पूर्वपद में स्थित स्त्रीवाचक शब्द, यदि समास से भिन्न स्थल में पुंल्लिङ्ग में भी प्रयुक्त होता हो और स्त्रीलिङ्ग में विद्यमान तुल्य अधिकरण वाला पद

तन्दीया[१], मन्दीया[१], तंसरणा[१], मंसरणा[१];

द्वे विधा पकारा अस्स दुविधो[२], द्वे पट्टा अस्स चीवरस्स दुपट्टं[२];

द्वे गुणा अस्स दिगुणं[३];

द्वत्तिक्खत्तुं[४], द्वत्तिपत्तपूरा[४];

विसालानि अक्खीनि यस्स सो विसालक्खो[५]; (अकारान्त का उदाहरण)

पच्चक्खो धम्मो यस्स सो पच्चक्खधम्मा[५]; (अकारान्त का उदाहरण)

सुरभि गन्धो यस्स सो सुरभिगन्धि[५] (इकरान्त का उदाहरण)

बहू नदियो यस्मि जनपदे सोयं बहुनदिको[५] जनपदो

बहवो कत्तारो यस्स सो बहुकत्तुको[५];

बहू नारियो यस्स सो बहुनारिको[६];

उससे परे रहे, तो उसका रूप पुंल्लिङ्ग की तरह हो जाता है, यथा—'कुमारी भरिया' में 'कुमारी' शब्द स्त्री वाचक है। इसका पुंलिङ्ग में कुमार प्रयोग है और इसके बाद तुल्याधिकरणवाला 'भरिया' शब्द है, अतः 'कुमारी' के स्थान पर 'कुमार' इस पुंल्लिङ्ग का प्रयोग होगा।

१. 'तं ममञ्ञ' (मो० ३, ८९)–'री', 'रिक्ख' तथा 'क' प्रत्ययों के अतिरिक्त दूसरे शब्दों के उत्तरपद परे रहने पर 'तुम्ह' शब्द को एकवचन में 'तं' और 'अम्ह' शब्द को एकवचन में 'मं' आदेश होता है।

२. 'विधादिस्सु द्विस्स दु' (मो० ३, ९१)–'विधा' आदि उत्तरपद के परे रहने पर 'द्वि' को 'दु' आदेश हो जाता है।

३. 'दिगुणादिसु', मो० ३, ९२।

४. 'तीस्व' (मो० ३, ९३)–'ति' शब्द के परे रहने पर 'द्वि' का 'द्व' आदेश होता है।

५. 'क्वचि समासन्तगतानमकारन्तो' (क० २, ७, २२ तथा इसकी वृत्ति)—समास के अन्त में आने वाले नामों के अन्तिम स्वर का कहीं अकार, कहीं आकार, कहीं इकार हो जाता है तथा समस्त पद के अन्त में यदि 'नदी' शब्द और 'कत्तु' शब्द आवें तो उनके बाद 'क' प्रत्यय हो ताता है।

६. 'नदिम्हा च' (क० २, ७, २३)—यदि समस्तपद के अन्त में 'नदी' संज्ञक पद आवे तो उनसे परे 'क' प्रत्यय होता है।

'कच्चान वण्णना' में ''नदी ति च इत्थिसङ्खातानं ईकारूकारानं परसमञ्ञा'' ऐसा कहकर 'नदीसंज्ञा' का उपाय बताया गया है।

गाण्डीवो धनु यस्स सो गाण्डीवधन्वा[1];

द्वन्द्व समास

१. एक विभक्त्यन्त अनेक नामों का 'च' के अर्थ में विकल्प से समास होता है और उस समास की द्वन्द्वसंज्ञा होती है[2]। 'च' शब्द के चार अर्थ होते हैं—

(i) समुच्चय,
(ii) अन्वाचय,
(iii) इतरीतरयोग,
(iv) समाहार।

(i) **समुच्चय**—समुच्चय उसे कहते हैं जहाँ परस्पर निरपेक्ष आत्मप्रधानों का (आत्मप्रधान का तात्पर्य है कि किसी की अपेक्षा न रखते हुए स्वतन्त्र रूप से क्रिया में अन्वित होना) किसी एक क्रिया में अन्वय हो, जैसे—'धवे च खदिरे च पलासे च छन्दाति'। यहाँ पर एक लकड़ी दूसरी लकड़ी से सर्वथा निरपेक्ष एवं स्वतन्त्र होते हुए 'छिन्दाति' क्रिया में अन्वित होती है।

(ii) **अन्वाचय**—अन्वाचय उसे कहते हैं जहां एक क्रिया की प्रधानता रहती है और दूसरी क्रिया गौण रहती है, यथा—'भिक्खं चर गावो चानयेति'। यहाँ पर भिक्षा के लिए जाना प्रधान है और गाय का लाना गौण। गाय मिल गयी तो लानी है न मिले तो नहीं।

(iii) **इतरीतरयोग**—इतरीतरयोग उसे कहते हैं जहाँ परस्पर सापेक्ष अवयव प्रकट हों, जेसे—

'सारिपुत्तमोग्गलानाति'। यहाँ पर 'सारिपुत्त' और 'मोग्गलान' परस्पर सापेक्ष हैं और इनका समास उद्भूतावयव है और उद्भूतावयव होने के कारण ही यह समस्त पद बहुवचन में होता है।

(iv) **समाहार**—समाहार उसे कहते हैं जहाँ परस्पर सापेक्ष अवयव तो रहें किन्तु वे अनुद्भूत रहें और समुदाय ही प्रधान हो, जैसे—

'छत्तुपाहनंति'। यहाँ 'छत्त' और उपाहन दोनों आपस में सापेक्ष होते हुए भी अनुद्भूत हैं और इन दोनों का समुदाय ही प्रधान है।

ऊपर यह कहा जा चुका है कि समास, एकार्थीभाव या युक्तार्थता, शब्द

---

१. 'धनुम्हा च' (क०, २, ७, २५)—समस्त पद के अन्त में आने वाले 'धनु' शब्द से 'आ' प्रत्यय होता है।

२. 'चत्थे', मो० ३, १९; नामानं समुच्चयो द्वन्द्वो', क० २, ७, १४।

और अर्थ, दोनों की होती है। यतः समुच्चय में समासघटक शब्द परस्पर निरपेक्ष रहते हैं और अन्वाचय में एक प्रधान और एक गौण दो क्रियायें होती हैं, एकार्थता नहीं होती; अतः समुच्चय और अन्वाचय इन दोनों चार्थों में समास नहीं होता। इतरीतरयोग और समाहार में समासघटक शब्दों एवं अर्थों का एकार्थीभाव होने के कारण समास होता है, यह बात दूसरी है कि इतरीतरयोग में समासघटक शब्द परस्पर सापेक्ष, एकक्रियान्वयी और उद्भूतावयव होते हैं तथा समाहार में समाहार की ही प्रधानता होने के कारण परस्परसापेक्ष एकक्रियान्वयी और अनुद्भूतावयव होते हैं।

२. प्राणि-अङ्गों, तुरिय-अंगों, योग्ग-अंगों और सेना के अंगों का, नैसर्गिक वैरियों का; संख्या तथा परिमाणों का; क्षुद्र जन्तुओं का; नीच जातियों का; चरण-साधारणों का; एक ही स्थान पर होने वाले पाठों का (ग्रंथों के नामों का); लिङ्गविशेषों का; विविधविरुद्धों का; दिशाओं के नामों का; नदियों के नामों का नित्य समाहार समास होता है[1] और वह समस्तपद सर्वदा नपुंसकलिंग[2] एकवचन होता है, यथा—

(i) प्राणि-अङ्ग—चक्खुञ्च सोतञ्च चक्खुसोतं, मुखञ्च नासिकञ्च मुखनासिकं, हनुगीवं, छविमंसलोहितं, नामरूपं, जरामरणं;

(ii) तुरिय-अंग—सङ्खो च पणवो च सङ्खपणवं, गीतञ्च वादितञ्च गीतवादितं, दद्दरि च देण्डिमं ज दद्दरिदेण्डिमं, मुरजं च गोमुखं च मुरजगोमुखं;

(iii) योग्ग-अंग—फालं च पाचनं च फालपाचनं, युगं च नंगलं च युगनंगलं;

(iv) सेना अंग—असि च चम्मञ्च असिचम्मं, धनु च कलापो च धनुकलापं, हत्थी च अस्सा च रथा च पत्तिका च हत्थिस्सरथपत्तिकं;

(v) नित्य वैरी (नैसर्गिक वैरी)—अहि च नकुलो च अहिनकुलं, बिळारो च मूसिको च बिळारमूसिकं, काको च उलूको च काकोलूकं, नागो च सुपण्णो च नागसुपण्णं;

(vi) संख्या तथा परिमाण—एककदुकं, दुकतिकं, तिकचतुक्कं, चतुक्कपञ्चकं, दसेकादसकं;

(vii) क्षुद्रजन्तु—डंसा च मकसा च डंसमकसं, कुन्था च किपिल्लका च कुन्थकिपिल्लिकं, कीटा च सिरिंसपा च कीटसिरिंसपं;

---

१. 'चत्थे', मो० ३,१९ की वृत्ति; 'तथा द्वन्दे पाणितुरिययोग्गसेनङ्गखुद्दजन्तुकविविधविरुद्धविसभागत्थादीनञ्च', क० २, ७, ७।

२. 'समाहारे नपुंसकं', मो० ३, २०; क० २, ७, ७ की वृत्ति।

(vii) नीच जाति—ओरब्भिकसूकरिकं, साकुन्तिकमागविकं, सपाकचण्डालं, वेणरथकारं;

(ix) चरण साधारण—असितभारद्वाजं, कठकालापं, सीलपञ्ञाणं, समथविपस्सनं, विज्जाचरणं;

(x) एक ही स्थान पर होने वाला प्रवचन (पाठ) (ग्रन्थों का नाम)—दीघमज्झिमं, एकसुत्तरसंयुत्तं, खन्धकविभंगं;

(xi) लिङ्गविशेष—इत्थिपुमं, दासिदासं, चीवरपिण्डपातसेनासनगिलानपच्चयभेसज्जपरिक्खारं, तिणकट्ठसाखापलासं;

(xii) विविधविरुद्ध (परस्पर विरोधी वस्तुओं का समास)—कुसलाकुसलं[1], साव ज्जानवज्जं[1], हीनप्पणीतं[1], कण्हसुक्कं[1], छेकपापकं, अधरुत्तरं;

(xiii) दिशा का नाम—पुब्बापरं, दक्खिणुत्तरं, पुब्बदक्खिणं, पुब्बुत्तरं;

(xiv) नदी का नाम—गङ्गायमुनं, महीसरभु ।

३. तृणविशेषों का वृक्षविशेषों का, पशुविशेषों का, पक्षिविशेषों का, धनों (धातुओं) का, अन्नों (धान्यों) का, व्यञ्जनों का तथा जनपदों आदि का विकल्प से समाहार द्वन्द्व होता है और स्वभावतः वह नपुंकलिङ्ग और एक वचन होता है[2] । समाहार के अभाव में इतरीतर योग होता है, यथा—

(i) तृणविशेष—उसीरञ्च वीरणञ्च उसीरवीरणं उसीरवीरगावा; कासकुसं कासकुसा वा, मुञ्जबब्बजं मुञ्जबब्बजा वा;

(ii) वृक्षविशेष—अस्सत्थो च कपित्थो च अस्सत्थकपित्थं अस्सत्थकपित्था वा, खदिरपलासं खदिरपलासा वा, पिलक्खनिग्रोधं पिलक्खनिग्रोधा वा, साकसालं साकसाला वा;

(iii) अजो च एळको च अजेळकं अजेळका वा, गजगवजं गजगवजा वा, गोमहिसं गोमहिसा वा, कुक्कुरसूकरं कुक्कुरसूकरा वा, हत्थिगवास्सवलवं हत्थिगवास्सवलवा वा;

(iv) पक्षिविशेष—हंसवलाकं हंसवलाका वा, कारण्डवचक्कवाकं कारण्डवचक्कवाका वा, बकवलाकं बलवलाका वा;

---

१. तु०—'आदिग्गहणं किमत्थं ? सावज्जञ्च अनवज्जञ्च सावज्जानवज्जं, सावज्जानवज्जा वा; हीनञ्च पणीतञ्च हीनप्पणीतं, हीनप्पणीता वा; कुसला च अकुसला च कुसलाकुसलं, कुसलाकुसलानि वा; कण्हो च सुक्को च कण्हसुक्कं, कण्हसुक्का वा ।—क० २,७,८ की वृत्ति ।

२. 'चत्थे', मो० ३,१९ की वृत्ति; 'विभासारुक्खतिणपसुधनधञ्ञजनपदादीनञ्च', क० २,७,८ ।

(v) धन—हिरञ्ञञ्च सुवण्णञ्च हिरञ्ञसुवण्णं हिरञ्ञसुवण्णा वा, मणिसंखमुत्तावेळुरियं मणिसंखमुत्तवेळुरिया वा, जातरूपरजतं जातरूपरजता वा;

(vi) धान्य—सालि च यवो च सालियवं सालियवा वा, तिलमुग्गमासं तिलमुग्गमासा वा, निष्फावकुलत्थं निष्फावकुलत्था वा;

(vii) व्यञ्जन—साकसुवं साकसुवा वा, एणेय्यवाराहं एणेय्यवाराहा वा, मिगमायूरं मिगमायूरा वा;

(viii) जनपद—कासि च कोसलो च कासिकोसलं कासिकोसला वा, वज्जिमल्लं वज्जिमल्ला वा, कुरुपञ्चालं कुरुपञ्चाला वा।

४. कुछ केवल इतरीतयोग के उदाहरण—

चन्दिमो च सुरियो च चन्दिमसुरिया; समणो च ब्राह्मणो च समणब्राह्मणा; सारिपुत्तो च मोग्गलानो च सारिपुत्तमोग्गलाना; ब्राह्मणो च गहपतिको च ब्राह्मणगहपतिका; यमो च वरुणो च यमवरुणा; कुवेरो च वासवो च कुवेरवासवा; माता च पिता च मातापितरो[1]; पिता च पुत्तो च पितापुत्ता[2]; जाया च पति च जयम्पती[3]।

---

१. 'विज्जायोनिसम्बन्धानमातत्र चत्थे', (मो० ३,६४)—विद्यासम्बन्धी तथा योनि सम्बन्धी 'ल्तु' प्रत्ययान्त तथा 'पितु' शब्दों के उत्तरपद होने पर, द्वन्द्व समास में, विद्यासम्बन्धी तथा योनि सम्बन्धी 'ल्तु' प्रत्ययान्त तथा 'पितु' आदि सब्द के अन्तिम स्वर को 'आ' होता है।

२. 'पुत्ते' (मो० ३,६५)—द्वन्द्व समास में 'पुत्त' शब्द के उत्तरपद रहने पर 'विद्या' सम्बन्धी तथा 'योनि' सम्बन्धी 'ल्तु' प्रत्ययान्त तथा 'पितु' आदि शब्दों के अन्तिम स्वर को 'आ' होता है।

३. 'जायाय जयं पतिम्हि' (मो० ३,७०)—'पति शब्द के परे होने पर 'जाया' को 'जयं' हो जाता है। तथा इसकी वृत्ति में यह भी लिखा है कि 'जानिपतीतिपकन्तरेन सिद्धं; तथा दम्पती, जम्पती'; कच्चायन ने 'जायाय तुदं जानि पतिम्हि' (२,७२४)····जायाय पति तुदंपति, जायाय पति जानिपति' लिखा है।

अव्यय-प्रकरण

पालिभाषा में कुछ ऐसे भी शब्द हैं जिनमें लिङ्ग, वचन, विभक्ति के कारण कोई विकार अर्थात् रूप परिवर्तन नहीं होता है। वे हर लिङ्ग, हर वचन और हर विभक्ति में समान रहते हैं। इन्हें अव्यय कहा जाता है। अव्यय का अर्थ होता है—विकाररहित।[1] अन्य नामों की भाँति ही अव्यय भी कुछ कृदन्त, कुछ तद्धितान्त और कुछ रूढ़ (प्रकृति-प्रत्यय-विभाग-रहित) होते हैं जैसे कृदन्त रूप गन्त्वा, तद्धितान्त रूप अग्गतो एवं रूढ़ शब्द नु, मा आदि। मोग्गल्लान ने तृतीय काण्ड के दूसरे सूत्र में अव्यय के लिए "असंख्य" शब्द का प्रयोग किया है। मोग्गल्लान—पञ्जिका में 'न विज्जते संख्या जस्स तं असंख्यं' ऐसा विग्रह किया गया है।

इन अव्ययों को उपर्युक्त व्युत्पत्ति की दृष्टि से किये गये विभागों के अतिरिक्त अर्थ की दृष्टि से भी विभक्त किया जा सकता है जैसे, अज्ज, अधुना, तदा, तदानि, इदानि आदि **कालबोधक;** अत्थ, अत्र, अधो, इध, इह, उच्चं, उद्धं आदि **स्थानबोधक;** अद्धा, अवस्सं, एवं आदि **निश्चयबोधक;** अप्पेव, अप्पेवनाम आदि **सन्देहबोधक;** इत्थं, इति, कथं, कथञ्चि, नाना आदि **प्रकारबोधक;** ताव, तावता, याव, यावता आदि **परिमाणबोधक;** उद, उदाहु, किमु, किमुत, च, चे आदि **संयोजक;** भो, रे, वे, हं हो, हन्द, हा आदि **विस्मयादिबोधक;** आदि।

कृदन्त अव्यय

तुं, ताये, तवे, तून, त्वान, त्वा, ण्यकृत् प्रत्ययों तथा इसी अर्थ में अन्य प्रत्ययों से बने कृदन्त रूप अव्यय होते हैं।

भोत्तुं = भोजन करने के लिए।

कातुं = करने के लिए।

सोतुं = सुनने के लिए।

दट्ठुं = देखने के लिए।

युज्झितुं = युद्ध करने के लिए।

वत्तुं = बोलने के लिए।

रुज्झितुं = रोकने के लिए।

कत्ताये = करने के लिए।

---

१. दे—नामप्रकरण के आरम्भ की टिप्पणी।

कातवे = करने के लिए।

सोतून = सुनकर।

सुत्वान = सुनकर।

सुत्वा = सुनकर।

अभिभूय = तिरस्कार करके।

अभिहट्ठुं = लाकर।

अनुमोदियान = अनुमोदन करके।

आहच्च = मारकर।

सक्कच्च = सत्कार कर।

असकच्च = असत्कार कर।

अधिकिच्च = अधिकार कर।

अधिच्च = पढ़कर।

समेच्च = मिलकर।

दिस्वान = दिस्वा = पस्सित्वा = देखकर।

तद्धितान्त अव्यय

तो, त्र, त्थ, धि, हिं, हं, दा, था, धा, एधा, ज्झं, क्खत्तु, सो, ची आदि प्रत्ययों से बने शब्द तद्धितान्त अव्यय होते हैं।

चोरतो = चोर से।

कुतो = कहाँ से।

सब्बत्र = सभी जगह।

सब्बत्थ = सभी जगह।

सब्बधि = सब में।

तहिं = वहाँ, उसी में।

तहं = वहाँ।

सब्बदा = सभी समय।

एकदा = एक बार।

सब्बथा = सब प्रकार से।

यथा = जिस प्रकार से।

कथं = कैसे।

इत्थं = इस प्रकार।

द्विधा = दो प्रकार से।

एकधा = एक प्रकार से।

बहुधा = बहुत प्रकार से।

द्वेधा = दो प्रकार से ।

तेधा = तीन प्रकार से ।

एकज्झं = एक प्रकार से ।

द्विक्खत्तूं = दो बार ।

बहुक्खत्तुं = बहुत बार ।

कतिक्खत्तुं = कितनी बार ।

खण्डसो = खण्ड-खण्ड करके ।

एकेकसो = एक-एक करके ।

धवली करोति = अधवल को धवल करता है ।

धवली भवति = अधवल धवल होता है ।

रूढ़ि अव्ययः—

अग्गतो = सामने । अद्धा = निश्चय से ।

अतीव = अत्यधिक । अञ्जदत्थु = निश्चय से ।

अन्तरा = मध्य में । अन्तरेन = मध्य में बिना ।

अभिक्खणं = बार बार । अभिण्हं = बार बार ।

अमा = साथ । अमुत्र = परलोक में ।

अलं = बस । कामं = निश्चय से ।

आम = हाँ । आरका = दूर ।

ईस = थोड़ा । कुदाचनं = कभी ।

चिरस्सं = चिरकाल । एवम्पि = ऐसे भी ।

जातु = निश्चय से । तग्घ = निश्चय से ।

ततो = उस कारण से । नु = शायद ।

पतिरूपं = ठीक । परम्मुखा = पीछे की ओर ।

तिरियं = तिरछा । पुनप्पुनं = बार बार ।

दिट्ठा = भाग्य से । पेच्च = परलोक में ।

दोसो = रात में । मा = नहीं ।

मुधा = बेकार । मुसा = झूठ ।

मुहु = बार बार । सद्धं = अनुकूल ।

यथत्रं = ऐसा ही । समन्ततो = चारो ओर ।

यथातथं = ऐसा ही । सम्पति = इस समय ।

सं = प्रसन्नतापूर्वक । सहं = साथ ।

रत्तं = रात्रि में । रहो = गुप्त ।

सु = अथवा । सुट्ठु = अच्छी तरह ।

विय = सदृश ।
हिय्यो = कल (बीता हुआ)
अत्थु = ऐसा हो ।
एवं = हाँ ।
अम्भो = हे ।
धि = धिक्कार ।
हि = आः ।
साधु = स्वीकार करने के अर्थ में ।

कच्चायन व्याकरण में 'सब्बासमावुसोपसग्गनिपातादीहि च,' २, ४, ११, इस सूत्र से यह बतलाया गया है कि 'आवुसो' शब्द उपसर्ग और निपातों के बाद की सभी विभक्तियों का लोप हो जाता है ।

जैसा कि ऊपर कहा जा चुका है, यतः इससे इनके आगे कोई विभक्ति नहीं रहती और ये सदा समानरूप के होते हैं, अतः वैयाकरणों ने इनकी भी गणना अव्यय में ही की है उपसर्गों का बड़ा महत्त्व है । एक ही धातु से भिन्न-भिन्न उपसर्ग जोड़कर भिन्न-भिन्न अर्थों की उपलब्धि की जाती है । संस्कृत के वैय्याकरणों ने इसी बात को कहा है कि—

उपसर्गेण धात्वर्थो बलादन्यः प्रतीयते ।
प्रहाराहारसंहारविहारपरिहारवत् ॥

एक ही 'हृ' धातु से प्रहार, आहार, संहार, विहार, परिहार, उपहार आदि अनेक शब्द अनेक अर्थों के वाचक हो जाते हैं ।

संस्कृत वैय्याकरणों के अनुकरण पर इस सूत्र की रूपसिद्धि में लिखा है—

"धात्वत्थं बाधते कोचि-कोचि तं अनुवत्तते ।
तमेवञ्ञो विसेसेति उपसग्गगती तिधा ।"

अर्थात् ये उपसर्ग कहीं तो धातु के अर्थ को बाधित करते हैं कहीं धात्वर्थ का ही अनुवर्तन करते हैं तथा कभी-कभी उसी अर्थ में विशेषता ला देते हैं और इस प्रकार इन उपसर्गों की तीन प्रकार की गति है । इतना ही नहीं इन उपसर्गों के सम्बन्ध में यह भी कहा गया है कि—

"उपेच्चत्थं सज्जन्तीति उपसग्गा हि पादयो ।
चादी पदादिमज्झन्ते निपाता निपतन्ति हि ।"

ये पादि उपसर्ग धातु का योग पाकर उसके अर्थ को सजा देते हैं, और सुन्दर बना देते हैं । ये 'उपसग्ग' बीस हैं ।

प, परा, नि, नी, उ, दु, सं, वि, अव, अनु, परि, अधि, अभि, पति, सु, आ, अति, अपि, अप और उप । रूपसिद्धिकार ने इन उपसर्गों का किन-किन अर्थों में प्रयोग होता है, उन्हें प्रायः एकत्र कर दिया है, यथा—

प—प सद्दो पकारादिक्कम-पधानन्तोभाववियोगतप्पारभुसत्थसम्भवतित्तिअनाविलपत्थनादिसु ।

परा—परिहानि-पराजय-गति-विक्कमासनादिसु ।

नि—निस्सेस निग्गत-नीहरणन्तोपवेसनाभावनिसेधनिक्खन्त-पातुभावावधारणविजन
उपमूपधाणा- वसानछेकरदिसु ।

नी—नीहरणादिसु ।

उ—उग्गतुद्धकम्मपधानवियोगसम्भवअत्तलाभसत्तिसरूपकथनादिसु ।

दु—असोभनाभावकुच्छितासमिद्धिकिच्छविरूपतादिसु ।

सं—समोधान-सम्मासमसमन्तभावसङ्गतसङ्खेयभुसत्थसहअप्पत्थपभवअभिमुख भाव
संगह पिधानपुनप्पुनकरण-समिद्धादिसु ।

वि—विसेसविविधविरुद्ध विगतवियोगविरूपतादिसु ।

अव—अधोभाववियोग-परिभव-जानन-सुद्धि-निच्छप-देस-थेय्यादिसु ।

अनु—अनुगत-अनुपछिन्न-पच्छत्थ-भुसत्थ-सादिस्स-हीनततियत्थ-लक्खणत्थ-इत्थंभू-
तक्खान-भागवीच्छादिसु ।

परि—समन्ततोभाव-परिच्छेद-विज्जन-आलिंगन - निवासन-पूजा-भोजन-अवजानन-
दोसक्खान-लक्खणादिसु ।

अधि—अधिकइस्सर-उपरिभाव-अधिभवन-अज्झयन-अधिट्टान-निच्छय-पायुणना-
दिसु ।

अभि—अभिमुखभाव-विसिट्ठ-अधिक-उद्धकम्म-कुल-सोरुप्प-वन्दन-लक्खणादिसु ।

पति—पतिगत-पटिलोम-पतिनिधि-पतिदान-निसेध-निवत्तन सादिस्स-पतिकरण-
आदान-पतिबोध -परिच्च-लक्खण-इत्थम्भूत्तक्खान-भाग-वीच्छादिसु ।

सु—सोभन-सुट्ठु-सम्म-समिद्धि-सुखत्थादिसु ।

आ—अभिमुखभाव-उद्धकम्म-मरियादा- अभिविधि-पत्ति-इच्छा - परिस्सजन-आदि-
कम्म-गहण-निवास-समीप-अव्हानादिसु ।

अति—अतिक्कमन-अतिक्कन्त-अतिसय-भुसत्थादिसु ।

अपि—सम्भावना-अपेक्खा-समुच्चय-गरह-पञ्हादिसु ।

अप—अपगत-गरह-वज्जन-पूजा-पदुसन्नादिसु ।

उप—उपगमन-समीप-उपपत्ति - सादिस्स-अधिक - उपरिभाव-अनसन-दोसक्खान-
सज्जा-पुब्बकम्म-पूजा-गाय्हाकार-भुसत्थादिसु ।

इन अर्थों को गिनाकर उन्होंने लिखा है—

'इति अनेकत्था हि उपसग्गा । वुत्तञ्च—

उपसग्गा निपाता च पच्चया च इमे तयो ।
नेके नेकत्थविसया इति नेरुत्तिका ब्रुवु' ।। ति

उपसर्गों की भाँति ही तथा, यथा, एवं, खलु, खो, यत्र-तत्र, अथो, अथ, हि, तु, च, वा, वो, हं, अहं, अलं, एव, भो, अहो, हे, रे, अरे, हरे आदि निपात भी अव्यय के अन्दर ही आते हैं । निपातों के सम्बन्ध में रूपसिद्धि में लिखा है—

'समुच्चयविकप्प न पतिसेधपूरणादि अत्थं असत्ववाचिकं नेपातिकं....। पूरणत्थं दुविधं-पदपूरणं अत्थपूरणञ्च, तत्थ अथ, खलु, वत....सेय्यथीदं इच्चेवमादीनि पदपूरणानि। अत्थपूरणं दुविधं-विभत्तियुतं, अविभत्तियुतं च....। एवं नामाख्यातोपसग्गविनिम्मुत्तं यदव्ययलक्खणं तं सब्बं निपातपदं ति वेदितब्बं। वुत्तञ्च—

'मुत्तं पदत्तया तस्मा निपतत्यन्तरन्तरा।
नेपातिकन्ति तं वुत्तं यं अव्ययसलक्खणं॥'' ति

कि ये निपात समुच्चयार्थक जैसे 'च' आदि; विकल्पार्थक जैसे 'वा' आदि; प्रतिषेधार्थक जैसे 'न' आदि; पदपूरणार्थक जैसे अथ, खलु, वत आदि तथा अर्थपूरणार्थक एवं आदि नाम, आख्यात एवं उपसर्ग से विनिर्मुक्त अव्ययलक्षणों से सम्पन्न होते हैं।

●

तद्धित प्रकरण

नाम शब्दों से कुछ प्रत्यय लगाकर नये नाम शब्द बनाये जाते हैं और उनसे विभिन्न अर्थों का द्योतन किया जाता है। इस उद्देश्य से नाम के आगे जुड़ने वाले प्रत्यय 'तद्धित' कहलाते हैं। तद्धित शब्द 'तत् + हित' इन दो शब्दों से बना हुआ है अर्थात् जो प्रत्यय नामों के साथ जुड़कर नये नामों की सिद्धि में सहायता करे वह तद्धित है, जैसे—'मति' इस नाम से 'मन्तु' प्रत्यय लगाकर 'मतिमन्तु' तथा 'दया' इस नाम से 'आलु' प्रत्यय लगाकर 'दयालु' आदि तद्धितान्त नये नामों की सिद्धि की जाती है। ये तद्धित प्रत्यय कई अर्थों में होते हैं। जानकारी और सिखाने की दृष्टि से भाववाचक, देवतार्थक, अपच्चत्थक आदि विभाग कर वैयाकरणों ने इनका वर्णन किया है। पुंल्लिङ्ग नामों से कुछ प्रत्यय जोड़कर उन्हें स्त्रीलिङ्ग नाम बनाया जाता है, जैसे 'अज + आ' = 'अजा' 'यक्ख + इनी' = 'यक्खिनी' 'मातुल + आनी' = 'मातुलानी' आदि। यतः इन प्रत्ययों के नामों के साथ जोड़ने से भी नये नामों की सिद्धि होती है, ये स्त्री प्रत्यय भी तद्धित प्रत्ययों के अन्दर ही गिने जाते हैं। कुछ ऐसे भी तद्धित प्रत्यय हैं जिनके जुड़ने पर तद्धितान्त नाम अव्यय होते हैं, जैसे—'सब्ब + त्र' = 'सब्बत्र', 'अनेक + सो' = अनेकसो' आदि। प्रायः सभी तद्धित प्रत्यय विकल्प से होते हैं। अतः इनसे बने तद्धितान्त का और इनके विग्रह वाक्य का समान रूप से प्रयोग होता है।

१. अपत्यार्थक प्रत्यय —

'ण'[1]:—वसिट्ठस्स अपच्चं, वसिट्ठ + ण = वासिट्ठो[2] वासेट्ठो[3] वा वसिष्ठ के अपत्य (पुं०)
= वासिट्ठी (स्त्री०)

---

१. णो वापच्चे (मो० ४,१)—षष्ठ्यन्त नाम से अपत्य अर्थ में विकल्प से 'ण' प्रत्यय होता है (वा णपच्चे क० २,८,१.)। तु० णवोपग्वादीहि, क० २,८,५.

२. सरानमादिस्सायुवण्णस्सा ए ओ णानुबन्धे (मो० ४,१२४)—जिन प्रत्ययों में णकार का लोप हुआ है, उन प्रत्ययों के परे रहने पर शब्द के आदि अ को आ, इ को ए और उ को ओ हो जाते हैं।

३. मज्झे (मो० ४,१२६) शब्द के मध्य में आने वाले अ को 'आ', इ ई को 'ए' तथा उ ऊ को 'ओ' होता है।

वसुदेवस्स अपच्चं, वसुदेव + ण = वासुदेवो (पुं०) = वसुदेव के अपत्य
= वासुदेवी (स्त्री०)

गोतमस्स अपच्चं, गोतम + ण = गोतमो (पुं०) = गोतम के अपत्य
= गोतमी (स्त्री०)

रघुनो अपच्चं, रघु + ण = राघवो (पुं०) = रघु के अपत्य
= राघवी (स्त्री०)

'णान'[1]—

वच्छस्स गोत्तापच्चं, वच्छ + णान = वच्छानो (पुं०)
= वच्छ गोत्र में उत्पन्न

कण्हस्स गोत्तापच्चं, कण्ह + णान = कण्हानो (पुं०)
= कण्ह गोत्र में उत्पन्न

कच्चस्स गोत्तापच्चं, कच्च + णान = कच्चानो = कच्च गोत्र में उत्पन्न

मोग्गल्लस्स गोत्तापच्चं, मोग्गल्ल + णान = मोग्गल्लानो
= मोग्गल्ल गोत्र में उत्पन्न

'णायन' —

वच्छस्स गोत्तापच्चं, वच्छ + णायन = वच्छायनो (पुं०)
= वच्छ गोत्र में उत्पन्न

कण्हस्स गोत्तापच्चं, कण्ह + णायन = कण्हायनो (पुं०)
= कण्ह गोत्र में उत्पन्न

कच्चस्स गोत्तापच्चं, कच्च + णायन = कच्चायनो (पुं०)
= कच्च गोत्र में उत्पन्न

मोग्गल्लस्स गोत्तापच्चं, मोग्गल्ल + णायन = मोग्गल्लायनो (पुं०)
= मोग्गल्ल के गोत्र में उत्पन्न

'णेय्य'[2]—

कत्तिकाय अपच्चं, कत्तिका + णेय्य = कत्तिकेय्यो = कत्तिका का अपत्य
विनता + णेय्य = वेनतेय्यो = विनता का अपत्य
भगिनी + णेय्य = भगिनेय्य = भगिनी का अपत्य

---

१. वच्छादितो णान णायना (मो० ४,२)—अपत्य प्रत्ययान्त तथा गोत्र-वाचक वच्छ आदि शब्दों से अपत्य अर्थ में विकल्प से 'णान' और 'णायन' प्रत्यय होते हैं (णायनणानवच्छादितो, क० २,८,२.) ।

२. कत्तिकाविधिवादीहि णेय्य णेरा (मो० ४,३)—कत्तिका आदि तथा विधवा आदि शब्दों से अपत्य अर्थ में यथाक्रम णेय्य और णेर प्रत्यय होते हैं (णेय्यो कत्तिकादीहि तथा णेर दिधवादितो क० २,८,३ और २,८,६.)

'णेर'—

विधवाय अपच्चं, विधवा + णेर = वेधवेरो = विधवा का अपत्य

बन्धकि + णेर = बन्धकेरो = बन्धकी का अपत्य

नालिकी + णेर = नालिकेरो = नालिकी का अपत्य

'ण्य'[1]—

दितिया अपच्चं, दिति + ण्य = देच्चो[2] = दिति का अपत्य

अदितिया अपच्चं, अदिति + ण्य = आदिच्चो = अदिति का अपत्य

'णि'[3]—

दक्खस्स अपच्चं, दक्ख + णि = दक्खि = दक्ख का अपत्य

वासवस्स अपच्चं, वासव + णि = वासवि = वासव का अपत्य

वरुणस्स अपच्चं, वरुण + णि = वारुणि = वरुण का अपत्य

'ञ्ञ'[4]—

रञ्ञो अपच्चं खत्तियो चे, राज + ञ्ञ = राजञ्ञो = राजा का अपत्य जो क्षत्रिय हो

'य'[5]—

खत्तस्स अपच्चं खत्तियो चे, खत्त + य = खत्यो = खत्त का अपत्य जो क्षत्रिय हो

'इय'—

खत्तस्स अपच्चं खत्तियो चे, खत्त + इय = खत्तियो = खत्त का अपत्य जो क्षत्रिय हो

---

१. ण्य दिच्चादी हि (मो० ४,४)—दिति आदि शब्दों से अपत्य अर्थ में विकल्प से 'ण्य' प्रत्यय होता है।

२. संयोगे क्वचि (मो० ४, १२५)—णकारानुबन्ध वाले प्रत्ययों के परे होने पर संयुक्तवर्णों से पूर्ववर्ती प्रकृति के आदि स्वर 'अ' को 'आ', इ ई को 'ए' तथा उ ऊ को 'ओ' होता है।

३. आ णि (मो० ४,५)—अकारान्त शब्दों से परे अपत्य अर्थ में विकल्प से 'णि' प्रत्यय होता है (अतो णि वा, क० २, ८, ४)।

४. राजतो ञ्ञो जातियं (मो० ४, ६)—राज शब्द से परे अपत्य अर्थ में 'ञ्ञ' प्रत्यय होता है यदि जाति (क्षत्रिय) गम्यमान हो।

५. खत्ता पिया (मो० ४, ७)—खत्त शब्द से परे अपत्य अर्थ में 'य' और 'इय' प्रत्यय होते हैं यदि जाति (क्षत्रिय) गम्यमान हो।

'स्स'[1]—

मनुस्स अपच्चं मनुस्सजाति चे, मनु + स्स = मनुस्सो = मनु का अपत्य जो मनुष्य जाति का हो।

'सण्'[1]—

मनुस्स अपच्चं मनुस्सजाति चे, मनु + सण् = मानुसो = मनुका अपत्य जो मनुष्य जाति का हो।

'ण'[2]—

पञ्चालस्स अपच्चं राजा वा खत्तियो चे,

पञ्चाल + ण = पाञ्चालो = पञ्चाल का अपत्य जो राजा या क्षत्रिय हो

कोसल + ण = कोसलो = कोसल का अपत्य जो राजा या क्षत्रिय हो

मगध + ण = मागधो = मगध का अपत्य जो राजा या क्षत्रिय हो

'ण्य'[3]—

कुरुस्स अपच्चं राजा वा,

कुरु + ण्य = कोरब्यो = कुरु का अपत्य या राजा।

सिविस्स अपच्चं राजा वा,

सिवि + ण्य = सेब्यो = सिवि का अपत्य या राजा।

२. तेन रत्तं (उससे रँगे हुए) अर्थ में प्रयुक्त होने वाला प्रत्यय—

'ण'[4]—

कसावेन रत्तं, कसाव + ण = कासावं = कसाव से रँगा हुआ।

कुसुम्भेन रत्तं, कुसुम्भ + ण = कोसुम्भं = कुसुम्भ से रँगा हुआ।

हलिद्दाय रत्तं, हलिद्दा + ण = हालिद्दं = हलिद्दा से रँगा हुआ।

---

१. मनुतो स्स सण् (मो० ४,८)—मनु शब्द से अपत्य अर्थ में 'स्स' और 'सण्' प्रत्यय होते हैं यदि मनुष्यजाति अर्थ गम्यमान हो।

२. जनपदनामस्मा खत्तिया रञ्ञे च णो (मो० ४,९.)—जनपद वाची नाम से परे क्षत्रियापत्य अर्थ में अथवा राजा अर्थ में 'ण' प्रत्यय होता है।

३. ण्य कुरुसिवीहि (मो० ४,१०.)—कुरु तथा सिवि जनपद के पुत्र अथवा राजा के अर्थ में 'ण्य' प्रत्यय होता है।

४. ण रागा तेन रत्तं (मो० ४, ११)—राग (रंग) वाची तृतीयान्त शब्द से 'रंगे हुए' अर्थ में 'ण' प्रत्यय होता है। तु० ण रागा तेन रत्तं तस्सेदमञ्ञत्थेसु च, क० २, ८, ९।

३. 'नक्खत्तेन लक्खिते काले' नक्षत्र से लक्षितकाल-अर्थ में प्रयुक्त होने वाला प्रत्यय—

'[illegible]'—

फु[illegible] लक्खिता रत्ती, फुस्स + ण = फुस्सी = पुष्यनक्षत्र वाली रात ।

फुस्सेन लक्खितो अहो, फुस्स + ण = फुस्सो = पुष्य नक्षत्र वाला दिन ।

४. देवता या पुण्णमासी अर्थ में प्रयुक्त होने वाला प्रत्यय—

'ण'[2]—

सुगतो देवता अस्साति, सुगत + ण = सोगतो = सुगत जिसका देवता है ।

महिन्दो देवता अस्साति, महिन्न + ण = माहिन्दो = महिन्द जिसका देवता है ।

यमो देवता अस्साति, यम + ण = यामो = यम जिसका देवता है ।

वरुणो देवता अस्साति, वरुण + ण = वारुणो = वरुण जिसका देवता है ।

फुस्सी पुण्णमासी अस्स सम्बन्धिनीति,

फुस्स + ण = फुस्सो (मासो) =

माघी पुण्णमासी अस्स सम्बन्धिनीति,

मघा + ण = माघो मासो । इसी प्रकार फग्गुनो, चित्तो, वेसाखो, जेट्ठो, आसाळ्हो, सावणो, पोट्ठपादो, अस्सयुजो, कत्तिको, मागसिरो प्रयोगों को भी जानना चाहिए ।

५. 'तमधीते तं जानाति' उसे पढ़ता है उसे जानता है, अर्थ में होने वाले प्रत्यय—

'ण'[3]

व्याकरणमधीते जानाति वा व्याकरण + ण = वेय्याकरणो = व्याकरण पढ़ने और जानने वाला

छन्दसमधीते छन्दसं जानाति वा, छन्दस + ण = छान्दसो = छन्द को पढ़ने और जाननेवाला ।

'क'[3]—

कममधीते जानाति वा, कम + क = कमको = क्रम को पढ़ने और जाननेवाला

---

१. नक्खत्तेनिन्दुयुत्तेन काले (मो० ४, १२)—कालविशेष को लक्षित करने वाले नक्षत्र वाची तृतीयान्त शब्द से 'ण' प्रत्यय होता है, यदि वह नक्षत्र चन्द्रमा से युक्त हो ।

२. सास्सदेवतापुण्णमासी (मो० ४, १३)—'वह इसका देवता है', 'यह पूर्णमासी इससे सम्बद्ध है' इन अर्थों में प्रथमान्त शब्द से 'ण' प्रत्यय होता है ।

तु० ण रागा तेन रत्तं०, क० २, ८, ९ ।

३. तमधीते तं जानाति कणिका च (मो० ४, १४)—'उसे पढ़ता है उसे जानना

पदमधीते जानाति वा, पद + क = पदको = पद को पढ़ने और जानने वाला

'णिक'—

विनयमधीते जानाति वा, विनय + णिक = वेनयिको = विनय को पढ़ने और जानने वाला

सुत्तन्तमधीते जानाति वा, सुत्तन्त + णिक = सुत्तन्तिको = सुत्तन्त को पढ़ने और जानने वाला

६. देशरूप विषय अर्थ में होने वाला प्रत्यय—

'ण'[1]—

वसातीनं विसयो देसो, वसाति + ण = वासातो = वसातियों का देश। इसी प्रकार कुन्तो, साकुन्तो, आतिसरो आदि उदाहरणों को भी जानना चाहिये।

७. 'उनका निवास-देश' अर्थ में होने वाला प्रत्यय—

'ण'[2]—

सिवीनं निवासो देसो, सिवि + ण = सेब्बो = सिवियों का निवास देश।

८. 'अदूरभव देश' अर्थ में होने वाला प्रत्यय—

'ण'[3]—

विदिसाय अदूरभवं, विदिसा + ण = वेदिसं = विदिसा से दूर नहीं

९. 'उस नाम वाले के द्वारा बसाया या बनाया गया नगर' आदि अर्थ में होने वाला प्रत्यय—

'ण'[4]—

कुसम्बेन निब्बत्ता, कुसम्ब + ण = कोसम्बी (नगरी) कुसम्ब के द्वारा बसायी गयी नगरी

है' इन अर्थों में द्वितीयान्त शब्द से 'ण' 'क' और 'णिक' प्रत्यय होते हैं। तु० तमधीते तेन कतादिसन्निधाननियोगसिप्पभण्ड-जीविकत्थेसु च, क० २, ८, ८, तथा ण रागा तेन० क० २, ८, ९।

१. तस्स विसये देसे (मो० ४, १५)—देश अर्थवाची विषय के अर्थ में षष्ठ्यन्त शब्द से 'ण' प्रत्यय होता है। तु० ण रागा तेन रत्तं तस्सेदमञ्ञत्थेसु च, क० २, ८, ९, ।

२. निवासे तन्नामे (मो० ४,१६)—'उनका निवास देश' अर्थ में षष्ठ्यन्त शब्द से 'ण' प्रत्यय होता है। जैसे सिवियों का निवास देश अर्थ में 'सिवि' शब्द 'सेण' प्रत्यय हुआ है।

३. अदूरभवे (मो० ४, १७)—'उससे अदूरभव देश' अर्थ में षष्ठयन्त शब्द से 'ण' प्रत्यय होता है। तु० ण रावा तेन रत्तं०, क० २, ८, ९।

४. तेन निब्बत्ते (मो०, ४, १८)—'उस नाम वाले के द्वारा बसाया गया या बनाया गया नगर आदि' अर्थ में उस तृतीयान्त शब्द से 'ण' प्रत्यय होता है। तु० ण रागा तेन रत्तं ०, क० २, ८, ९।

सहस्सेन निब्बत्ता, सहस्स + ण = साहस्सी (परिखा) = सहस्र के द्वारा बनायी गयी।

सगरहि निब्बत्तो, सागर + ण = सागरो = सगरों द्वारा निष्पन्न ।

१०. 'वह इस देश में होता है' इस अर्थ में होने वाला प्रत्यय—

'ण'[1]—

उदुम्बरा अस्मिं देसे सन्तीति, उदुम्बर + ण = ओदुम्बरो = जिस देश में अधिक उदुम्बर होता है वह देश। इसी प्रकार बादरो, बब्बजो आदि को भी समझना चाहिए।

११. 'वहाँ उत्पन्न होने वाले अर्थ में' होने वाला प्रत्यय—

'ण'[2]—

उदके भवो, उदक + ण = ओदको = जल में होनेवाला। इसी प्रकार ओरसो, जानपदो, मागधो, कपिलबत्थवो, कोसम्बो आदि समझने चाहिए।

१२. 'उसमें होनेवाले' अर्थ में 'अज्ज' आदि शब्दों से होने वाला प्रत्यय—

'तन'[3]

अज्ज भवो, अज्ज + तन = अज्जतनो = आज होनेवाला। इसी प्रकार स्वतनो, हिय्यतनो आदि समझने चाहिए।

१३. 'उसमें होने वाले' अर्थ में 'पुरा' शब्द से होने वाले प्रत्यय—

'ण[4]'—

पुरा भवो, पुरा + ण = पुराणो

'तन[4]'—

पुरा भवो, पुरा + तन = पुरातनो

} = पुराकाल में उत्पन्न।

---

१. तमिद्यत्थि (मो० ४,१९)—'वह इस देश में होता है' इस अर्थ में प्रथमान्त पद से 'ण' प्रत्यय होता है। तु० ण रागा तेन रत्तं०, क० २, ८, ९।

२. तत्र भवे (मो० ४,२०)—'वहाँ उत्पन्न होनेवाले' अर्थ में सप्तम्यन्त से 'ण' प्रत्यय होता है। तु० क० २, ८, ९ की रूपसिद्धि—:"अञ्ञत्थग्गहणेन पन अदूरभवो, तत्र भवो, तत्र जातो, ततो अग्गतो, सो अस्स निवासो, तस्स इस्सरो, कत्तिकादीहि युत्तो मासो, सास्स देवता, तमवेच्चाधीते, तस्स विसयो देसो, तदस्मिं देसे अत्थि, तेन निब्बत्तं, तं अरहति, तस्स विकारो, तमस्स परिमाणन्ति इच्चेवमादिस्वत्थेसु च णपच्चयो होति"।

३. अज्जादीहि तनो (मो० ४,२१)—'उसमें होने वाले' अर्थ में 'अज्ज' आदि शब्दों से 'तन' प्रत्यय होता है।

४. पुरातो णो च (मो० ४,२२)—'उसमें होने वाले' अर्थ में 'पुरा' शब्द से 'ण' और 'तन' प्रत्यय होते हैं।

१४. 'उसमें होनेवाले' अर्थ में होने वाला प्रत्यय—

'अच्च'[1]—

अमा, भवो, अमा + अच्च = अमच्चो = उस समय पैदा हुआ ।

१५. मज्झादि से भावार्थ में होने वाला प्रत्यय

'इम'[2]—

मज्झे भवो मज्झ + इम = मज्झिमो = मध्य में होने वाला ।

इसी प्रकार अन्तिमो, पुरिमो, उपरिमो, हेट्ठिमो, पच्छिमो आदि होते हैं । मज्झादि गण में मज्झ, अन्त, हेट्ठा, उपरि, ओर, पार, पच्छा, अब्भन्तर और पच्चन्त शब्द पढ़े गये हैं ।

१६. भवार्थ में सप्तम्यन्त से होने वाले प्रत्यय —

'कण्'[3]—

कुसिनारायं भवो, कुसिनारा + कण = कोसिनारको = कुसिनारा में उत्पन्न । इसी प्रकार मागधको, आरञ्ञको आदि समझें ।

'णेय्य'[3]—

गंगायं भवो, गंगा + + णेय्य = गंगेय्यो = गंगा में उत्पन्न । इसी प्रकार पब्बतेय्यो वानेय्यो आदि समझें ।

'य'[3]—

गामे भवो, गाम + य = गम्मो < गम्यो = ग्राम्य । इसी प्रकार दिब्बो आदि समझें ।

'इय'[1]—

गामे भवो, गाम + इय = गामियो = ग्राम्य । इसी प्रकार उदरियो, दिवियो, पंचालियो, बोधपक्खियो, लोकियो आदि समझें ।

'णिक'[4]

सरदे भवो, सरद + णिक = सारदिको (दिवसो)

---

१. अमात्वच्चो (मो० ४,२३)—'उसमें होने वाले' अर्थ में 'अमा' शब्द से 'अच्च' प्रत्यय होता है ।

२. मज्झात्विमो (मो० ४,२४)—सप्तम्यन्त मज्झादि शब्दों से भव अर्थ में 'इम' प्रत्यय होता है । तु० जातादीनमिभिया च, क० २, ८, १० ।

३. कण्णेय्य णेय्यकयिया (मो० ४, २५)—भवार्थ में सप्तम्यन्त से कण्, णेय्य, णेय्यक, य और इय प्रत्यय होते हैं । तु० जातादीन मिमिया च, क० २, ८, १० ।

४. णिको (मो० ४, २६)—भवार्थ में सप्तम्यन्त से परे 'णिक' प्रत्यय होता है ।

= शरत् कालीन दिवस

= सारदिका (स्त्री०) शरत् कालीन रात्रि

१७. 'यह इसका शिल्प है' 'शील है', 'पण्य है', 'प्रहरण है', 'प्रयोजन है' इन अर्थों में होने वाला प्रत्यय—

'णिक'[1]—

वीणा वादनं सिप्पमस्स, वीणा + णिक = वेणिको = वीणा बजाने वाला। इसी प्रकार मोदङ्गिको, वंसिको, पाणविको आदि समझें।

पंसुकूलधारणं सीलमस्स, पंसुकूल + णिक = पंसुकूलिको = धूलधूसरित। इसी प्रकार 'तिचीवरिको' आदि समझें।

गन्धो पण्णमस्स, गन्ध + णिक = गन्धिको = गन्ध बेचने वाला। इसी प्रकार तेलिको, गोळिको आदि समझें।

चापो पहरणमस्स, चाप + णिक = चापिको = धनुष से मारने वाला। इसी प्रकार तोमरिको, मुग्गरिको आदि समझें।

उपधि प्पयोजनमस्स[2], उपधि + णि = ओपधिकं = उपधि प्रयोजन वाला। इसी प्रकार सातिकं आदि समझें।

१८. 'उसे वध करना', उसे पाने के योग्य होना', 'वहाँ जाना', 'वहाँ उञ्छन करना', 'उसका आचरण करना' इन अर्थों में होने वाला प्रत्यय—

'णिक[3]'

---

१. तमस्स सिप्पं शीलं पण्णं पहरणं पयोजनं (मो० ४, २७)—वह इसका शिल्प, शील, पण्य, प्रहरण, प्रयोजन है इस अर्थ में शिल्पादि वाचक प्रथमान्त शब्दों से 'अस्य' इस षष्ठी अर्थ में णिक प्रत्यय होता है। तु० तमधीते तेन०, क० २, ८, ८।

२. तु० ''तेन कतादी ति एत्थ आदिग्गहणेन तेन हतं, तेन बद्धं, तेन कीतं, तेन तिब्बति, सो अस्स आवुधो, सो अस्स आबाधो, तत्थ पसन्नो, तस्स मन्तकं, तमस्स परिमाणं, तस्स रासि, तं अरहति, तमस्स सीलं, तत्थ जातो, तत्थ वसति, तत्र विदितो, तदत्थाय संवत्तति, ततो आगतो, ततो सम्भूतो, तदस्स पयोजनं ति एवमादिअत्थेसु च णिकपच्चयो होति''।

—क० २,८ की रूपसिद्धि।

३. तं हन्तरहति गच्छतुञ्छति चरति (मो० ४,२८)—'उसे बध करना', 'उसे पाने के योग्य होना', 'वहाँ उञ्छन करना', 'उसका आचरण करना' इन अर्थों में द्वितीयान्त शब्दों से 'णिक' प्रत्यय होता है।

—तु० तमधीते तेन०, क० २,८,८ की वृ०।

पक्खीहि हतो[1], पक्खिनो वा हन्तीति, पक्खी + णि = पक्खिको = पक्षियों द्वारा मारा गया या पक्षियों को मारने वाला ।

इसी प्रकार साकुणिको, मायूरको, मेनिको, मागविको, हारिणिको, सूकरिको आदि समझें ।

सतमरहतीति सत + णिक = सातिकं = सौपाने योग्य होना ।

इसी प्रकार संदिट्ठिकं, एहिपस्सिको, साहस्सिको आदि समझें ।

परदारं गच्छतीति, परदार + णिक = परदारिको = दूसरे की स्त्री के पास जाने वाला ।

इसी प्रकार मग्गिको, पञ्ञास योजनिको आदि समझें ।

बदरे उञ्छतीति, बदर + णिक = बादरिको = बेर इकट्ठा करने वाला ।

इसी प्रकार खादरिको सामाजिको आदि समझें ।

धम्मं चरतीति, धम्म + णिक = धम्मिको = धर्माचरण करने वाला।

अधम्मं चरतीति, अधम्म + णिक = अधम्मिको = अधर्माचरण करने वाला।

१९. 'इसके द्वारा क्रीत', 'बद्ध', 'अभिसंस्कृतं', 'संसृष्ट', 'हत', 'जित' तथा 'मारता है, जीतता है, खेलता है, खनता है, तरता है, चलता है, 'वहन करता है', 'जी रहा है', इन अर्थों में होने वाला प्रत्यय—

'णिक'[2]

कायेन कतं, काय + णिक = कायिक (कर्म) = शरीर द्वारा कृत (कर्म) ।

इसी प्रकार 'वाचसिकं' मानसिकं, वात्तिकं आदि समझें ।

सतेन कीतं, सत + णिक = सातिकं = सौ से खरीदा हुआ ।

इसी प्रकार 'साहस्सिकं' आदि समझें ।

वरत्ताय बद्धो वरत्त + णिक = वारत्तिको = रस्सी से बँधा हुआ ।

इसी प्रकार सुत्तिको, आयसिको, पासिको आदि समझें ।

घतेन अभिसंखतं संसट्ठं वा, घत + णिक = घातिकं = घृत से अभिसंस्कृत या संसृष्ट ।

---

१. यतः अग्रिम सूत्र (मो० ४,२९) में 'हन्ति' इस अर्थ का पाठ किया गया है, अतः यह तृतीयान्त के साथ विग्रह करना भी उचित है ।

२. तेन कतं कीतं बद्धमभिसङ्खतं संसट्ठं हतं हन्ति जितं जयति दिब्बति खणति तरति चरति वहति जीवति (मो० ४,२९)—इसके द्वारा क्रीत, बद्ध, अभिसंस्कृत, संसृष्ट, हत, जित तथा मारता है, जीतता है, खेलता है, खनता है, तरता है, आचरण करता है, वहन करता है, जीरहा है आदि अर्थों में तृतीयान्त शब्द से परे 'णिक्' प्रत्यय होता है । तु० 'येन वा संसट्ठं तरति चरति वहति णिको' और 'तमधीते तेन कतादि०, क० २,८,७-८ ।

इसी प्रकार गोळ्िकं, दाधिकं मारीचिकं आदि समझें ।

जालेन हतो हन्तीति वा, जाल + णिक = जालिको = जाल द्वारा मारा गया या जाल से मारता है ।

इसी प्रकार बालिसिको को समझें ।

अक्खेहि जितं, अक्ख + णिक = आक्खिकं = जूये की गोटी से जीत गया ।

इसी प्रकार सालाकिकं को समझें ।

अक्खेहि जयति दिब्बति वा, अक्ख + णिक = अक्खिको = जूये की गोटियों से जीतने वाला या खेलने वाला ।

खणित्तिया खणतीति, खणित्ति + णिक = खणत्तिको = खन्ती से खोदा हुआ ।

कुद्दालेन खणतीति, कुद्दाल + णिक = कुद्दालको = कुदाल से खोदा हुआ ।

उळुम्पेन तरतीति, उळुम्प + णिक = ओळुम्पिको = बेड़ा से पार करने वाला ।

इसी प्रकार गोपुच्छिको, नाविको आदि समझें ।

सकटेन चरतीति, सकट + णिक = साकटिको = गाड़ी से चलने वाला ।

रथेन चरतीति, रथ + णिक = रथिको = रथ से चलने वाला ।

खन्धेन वहतीति, खन्ध + णिक = खन्धिको = स्कन्ध से ढोने वाला ।

इसी प्रकार अंसिको, सीसिको, बंधिको आदि समझें ।

वेतनेन जीवतीति, वेतन + णिक = वेतनिको = वेतन से जीने वाला ।

२०. 'उसके लिए होता है' अर्थ में होने वाला प्रत्यय—

'णिक'[1]—

पुनब्भवाय संवत्ततीति, पुनब्भव + णिक = पोनोभविको = पुनर्जन्म के लिए जो कारण हो ।

लोकाय संबत्तीति, लोक + णिक, लोकिको = लोक के लिए जो कारण हो ।

२१. 'उससे सम्भूत (उत्पन्न)' या 'उससे आया हुआ' अर्थ में होने वाला प्रत्यय—

'णिक'[2]—

मातितो सम्भूतं आगतं वा मातु + णिक = मत्तिकं = माता की ओर से सम्भूत या आया हुआ ।

इसी प्रकार पेत्रिकं आदि भी समझें ।

---

१. तस्स संवत्तति (मो० ४,३०)—'उसके लिए होता है' इस अर्थ में चतुर्थ्यन्त शब्द से 'णिक' प्रत्यय होता है ।

२. ततो सम्भूतमागतं (मो० ४,३१)—उससे 'सम्भूत या आगत' इन अर्थों में पञ्चम्यन्त से णिक प्रत्यय होता है । तु०—नियम संख्या १७ की 'ओपधिक' शब्द की टिप्पणी।

'ण्य[१]'—

सुरभितो सम्भूतं, सुरभि + ण्य = सोरभ्यं = सुगन्धि से सम्भूत ।

थनतो सन्भूतं, थन + ण्य = थञ्ञं = थन से सम्भूत ।

'रियण[१]'—

पितितो सम्भूतो, पितु + रियण = पेत्तियो = पिता से सम्भूत ।

इसी प्रकार मातियो आदि भी समझें ।

'र्‌य[१]'—

मातितो सम्भूतो, मातु + र्‌य = मत्तियो अथवा मच्चो = माता से सम्भूत ।

२२. 'वहाँ रहता है, वहाँ विदित है, उसमें भक्ति रखता है, वहाँ नियुक्त है', इन अर्थों में होने वाला प्रत्यय—

'णिक[२]'—

राजगहे वसतीति, राजगह + णिक = राजगहिको = राजगृह में रहने वाला ।

रुक्खमूले वसतीति, रुक्खमूल + णिक = रुक्खमूलिको = वृक्ष मूल में रहने वाला ।

इसी प्रकार आरञ्ञिको, सोसानिको, मागधिको, सावत्थिको, पाटलिपुत्तिको आदि समझें ।

लोके विदितो, लोक + णिक = लोकिको = लोक में विदित ।

चतु महाराजेसु भत्ता, चतु महाराज + णिक = चातुम्महाराजिको = चार महाराजाओं में भक्ति रखने वाला ।

द्वारे नियुत्तो, द्वार + णिक = दोवारिको = द्वारपाल ।

'इक[३]'—

भण्डागारे वसति, विदितो, भत्तो, नियुत्तो वा; भण्डागार + इक = भण्डागारिको = भण्डागार में रहने वाला आदि ।

---

१. ण्यरियणर्‌यापि दिस्सन्ति (मो० ४,३१ की वृत्ति)—इससे सम्भूत या आगत अर्थ में पञ्चम्यन्त से ण्य, रियण, र्‌य प्रत्यय भी होते हैं ।

२. तत्थवसतिविदितोभत्तो नियुत्तो (मो० ४, ३२)—वहाँ रहता है, वहाँ विदित है, उसमें भक्ति रखता है, वहाँ नियुक्त है, इन अर्थों में सप्तम्यन्त से णिक प्रत्यय होता है । तु० 'तमधीते तेन०', क० २,८,८ तथा इसकी रूपसिद्धि तथा 'येना व संसट्ठं०', क० २,८,७ ।

३. तत्थ वसति०, मो० ४,३२ की वृत्ति ।

'किय'[१]—

जातिया नियुतो, जाति + किय = जातिकियो = जन्म से नियुक्त ।

अन्धे नियुत्तां, अन्ध + कि = अन्धकियो = आन्ध्र में नियुक्त ।

२३. 'यह इसका है' इस अर्थ में होने वाले प्रत्यय—

'णिक[२]'—

संघस्स इदं, संघ + णिक = संघिकं = संघ-सम्बन्धी ।

इसी प्रकार पुगालिकं, सक्यपुत्तिको[3], नाथपुत्तिको, जेनदत्तिको आदि समझें ।

'किय[४]'—

सस्स अयं, स + किय = सकियो = अपना ।

परस्स अयं, पर + किय = परकियो = पराया।

'निय[४]'—

अत्तनो इदं, अत्त + निय = अत्तनियं = अपना ।

'क[४]'—

सस्स अयं, स + क = सको अपना ।

२४. 'यह इसका है' इस अर्थ में होने वाले प्रत्यय—

'ण'[५]—

कच्चायनस्स इदं, कच्चायन + ण = कच्चायणं (व्याकरणं) = कच्चायन का (व्याकरण) ।

इसी प्रकार सोगतं (सासनं), माहिसं (मंसं) आदि समझें ।

'य[६]'—

गुन्नं इदं = गो + य = गव्यं = गाय का दूध, दही, गोबर मूत्र आदि।

इसी प्रकार कव्यं, दब्बं आदि समझें ।

---

१. तत्थ वसति०, मो० ४,३२ की वृत्ति, तु० क० २,८,१० की वृत्ति ।

२. तस्सिदं (मो० ४,३३)—'यह इसका है, अर्थ में षष्ठ्यन्त से णिक प्रत्यय होता हैं । तु० 'तमधीते तेन०, क० २,८,८ की वृत्ति ।

३. णिकस्सियो वा (मो० ४,४१)—'णिक' प्रत्यय को विकल्प से 'इय' आदेश होता है, यथा सक्यपुत्तियो ।

४. तस्सिदं (मो० ४,३३) की वृत्ति ।

५. णो (मो० ४,३४)—'वह इसका है' अर्थ में षष्ठ्यन्त से ण प्रत्यय होता है । तु० 'सद्धादितो ण', क० २,८,२७ ।

६. गवादीहि यो (मो० ४, ३५)—'यह इसका है' इस अर्थ में षष्ठ्यन्त गो आदि शब्द से 'य' प्रत्यय होता है ।

२५. 'पिता के भ्राता' अर्थ में होने वाला प्रत्यय—

'रेय्यण'[1]—

पितु भाता, पितु + रेय्यण् = पेत्तेय्यो = पिता के भाई ।

२६. 'मातृ-भगिनी', 'पितृ भगिनी',—इस अर्थ में होने वाला प्रत्यय—

'छ'[2]—

मातुया भगिनी, मातु + छ = मातुच्छा = मौसी

पितुनो भगिनी, पितु + छ = पितुच्छा = फूआ

२७. माता और पिता के पिता एवं माता' अर्थ में होने वाला प्रत्यय—

'आमह'[3]—

मातुया माता, मातु + आमह = मातामही = नानी ।

मातुया पिता, मातु + आमह = मातामह = नाना ।

पितुनो माता, पितु + आमह = पितामही = दादी, आजी या ईया ।

पितुनो पितु, पितु + आमह = पितामह = दादा, बाबा ।

२८. मातृ हित और पितृ हित में होने वाला प्रत्यय—

'रेय्यण'[4]—

मातुया हितो, मातु + रेय्यण् = मत्तेय्यो = माता के हित में होने वाला ।

पितुनो हितो, पितु + रेय्यण् = पेत्तेय्यो = पिता के हित में होने वाला ।

२९. निन्दा, अज्ञात, अल्प, प्रतिभाग, ह्रस्व, दया, संज्ञा अर्थों में होने वाला प्रत्यय—

'क'[5]—

निन्दितो मुण्डो, मुण्ड + क = मुण्डको = निन्दित मुण्डक ।

---

१. पितितो भातरि रेय्यण (मो० ४,३६)—'पिता के भाई' इस अर्थ में 'पितु' शब्द से 'रेय्यण' प्रत्यय होता है ।

२. मातितो च भगिनियं छो (मो० ४, ३७)—'मातृ-भगिनी, पितृ भागिनी' इस अर्थ में मातु और पितु शब्द से 'छ' प्रत्यय होता है ।

३. मातापितुस्वामहो (मो० ४, ३८)—माता और पिता के पिता एवं माता अर्थ में मातु और पितु शब्द से 'आमह' प्रत्यय होता है ।

४. हितेरेय्यण् (मो० ४, ३९)—मातृहित और पितृहित अर्थ में मातु और पितु शब्द से 'रेय्यण' प्रत्यय होता है ।

५. निन्दञ्ञातप्पपटिभागरस्सदयासञ्ञासु को (मो० ४, ४०)—निंदा, अज्ञात, अल्प, प्रतिभाग, ह्रस्व, दया, संज्ञा अर्थो में नाम से क प्रत्यय होता है ।

निन्दितो समणो, समण + क = समणको = निन्दित समण ।
अञ्ञाते अस्सो, अस्स + क = अस्सको = अज्ञात अश्व ।
अप्पं तेलं, तेल + क = तेलकं = थोड़ा तेल ।
अप्पं घतं, घत + क = घतकं = थोड़ा घी ।
हत्थी विय, हत्थी + क = हत्थिको = हाथी की तरह ।
अस्सो विय, अस्स + क = अस्सको = अश्व के समान ।
वलिवद्दो विय, बलिवद्द + क = बलिवद्दको = बलीवर्द्द के समान ।
रस्सो मानुस्सो, मानुस + क = मानुसको = छोटा मनुष्य ।
रस्सो रुक्खो, रुक्ख + क = रुक्खको = छोटा वृक्ष ।
रस्सो पिलक्खो, पिलक्ख + क = पिलक्खको = छोटा प्लक्ष ।
दयापत्तो पुत्तो, पुत्त + क = पुत्तको = दया (स्नेह) का पात्र पुत्र ।
दयापत्तो वच्छो, वच्छ + क = वच्छको = दया (स्नेह) का पात्र वत्स
मोरो विय, मोर + क = मोरको = मोर संज्ञा वाला ।

३०. 'यह इसका परिमाण है' इस अर्थ में होने वाले प्रत्यय—

'णिक'[१]—

दोणो परिमाणमस्स, दोण + णिक = दोणिको (व्रीहि) = दोण से बना हुआ ।

कुम्भो परिमाणमस्स, कुम्भ + णिक = कुम्भको = कुम्भ के माम का धान्य ।

इसी प्रकार खारसतिको, खारसहस्सिको, आसीतिको वयो, उपड्ढ-कायिकं बिम्बोहनं (तकिया) आदि समझें ।

'क'[१]—

पञ्च परिमाणमस्स, पञ्च + क = पञ्चकं = पाँच का माप ।
छः परिमाणमस्स, छ + क = छक्कं = छः का माप ।

३१. इसका 'जो' परिमाण है, इसका 'वह' परिमाण है, इसका 'यह' परिमाण है, अर्थों में होने वाला प्रत्यय—

---

१. तमस्स परिमाणं णिको च (मो० ४, ४१) 'यह इसका परिमाण है' इस अर्थ में प्रथमान्त से 'णिक' और 'क' प्रत्यय होते हैं । द्र० वियमसं १७ की 'ओपधिक' शब्द की टिप्पणी ।

'त्तक'[१]—

यं परिमाणं अस्स, य + त्तक = यत्तकं = जितना ।

तं परिमाणं अस्स, त + त्तक = तत्तकं = उतना ।

एतं परिमाणं अस्स, एत + त्तक = एत्तकं[२] = इतना ।

'आवतक'[१]—

यं परिमाणमस्स, य + आवतक = यावतको = जितना ।

तं परिमाणमस्स, त + आवतक = तावतको = उतना ।

३२. 'इसका 'वह' (सब्ब, य, त तथा एत) परिमाण है', इस अर्थ में होने वाला प्रत्यय—

'आवन्तु'[३]—

सब्बं परिमाणं अस्स, सब्ब + आवन्तु = सब्बावन्तं = सभी

यं परिमाणं अस्स, य + आवन्तु = यावन्तं = जितना ।

तं परिमाणं अस्स, त + आवन्तु = तावन्तं = उतना ।

एतं परिमाणं अस्स, एत + आवन्तु = एतावन्तं = इतना ।

३३. 'इसका 'क्या' परिमाण है', इस अर्थ में होने वाले प्रत्यय—

'रति'[४]—

किं संख्यानं परिमाणमेसं, किं + रति = कति = कितना ।

'रीव'[४]—

किं संख्यानं परिमाणमेसं, किं + रीव = कीवं (अव्यय) कितना ।

'रीवतक'[४]—

किं संख्यानं परिमाणमेसं, किं रीवतक = कीवतकं = कितना ।

'रित्तक'[४]—

किं संख्यानं परिमाणमेसं, किं + रित्तक = कित्तकं = कितना ।

---

१. यतेतेहित्तको (मो० ४, ४२)—'इसका 'जो' परिमाण है' इसका 'वह' परिमाण है, इसका 'यह' परिमाण है, इन अर्थों प्रथमान्त 'य' आदि से 'त्तक' प्रत्यय होता है ।

२. एतस्सेट त्तके (मो० ४, १४०)—'त्तक' प्रत्यय परे रहने पर 'एत' को एट् (ए) आदेश होता है ।

३. सब्बा चावन्तु (मो० ४, ४३)—इसका वह (सब्ब, य, त तथा एत) परिमाण है, इस अर्थ में प्रथमान्त सब्ब य आदि से 'आवन्तु' प्रत्यय होता है ।

४. किम्हा रतिरीवरीवतकरित्तका (मो० ४, ४४)—'इसका 'क्या' परिमाण है', इस अर्थ में प्रथमान्त किं शब्द से, रति, रीव, रीवतक, रित्तक प्रत्यय होते हैं ।

३४. यह इसमें सञ्जात (उत्पन्न या युक्त) है' इस अर्थ में होने वाला प्रत्यय—

'इत'[1]—

तारका सञ्जाता अस्स, तारक + इत = तारकितं गगनं = तारों से भरा हुआ।

इसी प्रकार पुप्फितो रुक्खो, पल्लविता लता आदि समझें।

३५. 'इसका इतना परिमाण है' इस अर्थ में होने वाला प्रत्यय—

'मत्त'[2]—

पलं पमाणमस्स, पल + मत्त = पलमत्तं = पलभर।

हत्थो पमाणमस्स, हत्थ + मत्त = हत्थमत्तं = हाथभर।

सतं मानमस्स, सत + मत्त = सतमत्तं = शत प्रमाण वाला।

दोणो पमाणमस्स, दोण + मत्त = दोणमत्तं = एक दोन।

३६. 'इसका इतना परिमाण है' इस अर्थ में ऊर्ध्वमानवाची शब्दों से होने वाले प्रत्यय—

'तग्घ'[3]—

जण्णु पमाणमस्स, जण्णु × तग्घ = जण्णुतग्घं = जाँघ तक।

'मत्त'[3]—

जण्णु पमाणमस्स, जण्णु + मत्त = जण्णुमत्तं = जाँघ तक।

३७. 'इसका पुरुष मात्र प्रमाण है', इस अर्थ में होने वाले प्रत्यय....

'ण'[4]—

पुरिसो पमाणमस्स, पुरिस + ण = पोरिसं = पुरुष भर ऊँचा।

'मत्त'[4]—

पुरिसो पमाणमस्स, पुरिस + मत्त = पुरिसमत्तं = पुरुष भर ऊँचा।

'तग्घ'[4]—

पुरिसो पमाणमस्स, पुरिस + तग्घ = पुरिसतग्घं = पुरुष भर ऊँचा।

---

१. सञ्जातं तारकादित्वितो (मो० ४, ४५)—'यह इसमें सञ्जात है' इस अर्थ में प्रथमान्त तारक आदि से इत प्रत्यय होता है।

२. माने मत्तो (मो० ४, ४६)—'इसका इतना परिमाण है' इस अर्थ में मानवाची प्रथमान्तों से 'मत्त' प्रत्यय होता है।

३. तग्घो चुद्धं (मो० ४, ४७)—'इसका इतना परिमाण है' इस अर्थ में ऊर्ध्वमानवाची प्रथमान्त शब्दों से 'तग्घ' और 'मत्त' प्रत्यय होते हैं।

४. णो च पुरिसा (मो० ४, ४८)—'इसका पुरुषमात्र प्रमाण है' अर्थ में ऊर्ध्वमानवाची प्रथमान्त पुरिस शब्द से 'ण' 'तग्घ' और 'मत्त' प्रत्यय होते हैं।

३८. 'यह इसका अवयव है' अर्थ में होने वाला प्रत्यय—

'अय'[1]—

उभो अंसा अस्स, उभ + अय = उभयं = दोनों अंश।

इसी प्रकार द्वयं तयं आदि समझें।

३९. शत, सहस्र आदि से अधिक संख्या का बोध कराने के लिए इनके साथ रहने वाली सत्यन्त, उत्यन्त, ईसन्त, आसन्त, दसन्त संख्याओं से होने वाला प्रत्यय—

'ड'[2]—

वीसति अधिका अस्मिं सतेति, वीसति + ड = वीसं[3] सतं = एक सौ बीस।

इसी प्रकार एकवीसं सतं, एकवीसं सहस्सं, एकतिसं सतं आदि समझें।

नवुति अधिका अस्मिं सतेति, नवुति + ड = नवुतं सतं = एक सौ नब्बे।

इसी प्रकार नवुतं सहस्सं, नवुतं सतसहस्सं आदि समझें।

चत्तारी(ली)सं अधिकं अस्मिं सतेति, चत्तारी(ली)स + ड = चत्तारी-(ली)सं सतं = एक सौ चालीस।

इसी प्रकार चत्तारी (ली) सं सहस्सं, चत्तारी (ली) सं सतसहस्सं आदि समझें।

पञ्ञासं अधिकं अस्मिं सतेति, पञ्ञास + ड = पञ्ञासं सतं = एक सौ पचास।

इसी प्रकार पञ्ञासंसहस्सं पञ्ञासं सतसहस्सं आदि समझें।

एकादसं अधिकं अस्मिं सतेति, एकादस + ड = एकादसं सतं = एक सौ ग्यारह।

इसी प्रकार एकादसं सहस्सं, एकादसं सतसहस्सं आदि समझें।

---

१. अयुभद्वितीहंसे (मो० ४, ४९)—'यह इसका अवयव है' 'अर्थ में उभ, द्वि, ति शब्दों से 'अय' प्रत्यय होता है।

२. संख्याय सच्चुतीसासदसन्ताधिकास्मिं सतसहस्से डो (मो० ४, ५० —शत, सहस्र आदि से अधिक संख्या का बोध कराने के लिए इनके साथ रहने वाली प्रथमान्त सत्यन्त, उत्यन्त, ईसन्त, आसन्त और दसन्त संख्याओं से 'ड' प्रत्यय होता है।

३. डे सतिस्स तिस्स (मो० ४,१३९)—'ड' प्रत्यय परे रहने पर सत्यन्त बीसति और तिंसति के अन्तिम 'ति' का लोप हो जाता है।

४०. एकादश आदि संख्याओं से पूर्णता अर्थ में होने वाला प्रत्यय—

'ड'[1]—

एकादसन्नं पूरणो, एकादस + ड = एकादसो = ग्यारहवाँ।
इसी प्रकार वीसो, तिंसा, चत्ताली (री) सो आदि समझें।

४१. पञ्च आदि संख्याओं से पूर्णता अर्थ में होने वाला प्रत्यय—

'म'[2]—

पञ्चन्नं पूरणो, पञ्च + म = पञ्चमो = पाँचवाँ।
इसी प्रकार सत्तमो, अट्ठमो, नवमो, दसमो, एकादसमो, विंसतिमो, कतिमो आदि समझें।

४२. सत आदि संख्याओं से पूर्णता अर्थ में होने वाला प्रत्यय—

'म'[3]—

सतस्स पूरणो, सत + म = सतिमो = सौवाँ।
इसी प्रकार सहस्सिमो आदि समझें।

४३. छ संख्या से पूर्णता अर्थ में होने वाले प्रत्यय—

'ठ'[4]—

छन्नं पूरणो, छ + ठ = छठो = छठाँ।

'ठम'[4]—

छन्नं पूरणो, छ + ठम = छठमो = छठाँ।

---

१. तस्स पूरणेकादसादितो वा (मो० ४, ५१)—षष्ठ्यन्त एकादसादि संख्याओं से पूर्णता के अर्थ में विकल्प से 'ड' प्रत्यय होता है।

२. मपंचादि कतीहि (मो० ४, ५२)—षष्ठ्यन्त पञ्च आदि संख्याओं तथा कति शब्द से पूर्णता के अर्थ में 'म' प्रत्यय होता है। (संख्या पूरणो मो, क० २, ८, ३०)।

३. सतादीनमि च (मो० ४, ५३)—सत आदि संख्यावाचक शब्द से पूर्णता अर्थ में 'म' प्रत्यय होता है तथा शब्द के अन्तिम स्वर को ह्रस्व इकार हो जाता है।

४. छा ठठमा (मो० ४, ५४)—षष्ठ्यन्त छ संख्या से पूर्णता के अर्थ में ठ, ठम प्रत्यय होते हैं। तु० चतुच्छेहि ठठा, क० २, ८, ४१।

४४. संख्या की पूर्णता अर्थ में द्वि और ति शब्दों से होने वाला प्रत्यय—

'तिय'[१]—

द्विन्नं पूरणो, द्वि + तिय = दुतिय = दूसरा।

तिण्णं पूरणो, ति + तिय = ततिय = तीसरा।

४५. संख्या की पूर्णता अर्थ में 'चतु' शब्द से होने वाला प्रत्यय—

'थ'[२]—

चतुन्नं पूरणो, चतु + थ = चतुत्थो = चौथा।

४६. संख्यावाची एक शब्द से असहाय अर्थ में होने वाले प्रत्यय—

'क[३]'—

असहायो एको ति, एक + क = एकको = अकेला।

'आकी[३]'—

असहायो एको ति, एक + आकी = एकाकी = अकेला।

४७. 'वत्स' आदि से उनके भाव के तनुत्व (अल्पता) अर्थ में होने वाले प्रत्यय—

'तर[४]'—

वच्छेसु सुसु, वच्छ + तर = वच्छतरो = छोटा बछवा (शिशुत्व की अल्पता अर्थ में)।

ओक्खेसु युवा, ओक्ख + तर = ओक्खतरो = छोटा बैल (यौवन की अल्पता अर्थ में)।

अस्सेसु तनु, अस्स + तर = अस्सतर = छोटा अश्वतर = खच्चर अश्व-भाव की अल्पता अर्थ में)।

उसुभेसु तनु, उसभ + तर = उसभतरो = छोटा बैल (सामर्थ्य की (अल्पता अर्थ में)।

---

१. द्वितीहि तियो (क० २, ८, ४२)—संख्या की पूर्णता अर्थ में द्वि और ति शब्दों से 'तिय' प्रत्यय होता है। तिये दुतापि च, क० २, ८, ४३ के अनुसार 'तिय' प्रत्यय परे रहने पर 'द्वि' और 'ति' को क्रमशः 'दु' और 'त' आदेश होते हैं।

२. चतुच्छेहि थठा (क० २, ८, ४१)—संख्या की पूर्णता अर्थ में 'चतु' शब्द से 'थ' प्रत्यय होता है।

३. एका काक्यसहाये, (मो० ४, ५५)—असहाय अर्थ में एक शब्द से 'क' तथा 'आकी' प्रत्यय विकल्प से होते हैं, परिणामस्वरूप एकक एकाकी होने के साथ ही, एक का भी अर्थ असहाय होता है।

४. वच्छादीहि तनुत्ते तो (मो० ४, ५५)—वच्छ आदि शब्दों से उनके भाव के तनुत्व अर्थ में 'तर' प्रत्यय होता है।

४८. निर्धारण करने के अर्थ में 'किं' शब्द से होने वाले प्रत्यय—

'रतर[1]'—

भवतं को देवदत्तो ति, किं + तर = कतरो = कौन (आप लोगों में कौन देवदत्त है)।

'रतम[1]'—

भवतं को देवदत्तो ति, किं + तम = कतमो = कौन (आप सभी लोगों में कौन देवदत्त है)।

४९. दान के अर्थ में तृतीयान्त शब्द से होने वाले प्रत्यय—

'ल[2]'—

देवेन दत्तो, देव + ल = देवलो = देव द्वारा दिया गया। इसीप्रकार ब्रह्मलो, सिवलो आदि समझें।

'इय[2]'—

देवेन दत्तो, देव + इय = देवियो = देव द्वारा दिया गया। इसी प्रकार ब्रह्मियो, सीवियो आदि समझें।

५०. भाव तथा कर्म अर्थ में षष्ठ्यन्त शब्दों से होने वाले प्रत्यय—

भाव अर्थ में—

'त्त[3]'—

नीलस्स पटस्स भावो, नील + त्त = नीलत्तं = नीलता (गुण)।

नीलस्स गुणस्स भावो, नील + त्त = नीलत्तं = नीलता (नीलगुण जाति)।

गावस्स भावो, गो + त्त = गोत्तं = गोत्व (गो जाति)।

पाचकस्स भावो, पाचक + त्त = पाचकत्तं = पाचकत्व (क्रियादि सम्बन्ध)।

---

१. किम्हानिद्धारणे रतररतमा (मो० ४, ५७)—निर्धारण अर्थ में किं शब्द से 'रतर' 'रतम' प्रत्यय होते हैं।

२. तेन दत्ते लिया (मो० ४, ५८)—दान के अर्थ में तृतीयान्त शब्दों से 'ल' और 'इय' प्रत्यय होते हैं।

३. तस्स भावकम्मेसु त्ततात्तनण्यणेय्यणियणिया (मो० ४, ५९)—षष्ठ्यन्त शब्दों से बहुल प्रकार के भाव तथा कर्म अर्थों में त्त, ता, त्तन, ण्य, णेय्य, ण, इय, णिय प्रत्यय होते हैं। (बहुल का तात्पर्य यह है कि कहीं ये प्रत्यय होंगे कहीं नहीं होंगे, कहीं विकल्प से होंगे तथा कहीं दूसरे प्रकार से हो

इसी प्रकार दण्डित्तं, विसाणित्तं, राजपुरिसत्तं आदि में क्रियादि-सम्बन्धरूप 'भाव' अर्थ समझें।

देवदत्तस्स भावो, देवदत्त + त्त = देवदत्तत्तं = देवदत्त का भाव (अवस्थाविशेष)।

'ता'—

उपर्युक्त अर्थों में ही क्रमशः नीलता, गोता, पाचकता, देवदत्तता आदि समझें।

'त्तन'—

पुथुजनस्स भावो, पुथुजन + त्तन = पुथुजनत्तनं = पृथक्जनत्व

इसीप्रकार वेदनत्तनं, जायत्तनं, जारत्तनं आदि समझें।

'ण्य'—

अलसस्स भावो, अलस + ण्य = आलस्यं[1] = आलस्य।

इसीप्रकार ब्रह्मञ्ञं, चापल्यं, नेपुञ्ञं, पेसुञ्ञं, रज्जं।

आधिपच्चं[1], दायज्जं[1], वेसम्मं (वेसमं[2]) आदि समझें।

'णेय्य'—

सुचिनो भावो, सुचि + णेय्य = सोचेय्यं = शुचिता।

अधिपतिनो भावो, अधिपत्ति + णेय्य = अधिपतेय्यं = आधिपत्य।

'ण'—

गुरुनो भावो, गुरु + ण = गारवं = गुरुता।

इसी प्रकार पाटवं, अज्जवं मद्दवं आदि समझें।

'इय'—

अधिपतिनो भावो, अधिपति + इय = अधिपतियं = आधिपत्यं।

इसीप्रकार पण्डितियं, बहुस्सुतियं, नग्गियं, सुरियं आदि समझें।

जायेंगे, अर्थात् इनके सम्बन्ध में कोई ठोस व्यवस्था नहीं है।) तु० ण्यत्तता भावे तु, क० २, ८, १७।

१. लोपो वण्णिवण्णान (मो० ४, १३१)—'यकार' से आरम्भ होने वाला प्रत्यय यदि परे हो, तो शब्द के अन्तिम ऊवर्ण तथा इवर्ण का लोप होता है। तु० अवण्णो ये लोपञ्च, क० २, ५, १५।

२. ण विसमादीहि (क० २, ८, १८)—'उसका भाव' इस अर्थ में 'विसम' आदि शब्दों से 'ण' प्रत्यय होता है।

'णिय'--

अलसस्स भावो, अलस + णिय = आलसियं = आलस्य ।

इसीप्रकार कालुसियं, मन्दियं, दक्खियं, पोरोहितियं, वेय्यत्तियं आदि समझें ।

कर्म अर्थ में—कर्म का अर्थ क्रिया है, इस अर्थ में भी उपर्युक्त प्रत्यय होते हैं। अलसस्स कम्मं, इस विग्रह में अलसत्तं, अलसता, अलसत्तनं, आलस्यं, आलसेय्यं, आलसं अलसियं आलसियं रूप होंगे ।

स्वार्थ में—उपर्युक्त प्रत्ययों में से कुछ स्वार्थ में भी देखे जाते हैं । जैसे— यथाभुच्चं (याथाभूत्यम्), कारुञ्ञं (कारुण्यम्), पत्तकल्लं (प्रातः कालिकम्), आकासानञ्चं (आकाशानन्त्यम्), कायपागुञ्ञता (कायप्रगुणता) ।

'ब्य[1]'—

बद्धस्स भावो, बद्ध + ब्य = बद्धब्यं = बद्धता ।

दासस्स भावो, दास + ब्य = दासब्य = दासता ।

'नण्[2]'—

युवस्स भावो, युव + नण् = योब्बनं = जवानी ।

'इम[3]'—

अणुस्स भावो, अणु + इम = अणिमा = लघुता ।

इसी प्रकार लघिमा, महिमा[4], कसिमा[4] आदि समझने चाहिये ।

५१. भाववाचक शब्दों से उत्पन्न पदार्थ के अर्थ में होने वाला प्रत्यय—

'इम[5]'—

पाकेन निब्बतं, पाक + इम = पाकिमं = पाक से उत्पन्न ।

इसी प्रकार सेकिमं आदि समझने चाहिये ।

---

१. ब्य वद्धदासा वा (मो० ४,६०)—षष्ठ्यन्त 'बद्ध' तथा 'दास' शब्दों से भाव या कर्म अर्थ में विकल्प से 'ब्य' प्रत्यय होता है ।

२. नण् युवा बो वस्स (मो० ४,६१)—षष्ठ्यन्त 'युव' शब्द से भाव या कर्म अर्थ में विकल्प से 'नण्' प्रत्यय होता है, तथा व का ब आदेश हो जाता है ।

३. अण्वादित्विमो (मो० ४,६२)—'अणु' आदि षष्ठ्यन्त शब्दों से भाव अर्थ में विकल्प से 'इम' प्रत्यय होता है ।

४. किसमहतमिमे कस्महा (मो० ४,१३३)—'इम' प्रत्यय परे होने पर 'किस' तथा 'महन्त' शब्द को क्रमशः 'कस्' और 'मह्' आदेश होते हैं ।

५. भावातेन निब्बत्ते (मो० ४,६३)—भाव वाचक शब्दों से उत्पन्न पदार्थ के अर्थ में 'इम' प्रत्यय होता है ।

५२. अतिशय का भाव रहने पर शब्दों से होने वाले प्रत्यय––

'तर[१]'––

अतिसयेन पापो, पाप + तर = पापतरो (पुं०) = अत्यन्त पापी ।
= पापतरा (स्त्री०)

'तम[१]'––

अतिसयेन पापो, पाप + तम = पापतमो = अत्यन्त पापी ।

'इस्सिक[१]'––

अतिसयेन पापो, पाप + इस्सिक = पापिस्सिको = अत्यन्त पापी ।

'इय[१]'––

अतिसयेन पापो, पाप + इय = पापियो = अत्यन्त पापी ।

इसी प्रकार जेय्यो[२], साधियो[३], नेदियो[३] और सेय्यो[२], कणियो[४], कनियो[४] आदि भी समझने चाहिये ।

'इट्ठ[१]'––

अतिसयेन बुद्धो, बुद्ध + इट्ठ = जेट्ठो[३] = अत्यधिक बृद्ध ।

अतिसयेन पापो, पाप + इट्ठ = पापिट्ठो = अत्यन्त पापी ।

इसी प्रकार साधिट्ठो[३], नेदिट्ठो[३], सेट्ठो[३], कणिट्ठो[४], कनिट्ठो[४] आदि समझने चाहिये ।

---

१. तरतमिस्सिकियिट्ठातिसये (मो० ४,६४)––अतिशय का भाव द्योतित होता हो तो शब्दों से 'तर', 'तम', 'इस्सिक', 'इय' और 'इट्ठ' प्रत्यय होते हैं (विसेसे तरतमिस्सिकियिट्ठा, क० २,८,२०) ।

२. जो बुद्धस्सियिट्ठेसु (मो० ४,१३५)––'इय' और 'इट्ठ' प्रत्यय परे होने पर 'बुद्ध' को 'ज' आदेश होता है । दे० बुद्धस्स जो इयिट्ठेसु, क० २,५,१६ ।

३. बाल्हन्तिक पसत्थानं साधनेदसा (मो० ४, १३६)––'इय' तथा 'इट्ठ' 'प्रत्यय परे रहने पर बाल्ह, अन्तिक तथा पसत्थ शब्दों को यथा क्रम 'साध', 'नेद' और 'स' आदेश होते हैं । दे० पसत्थस्स सोच, अन्तिकस्स नेदो बाल्हस्स सादो क० २,५,१७–१९ ।

४. कण् कनाप्पयुवानं (मो० ४,१३७) इय तथा इट्ठ प्रत्यय परे रहने पर 'अल्प' तथा 'युवा' के अर्थ में क्रमशः 'कण्' और 'कन' प्रत्यय होते हैं । दे०, अप्पस्स कणं, युवानञ्च, क० २,५,२०–२१ ।

५३. उससे निश्रित इस अर्थ में होने वाले प्रत्यय--

'ल्ल[1]'--

वेदनिस्सितं, वेद + ल्ल = वेदल्लं = वेद से निश्रित ।

इसी प्रकार दुट्ठुल्लं आदि समझना चाहिये ।

'इय'—

अतिसयेन मेधावी, मेधावी + इय = मेधियो[2] = बुद्धिमान् ।

अतिसयेन सतिमा, सतिमा + इय = सतियो[2] = स्मृतिमान् ।

अतिसयेन गुणवा, गुणवा = इय = गुणियो[2] = गुणवान् ।

'इट्ठ'—

अतिसयेन मेधावी, मेधावी + इट्ठ = मेधिट्ठो = बुद्धिमान् ।

अतिसयेन सतिमा, सतिमा + इट्ठ = सतिट्ठो = स्मृतिमान् ।

अतिसयेन गुणवा, गुणवा + इट्ठ = गुणिट्ठो = गुणवान् ।

५४. षष्ठ्यन्त नाम से 'उसकी विकृति' या 'उसका अंग' अर्थ में होने वाले प्रत्यय---

'ण[3]'--

अयसो विकारो, अयस + ण = आयसं = लौहनिर्मित ।

इसी प्रकार ओदुम्बरं, कापोतं आदि समझने चाहिये ।

'णिक[3]'--

कप्पासस्स विकारो, कप्पास + णिक = कप्पासिकं = कपासनिर्मित ।

'णेय्य[3]'--

एणस्स मंस्सं, एण + णेय्य = एणेय्यं मंसं = एणमृग का मांस ।

इसी प्रकार कोसेय्यं आदि समझने चाहिये ।

'मय[3]'—

तिणस्स विकारो, तिण + मय = तिणमयं = तृण का ।

इसी प्रकार दारुमयं, मत्तिकामयं, गोमयं आदि समझने चाहिये ।

---

१. तन्निस्सिते ल्लो (मो० ४,६५)--'उससे निश्रित' इस अर्थ में द्वितीयान्त शब्दों से 'ल्ल' और 'इल्ल' प्रत्यय होते हैं । तु० तन्निस्सितत्थे लो, क० २,८,१५ ।

२. लोपो वीमन्तुवन्तूनं (मो० ४, १३८)---इय और इट्ठ प्रत्यय बाद में रहने पर वी, मन्तु एवं वन्तु प्रत्ययों का लोप हो जाता है । दे० वन्तु-मन्तुवीनञ्च लोपो, क० २, ५, २२ ।

३. तस्स विकारावयवेसुणणिकणेय्यमया (मो० ४, ६६)--'उसका विकार या अवयव' इस अर्थ में षष्ठ्यन्त शब्दों से 'ण' 'णिक', 'णेय्य' और 'मय' प्रत्यय होते हैं । तु० 'तप्पकतिवचने मयो, क० २, ८, २९ ।

'स्सण[1]'--

जतुनो विकारो, जतु + स्सण = जातुस्सं = जतुका विकार ।

[2]पियालस्स फलानि, पियाल + स्सण = पियालानि ।

इसी प्रकार मल्लिका, उसीरं आदि समझें ।

५५. 'उनका समूह अर्थ' में होने वाले प्रत्यय--

'कण्[3]'--

राजूनं समूहो, राजा + कण् = राजकं = राजाओं का समूह ।

इसी प्रकार मानुस्सकं, ओट्कं, ओरब्भकं, हत्थिकं आदि समझें ।

'ण[3]'--

काकानं समूहो, काक + ण = काकं = कौओं का जमात्र ।

इसी प्रकार भिक्खं आदि भी समझना चाहिये ।

'णिक[3]'--(जड़ पदार्थों से)

आपूपानं समूहो, आपूप + णिक = आपूपिकं = पूए की ढेर ।

'ता[4]'--

जनानं समूहो, जन + ता = जनता ।

इसी प्रकार गजता, बन्धुता, सहायता, नागरता आदि समझें ।

५६. 'उनके हित में' अर्थ में होने वाला प्रत्यय--

'इय[5]'--

उपादनस्स हितं, उपादान + इय = उपादानियं = उपादान के हित में ।

---

१. जतुतो स्सण वा (मो० ४, ६७)--षष्ठ्यन्त नाम शब्द 'जतु' से निर्मित पदार्थों के अर्थ में विकल्प से 'स्सण' प्रत्यय होता है ।

२. लोपो (मो० ४, १२३)--फल, पुष्प मूलरूप विकार एवं अवयव अर्थ में बहुल प्रकार से प्रत्ययों का लोप होता है ।

३. समूहे कण्णणिका (मो० ४, ६८)--'उनका समूह' अर्थ में षष्ठ्यन्त शब्दों से परे कण्, ण, णिक प्रत्यय होते हैं । तु० 'समूहत्थे कण्णा', क० २, ८, ११ ।

४. जनादीहिता (मो० ४, ६९)--जन आदि षष्ठ्यन्त शब्दों से 'उनका समूह' अर्थ में 'ता' प्रत्यय होता है । (ता प्रत्ययान्त स्वभावतः स्त्रीलिंग होते हैं ।) (गामजनबन्धुसहायादीहि ता, क० २, ८, १२.) ।

५. इयो हिते (मो० ४, ७०)--'उनके हित में' इस अथ में षष्ठ्यन्त नाम से 'इय' प्रत्यय होता है ।

(यह 'इय' प्रत्यय अन्य अर्थ में भी होता है। समानोदरे सयितो, सोदर + इय = सोदरियो = एक ही उदर में शयन करने वाला)।

'स्स[1]'—

चक्खुस्स हितं, चक्खु + स्स = चक्खुस्सं = चक्षु के हित में।

इसी प्रकार आयुस्सं आदि समझें।

५७. 'उस विषय में साधु = उचित, कुशल, हितकर होना' अर्थ में होने वाले प्रत्यय—

'ण्य[2]'—

सभायं साधु, सभा + ण्य = सब्भो = सभ्य।

इसी प्रकार पारिसज्जो आदि समझें।

'नीय[3]'—

कम्मे साधु, कम्म + नीय = कम्मनीयं।

'ञ्ञ[3]'—

कम्मे साधु कम्म + ञ्ञ = कम्मञ्ञं।

'इक[4]'—

कथायं साधु कथा + इक = कथिको।

इसी प्रकार धम्मकथिको, पवासिको, उपवासिको आदि समझें।

णेय्य[5]'—

पथे साधु, पथ + णेय्य = पाथेय्यं = रास्ते का भोजन।

इसी प्रकार सायतेय्यं आदि समझें।

५८. 'उसके लिए योग्य होना, पात्र होना', अर्थ में होने वाला प्रत्यय—

---

१. चक्खवादितो स्सो (मो० ४, ७१)—'उनके हित में' इस अर्थ में षष्ठचन्त 'चक्खु' आदि से 'स्स' प्रत्यय होता है।
२. ण्यो तथ्य साधु (मो० ४, ७२)—'उसविषय में साधु = उचित कुशल, हित कर, होना' अर्थ में षष्ठचन्त नाम से 'ण्य' प्रत्यय होता है।
३. कम्मा नियञ्ञा (मो० ४, ७३)—'उस विषय में साधु = उचित, कुशल, हितकर होना अर्थ में षष्ठचन्त कर्म शब्द से 'नीय' और 'ञ्ञ' प्रत्यय होते हैं।
४. कथादित्विको (मो० ४, ७४)—'उस विषय में साधु = उचित, कुशल, हितकर होना' अर्थ में षष्ठचन्त 'कथा' आदि शब्दों से 'इक' प्रत्यय होता है।
५. पथादीहि णेय्यो (मो० ४, ७५.)—'उस विषय में साधु = उचित, कुशल, हितकर होना' अर्थ में षष्ठचन्त नाम से 'णेय्य' प्रत्यय होता है।

णेय्य[१]—

दक्खिणं अरहतीति, दक्खिण + णेय्य = दक्खिणेय्यो = दक्षिणा का पात्र ।

'ण्य[२]'—

घातेतुं अरहतीति, घातेतुं + ण्य = घातेतायं ।

इसी प्रकार जापेतायं, पब्बाजेतायं आदि समझें ।

५९. 'वह यहाँ है या इसका है' इस अर्थ में होने वाले प्रत्यय—

'मन्तु[३]'—

गावो एत्थ देसे अस्स वा पुरिसस्स सन्तीति, गो + मन्तु = गोमा = गौओं वाला ।

इसी प्रकार गतिमा सतिमा आयस्मा[४] आदि समझें ।

'वन्तु'[५]—

सीलं एत्थ अस्स वा अत्थीति, सील + वन्तु = सीलवा = शीलवान् ।

इसी प्रकार पञ्ञवा आदि समझें ।

---

१. दक्खिणायारहे (मो० ४, ७६.)—'उसके लिए योग्य होना, पात्र होना' अर्थ में द्वितीयान्त 'दक्खिण' शब्द से 'णेय्य' प्रत्यय होता है ।

२. ण्यो तुमन्ता (मो० ४, ७७.)—उसके लिए योग्य होना, पात्र होना इस में तुम् प्रत्ययान्त शब्दों से 'ण्य' प्रत्यय होता है ।

३. तमेत्थस्सत्थीति मन्तु (मो० ४, ७८)—'वह यहाँ है या इसका है' इस अर्थ में प्रथमान्त नाम शब्दों से 'मन्तु' प्रत्यय होता है सूत्र में 'अत्थि' क्रिया पढ़ने के कारण वर्तमान काल में ही 'मन्तु' प्रत्यय होगा । गायें थीं, या गायें होंगी, इस अर्थ में 'गोमा' नहीं बनेगा गो अस्स आदि जाति शब्दों से और सेत वत्थ आदि गुणवाची शब्दों से, द्रव्य को कहने में समर्थ होने के कारण 'मन्तु' आदि प्रत्यय नहीं होते हैं । यदि वे ही गुण शब्द द्रव्य को कहने में समर्थ नहीं हैं तो उनसे 'मन्तु' आदि प्रत्यय होते ही हैं, जैसे— बुद्धिमा, रूपवा, रसिको आदि । यह 'मन्तु' आदि प्रत्यय प्रभूत अर्थ में, निन्दा अर्थ में, अतिशय अर्थ में, नित्य योग अर्थ में तथा संसर्ग अर्थ में होते हैं । (सत्यादीहि मन्तु, क० २, ८, १६) ।

४. आयुस्सायस् मन्तुम्हि (मो० ४, १३४)—'मन्तु' प्रत्यय लगने से 'आयु' शब्द को का आयस् आदेश हो जाता है । दे० आयुस्सुकारस्मन्तुम्हि क० २, ८, २८ ।

५. वन्त्ववण्णा (मो० ४, ७९)—'मन्तु' प्रत्यय के अर्थ में ही प्रथमान्त अकारान्त और आकारान्त शब्दों से 'वन्तु' प्रत्यय होता है । दे० गुणादितोवन्तु, क० २, ८, २५ ।

'इक'[1]—

दण्डो एत्थ अस्स वा अत्थीति, दण्ड + इक = दण्डिको = दण्डी ।

'ई'[1]—

दण्डो एत्थ अस्स वा अत्थीति, दण्ड + ई = दण्डी = दण्डवाला ।

उपर्युक्त 'इक' और 'ई' विकल्प से होते हैं, अतः 'मन्तु' प्रत्यय होने पर 'दण्डवा' रूप बनेगा ।

इसी प्रकार गन्धिको, गन्धी, गन्धवा, रूपिको, रूपी, रूपवा आदि समझें ।

यही 'इक' और 'ई' प्रत्यय तथा इनके विकल्प में 'मन्तु' या 'वन्तु' प्रत्यय कुछ शब्दों से किन्हीं विशेष अर्थों में होते हैं । यथा—

(क) ऋणदाता अर्थ होने पर धन शब्द से, धन + इक = धनिको ।

धन + इ = धनी
धन + वन्तु = धनवा } अन्यत्र

(ख) अप्राप्त पदार्थ होने पर अत्थ शब्द से, अत्थ + इक = अत्थिको ।

अत्थ + ई = अत्थी

अत्थ + वन्तु = अत्थवा—(अन्यत्र)

जिन शब्दों के अन्त में 'अत्थ' शब्द आयेगा उन शब्दों से भी ये प्रत्यय होते हैं ।

जैसे—पुञ्ञत्थिको, पुञ्ञत्थी ।

(ग) वर्णान्त शब्दों से 'ई' प्रत्यय होता है, यथा—
ब्रह्मवण्णी, देववण्णी ।

(घ) हत्थ और दन्त जाति अर्थ में 'ई' प्रत्यय होता है, यथा—
हत्थी, दन्ती अन्यत्र हत्थवा, दन्तवा ।

(घ) ब्रह्मचारी अर्थ में वर्ग शब्द से 'ई' प्रत्यय होता है—
वण्णी ब्रह्मचारी । अन्यत्र वण्णवा ।

(ङ) देश अर्थ में पोक्खर आदि शब्दों से 'ई' प्रत्यय होता है, यथा—
पोक्खरणी, उप्पलिनी, कुमुदिनी, भिसिनी, मुणालिनी, सालुकिनी आदि ।

---

1. दण्डादित्विक ई वा (मो० ४, ८०)—मन्तु प्रत्यय के अर्थ में ही प्रथमान्त 'दण्ड' आदि शब्दों से 'इक' और 'ई' विकल्प से होते हैं । इनके विकल्प में 'मन्तु' प्रत्यय होता है । दे० दण्डादितो इकई, क० २, ८, २३ ।

(च) कहीं देश अर्थ नहीं होने पर भी 'ई' हो जाता है, यथा—
पदुमिनी ।

(छ) 'नावा' शब्द से 'इक' प्रत्यय होता है, यथा—
नाविको ।

(ज) सुख और दुख से 'ई' प्रत्यय होता है, यथा—
सुखी, दुखी ।

(झ) बाहु पूर्वक और उरुपूर्वक 'बल' शब्द से ई प्रत्यय होता है, यथा
बाहुबली, उरुबली ।

'स्सी'[1]—

तपो एत्थ अस्स वा अत्थीति, तप + स्सी = तपस्सी = तपस्वी ।

इसी प्रकार यसस्सी, तेजस्सी, मनस्सी आदि समझें ।

'र'[2]—

मुखं एत्थं अस्स वा अत्थीति, मुख + र = मुखरो = मुखर ।

इसी प्रकार सुसिरो, उसरो, मधुरो, खरो, कुजरो, नगरो, मुग्गरो आदि समझें ।

(क) उन्नत दन्त अर्थ में दन्त शब्द से 'र' प्रत्यय होने पर दन्त शब्द के अन्तिम अकार को उकार हो जाता है, यथा—
दन्तुरो ।

'भ'[3]—

तुण्डि एत्थ अस्स वा अत्थीति, तुण्डि + भ = तुण्डिभो ।

इसी साळिभो, ब्रीळिभो आदि समझें । यह प्रत्येक विकल्प से होता है इस लिए तुण्डिमा आदि प्रयोग भी बनेंगे ।

'अ[4]'

सद्धा एत्थ अस्स वा अत्थीति, सद्धा + अ = सद्धो (पुं०)
= सद्धा (स्त्री०)

इसी प्रकार पञ्ञो आदि समझें ।

---

१. तपादीहि स्सी (मो० ४, ८१)—मत्त्वर्थ में प्रथमान्त 'तप' आदि शब्दो से 'स्टी' प्रत्यय होता है । तु० तपादितो सी, क० २, ८, २२ ।

२. मुखादितो रो (मो० ४, ८२)—मन्त्वर्थ में प्रथमान्त मुखादि शब्दों से 'र' प्रत्यय होता है । दे० मध्वादितो रो, क० २, ८ २४ ।

३ तुण्डचादीहि भो (मो० ४, ८३)—मन्त्वर्थ में प्रथमान्त तुण्डि आदि शब्दों से 'भ' प्रत्यय विकल्प से होता है ।

४. सद्धादित्व (मो० ४,८४—'मन्त्वर्थ' में प्रथमान्त 'सद्धा' आदि शब्दों से विकल्प से 'अ' प्रत्यय होता है ।

'ण[1]'—

तपो एत्थ अस्स वा अत्थीति, तप + ण = तापसो (पु०) = तपस्वी = तापसी (स्त्री)।

'आलु[2]'—

अभिज्झा एत्थ अस्स वा अत्थीति, अभिज्झा + आलु = अभिज्झालु।

इसी प्रकार सीतालु, धजालु, दयालु आदि समझें।

'इल[3]'—

पिच्छं एत्थ अस्स वा अत्थीति, पिच्छ + इल = पिच्छिलो = मोर।

इसी प्रकार फेणिलो, जटिलो आदि समझें।

'व[4]'

सीलं एत्थ अस्स वा अत्थीति, सील + व = सीलवो।

इसी प्रकार केसवो आदि समझें।

'अण्ण' तथा संज्ञार्थ होने पर 'गाण्डीव' एवं 'राजि' शब्द से नित्य 'व' प्रत्यय होता है। यथा—

अण्णवो, गाण्डीवं, राजीवं, पङ्कजं।

'वी[5]'—

माया एत्थ अस्स वा अत्थीति, माया + वी = मायावी।

इसी प्रकार मेधावी को समझें।

'आमी[6]'—

स एत्थ अस्स वा अत्थीति, स + आमी = सामी = स्वामी।

'उवामी[6]'—

स एत्थ अस्स वा अत्थीति, स + उवामी = सुवामी = स्वामी।

---

१. णो तपा (मो० ४, ८४)—'मन्त्वर्थ' में प्रथमान्त 'तप' शब्द से 'ण' प्रत्यय होता है।

२. आल्वभिज्झादीहि (मो० ४, ८६)—'मन्त्वर्थ' में प्रथमान्त 'अभिज्झा' आदि से 'आलु' प्रत्यय विकल्प से होता है। दे० आलु तब्बहुले, क० २, ८, १३।

३. पिच्छादित्विलो (मो० ४, ८७)—मन्त्वर्थ में प्रथमान्त 'पिच्छ' आदि से 'इल्' प्रत्यय विकल्प से होता है।

४. सीलादितो वो (मो० ४, ८८)—मन्त्वर्थ में प्रथमान्त 'सील' आदि शब्दों से विकल्प से 'व' प्रत्यय होता है।

५. माया मेधाहि वी (मो० ४, ७२)—'मन्त्वर्थ' में प्रथमान्त माया और मेधा शब्दों से 'वी' प्रत्यय होता है। दे० तदस्सात्थीति वी च, क० २, ८, २१।

६. सिस्सरे आम्युवामी (मो० ४, ९०)—'मन्त्वर्थ' में ईश्वरत्व प्रकट करने के लिए प्रथमान्त 'स' शब्द से 'आमी' और 'उवामी' प्रत्यय होते हैं।

'ण'[1]—

लक्खी एत्थ अस्स वा अत्थीति, लक्खी + ण = लक्खणो (यहाँ 'ण' अनुबन्ध नहीं है)।

'न'[2]—

(कल्याणं) अङ्गं एत्थ अस्सा वा अत्थीति, अङ्ग + न = अङ्गना=सुन्दर अङ्गों वाली।

'स'[3]—

लोमं एत्थ अस्स वा अत्थीति, लोम + स = लोमसो = रोमों वाला।
इसी प्रकार सुमेधसो आदि समझें।

'इम'[4]—

पुत्तो एत्थ अस्स वा अत्थीति, पुत्त + इम = पुत्तिमो = पुत्र वाला।
इसी प्रकार कित्तिमो आदि समझें।

'इय'[4]—

पुत्तो एत्थ अस्स वा अत्थीति, पुत्त + इय = पुत्तियो = पुत्र वाला।
इसी प्रकार कप्पियो, जटियो, सेनियो आदि समझें।

१०. पञ्चमी के अर्थ में होने वाले प्रत्यय—

'तो'[5]—

गामा ति, गामा + तो = गामतो = गाँव से।
इसी प्रकार चोरतो, सत्थतो आदि समझें।

---

१. लक्ख्या णो अ च (मो० ४, ९१)—मन्त्वर्थ में प्रथमान्त 'लक्खी' शब्द से 'ण' प्रत्यय होता है तथा 'लक्खी' शब्द के 'ईकार' को 'अकार' हो जाता है।

२. अङ्गा नो कल्याणे (मो० ४, ९२)—'मन्त्वर्थ' में कल्याण = सुन्दर का भाव प्रकट करने के लिए प्रथमान्त अंग शब्द से 'न' प्रत्यय होता है।

३. सो लोमो (मो० ४, ९३)—मन्त्वर्थ में प्रथमान्त 'लोम' आदि शब्दों से 'स' प्रत्यय होता है। तु० तदस्सात्थीति वी च, क० २, ८, २१ की वृत्ति।

४. इमिया (मो० ४, ९४)—मन्त्वर्थ में प्रथमान्त 'पुत्त' आदि शब्दों से 'इम,' 'इय' प्रत्यय बहुल प्रकार से होते हैं।

५. तो पञ्चम्या (मो० ४, ९५)—पञ्चमी के अर्थ में पञ्चम्यन्त शब्दों से बहुल प्रकार से 'तो' प्रत्यय होता है। अतएव 'गामतो आगच्छति, गामस्मा आगच्छति' आदि रूप बनते हैं। तु० क्वचि तो पञ्चम्यत्थे, क० २, ५, २।

इमस्मा ति, इम + तो = इतो[1] (इमस्मा) भी ।

एतस्मा ति, एत + तो = अतो,[1] एत्तो[1] (एतस्मा भी) ।

कस्मा ति, किं + तो = कुतो[2] (कस्मा भी), अभि + तो = अभितो[2] ।

इसी प्रकार, परितो[2], पच्छतो[2], हेट्ठुतो[2] आदि समझें ।

आदि + तो = आदितो[3] ।

इसी प्रकार मज्झतो[3], अन्तो[3], पिट्ठितो[3], परस्तो[3] आदि समझें ।

६१. सप्तम्यन्त अर्थ में होने वाले प्रत्यय—

'त्र[4]'—

सब्बस्मिं ति, सब्ब + त्र = सब्बत्र ।

इसी प्रकार यत्र आदि समझें ।

'त्थ[4]'—

सब्बस्मि ति, सब्ब + त्थ = सब्बत्थ ।

इसी प्रकार 'यत्थ' आदि समझें ।

किं + त्थ = कत्थ[5] ।

किं + त्र = कुत्र[5] ।

किं + व = क्व[5] ।

एत + त्थ = एत्थ[5] ।

एत + त्र = अत्र[5] ।

इसी प्रकार इह[5] और इध[5] समझें ।

---

१. इतोतेत्तो कुतो (मो० ४, ९६)—'तो' प्रत्यय के बाद में रहने पर 'इम' शब्द को टि (इ); 'एत' शब्द को ट (अ), एत् और 'किं' शब्द को 'कु' हो जाता है ।

२. अभ्यादीहि (मो० ४, ९६)—'अभि आदि के पञ्चम्यर्थ में 'तो' प्रत्यय होता है ।

३. आद्यादीहि (मो० ४, ९८)—पञ्चम्यर्थ में 'आदि' आदि शब्दों से 'तो' प्रत्यय होता है ।

४. सब्बादितो सप्तम्या त्रत्था (मो० ४, ९९)—सप्तम्यन्त अर्थ में 'सब्ब' आदि शब्दों से 'त्र' और 'त्थ' प्रत्यय बहुल प्रकार से होते हैं । बहुल प्रकार से होने के कारण ये प्रत्यय 'अम्ह' और 'तुम्ह' शब्दों से नहीं होते हैं । दे० त्रथ सत्तमिया सब्बनामेहि, क० २, ५, ३ ।

५. कत्थेत्थ कुत्रात्रक्वेहिध (मो० ४, १००)—कत्थ, कुत्र आदि शब्द निपात हैं । कस्मि के अर्थ में, कत्थ, कुत्र, क्व; एतस्मि के अर्थ में, एत्थ, अत्र तथा अस्मि के अर्थ में इह और इध हो जाता है । तु० किस्मा वो च, क० २, ५, ५ ।

'धी[१]'—

सब्बस्मिं ति, सब्ब + धी = सब्बधी = सर्वत्र ।

'हिं[२]'—

यस्मिं ति, य + हिं = यहिं = यहाँ।
तस्मिं ति, त + हिं = तहिं[३] = वहाँ ।

'हं[३]'—

तस्मिं ति, त + हं = तहं = यहाँ ।
इसी प्रकार कहं[४], कुहिं[४], कुतिञ्चनं[४], कुहिञ्चि आदि समझें ।

'दा[५]'—

सब्बस्मिं काले, सब्ब + दा = सब्बदा = सर्वदा ।
इसी प्रकार एकदा, अञ्ञदा, यदा, तदा, कदा[६], कुदा[६], सदा[६], अधुना[६], इदानि[६] आदि समझने चाहिये

---

१. धी सब्बा वा (मो० ४,१०१)—सप्तम्यन्त अर्थ में 'सब्ब' शब्द से विकल्प से 'धी' प्रत्यय होता है । तु० सब्बतो धि, क० २, ५, ४ ।

२. या हिं (मो० ४, १०२)—सप्तम्यन्त अर्थ में 'य' शब्द से विकल्प से 'हिं' प्रत्यय होता है । दे० यतो हिं, क०, २, ५, ९ ।

३ ता हं च (मो० ४, १०३)—सप्तम्यन्त अर्थ में 'त' शब्द से विकल्प से 'हिं' और 'हं' प्रत्यय होते हैं । दे० तम्हा च, क० २, ५, ७ ।

४. कुहिं कं हं (मो० ४, १०४)—सप्तम्यन्त अर्थ में 'किं' शब्द से 'हिं' और 'हं' प्रत्यय होते हैं तथा 'किं' शब्द को 'क' और 'कु' आदेश होते हैं । 'कुहिञ्चनं' और 'कुहिञ्चि' शब्दों में 'कुहिं' के बाद 'चनं' और 'चि' का निपातन समझना चाहिये । तु० हिंहंहिञ्चनं, क० २, ५, ६ ।

५. सब्बेकञ्ञयतेहि काले दा (मो० ४, १०५)—सप्तम्यन्त अर्थ में 'सब्ब' 'एक', 'अञ्ञ', 'य', 'त' आदि शब्दों से 'काल' अर्थ में 'दा' प्रत्यय होता है । तु० किंसब्बञ्ञेकयकुहिं दादाचनं, क० २, ५, ११ ।

६. कदा कुदा सदाधुनेदानि (मो० ४, १०६)—'कदा', 'कुदा', 'सदा', 'अधुना' अथवा 'इदानि' शब्दों का निपातन होता है । तु० इमस्मा इहिधुनादीनि च, क० २, ५, १३ ।

'ज्ज[१]' 'ज्जु[१]'—

अस्मिं अहनि, इम + ज्ज = अज्ज[१], = अद्य।
समाने अहनि, स + ज्जु = सज्जु[१], = सद्य।
अपरस्मिं अहनि, अपर + ज्जु = अपरज्जु[१], = अपरेद्युः = दूसरे दिन।

'रह[१]'—

इमस्मिं काले, इम + रह = एतरहि[१] = इस समय।
कस्मिं काले, किम + रह = करह[१] = किस समय।

६२. 'प्रकार' अर्थ में सर्वनामों से होने वाले प्रत्यय—

'था[२]'—

सब्बेन पकारेन, सब्ब + था = सब्बथा = सर्वथा।
इसी प्रकार 'यथा' 'तथा' आदि समझें।

'थं[३]'—

को पकारो, किं + थं = कथं = कैसे।
इसी प्रकार 'इत्थं' को समझना चाहिये।

'धा[४]'—

द्विहि पकारेहि द्वे वा पकारे, द्वि + धा = द्विधा = दो प्रकार से।
इसी प्रकार पञ्चधा, बहुधा, एकधा आदि समझने चाहिये।

---

१. अज्जसज्जवपरज्जवेतरहिकरहा (मो० ४, १०७)—'अज्ज आदि सभी शब्द निपात हैं। इनकी प्रकृति-प्रत्यय आदेश आदि इनके निपात होने से ही सिद्ध हैं। इम, समान, इम तथा किं को क्रमशः ट (अ), स, एत और क आदेश होते हैं। तु० क० २, ५, १३।
२. सब्बादीहि पकारे था (मो०, १०८)—असामान्य धर्म बताने वाले विशेष को 'प्रकार' कहते हैं। प्रकार द्योतक 'सब्ब' आदि को 'था' प्रत्यय होता है। दे० सब्बनामेहि पकारवचने तु था, क० २, ८, ५५।
३. कथमित्थं (मो० ४, १०९)—किं और इम शब्द निपात हैं। प्रकार अर्थ में 'किं' तथा इम' शब्दों से 'थं' प्रत्यय होता है तथा 'किं' एवं 'इम' को क्रमशः 'क' एवं 'इत्' आदेश होते हैं। दे० किमिमेहि थं, क० २, ८, ५६।
४. धा सङ्ख्याहि (मो० ४, ११०)—प्रकार के संख्यावाची होने पर 'धा' प्रत्यय होता है। दे० विभागे धा च, क० २, ८, ५४।

'ज्झं[१]'—

एकस्मा पकारो, एक + ज्झं = एकज्झं = एक प्रकार से ।

'एधा[२]'—

द्वीहि पकारो, द्वि + एधा = द्वेधा ।

इसी प्रकार तेधा भी समझें ।

'जातियो[3]—

पटु + जातियो = पटुजातियो ।

इसी प्रकार मुदुजातियो आदि समझने चाहिये ।

६३. 'बार' अर्थ में होने वाले प्रत्यय—

'क्खत्तुं[४]—

द्वे वारे भुञ्जति, द्वि + क्खत्तुं = द्विक्खत्तुं = दो बार ।

कति वारे भुञ्जति, कति + क्खत्तुं = कतिक्खत्तुं[५] = कितनी बार ।

'धा[६]'—

बहुवारं भुञ्जति, बहु + धा = बहुधा ।

'सकिं[७] भुञ्जति' में 'सकि' निपात है ।

---

१. वेकाज्झं (मो० ४, १११)—प्रकार के संख्यावाची होने पर 'एक' शब्द से विकल्प से 'ज्झं' प्रत्यय होता है ।

२. द्वितीहेधा (मो० ४, ११२)—प्रकार के संख्यावाची होने पर 'द्वि' और 'ति' शब्दों से विकल्प से 'एधा' प्रत्यय होता है ।

३. तब्बति जातियो (मो० ४, ११३)—प्रकार के अर्थ में सामान्यार्थ को प्रकट करने वाले शब्दों को 'जातियो' प्रत्यय होता है ।

४. वारसङ्ख्याय क्खत्तुं (मो० ४, ११४)—'बार सम्बन्धी संख्या से 'क्खत्तुं' प्रत्यय होता है ।

५. कतिम्हा (मो० ४, ११५)—उस 'कति' संख्या को, जिसका अर्थ 'बार' हो, 'क्खत्तुं' प्रत्यय होता है ।

६. बहुम्हा धा च पच्चासत्तियं (मो० ४, ११६)—उस 'बहु' संख्या को जिसका अर्थ बार हो तथा 'वारों' में समीपता हो तो, धा प्रत्यय होता है ।

७. सकिं वा (मो० ४, ११७)—'एक बार' इस अर्थ में विकल्प से 'सकिं' निपात के रूप में गृहीत होता है ।

६४. 'वीप्सा' और 'प्रकार' अर्थ में होने वाला प्रत्यय—

'सो[1]'—

वीप्सा अर्थ में—खण्डं खण्डं (कत्वा) ति, खण्ड + सो = खण्डसो कत्वा। = खण्ड-खण्ड करके।

इसी प्रकार 'तिलसो', 'एकेकसो' आदि समझें।

प्रकार अर्थ में—

पुथुहि पकारेहि ति, पुथु + सो = पुथुसो = विस्तार से।

सब्बेहि पकारेहि ति, सब्ब + सो = सब्बसो = सभी प्रकार।

६५. 'जो नहीं था, अब हो रहा है, अर्थ में होने वाला प्रत्यय—

'ची[2]'—

कर धातु—अधवलं धवलं करोति इति, धवल + ची + कर = धवली करोति = जो धवल नहीं था उसे धवल करता है।

अस धातु—अधवलो धवलो सिया ति, धवल + ची + अस = धवली सिया = अश्वेत श्वेत होवे।

भू धातु—अधवलो धवलो भवति ति, धवल + ची + भू = धवली भवति = अश्वेत श्वेत होता है।

६६. उपर्युक्त अर्थों में उक्त प्रत्ययों के अतिरिक्त होने वाले अन्य प्रत्यय—

'रिकण्[3]'—

(विविधा मातरो विमातरो) तासं पुत्ता ति, विमातु + रिकण् = वेमातिका = अनेक प्रकार की माताओं के पुत्र।

'आवी[3]'—

पथं गच्छन्ति ति पथ + आवी = पथाविनो = राही।

'उकी'[3]—

इस्सा अस्स अत्थीति, इस्सा + उकी = इस्सुकी = ईर्ष्यालु।

'य्हण'[3]—

धुरं वहतीति, धुर + य्हण = धुरय्हो = धुरन्धर।

---

१. सो वीच्छाप्पकारेसु (मो० ४, ११८)—'वीप्सा' और 'प्रकार' अर्थ में बहुत प्रकार से 'सो' प्रत्यय होता है।

२. अभूततब्भा वेकरास भू योगे विकारा ची (मो० ४, ११९)—'जो नहीं था, अब हो रहा है, अर्थ में कर, अस तथा भू धातुओं के योग में विकारवाचक शब्दों से 'ची' (ई) प्रत्यय होता है।

३. सिस्सतञ्ञेपि पच्चया (मो० ४, १२०)—उपर्युक्त अर्थों में अन्य प्रत्ययों के अतिरिक्त रिकण्, आवी, उकी, य्हण आदि अन्य प्रत्यय भी होते हैं।

६७. उक्त अर्थों से अन्य अर्थों में भी होने वाले प्रत्यय—

'ण'[१]—

मागधानं इस्सरो, मगध + ण = मागधो = मगधों का स्वामी ।

'इयो'[१]—

कासीति सहस्सं तमग्घतीति, कासी + इयो = कासियो = हजार मूल्य की वस्तु कासिक ।

६८. स्वार्थ में होने वाला प्रत्यय—

'क'[२]—

हीनो व, हीन + क = हीनको = हीन ।

इसी प्रकार पोतको[3] सब्बको[3] आदि समझें ।

३९. विभिन्न अर्थों में होने वाले ण अनुबन्ध वाले प्रत्ययों के रहने पर सरावमादि० (मो० ४, १२४) सूत्र से होने वाले वृद्धि नियम में अनियमिततायें भी पायी जाती हैं, यथा—

उजुनो भावो, अज्जवं[४] ।

मुदुनो भावो, मद्दवं[४] ।

इसिनो इदं भावो वा अरिस्सं[४] ।

उसभस्स इदं भावो वा, आसभं[४] ।

आजानीतस्स भावो सो एव वा, आजञ्ञं[४] ।

थेनस्स भावो कम्मं वा थेय्यं[४] आदि ।

स्त्री-प्रत्यय

जैसा कि ऊपर कहा गया है स्त्रीप्रत्यय भी तद्धितप्रत्यय के अन्तर्गत ही हैं । कुछ शब्द स्वभावतः स्त्रीलिङ्ग होते हैं जैसे 'मातु' आदि । कुछ और शब्दों से स्त्रीप्रत्यय जोड़कर उन्हें स्त्रीलिङ्ग बनाया जाता है । ये स्त्रीप्रत्यय स्त्रीत्व सामान्य के ही अर्थ में नहीं आते अपितु इनसे अनेक प्रकार के अर्थों की अभि-

---

१. अञ्ञस्मिं (मो० ४, १२१)—उक्त अर्थों से अन्य अर्थों में भी 'ण' और 'इय' आदि अन्य प्रत्यय होते हैं ।

२. सकत्थे (मो० ४, १२२)—स्वार्थ में 'क' प्रत्यय होता है ।

३. सब्बतो को (क० २, ३, १८)—'सब्ब' आदि शब्दों से 'क' प्रत्यय होता है ।

४. कोसज्जाज्जवपारिसज्ज सुहज्जमद्दवारिस्सासभाजञ्ञथेय्य बाहुसच्च (मो० ४, १२७)—'ण' अनुबन्ध होने पर 'कोसज्ज' आदि शब्द निपातनात् सिद्ध होते हैं ।

व्यक्ति करने का काम लिया जाता है। कहीं तो 'उस जाति वाली स्त्री', कहीं 'विशेष अवस्था वाली' कहीं 'उसकी भार्या' आदि अनेक अर्थ इन स्त्रीप्रत्ययों से बतलाये जाते हैं। एक बात और समझने की यह है कि 'खत्तिय की स्त्री' दो प्रकार की हो सकती है, एक तो वह जो स्वयं खत्तिय हो और दूसरी वह जो खत्तिय की स्त्री तो हो किन्तु स्वयं खत्तिय जाति की न हो। स्त्री प्रत्ययों को जोड़कर इस प्रकार के भेदों को भी स्पष्ट किया जाता है जैसे—यदि खत्तिय जाति की है तो 'खत्तिया' या 'खत्तियानी' होगी, किन्तु जब किसी खत्तिय की स्त्री होगी, चाहे वह खत्तिय जाति की न भी हो तो 'खत्तियी' ऐसा स्त्रीप्रत्ययान्त शब्द होगा।

७०. अकारान्त नाम से स्त्रीलिङ्ग में होने वाले प्रत्यय—

'आ[1]'—

सुसील + आ = सुसीला = सुशीला, सब्ब + आ = सब्बा = सभी।

धम्मदिन्न + आ = धम्मदिन्ना = धर्मपूर्वक दी गयी, किं + आ = का = कौ।

बालक + आ = बालिका[2] = बालिका।

कार + आ = कारिका[2] = करने वाली।

'ङी[3]' (ई)—

नद + ङी (ई) = नदी = नदी।

मह + ङी (ई) = मही = पृथ्वी।

कुमार + ङी (ई) = कुमारी = कुमारी।

तरुण + ङी (ई) = तरुणी = तरुणी।

वारुण + ङी (ई) = वारुणी = एक प्रकार का पेय।

गच्छन्त + ङी (ई) = गच्छती[4], गच्छन्ती[3] = जाती हुई।

गुणवन्तु + ङी (ई) = गुणवती[4], गुणवन्ती[4] = गुणवती।

---

१. इत्थियमत्वा (मो० ३, ३६)—स्त्रीलिङ्ग में वर्तमान अकारान्त नाम से 'आ' प्रत्यय होता है। दे० इत्थयमतो आदिप्रत्ययो, क० २, ४।

२. अधातुस्सक स्यादितो घेस्सि (मो० ४, १४२)—यदि स्त्री प्रत्यय बाद में हो तो अधातु शब्द के 'क' के पहले के 'अ' का बहुधा 'ई' हो जाता है।

३. नदादितो ङी (मो० ३, २७)—नद आदि शब्दों से स्त्रीलिङ्ग में 'ङी' प्रत्यय होता है। तु० नदादितो वा ई, क० २, ४, २८।

४. न्तन्तूनं ङीम्हि तो वा (मो० ३, ३६)—'ङी' प्रत्यय बाद में रहने पर 'न्त', 'न्तु' को विकल्प से 'त' हो जाता है। तु० न्तुस्स तभोकार, क० २, ४, ३१।

भवन्त + ङी (ई) = भोती[१], भवन्ती[१] = आप ।

गो + ङी (ई) = गावी[२], गो = गाय ।

पुथु + ङी (ई) = पथवी[३], पुथवी[३], पथ्वी[३] = पृथ्वी ।

'इनी[४]'—

यक्ख + इनी = यक्खिनी, यक्खी = यक्षिणी ।

नाग + इनी = नागिनी, नागी = नागिन ।

सीह + इनी = सीहिनी, सीही = सिंहनी ।

आरामिक + इनी = आरामिकिनी[५] = आराम करने वाली ।

अनन्तरायिक + इनी = अनन्तरायिकिनी[५] =

राज + इनी = राजिनी[५] = राज्ञी ।

मानुस + इनी = मानुसिनी[६] (संज्ञा) अन्यत्र मानुसी[६] = पक्षिविशेष की संज्ञा ।

'नी[७]'—

दण्डी + नी = दण्डिनी[८] = दण्ड धारण करने वाली ।

सदापयतपाणि + नी = सदापयतपाणिनी = दान केने के लिए सदैव खुले हाथों वाली ।

---

१. भवतो भोतो (मो० ३, ३७)—'ङी' प्रत्यय बाद में रहते पर 'भवन्त' शब्द को 'भोत' आदेश होता है । दे० भवतो भोतो, क० २, ४, ३२ ।

२. गोस्सावङ् (मो० ३, ३८)—'ङी' प्रत्यय बाद में रहने पर 'गो' शब्द को 'अवङ्' आदेश होता है ।

३. पुथुस्स पथवपुथुवा (मो० ३, ३०)—'ङी' प्रत्यय बाद में रहने पर 'पुथु' शब्द को 'पथव', 'पुथव' आदेश होते हैं । तु० पुथस्स पुथु पथामो वा, क० ४, ६ ।

४. यक्खादित्विनी च (मो० ३, २८)—स्त्रीलिङ्ग में 'यक्ख' आदि शब्दों से इनी प्रत्यय होता है और 'ङी' भी ।

५. आरामिकादीहि (मो० ३, २९)—स्त्रीलिङ्ग में 'आरामिक' आदि नाम से 'इनी' प्रत्यय होता है । तु० यातभिक्खु राजीकसन्नेहि इनी, क० २, ४, ३० ।

६. आरामिकादीहि (मो० ३, २९) की वृत्ति—'सञ्ञायं मानुसिनी' ।

७. युवण्णेहि नी (मो० ३, ३०)—स्त्रीलिंग में इवर्णान्त, उवर्णान्त नामों से 'नी' प्रत्यय होता है । तु० पतिभिक्खुराजी कारन्तेहि इनी, क० २, ४, ३० ।

८. व्यञ्जने दीघ रस्सा (मो० १, ३३)—ह्रस्व और दीर्घ स्वरों को कभी-कभी क्रम से दीर्घ और ह्रस्व हो जाता है यदि व्यञ्जन बाद में हो ।

भिक्खु + नी = भिक्खुनी = भिक्षुणी ।
खत्तबन्धु + नी = खत्तबन्धुनी ।
परचित्तविदू + नी=परचित्तविदुनी[3]=दूसरे के चित्त को जाननेवाली ।
अहिंसारति + नी = अहिंसारतिनी[1] = अहिंसा में रत रहने वाली ।
मुट्ठस्सति + नी = मुट्ठस्सतिनी[1] = विस्मृति वाली ।
बच्छगिद्धि + नी = बच्छगिद्धिनी[1] = पुत्रेच्छा वाली ।
घरणी[5] (गृहस्वामिनी) ।
पोक्खरणी[2] (पुष्करस्वामिनी) ।
आचरिनी[3], आचरिया[6] (स्वामी अर्थ में)

७१. 'उसकी भाषा अर्थ में स्त्रीलिंग में होने वाला प्रत्यय—
'आनी[4]'—
मातुल + आनी = मातुलानी = मामी ।
वरुण + आनी = वरुणानी = वरुण की स्त्री ।
गहपति + आनी = गहपतानी[5] = गृहपत्नी ।
आचरिय + आनी = आचरियानी = आचार्य की स्त्री ।
खत्तिय + आनी = खत्तियानी[3], खत्तिया[6] (अभार्या अर्थ में) ।
भार्या अर्थ में तो खत्तिय + ङी = खत्तियी[7] = क्षत्रिय की भार्या ।

---

१. क्तिम्हाञ्ञत्थे (मो० ३, ३१)—बहुव्रीहि समास से निष्पन्न शब्द के अन्त में यदि 'क्ति' प्रत्ययान्त शब्द हों तो उस समस्त शब्द से परे स्त्रीलिंग में बहुलप्रकार से 'नी' प्रत्यय होता है ।

२. घरण्यादयो (मो० ३, ३२)—'घरणी' आदि शब्द 'स्वामी' अर्थ होने पर स्त्रीलिंग में निपातन से सिद्ध होते हैं ।

३. आचरिया वा यलोपो च घरण्यादयो (मो० ३, ३२) की वृत्ति 'आचरिय' शब्द से ईश्वर अर्थ होने पर स्त्रीलिंग में 'नी' प्रत्यय और य का लोप, विकल्प से होता है ।

४. मातुलादित्वानी भरियायं (मो० ३, ३३)—'मातुल' आदि शब्दों से 'उनकी भार्या' अर्थ होने पर स्त्रीलिंग में 'आनी' प्रत्यय होता है । तु० मातुलादीनमानत्तमीकारे, क० २, १, ४७ ।

५. दे० पतिभिक्खु····इनी, क० २, ४, ३० ।

६. 'अभरियायं खत्तियावा'—मातुलादि····(मो० ६, ३६) की वृत्ति ।

७. नदादिगण में (मो० ३, २७)—पाठ होने से 'भार्या' अर्थ में 'खत्तियानी' होगा ।

७२. स्त्रीलिङ्ग में होने वाले प्रत्यय—

'ऊ'[1]—

करभोरु + ऊ = करभोरू = करभ के समान जाँघों वाली।

संहितोरु + ऊ = संहितोरू = मिली हुई जाँघों वाली।

सहितोरु + ऊ = सहितोरू = मिली हुई जाँघों वाली।

सञ्ञतोरु + ऊ = सञ्ञतोरू = संयत जाँघों वाली।

सहोरु + ऊ = सहोरू = साथ मिली हुई जाँघों वाली।

वामोरु + ऊ = वामोरू = सुन्दर जाँघों वाली।

लक्खणोरु + ऊ = लक्खणोरू = लक्षित जाँघों वाली।

'ति'[2]—

युव + ति = युवति = युवती।

●

---

१. उपमासंहितसहितसंहतसफवामलक्खणादि तूरुतू (मो० ३, ३४)—उरु शब्द के उपमान रूप 'संहित' आदि शब्दों के रहने पर स्त्रीलिङ्ग में तदन्त से 'ऊ' प्रत्यय होता है।

२. युवा ति (मो० ३, ३५)—स्त्रीलिङ्ग में 'युव' शब्द से 'ति' प्रत्यय होता है।

आख्यानप्रकरण

यास्क[1] ने पूरी भाषा का विभाजन नाम, आख्यात, उपसर्ग एवं निपात—इन चार भागों में किया है। आख्यात से उनका तात्पर्य धातु से है। अतएव उन्होंने 'आख्यातजानि नामानि' जिसे महाभाष्यकार पतञ्जलि[2] ने 'नाम च धातुजं धातुजमाह' कहा है। मीमांसक[3] लोग आख्यात से केवल 'तिङ्' मात्र का बोध करते हैं। पाणिनीय[4] व्याकरण में आख्यात का अर्थ तिङन्त माना गया है। पालिभाषा के वैयाकरण कच्चायन ने 'आख्यात कप्पो' लिखकर पाणिनीय वैयाकरणों का अनुसरण किया है क्योंकि उन्होंने इस कप्प में तिङन्त का ही विचार प्रस्तुत किया है। वर्तमान व्याकरण में भी आख्यात का प्रयोग तिङन्त ही अर्थ समझकर किया गया है।

तिङन्त में धातु का और उनसे जुटने वाले उन प्रत्ययों का, जो क्रियापद बनाते हैं, विचार किया जाता है। जहाँ तक वैयाकरणों का प्रश्न है, ये लोग धातु का अर्थ व्यापार और फल मानते हैं और प्रत्ययों का अर्थ काल [अवस्था (Mood) सहित] पुरुष (प्रथम, मध्यम, उत्तम), वचन (एकवचन, बहुवचन) और वाच्य (कर्तृ, भाव, कर्म) मानते हैं। धातुओं का विभाजन उनके स्वरूप के आधार पर संस्कृत वैयाकरणों के अनुसार दश गणों में किया गया है। इनके अतिरिक्त संस्कृत के समान ही सन्नन्त (Desiderative), यङन्त (Intensive),

---

१. तद्यान्येतानि चत्वारि पदजातानि नामाख्याते चोपसर्गनिपाताश्च तानीमानि भवन्ति।....भावप्रधानमाख्यातम्...। पूर्वापरीभूतं भावमाख्यातेनाचष्टे ...।

निरुक्तम्, अध्याय १, पाद १, खंड १

तत्र नामान्याख्यातजानीति शाकटायनो नैरुक्तसमयश्च।

—१. ४. १३

२. नाम च धातुजमाह निरुक्ते, व्याकरणे शकटस्य च तोकम्।

—महाभाष्य, ३. ३. १

३. 'यजेत' इत्यत्रास्त्यंशद्वयं यजिधातुः प्रत्ययश्च। प्रत्ययेऽप्यस्त्यंशद्वयं आख्यातत्वं लिङ्गत्वं च। तत्राख्यातत्वं दशलकारसाधारणं, लिङ्गत्वं पुनर्लिङ्मात्रे।

—अर्थसंग्रह, उपोद्घातविभाग।

४. आख्यातमाख्यातेन क्रियासातत्ये।

—गणसूत्र पा० २. १. ७२

णिजन्त (Causative) और नाम धातु (Denominative) के भी प्रयोग पालि-भाषा में मिलते हैं। ये सभी तिङन्त रूप परस्सपद अत्तनोपद में विभक्त किये गये हैं। साथ ही साथ यह भी सत्य है कि पालिभाषा में संस्कृत के अधिकांश आत्मनेपद परस्सपद में प्रयुक्त हुए हैं और इसीलिए अत्तनोपद का प्रयोग अति-स्वल्प है।

पालिभाषा में भी स्थूलतः तीन काल माने गये हैं—

वत्तमान, भविस्सत (भविस्सन्त) और भूत। वत्तमान काल को कच्चायन ने पच्चुप्पन्न[1] काल कहा है अर्थात् पच्चुप्पन्न काल में वत्तमान प्रत्यय होते हैं। उन्होंने वर्त्तमान प्रत्यय गिनाये हैं[2]। तात्पर्य यह है कि उन्होंने प्रत्ययों का नाम वत्तमान रखा है और काल को पच्चुप्पन्न कहा है। मोग्गलान[3] ने सूत्र का रूप भिन्न रखकर काल को वत्तमान ही कहा है—'वत्तमाने आरद्धापरिसमत्ते अत्थे वत्तमानतो क्रियत्था त्यादयो होन्ति····।

भविस्सत (भविस्सन्त) को कच्चायन ने अनागत कहा है और अनागत (भविष्यत्) अर्थ में भविस्सन्ती[4] प्रत्यय[5] किया है किन्तु मोग्गल्लान[6] ने भविष्यत् काल के अर्थ में भविस्सत (भविस्सन्त) का प्रयोग किया है।

भूतकाल तीन प्रकार का होता है—

१. परिसमत्तत्थक[7] भूत जिसे कच्चायन ने अज्जतन[8] भूत कहा है और अज्जतनीसंज्ञा[9], अपनी शैली के अनुसार प्रत्ययों की है, ऐसा बताया है।

---

१. वत्तमाना पच्चुप्पन्ने। क० व्या० ३, १, ९।
२. वत्तमाना ति अन्ति सि थ मि म ते अन्ते से व्हे ए म्हे। वही, ३, १, १८।
३. वत्तमाने ति अन्ति सि थ मि म ते अन्ते से व्हे ए म्हे। मो० ६, १।
४. अनागते भविस्सन्ती। क० व्या० ३, १, १६।
५. भविस्सन्ती स्सति स्सन्ति स्ससि स्सथ स्सामि स्साम स्सते स्सन्ते स्ससे स्सव्हे स्सं स्साम्हे। क० व्या० ३, १, २४।
६. भविस्सति स्सति स्सन्ति स्ससि स्सथ स्सामि स्साम स्सन्ते स्ससे स्सव्हे स्सं स्साम्हे। मो० ६, २।
७. भूते ई उं ओ त्थ इं म्हा आ ऊ से व्हं अ म्हे, मो० ६, ४ तथा इसकी वृत्ति—'भूते परिसमत्ते अत्थे'····।
८. समीपेज्जतनी। क० व्या० ३, १, १४।
९. अज्जतनी ई उं ओ त्थ इं म्हा आ ऊ से व्हं। क० व्या० ३, १, २३।

२. अनज्जतन[1] भूत जिसे कच्चायन ने हीयत्तन भूत[2] कहा है और उसमें हीयत्तनी विभक्तियों[3] का निर्देश किया है।

३. परोक्खभूत[4] ऐसा भूतकाल जिसकी क्रिया का प्रत्यक्ष न हो अर्थात् बहुत दिनों की बीती बात को स्वप्न, उन्माद तथा विषयान्तर में लगे हुए होने की स्थिति में वर्तमान में अनुभूत क्रिया भी परोक्ख मानी जाती है। इस तरह उत्तम पुरुष में भी परोक्ख भूत का प्रयोग होता ही है। यथा—सुत्तोन्वहं विललाप, मत्तोन्वहं विललाप, अचेतनो हं पठवियं पपत। मोग्गल्लान के व्याकरण की सूत्र

१. अनज्जतने आ ऊ ओ त्थ ऊ म्हा त्थ त्थुं से व्हं इं म्हसे। मो० ६, ५।
२. हीयोप्पभुति पच्चक्के हीयत्तनी। क० व्या० ३, १, १३।
३. हीयत्तनी आ ऊ ओ त्थ अ म्हा त्थ त्थुं से व्हं इं म्हसे, क० व्या० ३, १, २२।
४. 'परोक्खे अ उ ए त्थ अ म्ह त्थ रे त्थो व्हो इ म्हे। —मो० ६. ६। तथा अपच्चक्खे परोक्खातीते —क० या० ३. १. १२.

गायगर ने पालिभाषा में कुछ अपवादों को, जो कृत्रिम कविताओं तथा पाण्डित्याभिमानी लोगों की स्मृतियों के कारण ही उपलब्ध होते हैं, छोड़कर परोक्षभूत की स्थिति नहीं माना है और उन्होंने यह भी लिखा है कि अतएव इस सम्बन्ध में वैयाकरणों का प्रयत्न व्यर्थ-सा है—'With the exception of a few Pertified forms, the perfact has been almost completely eliminated from the Pali language. Forms like bubodha susoca (but cf. also jogama Ja. 203) as they are found for instance, in the artificial poetry, are merely learned reminiscences. To set forth a paradigm for the Perfect, as is done by the Grammarians, is therefore unnecessary. The last vestiges of the Perfect are : aha 'he has said' (=aha) Sn. 790, Vin. I 40 (Verse). M. I. 14, Jaco. I. 121 and its Plural ahu (ahus) Th 1. 188. Dh. 345. Jaco. I. 59, Mhvs. 1.27, to which was added the new formation ahamsu (after adamsu) Jaco. 1. 121, 222 etc. Finally, we have also vidu or vidum 'they know' (=vidas) Sn. 758, Th 1. 497. Mhvs. 23. 78. The Sg. Corresponding to it the form vedi which is very probably=Skr. avedit.

सं० ६-६० की वृत्ति में भी इसका इसप्रकार उल्लेख है— ... 'विक्खित्तब्यासत्तचित्तेनात्तनापि क्रिया कताभिनिब्बत्तिकाले नुपलद्धा समाना, फलेनानुमीयमाना परोक्खाव वत्थुतो तेनुत्तमविसयेपि पयोग सम्भवो'। कच्चायन ने इस अर्थ में होने वाले प्रत्ययों की संज्ञा परोक्ख बतायी है।[1]

इस प्रकरण में काल की चर्चा के प्रसंग से यह भी जानना चाहिये कि क्रियातिपत्ति के अर्थ में भिन्न प्रकार के प्रत्यय होते हैं। अतिपत्ति का अर्थ है— अनिष्पत्ति = असिद्धि। एक वाक्य की क्रिया दूसरे वाक्य की क्रिया के बिना यदि असिद्ध हो, निष्पन्न न हो रही हो तो इसे क्रियातिपत्ति कहते हैं—जैसे, यदि उसने परिश्रम किया होता तो प्रथम श्रेणी आगयी होती। परिश्रम का न करना प्रथम श्रेणी के न आने में कारण है। इसे conditionl Senterc (सापेक्ष वाक्य या सनियम वाक्य) कहा जा सकता है। इस क्रियातिपत्ति में मोग्गल्लान ने एय्यादो विसये क्रियातिपत्तियं स्सादयो होन्ति विभासा; विधुरपच्चयोपनिपाततो कारणवेकल्लतो वा क्रियायातिपतनमहिनिप्फत्ति क्रियातिपत्ति; एते च स्सादयो सामत्थियातीतानागतेस्वेव न वत्तमाने तत्र क्रियातिपत्त्यसम्भवा[2]' कहा है और कच्चायन ने 'क्रियातिपन्नमत्ते अतीते काले कालातिपत्ति विभत्ति होती'[3] कहा है और इस पर कच्चान वण्णनां में 'किरियमतिक्कम पवत्तमत्ते अतीते काले अतीत किरियाय कालातिपत्ति विभत्ति होती ति अत्थो। अतिपतनं अतिपन्नं, अतिक्कमित्वा पतनं पवत्तनन्त्यत्थो: किरियाय अतिपन्नं किरियातिपनं, तस्मिं किरियातिपन्ने: पच्चुप्पन्नं अतिक्कम्म इतो पवत्तो ति अतीतो, तस्मिं अतीते, करणं कारो, कारो एवं कालो, रकारस्स लकारो; अतिपतनं अतिपत्ति अतिक्कमित्वा पतनं वा अतिपत्ति कालस्स अतिपत्ति कालातिपत्ति, कालातिपत्तिम्हि भवा कालातिपत्ति विभत्तियो; तं पन साधकसत्तिविरहेन किरियाय अच्चन्तानुपपत्ती ति दट्ठब्बं। एत्थ च किरियातिपन्नं नाम अलभिस्सा अगच्छिस्सा ति एत्थ लभनगमनकिरियाय अभावो, सो अतीतवोहारं कथं लभेय्या ति चे? कत्तुसम्बन्धानं लभनगमनकिरियानं अतीतवोहारस्स लभमानत्ता तासं अभावो पि अतीतवोहारं लभती ति' ऐसा कहा गया है।

---

१. परोक्खा अ उ ए त्थ अ म्ह त्थ रे त्थो व्हो इ म्हे।

—क० व्या० ३. १. २१।

२. एय्यादो वाति पणियं स्सा स्संसु स्से स्सथ स्सं स्सं स्सम्हा स्सम स्सिंसु स्ससे स्सरे स्सिं स्साहसे।—मो० ६. ७ तथा उसकी वृत्ति।

३. क्रियातिपन्नेतीते कालातिपत्ति।

—क० व्या० ३. १. १७ तथा उसकी वृत्ति।

कच्चायन के अनुसार ये प्रत्यय केवल अतीतकालमें ही होते हैं किन्तु मोग्गल्लान ने अतीत और अनागत अर्थात् भूत और भविष्यत् दोनों में माना है। पाणिनि[1] ने भी भूत और भविष्यत् दोनों कालों में इन प्रत्ययों को माना है और यही पक्ष उचित होता है। क्योंकि यह क्रियातिपत्ति भूतकाल में, जैसे—उसने परिश्रम किया होता तो उसे प्रथम श्रेणी मिली होती और भविष्यत् काल में, जैसे—वह परिश्रम करेगा तो उसे प्रथम श्रेणी मिलेगी, ये दोनों प्रकार के वाक्य होते हैं। वर्तमान काल में इस प्रकार के सापेक्ष वाक्य सम्भव नहीं हैं। कच्चायन ने क्रियातिपत्ति अर्थ में होने वाले प्रत्ययों को कालातिपत्ति संज्ञा दी है।[2]

क्रियापद के रूपों में कुछ ऐसे भी पाये जाते हैं जिनमें प्रार्थना, अभिप्राय, प्रश्न, अनुज्ञा, सम्भावना, आशीर्वाद आदि अर्थ द्योतित किये गये रहते हैं। इन्हें संस्कृत भाषा में विधिलिङ्, आशीर्लिङ् शब्दों से और लोट् लकार से समझा जाता है। अंग्रेजी में इनके लिए Mood शब्द आता है जो एक प्रकार से अवस्था है। पालिभाषा में भी संस्कृत की भाँति ही लोट् लकार वाले रूप और लिङ् लकार वाले रूप पाये जाते हैं।[3] स्थिति यह है कि पाणिनि ने जिन अर्थों में लिङ् लकार का प्रयोग बताया है प्रायः उन्हीं अर्थों में लोट् लकार भी बताया है।[4] अतएव पालिभाषा में भी उन दोनों लकारों के रूप तो भिन्न हैं परन्तु अर्थ वे ही हैं। लोट् लकार के लिए कच्चायन ने पञ्चमी विभक्ति और लिङ् लकार के लिए सप्तमी विभक्ति कहा है।[5]

---

१. लिङ्निमित्ते लृङ् क्रियातिपत्तौ पा० ३. ३. १३९ तथा भूते च. पा. ३. ३. १४०।

२. कालातिपत्ति स्सा स्संसु स्से स्सथ स्स स्सम्हा स्सथ स्सिसु स्ससे स्सव्हे स्सं स्साम्हसे—क० व्या० ३. १. २५।

३. पञ्हपत्थना विधिसु—मो० ६.९।
इसी सूत्र की वृत्ति····अनुञ्ञापत्तकालेसु पि····। पेसने पिच्छन्ति····।
सत्त्यरहेस्वेय्यादि। मो० ६.११। सम्भावने वा। मो० ६.१२।
अनुमतिपरिकप्पत्थेसु सत्तमी—क० व्या० ३. १. ११।
तु अन्तु हि थ मि मतं अन्तं स्सु व्हो ए आमसे। तथा इसकी वृत्ति —मो० ६ १०।
आणत्यासिट्ठेनुत्तकाले पञ्चमी। क० व्या० ३. १. १०।

४. विधिनिमन्त्रणामन्त्रणाधीष्टसंप्रश्नप्रार्थनेषु लिङ्।—पा० ३.३.१६१।
लोट् च। पा० ३. ३. १६२।

५. आणत्यासिट्ठेनुत्तकाले पञ्चमी। क० व्या० ३. १. १०।
अनुमतिपरिकप्पत्थेसु सत्तमी। ० व्या० ३. १. ११।

उपर्युक्त क्रियापदों के रूपों के अतिरिक्त, संस्कृत भाषा में प्रयुक्त लेट् लकार के जिसका प्रयोग केवल वैदिक संस्कृत में हुआ है, कुछ रूप पालि गाथाओं में यत्र तत्र उपलब्ध होते हैं जिनका संकेत गायगर ने किया है और उन्होंने उन रूपों की विरलता के आधार पर यह असमर्थता भी दिखायी है कि उनकी व्यवस्थित रूपावली का देना कठिन है। ये क्रियापद रूप संशय, संभावना या कल्पनावाचक होते हैं। उन्होंने पिशेल द्वारा उद्धृत 'नो सितरासि भोत्तु' तथा 'अत्तानं येव गरहासि एत्थ' ये वाक्य उदाहरण रूप में दिये हैं। इसी प्रकार 'कामयासि' और 'चजासि' आदि प्रयोगों को भी उन्होंने इसी प्रकार के क्रियापद रूप होने की सम्भावना की है। इसी प्रकार के अन्य कुछ रूप ये हैं—'अधिमनसा भवाथ', तं च (धम्मं) धराथ सब्बे, पापानि कम्मानि विवज्जयाथ, धम्मानुयोगञ्च अधिट्ठहाथ, आदि।

पुरिस (पुरुष)—जिस प्रकार संस्कृत भाषा में क्रियापद रूपों में धातुओं से जुटने वाले प्रत्यय ही प्रथम पुरुष, मध्यम पुरुष और उत्तम पुरुष माने गये हैं उसी प्रकार पालि भाषा के वैयाकरणों ने भी प्रत्ययों को उन्हीं तीन पुरुषों में विभक्त किया है।[1] और यह भी बताया है कि पुरुषों के वाचक संज्ञा और सर्वनामों के प्रयुज्यमान होने और न होने से उनके प्रथम पुरुष, मध्यम पुरुष और उत्तम पुरुष होने में कोई अन्तर नहीं होता।[2]

यहाँ स्मरण रखने की बात यह है कि यदि प्रथम, मध्यम एवं उत्तम तीनों पुरुषों का एक साथ प्रयोग हो तो उत्तम पुरुष का क्रियापद रखा जाता है और यदि प्रथम और मध्यम पुरुष दो ही रहे तो मध्यम पुरुष के अनुसार। यदि मध्यम और उत्तम पुरुष हों या प्रथम और उत्तम पुरुष हो तो उत्तम पुरुष के अनुसार क्रियापद होता है। इसी प्रकार यदि प्रथम और मध्यम पुरुष हों तो मध्यम पुरुष के अनुसार क्रियापद होता है किन्तु साथ ही यह भी ध्यान रखना चाहिये कि तीनों पुरुषों या दो पुरुषों के रहने पर बहुवचन और एक ही के रहने पर एकवचन होता है, अर्थात् वचन पुरुषों के क्रम से प्रभावित नहीं होता।[3]

---

१. द्वे द्वे पठममज्झिमुत्तमपुरिसा।—क० व्या० ३. १. ३।
पुब्बपरछक्कानमेकानेकेसु तुम्हाम्हसेसेसु द्वे-द्वे मज्झिमुत्तमपठमा।
—मो० ६. ४।

२. नामम्हि पयुज्जमाने पि तुल्याधिकरणे पठमो।—क० व्या० ३. १. ५।
तुम्हे मज्झिमो।—वही ३. १. ६।
अम्हे उत्तमो।—वही ३. १. ७।

३. सब्बेसमेकाभिधाने परो पुरिसो।—क० व्या० ३. १. ४।

वचन—पालिभाषा में एकवचन एवं बहुवचन—ये दो ही वचन होते हैं।

वाच्य—

कच्चायन ने[1], धातुओं से क्रियापद रूप बनाने के लिए भाव और कर्म अर्थ में 'य' प्रत्यय होता है, ऐसा बताया है किन्तु यह स्पष्ट नहीं किया है कि किससे भाव अर्थ में प्रत्यय होते हैं और किससे कर्म अर्थ में। मोग्गल्लान ने[2] निष्ठा प्रत्ययों के प्रसङ्ग में कुछ निष्ठा प्रत्ययों का विधान कर्ता अर्थ में किया है। तात्पर्य यह है कि संस्कृत की भाँति ही पालि भाषा में धातुओं से जुटने वाले दोनों प्रकार के प्रत्यय; चाहे वे क्रियापद के बनाने वाले हों चाहे कृदन्तपद के बनाने वाले हों; कर्ता, कर्म और भाव—तीन अर्थों में होते हैं। स्थिति यह है कि अकर्मक और सकर्मक दोनों प्रकार की धातुओं से कर्त्ता अर्थ में प्रत्यय होते हैं और भाव अर्थ में केवल अकर्मक से तथा कर्म अर्थ में केवल सकर्मक से ही प्रत्यय होते हैं। जब प्रत्यय से ही कर्त्ता अर्थ मिल जाता है तब कर्त्ता के वाचक शब्द से प्रथमा विभक्ति ही लगती है, यथा—उपासको हसति, बुद्धो उपासकं पस्सति; इन वाक्यों में 'हसति' और 'पस्सति' इन क्रियापदों में आये 'ति' प्रत्यय से कर्त्ता अर्थ उपलब्ध हो जाता है, अतः उसे पुनः उपलब्ध करने के लिए कर्तृवाचक पद 'उपासको' और 'बुद्धो' में कोई अतिरिक्त प्रयत्न नहीं किया जाता है। केवल उन्हें पद बनाने के लिए पठमा विभत्ति लगा दी जाती है, किन्तु 'उपासकेन एत्थ भूयते' इस वाक्य में आये क्रिया-पद 'भूयते' के 'ते' प्रत्यय का अर्थ भाव है, प्रत्यय से कर्त्ता अर्थ नहीं उपलब्ध होता अतः उस कर्त्ता अर्थ को उपलब्ध कराने के लिए ततिया विभत्ति[3] लगायी गयी। इसी प्रकार 'उपासकेन भगवा बुद्धो पुच्छीयते' इस वाक्य में 'पुच्छीयते' इस, क्रियापद के 'ते' प्रत्यय का अर्थ कर्म है, प्रत्यय से कर्त्ता अर्थ उपलब्ध नहीं होता अतएव उसे उपलब्ध कराने के लिए ततिया विभत्ति लगायी गयी है और यतः प्रत्यय से ही कर्म अर्थ प्राप्त है, 'भगवा बुद्धो' इस पद से पुनः कर्म अर्थ प्राप्त करने के लिए दुतिया विभत्ति नहीं लगायी गयी है, केवल उसे पद बनाने के लिए पठमा विभत्ति लगा दी गयी है।[4] उसका कर्म कारक ज्यों-का-त्यों है। इसी प्रकार

---

१. भावकम्मेसु यो।—क० व्या० ३. २. ९।

२. कत्तरि भूते क्तवन्तु क्तावी। क्तो भावकम्मेसु, कत्तरि चारम्भे।
—मो० ५.५५—५७।

३. कत्तरि च।—क० व्या० २. ६. १८।
कत्तुकरणेसु ततिया।—मो० २. १८।

४. कम्मत्थे दुतिया।—क० व्या० २. ६. २७।
कम्मे दुतिया।—मो० २. २।

कर्त्ता अर्थ प्रकट करने के लिए चाहे तृतीया हो या उसके प्रत्यय से उपलब्ध हो जाने पर पठमा ही हो कर्तृकारक ज्यों-का-त्यों रहता है।

पद—क्रिया-पद बनाने के लिए धातु से होने वाले बारहों प्रत्ययों को दो भागों में बाँट कर पहले के छह को परस्सपद तथा दूसरे छह को अत्तनोपद नाम से कच्चायन ने बताया है।[१] मोग्गल्लान ने केवल 'पुब्ब छक्क' और 'परछक्क' यही कहा है, पदों का नाम नहीं लिया है किन्तु जैसे संस्कृतभाषा के वैयाकरणों ने कर्तृगामी क्रियाफल में आत्मनेपद और परगामी क्रियाफल में परस्मैपद का विधान बताया है उस प्रकार का विधान यहाँ नहीं बताया गया। इसमें कारण यह प्रतीत होता है कि जिस प्रकार संस्कृत भाषा में जो धातु परस्मैपदी ही हैं उनसे परस्मैपद प्रत्यय ही तथा जो धातु आत्मनेपदी ही हैं उनसे आत्मनेपद प्रत्यय ही होते हैं। केवल जो उभयपदी धातु हैं उनके सम्बन्ध में ही कर्तृगामी फल और अकर्तृगामी फल का नियम होता है।[२]

उसी प्रकार यतः पालिभाषा में आत्मनेपद के प्रत्ययों का प्रायः लोप हो गया है और कुछ ही 'अम्हसे' (√ अस्), 'अभिकीररे' आदि प्रयोगों के दर्शन होते हैं और संस्कृत की अवशिष्ट प्रायः सभी आत्मनेपदी धातु परस्मैपदी हो गयी हैं। यहाँ तक कि संस्कृत भाषा में कर्मवाच्य के प्रयोग में नियमतः आत्मनेपद ही प्रत्यय होते हैं, पालिभाषा में उनके स्थान पर परस्सपद प्रत्ययों का ही प्रयोग देखा जाता है। अतः पालिभाषा के वैयाकरणों ने विवशता में ही कर्तृगामी फल और अकर्तृगामी फल का विचार नहीं किया है। कच्चायन ने जो यह कहा है कि कर्त्ता[३] में परस्सपद और कर्त्ता, भाव तथा कर्म[४] तीनों में अत्तनोपद प्रत्यय होते हैं; यह संस्कृत भाषा के वैयाकरणों के प्रभाव का ही फल है, वस्तुस्थिति नहीं।

---

१. अथ पुब्बानि विभत्तीनं छ परस्सपदानि, परान्यत्तनो पदानि।
—क० व्या० ३. १. १—२।

पुब्बपर छक्कानमेकानेकेसु तुम्हाम्हसेसेसु द्वे-द्वे मज्झिमुत्तमपठमा।
—मो० २. १४।

२. पर्याप्त सम्भव है कि संस्कृत की सभी धातुयें, प्रारंभ में, आत्मनेपदी एवं परस्मैपदी रही हों और कर्तृगामी फल एवं अकर्तृगामी फल का नियम पूर्णतः स्वीकृत रहा हो और अब विवशता में केवल परस्मैपद ही और आत्मनेपद ही हुआ करते हैं।

३. कत्तरि परस्सपदं। —क० व्या० ३. २. २५।

४. अत्तनो पदानि भावे च कम्मनि, कत्तरि च। —क० व्या० ३. २. २२–२३

गण—संस्कृत भाषा की धातुओं को, उनके क्रियापद रूपों की आकृति के आधार पर नौ गणों में विभक्त किया गया है। दशवाँ चुरादि गण है जिसमें मूल धातु से इ (णिच्) जोड़कर धातु बना लिया जाता है। पालि भाषाके वैयाकरणोंने भी पालि भाषा के धातुओं को गणों में विभक्त किया है। सीलवंश ने अपनी धातुमञ्जूसामें सात ही गण माने हैं[1]—१. भूवादयो, इसी गणके अन्दर तुदादयो (अबुद्धिका), हुभूवादयो (लुत्तविकरणा) जुहोत्यादयो (सद्विभावलुत्तविकरणा) इन तीनोंको माना जाता है। २. रुधादयो ३. दिवादयो, ४. स्वादयो, ५. कियादयो ६. तनादयो, ७. चुरादयो। भिक्खु जगदीश काश्यप ने मोग्गल्लान व्याकरण के अनुसार नौ गण माने हैं—१. भ्वादि गण, २. रुधादि गण, ३. दिवादि गण ४. तुदादि गण, ५. ज्यादि गण, ६. क्यादि गण, ७. स्वादि गण, ८. तनादि गण, ९. चुरादि गण।

भ्वादि गण में धातु और प्रत्यय के मध्य में 'ल'[2] (अ) विकरण जोड़ दिया जाता है, यथा—पच + अ + ति = पचति, जे + अ + ति = जयति। रूधादि गण में धातु के अन्तिम स्वर के बाद अनुस्वार[3] विकरण जोड़ दिया जाता है, यथा—रु + अनुस्वार (निग्गहीत) + ध (रुध्) + ति = रुन्धति। दिवादि गण में धातु और प्रत्यय के बीच में 'य'[4] विकरण होता है यथा—झा + य + ति = झायति, नहा + य + ति = नहायति।

तुदादि गण में धातु और प्रत्यय के मध्य में 'क'[5] (अ) विकरण जड़ दिया जाता है और धातु के इकार उकार का एकार ओकार नहीं होता है, यथा—तुद् + अ + ति = तुदति, नुद् + अ + ति = नुदति। ज्यादि गण में धातु और प्रत्यय के मध्य में क्ना[6] (ना) विकरण जोड़ दिया जाता है, यथा—जि + ना + ति = जिनाति। कच्चायन ने इसे कियादि गण में ही मना है। क्यादि गण में धातु एवं प्रत्यय के मध्य में क्णा[7] (णा) विकरण जोड़ दिया जाता है, यथा—की +

---

१. भूवादी च रुधादी च दिवादि स्वादयो गणा।
   कियादी च तनादी च चुरादीतीध सत्तधा॥
२. कत्तारो लो। —मो० ५-१८। भूवादितो अ। —क० व्या० ३. २. १४।
३. मंच रुधादीनं। —मो० ५. १९। रुधादितो निग्गहीतपुब्बञ्च। क० व्या० ३. २. १५।
४. दिवादीहि यक्। मो० ५-११, दिवादितो यो, क० व्या० ३. २. १६।
५. तुदादीहि को, मो० ५. २२।
६. ज्यादीहि क्ना, मो० ५. २३।
७. क्यादीहि क्णा, मो० ५. २४।

ति = किणाति, सक् + णा + ति = सक्कणाति । स्वादि गण में धातु एवं प्रत्यय के मध्य में क्णा[1] (णो) विकरण जोड़ दिया जाता है। यथा—सु + णो + ति = सुणोति, गि + णो + ति = गिणोति ।

तनादि गण में धातु एवं प्रत्यय के मध्य 'ओ'[2] विकरण जोड़ दिया जाता है, यथा—तन् + ओ + ति = तनोति, कर + ओ + ति = करोति । चुरादि गण में धातु और प्रत्यय के मध्य 'णि'[3] विकरण बहुल करके जोड़ दिया जाता है, यथा—चुर् + णि + ति = चोरयति चिन्त् + णि + ति = चिन्तयति ।

प्रेरणार्थक—जहाँ कर्त्ता क्रिया को करता रहता है और उस कर्त्ता को जो प्रेरित करता रहता है, उस प्रेरित करने वाले के व्यापार को बताने के लिए प्रेरणार्थक प्रत्यय धातु से जोड़े जाते हैं, जैसे—यो कोचि पचति तमञ्ञो पचाहि पचाहि इच्चेवं पयोजेति अथवा पचन्तं पयोजेति पाचेति, पाचयति, पाचापेति, पाचापयति ।

धातु को प्रेरणार्थक बनाने के लिए कच्चायन[4] ने, णे, णय, णापे तथा णापय प्रत्ययों को धातु से जोड़ने की बात कही है किन्तु मोग्गल्लान[5] ने इस अर्थ में केवल णि और णापि प्रत्ययों को ही धातु से जोड़ने की बात कही है ।

सन्नन्त[6] (इच्छार्थक)—मूल धातु के अर्थ के साथ ही इच्छा-अर्थ भी द्योतित करने के लिए मूल धातु से स (सन्), ख, छ प्रत्यय जोड़कर और उसे धातु मानकर क्रियापद और कृदन्त बनाये जाते हैं । यह बात दूसरी है कि कुछ, जैसे—गुप्, तिज्, कित्, मान् आदि धातुओं से स, ख, छ प्रत्यय होने पर भी विशुद्ध मूल धातु का अर्थ ही द्योतित करना अभीष्ट रहता है । यथा—भुज + ख + ति = बुभुक्खति, घस् + छ + ति = जिघच्छति, पा + स + ति = पिवासति; जिनके क्रमशः अर्थ भोत्तुमिच्छति, घसितुमिच्छति तथा पातुमिच्छति हैं ।

यङन्त—संस्कृत भाषा में जहाँ व्यापार का बार-बार होना या अधिक होना

---

१. स्वादीहि क्णो, मो० ५. २५ । कच्चायन ने यहाँ पर णुणा उणा विकरण माना है । स्वादितो णुणा उणा च, ३. २. १७ ।

२. तनादित्वो, मो० ५.२६, तनादितो ओयिरा, क० व्या० ३. २. २० ।

३. चुरादितो णि, मो० ५. १५, चुरादितो णे णया, क० व्या० ३. २. २१ ।

४. धातूहि णेणयणापेणापया कारितानि हेत्वत्थे । —क० व्या० ३. २. ७ ।

५. पयोजनक व्यापारे णापि च । —मो० ५. १६ ।

६. भुजघसहरसुपादीहि तुमिच्छत्थेसु । —क० व्या० ३. २. ३ तुंस्मा लोपो-चिच्छायं ते । —मो० ५. ४ ।

द्योतित करता रहता है। वहाँ मूल धातु से इस अर्थ को बताने के लिए यङ् प्रत्यय करके उस यङन्त को धातु मानकर क्रिया पद बनाये जाते हैं। यह प्रवृत्ति पालिभाषा में भी है।[1] यद्यपि कच्चायन और मोग्गल्लान ने उन यङन्त क्रियापदों को सिद्ध तो किया है। तथापि यङ् प्रत्यय के अभिप्राय को पृथक् रूप से वर्णित नहीं किया है। गायगर ने लिखा है कि पालि में 'चङ्कमति' का बहुधा प्रयोग देखा जाता है जो संस्कृत क्रम धातु से बने चङ्क्रमते (चङ्क्रम्यते) का प्रभाव है। इसी प्रकार 'दद्दल्लति' (संस्कृत जाज्वल्यते), 'लालप्पति' (संस्कृत लालप्यते) प्रयोग मिलते हैं। कहीं-कहीं संस्कृत भाषा में यङन्त रूप में पाये जाने वाले 'य' के स्थान में पालिभाषा में 'अ' का प्रयोग हुआ है, जैसे जङ्गमति (सं० जङ्गम्यते) चञ्चलति (सं० चञ्चल्यते), मोमुहति (सं० मोमुह्यते)।

नामधातु—नामों (संज्ञा, सर्वनाम, विशेषण तथा क्रियाविशेषण से किन्हीं विशेष अर्थों में, जैसे—इच्छा, उपमान, आचार, शब्द करना, कराना आदि, कुछ प्रत्यय जोड़ कर उन्हें धातु बनाकर उनमें क्रियापद बनाये जाते हैं। ऐसे प्रयोगों को नामधातु (Denominative) कहा जाता है। यथा—पुत्तं इच्छति[2]= पुत्तीयति, पुत्तं इव आचरति[3] पुत्तीयति माणवकं, कुटियं इव आचरति कुटीयति पासादे, सद्दं करोति सद्दायति[4], नमो करोति नमस्सति आदि।[5]

नीचे सभी गणों में एक-एक धातु के सभी कालों, अवस्थाओं, पदों, पुरुषों और वचनों में होने वाले क्रिया पदों के रूप दिये जा रहे हैं और साथ ही उनकी सिद्धि के प्रकार मोग्गल्लान एवं कच्चायन-व्याकरण के अनुसार टिप्पणी में दिये जा रहे हैं। उन-उन गणों के अवशिष्ट धातु से बनने वाले क्रियापद के रूप समझने चाहिए।

---

१. ववचादिवण्णानमेकस्सरानं द्वे भावो। इस सूत्र की वृत्ति।

—क० व्या० ३. ३. १.।

परोक्खायञ्च।

—मो० ५. ७०

२. ईयो कम्मा, मो० ५. ५, नामम्हातिच्छत्थे, क० व्या० ३. २. ६।

३. उपमानाचारे, मो० ५. ६; ईयुपमाना च, क० व्या० ३. २. ५।

४. सद्दादीनि करोति, मो० ५. १०; आय नामतो कत्तुपमानादाचारे, क० व्या० ३. २. ४।

५. नमोत्वस्सो, मो० ५. ११।

वत्तमान काल

धातु से लगने वाली विभत्ति

पुरिस	एकवचन	बहुवचन	पद
पठम पुरिस	ति	अन्ति	परस्सपद[२]
मज्झिम पुरिस	सि	[illegible]	
उत्तम पुरिस	मि	म	

भ्वादि (भूवादि) गण

वत्तमान काल

'भू' धातु

	एकवचन	बहुवचन
पठम पुरिस	भवति[३]	भवन्ति[४]

---

१. धातुप्पच्चयेहि विभत्तियो । —क० व्या० ३. २. २४ ।

२. कत्तरि परस्सपदं । —क० व्या० ३. २. २५ ।

३. भवादयो धातवो (क० व्या० ३. १. २६) भू आदि की धातु संज्ञा होती है । वत्तमाना ति अन्ति सि थ मि म ते अन्ते से० (क० व्या० ३. १. १८) तथा वत्तमाने ति अन्ति सि थ मि म (मो० ६. १) के अनुसार ति अन्ति आदि सभी विभत्तियाँ भू धातु से जुटेंगी पुनः परस्सपद में अथ पुब्बानि विभत्तीनं छ परस्सपदानि (क० व्या० ३. १. १) के अनुसार ति, अन्ति, सि, थ, मि और म विभक्तियाँ ही जुटेंगी । पुनः द्वे द्वे पठम मज्झिमुत्तमपुरिसा (क० व्या० ३. १. ३) पुब्ब पर चक्का न० (मो १. ६. १४) के अनुसार पठम पुरिस एकवचन में भू धातु से केवल ति विभत्ति लगेगी, अतः भू + ति, भूवादिता अ (क० ३. २. १४) से भूवादिगण पठित इस धातु से अ विकरण करके भू + अ + ति, इस स्थिति में अञ्ञेसं च (क० व्या० २. ४. ४) के अनुसार 'ऊ' की 'ओ' वृद्धि होने पर भो + अ + ति, इस स्थिति में ओ अव सरे (क० व्या० ३. ४. ३२) से ओ के स्थान पर अव् आदेश होने पर भ् + अव् + अ + ति = भवति प्रयोग सिद्ध होता है ।

४. भू धातु, वत्तमान काल, पठम पुरिस, बहुवचन में अन्ति विभत्ति, भू + अन्ति, शेष प्रक्रिया 'भवति' की भाँति करने पर भवन्ति प्रयोग सिद्ध होता है ।

मज्झिम पुरिस	भवसि[1]	भवथ[1]
उत्तम पुरिस	भवामि[2]	भवाम[2]

भविस्सत (भविस्सन्त) काल

धातु से लगने वाली विभत्ति[3]

पुरिस	एकवचन	बहुवचन	पद
पठम पुरिस	स्सति	स्सन्ति	
[illegible] रिस	स्ससि	स्स[illegible]	परस्सपद
उत्तम पुरिस	स्सामि	स्साम	

	एकवचन	बहुवचन
पठम पुरिस	भविस्सति[४]	भविस्सन्ति[४]
मज्झिम पुरिस	भविस्ससि[४]	भविस्सथ[४]
उत्तम पुरिस	भविस्सामि[४]	भविस्साम[४]

१. भू + सि तथा भू + थ, 'भवति' की भाँति प्रकिया करने पर भवसि एवं भवथ प्रयोग सिद्ध होते हैं ।

२. भवामि—धातुसंज्ञा, मि विभत्ति, अ विकरण 'उ' की वृद्धि, ओ का अव् आदेश, भवामि, वकारो दीघं हिमिमेसु (क० ३. ३. २१, हिमिमेस्वस्स मो० ६५.७) से व के बाद के अ के दीर्घ (आ) होने पर भवामि प्रयोग सिद्ध होता है। इसी प्रकार भवाम की भी सिद्धि जानें ।

३. भविस्सन्ती स्सति स्सन्ति स्ससि स्सथ स्सामि स्साम स्सन्ते स्ससे स्सव्हे सं स्साम्हे; क० व्या० ३. १. २४ तथा भविस्सति स्सति स्सन्ति स्ससि स्सथ स्सामि स्साम स्सते स्सन्ते स्ससे स्सव्हे स्सं स्साम्हे, मो० ६. २ ।

४. भविस्सति—भू की धातु संज्ञा, भविस्सन्त काल, परस्सपद, पठम पुरिस, एक वचन में स्सति विभत्ति, भू + स्सति, अञ्ञेसु च (क० व्या० ३. ४. ४) से 'ऊ' की वृद्धि ओ होने पर भो + स्सति, पुनः ओ अव सरे (क० व्या० ३. ४. ३२) से 'ओ' को अव आदेश, भ + अव् + स्सति, इकारागमो असब्बधातुकम्हि (क० व्या० ३. ४. ३५) तथा अ इस्सादीनं व्यञ्जनस्सिञ्च मो० ६. ३५) से स्सति को इकार का आगम होने पर भविस्सति प्रयोग सिद्ध होता है । भविस्सन्ति, भविस्ससि, भविस्सथ भविस्सामि तथा भविस्साम की सिद्धि भविस्सति की भाँति जानें ।

परिसमत्तत्थक (अज्जतन) भूत

धातु से लगने वाली विभत्ति[1]

पुरिस	एकवचन	बहुवचन	पद
पठम पुरिस	ई	उं	
मज्झिम पुरिस	ओ	त्थ	परस्सपद
उत्तम पुरिस	इं	म्हा	

	एकवचन	बहुवचन
पठम पुरिस	भवी[2], भवी[2], अभवि[2], भवि[2],	अभवु[3], भवु[3], अभविसु[4] भविसु[4], अभवंसु भवंसु[5]

१. अज्जतनी ई उं ओ त्थ इं म्हा आ ऊ से व्हं अ म्हे । क० व्या० ३.१.२३ भूते ई उं ओ त्थ इं म्हा आ ऊ से व्हे अ म्हे । —मो० ६.४ ।

२. अभवी, भवी—भू की धातु संज्ञा, पठम पुरिस एकवचन में ई विभत्ति, अकारागमो हीयत्तनज्जतनिकालातिपत्तिसु (क० व्या० ३. ४. ३८) तथा (आईस्सादि स्वन् वा, मो० ६-१६) से विकल्प से 'अ' का आगम, भू + ई, अञ्ञेसं च (क० व्या० ३.४.४) से ऊ की वृद्धि ओ, भो + ई, ओ अव सरे (क० व्या० ३. ४. ३२) से ओ को अव आदेश भू + अव + ई, अभवी, अकारागम के अभाव में भवी प्रयोग सिद्ध होता है। तथा क्वचि धातु-विभत्तिप्पच्चयानं दीघविपरीतादेसलोपागमा च (क० व्या० ३. ३. ३६) तथा आ ई ऊ म्हा स्सा स्सम्हा न वा, (मो० ६.३३) से ई के ह्रस्व होने पर अभवि, भवि प्रयोग सिद्ध होते हैं ।

३. अभवु भवु—भू की धातु संज्ञा पठम पुरिस बहुवचन में उं विभत्ति, भू + उं, भू को अ का आगम, विकल्प से ऊ की वृद्धि ओ तथा ओ का अवादेश अभव उं, अ = अभवु पक्ष में भवु प्रयोग सिद्ध होता है ।

४. अभविसु भविसु—भू की धातु संज्ञा, पठम पुरिस बहुवचन में उं विभत्ति, अ का विकल्प से आगम, ऊ की वृद्धि, अवादेश अभवु भवु, सब्बतो उं इंसु (क० व्या० ३. ३. २३) तथा उंस्सिंस्वंसु (मो० ६.३९) से उं को विकल्प से इंसु तथा अंसु आदेश करने पर अभविसु, भविसु, प्रयोग सिद्ध होते हैं ।

५. अभवंसु, भवंसु—उं का इंसु आदेश करने पर अभविसु भविसु तथा अंसु आदेश करने पर अभवंसु भवंसु प्रयोग सिद्ध होते हैं ।

मज्झिम पुरिस	अभवो[१], भवो[१], अभवि[२], भवि[२] अभव[२], भव[२], अभवित्थ[२], भवित्थ[२], अभवित्थो[२], भवित्थो[२],	अभवित्थ[३], भवित्थ[३], अभवुत्थ[३], भवुत्थ[३],
उत्तम पुरिस	अभविं[४], भविं[४]	अभविम्हा[५], भविम्हा[५], अभविम्ह[६], भविम्ह[६], अभवुम्हा[७], भवुम्हा[७]

---

१. अभवो, भवो—भू की धातु संज्ञा, मज्झिम पुरिस, एकवचन में ओ विभत्ति, अ का विकल्प से आगम अ + भू + ओ, ऊ की वृद्धि, अवादेश अ भव ओ = अभवो, पक्ष में भवो प्रयोग सिद्ध होते हैं।

२. अभवि, भवि····—भू की धातु संज्ञा मज्झिम पुरिस एकवचन में ओ विभत्ति, भू को विकल्प से अ का आगम, अ भू + ओ, ऊ की वृद्धि, अवादेश तथा ओ स्स अ इ त्थ त्थो (मो० ६.४२) से 'ओ' विभत्ति का विकल्प से अ इ त्थ तथा त्थो आदेश होने पर अभव, भव, अभवि, भवि; अभवित्थ, भवित्थ; अभवित्थो तथा भवित्थो प्रयोग सिद्ध होते हैं।

३. अभवित्थ, भवित्थ—भू की धातु संज्ञा, मज्झिम पुरिस बहुवचन में त्थ विभत्ति, अ का विकल्प से आगम, ऊ की वृद्धि, अवादेश, अ ईस्सादीनं व्यञ्जनस्सिञ् (मो० ६.३५) से व के बाद 'इ' होने पर (विकल्प से) अभवित्थ, भवित्थ; म्हात्थानमुञ् (मो० ६.४५) से व के बाद विकल्प से 'उ' होने पर अभवुत्था तथा भवुत्था प्रयोग सिद्ध होते हैं।

४ अभविं, भविं—भू की धातु संज्ञा, उत्तम पुरिस एकवचन में धातु से इं विभत्ति, विकल्प से अ का आगम अ भू इं, ऊ की वृद्धि, अवादेश, अभविं तथा भविं प्रयोग सिद्ध होते हैं।

५. ६.७ अभविम्हा, भविम्हा—भू की धातु संज्ञा, उत्तम पुरिस बहुवचन में म्हा विभत्ति, विकल्प से अ का आगम अ भू म्हा, ऊ की वृद्धि, अवादेश इकारागमो असब्ब धातु कम्हि (क० व्या० ३. ४.३५) तथा अ ईस्सादीनं व्यञ्जनस्सिञ् (मो० ६.३५) से व के बाद इ विकल्प से होने पर अभविम्हा, भविम्हा तथा आ ई ऊ म्हा स्सा स्सम्हान वा (मो० ६.३३) से म्हा के आ को विकल्प से ह्रस्व करने पर अभविम्ह भविम्ह, तथा म्हात्थानमुञ् (मो० ६.४५) व के बाद विकल्प से 'उ' होने पर अभवुम्हा, भवुम्हा प्रयोग सिद्ध होते हैं।

हीयत्तन (अनज्जतन) भूत

धातु से जुटने वाली विभत्ति[1]

पुरिस	एकवचन	बहुवचन	पद
पठम पुरिस	आ	ऊ	परस्सपद
मज्झिम पुरिस	ओ	त्थ	
उत्तम पुरिस	अ	म्हा	

	एकवचन	बहुवचन
पठम पुरिस	अभवा[2], भवा, अभव, भव	अभवू[3], भवू, अभवु, भवु
मज्झिम पुरिस	अभवो[4], भवो, अभव, भव अभवि, भवि, अभवित्थ, भवित्थ, अभवित्थो, भवित्थो	अभवित्थ, भवित्थ, अभवुत्थ, भवुत्थ
उत्तम पुरिस	अभव[6], भव	अभविम्हा[7], भविम्हा, अभविम्ह भविम्ह, अभवुम्हा, भवुम्हा

---

१. हीयत्तनी आ ऊ ओ त्थ अ म्हा त्थ त्थुं से व्हं इं म्ह से ।

—क० व्या० ३. १. २२ ।

अनज्जतने आ ऊ ओ त्थ अ म्हा त्थ त्थुं से व्हं इं म्ह से । —मो० ६. ५ ।

२. अभवा—भू की धातु संज्ञा, पठम पुरिस, एकवचन में आ विभत्ति, विकल्प से अ का आगम अ भू आ, ऊ का दीर्घ तथा अवादेश अभवा, भवा; आ का विकल्प से ह्रस्व होने पर अभव, भव प्रयोग सिद्ध होते हैं ।

३. अभवू—भू की धातु संज्ञा, पठम पुरिस बहुवचन में ऊ विभत्ति, विकल्प से अ का आगम अ भू ऊ, पहले ऊ की वृद्धि तथा अवादेश होने पर अ भ् + अव ऊ = अभवू, भवू तथा ऊ का विकल्प से ह्रस्व होने पर अभवु, भवु प्रयोग सिद्ध होते हैं ।

४. अज्जतन भूत के मज्झिम पुरिस एकवचन के रूपों की सिद्धि की भाँति ही इन रूपों की सिद्धि जानें ।

५. अज्जतन भूत के मज्झिम पुरिस बहुवचन के रूपों की सिद्धि की भाँति ही इन रूपों की सिद्धि जानें ।

६. अभव, भव—भू की धातु संज्ञा, उत्तम पुरिस एकवचन में अ विभत्ति, अ का विकल्प से आगम, ऊ की वृद्धि, अवादेश, अ भव अ = अभव, भव प्रयोग सिद्ध होते हैं ।

७. अज्जतन भूत के उत्तम पुरिस बहुवचन के रूपों की सिद्धि की भाँति ही इन रूपों की सिद्धि जानें ।

'मा' शब्द के योग में परिसमत्तत्थक (अज्जतन) और अनज्जतन भूत का प्रयोग सभी कालों के लिए होता है। कच्चायन के अनुसार पञ्चमी विभत्ति या अनुज्ञा के प्रत्यय भी 'मा' के योग में सभी काल में होते हैं।[1]

परोक्ख भूत

धातु से जुटने वाली विभत्ति[2]

पुरिस	एकवचन	बहुवचन	पद
पठम पुरिस	अ	उ	परस्सपद
मज्झिम पुरिस	ए	त्थ	
उत्तम पुरिस	अ	म्ह	

	एकवचन	बहुवचन
पठम पुरिस	बभूव[3]	बभूवु[4]

---

१. मा योगे ई आ आदि। —मो० ६. १३।
मा योगे सब्बकाले च। —क० व्या० ३. १. १५।

२. परोक्खा अ उ ए त्थ अ म्ह त्थ रे त्थो व्हो इ म्हे।
—क० व्या० ३. १. २१।
परोक्खे अ उ ए त्थ अ म्ह त्थ रे त्थो व्हो इ म्हे। —मो० ६. ६।

३. बभूव—भू की धातु संज्ञा परोक्खभूत पठम पुरिस एकवचन में अ विभत्ति, भू + अ, ववचानिवण्णानमेकस्सरानं द्वे भावो (क० व्या० ३. ३. १ तथा परोक्खायं च, मो० ५. ७०) से भू का द्वित्व भू भू + अ, पुब्बोब्भासो (क० ३. ३. २) से प्रथम भू की अब्भास संज्ञा, अन्तस्सिवण्णाकारो वा (क० ३. ३. १८ तथा पुब्बस अ, मो० ६. १८) से अब्भास के ऊ का अ होने पर भ भू अ, ब्रूभूनमाहभुवा परोक्खायं (क० ३. ३. १८ तथा भुस्स वुक्, मो० ६. १७) से भू को भूव होने पर भभूव अ, दुतियचतुत्थानं पठमततिया (क० व्या० ३. ३. ४ तथा चतुत्थ दुतियानं ततियपठमा मो० ६. ७८) से आदि भ् को ब होने पर बभूव अ = बभूव प्रयोग सिद्ध होता है।

४. बभूवु—भू की धातुसंज्ञा, पठमपुरिस बहुवचन में उ विभत्ति, भू उ, शेष प्रक्रिया 'बभूव' की भाँति समझनी चाहिये।

मज्झिम पुरिस	बभूवे[1]	बभूवित्थ[2]
उत्तम पुरिस	बभूव[3]	बभूविम्ह[3]

क्रियातिपत्ति (हेतुहेतुमद्भूत)

धातु से लगने वाली विभत्ति[4]

पुरिस	एकवचन	बहुवचन	पद
पठम पुरिस	स्सा	स्संसु	परस्सपद
मज्झिम पुरिस	स्से	स्सथ	
उत्तम पुरिस	स्सं	स्सम्हा	

	एकवचन	बहुवचन
पठम पुरिस	अभविस्सा,[5] भविस्सा[5]	अभविस्संसु,[6] भविस्संसु[6]

---

१. बभूवे—भू की धातुसंज्ञा, मज्झिम पुरिस एकवचन ए विभत्ति, भू ए, शेष प्रक्रिया बभूव की भाँति समझनी चाहिये।

२. बभूवित्थ—भू की धातुसंज्ञा, मज्झिम पुरिस बहुवचन में त्थ विभत्ति, अ इस्सादीनं व्यञ्जनस्सिञ् (मो० ६, ३५) से त्थ के पूर्व इकारागम, शेष प्रक्रिया बभूव की तरह समझनी चाहिये।

३. बभूविम्ह—भू की धातुसंज्ञा, उत्तम पुरिस बहुवचन में म्ह विभत्ति, म्ह के पूर्व इ का आगम, शेष प्रक्रिया बभूव की भाँति समझनी चाहिये।

४. कालातिपत्ति स्सा स्संसु स्से स्सथ स्सं स्सम्हा स्सथ स्सिसु स्ससे स्सव्हे स्सं स्साम्हसे। —क० व्या० ३. १. २५।
एय्यादो वा ति पत्तियं स्सा स्संसु स्से स्सथ स्सं स्सम्हा स्सथ स्सिसु स्ससे स्सव्हे स्सिं स्साम्हे। —मो० ६. ७।

५. अभविस्सा—भू की धातुसंज्ञा, कियातिपत्ति, परस्सपद, पठम पुरिस, एकवचन स्सा विभत्ति, अ का विकल्प से आगम, अ भू स्सा ऊ की वृद्धि ओ, अवादेश अ भव स्सा, व के बाद इ का आगम, अभविस्सा अ के आगम के अभाव में भविस्सा, प्रयोग सिद्ध होता है।

६. अभविस्संसु—भू की धातुसंज्ञा, पठमपुरिस, बहुवचन स्संसु विभत्ति, शेष प्रक्रिया अभविस्सा की भाँति समझनी चाहिये।

मज्झिम पुरिस	अभवविस्से,[1] भविस्से[1]	अभविस्सथ,[2] भविस्सथ[2]
उत्तम पुरिस	अभविस्सं,[3] भविस्सं[3]	अभविस्सम्हा,[4] भविस्सम्हा[4]

अनुज्ञा (पञ्चमी विभत्ति)

धातु से लगने वाली विभत्ति[5]

पुरिस	एकवचन	बहुवचन	पद
पठम पुरिस	तु	अन्तु	परस्सपद
मज्झिम पुरिस	हि	थ	
उत्तम पुरिस	मि	म	

	एकवचन	बहुवचन
पठम पुरिस	भवतु[6]	भवन्तु[7]

---

१. अभविस्से—भू की धातुसंज्ञा, मज्झिम पुरिस एकवचन में स्से विभत्ति भू + स्से, शेष प्रक्रिया अभविस्सा की भाँति समझनी चाहिये ।

२. अभविस्सथ—भू की धातुसंज्ञा, मज्झिम पुरिस बहुवचन में स्सथ विभत्ति, भू + स्सथ, शेष प्रक्रिया अभविस्सा की भांति समझनी चाहिए ।

३. अभविस्सं—भू की धातु संज्ञा, उत्तम पुरिस एकवचन में स्सं विभत्ति, भू + स्सं, शेष प्रक्रिया अभविस्सा की भाँति समझनी चाहिए ।

४. अभविस्सम्हा—भू की धातुसंज्ञा, उत्तमपुरिस बहुवचन में स्सम्हा विभत्ति, भू + स्सम्हा, शेष प्रक्रिया अभविस्सा की भाँति समझनी चाहिये ।

५. पञ्चमी तु अन्तु हि थ मि म तं अन्तं स्सु व्हो ए आमसे ।

—क० व्या० ३. १. १९ ।

तु अन्तु हि थ मि म तं अन्तं स्सु व्हो ए आमसे । —मो० ६. १० ।

६. भवतु—भू की धातुसंज्ञा, अनुज्ञा में पठम पुरिस के एक वचन में तु विभत्ति, भू + तु, ऊ की वृद्धि ओ, अवादेश, भ् अव + तु अ विकरण, भवतु रूप सिद्ध होता है ।

७. भवन्तु—भू की धातु संज्ञा पठम पुरिस बहुवचन में अन्तु विभत्ति भू अन्तु, शेष प्रक्रिया भवतु की भाँति समझनी चाहिए ।

मज्झिम पुरिस	भव[1], भवाहि[1]	भवथ[2]
उत्तम पुरिस	भवामि[3]	भवाम[4]

विधि (हेतुफल या सत्तमी विभत्ति)

धातु से जुटने वाली विभत्ति[5]

पुरिस	एकवचन	बहुवचन	पद
पठम पुरिस	एय्य	एय्युं	परस्सपद
मज्झिम पुरिस	एय्यासि	एय्याथ	
उत्तम पुरिस	एय्यामि	एय्याम	

---

१. भव भवाहि—भू की धातु संज्ञा, मज्झिम पुरिस एकवचन हि विभत्ति भू + हि, अ विकरण, ऊ का वृद्धि, अवादेश भव हि, हि लोपं वा (क० व्या० ३. ३. २२, हिस्स तो लोवो, मो० ६. ४८) से हि का विकल्प से लोप भव, लोप के अभाव में अकारो दीघं हिमिमेसु (क० व्या० ३. ३. २१ तथा हिमिमेस्वस्स मो० ६. ५७) से व के अ को दीर्घ होने पर भवाहि रूप सिद्ध होता है।

२. भवथ—भू की धातुसंज्ञा, मज्झिम पुरिस बहुवचन थ विभत्ति, भू + थ, शेष प्रक्रिया भवतु की भाँति समझनी चाहिए।

३. भवामि—वत्तमान काल उत्तम पुरिस एकवचन के भवामि की सिद्धि की भाँति इसकी सिद्धि समझनी चाहिये।

४. भवाम—वत्तमान काल उत्तम पुरिस बहुवचन के भवाम की सिद्धि की भाँति ही इसकी भी सिद्धि समझनी चाहिये।

५. एथो सत्तमी एय्य एय्युं एय्यासि एय्याथ एय्यामि एय्याम एथ एटं एथो एय्यव्हो एय्यं एय्याम्हे (क० व्या० ३. १. २० हेतुफलेस्वेय्य एय्युं एय्यासि एय्याथ एय्यामि एय्याम एथ एरं एथो एय्यव्हो एय्यं एय्याम्महे।

—मो० ६. ८

	एकवचन	बहुवचन
पठम पुरिस	भवे[1], भवेय्य[1]	भवेय्यूं[2], भवुं[2]
मज्झिम पुरिस	भवे[3], भवेय्यासि[3]	भवेय्याथ[4]
उत्तम पुरिस	भवे[5], भवेय्यामि[5]	भवेमु, भवेय्याम[6], भवेय्यामु[6]

वत्तमान (पच्चुप्पन्न) काल

धातु से जुटने वाली विभत्ति[7]

पुरिस	एकवचन	बहुवचन	पद
पठम पुरिस	ते	अन्ते	अत्तनोपद
मज्झिम पुरिस	से	व्हे	
उत्तम पुरिस	ए	म्हे	

१. भवे, भवेय्य—भू की धातु संज्ञा, विधि में पठम पुरिस के एक वचन एय्य विभत्ति, अ का आगम, ऊ की वृद्धि, अव आदेश भवेय्य, एय्येथा सेय्यन्नं टे (मो० ६.७६) से विकल्प एय्य का आदेश होने पर भवे, आदेश के अभाव के पक्ष में भवेय्य रूप सिद्ध होता है।

२. भवेय्युं, भवुं—भू की धातु संज्ञा, पठमपुरिस बहुवचन में एय्युं विभत्ति, अ विकरण, ऊ की वृद्धि, अवादेश, भवेय्युं, एय्युंस्सुं (मो० ६. ४७) के अनुसार एय्युं को विकल्प से उं आदेश होने पर भवुं, उं आदेश के अभाव पक्ष में भवेय्युं रूप सिद्ध होता है।

३. भवे, भवेय्यासि—भू की धातु संज्ञा, मज्झिम पुरिस एकवचन, एय्यासि विभत्ति, अ विकरण, वृद्धि, अवादेश, भवेय्यासि, 'एय्येय्या सेय्यन्नं टे' से विकल्प से एय्यासि को ए आदेश करने पर भवे, आदेशाभाव पक्ष में भवेय्यासि रूप सिद्ध होता है।

४. भवेय्याथ—भू की धातु संज्ञा, मज्झिम पुरिस बहुवचन एय्याथ विभत्ति, भू + एय्याथ, शेष प्रक्रिया भवेय्य की भाँति समझनी चाहिये।

५. भवे, भवेय्यामि—भू + एय्यामि पठम पुरिस एकवचन के भवे तथा भवेय्य प्रयोगों की सिद्धि की भाँति इनकी भी सिद्धि समझनी चाहिए।

६. भवेमु, भवेय्याम, भवेय्यामु—भू धातु उत्तम पुरिस बहुवचन, एय्याम विभत्ति, अ विकरण, वृद्धि, अवादेश, भवेय्याम, एय्यामस्सेमु च (मो० ६. ७८) से एय्याम को विकल्प से एमु और उ आदेश होने पर भवेमु भवेय्यामु, आदेश के अभाव में भवेय्याम रूप सिद्ध होते हैं।

७. वत्तमाना..........ते अन्ते से व्हे ए म्हे। —क० व्या० ३. १. १८।
वत्तमाने..........ते अन्ते से व्हे ए म्हे। —मी० ६. १।

मुद धातु

	एकवचन	बहुवचन
पठम पुरिस	मोदते[1]	मोदन्ते[2]
मज्झिम पुरिस	मोदसे[3]	मोदव्हे[4]
उत्तम पुरिस	मोदे[5]	मोदम्हे[6]

भविस्सत्त (भविस्सन्त) काल

धातु से जुटने वाली विभत्ति[7]

पुरिस	एकवचन	बहुवचन	पद
पठम पुरिस	स्सते	स्सन्ते	अत्तनोपद
मज्झिम पुरिस	स्ससे	स्सव्हे	
उत्तम पुरिस	स्सं	स्साम्हे	

१. मोदते—मुद की धातुसंज्ञा, वत्तमान काल पठम पुरिस अत्तनोपद एकवचन में ते विभत्ति, मुद ते, भूवादितो अ (क० ३. २. १४) से अ विकरण, अञ्ञेसं च (क० व्या० ३. ४. ४) से उ की वृद्धि ओ, **मोद + अ + ते** – धातुस्सन्तो लोपोनेकसरस्स (क० व्या० ३. ४. ४०) से द के वाद के अ का लोप होने पर मोदते प्रयोग सिद्ध होता है।

२. मोदन्ते—मुद् धातु से वत्तमानकाल अत्तनोपद, पठमपुरिस, बहुवचन में अन्ते, मुद अन्ते, अ दिकरण, उ की वृद्धि मोद अ अन्ते धातुस्सन्तो लोपोनेकसरस्स (क० व्या० ३. ४. ४०) से द के बाद अ का लोप करने पर मोदन्ते प्रयोग सिद्ध होता है।

३. मोदसे—मुद की धातुसंज्ञा, अत्तनोपद मज्झिम पुरिस एकवचन में 'से' विभत्ति, अ विकरण, शेष प्रक्रिया मोदते की भाँति समझनी चाहिए।

४. मोदव्हे—मुद की धातुसंज्ञा, अत्तनोपद, मज्झिम पुरिस बहुवचन में व्हे विभत्ति, शेष प्रक्रिया मोदते की भाँति समझनी चाहिये।

५. मोदे—मुद की धातुसंज्ञा वत्तमानकाल, अत्तनोपद, उत्तम पुरिस, एकवचन में 'ए' विभत्ति शेष प्रक्रिया मोदते की भाँति समझनी चाहिये।

६. मोदम्हे—मुद की धातुसंज्ञा, वत्तमानकाल, अत्तनोपद, उत्तम पुरिस बहुवचन में म्हे विभक्ति, शेष प्रक्रिया मोदते की भाँति समझनी चाहिये।

७. भविस्सन्ती·······स्सते स्सन्ते स्ससे स्सव्हे स्सं स्साम्हे।

—क० व्या० (३. १. २४)

भविस्सति·······स्सते स्सन्ते स्ससे स्सव्हे स्सं स्साम्हे। —मो० ६. २।

	एकवचन	बहुवचन
पठम पुरिस	मोदिस्सते[1]	मोदिस्सन्ते[2]
मज्झिम पुरिस	मोदिस्ससे[3]	मोदिस्सव्हे[4]
उत्तम पुरिस	मोदिस्सं[5]	मोदिस्साम्हे[6]

परिसमत्तत्थक (अज्जतन) भूत

धातु से जुटनेवाली विभत्ति[7]

पुरिस	एकवचन	बहुवचन	पद
पठम पुरिस	आ	ऊ	अत्तनोपद[8]
मज्झिम पुरिस	से	व्हं	
उत्तम पुरिस	अ	म्हे	

---

१. मोदिस्सते—मुद की धातु संज्ञा भविस्सन्त काल अत्तनोपद, पठम पुरिस एकवचन स्सते विभत्ति, मुद + स्सते, वृद्धि, इकारागमो असब्बधातुकम्हि (क० व्या० ३. ४. ३५ तथा अ ईस्सादीनं व्यञ्जनस्सिञ, मो० ६. ३५) से स्सते के पूर्व इ का आगम, मोदिस्सते प्रयोग सिद्ध होता है।

२. मोदिस्सन्ते—मुद की धातुसंज्ञा, भविस्सन्तकाल, अत्तनोपद, पठम पुरिस बहुवचन स्सन्ते विभत्ति, शेष प्रक्रिया मोदिस्सते की भाँति जाननी चाहिये।

३. मोदिस्ससे—मुद की धातुसंज्ञा, अत्तनोपद, मज्झिम पुरिस, एकवचन स्ससे विभत्ति, शेष प्रक्रिया मोदिस्सते की भाँति जाननी चाहिये।

४. मोदिस्सव्हे—मुद की धातुसंज्ञा, अत्तनोपद, मज्झिमपुरिस, बहुवचन, स्सव्हे विभत्ति, शेष प्रक्रिया मोदिस्सते की भाँति समझनी चाहिये।

५. मोदिस्सं—मुद की धातु संज्ञा, अत्तनोपद उत्तमपुरिस, एक बचन, स्सं विभत्ति, शेस प्रक्रिया मोदिस्सते की भाँति समझनी चाहिए।

६. मोदिस्साम्हे—मुद की धातु संज्ञा, अत्तनोपद उत्तमपुरिस बहुवचन स्साम्हे विभत्ति, शेष प्रक्रियां मोदिस्सते की भाँति समझनी चाहिए।

७. अज्जतनी····आ ऊ से व्हं अ म्हे (क० व्या० ३. १. २३)
भूते···· आ ऊ से व्हं अ म्हे (मो० ६. ४)

	एक वचन	बहु वचन
पठम पुरिस	अमोदा[१], मोदा[१]	अमोदू[२], मोदू,[२]
	अमोद[१], मोद[१]	अमोदु[२], मोदु[२]
मज्झिम पुरिस	अमोदिसे[3], मोदिसे[3]	अमोदिव्हं[४],मोदिव्हं[४]
उत्तम पुरिस	अमोद[५], मोद[५],	अमोदिम्हे[६], मोदिम्हे[६]

हीयत्तन (अनज्जतन) भूत

धातु से जुटने वाली विभत्ति[७]

पुरिस	एकवचन	बहुवचन	पद
पठम पुरिस	त्थ	त्थुं	अत्तनोपद
मज्झिम पुरिस	से	व्हं	
उत्तम पुरिस	इं	म्हसे	

१. अमोदा, मोदा, अमोद, मोद—मुद की धातु संज्ञा, अज्जतनभूत, अत्तनोपद पठमपुरिस, एक बचन आ विभत्ति, मुद + आ, अकारागमो हीयत्तनज्जनिकालातिपत्तिसु (क० व्या० ३.४.३८ तथा आइस्सादिस्वञ् वा, मो० ६. १५) से विकल्प से अ का आगम, उ की वृद्धि, अमोद + आ = अमोदा, क्वचि धातुविभत्तिप्प० (क० व्या० ३. ४. ३६ तथा आई ऊं० मो० ३३) से आ का विकल्प से ह्रस्व होने पर अमोद, अ आगम न होने पर मोदा, मोद प्रयोग सिद्ध होते हैं ।

२. अमोदू, मोदू, अमोदु, मोदु—मुद की धातुसंज्ञा, अज्जतनभूत, अत्तनोपद पठमपुरिस, बहुवचन, ऊ विभत्ति, शेष प्रक्रिया उपर्युक्त एक बचन की भाँति जानें ।

३. अमोदसे, मोदसे—मुद की धातुसंज्ञा, अज्जतनभूत, अत्तनोपद, मज्झिमपुरिस एकवचन 'से' विभत्ति, मुद + से, अ का आगम विकल्प से, 'अ मुद से' शेष प्रक्रिया पठमपुरिस एक वचन की भाँति जानें ।

४. अमोदव्हं, मोदव्हं—मुद की धातुसंज्ञा, अज्जतनभूत, अत्तनोपद, मज्झिमपुरिस, वहुबचन, व्हं विभत्ति, शेष प्रक्रिया पठमपुरिस एकबचन की भाँति जानें ।

५. अमोद, मोद—मुद की धातुसंज्ञा, अज्जतनभूत, अत्तनोपद, उत्तमपुरिस, एकवचन 'अ' विभत्ति, शेष प्रक्रिया पठमपुरिस एकबचन की भाँति जानें ।

६. अमोदम्हे, मोदम्हे—मुद की धातुसंज्ञा, अज्जतनभूत, अत्तनोपद, उत्तमपुरिस बहुवचन, म्हे विभत्ति, शेष प्रक्रिया पठमपुरिस एकवचन की भाँति जानें ।

७. हीयत्तनी····त्थ त्थुं से व्हं इं म्हसे । —क० व्या० ३. १. २२ ।
अनज्जतने····त्थ त्थुं से व्हं इं म्हसे । —मो० ६-५ ।

	एकवचन	बहुवचन
पठम पुरिस	अमोदत्थ[1], मोदत्थ[1],	अमोदत्थुं,[2] मोदत्थुं[2]
मज्झिम पुरिस	अमोदसे[3], मोदसे[3],	अमोदव्हं[4], मोदव्हं[4],
उत्तम पुरिस	अमोदिं[5], मोदिं[5],	अमोदम्हसे[6], मोदम्हसे[6],

परोक्खभूत

धातु से लगने वाली विभत्ति[7]

पुरिस	एकवचन	बहुवचन	पद
पठम पुरिस	त्थ	रे	अत्तनोपद
मज्झिम पुरिस	त्थो	व्हो	
उत्तम पुरिस	इ	म्हे	

१. अमोदत्थ, मोदत्थ—मुद की धातु संज्ञा, अनज्जतनभूत, अत्तनोपद पठमपुरिस एकवचन त्थ विभत्ति, मुद + त्थ, अ का विकल्प से आगम, उ की वृद्धि, अमोदत्थ, अ के आगम अभाव में मोदत्थ प्रयोग सिद्ध होता है।

२. अमोदत्थुं, मोदत्थुं—मुद की धातुसंज्ञा, अनज्जतनभूत, अत्तनोपद, पठम पुरिस, बहुवचन, त्थुं विभत्ति, शेष प्रक्रिया पठम पुरिस एक वचन की भाँति जानें।

३. अमोदसे, मोदसे—मुद की धातुसंज्ञा, अनज्जतनभूत, अत्तनोपद, मज्झिम-पुरिस एकवचन, 'से' विभत्ति शेष प्रक्रिया पठम पुरिस एक वचन की भाँति जानें।

४. अमोदव्हं, मोदव्हं—मुद की धातुसंज्ञा, अनज्जतनभूत, अत्तनोपद, मज्झिम पुरिस बहुवचन, व्हं विभत्ति, शेष प्रक्रिया पठमपुरिस एक बचन की भाँति जानें।

५. अमोदिं, मोदिं—मुद की धातुसंज्ञा, अनज्जतनभूत, अत्तनोपद, उत्तमपुरिस एकवचन, इं विभत्ति, शेष प्रक्रिया पठमपुरिस की भाँति जानें।

६. अमोदम्हसे, मोदम्हसे—मुद की धातुसंज्ञा, अनज्जतनभूत अत्तनोपद, उत्तम-पुरिस, बहुवचन, म्हसे विभत्ति शेष प्रक्रिया पठमपुरिस एकवचन की भाँति जानें।

७. परोक्खा........त्थ रे त्थो व्हो इ म्हे।

—क० व्या० ३. १. २१.

परोक्खे........त्थ रे त्थो व्हो इ म्हे।

—मो० ६. ६।

	एकवचन	बहुवचन
पठमपुरिस	मुमुदित्थ[1]	मुमुदिरे[2]
मज्झिमपुरिस	मुमुदित्थो[3]	मुमुदिव्हो[4]
उत्तमपुरिस	मुमुदि[5]	मुमुदिम्हे[6]

क्रियातिपत्ति (हेतुहेतुमत्भूत)

धातु से जुटने वाली विभत्ति[7]

पुरिस	एकवचन	बहुवचन	पद
पठम पुरिस	स्सथ	स्सिसु	अत्तनोपद
मज्झिम पुरिस	स्ससे	स्सव्हे	
उत्तम पुरिस	स्सं[8]	स्साम्हसे	

---

१. मुमुदित्थ—मुद की धातु संज्ञा, परोक्खभूत, अत्तनोपद पठमपुरिस एकवचन त्थ विभत्ति, मुद त्थ, क्वादिवण्णानमेकस्सरानं द्वे भावो (क० व्या० ३. ३. १ तथा परोक्खायं च, मो० ५. ७०) मु का द्वित्व होने पर मु मुद त्थ, पुब्बोब्भासो (क० व्या० ३. ३. २) से पूर्व 'मु' की अब्भास संज्ञा, द्वितीय मु के उ की वृद्धि तथा क्वचि धातुविभत्ति प्पच्चयानं दीघविपरीतादेसलोपागमा च (क० व्या० ३. ४. ३६) से ओ वृद्धि का ह्रस्व करने पर मुमुद त्थ इकारागमो असब्बधातुकम्हि (क० व्या० ३. ४. ३५, तथा अइस्सादीनं ब्यञ्जनस्सिञ् मो० ५. ३५) से इ आगम होने पर मुमुदित्थ प्रयोग सिद्ध होता है।

२. मुमुदिरे—मुद की धातु संज्ञा परोक्खभूत, अत्तनोपद, पठमपुरिस बहुवचन रे विभत्ति, शेष प्रक्रिया पठमपुरिस एकवचन की भाँति जानें।

३. मुमुदित्थो—मुद की धातु संज्ञा, परोक्खभूत अत्तनोपद, मज्झिमपुरिस, एकवचन त्थो विभत्ति, शेष प्रक्रिया पठमपुरिस एकवचन की भाँति जानें।

४. मुमुदिव्हो—मुद की धातुसंज्ञा, परोक्खभूत, अत्तनोपद, मज्झिमपुरिस, बहुवचन व्हो विभत्ति, शेष प्रक्रिया पठमपुरिस एकवचन की भाँति जानें।

५. मुमुदि—मुद की धातुसंज्ञा, परोक्खभूत, अत्तनोपद, उत्तमपुरिस, एकवचन इ विभत्ति, शेष प्रक्रिया पठमपुरिस, एकवचन की भाँति जानें।

६. मुमुदिम्हे—मुद की धातुसंज्ञा, परोक्खभूत, अत्तनोपद, उत्तमपुरिस, बहुवचन म्हे विभत्ति, शेष प्रक्रिया पठमपुरिस एकवचन की भाँति जानें।

७. कालातिपत्ति·······स्सथ स्सिसु स्ससे स्सव्हे स्सं स्साम्हसे।

—क० व्या० ३. १. १५

एय्यादो वातिपत्तियं····स्सथ स्सिसु स्ससे स्सव्हे स्सि स्साम्हे।—मो० ६. ७

८. मोग्गल्लान ने उत्तम पुरिस एकवचन में स्सि विभत्ति बतायी है और अगमिस्सि रूप उदाहरण के रूप में दिया है।

	एकवचन	बहुवचन
पठम पुरिस	अमोदिस्सथ[1], मोदिस्सथ[1]	अमोदिस्सिंसु[2], मोदिस्सिंसु[3]
मज्झिम पुरिस	अमोदिस्ससे[3], मोदिस्ससे[3]	अमोदिस्सव्हे[4], मोदिस्सव्हे[4]
उत्तम पुरिस	अमोदिस्सं[5], मोदिस्सं[5]	अमोदिस्साम्हसे[6], मोदिस्साम्हसे[6]

अनुञ्ञा (पंचमी विभत्ति)

धातु से जुटने वाली विभत्ति[7]

पुरिस	एकवचन	बहुवचन	पद
पठम पुरिस	तं	अन्तं	अत्तनोपद
मज्झिम पुरिस	स्सु	व्हो	
उत्तम पुरिस	ए	आमसे	

---

१. अमोदिस्सथ—मुद की धातुसंज्ञा क्रियातिपत्ति, अत्तनोपद पठमपुरिस, एकवचन स्सथ विभत्ति, अ का विकल्प से आगम उ की वृद्धि, द के बाद इ का आगम, अमोदिस्सथ, 'अ' आगम के अभाव में मोदिस्सथ प्रयोग सिद्ध होता है ।

२. अमोदिस्सिसु, मोदिस्सिसु—मुद की धातुसंज्ञा, क्रियातिपत्ति, अत्तनोपद, पठम पुरिस बहुवचन स्सिसु विभत्ति, शेष प्रक्रिया पठम पुरिस एकवचन की भाँति जानें ।

३. अमोदिस्ससे, मोदिस्ससे—मुद की धातुसंज्ञा, क्रियातिपत्ति, अत्तनोपद, मज्झिम पुरिस, एकवचन, स्ससे विभत्ति, शेष प्रक्रिया पठम पुरिस एकवचन की भाँति जानें ।

४. अमोदिस्सव्हे, मोदिस्सव्हे—मुद की धातुसंज्ञा, क्रियातिपत्ति, अत्तनोपद, मज्झिम पुरिस बहुवचन, स्सव्हे विभत्ति, शेष प्रक्रिया पठम पुरिस एकवचन की भाँति जानें ।

५. अमोदिस्सं, मोदिस्सं—मुद की धातुसंज्ञा, क्रियातिपत्ति, अत्तनोपद, उत्तम पुरिस एकवचन, स्सं विभक्ति, शेष प्रक्रिया पठम पुरिस एकवचन की भाँति जानें ।

६. अमोदिस्साम्हसे, मोदिस्साम्हसे—मुद की धातु संज्ञा, क्रियातिपत्ति, अत्तनोपद उत्तम पुरिस, बहुवचन, स्साम्हसे विभत्ति, शेष प्रक्रिया पठम पुरिस एकवचन की भाँति जानें ।

७. पञ्चमी……तं अन्तं स्सु व्हो ए आमसे । —क० व्या० ३. १. १९ ।
तु अन्तु……तं अन्तं स्सु व्हो ए आमसे । —मो० ६. १० ।

	एकवचन	बहुवचन
पठम पुरिस	मोदतं[१]	मोदन्तं[२]
मज्झिम पुरिस	मोदस्सु[3]	मोदव्हो[४]
उत्तम पुरिस	मोदे[५]	मोदामसे[६]

विधि (हेतुफल या सत्तमी विभत्ति)

धातु से लगने वाली विभत्ति[७]

पुरिस	एकवचन	बहुवचन	पद
पठम पुरिस	एथ	एरं	अत्तनोपद
मज्झिम पुरिस	एथो	एय्यव्हो	
उत्तम पुरिस	एय्यं	एय्याम्हे	

---

१. मोदतं—मुद की धातुसंज्ञा अनुज्ञा, अत्तनोपद, पठमपुरिस, एकवचन 'तं' विभत्ति, 'उ' की वृद्धि, मोदतं प्रयोग सिद्ध होता है।

२. मोदन्तं—मुद की धातुसंज्ञा, अनुज्ञा अत्तनोपद, पठम पुरिस, बहुवचन अन्तं विभत्ति, 'उ' की वृद्धि, मोदन्तं प्रयोग सिद्ध होता है।

३. मोदस्सु—मुद की धातुसंज्ञा, अनुज्ञा, अत्तनोपद, मज्झिम पुरिस एकवचन स्सु विभत्ति, शेष प्रक्रिया पठम पुरिस एकवचन की भाँति जानें।

४. मोदव्हो—मुद की धातुसंज्ञा अनुज्ञा, अत्तनोपद, मज्झिम पुरिस, बहुवचन 'व्हो' विभत्ति, शेष प्रक्रिया पठम पुरिस एकवचन की भाँति जानें।

५. मोदे—मुद की धातुसंज्ञा, अनुज्ञा, अत्तनोपद, उत्तमपुरिस, एकवचन, 'ए' विभत्ति शेष प्रक्रिया पठम पुरिस एकवचन की भाँति जानें।

६. मोदामसे—मुद की धातुसंज्ञा, अनुज्ञा, अत्तनोपद, उत्तमपुरिस बहुवचन, 'आमसे' विभत्ति, शेष प्रक्रिया पठम पुरिस एकवचन की भाँति जानें।

७. सत्तमी⋯⋯एथ एरं एथो एय्यव्हो एय्यं एय्याम्हे।

—क० व्या० ३. १. २०।

हेतुफले स्वेय्य⋯⋯एथ एरं एथो एय्यव्हो एय्यं एय्याम्हे। —मो० ६. ८।

	एकवचन	बहुवचन
पठम पुरिस	मोदेथ[1]	मोदेरं[2]
मज्झिम पुरिस	मोदेथो[3]	मोदेय्यव्हो[4]
उत्तम पुरिस	मोदेय्यं[5]	मोदेय्याम्हे[6]

भूवादि गण की कुछ ऐसी धातुयें, जिनके रूप भू धातु से भिन्न-से हैं, उनमें से कुछ मानक धातुओं के रूप नीचे दिये जा रहे हैं और शेष धातुओं के रूप भू धातु के समान समझने चाहिये ।

अस धातु

वत्तमान काल

परस्सपद

	एकवचन	बहुवचन
पठम पुरिस	अत्थि[7]	सन्ति[8]

१. मोदेथ – मुद की धातुसंज्ञा, विधि, अत्तनोपद, पठमपुरिस, एकवचन, 'एथ' विभत्ति उ' की वृद्धि, मोदेथ प्रयोग सिद्ध होता है ।

२. मोदेरं—मुद की धातुसंज्ञा, विधि, अत्तनोपद, पठमपुरिस, बहुवचन, 'एरं' विभत्ति, शेष प्रक्रिया पठमपुरिस एकवचन की भाँति जानें ।

३. मोदेथो—मुद की धातुसंज्ञा, विधि, अत्तनोपद, मज्झिम पुरिस एकवचन, 'एथो' विभत्ति, शेष प्रक्रिया पठमपुरिस एकवचन की भाँति जानें ।

४. मोदेय्यव्हो—मुद की धातुसंज्ञा, विधि, अत्तनोपद, मज्झिम पुरिस बहुवचन, 'एय्यव्हो' विभत्ति, शेष प्रक्रिया पठमपुरिस एकवचन की भाँति जानें ।

५. मोदेय्यं—मुद की धातुसंज्ञा, विधि, अत्तनोपद, उत्तमपुरिस, एकवचन, 'एय्यं' विभत्ति, शेष प्रक्रिया पठमपुरिस एकवचन की भाँति जानें ।

६. मोदेय्याम्हे—मुद की धातुसंज्ञा, विधि, अत्तनोपद, उत्तमपुरिस बहुवचन 'एय्याम्हे' विभत्ति, शेष प्रक्रिया पठमपुरिस एकवचन की भाँति जानें ।

७. अत्थि—अस धातु, वत्तमान काल, परस्सपद, पठम पुरिस, एकवचन 'ति' विभत्ति, अ विकरण, अ का लोप, तिस्स त्थित्तं (क० व्या० ३. ४. १३, तस्स थो, मो० ६. ५२ तथा पररूपमयकोर व्यञ्जने, ५. ९५) से ति को त्थि तथा अ के लोप होने पर अत्थि प्रयोग सिद्ध होता है ।

८. सन्ति—अस धातु, वत्तमानकाल, परस्सपद, पठम पुरिस, बहुवचन अन्ति विभत्ति अस + अन्ति, अ विकरण, अस + अ + न्ति, 'अ' का लोप, सब्बत्थासस्सादिलोपो च (क० व्या० ३. ४. २५ तथा न्तमानन्ति यि यं स्वादि लोपो मो० ५. १३०) से अस के अ का लोप, सन्ति प्रयोग सिद्ध होता है ।

मज्झिम पुरिस	असि[1]	अत्थ[2]
उत्तम पुरिस	अस्मि,[3] अम्हि[3]	अस्म[4], अम्ह[4]

भविस्सत्त (भविस्सन्त) काल

	एकवचन	बहुवचन
पठम पुरिस	भविस्सति[5]	भविस्सन्ति
मज्झिम पुरिस	भविस्ससि	भविस्सथ
उत्तम पुरिस	भबिस्सामि	भविस्साम

---

१. असि—अस धातु; वत्तमानकाल, परस्सपद, मज्झिम पुरिस, एकवचन सि विभत्ति, अ विकरण अ स अ सि, 'अ' का लोप होने पर अस् सि, सिम्हि च (क० व्या० ३. ४. १५, सि हि स्वट् मो० ६५३) से पूर्ववर्ती स् का लोप होने पर असि प्रयोग सिद्ध होता है ।

२. अत्थ—अस धातु, वत्तमान काल, परस्सपद, मज्झिम पुरिस बहुवचन थ विभत्ति, अ विकरण, अका लोप अस थ, अ का लोप अस् थ, थस्स त्थत्तं (क० व्या० ३. ४. १२, पररूपमयकारे व्यञ्जने, मो० ५. ९५) से थ को त्थ होने पर अत्थ प्रयोग सिद्ध होता है ।

३. अस्मि—अस धातु, वत्तमान काल, परस्सपद, उत्तम पुरिस, एकवचन मि विभत्ति, अ विकरण, अ का लोप अस मि, स के अ का लोप, असस्मा निमानं म्हिम्हन्तलोपो च (क० व्या० ३. ४. ११, मि मानं वा म्हि म्हा च, मो० ६. ५४) से मि को विकल्प से म्हि होने तथा स् के लोप होने पर अम्हि, म्हि नहीं होने पर अस्मि प्रयोग सिद्ध होता है ।

४. अस्म—अस धातु, वत्तमान काल, परस्सपद, उत्तम पुरिस बहुवचन म विभत्ति, शेष प्रक्रिया अस्मि की भाँति जानें ।

५. भविस्सत्त काल में अस धातु का भू आदेश हो जाता है अतः भू धातु के भविस्सत्तकाल के रूपों की भाँति ही अस धातु के रूप समझने चाहिये—असब्बधातु के भू (क० ब्या० ३.४,२६ तथा अ आस्सा आदिसु मो० ५.१२९)।

परिसमत्तत्थक (अज्जतन) भूत

	एकवचन	बहुवचन
पठम पुरिस	[1]आसी, आसि, असि	आसुं,[2] असुं
मज्झिम पुरिस	आसो,[3] असो, आसि, असि आसित्थ, असित्थ, आसित्थो असित्थो, आस, अस	आसित्थ,[4] असित्थ, आसुत्थ असुत्थ
उत्तम पुरिस	आसिं,[5] असिं	आसिम्हा,[6] असिम्हा, आसिम्ह असिम्ह आसुम्हा असुम्हा

---

१. आसी-अस धातु, अज्जतन काल, परस्सपद, पठमपुरिस एकवचन ई विभत्ति, विकल्प से 'अ' का आगम, दीर्घ, आसी, अ आगम के अभाव में असी, ई विभत्ति को क्वाचिधातुविभत्ति० (क० व्या० ३.४.३६ तथा आ ई ऊ म्हा स्सा स्सम्हा नं वा, मो० ६.३३) से ई का विकल्प से ह्रस्व होने पर आसि असि प्रयोग सिद्ध होते हैं। मोग्गल्लान ने ई आदो दोघो (मो० ६.५६) सूत्र से अस धातु के स्थान पर आस आदेश किया है अतः अ के विकल्प होने पर भी असि, असी आदि ह्रस्व अकार वाले प्रयोग सम्भव नहीं हैं, जबकि कच्चायन के अनुसार वे प्रयोग भी सम्भव हैं।

२. आसुं--अस धातु अज्जतन भूत, परस्सपद पठमपुरिस बहुवचन उं विभत्ति, अ का विकल्प से आगम आसुं, असुं।

३. आसो--अस धातु, अज्जतन भूत, परस्सपद, मज्झिमपुरिस एकवचन, ओ विभत्ति, विकल्प से अ का आगम अ अस ओ, दीर्घ आसो, अ आगम के अभाव में असो, ओस्स अ इ त्थ त्थो (मो० ६.४२) से ओ विभत्ति के स्थान पर कभी अ, कभी इ, कभी त्थ तथा कभी त्थो आदेश होने पर आस, अस; आसि, असि: आसित्थ, असित्थ, आसित्थो, असित्थो प्रयोग सिद्ध होते हैं।

४. आसित्थ--अस धातु, अज्जतनभूत, परस्सपद, मज्झिमपुरिस, बहुवचन, त्थ विभत्ति, विकल्प से 'अ' का आगम, 'इ' का आगम आसित्थ, असित्थ, म्हात्थानमुञ् (मो० ६.४५) से विकल्प से उ का आगम होने पर आसुत्थ, असुत्थ प्रयोग सिद्ध होते हैं।

५. आसिं--अस धातु, अज्जतन भूत, परस्सपद, उत्तमपुरिस, एकवचन इं विभत्ति विकल्प से अ का आगम, आसिं, असिं प्रयोग सिद्ध होते हैं।

६. आसिम्हा--अस धातु, अज्जतन भूत, परस्सपद, उत्तमपुरिस बहुवचन, म्हा विभत्ति, विकल्प से 'अ' का आगम, आसिम्हा, असिम्हा, क्वाचि धातु० (क० व्या० ३.४.४६ तथा आ ई ऊ म्हा ०, मो ६.३३) से म्हा को विकल्प से ह्रस्व करने पर आसिम्ह, तथा इ को विकल्प से उ होने पर आसुम्हा प्रयोग सिद्ध होते हैं।

हीयत्तन (अनज्जतन) भूत

	एकवचन	बहुवचन
पठम पुरिस	अभवा,[१] भवा अभव, भव	अभवू, भवू, अभवु, भवु
मज्झिम पुरिस	अभवो, भवो, अभव, भव, अभवि भवि, अभवित्थ, भवित्थ,अभवित्थो, भवित्थो	अभवित्थ, भवित्थ, अभवुत्थ, भवुत्थ
उत्तम पुरिस	अभव, भव	अभविम्हा, भविम्हा, अभविम्ह, भविम्ह, अभवुम्हा, भवुम्हा

परोक्ख भूत

	एकवचन	बहुवचन
पठम पुरिस	बभूव[२]	बभूवु
मज्झिम पुरिस	बभूवे	बभूवित्थ
उत्तम पुरिस	बभूव	बभूविम्ह

क्रियातिपत्ति (हेतुहेतुमद्भूत)

	एकवचन	बहुवचन
पठम पुरिस	अभविस्सा,[३] भविस्सा	अभविस्संसु, भविस्संसु
मज्जिम पुरिस	अभविस्से, भविस्से	अभविस्सथ, भविस्सथ
उत्तम पुरिस	अभविस्सं, भविस्सं	अभविस्सम्हा, भविस्सम्हा

---

१. अनज्जतन भूत में अस धातु का भू आदेश हो जाता है अतः भू धातु के अनज्जतन भूत के रूपों की भाँति ही अस धातु के रूप समझने चाहिए। कच्चायन ने असब्बधातु के भू (३.४२६) सूत्र से असब्बधातुक के परे रहने पर भू आदेश किया है। हीयत्तनी० (क० ३.१.२६) सूत्र के अनुसार अनज्जतन सब्बधातुक है, अतः आदेश नहीं होना चाहिए। यह विचारणीय है।

२. परोक्ख भूत में अस धातु का भू आदेश हो जाता है अतः भू धातु के परोक्खभूत के रूपों को जानना चाहिए।

३. क्रियातिपत्ति में अस धातु का भू आदेश हो जाता है, अतः भू धातु के क्रियातिपत्ति के रूपों की भाँति ही अस धातु के रूपों की सिद्धि समझनी चाहिए।

अनुज्ञा (पञ्चमी विभत्ति)

	एकवचन	बहुवचन
पठम पुरिस	अत्थु[१]	सन्तु[२]
मज्झिम पुरिस	अहि[3]	अत्थ[४]
उत्तम पुरिस	अस्मि[५]	अस्म[६]

विधि (हेतुफल या सत्तमी विभत्ति)

	एकवचन	बहुवचन
पठमपुरिस	अस्स, सिया[७]	अस्सु[८], सियुं[८]

---

१. अत्थु—अस धातु, अनुज्ञा, परस्सपद, पठमपुरिस, एकवचन 'तु' विभत्ति, तुस्स त्थुत्तं (क० ३.४.१४ तथा तस्स थो मो० ६.५२) से तु को त्थु, तथा स का लोप, अत्थु सिद्ध होता है।

२. सन्तु—अस धातु, अनुज्ञा, परस्सपद, पठम पुरिस, वहुवचन अन्तु विभत्ति, शेष प्रक्रिया सन्ति की भाँति जानें।

३. अहि—अस धातु, अनुज्ञा, परस्सपद, मज्झिम पुरिस, एकवचन हि विभत्ति, शेष प्रक्रिया असि की भांति समझनी चाहिए।

४. अत्थ—अस धातु, अनुज्ञा, परस्सपद, मज्झिम पुरिस बहुवचन 'थ' विभत्ति, थस्स त्थत्तं (क० व्या० ३.४.१२ तस्स थो, मो० ६.५२, तथा मो० ५.९५) से थ का त्थ तथा स का लोप, अत्थ प्रयोग सिद्ध होता है।

५. अस्मि—अस धातु, अनुज्ञा, परस्सपद, उत्तम पुरिस, एकवचन मि विभत्ति, अ का लोप, अस्मि प्रयोग सिद्ध होता है।

६. अस्म—असधातु अनुज्ञा, परस्सपद, उत्तम पुरिस, बहुचन म विभत्ति, अ का लोप अस्म प्रयोग सिद्ध होता है।

७. अस्स—अस धातु, विधि, परस्सपद, पठमपुरिस, एकवचन एय्य विभत्ति, अस + एय्य, अत्थि तेय्यादि छन्नं स सु स सथ सं साम (मो० १. ५०) से, एय्य को स आदेश, अस्स, आदि द्विन्नमिया इयं (मो० ६. ५१) सूत्र से एय्य को जब 'इया' आदेश होता है, तब अस + इया, सब्बत्थासस्सादिलोपो च (क० व्या० ३. ४. २५ तथा न्तमानन्ति यियुं स्वादि लोपो, मो० ५. १३०) से पूर्ववर्ती 'इ' का लोप होने पर सिया प्रयोग सिद्ध होता है।

८. अस्सु—अस धातु, विधि, परस्सपद, पठमपुरिस, बहुवचन, एय्युं विभत्ति, अत्थि तेय्यादि० (मो० ६. ५०) से एय्युं को सु आदेश होने पर अस्सु, आदि द्विन्नमिया० (मो० ६. ५१) से जव एय्युं को इयुं आदेश होता है तब आदि 'अ' का लोप होने पर सियुं प्रयोग सिद्ध होता है।

मज्झिमपुरिस	अस्स[१]	अस्सथ[२]
उत्तमपुरिस	अस्सं[३]	अस्साम[४]

वत्तमान काल

परस्सपद

गमु धातु

	एकवचन	बहुवचन
पठमपुरिस	गच्छति,[५]	गच्छन्ति, गच्छरे[६]
मज्झिमपुरिस	गच्छसि	गच्छथ
उत्तमपुरिस	गच्छामि	गच्छाम

अत्तनोपद

	एकवचन	बहुवचन
पठमपुरिस	गच्छते[७]	गच्छन्ते, गच्छरे[६]
मज्झिमपुरिस	गच्छसे	गच्छव्हे
उत्तमपुरिस	गच्छे	गच्छाम्हे

---

१. अस्स—अस धातु, विधि, परस्सपद, मज्झिम पुरिस एकवचन, एय्यासि विभत्ति अस + एय्यासि, एय्यासि के स होने पर अस्स प्रयोग सिद्ध होता है।

२. अस्सथ—अस धातु, विधि, परस्सपद, मज्झिमपुरिस, बहुवचन, एय्याथ विभत्ति, अस + एय्याथ, एय्याथ के 'सथ' होने पर अस्सथ प्रयोग सिद्ध होता है।

३. अस्सं—अस धातु, विधि, परस्सपद, उत्तमपुरिस, एकवचन, एय्यामि विभत्ति अस + एय्यामि, एय्यामि के 'सं' होने पर अस्सं प्रयोग सिद्ध होता है।

४. अस्साम—अस धातु, विधि, परस्सपद, उत्तमपुरिस, बहुवचन, एय्याम विभत्ति, अस + एय्याम, एय्याम के 'साम' होने पर अस्साम प्रयोग सिद्ध होता है।

५. गच्छति—गमु धातु, वत्तमानकाल, परस्सपद, पठमपुरिस एक वचन ति विभत्ति, अ विकरण गम + अ + ति, गमिस्सन्तो च्छो वा सब्बासु (क० व्या. ३. ३. १९, तथा गमयमिसासदिसानं वा च्छङ्, मो० ५. १७३) से म का विकल्प से च्छ आदेश होने पर गच्छ अ ति, गम अ ति, लोपञ्चेत्तमकारो (क० व्या० ३. ४. २९) से अ विकरण का विकल्प से लोप (व्यवस्थित विभाषा होने से जहाँ लोप होता है, वहाँ लोप ही होता है) गच्छति, ऊ विकरण का ए होकर गमेति प्रयोग वत्तमान काल के प्रयोगों की भाँति समझें।

६. गुरुपुब्बा रस्सा रे न्तेन्तीनं (मो० ६. ७४) से न्ति, न्ते, को विकल्प से 'रे' आदेश होता है।

७. इन रूपों की सिद्धि वत्तमानकाल अत्तनोपद, मुद धातुके रूपों की भाँति समझें।

भविस्सत्त (भविस्सन्त) काल

परस्सपद

	एकवचन	बहुवचन
पठमपुरिस	गमिस्सति[1]	गमिस्सन्ति, गमिस्सरे
मज्झिम पुरिस	गमिस्ससि	गमिस्सथ
उत्तम पुरिस	गमिस्सामि	गमिस्साम

अत्तनोपद

	एकवचन	बहुवचन
पठमपुरिस	गमिस्सते	गमिस्सन्ते, गमिस्सरे
मज्झिमपुरिस	गमिस्ससे	गमिस्सव्हे
उत्तम पुरिस	गमिस्सं	गमिस्साम्हे

परिसमत्तत्थ (अज्जतन) भूत

परस्सपद

	एकवचन	बहुवचन
पठम पुरित	अगमी,[2] गमी; अगमि, गमि अगा,	अगमु, गमु; अगमिंसु, गमिंसु; अगमंसु, गमंसु
मज्झिम पुरिस	अगमो, गमो; अगमि, गमि,- अगम, गम; अगमित्थ, गमित्थ; अगमित्थो, गमित्थो	अगमित्थ, गमित्थ; अगमुत्थ, गमुत्थ
उत्तम पुरिस	अगमिं, गमिं	अगमिम्हा, गमिम्हा; अगमिम्ह, गमिम्ह, अगमुम्हा, गमुम्हा,

---

१. गमिस्सन्तो च्छो वा सब्बासु (क० व्या० ३. ३. १९) से गच्छिस्सति आदि तथा गच्छिस्सते आदि रूप भी जानने चाहिये ।

२. अगमी—गमु धातु, परिसमत्तत्थक भूत, परस्सपद, पठम पुरिस, एकवचन ई विभत्ति 'अ' का विकल्प से आगम अ गम ई = अगमी, गमी, ई के ह्रस्व होने पर अगमि, गमि । मोग्गल्लान ने गमिस्स (मो० ६. २९) द्वारा अगमी के ई को विकल्प से आ आदेश किया है, अतः अगा, गा रूप भी होंगे । गम का गच्छ आदेश होने पर अगच्छी गच्छी इत्यादि, उसस्स च छङ् (मो० ६. ३०) से विकल्प से 'छङ्' आदेश होने पर अगच्छी, गच्छी इत्यादि रूप जानने चाहिये । शेष रूपों की सिद्धि 'भू' धातु के रूपों के समान समझें ।

अत्तनोपद

	एकवचन	बहुवचन
पठम पुरिस	अगमा,[1] गमा; अगमित्थ, गमित्थ,	अगमू, गमू; अगमु, गमु
मज्झिम पुरिस	अगमिसे, गमिसे	अगमिव्हं, गमिव्हं
उत्तम पुरिस	अगम, गम; अगमं, गमं	अगमिम्हे, गमिम्हे

हीयत्तन (अनज्जतन) भूत

परस्सपद

	एकवचन	बहुवचन
पठम पुरिस	अगमा, गमा; अगम, गम	अगमू, गमू; अगमु, गमु
मज्झिम पुरिस	अगमो, गमो; अगम, गम; अगमि, गमि; अगमत्थ, गमत्थ अगमत्थो, गमत्थो	अगमत्थ, गमत्थ, अगमुत्थ गमुत्थ
उत्तम पुरिस	अगम, गम	अगमम्हा, गमम्हा; अगमम्ह, गमम्ह, अगमुम्हा, गमुम्हा

अत्तनोपद

	एकवचन	बहुवचन
पठम पुरिस	अगमत्थ, गमत्थ	अगमत्थुं, गमत्थु
मज्झिम पुरिस	अगमसे, गमसे	अगमव्हं, गमव्हं
उत्तम पुरिस	अगमिं, गमिं	अगमम्हसे, गमम्हसे

परोक्खभूत

परस्सपद

	एकवचन	बहुवचन
पठम पुरिस	जगाम[2]	जगमु
मज्झिम पुरिस	जगमे	जगमित्थ
उत्तम पुरिस	जगम	जगमिम्ह

---

१. इन सभी रूपों को मुद के धातु के रूपों की भाँति जानें। गम को गच्छ और गञ्छ आदेश करके भी इसी प्रकार के रूप समझें।

२. जगाम—गमु धातु, परोक्खभूत, परस्सपद, पठम पुरिस एकवचन 'अ' विभत्ति, ग का द्वित्व, पूर्व 'ग' की अभ्यास संज्ञा, कवग्गस्स चवग्गो (क० व्या० ३. ३. ५, तथा कवग्गहानं चवग्गजा मो० ५.७९)से ग का ज होने पर जगम, क्वचि धातु विभत्ति० (क० व्या० ३. ४.३६) से ग के अ का दीर्घ करने पर जगाम प्रयोग सिद्ध होता है। शेष प्रयोगों की सिद्धि इसी भाँति जानें।

अत्तनोपद

	एकवचन	बहुवचन
पठम पुरिस	जगमित्थ	जगमिरे
मज्झिम पुरिस	जगमित्थो	जगमिव्हो
उत्तम पुरिस	जगमि	जगमिम्हे

क्रियातिपत्ति (हेतुहेतुमद्‌भूत)

परस्सपद

	एकवचन	बहुवचन
पठम पुरिस	अगमिस्सा, गमिस्सा	अगमिस्संसु, गमिस्संसु
मज्झिम पुरिस	अगमिस्से, गमिस्से	अगमिस्सथ, गमिस्सथ
उत्तम पुरिस	अगमिस्सं, गमिस्सं	अगमिस्सम्हा, गमिस्सम्हा

अत्तनोपद

	एकवचन	बहुवचन
पठम पुरिस	अगमिस्सथ, गमिस्सथ	अगमिंस्सिसु, गमिंस्सिसु
मज्झिम पुरिस	अगमिस्ससे, गमिस्ससे	अगमिस्सव्हे, गमिस्सव्हे
उत्तम पुरिस	अगमिंस्सि, गमिंस्सि	अगमिस्साम्हसे, गमिस्साम्हसे

अनुज्ञा (पंचमी विभत्ति)

	एकवचन[1]	बहुवचन
पठम पुरिस	गच्छतु,	गच्छन्तु
मज्झिम पुरिस	गच्छ, गच्छहि	गच्छथ
उत्तम पुरिस	गच्छामि	गच्छाम

अत्तनोपद

	एकवचन	बहुवचन
पठम पुरिस	गच्छतं	गच्छन्तं
मज्झिम पुरिस	गच्छस्सु	गच्छव्हो
उत्तम पुरिस	गच्छे	गच्छायसे

---

१. गच्छतु—गमु धातु अनुज्ञा, परस्सपद, पठम पुरिस, एकवचन तु विभत्ति, शेष प्रक्रिया गच्छति की भाँति जानें। कभी गमेतु आदि और कभी गञ्छतु आदि प्रयोग भी बनते हैं।

विधि (हेतुफल या सत्तमी)

परस्सपद

	एकवचन	बहुवचन
पठम पुरिस	गच्छेय्य[1]	गच्छेय्युं
मज्झिम पुरिस	गच्छेय्यासि	गच्छेय्याथ
उत्तम पुरिस	गच्छेय्यामि	गच्छेय्याम

अत्तनोपद

	एकवचन	बहुवचन
पठम पुरिस	गच्छेथ	गच्छेरं
मज्झिम पुरिस	गच्छेथो	गच्छेय्याव्हो
उत्तम पुरिस	गच्छेय्यं	गच्छेय्याम्हे

भूवादि गण की अवशिष्ट धातुओं के रूप प्रायः उपर्युक्त दिये गये रूपों की भाँति ही होंगे किन्तु कुछ ऐसी भी धातु हैं जिनमें उन-उन कालों, पुरुषों, वचनों आदि में कुछ उल्लेखनीय परिवर्तन हो जाया करते हैं। इस प्रकार की कुछ धातुक्षों के प्रमुख उल्लेखनीय परिवर्तन सुविधा की दृष्टि से दे दिये जाते हैं।

१. धातु—भविस्सत्त काल में पठम पुरिस एकवचन में एहिति[2], एस्सति रूप बनते हैं।

२. कम धातु—परोक्ख भूत को छोड़कर अन्य सभी कालों आदि में कम को द्वित्व[3] हो जाया करता है और द्वित्व होने पर ऊष्मासादि कार्य होने पर चङ्कम ऐसी मूल धातु बन जाती है, यथा चङ्कमति आदि।

३. कुस धातु—परिसमत्तत्थक भूत पठम पुरिस एकवचन में अक्कोच्छि[4], अक्कोसि रूप बनते हैं।

---

१. गमेय्य आदि रूप भी होते हैं।

२. एतिस्मा (मो० ६.६६)।

३. क्वचाविण्णानमेकास्सरानं द्वेभावो, क० व्या० ३. ३.१ तथा परोक्खयञ्च मो० ५.७० सूत्र में पठित चकार के बल पर कम को इन स्थानों पर द्वित्व होता है।

४. कुसस्मादीच्छि, क० व्या० ३. ४.१७ तथा कुस रुहेहीस्स छि, मो० ६.३४।

४. गुप[1] धातु—परोक्खभूत को छोड़कर अन्य सभी कालों आदिमें गुप, कित, तिज, मान, बध धातु को द्वित्व हो जाया करता है। तथा द्वित्व होने पर अब्भासादि कार्य करने पर वत्तमान पठमपुरिस एकवचन में जिगुच्छति, तिकिच्छति, तितिच्छति, वीमंसति, बीभच्छति आदि रूप बनते हैं।

५. जल धातु—परोक्खभूत को छोड़कर शेष सभी कालों आदि में धातु को द्वित्व, अब्भासादि कार्य होकर दद्दल्लति प्रयोग बनता है यह प्रयोग थोड़ा विचित्र है।

६. दा धातु—दा धातु का द्वित्व रूप होकर वत्तमान काल पठमपुरिस एक वचन में ददाति, तथा उत्तमपुरिस एकवचन और बहुवचन में द्वित्व के विकल्प होने से ददामि, दम्मि[2] देम ददाम, दम्म, देम रूप; परिसमत्तत्थक दा, पठमपुरिस एकवचन में अदासि[3] अदा, अनुञ्ञा में ददाहि, वत्तमान पठमपुरिस एक वचन में ददाति आदि रूप बनते हैं। इस प्रकार दा धातु के समस्त रूप इस प्रकार होंगे—

दा धातु

पच्चुप्पन्न (वत्तमान) काल

परस्सपद

	एकवचन	बहुवचन
पठमपुरिस	ददाति, देति	ददन्ति, देन्ति
मज्झिमपुरिस	ददासि, देसि	ददाथ, देथ
उत्तमपुरिस	ददामि, देमि, दम्मि	ददाम, देम, देम्म

भविस्सत्त (भविस्सन्त) काल

परस्सपद

	एकवचन	बहुवचन
पठमपुरिस	ददिस्सति, देस्सति	ददिस्सन्ति, देस्सन्ति
मज्झिमपुरिस	ददिस्ससि, दस्ससि	ददिस्सथ, दस्सथ
उत्तमपुरिस	ददिस्सामि, दस्सामि	ददिस्साम, दस्साम

---

१. तिजगुपकितमानेहि खछसा वा, —क० व्या० ३. २.२। तिजमानेहि खसा खमा वीमंसासु, मो० ५-१; कितातिकिच्छा-संसयेसु छो, ५.२; निन्दायं गुप बध बस्स मो च, मो० ५.३।

२. दान्तस्सं मिमेसु, क० व्या० २.४.१ तथा दास्सदं वा मिमेस्वद्वित्ते मो० ६.२२।

३. करस्स कासत्तमज्जतनिम्हि, क० व्या० ३.४.१० तथा दीघा ईस्स, मो० ६.४४।

परिसमत्तत्थक (अज्जतन) काल

	एकवचन	बहुवचन
पठमपुरिस	अददी, ददी, अददि, ददि; अदासी, दासी; अदासि, दासि,	अददु, ददुं; अददिंसु, ददिंसु; अददंसु, ददंसु, अदंसु, दंसु
मज्झिमपुरिस	अददो, ददो; अदद, दद; अददित्थ, ददित्थ; अददित्थो, ददित्थो; अददि, ददि; अदासि दासि	अददित्थ, ददित्थ; अददुत्थ, ददुत्थ; अदासित्थ दासित्थ
उत्तमपुरिस	अददिं, ददिं; अदासिं, दासिं	अददिम्हा, ददिम्हा; अददिम्ह, ददिम्ह; अददुम्हा, ददुम्हा; अदासिम्हा, दासिम्हा; अदासिम्ह, दासिम्ह; अदासुम्हा, दासुम्हा

हीयत्तन (अनज्जतन) काल

	एकवचन	बहुवचन
पठमपुरिस	अददा, ददा; अदा, दा; अदद, दद	अददू, ददू; अददु, ददु; अदू, दू; अदु, दु
मज्झिम पुरिस	अददो, ददो; अदद, दद; अददित्थ, ददित्थ; अददित्थो, ददित्थो; अददि, ददि; अदासि, दासि	अददित्थ, ददित्थ; अददुत्थ, ददुत्थ; अदासित्थ, दासित्थ
उत्तम पुरिस	अदद,दद; अद, द	अददिम्हा, ददिम्हा; अददिम्ह, ददिम्ह; अददुम्हा, ददुम्हा; अदासिम्हा, दासिम्हा; अदासिम्ह, दासिम्ह; अदासुम्हा, दासुम्हा

परोक्खभूत काल

परस्सपद

	एकवचन	बहुवचन
पठमपुरिस	दद	ददु
मज्झिमपुरिस	ददे	ददित्थ
उत्तमपुरिस	दद	ददिम्ह

कालातिपत्ति (हेतुहेतुमद्भूत)

परस्सपद

	एकवचन	बहुवचन
पठमपुरिस	अददिस्सा, ददिस्सा	अददिस्संसु, ददिस्संसु
मज्झिमपुरिस	अददिस्से, ददिस्से	अददिस्सथ, ददिस्सथ
उत्तमपुरिस	अददिस्सं, ददिस्सं	अददिस्सम्हा, ददिस्सम्हा

अनुञ्ञा (पञ्चमी विभत्ति)

परस्सपद

	एकवचन	बहुवचन
पठमपुरिस	ददातु, देतु	ददन्तु, देन्तु
मज्झिमपुरिस	दद, ददाहि; दे, देहि	ददाथ, देथ
उत्तमपुरिस	ददामि, देमि	ददाम, देम

विधि (सत्तमी हेतुफल)

परस्सपद

	एकवचन	बहुवचन
पठमपुरिस	ददे, ददेय्य, दज्जु	ददेय्युं, दज्जु
मज्झिमपुरिस	ददेय्यासि	ददेय्याथ
उत्तमपुरिस	ददेय्यामि, दज्जं	ददेय्याम

इसी प्रकार—

हा धातु

पच्चुप्पन्न (वत्तमान) काल

परस्सपद

	एकवचन	बहुवचन
पठमपुरिस	जहाति	जहन्ति
मज्झिमपुरिस	जहासि	जहाथ
उत्तमपुरिस	जहामि	जहाम

भविस्सत्त (भविस्सन्त) काल

परस्सपद

	एकवचन	बहुवचन
पठम पुरिस	जहिस्सति	जहिस्सन्ति
मज्झिम पुरिस	जहिस्ससि	जहिस्सथ
उत्तम पुरिस	जहिस्सामि	जहिस्साम

परिसमत्तत्थक (अज्जतन) काल

परस्सपद

	एकवचन	बहुवचन
पठम पुरिस	अजही, जही; अजहि, जहि	अजहुं, जहुं; अजहिंसु, जहिंसु; अजहंसु, जहंसु
मज्झिम पुरिस	अजहो, जहो; अजह, जह; अजहि, जहि; अजहित्थो, जहित्थो, अजहित्थ, जहित्थ	अजहित्थ, जहित्थ, अजहुत्थ, जहुत्थ
उत्तम पुरिस	अजहिं, जहिं	अजहिम्हा, जहिम्हा; अजहिम्ह, जहिम्ह; अजहुम्हा, जहुम्हा

हीयत्तन (अनज्जतन) काल

परस्सपद

	एकवचन	बहुवचन
पठम पुरिस	अजहा, जहा; अजह, जह	अजहू, जहू, अजहु, जहु
मज्झिम पुरिस	अजहो, जहो; अजह, जह; अजहि, जहि; अजहित्थो, जहित्थो; अजहित्थ, जहित्थ	अजहित्थ, जहित्थ; अजहुत्थ, जहुत्थ
उत्तम पुरिस	अजह, जह	अजहिम्हा, जहिम्हा; अजहिम्ह, जहिम्ह; अजहुम्हा, जहुम्हा

परोक्खभूत काल

परस्सपद

	एकवचन	बहुवचन
पठम पुरिस	जह	जहु
मज्झिम पुरिस	जहे	जहित्थ
उत्तम पुरिस	जह	जहिम्ह

कालातिपत्ति (हेतुहेतुमद्भूत)

परस्सपद

	एकवचन	बहुवचन
पठम पुरिस	अजहिस्सा, जहिस्सा	अजहिस्संसु, जहिस्संसु
मज्झिम पुरिस	अजहिस्से, जहिस्से	अजहिस्सथ, जहिस्सथ
उत्तम पुरिस	अजहिस्सं, जहिस्सं	अजहिस्सम्हा, जहिस्सम्हा

अनुज्ञा (पंचमी विभत्ति)

परस्सपद

	एकवचन	बहुवचन
पठम पुरिस	जहातु	जहन्तु
मज्झिम पुरिस	जह, जहाहि	जहाथ
उत्तम पुरिस	जहामि	जहाम

विधि (सत्तमी, हेतुफल)

परस्सपद

	एकवचन	बहुवचन
पठमपुरिस	जहे, जहेय्य	जहेय्युं
मज्झिम पुरिस	जहेय्यासि	जहेय्याथ
उत्तम पुरिस	जहेय्यानि	जहेय्याम

इसी प्रकार—

हु धातु

पच्चुप्पन्न (वत्तमान काल)

	एकवचन	बहुवचन
पठम पुरिस	जुहोति	जुहोन्ति
मज्झिम पुरिस	जुहोसि	जुहोथ
उत्तम पुरिस	जुहोमि	जुहोम

भविस्सत्त (भविस्सन्त) काल

परस्सपद

	एकवचन	बहुवचन
पठम पुरिस	जुहिस्सति	जुहिस्सन्ति
मज्झिम पुरिस	जुहिस्ससि	जुहिस्सथ
उत्तम पुरिस	जुहिस्सामि	जुहिस्साम

परिसमत्तत्थक (अज्जतन) काल

परस्सपद

	एकवचन	बहुवचन
पठम पुरिस	अजुही, जुही; अजुहि, जुहि	अजुहुं, जुहुं; अजुहिंसु, जुहिंसु, अजुहुंसु, जुहुंसु
मज्झिम पुरिस	अजुहो, जुहो; अजुह, जुह; अजुहि, जुहि; अजुहित्थो, जुहित्थो; अजुहित्थ, जुहित्थ	अजुहित्थ, जुहित्थ; अजुहुत्थ, जुहुत्थ

उत्तम पुरिस	अजुहिं, जुहिं	अजुहिम्हा, जुहिंम्हा; अजुहिम्ह, जुहिम्ह; अजुहुम्हा, जुहुम्हा

हीयत्तन (अनज्जतन) काल

परस्सपद

	एकवचन	बहुवचन
पठम पुरिस	अजुहा, जुहा; अजुह, जुह	अजुहू, जुहू; अजुहु, जुहु
मज्झिम पुरिस	अजुहो, जुहो; अजुह, जुह; अजुहि, जुहि, अजुहित्थो, जुहित्थो, अजुहित्थ, जुहित्थ	अजुहित्थ, जुहित्थ; अजुहुत्थ, जुहुत्थ
उत्तम पुरिस	अजुह, जुह	अजुहिम्हा, जुहिम्हा; अजुहिम्ह, जुहिम्ह; अजुहुम्हा, जुहुम्हा

कालातिपत्ति (हेतुहेतुमद्भूत)

परस्सपद

	एकवचन	बहुवचन
पठम पुरिस	अजुहिस्सा, जुहिस्सा	अजुहिस्संसु, जहिस्संसु
मज्झिम पुरिस	अजुहिस्से, जुहिस्से	अजुहिस्सथ, जुहिस्सथ
उत्तम पुरिस	अजुहिस्सं, जुहिस्सं	अजुहिस्सम्हा, जुहिस्सम्हा

अनुज्ञा (पञ्चमी विभत्ति)

परस्सपद

	एकवचन	बहुवचन
पठम पुरिस	जुहीतु	जुहोन्तु
मज्झिम पुरिस	जुहो, जुहोहि	जुहोथ
उत्तम पुरिस	जुहोमि	जुहोम

विधि (सत्तमी, हेतुफल)

परस्सपद

	एकवचन	बहुवचन
पठम पुरिस	जुहे, जुहेय्य	जुहेय्युं
मज्झिम पुरिस	जुहेय्यासि	जुहेय्याथ
उत्तम पुरिस	जुहेय्यामि	जुहेय्याम

७. दिस धातु—दिस धातु को पस्स, दस्स, द तथा दक्ख आदेश होते हैं ।[१] वर्तमान काल पठम पुरिस एकवचन में, पस्सति, अनज्जतन में अद्दस, अद्दं अदा, भविस्सन्त काल में दक्खिस्सति आदि रूप होते हैं ।

८. ब्रू धातु—वत्तमान काल पठम पुरिस ब्रवीति[२] ब्रूति आह[३], ब्रुवन्ति आहु, परोक्खभूत में आहु, आहु आहंसु[४] रूप बनते हैं ।

रुधाधि गण

रुध धातु

परस्सपद

पच्चुप्पन्न (वत्तमान) काल

	एकवचन	बहुवचन
पठम पुरिस	रुन्धति;[५] रुन्धिति, रुन्धोति; रुन्धीति, रुन्धेति	रुन्धन्ति[६]
मज्झिम पुरिस	रुन्धसि[७] रुन्धिसि, रुन्धीसि, रुन्धेसि, रुन्धोसि	रुन्धथ[८]

---

१. दिसस्स पस्सदिस्सदक्खा वा क० व्या० ३.३.१४ तथा दिसस्स पस्स दस्स दस् द दक्खा, मो० ५.१२४ ।

२. ब्रूतो तिस्सीञ्, मो० ६.३७ ।

३. ब्रूभूनमाहभूवापरोक्खायं, क० व्या० ३.३.१८ त्यन्तीनं ट ट् मो० ६.२० ।

४. उस्सं स्वाहा वा, मो० ६.१९ ।

५. रुन्धति—रुध धातु, वत्तमान काल; परस्सपद; पठम पुरिस, एकवचन, ति विभत्ति, रुधादितो निग्गहीतपुब्बञ्च [क० व्या० ३-२-१५ तथा मं च रुधादीनं (रुधादितो कत्तुविहितमानादिसु लो होति मं चान्तस्सरा परो; मकारोतुबन्धो, अकारो उच्चारणत्थो········), मो० ५-१९] से अ, इ; ई, ए तथा ओ विकरण तथा उसके पूर्व को निग्गहीत का आगम होने पर रुन्धति, रुन्धिति, रुन्धीति, रुन्धेति तथा रुन्धोति प्रयोग सिद्ध होते हैं । इसी प्रकार मज्झिम पुरिस एकवचन के शेष रूपों की सिद्धि समझें ।

६. रुन्धन्ति—रुध धातु, वत्तमान काल, परस्सपद, पठम पुरिस, बहुवचन, अन्ति विभत्ति, शेष प्रक्रिया भवन्ति की तरह जानें ।

७. रुन्धसि—रुध धातु, वत्तमान काल, परस्सपद, मज्झिम पुरुष, एकवचन, सि विभत्ति, शेष प्रक्रिया रुन्धति की भाँति जानें ।

८. रुन्धथ—रुध धातु, वत्तमान काल, परस्सपद, मज्झिम पुरिस बहुवचन, थ विभत्ति, शेष प्रक्रिया रुन्धति की भाँति जानें ।

उत्तम पुरिस	रुन्धामि[1]	रुन्धाम[2]

भविस्सन्त काल

परस्सपद

	एकवचन	बहुवचन
पठम पुरिस	रुन्धिस्सति[3]	रुन्धिस्सन्ति[4]
मज्झिम पुरिस	रुन्धिस्ससि[5]	रुन्धिस्सथ[6]
उत्तम पुरिस	रुन्धिस्सामि[7]	रुन्धिस्साम[8]

---

१. रुन्धाम—रुध धातु, वत्तमान काल, परस्सपद, उत्तम पुरिस, एकवचन मि विभत्ति, अ विकरण, पूर्व को निग्गहीत का आगम, शेष प्रक्रिया भवाम की भाँति जानें।

२. रुन्धामि—रुध धातु, वत्तमानकाल, परस्सपद, उत्तमपुरिस, बहुवचन म विभत्ति, अ विकरण, पूर्व को निग्गहीत का आगम, शेष प्रक्रिया भवामि की भाँति जानें।

३. रुन्धिस्सति—रुध धातु, भविस्सन्तकाल, परस्सपद, पठम पुरिस एकवचन, स्सति विभत्ति, अ विकरण, पूर्व को निग्गहीत का आगम, शेष प्रक्रिया भविस्सति की भांति जानें।

४. रुन्धिस्सन्ति—रुध धातु, भविस्सन्त काल, परस्सपद, पठम पुरिस बहुवचन, स्सन्ति विभत्ति, 'अ' विकरण पूर्व को निग्गहीत का आगम शेष प्रक्रिया भविस्सन्ति की भांति जानें।

५. रुन्धिस्ससि—रुध धातु, भविस्सन्त काल, परस्सपद, मज्झिमपुरिस एकवचन, स्ससि विभत्ति, अ विकरण, पूर्व को निग्गहीत का आगम, शेष प्रक्रिया भविस्ससि की भाँति जानें।

६. रुन्धिस्सथ—रुध धातु, भविस्सन्त काल, परस्सपद, मज्झिमपुरुष बहुवचन, स्सथ विभत्ति, अ विकरण, पूर्व को निग्गहीत का आगम, शेष प्रक्रिया भविस्सथ की भाँति जानें।

७. रुन्धिस्सामि—रुध धातु, भविस्सन्त काल; परस्सपद, उत्तम पुरिस एकवचन, स्सामि विभत्ति, अ विकरण, पूर्व को निग्गहीत का आगम, शेष प्रक्रिया भविस्सामि की भाँति जाने।

८. रुन्धिस्साम—रुध धातु, भविस्सन्त काल, परस्सपद, उत्तमपुरिस बहुवचन, स्साम विभत्ति, अ विकरण, पूर्व को निग्गहीत का आगम, शेष प्रक्रिया भविस्साम की भाँति जानें।

परिसमत्तत्थक (अज्जतन) काल
परस्सपद

	एकवचन	बहुवचन
पठम पुरिस	अरुन्धी,[1] रुन्धी, अरुन्धि, रुन्धि	अरुन्धुं, रुन्धुं, अरुन्धिंसु रुन्धिसु, अरुन्धंसु, रुन्धंसु
मज्झिम पुरिष	अरुन्धो, रुन्धो, अरुन्ध, रुन्ध, अरुन्धि, रुन्धि, अरुन्धित्थ, रुन्धित्थ	अरुन्धित्थ, रुन्धित्थ, अरुन्धुत्थ, रुन्धुत्थ
उत्तम पुरिस	अरुन्धि, रुन्धि	अरुन्धिम्हा, रुन्धिम्हा, अरुन्धिम्ह, रुन्धिम्ह, अरुन्धुम्हा, रुन्धुम्हा

हीयत्तन (अनज्जतन) काल
परस्सपद

	एकवचन	बहुवचन
पठम पुरिस	अरुन्धा[2], रुन्धा, अरुन्ध, रुन्ध	अरुन्धू,[3] अरुन्धु, रुन्धू, रुन्धु
मज्झिम पुरिस	अरुन्धो[4], रुन्धो, अरुन्ध, रुन्ध, अरुन्धि, रुन्धि, अरुन्धित्थ, रुन्धित्थ अरुन्धित्थो, रुन्धित्थो	अरुन्धित्थ[4], रुन्धित्थ, अरुन्धुत्थ, रुन्धुत्थ

१. रुध धातु, परिसमत्तथक काल, परस्सपद में उचित प्रत्ययों के होने पर अ विकरण, पूर्व को निग्गहीत का आगम ही विशेष होता है किन्तु शेषप्रक्रिया, भू धातु परिसमत्तत्थक परस्सपद में होने वाली रूप प्रक्रिया की भाँति समझनी चाहिये।

२. अरुन्धा—रुध धातु, हीयत्तन काल, परस्सपद, पठम पुरिस एकवचन आ विभत्ति, अ विकरण, पूर्व को निग्गहीत का आगम, विकल्प से अ का आगम, अरुन्धा एवं रुन्धा प्रयोग सिद्ध होते हैं। अ का ह्रस्व होने पर अरुन्ध, रुन्ध प्रयोगों की सिद्धि समझनी चाहिये।

३. अरुन्धू—रुध धातु, हीयत्तन, परस्सपद, पठम पुरिस बहुवचन, ऊ विभत्ति, अ विकरण, निग्गहीत का आगम, धातु के आदि में विकल्प से 'म' का आगम, अरुन्धू, रुन्धू, ऊ का विकल्प से लोप होने पर अरुन्धु, रुन्धु प्रयोग सिद्ध होते हैं।

४. अरुन्धो आदि मज्झिम पुरिस एकवचन तथा बहुवचन के प्रयोगों की सिद्धि की प्रक्रिया परिसमत्तत्थक, परस्सपद मज्झिम पुरिस एकवचन एवं बहुवचन के प्रयोगों की सिद्धि की प्रक्रिया की भांति समझनी चाहिये।

उत्तम पुरिस	अरुन्ध[1], रुन्ध	अरुन्धिम्हा[2], रुन्धिम्हा, अरुन्धिम्ह, रुन्धिम्ह, अरुन्धुम्हा, रुन्धुम्हा

परोक्खभूत

परस्सपद

	एकवचन	बहुवचन
पठम पुरिस	रुरोध[3]	रुरुधु
मज्झिम पुरिस	रुरुधे	रुरुधित्थ
उत्तम पुरिस	रुरोध	रुरुधिम्ह

कालातिपति (हेतु हेतुमद्भूत)

परस्सपद

	एकवचन	बहुवचन
पठम पुरिस	अरुन्धिस्सा,[4] रुन्धिस्सा	अरुन्धिस्संसु[5]
मज्झिम पुरिस	अरुन्धिस्से,[6] रुन्धिस्से	अरुन्धिस्सथ[7], रुन्धिस्सथ

---

१. अरुन्ध—रुध धातु, हीयत्तन काल, परस्सपद उत्तम पुरिस एकवचन, अ विभत्ति, अ विकरण, निग्गहीत का आगम, विकल्प से धातु के आदि में अ आगम, अरुन्ध, रुन्ध प्रयोग सिद्ध होते हैं।

२. उत्तम पुरिस बहुवचन के रूपों की सिद्धि अज्जतन बहुवचन के रूपों की सिद्धि की भांति जानें।

३. रुध धातु के परोक्खभूत काल के परस्सपद के सभी रूपों की सिद्धि, गमु धातु के परोक्खभूत काल परस्सपद के रूपों की भाँति, जाननी चाहिये।

४. अरुन्धिस्सा-- रुध धातु, कालातिपत्ति, परस्सपद, पठमपुरिस एकवचन, स्सा विभत्ति अ विकरण, निगग्हीत का आगम, धातु के पूर्व विकल्प से अ आगम, स्सा के पूर्व इ का आगम, अरुन्धिस्सा रुन्धिस्सा प्रयोग सिद्ध होता है।

५. अरुन्धिस्संसु—रुध धातु, कालातिपत्ति, परस्सपद, पठमपुरिस, बहुवचन स्संसु विभत्ति, अ विकरण तथा पूर्व में निग्गहीत का आगम, शेष प्रकिया अभविस्संसु की भाँति जानें।

६. अरुन्धिस्से—रुध धातु, कालातिपत्ति, परस्सपद, मज्झिमपुरिस एकवचन स्से विभत्ति, अ विकरण, निग्गहीत का आगम, रुध के पूर्व विकल्प से अ का आगम, विभत्ति से पूर्व इ का आगम,अरुन्धिस्से, रुन्धिस्से प्रयोग सिद्ध होते हैं।

५. अरुन्धिस्सथ—रुध धातु, कालातिपत्ति, परस्सपद, मज्झिमपुरिस, बहुवचन स्सथ विभत्ति, अ विकरण, निग्गहीत का आगम, रुध के पूर्व विकल्प से अ का आगम, अरुन्धिस्सथ, रुन्धिस्सथ प्रयोग सिद्ध होते हैं।

उत्तम पुरिस	अरुन्धिस्सं,[१] रुन्धिस्सं	अरुन्धिस्सम्हा,[२] रुन्धिस्सम्हा

अनुज्ञा (पञ्चमी विभत्ति)

परस्सपद

	एकवचन	बहुवचन
पठमपुरिस	रुन्धतु[३]	रुन्धन्तु[४]
मज्झिमपुरिस	रुन्ध,[५] रुन्धाहि[५]	रुन्धथ[६]
उत्तमपुरिस	रुन्धामि[७]	रुन्धाम[७]

विधि (हेतुफल या सत्तमी विभत्ति)

परस्सपद

	एकवचन	बहुवचन
पठम पुरिस	रुन्धे,[८] रुन्धेय्य	रुन्धेय्युं,[९] रुन्धुं

---

१. अरुन्धिस्सं—रुध धातु, कालातिपत्ति, उत्तमपुरिस, एक वचन, स्सं विभत्ति, अ विकरण, निग्गहीत का आगम, रुध के पूर्व विकल्पसे अ का आगम, विभत्ति के पूर्व इ का आगम; अरुन्धिस्सं, रुन्धिस्सं प्रयोग सिद्ध होते हैं।

२. अरुन्धिस्सम्हा—रुध धातु, कालातिपत्ति, परस्सपद, उत्तमपुरिस, बहुवचन, स्सम्हा विभत्ति, अ विकरण, निग्गहीत का आगम, रुध के पूर्व विकल्प से अ का आगम, विभत्ति के पूर्व इ का आगम; अरुन्धिस्सम्हा, रुन्धिस्सम्हा प्रयोग सिद्ध होते हैं।

३. रुध धातु, अनुज्ञा, परस्सपद, पठमपुरिस, एकवचन, तु विभत्ति, अ विकरण, निग्गहीत का आगम, रुन्धतु प्रयोग सिद्ध होता है।

४. रुन्धन्तु—रुध धातु, अनुज्ञा, परस्सपद, पठमपुरिस, बहुवचन, अन्तु विभत्ति, अ विकरण, निग्गहीत का आगम, रुन्धन्तु प्रयोग सिद्ध होता है।

५. रुन्ध—रुध धातु, अनुज्ञा, परस्सपद, मज्झिमपुरिस, एकवचन, अ विकरण निग्गहीत का आगम शेष प्रक्रिया भव, भवाहि की भाँति जानें।

६. रुन्धथ—रुध धातु, अनुज्ञा, परस्सपद, मज्झिम पुरिस, बहुवचन, थ विभत्ति अ विकरण, निग्गहीत का आगम, रुन्धथ प्रयोग सिद्ध होता है!

७. रुन्धामि, रुन्धाम—इन प्रयोगों की सिद्धि वत्तमान काल उत्तमपुरिस के रुन्धामि एवं रुन्धाम की भाँति जानें।

८. रुन्धे, रुन्धेय्य—रुध धातु, विधि, परस्सपद, पठमपुरिस, एकवचन, एय्य विभत्ति, अ विकरण, निग्गहीत का आगम शेप प्रक्रिया भवे, भवेय्य की भाँति जानें।

९. रुन्धेय्युं, रुन्धुं—रुध धातु विधि, परस्सपद, पठमपुरिस, बहुवचन, एय्युं

मज्झिम पुरिस	रुन्धे,[१] रुन्धेय्यासि	रुन्धेय्याथ[२]
उत्तम पुरिस	रुन्धे,[3] रुन्धेय्यामि[४]	रुन्धेमु[५], रुन्धेय्याम, रुन्धेय्यामु

इसके रूप आत्मनेपद में भी पाये जाते हैं जो स्वल्प हैं। इसी प्रकार—

छिद[६] धातु

पच्चुप्पन्न (वत्तमान) काल

परस्सपद

	एकवचन	बहुवचन
पठम पुरिस	छिन्दति	छिन्दन्ति
मज्झिम पुरिस	छिन्दसि	छिन्दथ
उत्तम पुरिस	छिन्दामि	छिन्दाम

भविस्सत्त (भविस्सन्त) काल

परस्सपद

	एकवचन	बहुवचन
पठम पुरिस	छिन्दिस्सति	छिन्दिस्सन्ति

विभत्ति, अ विकरण, निग्गहीत का आगम, शेष प्रक्रिया भवेय्युं, भवुं की भाँति जानें।

१. रुन्धे, रुन्धेय्यासि—रुन्ध धातु, विधि, परस्सपद, मज्झिमपुरिस, एकवचन एय्यासि विभत्ति, अ विकरण, निग्गहीत का आगम, शेष प्रक्रिया भवे, भवेय्यासि की भाँति जानें।

२. रुन्धेय्याथ—रुन्ध धातु, विधि, परस्सपद, मज्झिमपुरिस, बहुवचन, एय्याथ विभत्ति, अ विकरण, निग्गहीत का आगम, रुन्धेय्याथ प्रयोग सिद्ध होता है।

३-४. रुन्धे, रुन्धेय्यामि—रुन्ध धातु, विधि, परस्सपद, उत्तमपुरिस, एकवचन, एय्यामि विभत्ति अ विकरण, निग्गहीत का आगम, शेष प्रक्रिया भवे, भवेय्यामि की भाँति जानें।

५. रुन्धेमु, रुन्धेय्याम, रुन्धेय्यामु—रुध धातु, विधि, परस्सपद, उत्तमपुरिस बहुवचन, एय्याम विभत्ति, अ विकरण, निग्गहीत का आगम, शेष प्रक्रिया भवेमु भवेय्याम तथा भवेय्यामु की भाँति जानें।

६. छिद धातु रुधादिगणी तथा दिवादिगणी दोनों हैं। यहाँ रुधादिगणी छिद धातु के रूपों को दिया जा रहा है।

मज्झिम पुरिस	छिन्दिस्ससि	छिन्दिस्सथ
उत्तम पुरिस	छिन्दिस्सामि	छिन्दिस्साम

परिसमत्तत्थक (अज्जतन) काल

	एकवचन	बहुवचन
पठम पुरिस	अच्छिन्दी, छिन्दी; अच्छिन्दि, छिन्दि	अच्छिन्दुं, छिन्दुं; अच्छिन्दिसुं छिन्दिसुं; अच्छिन्दंसु, छिन्दंसु
मज्झिम पुरिस	अच्छिन्दो, छिन्दो; अच्छिन्द, छिन्द; अच्छिन्दि, छिन्दि; अच्छिन्दित्थो, छिन्दित्थो; अच्छिन्दित्थ, छिन्दित्थ	अच्छिन्दित्थ, छिन्दित्थ; अच्छिन्दुत्थ, छिन्दुत्थ
उत्तमपुरिस	अच्छिंन्दि, छिंन्दि	अच्छिन्दिम्हा, छिन्दिम्हा; अच्छिन्दिम्ह, छिन्दिम्ह; अच्छिन्दुम्हा, छिन्दुम्हा

हीयत्तन (अनज्जतन) काल

	एकवचन	बहुवचन
पठम पुरिस	अच्छिन्दा, छिन्दा; अच्छिन्द, छिन्द	अच्छिन्दू, छिन्दू; अच्छिन्दु, छिन्दु
मज्झिम पुरिस	अच्छिन्दो, छिन्दो; अच्छिन्द, छिन्द; अच्छिन्दि, छिन्दि; अच्छिन्दित्थो, छिन्दित्थो; अच्छिन्दित्थ, छिन्दित्थ	अच्छिन्दित्थ, छिन्दित्थ; अच्छिन्दुत्थ, छिन्दुत्थ
उत्तम पुरिस	अच्छिन्द, छिन्द	अच्छिन्दिम्हा, छिन्दिम्हा; अच्छिन्दुहा, छिन्दुम्हा; अच्छिन्दिम्ह, छिन्दिम्ह

परोक्खभूत काल

	एकवचन	बहुवचन
पठम पुरिस	चिच्छेद	चिच्छेदु
मज्झिम पुरिस	चिच्छेदे	चिच्छेदित्थ
उत्तम पुरिस	चिच्छेद	चिच्छेदिम्ह

कालातिपत्ति (हेतुहेतुमद्भूत)

परस्सपद

	एकवचन	बहुवचन
पठम पुरिस	अच्छिन्दिस्सा	अच्छिन्दिस्संसु
मज्झिम पुरिस	अच्छिन्दिस्स	अच्छिन्दिस्सथ
उत्तम पुरिस	अच्छिन्दिस्सं	अच्छिन्दिस्सम्हा

अनुज्ञा (पञ्चमी विभत्ति)

	एकवचन	बहुवचन
पठम पुरिस	छिन्दतु	छिन्दन्तु
मज्झिम पुरिस	छिन्द, छिन्दाहि	छिन्दथ
उत्तम पुरिस	छिन्दामि	छिन्दाम

विधि (सत्तमी, हेतुफल)

	एकवचन	बहुवचन
पठम पुरिस	छिन्दे, छिन्देय्य	छिन्देय्युँ
मज्झिम पुरिस	छिन्देय्यासि	छिन्देय्याथ
उत्तम पुरिस	छिन्देय्यामि	छिन्देय्याम

दिवादि गण

दिव धातु पच्चुप्पन्न (वत्तमान) काल

परस्सपद

	एकवचन	बहुवचन
पठम पुरिस	दिब्बति[1]	दिब्बन्ति[2]

---

१. दिब्बति-दिव धातु, वत्तमान परस्सपद, पठम पुरिस, एकवचन, ति विभत्ति, दिवादितो यो (क० व्या० ३. २. १६, दिवादीहि यक् मो० ५.२१) से य विकरण, पुब्बरूपञ्च (क० व्या० ३. २. १२) से य् के स्थान पर पूर्वरूप व् आदेश, दो धस्स च (क० व्या० १. २. ९.) से व् का ब् आदेश, दिब्बति प्रयोग सिद्ध होता है !

२. दिब्बन्ति—दिव धातु, वत्तमान काल, परस्सपद, पठम पुरिस, बहुवचन अन्ति विभत्ति, य विकरण, य का पूर्वरूप व, व् का का व आदेश शेष प्रक्रिया भवन्ति की भाँति जानें ।

मज्झिम पुरिस	दिब्बसि[1]	दिब्बथ[2]
उत्तम पुरिस	दिब्बामि[3]	दिब्बाम[4]

भविस्सत्त (भविस्सन्तकाल)

परस्सपद

	एकवचन	बहुवचन
पठम पुरिस	दिब्बिस्सति[5]	दिब्बिस्सन्ति[6]
मज्झिम पुरिस	दिब्बिस्ससि[7]	दिब्बिस्सथ[8]

---

१. दिब्बसि—दिव धातु वत्तमान काल, परस्सपद, मज्झिमपुरिस, एकवचन सि विभत्ति, य विकरण, य् का पूर्वरूप व आदेश, व् का ब, दिब्बसि प्रयोग सिद्ध होता है।

२. दिब्बथ—दिव धातु, वत्तमान काल, परस्सपद, मज्झिम पुरिस, बहुवचन, थ विभत्ति, य विकरण, य् का पूर्वरूप व् आदेश, व् का ब्, दिब्बथ प्रयोग सिद्ध होता है।

३. दिब्बामि—दिव धातु वत्तमान काल, परस्सपद, उत्तमपुरिस एकवचन, मि विभत्ति, य विकरण, य का पूर्वरूप व्, आदेश, व् को ब् शेष प्रक्रिया भवामि की भाँति जानें।

४. दिब्बाम—दिव धातु, वत्तमान काल, परस्सपद, उत्तम पुरिस म विभत्ति, य विकरण, य का पूर्वरूप व् को ब् आदेश, ।शेष प्रक्रिया भवाम की भाँति जानें।

५. दिब्बिस्सति—दिव धातु, भविस्सत्त काल, परस्सपद, पठमपुरिस, एकवचन, स्सति विभत्ति, य विकरण य् का पूर्वरूप व्, व् को ब् आदेश, शेष प्रक्रिया भविस्सति को भाँति जानें।

६. दिब्बिस्सन्ति—दिव धातु, भविस्सत्त काल, परस्सपद, पठमपुरिस, बहुबचन, स्सन्ति विभत्ति, य विकरण, य् का पूर्वरूप व् को ब् आदेश शेष प्रक्रिया भविस्सन्ति की भाँति जानें।

७. दिब्बिस्ससि—दिव धातु, भविस्सत्त काल, परस्सपद, मज्झिमपुरिस,एकवचन, स्ससि विभत्ति, य विकरण. य् को पूर्वरूप व आदेश, व् को ब् शेष प्रक्रिया भविस्ससि की भाँति जानें।

८. दिब्बिस्सथ—दिव धातु, भविस्सत्तकाल, परस्सपद, मज्झिमपुरिस, बहुवचन, स्सथ विभत्ति, य् विकरण, य् का पूर्वरूप व् को ब् आदेश, शेष प्रक्रिया भविस्सथ की भाँति जानें।

उत्तम पुरिस	दिब्बिस्सामि[1]	दिब्बिस्साम[2]

परिसमत्तत्थक (अज्जतन) काल

परस्सपद

	एकवचन	बहुवचन
पठम पुरिस	अदिब्बी[3], दिब्बी, अदिब्ब, दिब्ब	अदिब्बुं[4], दिब्बुं, अदिब्बिंसु, दिब्बिंसु; अदिब्बिंसु, दिब्बंसु
मज्झिम पुरिस	अदिब्बो[5], दिब्बो; अदिब्ब, दिब्ब; अदिब्बि; दिब्बि, अदिब्बित्थ, दिब्बित्थ, अदिब्बित्थो, दिब्बित्थो	अदिब्बित्थ[6], दिब्बित्थ; अदिब्बुत्थ, दिब्बुत्थ

---

१. दिब्बिस्सामि—दिव धातु, भविस्सत्तकाल परस्सपद, उत्तमपुरिस एकवचन, स्सामि विभत्ति, य विकरण, य् का पूर्वरूप, व् को ब् आदेश शेष प्रक्रिया भविस्सामि की भाँति जानें।

२. दिब्बिस्साम—दिव धातु, भविस्सत्तकाल, परस्सपद, उत्तमपुरिस, बहुवचन, स्साम विभत्ति, य विकरण, य् का पूर्वरूप, व् को ब् आदेश, शेष प्रक्रिया भविस्साम की भाँति जानें।

३. अदिब्बी—दिव धातु, अज्जतन भूतकाल, परस्सपद, पठम पुरिस, एकवचन, ई विभत्ति, अ का विकल्प से आगम य् का पूर्वरूप, व् को ब् आदेश शेष प्रक्रिया अभवी, भवी इत्यादि की भाँति जानें।

४. अदिब्बुं—दिव धातु, अज्जतन भूतकाल, परस्सपद, पठम पुरिस, बहुवचन, उं विभत्ति, अ का विकल्प से धातु के आदि में आगम, य विकरण, य का पूर्वरूप, व् को ब् आदेश, शेष प्रक्रिया अभवु, भवु आदि की भाँति जानें।

५. अदिब्बो—दिव धातु अज्जतन भूतकाल, परस्सपद, मज्झिम पुरिस एकवचन, ओ विभत्ति, धातु के आदि में विकल्प से अ का आगम, य विकरण, य् का पूर्वरूप, व् को ब् आदेश, शेष प्रक्रिया अभवो, भवो आदि की भाँति जानें।

६. अदिब्बित्थ—दिव धातु, अज्जतन भूतकाल, परस्सपद, मज्झिम पुरिस बहुवचन, त्थ विभत्ति, धातु के प्रारम्भ में विकल्प से अ आगम, य विकरण, य् का पूर्वरूप, व् को ब् आदेश, शेष प्रक्रिया अभवित्थ, भवित्थ आदि की भाँति जानें।

उत्तम पुरिस	अदिब्बिं[1], दिब्बिं	अदिब्बिम्हा[2], दिब्बिम्हा; अदिब्बिम्ह, दिब्बिम्ह; अदिब्बुम्हा, दिब्बुम्हा

हीयत्तन (अनज्जतन) काल

परस्सपद

	एकवचन	बहुवचन
पठम पुरिस	अदिब्बा[3], दिब्बा; अदिब्ब, दिब्ब	अदिब्बू[4], दिब्बू; अदिब्बु, दिब्बु
मज्झिम पुरिस	[5]अदिब्बो, दिब्बो; अदिब्ब, दिब्ब; अदिब्बि, दिब्बि; अदिब्बित्थ, दिब्बित्थ, अदिब्बित्थो, दिब्बित्थो	[5]अदिब्बित्थ, दिब्बित्थ अदिब्बुत्थ, दिब्बुत्थ

---

१. अदिब्बिं—दिव धातु, अज्जतन भूतकाल, परस्सपद, उत्तम पुरिस, एकवचन इं विभत्ति, धातु के आदि में विकल्प से अ आगम, य विकरण, य् का पूर्वरूप, व् को ब् आदेश, शेष प्रक्रिया अभविं, भविं की भाँति जानें।

२. अदिब्बिम्हा—दिव धातु अज्जतन भूतकाल, परस्सपद, उत्तम पुरिस बहुवचन, म्हा विभत्ति, धातु के आदि में विकल्प से अ का आगम, य विकरण, य् का पूर्वरूप, व् को ब् आदेश, शेष प्रक्रिया अभविम्हा, भविम्हा आदि की भाँति जानें।

३. अदिब्बा—दिव धातु, अनज्जतन भूतकाल, परस्सपद, पठम पुरिस, एकवचन आ विभत्ति, धातु के आदि में विकल्प से अ आगम य विकरण, य् का पूर्वरूप, व् को ब् आदेश, शेष प्रक्रिया अभाव, भाव आदि की भाँति जानें।

४. अदिब्बू—दिव धातु, अनज्जतन भूतकाल, परस्सपद, पठम पुरिस बहुवचन ऊ विभत्ति, धातु के आदि में विकल्प से अ आगम य विकरण, य् का पूर्वरूप, व् को ब् आदेश, शेष प्रक्रिया अभवू भवू आदि की भाँति जानें।

५. अदिब्बो—अनज्जतन भूतकाल के मज्झिम पुरिस के दोनों वचनों के सभी प्रयोगों की सिद्धि अज्जतन भूतकाल के मज्झिम पुरिस के दोनों वचनों के प्रयोगों की सिद्धि की भाँति जानें।

उत्तम पुरिस	अदिब्ब[1], दिब्ब	अदिब्बिम्हा[2], दिब्बिम्हा; अदिब्बिम्ह, दिब्बिम्ह; अदिब्बुम्हा, दिब्बुम्हा

परोक्खभूत काल

परस्सपद

	एकवचन	बहुवचन
पठमपुरिस	दिदेब[3]	दिदबु
मज्झिमपुरिस	दिदिबे	दिदिबित्थ
उत्तमपुरिस	दिदेब	दिदिबिम्ह

कालातिपत्ति (हेतुहेतुमद्भूत)

परस्सपद

	एकवचन	बहुवचन
पठमपुरिस	अदिब्बिस्सा[4] दिब्बिस्सा	अदिब्बिस्संसु[5] दिब्बिस्संसु
मज्झिमपुरिस	अदिब्बिस्से[6] दिब्बिस्से	अदिब्बिस्सथ[7] दिब्बिस्सथ

---

१. अदिब्ब--दिव धातु, अनज्जतन भूतकाल, परस्सपद, उत्तम पुरिस एकवचन अ विभत्ति, धातु के प्रारम्भ में विकल्प से अ का आगम, य विकरण, य् को पूर्वरूप,। व् को ब् आदेश, शेष प्रकिया अभव, भव की भाँति जानें।

२. अदिब्बिम्हा—दिव धातु, अनज्जतन भूतकाल, परस्सपद, उत्तम पुरिस बहुवचन म्हा विभत्ति, शेष प्रक्रिया अज्जतन भूत उतम पुरिस बहुवचन के रूपों की भाँति जानें।

३. दिदिवे—दिव धातु के परोक्खभूत काल के सभी रूपों की सिद्धि, गमु धातु के परोक्खभूत काल परस्सपद के रूपों की भाँति, जाननी चाहिये।

४. अदिब्बिस्सा—दिव धातु, कालातिपत्ति, परस्सपद, पठमपुरिस, एकवचन, स्सा विभत्ति, धातु के आदि में विकल्प से अ आगम, य विकरण, य को पूर्वरूप, व् को ब् आदेश, स्सा के पूर्व इ का आगम, अदिब्बिस्सा दिब्बिस्सा प्रयोग सिद्ध होते हैं।

५. अदिब्बिस्संसु—दिव धातु, कालातिपत्ति, परस्सपद, पठमपुरिस, बहुवचन स्संसु विभत्ति, शेष प्रक्रिया अदिब्बिस्सा, दिब्बिसा की भाँति जानें।

६. अदिब्बिस्ससे—दिव धातु, कालातिपत्ति, परस्सपद, मज्झिमपुरिस एकवचन स्से विभत्ति, शेष प्रक्रिया अदिब्बिस्सा की भाँति जानें।

७. अदिब्बिस्सथ—दिव धातु, कालातिपत्ति, परस्सपद, मज्झिमपुरिस, बहुवचन स्सथ विभत्ति, शेष प्रक्रिया अदिब्बिस्सा, दिब्बिस्सा की भाँति जानें।

उत्तमपुरिस	अदिब्बिस्सं[१], दिब्बिस्सं	अदिब्बिस्सम्हा[२] दिब्बिस्सम्हा

अनुञ्ञा (पञ्चमी विभत्ति)

परस्सपद

	एकवचन	बहुवचन
पठमपुरिस	दिब्बतु[३]	दिब्बन्तु[४]
मज्झिमपुरिस	दिब्ब[५], दिब्बाहि[६]	दिब्बथ
उत्तमपुरिस	दिब्बामि[७]	दिब्बाम[७]

विधि (सत्तमी विभत्ति, हेतुफल)

परस्सपद

	एकवचन	बहुवचन
पठमपुरिस	दिब्बेय्य,[८] दिब्बे	दिब्बेय्युं[९]

---

१. अदिब्बिस्सं—दिव धातु, कालातिपत्ति, परस्सपद, उत्तमपुरिस एकवचन, स्सं विभत्ति, शेष प्रक्रिया अदिब्बिस्सा, दिब्बिस्सा की भाँति जानें।

२. अदिब्बिस्सम्हा—दिव धातु, कालातिपत्ति, परस्सपद, उत्तमपुरिस बहुवचन स्सम्हा विभत्ति, शेष प्रक्रिया अदिब्बिस्सा, दिब्बिस्सा की भाँति जानें। कहीं-कहीं अत्तनोपद में भी इसके रूप पाये जाते हैं। इसी प्रकार—

३. दिब्बतु—दिव धातु, अनुञ्ञा, परस्सपद, पठमपुरिस, एकवचन तु विभत्ति शेष प्रक्रिया दिब्बति की भाँति जानें।

४. दिब्बन्तु—दिव धातु, अनुञ्ञा, परस्सपद, पठमपुरिस, बहुवचन, अन्तु विभत्ति शेष प्रक्रिया दिब्बत्ति की भाँति जानें।

५. दिब्ब, दिब्बाहि—दिव धातु, अनुञ्ञा, परस्सपद, मज्झिमपुरिस एकवचन, हि विभत्ति, य विकरण, य् को पूर्वरूप, व् को ब् आदेश, शेष प्रक्रिया भव, भवाहि की भाँति जानें।

६. दिब्बथ—दिव धातु अनुञ्ञा, परस्सपद, मज्झिमपुरिस, बहुवचन, थ विभत्ति शेष प्रक्रिया वत्तमानकाल मज्झिमपुरिस बहुवचन दिब्बथ की भाँति जानें।

७. दिब्बामि, दिब्बाम—इन रूपों की सिद्धि, दिव धातु के वत्तमान काल के उत्तमपुरिस के रूपों की भाँति जाननी चाहिए।

८. दिब्बेय—दिव धातु, विधि, परस्सपद, पठमपुरिस, एकवचन, एय्य विभत्ति, य विकरण, य् का पूर्वरूप व्, व् को ब् आदेश, शेष प्रक्रिया, भवेय्य, भवे की भाँति जानें।

९. दिब्बेय्युं—दिव धातु, विधि, परस्सपद, पठमपुरिस, बहुवचन, एय्युं विभत्ति य विकरण, पूर्वरूप, व् को ब आदेश, शेष प्रक्रिया भवेय्युं की भाँति जानें।

मज्झिमपुरिस	दिब्बेय्यासि[1]	दिब्बेय्याथ[2]
उत्तमपुरिस	दिब्बेय्यामि[3]	दिब्बेय्याम[4]

कहीं-कहीं अत्तनोपद में भी इसके रूप पाये जाते हैं। इसी प्रकार—

कुध धातु

पच्चुप्पन्न (वत्तमान) काल

परस्सपद

	एकवचन	बहुवचन
पठमपुरिस	कुज्झति	कुज्झन्ति
मज्झिमपुरिस	कुज्झसि	कुज्झथ
उत्तमपुरिस	कुज्झामि	कुज्झाम

भविस्सत्त (भविस्सन्त) काल

परस्सपद

	एकवचन	बहुवचन
पठमपुरिस	कुज्झिस्सति	कुज्झिस्सन्ति
मज्झिमपुरिस	कुज्झिस्ससि	कुज्झिस्सथ
उत्तमपुरिस	कुज्झिस्सामि	कुज्झिस्साम

परिसमत्तत्थ (अज्जतन) काल

परस्सपद

	एकवचन	बहुवचन
पठमपुरिस	अकुज्झी, कुज्झी; अकुज्झि, कुज्झि	अकुज्झुं, कुज्झुं; अकुज्झिसु, कुज्झिसु अकुज्झंसु, कुज्झंसु

---

१. दिब्बेय्यासि—दिव धातु, विधि परस्सपद, मज्झिमपुरिस, एकवचन, एय्यासि विभत्ति, य विकरण, पूर्वरूप, व् को ब् आदेश, शेष प्रक्रिया भवेय्यासि की भाँति जानें।

२. दिब्बेय्याथ—दिव धातु, विधि, परस्सपद, मज्झिमपुरिस, बहुवचन, एय्याथ विभत्ति, य विकरण, पूर्वरूप, व् को ब् आदेश शेष प्रक्रिया भवेय्याथ की भाँति जानें।

३. दिब्बेय्यामि—दिव धातु, विधि, परस्सपद, उत्तमपुरिस, एकवचन, एय्यामि विभत्ति, य विकरण, पूर्वरूप, व् को ब् आदेश, शेष प्रक्रिया भवेय्यामि की भाँति जानें।

४. दिब्बेय्याम—दिव धातु, विधि, परस्सपद, उत्तमपुरिस, बहुवचन, एय्याम, विभत्ति, य विकरण, पूर्वरूप, व् को ब् आदेश, शेष प्रक्रिया भवेय्याम की भाँति जानें।

मज्झिमपुरिस	अकुज्झो, कुज्झो; अकुज्झ, कुज्झ; अकुज्झि, कुज्झि; अकुज्झित्थो, कुज्झित्थो, अकुज्झित्थ, कुज्झित्थ	अकुज्झित्थ, कुज्झित्थ; अकुज्झुत्थ, कुज्झुत्थ
उत्तमपुरिस	अकुज्झिं, कुज्झिं	अकुज्झिम्हा, कुज्झिम्हा; अकुज्झिम्ह कुज्झिम्ह; अकुज्झुम्हा, कुज्झुम्हा

हीयत्तन (अनज्जतन) काल

परस्सपद

	एकवचन	बहुवचन
पठमपुरिस	अकुज्झा, कुज्झा; अकुज्झ, कुज्झ	अकुज्झू, कुज्झू; अकुज्झु, कुज्झु
मज्झिमपुरिस	अकुज्झो, कुज्झो; अकुज्झ, कुज्झ, अकुज्झि, कुज्झि; अकुज्झित्थो, कुज्झित्थो; अकुज्झित्थ, कुज्झित्थ	अकुज्झित्थ, कुज्झित्थ; अकुज्झुत्थ, कुज्झुत्थ
उत्तमपुरिस	अकुज्झ; कुज्झ	अकुज्झिम्हा, कुज्झिम्हा; अकुज्झिम्ह, कुज्झिम्ह; अकुज्झुम्हा कुज्झुम्हा

परोक्खभूत काल

परस्सपद

	एकवचन	बहुवचन
पठम पुरिस	चुकुज्झ	चुकुज्झु
मज्झिम पुरिस	चुकुज्झे	चुकुज्झित्थ
उत्तम पुरिस	चुकुज्झ	चुकुज्झिम्ह

कालातिपत्ति (हेतुहेतुमद्भूत)

परस्सपद

	एकवचन	बहुवचन
पठम पुरिस	अकुज्झिस्सा, कुज्झिस्सा	अकुज्झिस्संसु, कुज्झिस्संसु
मज्झिम पुरिस	अकुज्झिस्से, कुज्झिस्से	अकुज्झिस्सथ, कुज्झिस्सथ
उत्तम पुरिस	अकुज्झिस्सं, कुज्झिस्सं	अकुज्झिस्सम्हा, कुज्झिस्सम्हा

अनुज्ञा (पञ्चमी विभत्ति)

परस्सपद

	एकवचन	बहुवचन
पठम पुरिस	कुज्झतु	कुज्झन्तु
मज्झिम पुरिस	कुज्झ, कुज्झाहि	कुज्झथ
उत्तम पुरिस	कुज्झामि	कुज्झाम

विधि (सत्तमी, हेतुफल)

परस्सपद

	एकवचन	बहुवचन
पठम पुरिस	कुज्झे, कुज्झेय्य	कुज्झेय्युं
मज्झिम पुरिस	कुज्झेय्यासि	कुज्झेय्याथ
उत्तम पुरिस	कुज्झेय्यामि	कुज्झेय्याम

इसी प्रकार—

कुप धातु

पच्चुप्पन्न (बत्तमान) काल

परस्सपद

	एकवचन	बहुवचन
पठम पुरिस	कुप्पति	कुप्पन्ति
मज्झिम पुरिस	कुप्पसि	कुप्पथ
उत्तम पुरिस	कुप्पामि	कुप्पाम

भविस्सत्त (भविस्सन्त) काल

परस्सपद

	एकवचन	बहुवचन
पठम पुरिस	कुप्पिस्सति	कुप्पिस्सन्ति
मज्झिम पुरिस	कुप्पिस्सिस	कुप्पिस्सथ
उत्तम पुरिस	कुप्पिस्सामि	कुप्पिस्साम

परिसमत्तत्थक (अज्जतन) काल

परस्सपद

	एकवचन	बहुवचन
पठम पुरिस	अकुप्पी, कुप्पी; अकुप्पि, कुप्पि	अकुप्पुं, कुप्पुं; अकुप्पिसु, कुप्पिसु; अकुप्पुंसु, कुप्पुंसु

मज्झिम पुरिस	अकुप्पो, कुप्पो; अकुप्प, कुप्प; अकुप्पि, कुप्पि; अकुप्पित्थो, कुप्पित्थो, अकुप्पित्थ, कुप्पित्थ	अकुप्पित्थ, कुप्पित्थ; अकुप्पुत्थ, कुप्पुत्थ
उत्तम पुरिस	अकुप्पिं, कुप्पिं	अकुप्पिम्हा, कुप्पिम्हा; अकुप्पिम्ह, कुप्पिम्ह; अकुप्पुम्हा, कुप्पुम्हा

हीयत्तन (अनज्जतन) काल

परस्सपद

	एकवचन	बहुवचन
पठम पुरिस	अकुप्पा, कुप्पा; अकुप्प, कुप्प	अकुप्पू, कुप्पू; अकुप्पु, कुप्पु
मज्झिम पुरिस	अकुप्पो, कुप्पो; अकुप्प, कुप्प; अकुप्पि, कुप्पि; अकुप्पित्थो, कुप्पित्थो; अकुप्पित्थ, कुप्पित्थ	अकुप्पित्थ, कुप्पित्थ, अकुप्पुत्थ, कुप्पुत्थ
उत्तम पुरिस	अकुप्प, कुप्प	अकुप्पिम्हा, कुप्पिम्हा; अकुप्पिम्ह, कुप्पिम्ह; अकुप्पुम्हा, कुप्पुम्हा

परोक्खभूत काल

परस्सपद

	एकवचन	बहुवचन
पठम पुरिस	चुकुप्प	चुकुप्पु
मज्झिम पुरिस	चुकुप्पे	चुकुप्पित्थ
उत्तम पुरिस	चुकुप्प	चुकुप्पिम्ह

कालातिपत्ति (हेतुहेतुमद्भूत)

परस्सपद

	एकवचन	बहुवचन
पठम पुरिस	अकुप्पिस्सा	अकुप्पिस्संसु
मज्झिम पुरिस	अकुप्पिस्से	अकुप्पिस्सथ
उत्तम पुरिस	अकुप्पिस्सं	अकुप्पिस्सम्हा

अनुञ्ञा (पञ्चमी बिभत्ति)

परस्सपद

	एकवचन	बहुवचन
पठम पुरिस	कुप्पतु	कुप्पन्तु
मज्झिम पुरिस	कुप्प, कुप्पाहि	कुप्पथ
उत्तम पुरिस	कुप्पामि	कुप्पाम

विधि (सत्तमी, हेतुफल)

परस्सपद

	एकवचन	बहुवचन
पठम पुरिस	कुप्पे, कुप्पेय्य	कुप्पेय्युं
मज्झिम पुरिस	कुप्पेय्यासि	कुप्पेय्याथ
उत्तम पुरिस	कुप्पेय्यामि	कुप्पेय्याम

तुदादिगण[1]

तुद धातु

पच्चुप्पन्न (वत्तमान) काल

परस्सपद

	एकवचन	बहुवचन
पठमपुरिस	तुदति[2]	तुदन्ति[3]
मज्झिमपुरिस	तुदसि[4]	तुदथ[5]
उत्तम पुरिस	तुदामि[6]	तुदाम[7]

---

१. तुदादि गण का समावेश, कच्चायन ने 'तुदादयो (अवुद्धिका)' कहकर भूवादि गण में किया है।

२. तुदति—तुद धातु, वत्तमान काल, परस्सपद, पठम पुरिस, एकवचन, ति विभत्ति, तुदादीहि को (मो० ५,२२) से क (अ) विकरण, तुदति प्रयोग सिद्ध होता है।

३. तुदन्ति—तुद धातु, वत्तमान काल, परस्सपद, पठमपुरिस, बहुवचन, अन्ति विभत्ति, क (अ) विकरण, तुदन्ति प्रयोग सिद्ध होता है।

४. तुदसि—तुद धातु, वत्तमान काल, परस्सपद, मज्झिमपुरिस, एकवचन, सि विभत्ति, क (अ) विकरण, तुदसि प्रयोग सिद्ध होता है।

५. तुदथ—तुद धातु, वत्तमानकाल, परस्सपद, मज्झिमपुरिस, बहुवचन थ विभत्ति, क (अ) विकरण, तुदथ प्रयोग सिद्ध होता है!

६. तुदामि—तुद धातु, वत्तमानकाल, परस्सपद, उत्तमपुरिस, एकवचन, मि विभत्ति, क (अ) विकरण, अ को दीर्घ करने पर तुदामि प्रयोग सिद्ध होता है।

७. तुदाम—तुद धातु, वत्तमान काल, परस्सपद, उत्तमपुरिस, बहुवचन, म [illegible] प्रक्रिया तुदामि की भाँति जानें।

भविस्सत्त (भविस्सन्त) काल

परस्सपद

	एकवचन	बहुवचन
पठम पुरिस	तुदिस्सति[1]	तुदिस्सन्ति
मज्झिम पुरिस	तुदिस्ससि	तुदिस्सथ
उत्तम पुरिस	तुदिस्सामि	तुदिस्साम

परिसमत्तत्थक (अज्जतन) काल

परस्सपद

	एकवचन	बहुवचन
पठम पुरिस	अतुदी[2] तुदी; अतुदि, तुदि	अतुदुं, तुदुं; अतुदिंसु तुदिंसु; अतुदंसु, तुदंसु
मज्झिम पुरिस	अतुदो, तुदो; अतुद, तुद; अतुदि, तुदि; अतुदित्थो, तुदित्थो; अतुदित्थ, तुदित्थ	अतुदित्थ, तुदित्थ; अतुदुत्थ, तुदुत्थ
उत्तम पुरिस	अतुदिं, तुदिं	अतुदिम्हा, तुदिम्हा; अतुदिम्ह, तुदिम्ह; अतुदुम्हा, तुदुम्हा

१. तुदिस्सति—तुद धातु भविस्सत्त काल, परस्सपद, पठम पुरिस एकवचन, स्सति विभत्ति, शेष प्रक्रिया भविस्सति की भाँति जानें। भविस्सत्त काल के शेष समस्त रूपों की सिद्धि भू धातु के भविस्सत्त काल के रूपों की भाँति जानें।

२. अतुदी—तुद धातु अज्जतन भूत काल, परस्सपद, पठम पुरिस एकवचन ई विभत्ति क (अ) विकरण, शेष प्रक्रिया अभवी, भवी आदि की भाँति जानें। इस काल के तुद धातु के अन्य रूपों की सिद्धि की प्रक्रिया भू धातु के अज्जतन भूतकाल के रूपों की सिद्धि की भाँति जानें। दोनों में अन्तर मात्र इतना ही है कि भू धातु में अ विकरण जुटता है जब कि तुद धातु में क (अ) विकरण जुटता है।

हीयत्तन (अनज्जतन) काल

परस्सपद

	एकवचन	बहुवचन
पठमपुरिस	अतुदा[१], तुदा; अतुद, तुद	अतुदू, तुदू; अतुदु, तुदु
मज्झिमपुरिस	अतुदो, तुदो; अतुद, तुद; अतुदि, तुदि; अतुदित्थो, तुदित्थो; अतुदित्थ, तुदित्थ	अतुदित्थ, तुदित्थ; अतुदुत्थ तुदुत्थ
उत्तमपुरिस	अतुद, तुद	अतुदिम्हा, तुदिम्हा; अतुदिम्ह तुदिम्ह; अतुदुम्हा, तुदुम्हा

परोक्खभृत काल

परस्सपद

	एकवचन	बहुवचन
पठमपुरिस	तुतोद[२]	तुतुदु
मज्झिमपुरिस	तुतुदे	तुतुदित्थ
उत्तमपुरिस	तुतोद	तुतुदिम्ह

कालातिपत्ति (हेतुहेतुमद्भूत)

परस्सपद

	एकवचन	बहुवचन
पठमपुरिस	अतुदिस्सा[3], तुदिस्सा	अतुदिस्संसु, तुदिस्संसु
मज्झिमपुरिस	अतुदिस्से, तुदिस्से	अतुदिस्सथ, तुदिस्सथ
उत्तमपुरिस	अतुदिस्सं, तुदिस्सं	अतुदिस्सम्हा, तुदिस्सम्हा

---

१. अतुदा—तुद धातु, अनज्जतनभूतकाल, परस्सपद, पठमपुरिस, एकवचन, आ विभत्ति, शेष प्रक्रिया अभवा, भवा आदि की भाँति जानें। अनज्जतन भूतकाल के शेष रूपों की सिद्धि भू धातु के अनज्जतन भूतकाल के रूपों की भाँति जानें।

२. तुद धातु के परोक्खभूतकाल के परस्सपद के समस्त रूपों की सिद्धि की प्रक्रिया, गमु धातु के परोक्खभूतकाल परस्सपद के रूपों की सिद्धि की प्रक्रिया की भाँति जानें।

३ तुद धातु के कालातिपत्ति, परस्सपद के समस्त रूपों की सिद्धि की प्रक्रिया भू धातु के कालातिपत्ति परस्सपद के रूपों की सिद्धि की प्रक्रिया की भाँति जानें।

अनुज्ञा (पञ्चमी विभत्ति)

परस्सपद

	एकवचन	बहुवचन
पठम पुरिस	तुदतु[1]	तुदन्तु
मज्झिमपुरिस	तुद, तुदाहि	तुदथ
उत्तमपुरिस	तुदामि	तुदाम

विधि (हेतुफल सत्तमी विभत्ति)

परस्सपद

	एकवचन	बहुवचन
पठमपुरिस	तुदे[2], तुदेय्य	तुदेय्युं, तुदुं
मज्झिमपुरिस	तुदे, तुदेय्यासि	तुदेय्याथ
उत्तमपुरिस	तुदे, तुदेय्यामि	तुदेमु, तुदेय्याम, तुदेय्यामु

इस धातु के रूप कहीं-कहीं अत्तनोपद में भी पाये जाते हैं जिन्हें मुद धातु की भाँति जान लेना चाहिये।

ज्यादि गण[3]

जि धातु

पच्चुप्पन्न (वत्तमान) काल

परस्सपद

	एकवचन	बहुवचन
पठमपुरिस	जिनाति[4]	जिनन्ति[5]

---

१. तुद धातु के अनुज्ञा, परस्सपद के समस्त रूपों की सिद्धि दिव धातु के अनुज्ञा परस्सपद के रूपों की भाँति जानें। अन्तर मात्र इतना ही है कि तुद धातु में क (अ) विकरण तथा दिव धातु में य विकरण जुटता है।

२. तुद धातु के विधि, परस्सपद के रूपों की सिद्धि दिव धातु के रूपों की भाँति ही जानें।

३. पालिभाषा में दो जि धातु और एक जी धातु पायी जाती है जिनमें एक जि धातु भूवादि है जो लुप्तविकरण है, दूसरी जी धातु से भूवादि का विकरण अ लगता है तथा तीसरी जि धातु ज्यादि गण की है जिससे क्ना (ना) विकरण होता है। कच्चायन ने इस ज्यादि वाले जि धातु को कियादि (क्यादि) में ही पढ़ा है और इस प्रकार उन्होंने कियादि और ज्यादि दो पृथक-पृथक् गण नहीं माने हैं। जैसा कि मोग्गल्लान को अभीष्ट है।

४. जिनाति—जि धातु, वत्तमान काल, परस्सपद, पठमपुरिस, एकवचन ति विभत्ति, ज्यादीहि क्ना (मो० ५, २३ तथा कियादि तो ना. क. व्या. ३. २. १८) से क्ना (ना) विकरण, जिनाति रूप सिद्ध होता है।

५. जिनन्ति—जि धातु, वत्तमान काल, परस्सपद, पठमपुरिस, बहुवचन, अन्ति

मज्झिमपुरिस	जिनासि[1]	जिनाथ[2]
उत्तमपुरिस	जिनामि[3]	जिनाम[4]

भविस्सत्त (भविस्सन्त) काल

परस्सपद

	एकवचन	बहुवचन
पठमपुरिस	जिनिस्सति[5]	जिनिस्सन्ति[6]
मज्झिमपुरिस	जिनिस्ससि[7]	जिनिस्सथ[8]
उत्तमपुरिस	जिनिस्सामि[9]	जिनिस्साम[10]

विभत्ति, क्ना (ना) विकरण, सन्धि कार्य करने पर जिनन्ति प्रयोग सिद्ध होता है ।

१. जिनासि—जि धातु, वत्तमान काल, परस्सपद, मज्झिमपुरिस, एकवचन, सि विभत्ति, क्ना (ना) विकरण, जिनासि प्रयोग सिद्ध होता है ।

२. जिनाथ—जि धातु, वत्तमानकाल, परस्सपद, मज्झिमपुरिस, बहुवचन थ विभत्ति, क्ना (ना) विकरण, जिनाथ प्रयोग सिद्ध होता है ।

३. जिनामि—जि धातु, वत्तमानकाल, परस्सपद, उत्तमपुरिस, एकवचन, मि विभत्ति, क्ना (ना) विकरण, जिनामि प्रयोग सिद्ध होता है ।

४. जिनाम—जि धातु वत्तमानकाल, परस्सपद, उत्तमपुरिस, बहुवचन, म विभत्ति, क्ना (ना) विकरण, जिनाम प्रयोग सिद्ध होता है ।

५. जिनिस्सति—जि धातु, भविस्सत्त काल, परस्सपद, पठमपुरिस, एकवचन, स्सति विभत्ति, क्ना (ना) विकरण शेष प्रक्रिया, भविस्सति की तरह जानें ।

६. जिनिस्सन्ति—जि धातु, भविस्सत्त काल, परस्सपद, पठमपुरिस, बहुवचन, स्सन्ति विभत्ति, क्ना (ना) विकरण, स्सन्ति के पूर्व इ का आगम, सन्धि कार्य करने पर जिनिस्सन्ति प्रयोग सिद्ध होता है ।

७. जिनिस्ससि—जि धातु, भविस्सत्तकाल, परस्सपद, मज्झिमपुरिस, एकवचन, स्ससि विभत्ति, क्ना (ना) विकरण स्ससि के पूर्व इ का आगम, सन्धि कार्य करने पर जिनिस्ससि प्रयोग सिद्ध होता है ।

८. जिनिस्सथ—जि धातु, भविस्सत्त काल, परस्सपद, मज्झिम पुरिस, बहुवचन, स्सथ विभत्ति, क्ना (ना) विकरण, इ का आगम, सन्धि कार्य करने पर जिनिस्सथ प्रयोग सिद्ध होता है ।

९. जिनिस्सामि—जि धातु, भविस्सत्त काल, परस्सपद, उत्तम पुरिस, एकवचन, स्सामि विभत्ति, क्ना (ना) विकरण, इ का आगम, सन्धिकार्य करने पर जिनिस्सामि प्रयोग सिद्ध होता है ।

१०. जिनिस्साम—जि धातु, भविस्सत्त काल, परस्सपद, उत्तम पुरिस, बहुवचन,

परिसमत्तत्था (अज्जतन) काल
परस्सपद

	एकवचन	बहुवचन
पठम पुरिस	अजिनी[1], जिनी; अजिनि, जिनि	अजिनुं[2], जिनुं; अजिनिंसु, जिनिंसु, अजिनंसु, जिनंसु
मज्झिम पुरिस	अजिनो[3], जिनो; अजिन, जिन; अजिनि, जिनि; अजिनित्थो, जिनित्थो; अजिनित्थ, जिनित्थ	अजिनित्थ[4], जिनित्थ; अजिनुत्थ, जिनुत्थ
उत्तम पुरिस	अजिनिं[5], जिनिं	अजिनिम्हा[6], जिनिम्हा; अजिनिम्ह, जिनिम्ह; अजिनुम्हा, जिनुम्हा

स्सामि विभत्ति, क्ना (ना) विकरण, इ का आगम शेष प्रक्रिया जिनिस्सामि की भाँति जानें ।

१. अजिनि—जि धातु, अज्जतन भूत काल, परस्सपद, पठम पुरिस, एकवचन, ई विभत्ति, धातु के प्रारम्भ में अ का, विकल्प से, आगम, क्ना (ना) विकरण, सन्धि कार्य, शेष प्रक्रिया अभवी, भवी आदि की भाँति जानें ।

२. अजिनुं—जि धातु, अज्जतन भूत काल, परस्सपद, पठम पुरिस, बहुवचन उं विभत्ति अ का विकल्प से आगम, क्ना (ना) विकरण, सन्धि कार्य, शेष प्रक्रिया अभवु , भवु आदि की भाँति जानें ।

३. अजिनो—जि धातु, अज्जतन भूत काल, परस्सपद, मज्झिम पुरिस, एकवचन, ओ विभत्ति विकल्प से अ का आगम, क्ना (ना) विकरण, सन्धि कार्य, शेष प्रक्रिया अभवो, भवो आदि भाँति जानें ।

४. अजिनित्थ—जि धातु, अज्जतन भूत काल, परस्सपद मज्झिम पुरिस, बहुवचन, त्थ विभत्ति, विकल्प से अ का आगम क्ना (ना) विकरण, सन्धि कार्य, शेष प्रक्रिया अभवित्थ, भवित्थ आदि की भाँति जानें ।

५. अजिनिं—जि धातु, अज्जतन भूत काल, परस्सपद, उत्तम पुरिस एकवचन, इं विभत्ति, विकल्प से अ आगम, क्ना (ना) विकरण, सन्धि कार्य शेष प्रक्रिया अभविं, भविं आदि की भाँति जानें ।

६. अजिनिम्हा—जि धातु, अज्जतन भूत काल, परस्सपद, उत्तम पुरिस, बहुवचन, म्हा विभत्ति, विकल्प से अ का आगम, क्ना (ना) विकरण, सन्धि कार्य, शेष प्रक्रिया अभविम्हा, भविम्हा आदि की भाँति जानें ।

हीयत्तन (अनज्जतन) काल

परस्सपद

	एकवचन	बहुवचन
पठम पुरिस	अजिना[१], जिना; अजिन, जिन	अजिनू[२], जिनू; अजिनु, जिनु
मज्झिम पुरिस	अजिनो[3], जिनो; अजिन, जिन; अजिनि, जिनि; अजिनित्थो, जिनित्थो; अजिनित्थ, जिनित्थ	अजिनित्थ[3], जिनित्थ; अजिनुत्थ, जिनुत्थ
उत्तम पुरिस	अजिन[४], जिन	अजिनिम्हा[५], जिनिम्हा; अजिनिम्ह, जिनिम्ह, अजिनुम्हा, जिनुम्हा

परोक्खभूतकाल

परस्सपद

	एकवचन	बहुवचन
पठमपुरिस	जिगाय[६], जिगय	जिगायु[७], जिगयु

१. अजिना—जि धातु, अनज्जतन भूत काल, परस्सपद, पठम पुरिस, एकवचन आ विभत्ति, विकल्प से अ का आगम, क्ना (ना) विकरण, शेष प्रक्रिया अजिनि, जिनि आदि की भाँति जानें।

२. अजिनू—जि धातु अनज्जतन भूत काल, परस्सपद, पठम पुरिस, बहुवचन, ऊ विभत्ति, विकल्प से अ का आगम, क्ना (ना) विकरण. शेष प्रक्रिया अजिनुं, जिनुं आदि की भाँति जानें।

३. मज्झिम पुरिस के समस्त रूपों की सिद्धि अज्जतन काल के मज्झिम पुरिस के रूपों की भाँति जानें।

४. अजिन—जि धातु, अनज्जतन भूत काल, परस्सपद, उत्तम पुरिस, एकवचन अ विभत्ति, शेष प्रक्रिया अजिनिं, जिनिं की भाँति जानें।

५. अजिनिम्हा—उत्तम पुरिस बहुवचन के अजिनिम्हा आदि रूपों की सिद्धि अज्जतन भूत काल के उत्तम पुरिस बहुवचन के रूपों की भाँति जानें।

६. जिगाय—जि धातु, परोक्खभूत, परस्सपद, पठमपुरिस, एकवचन, अ विभत्ति, जि को द्वित्व, जिहरानं गिं, (मो० ५-१०२ तथा हरस्स गिं से क० व्या० ३. ३. १७) से द्वितीय जि को गिं, सन्धिकार्य जि गि अ, अञ्ञेसु च (क० व्या० ३.४.४ तथा मुवण्णानमे ओ पच्चेये, मो० ५.८२) से गि के इ को ए आदेश, ए अय (क० ३.४.३३ तथा ए ओनमयवा सारे, मो० ५. ८९) से ए को अप, तथा कभी तो आवाया कारिते (क० व्या० ३.४.३४ तथा आया वा णानुबन्धे, मो० ५.९०) से ए को आय होने पर जिगय, जिगाय रूप सिद्ध होते हैं।

७. जिगायु—जि० धातु. परोक्खभूत, परस्सपद, पठमपुरिस, बहुवचन, उ विभति, शेष प्रक्रिया जिगाय की भाँति जानें।

मज्झिमपुरिस	जिगाये[1], जिगये	जिगायित्थ[2], जिगयित्थ
उत्तमपुरिस	[3]जिगाय, जिगय	जिगायिम्ह[4] जिगयिम्ह

कालातिपत्ति (हेतुहेतुमद्भूत)

परस्सपद

	एकवचन	बहुवचन
पठमपुरिस	अजिनिस्सा[5], जिनिस्सा	अजिनिस्संसु[6], जिनिस्संसु
मज्झिमपुरिस	[7]अजिनिस्से, जिनिस्से	[8]अजिनिस्सथ, जिनिस्सथ
उत्तमपुरिस	[9]अजिनिस्सं, जिनिस्सं	[10]अजिनिस्सम्हा, जिनिस्सम्हा

---

१. जिगाये—जि धातु, परोक्खभूत, परस्सपद, मज्झिम पुरिस एकवचन, ए विभत्ति, शेष प्रक्रिया जिगाय की भाँति जानें।

२. जिगायित्थ—जि धातु, परोक्खभूत, परस्सपद मज्झिम पुरिस, बहुवचन, त्थ विभत्ति, इ का आगम, शेष प्रक्रिया जिगाय की भाँति जानें।

३. जिगाम—इस प्रयोग की सिद्धि पठम पुरिस एकवचन के जिगाय की भाँति जानें।

४. जिगायिम्ह—जि धातु, परोक्खभूत, परस्सपद, उत्तम पुरिस बहुवचन म्ह विभत्ति, इ का आगम, शेष प्रक्रिया जिगाय की भाँति जानें।

५. अजिनिस्सा—जि धातु, कालातिपत्ति, परस्सपद, पठम पुरिस, एकवचन, स्सा विभत्ति, ना विकरण, शेष प्रक्रिया अभविस्सा आदि की भाँति जानें।

६. अजिनिस्संसु—जि धातु, कालातिपत्ति, परस्सपद, पठम पुरिस, बहुवचन, स्संसु विभत्ति, ना विकरण, शेष प्रक्रिया अभविस्संस्सु आदि प्रयोगों की भाँति जानें।

७. अजिनिस्से—जि धातु, कालातिपत्ति, परस्सपद, मज्झिम पुरिस, एकवचन, स्से विभत्ति, ना विकरण, शेष प्रक्रिया अभविस्से आदि प्रयोगों की भाँति जानें।

८. अजिनिस्सथ—जि धातु, कालातिपत्ति, परस्सपद, मज्झिम पुरिस, बहुवचन, स्सथ विभत्ति, ना विकरण, शेष प्रक्रिया अभविस्सथ आदि की भाँति जानें।

९. अजिनिस्सं—जि धातु, कालातिपत्ति, परस्सपद, उत्तम पुरिस, एकवचन स्सं विभत्ति, ना विकरण, शेष प्रक्रिया अभविस्सं आदि प्रयोगों की भाँति जानें।

१०. अजिनिस्सम्हा—जि धातु, कालातिपत्ति, परस्सपद, उत्तम पुरिस एकवचन स्सम्हा विभत्ति, ना विकरण, शेष प्रक्रिया अभविस्सम्हा आदि प्रयोगों की भाँति जानें।

अनुज्ञा (पञ्चमी विभत्ति)

परस्सपद

	एकवचन	बहुवचन
पठमपुरिस	जिनातु[१]	जिनन्तु[२]
मज्झिमपुरिस	जिन,[३] जिनाहि	जिनाथ[४]
उत्तमपुरिस	जिनामि[५]	जिनाम[६]

विधि (हेतुफल, सत्तमी विभत्ति)

परस्सपद

	एकवचन	बहुवचन
पठमपुरिस	[७]जिनेय्य, जिने	जिनेय्युं[८]
मज्झिमपुरिस	जिनेय्यासि[९]	जिनेय्याथ[१०]

१. जिनातु—जि धातु, अनुज्ञा, परस्सपद, पठम पुरिस एकवचन तु विभत्ति, ना विकरण जिनातु प्रयोग सिद्ध होता है।

२. जिनन्तु—जि धातु, अनुज्ञा, परस्सपद, पठम पुरिस, बहुवचन, अन्तु विभत्ति, ना विकरण सन्धिकार्य जिनन्तु प्रयोग सिद्ध होता है।

३. जिन—जि धातु, अनुज्ञा, परस्सपद, मज्झिम पुरिस, एकवचन, हि विभत्ति, ना विकरण, शेष प्रक्रिया तुद, तुदाहि की भाँति जानें।

४. जिनाथ—जि धातु, अनुज्ञा, परस्सपद, मज्झिम पुरिस, बहुवचन थ विभत्ति, ना विकरण, शेष प्रक्रिया तुदथ की भाँति जानें।

५. जिनामि—जि धातु, अनुज्ञा, परस्सपद, उत्तम पुरिस, एकवचन, मि विभत्ति, ना विकरण, शेष प्रक्रिया तुदामि की भाँति जानें।

६. जिनाम—जि धातु, अनुज्ञा, परस्सपद, उत्तम पुरिस, एकवचन, म विभत्ति, ना विकरण, शेष प्रक्रिया तुदाम की भाँति जानें।

७. जिनेय्य, जिने—जि धातु, विधि, परस्सपद, पठम पुरिस, एकवचन, एय्य विभत्ति, ना विकरण, शेष प्रक्रिया भवेय्य, भवे की भाँति जानें।

८. जिनेय्युं—जि धातु विधि, परस्सपद, पठम पुरिस, बहुवचन, एकवचन, एय्युं विभत्ति, ना विकरण, शेष प्रक्रिया भवेय्युं की भाँति जानें।

९. जिनेय्यासि—जि धातु, विधि, परस्सपद, मज्झिम पुरिस, एकवचन, एय्यासि विभत्ति, ना विकरण, शेष प्रक्रिया भवेय्यासि की भाँति जानें।

१०. जिनेय्याथ—जि धातु, विधि, परस्सपद, मज्झिम पुरिस, बहुवचन एय्याथ विभत्ति, ना विकरण, शेष प्रक्रिया भवेय्याथ की भाँति जानें।

उत्तमपुरिस	जिनेय्यामि[1]	जिनेय्याम[2]

इस धातु के रूप कहीं-कहीं अत्तनोपद में भी पाये जाते हैं।

कियादि गण, की धातु

पच्चुप्पन्न (बत्तमान) काल

परस्सपद

	एकवचन	बहुवचन
पठम पुरिस	किणाति[3]	किणन्ति
मज्झिम पुरिस	किणासि	किणाथ
उत्तम पुरिस	किणामि	किणाम

भविस्सन्त (भविस्सन्त) काल

परस्सपद

	एकवचन	बहुवचन
पठम पुरिस	किणिस्सति[४]	किणिस्सन्ति
मज्झिम पुरिस	किणिस्ससि	किणिस्सथ
उत्तम पुरिस	किणिस्सामि	किणिस्साम

---

१. जिनेय्यामि—जि धातु, विधि, परस्सपद, उत्तम पुरिस, एकवचन, एय्यामि विभत्ति, ना विकरण, शेष प्रक्रिया भवेय्यामि की भाँति जानें।

२. जिनेय्याम—जि धातु, विधि, परस्सपद, उत्तम पुरिस, बहुवचन, एय्याम विभत्ति, ना विकरण, शेष प्रक्रिया भवेय्याम की भाँति जानें।

३. किणाति—की धातु, वत्तमान काल, परस्सपद, पठम पुरिस, एकवचन ति विभत्ति, क्यादीहि क्णा (मो० ५.२५) से क्णा (णा) विकरण (कच्चायन कियादितो ना, क० व्या० ३. २.१८ के अनुसार ना विकरण मानते हैं तथा क्वचि धातु०, क० व्या० ३. ४.३६ से ना को णा तथा की के दीर्घ ई को ह्रस्व इ करने का विधान करते हैं।) णा नासु रस्सो (मो० ६.३२) से की की दीर्घ ई को ह्रस्व आदेश, किणाति प्रयोग सिद्ध होता है।
शेष रूपों की सिद्धि, जि धातु की भाँति जानें।

४. किणिस्सति—की धातु, भविस्सत्त काल, परस्सपद, एकवचन, स्सति विभत्ति, क्णा (णा) विकरण, शेष प्रक्रिया जिनिस्सति की भाँति जानें।
इस काल के अवशिष्ट रूपों की सिद्धि जि धातु के भविस्सत्त काल के रूपों की भाँति जानें।

परिसमत्तत्थक (अज्जतन) काल

परस्सपद

	एकवचन	बहुवचन
पठम पुरिस	अकिणी[1], किणी; अकिणि किणि	अकिणुं, किणुं; अकिणिंसु, किणिंसु; अकिणंसु, किणंसु
मज्झिम पुरिस	अकिणो, किणो; अकिण, किण; अकिणि, किणि; अकिणित्थो, किणित्थो; अकिणित्थ, किणित्थ	अकिणित्थ, किणित्थ; अकिणुत्थ किणुत्थ
उत्तम पुरिस	अकिणिं, किणिं	अकिणिम्हा, किणिम्हा; अकिणिम्ह, किणिम्ह; अकिणुम्हा, किणुम्हा

हीयत्तन (अनज्जतन) काल

परस्सपद

	एकवचन	बहुवचन
पठम पुरिस	[2]अकिणा, किणा; अकिण, किण	अकिणू, किणू; अकिणु, किणु
मज्झिम पुरिस	अकिणो, किणो; अकिण, किण; अकिणि, किणि; अकिणित्थो, किणित्थो; अकिणित्थ, किणित्थ	अकिणित्थ, किणित्थ; अकिणुत्थ, किणुत्थ
उत्तम पुरिस	अकिण, किण	अकिणिम्हा, किणिम्हा; अकिणिम्ह, किणिम्ह; अकिणुम्ह, किणुम्ह

---

१. अकिणी—की धातु, अज्जतन भूतकाल, परस्सपद, एकवचन, ई विभत्ति, क्णा (णा) विकरण शेष प्रक्रिया अजिनी, जिनी आदि की भाँति जानें।
इस काल के रूपों की सिद्धि जि धातु के अज्जतनभूत काल के रूपों की भाँति जानें।

२. अकिणा—की धातु, अनज्जतनभूत काल, परस्सपद, पठमपुरिस, एकवचन, आ विभत्ति क्णा (णा) विकरण, शेष प्रक्रिया अजिना, जिना आदि की भाँति जानें।
इस काल के अन्य समस्त प्रयोगों की सिद्धि जि धातु के अनज्जतन भूतकाल के रूपों की भाँति जानें।

परोक्खभूत काल

परस्सपद

	एकवचन	बहुवचन
पठम पुरिस	[1]चिकाय, चिकय	चिकायु, चिकयु
मज्झिम पुरिस	चिकाये, चिकये	चिकायित्थ, चिकयित्थ
उत्तम पुरिस	चिकाय, चिकय	चिकायिम्ह, चिकयिम्ह

कालातिपत्ति (हेतुहेतुमद्भूत)

परस्सपद

	एकवचन	बहुवचन
पठम पुरिस	[2]अकिणिस्सा, किणिस्सा	अकिणिस्संसु, किणिस्संसु
मज्झिम पुरिस	अकिणिस्से, किणिस्से	अकिणिस्सथ, किणिस्सथ
उत्तम पुरिस	अकिणिस्सं, किणिस्सं	अकिणिस्सम्हा, किणिस्सम्हा

अनुज्ञा (पञ्चमी विभत्ति)

परस्सपद

	एकवचन	बहुवचन
पठम पुरिस	किणातु[3]	किणन्तु
मज्झिम पुरिस	किण, किणाहि	किणाथ
उत्तम पुरिस	किणामि	किणाम

---

१. चिकाय—इस प्रयोग तथा इस काल के शेष सभी रूपों की सिद्धि जि धातु के परोक्खभूत काल के रूपों की भाँति जानें।

२. अकिणिस्सा—इस प्रयोग तथा कालातिपत्ति के शेष सभी रूपों की सिद्धि जि धातु के कालातिपत्ति के रूपों की भाँति जानें।

३. किणातु—की धातु अनुज्ञा, परस्सपद, पठमपुरिस एकवचन, तु विभत्ति, क्णा (ना) विकरण, शेष प्रक्रिया जिनातु की भाँति जानें।

अनुज्ञा के शेष रूपों की सिद्धि जि धातु के अनुज्ञा के रूपों की सिद्धि की भाँति जानें।

विधि (सत्तमी, हेतुफल)

परस्सपद

	एकवचन	बहुवचन
पठम पुरिस	[1]किणेय्य, किणे	किणेय्युं
मज्झिम पुरिस	किणेय्यासि	किणेय्याथ
उत्तम पुरिस	किणेय्यामि	किणेय्याम

गह धातु

पच्चुप्पन्न (वत्तमान) काल

परस्सपद

	एकवचन	बहुवचन
पठमपुरिस	गण्हति	गण्हन्ति
मज्झिमपुरिस	गण्हसि	गण्हथ
उत्तमपुरिस	गण्हामि	गण्हाम

भविस्सत्त (भविस्सन्त) काल

परस्सपद

	एकवचन	बहुवचन
पठमपुरिस	गण्हिस्सति, गहिस्सति	गण्हिस्सन्ति, गहिस्सन्ति
मज्झिमपुरिस	गण्हिस्ससि, गहिस्ससि	गण्हिस्सथ, गहिस्सथ
उत्तमपुरिस	गण्हिस्सामि, गहिस्सामि	गण्हिस्साम, गहिस्साम

परिसमत्तत्थक (अज्जतन भूत) काल

परस्पद

	एकवचन	बहुचवन
पठमपुरिस	अग्गण्ही, गण्ही; अग्गण्हि, गण्हि; अग्गही, गही; अग्गहि, गहि	अग्गण्हुं, गण्हुं; अग्गण्हिसु, गण्हिसु अग्गहुं, गहुं; अग्गहिंसु गहिंसु

---

१. किणेय्य—की धातु, विधि, परस्सपद, पठमपुरिस, एक वचन एय्य विभत्ति, क्णा (ना) विवरण शेष प्रक्रिया जिनेय्य, जिने की भाँति जानें।

विधि के शेप रूपों की सिद्धि जि धातु के विधि के रूपों की सिद्धि की भाँति जानें।

मज्झिमपुरिस	अग्गण्हो, गण्हो; अग्गण्ह, गण्ह; अग्गण्हि, गण्हि; अग्गण्हित्थो, गण्हित्थो; अग्गिण्हित्थ, गण्हित्थ; अग्गहो, गहो; अग्गह, गह, अग्गहि, गहि, अग्गहित्थो, गहित्थो, अग्गहित्थ, गहित्थ	अग्गण्हित्थ, गण्हित्थ; अग्गण्हुत्थ, गण्हुत्थ; अग्गहित्थ, गहित्थ; अग्गहुत्थ, गहुत्थ
उत्तमपुरिस	अग्गंण्हि, गंण्हि; अग्गंहि, गंहि	अग्गण्हिम्हा, गण्हिम्हा; अग्गण्हिम्ह, गण्हिम्ह; अग्गण्हुम्हा, गण्हुम्हा; अग्गहिम्हा, गहिम्हा, अग्गहिम्ह, गहिम्ह; अग्गहुम्हां गहुम्हां

हीयत्तन (अज्जतन) काल

परस्सपद

	एकवचन	बहुवचन
पठमपुरिस	अग्गण्हा, गण्हा; अग्गण्ह, गण्ह; अग्गहा, गहा; अग्गह, गह	अग्गण्हू, गण्हू; अग्गण्हु, गण्हु अग्गहू, गहू; अग्गहु, गहु
मज्झिमपुरिस	अग्गण्हो, गण्हो; अग्गण्ह, गण्ह; अग्गण्हि, गण्हि; अग्गण्हित्थो, गण्हित्थो; अग्गण्हित्थ, गण्हित्थ; अग्गहो, गहो; अग्गह, गह, अग्गहि, गहि; अग्गहित्थो, गहित्थो, अग्गहित्थ, गहित्थ	अग्गण्हित्थ, गण्हित्थ; अग्गण्हुत्थ, गण्हुत्थ; अग्गहित्थ, गहित्थ; अग्गहुत्थ, गहुत्थ
उत्तमपुरिस	अग्गण्ह, गण्ह; अग्गह, गह	अग्गण्हिम्हा, गण्हिम्हा; अग्गण्हिम्ह, गण्हिम्ह; अग्गण्हुम्हा, गण्हुम्हा; अग्गहिम्हा, गहिम्हा; अग्गहिम्ह, गहिम्ह; अग्गहुम्हा, गहुम्हा

परोक्खभूतकाल

परस्सपद

	एकवचन	बहुवचन
पठम पुरिस	जगह	जगहु
मज्झिम पुरिस	जगहे	जगहित्थ
उत्तम पुरिस	जगह	जगहिम्ह

कालातिपत्ति (हेतुहेतुमद्‌भूत)

परस्सपद

	एकवचन	बहुवचन
पठम पुरिस	अग्गण्हिस्सा, गण्हिस्सा	अग्गण्हिस्संसु, गण्हिस्संसु
मज्झिम पुरिस	अग्गण्हिस्स, गण्हिस्स	अग्गण्हिस्सथ, गण्हिस्सथ
उत्तम पुरिस	अग्गण्हिस्सं, गण्हिस्सं	अग्गण्हिस्सम्हा, गण्हिस्सम्हा

अनुञ्ञा (पञ्चमी विभत्ति)

परस्सपद

	एकवचन	बहुवचन
पठम पुरिस	गण्हतु	गण्हन्तु
मज्जिम पुरिस	गण्ह, गण्हाहि	गण्हथ
उत्तम पुरिस	गण्हामि	गण्हाम

विधि (सत्तमी, हेतुफल)

परस्सपद

	एकवचन	बहुवचन
पठम पुरिस	गण्हे, गण्हेय्य	गण्हेय्यु
मज्झिम पुरिस	गण्हेय्यासि	गण्हेय्याथ
उत्तम पुरिस	गण्हेय्यामि	गण्हेय्याम

स्वादि गण–सु धातु

पच्चुप्पन्न (वत्तमान) काल

परस्सपद

	एकवचन	बहुवचन
पठम पुरिस	सुणोति[१], सुणाति	सुणोन्ति[२], सुणन्ति
मज्झिम पुरिस	सुणोसि[३], सुणासि	सुणोथ[४], सुणाथ
उत्तम पुरिस	सुणोमि[५], सुणामि	सुणोम[६], सुणाम

---

१. सुणोति—सु धातु, वत्तमान काल, परस्सपद, पठम पुरिस, एकवचन, ति विभत्ति, स्वादितो णु णा उणा च (क० व्या० ३.२.१७, स्वादीहि, क्णो, मो० ५.२५) से णु विकरण उ की वुद्धि, सुणोति प्रयोग सिद्ध होता है।

कच्चायन ने णा विकरण (क० व्या० ३.२.१७) भी बताया है, अतः णा विकरण करने पर सुणाति प्रयोग भी सिद्ध होता है। मोग्गल्लान ने अपने सूत्र स्वादोहि क्णो के द्वारा क्णो (णो) विकरण किया है, अतः सुणोति बना। उक्त सूत्र की वृत्ति में 'कथं सुणातीति ? क्यादि पाठा' लिखकर मोग्गल्लान ने सु धातु को क्यादिगणी मानकर सुणाति प्रयोग सिद्ध किया है।

२. सुणोन्ति—सु धातु वत्तमान काल, परस्सपद, पठम पुरिस, बहुवचन अन्ति विभत्ति, णु (णो) विकरण, सन्धिकार्य सुणोन्ति, णा विकरण करने पर सुणन्ति प्रयोग सिद्ध होता है।

३. सुणोसि—सु धातु, वत्तमान, परस्सपद, मज्झिम पुरिस, एकवचन, सि विभत्ति, शेष प्रक्रिया सुणोति, सुणाति की भाँति जानें।

४. सुणोथ—सु धातु, वत्तमान काल, परस्सपद, मज्झिम पुरिस, बहुवचन, थ विभत्ति शेष प्रक्रिया सुणोति, सुणाति की भाँति जानें।

५. सुणोमि—सु धातु, वत्तमान काल, परस्सपद, उत्तम पुरिस, एकवचन, मि विभत्ति, शेष प्रक्रिया सुणोति सुणाति की भाँति जानें।

६. सुणोम—सु धातु, वत्तमान काल, परस्सपद, उत्तम पुरिस, बहुवचन म विभत्ति, शेष प्रक्रिया सुणोति सुणाति की भाँति जानें।

भविस्सत्त (भविस्सन्त) काल

परस्सपद

	एकवचन	बहुवचन
पठम पुरिस	सुणिस्सति[१], सोस्सति	सुणिस्सन्ति[२], सोस्सन्ति
मज्झिम पुरिस	सुणिस्ससि[३], सोस्ससि	सुणिस्सथ[४], सोस्सथ
उत्तम पुरिस	सुणिस्सामि[५], सोस्सामि	सुणिस्साम[६], सोस्साम

---

१. सुणिस्सति—सु धातु, भविस्सत्त काल, परस्सपद, पठम पुरिस एकवचन, स्सति विभत्ति णा (णो) विकरण, तेतु सुतो केणालणानं रोट् (मो० ६.६०) से णा (णो) विकरण को विकल्प से ओ आदेश होने पर सोस्सति, और णा (णो) विकरण के रहने पर सन्धि कार्य, सुणिस्सति प्रयोग सिद्ध होता है।

२. सुणिस्सन्ति, सोस्सन्ति—सु धातु, भविस्सत्त काल, पठम युरिस, बहुवचन स्सन्ति विभत्ति शेष प्रक्रिया सुणिस्सति, सोस्सति की भाँति जानें।

३. सुणिस्ससि, सोस्ससि—सु धातु, भविस्सत्त काल, मज्झिम पुरिस, एकवचन, स्ससि विभत्ति, शेष प्रक्रिया सुणिस्सति, सोस्सति की भाँति जानें।

४. सुणिस्सथ, सोस्सथ—सु धातु, भविस्सत्त काल, मज्झिम पुरिस, बहुवचन, स्सथ विभत्ति, शेष प्रक्रिया सुणिस्सति, सोस्सति की भाँति जानें।

५. सुणिस्सामि, सोस्सामि—सु धातु, भविस्सत्त काल, उत्तम पुरिस, एकवचन, स्सामि विभत्ति शेष प्रक्रिया सुणिस्सामि, सोस्सामि की भाँति जानें।

६. सुणिस्साम, सोस्साम—सुधातु, भविस्सत्तकाल, उत्तमपुरिस, बहुवचन, स्साम विभत्ति, शेष प्रक्रिया सुणिस्सति, सोस्सति की भाँति जानें।

परिसमत्तत्थक (अज्जतन) काल

परस्सपद

	एकवचन	बहुवचन
पठम पुरिस	[1]असुणी, सुणी; असुणि, सुणि, अस्सोसी, सोसी; अस्सोसि, सोसि	[2]असुणुं, सुणुं; असुणिंसु, सुणिंसु, असुणुंसु, सुणुंसु; अस्सोसुं, सोसुं; अस्सुं, सुं; अस्सोसिंसु, सोसिंसु
मज्झिम पुरिस	असुणो[3], सुणो; असुण, सुण; असुणि, सुणि; असुणित्थो, सुणित्थो; असुणित्थ, सुणित्थ; अस्सोसो, सोसो; अस्सोस, सोस; अस्सोसि, सोसि, अस्सोसित्थो, सोसित्थो, अस्सोसित्थ, सोसित्थ	असुणित्थ[4], सुणित्थ; असुणुत्थ, सुणुत्थ, अस्सोसित्थ, सोसित्थ, अस्सोसुत्थ, सोसुत्थ

---

१. असुणी—सु धातु, अज्जतनभूत काल, परस्सपद, पठम पुरिस, एकवचन, विभत्ति, णा (णो) विकरण शेष प्रक्रिया अजिनी, जिनी आदि की भाँति जानें, तथा णा (णो) विकरण के विकल्प से ओ होने पर अस्सोसी, सोसी आदि प्रयोग सिद्ध होते हैं ।

२. असुणुं—सु धातु, अज्जतन भूतकाल, परस्सपद, पठम पुरिस, बहुवचन, उं विभत्ति, णा (णो) विकरण, शेष प्रक्रिया अजिनुं, जिनुं आदि तथा अस्सोसी सोसी आदि की भाँति जानें ।

३. असुणो—सु धातु, अज्जतन भूतकाल, परस्सपद, मज्झिम पुरिस, एकवचन, ओ विभत्ति, णा (णो) विकरण, शेष प्रक्रिया अजिनो, जिनो आदि तथा अस्सोसी, सोसी आदि की भाँति जानें ।

४. असुणित्थ—सु धातु, अज्जतन भूतकाल, परस्सपद, मज्झिम पुरिस, बहुवचन, त्थ विभत्ति, णा (णो) विकरण, शेष प्रक्रिया अजिनित्थ, जिनित्थ आदि तथा अस्सोसी, सोसी आदि की भाँति जानें ।

उत्तम पुरिस	असुणिं[1], सुणिं; अस्सोसिं, सोसिं	असुणिम्हा[2], सुणिम्हा; असुणिम्ह, सुणिम्ह; असुणुम्हा, सुणुम्हा; अस्सोसिम्हा, सोसिम्हा, अस्सोसिम्ह, सोसिम्ह, अस्सोसुम्हा, सोसुम्हा

हीयत्तान (अनज्जतन) काल

परस्सपद

	एकवचन	बहुवचन
पठम पुरिस	असुणा[3], सुणा; असुण, सुण;	असुणू[4], सुणू; असुणु, सुणु
मज्झिम पुरिस	असुणो[5], सुणो; असुण, सुण; असुणि, सुणि, असुणित्थो, सुणित्थो; असुणित्थ, सुणित्थ	असुणित्थ, सुणित्थ; असुणुत्थ, सुणुत्थ

---

१. असुणिं—सु धातु, अज्जतन भूतकाल, परस्सपद, उत्तम पुरिस एकवचन, इं विभत्ति, णा (णो) विकरण, शेष प्रक्रिया अजिनिं, जिनिं आदि तथा अस्सोसी, सोसी आदि रूपों की भाँति जानें।

२. असुणिम्हा—सु धातु, अज्जतन भूतकाल, परस्सपद, उत्तम पुरिस बहुवचन, म्हा विभत्ति, णा (णो) विकरण, शेष प्रक्रिया अजिनुम्हा, जिनुम्हा तथा अस्सोसी सोसी की भाँति जानें।

३. असुणा—सु धातु, अनज्जतन भूतकाल, परस्सपद, पठम पुरिस एकवचन आ विभत्ति, णा (णो) विकरण शेष प्रक्रिया अजिना, जिना आदि की भाँति जानें।

४. असुणू—सु धातु, अनज्जतन भूतकाल, परस्सपद, पठम पुरिस बहुवचन, ऊ विभत्ति, णा (णो) विकरण, शेष प्रक्रिया अजिनू, जिनू आदि प्रयोगों की। भाँति जानें।

५. असुणो—मज्झिम पुरिस एकवचन एवं बहुवचन के प्रयोगों को अज्जतन काल के मज्जिम पुरिस के रूपों की भाँति जानें।

उत्तम पुरिस	असुण[१], सुण	असुणिम्हा[२], सुणिम्हा; असुणिम्ह, सुणिम्ह; असुणुम्हा सुणुम्हा

परोक्खभूत काल

परस्सपद

	एकवचन	बहुवचन
पठम पुरिस	सुसुव[३]	सुसुवु[४]
मज्झिम पुरिस	सुसुवे[५]	सुसुवित्थ[६]
उत्तम पुरिस	सुसुव[७]	सुसुविम्ह[८]

---

१. असुण---सु धातु, अनज्जतन भूतकाल, परस्सपद, उत्तम पुरिस, एकवचन अ विभत्ति, णा (णो) विकरण, शेष प्रक्रिया अजिन, जिन आदि प्रयोगों की भाँति जानें।

२. असुणिम्हा---उत्तम पुरिस बहुवचन के इन रूपों की सिद्धि अज्जतन काल के उत्तम पुरिस बहुवचन के रूपों की सिद्धि की भाँति जानें।

३. सुसुव---सु धातु, परोक्खभूत काल, परस्सपद, पठम पुरिस, एकवचन अ विभत्ति, धातु को द्वित्व, अब्भासादि कार्य, सन्धि कार्य, सुसुव प्रयोग सिद्ध होता है।

४. सुसुवु---सु धातु, परोक्खभूत काल, परस्सपद, पठम पुरिस, बहुवचन, उ विभत्ति शेष प्रक्रिया सुसुव की भाँति जानें।

५. सुसुवे---सु धातु, परोक्खभूत काल, परस्सपद, मज्झिम पुरिस, एकवचन, ए विभत्ति, शेष प्रक्रिया सुसुव की भाँति जानें।

६. सुसुवित्थ---सु धातु, परोक्खभूतकाल, परस्सपद, मज्झिम पुरिस, बहुवचन, त्थ विभत्ति इ आगम, शेष प्रक्रिया सुसुव की भाँति जानें।

७. सुसुव---पठम पुरिस एकवचन के सुसुव की भाँति इसकी सिद्धि जानें।

८. सुसुविम्ह---सु धातु, परोक्खभूतकाल, उत्तम पुरिस, बहुवचन, म्ह विभत्ति, इ का आगम शेष प्रक्रिया सुसुव की भाँति जानें।

कालातिपत्ति (हेतुहेतुमद्भूत)

परस्सपद

	एकवचन	बहुवचन
पठम पुरिस	असुणिस्सा[१], सुणिस्सा; अस्सोस्सा, सोस्सा	असुणिस्संसु[२], सुणिस्संसु; अस्सोस्संसु, सोस्संसु
मज्झिम पुरिस	असुणिस्स[3], सुणिस्स; अस्सोस्स, सोस्स	असुणिस्सथ[४], सुणिस्सथ अस्सोस्सथ, सोस्सथ
उत्तम पुरिस	असुणिस्सं,[५] सुणिस्सं; अस्सोस्सं, सोस्सं	असुणिस्सम्हा,[६] सुणिस्सम्हा; अस्सोस्सम्हा, सोस्सम्हा

---

१. असुणिस्सा—सु धातु, कालातिपत्ति, परस्सपद, पठम पुरिस एकवचन, स्सा विभत्ति, णा (णो) विकरण, शेष प्रक्रिया अजिनिस्सा, जिनिस्सा तथा अस्सोसी, सोसी की भाँति जानें।

२. असुणिस्संसु—सु धातु, कालातिपत्ति, परस्सपद, पठम पुरिस, बहुवचन, स्संसु विभत्ति, णा (णो) विकरण, शेष प्रक्रिया अजिनिस्संसु, जिनिस्संसु तथा अस्सोसी, सोसी की भाँति जानें।

३. असुणिस्स—सु धातु, कालातिपत्ति, परस्सपद, मज्झिम पुरिस, एकवचन, स्स विभत्ति, शेष प्रक्रिया अजनिस्स, जनिस्स तथा अस्सोसी, सोसी की भाँति जानें।

४. असुणिस्सथ—सु धातु, कालातिपत्ति, परस्सपद, मज्झिम पुरिस, बहुवचन, स्सथ विभत्ति, णा (णो) विकरण, शेष प्रक्रिया अजिनिस्सथ आदि तथा अस्सोसी आदि की भाँति जानें।

५. असुणिस्सं—सु धातु, कालातिपत्ति, परस्सपद, उत्तम पुरिस, एकवचन, स्सं विभत्ति, णा (णो) विकरण, शेष प्रक्रिया अजिनिस्सं आदि तथा अस्सोसी आदि की भाँति जानें।

६. असुणिस्सम्हा—सु धातु, कालातिपत्ति, परस्सपद, उत्तम पुरिस, बहुवचन, स्सम्हा विभत्ति, णा (णो) विकरण, शेष प्रक्रिया अजिनिस्सम्हा आदि तथा अस्सोसी आदि की भाँति जानें।

अनुज्ञा (पञ्चमी विभत्ति)

परस्सदपद

	एकवचन	बहुवचन
पठम पुरिस	[1]सुणातु, सुणोतु	सुणन्तु[2], सुणोन्तु
मज्झिम पुरिस	सुण[3] सुणाहि; सुणो, सुणोहि	सुणाथ[4], सुणोथ
उत्तम पुरिस	सुणामि[5], सुणोमि	सुणाम, सुणोम

विधि (सत्तमी, हेतुफल)

परस्सपद

	एकवचन	बहुवचन
पठम पुरिस	सुणे,[6] सुणेय्य	सुणेय्युं[7]
मज्झिम पुरिस	सुणेय्यासि[8]	सुणेय्याथ[9]

---

१. सुणातु—सु धातु, अनुज्ञा, परस्सपद, पठम पुरिस, एकवचन, तु विभत्ति शेष प्रक्रिया सुणाति, सुणोति की भाँति जानें।

२. सुणन्तु—सुण धातु, अनुज्ञा, परस्सपद, पठम पुरिस, बहुवचन, अन्तु विभत्ति शेष प्रक्रिया सुणन्तु, सुणोन्तु की भाँति जानें।

३. सुण—सु धातु, अनुज्ञा, परस्सपद, मज्झिम पुरिस, एकवचन, हि विभत्ति, णा (णो) विकरण, शेष प्रक्रिया जिन, जिनाहि की भाँति जानें।

४. सुणाथ—सु धातु, अनुज्ञा, परस्सपद, मज्झिम पुरिस, बहुवचन, थ विभत्ति, णा (णो) विकरण, शेष प्रक्रिया जिनाथ की भाँति जानें।

५. उत्तम पुरिस एकवचन तथा बहुवचन के रूपों को सु धातु वत्तमानकाल उत्तम पुरिस के एकवचन एवं बहुवचन के रूपों की भाँति जानें।

६. सुणे—सु धातु, विधि, परस्सपद, पठम पुरिस, एकवचन एय्य विभत्ति, णा (णो) विकरण, शेष प्रक्रिया जिने, जिनेय्य की भाँति जानें।

७. सुणेय्युं—सु धातु, विधि, परस्सपद, पठम पुरिस, बहुवचन एय्यु विभत्ति, णा (णो) विकरण, शेष प्रक्रिया जिणेय्युं की भाँति जानें।

८. सुणेय्यासि—सु धातु, विधि, परस्सपद, मज्झिम पुरिस, एकवचन, एय्यासि विभत्ति, णा (णो) विकरण, शेष प्रक्रिया जिनेय्यासि की भाँति जानें।

९. सुणेय्याथ—सु धातु, विधि, परस्सपद, मज्झिम पुरिस, बहुवचन, एय्याथ विभत्ति, णा (णो) विकरण, शेष प्रक्रिया जिनेय्याथ की भाँति जानें।

उत्तम पुरिस	सुणेय्यामि[१]	सुणेय्याम[२]

इसी प्रकार—

प + आप = पाप धातु

पच्चुप्पन्न (वत्तमान काल)

परस्सपद

	एकवचन	बहुवचन
पठम पुरिस	पापुणाति, पापुणोति	पापुणन्ति, पापुणोन्ति
मज्झिम पुरिस	पापुणासि, पापुणोसि	पापुणाथ, पापुणोथ
उत्तम पुरिस	पापुणामि, पापुणोमि	पापुणाम, पापुणोम

भविस्सत्त (भविसन्त) काल

परस्सपद

	एकवचन	बहुवचन
पठम पुरिस	पापुणिस्सति	पापुणिस्सन्ति
मज्झिम पुरिस	पापुणिस्ससि	पापुणिस्सथ
उत्तम पुरिस	पापुणिस्सामि	पापुणिस्साम

परिसमत्तत्थक (अज्जतन) काल

परस्सपद

	एकवचन	बहुवचन
पठम पुरिस	पापुणी, पापुणि	पापुणुं, पापुणिंसु
मज्झिम पुरिस	पापुणो, पापुण, पापुणि, पापुणित्थो, पापुणित्थ	पापुणित्थ, पापुणुत्थ
उत्तम पुरिस	पापुणिं	पापुणिम्हा, पापुणिम्ह, पापुणुम्हा

हीयत्तन (अज्जतन) काल

परस्सपद

	एकवचन	बहुवचन
पठम पुरिस	पापुणा, पापुण	पापुणू, पापुणु

---

१. सुणेय्यामि—सु धातु, विधि, परस्सपद, उत्तम पुरिस, एकवचन, एय्यामि विभत्ति, णा (णो) विकरण, शेष प्रक्रिया जिनेय्यामि की भाँति जानें।

२. सुणेय्याय—सु धातु, विधि, परस्सपद, उत्तम पुरिस, बहुवचन, एय्याम विभत्ति, णा (णो) विकरण, शेष प्रक्रिया जिनेय्याम की भाँति जानें।

मज्झिम पुरिस	पापुणो, पापुण, पापुणि पापुणित्थो, पापुणित्थ	पापुणित्थ, पापुणुत्थ
उत्तम पुरिस	पापुण	पापुणिम्हा, पापुणिम्ह, पापुणुम्हा

परोक्खभूत काल

परस्सपद

	एकवचन	बहुवचन
पठम पुरिस	पाप	पापु
मज्झिम पुरिस	पापे	पापित्थ
उत्तम पुरिस	पाप	पापिम्ह

कालातिपत्ति (हेतुहेतुमद्भूत)

परस्सपद

	एकवचन	बहुवचन
पठम पुरिस	पापुणिस्सा	पापुणिस्संसु
मज्झिम पुरिस	पापुणिस्स	पापुणिस्सथ
उत्तम पुरिस	पापुणिस्सं	पापुणिस्सम्हा

अनुज्ञा (पञ्चमी विभत्ति)

परस्सपद

	एकवचन	बहुवचन
पठम पुरिस	पापुणातु, पापुणोतु	पापुणन्तु, पापृणोन्तु
मज्झिम पुरिस	पापुण, पापुणाहि; पापुणो, पापुणोहि	पापुणाथ, पापुणोथ
उत्तम पुरिस	पापुणामि, पापुणोमि	पापुणाम. पापुणोम

विधि (सत्तमी, हेतुफल)

परस्सपद

	एकवचन	बहुवचन
पठम पुरिस	पापुणे, पापुणेय्य	पापुणेय्युं
मज्झिम पुरिस	पापुणेय्यासि	पापुणेय्याथ
उत्तम पुरिस	पापुणेय्यामि	पापुणेय्याम

तनादि गण

तन धातु

पच्चुप्पन्न (वत्तमान) काल

परस्सपद

	एकवचन	बहुवचन
पठम पुरिस	तनोति[1]	तनोन्ति[2]
मज्झिम पुरिस	तनोसि[3]	तनोथ[4]
उत्तम पुरिस	तनोमि[5]	तनोम[6]

भविस्सत्त (भविस्सन्त) काल

परस्सपद

	एकवचन	बहुवचन
पठम पुरिस	तनिस्सति[7]	तनिस्सन्ति[8]

---

१. तनोति—तन धातु, पच्चुप्पन्न काल, परस्सपद, पठमपुरिस, एकवचन, ति विभत्ति, तनादितो ओयिरा (क० व्या० ३.२.२० तथा तनादित्वो, मो० ५.२६) से ओ विकरण, तनोति प्रयोग सिद्ध होता है।

२. तनोन्ति—तन धातु, पच्चुप्पन्न काल, पठमपुरिस, बहुवचन, अन्ति विभत्ति, ओ विकरण, सन्धिकार्य, तनोन्ति प्रयोग सिद्ध होता है।

३. तनोसि—तन धातु, पच्चुप्पन्न काल, परस्सपद, मज्झिमपुरिस, एकवचन सि विभत्ति, ओ विकरण, तनोसि प्रयोग सिद्ध होता है।

४. तनोथ—तन धातु, पच्चुप्पन्न काल, परस्सपद, मज्झिमपुरिस, बहुवचन थ विभत्ति, ओ विकरण, सन्धि कार्य, तनोथ प्रयोग सिद्ध होता है।

५. तनोमि—तन धातु, पच्चुप्पन्न काल, परस्सपद, उत्तमपुरिस, एकवचन, मि विभत्ति, ओ विकरण, सन्धिकार्य, तनोमि प्रयोग सिद्ध होता है।

६. तनोम—तन धातु, पच्चुप्पन्न काल, परस्सपद, उत्तमपुरिस, बहुवचन, म विभत्ति, ओ विकरण, सन्धिकार्य, तनोम प्रयोग सिद्ध होता है।

७. तनिस्सति—तन धातु, भविस्सत्तकाल, परस्सपद, पठमपुरिस, एकवचन, स्सति विभत्ति, ओ विकरण, इ का आगम, सन्धिकार्य, तनिस्सति प्रयोग सिद्ध होता है।

८. तनिस्सन्ति—तन धातु, भविस्सत्तकाल, परस्सपद, पठमपुरिस, बहुवचन, अन्ति विभत्ति, ओ विकरण, इ का आगम, सन्धिकार्य, तनिस्सन्ति प्रयोग सिद्ध होता है।

मज्झिम पुरिस	तनिस्ससि[1]	तनिस्सथ[2]
उत्तम पुरिस	तनिस्सामि[3]	तनिस्साम[4]

परिसमत्तत्थक (अज्जतन) काल

परस्सपद

	एकवचन	बहुवचन
पठम पुरिस	[5]अतनी, तनी; अतनि, तनि	अतनुं, [6]तनुं; अतनिंसु, तनिंसु; अतनुंसु, तनुंसु
मज्झिम पुरिस	[7]अतनो, तनो; अतन, तन; अतनि, तनि; अतनित्थो तनित्थो; अतनित्थ, तनित्थ	अतनित्थ, [8] तनित्थ; अतनुत्थ, तनुत्थ

---

१. तनिस्ससि—तन धातु, भविस्सत्तकाल, परस्सपद, मज्झिमपुरिस, एकवचन, सि विभत्ति, ओ विकरण, इ का आगय, सन्धिकार्य, तनिस्ससि प्रयोग सिद्ध होता है।

२. तनिस्सथ—तन धातु, भविस्सत्त काल, परस्सपद, मज्झिमपुरिस, बहुवचन, थ विभत्ति, ओ विकरण, इ का आगम, सन्धिकार्य, तनिस्सथ प्रयोग सिद्ध होता है।

३. तनिस्सामि—तन धातु, भविस्सत्त काल, परस्सपद, उत्तमपुरिस, एकवचन, स्सामि विभत्ति, ओ विकरण, इ का आगम, सन्धिकार्य, तनिस्सामि प्रयोग सिद्ध होता है।

४. तनिस्साम—तन धातु, भविस्सत्त काल, परस्सपद, उत्तमपुरिस, बहुवचन, स्साम विभत्ति, ओ विकरण, इ का आगम, सन्धिकार्य, तनिस्साम प्रयोग सिद्ध होता है।

५. अतनी—तन धातु, अज्जतन भूतकाल, परस्सपद, पठमपुरिस, एकवचन, ई विभत्ति, ओ विकरण सन्धिकार्य, शेष प्रक्रिया अभवी, भवी आदि की भाँति जानें।

६. अतनुं—तन धातु, अज्जतन भूतकाल, परस्सपद, पठमपुरिस, बहुवचन, उं विभत्ति, ओ विकरण, शेष प्रक्रिया अभवुं, भवुं आदि की भाँति जानें।

७. अतनो—तन धातु, अज्जतनभूतकाल, परस्सपद, मज्झिमपुरिस, एकवचन, ओ विभत्ति, ओ विकरण, शेष प्रक्रिया अभवो, भवो आदि की भाँति जानें।

८. अतनित्थ—तन धातु, अज्जतन भूतकाल, परस्सपद, मज्झिमपुरिस, बहुवचन, त्थ विभत्ति, ओ विकरण, शेष प्रक्रिया अभवित्थ आदि की भाँति जानें।

उत्तम पुरिस	अतनिं[1], तनिं	अतनिम्हा[2], तनिम्हा; अतनिम्ह, तनिम्ह, अतनुम्हा

हीयत्तन (अनज्जतन) काल

परस्सपद

	एकवचन	बहुवचन
पठम पुरिस	अतना[3], तना; अतन, तन;	अतनू[4], तनू; अतनु, तनु
मज्झिम पुरिस	अतनो[5], तनो; अतन, तन; अतनि, तनि; अतनित्थो, तनित्थो, अतनित्थ, तनित्थ	अतनित्थ, तनित्थ; अतनुत्थ, तनुत्थ
उत्तम पुरिस	अतन[6], तन	अतनिम्हा[7], तनिम्हा; अतनिम्ह, तनिम्ह, अतनुम्हा, तनुम्हा

---

१. अतनिं—तन धातु, अज्जतनभूतकाल, परस्सपद, उत्तमपुरिस, एकवचन, सिं विभत्ति, ओ विकरण, शेष प्रक्रिया अभविं आदि रूपों की भाँति जानें।

२. अतनिम्हा—तन धातु, अज्जतनभूतकाल, परस्सपद, उत्तमपुरिस- बहुवचन, म्हा विभत्ति, ओ विकरण, शेष प्रक्रिया अभविम्हा आदि प्रयोगों की भाँति जानें

३. अतना—तन धातु, अनज्जतनभूतकाल, परस्सपद, पठमपुरिस, एकवचन, आ विभत्ति ओ विकरण, सन्धिकार्य, शेष प्रक्रिया अभवा; भवा आदि की भाँति जानें।

४. अतनू—तन धातु अनज्जतन भूतकाल, परस्सपद, पठमपुरिस, बहुवचन, ऊ विभत्ति, ओ विकरण, सन्धिकार्य, शेष प्रक्रिया अभवू; भवू आदि की भाँति जानें।

५. अतनो—मज्झिमपुरिस एकवचन एवं बहुवचन के इन रूपों की सिद्धि तन धातु के अज्जतन काल के मज्झिम पुरिस एकवचन एवं बहुवचन के रूपों की भाँति जानें।

६. अतन—तन धातु, अनज्जनभूतकाल, परस्सपद, उत्तमपुरिस, एकवचन, अ विभत्ति, ओ विकरण, सन्धिकार्य, शेष प्रक्रिया अभव, भव की भाँति जानें।

७. अतनिम्हा—तन धातु, अनज्जतनभूतकाल, परस्सपद, उत्तमपुरिस, बहुवचन के ये सभी रूप अज्जतन भूतकाल के उत्तमपुरिस बहुवचन के रूपों की भाँति सिद्ध होते हैं।

परोक्खभूत काल
परस्सपद

	एकवचन	बहुवचन
पठमपुरिस	ततान[1]	ततनु[2]
मज्झिमपुरिस	ततने[3]	ततनित्थ[4]
उत्तमपुरिस	ततान[5]	ततनिम्ह[6]

कालातिपत्ति (हेतुहेतुमद्भूत)
परस्सपद

	एकवचन	बहुवचन
पठमपुरिस	अतनिस्सा[7], तनिस्सा	अतनिस्संसु, तनिस्संसु[8]
मज्झिमपुरिस	अतनिस्से[9], तनिस्से	अतनिस्सथ[10], तनिस्सथ
उत्तमपुरिस	अतनिस्सं[11], तनिस्सं	अतनिस्सम्हा[12], तनिस्सम्हा

---

१. ततान—तन धातु, परोक्खभूतकाल, परस्सपद, पठमपुरिस, एकवचन अ विभत्ति, शेष प्रक्रिया जगाम की भाँति जानें।

२. ततनु—तन धातु, परोक्खभूतकाल, परस्सपद, पठमपुरिस, बहुवचन, उ विभत्ति शेष प्रक्रिया जगमु की भाँति जानें।

३. ततने—तन धातु, परोक्खभूतकाल, परस्सपद, मज्झिमपुरिस, एकवचन, ए विभत्ति शेष प्रक्रिया जगमे की भाँति जानें।

४. ततनित्थ—तन धातु, परोक्खभूतकाल, परस्सपद, मज्झिमपुरिस, बहुवचन त्थ विभत्ति शेष प्रक्रिया जगमित्थ की भाँति जानें।

५. ततान—इस प्रयोग को सिद्धि पठमपुरिस ततान की सिद्धि की भाँति जानें।

६. ततनिम्ह—तन धातु, परोक्खभूत, परस्सपद, उत्तमपुरिस, बहुवचन, म्ह विभत्ति, शेष प्रक्रिया जगमिम्ह की भाँति जानें।

७. अतनिस्सा—तन धातु कालातिपत्ति, परस्सपद, पठमपुरिस, एकवचन, स्सा विभत्ति, शेष प्रक्रिया अभविस्सा आदि की भाँति जानें।

८. अतनिस्सं—तन धातु कालातिपत्ति, परस्सपद, पठमपुरिस, बहुवचन, स्संसु विभत्ति, शेष प्रक्रिया अभविस्संसु आदि की भाँति जानें।

९. अतनिस्से—तन धातु कालातिपत्ति, परस्सपद मज्झिमपुरिस, एकवचन स्से विभत्ति, शेष प्रक्रिया अभविस्से की भाँति जानें।

१०. अतनिस्सथ—तन धातु, कालातिपत्ति, परस्सपद, मज्झिमपुरिस, बहुवचन स्सथ विभत्ति, शेष प्रक्रिया अभविस्सथ की भाँति जानें।

११. अतनिस्सं—तन धातु, कालातिपति, परस्सपद, उत्तमपुरिस, एकवचन, स्सं विभत्ति, शेष प्रक्रिया अभविस्सं की भाँति जानें।

१२. अतनिस्सम्हा—तन धातु, कालातिपत्ति, परस्सपद, उत्तमपुरिस, बहुवचन,

अनुज्ञा (पञ्चमी विभत्ति)

परस्सपद

	एकवचन	बहुवचन
पठम पुरिस	तनोतु[१]	तनोन्तु[२]
मज्झिम पुरिस	तनो[३], तनोहि	तनोथ[४]
उत्तम पुरिस	तनोमि[५]	तनोम[६]

विधि (सत्तमी विभत्ति, हेतुफल)

परस्सपद

	एकवचन	बहुवचन
पठम पुरिस	तनेय्य[७]; तने	तनेय्युं[८]
मज्झिम पुरुष	तनेय्यासि[९]	तनेय्याथ[१०]

स्सम्हा विभत्ति, शेष प्रक्रिया अभविस्सम्हा की भाँति जानें।

१. तनोतु—तन धातु, अनुज्ञा, परस्सपद, पठम पुरिस, एकवचन, तु विभत्ति, शेष प्रक्रिया तनोति की भाँति जानें।

२. तनोन्तु—तन धातु, अनुज्ञा, परस्सपद, पठम पुरिस, बहुवचन, अन्तु विभत्ति; शेष प्रक्रिया तनोन्ति की भाँति जानें।

३. तनो—तन धातु, अनुज्ञा; परस्सपद; मज्झिमपुरिस, एकवचन, हि विभत्ति; ओ विकरण, शेष प्रक्रिया जिना, जिनाहि की भाँति जानें।

४. तनोथ—तन धातु अनुज्ञा, परस्सपद, मज्झिमपुरिस, बहुवचन, थ विभत्ति, ओ विकरण, शेष प्रक्रिया जिनाथ की भाँति जानें।

५-६. तनोमि; तनोम—इन रूपों की सिद्धि वत्तमान काल परस्सपद के तनोमि तनोम की भाँति जानें।

७. तनेय्य—तन धातु, विधि, परस्सपद, पठमपुरिस, एकवचन एय्य विभत्ति, ओ विकरण; शेष प्रक्रिया भवेय्य, भवे की भाँति जानें;

८. तनेय्युं—तन धातु, विधि, परस्सपद, पठमपुरिस, बहुवचन, एय्युं विभत्ति, ओ विकरण, सन्धिकार्य तनेय्युं प्रयोग सिद्ध होता है।

९. तनेय्यासि—तन धातु, विधि, मज्झिमपुरिस, एकवचन, एय्यासि विभत्ति, ओ विकरण, सन्धिकार्य, तनेय्यासि प्रयोग सिद्ध होता है।

१०. तनेय्याथ—तन धातु, विधि, मज्झिमपुरिस, एय्याथ विभत्ति, ओ विकरण, सन्धिकार्य, तनेय्याथ प्रयोग सिद्ध होता है।

उत्तम पुरिस	तनेय्यामि[1]	तनेय्याम[2]

इसी प्रकार—

कर धातु

पच्चुप्पन्न (वत्तमान) काल

परस्सपद

	एकवचन	बहुवचन
पठम पुरिस	करोति, कयिरति[3], कुब्बति	करोन्ति, कयिरन्ति, कुब्बन्ति
मज्झिम पुरिस	करोसि, कयिरसि, कुब्बसि	करोथ, कयिरथ, कुब्बथ
उत्तम पुरिस	करोमि, कुम्मि[4]; कयिरामि, कुब्बामि	करोम, कुम्म; कयिराम, कुब्बाम

---

१. तनेय्यामि—तन धातु विधि; परस्सपद, उत्तमपुरिस, एकवचन एय्यामि विभत्ति, ओ विकरण, सन्धिकार्य, तनेय्यामि प्रयोग सिद्ध होता है।

२. तनेय्याम—तन धातु, बिधि, परस्सपद, उत्तमपुरिस, बहुवचन एय्याम विभत्ति, ओ विकरण, सन्धिकार्य तनेय्याम प्रयोग सिद्ध होता है।

३. कयिरति—कर धातु, वत्तमानकाल, परस्सपद, पठमपुरिस, एकवचन, ति विभत्ति, ओ त्रिकरण, करस्स सोस्स कुब्ब कुरुकयिरा (मो० ५.१७७) से ओकार सहित कर के स्थान में विकल्प से कयिर, कुब्ब तथा कुरु आदेश होने पर करोति, कयिरति, तथा कुब्बति प्रयोग बनते हैं। इन्हीं प्रयोगों को कच्चायन ने थोड़ा भिन्न प्रकार से सिद्ध किया है—कयिरति कर धातु, वत्तमानकाल, परस्सपद, पठम पुरिस, एकवचन, ति विभत्ति, तनादितो ओयिरा (क. ३.२.२०) सूत्र से कर धातु से यिर विकरण होने पर तथा क्वचि० (क० ३.४.३६) सूत्र से र का लोप करने पर कयिरति प्रयोग सिद्ध होता है। कुब्बति कर धातु, वत्तमान काल, परपस्सपद, पठमपुरिस, एकवचन, ति विभत्ति, ओ विकरण, उत्तमोकारो (क० ३.४.३०) से ओ को उ, तथा करस्सकारो च (क० ३.४.३१) से क के अ को उ, क्वचि० (क० ३.४.३६) से र् का लोप, यवकारा च (क० २.१.२०) से परवर्ती उ को विकल्प से व् आदेश, परद्वे भावो ठाने (क० १.३.६) से व् को द्वित्व, वस्स च (क० १.२.९) से व्व को ब्ब करने पर कुब्बति प्रयोग सिद्ध होता है।

४. कुम्मि—कर धातु, वत्तमानकाल, परस्सपद, उत्तमपुरिस, एकवचन मि विभत्ति, ओ विकरण, करस्स सोस्स कुं (मो० ६.२३) से ओकार सहित कर को विकल्प से कुं आदेश, सन्धिकार्य करने पर कुम्मि प्रयोग बनता है।

भविस्सत्त (भविस्सन्त) काल

परस्सपद

	एकवचन	बहुवचन
पठम पुरिस	करिस्सति, काहति[1], काहिति	करिस्सन्ति, काहन्ति, काहिन्ति
मज्झम पुरिस	करिस्ससि, काहसि, काहिसि	करिस्सथ, काहथ, काहिथ
उत्तम पुरिस	करिस्सामि, काहामि, काहीमि	करिस्साम, काहाम, काहीम

परिसमत्तत्थक (अज्जतन) भूत काल

परस्सपद

	एकवचन	बहुवचन
पठम पुरिस	अकरी, करी; अकरि, करि; अकासी[2], कासी; अकासि, कासि; अका[3], का	अकरुं करुं; अकरिंसु, करिंसु अकंसु, कंसु; अकासुं, कासुं
मज्झिम पुरिस	अकरो, करो; अकर, कर; अकरि, करि; अकरित्थो, करित्थो; अकरित्थ, करित्थ; अकासो, कासो; अकास, कास; अकासि, कासि; अकासित्थो, कासित्थो; अकासित्थ, कासित्थ	अकरित्थ, करित्थ; अकासित्थ, कासित्थ

---

१. काहति—कर धातु, भविस्सत्तकाल, पठमपुरिस, एकवचन, स्सति विभत्ति, ओ विकरण, हास्स चाहङ् स्सेन (मो० ६.२५, करस्स सप्पच्चयस्स काहो, क० ३.३.२४) से विभत्ति को .स्स तथा विकरण सहित कर को विकल्प से काह आदेश, काहति प्रयोग सिद्ध होता है, जब इ आगम होगा तब काहिति, तथा काह आदेश के अभाव में करिस्सति प्रयोग सिद्ध होते हैं।

२. अकासी—कर धातु, अज्जतनकाल, परस्सपद, पठमपुरिस, एकवचन ई विभत्ति, ओ विकरण, विकल्प से धातु के आदि में अ का आगम, करस्स कासत्तमज्जतनिम्हि (क० ३.४.१०, तथा दीघा ईस्स्, मो० ६.४४) से विकरण सहित कर को विकल्प से कास आदेश, शेष प्रक्रिया अभवी, भवी आदि की भाँति जानें।

३. अका—कर धातु, अज्जतनभूतकाल, परस्सपद, पठमपुरिस एकवचन, ई विभत्ति, ओ विकरण, का ई आदिसु (मो० ६.२४) से विकरण सहित कर का विकल्प से का आदेश सन्धिकार्य करने पर अका, का, रूप बनते हैं।

उत्तम पुरिस	अकरिं, करिं; अकासिं, कासिं	अकरिम्हा, करिम्हा; अकरिम्ह, करिम्ह; अकरुम्हा, करुम्हा; अकासिम्हा, कासिम्हा; अकासिम्ह, कासिम्ह; अकासुम्हा, कासुम्हा

हीयत्तन (अनज्जतन) भूतकाल

परस्सपद

	एकवचन	बहुवचन
पठमपुरिस	अकरा, करा; अकर, कर; अका, का; अक, क	अकरू, करू; अकरु, करु
मज्झिमपुरिस	अकरो, करो; अकर, कर; अकरि, करि; अकरित्थो, करित्थो; अकरित्थ; करित्थ	अकरित्थ, करित्थ;
उत्तमपुरिस	अकर; कर;	अकरिम्हा, करिम्हा; अकरिम्ह; करिम्ह; अकरुम्हा, करुम्हा;

परोक्खभूत काल

परस्सपद

	एकवचन	बहुवचन
पठमपुरिस	चकर	चकरु
मज्झिमपुरिस	चकरे	चकरित्थ
उत्तमपुरिस	चकर	चकरिम्ह

कालातिपत्ति (हेतुहेतुमद्भूत)

परस्सपद

	एकवचन	बहुवचन
पठमपुरिस	अकरिस्सा, करिस्सा; अकाहा, काहा	अकरिस्संसु, करिस्संसु अकाहंसु, काहंसु
मज्झिमपुरिस	अकरिस्से, करिस्से; अकाहे, काहे	अकरिस्सथ, करिस्सथ, अकाहथ, काहथ
उत्तमपुरिस	अकरिस्सं, करिस्सं; अकाहं, काहं	अकरिस्सम्हा, करिस्सम्हा अकाहम्हा, काहम्हा

अनुञ्ञा (पञ्चमी विभत्ति)

परस्सपद

	एकवचन	बहुवचन
पठमपुरिस	कुरुतु[1], करोतु, कुब्बतु, कयिरातु	करोन्तु, कुब्बन्तु; कयिरन्तु
मज्झिमपुरिस	कुरु, करोहि, कर, कयिर, कयिराहि; कुब्ब, कुब्बाहि	करोथ, कुब्बथ, कयिराथ
उत्तमपुरिस	करोमि, कुम्मि; कयिरामि, कुब्बामि	करोम, कुम्म; कयिराम, कुब्बाम

विधि (सत्तमी, हेतुफल)

परस्सपद

	एकवचन	बहुवचन
पठमपुरिस	करे, करेय्य; कयिरा[2], कुब्बे, कुब्बेय्य	करेय्युं, कयिरुं[3], कुब्बेय्युं
मज्झिमपुरिस	करेय्यासि, कयिरासि, कुब्बेय्यासि	करेय्याथ, कयिराथ, कुब्बेय्याथ
उत्तमपुरिस	करेय्यामि, कयिरामि, कुब्बेय्यामि	करेय्याम, कयिराम, कुब्बेय्याम

कर धातु

पच्चुप्पन्न (वत्तमान) काल

आत्तनोपद

	एकवचन	बहुवचन
पठमपुरिस	कुरुते, कुब्बते, कयिरते	कुब्बन्ते[4], कयिरन्ते,
मज्झिमपुरिस	कुरुसे, कुब्बसे, कयिरसे	कुरुव्हे, कुब्बव्हे, कयिरव्हे
उत्तमपुरिस	कुब्बे[4], कयिरे	कुरुम्हे, कुब्बम्हे, कयिरम्हे

---

१. मोग्गल्लान व्याकरण में सूत्र संख्या ५.१७७ की वृत्ति—ववत्थित विभासत्ता वाधिकारस्स मिय्यो मानपरच्छकेतु कुरु, क्वचिदेव पुब्बछक्के………।

२. कयिरा—कर धातु, विधि, परस्सपद, पठमपुरिस, एकवचन, एय्य विभत्ति, कर को विकल्प से कयिर और कुब्ब आदेश, टा (मो० ६७१) सूत्र से एय्य का आ आदेश कयिरा, प्रयोग बनता है।

३. कयिरुं—कर धातु, विधि, परस्सपद, पठमपुरिस, बहुवचन एय्युं विभत्ति, कर को विकल्प से कयिर आदेश, कयिरेय्यस्सेय्युमादीनं (मो० ६.६०) सूत्र से एय्य का लोप, कयिर उं, सन्धिकार्य, कयिरुं प्रयोग बनता है।

४. अत्तनोपद में कर का कुरु आदेश होने पर भी कुब्ब आदेश के रूप को

भविस्सन्त (भविस्सत्त) काल

अत्तनोपद

	एकवचन	बहुवचन
पठमपुरिस	करिस्सते, काहते	करिस्सन्ते, काहन्ते
मज्झिमपुरिस	करिस्ससे, काहसे	करिस्सव्हे, काहव्हे
उत्तमपुरिस	करिस्सं, काहं	करिस्साम्हे, काहाम्हे

परिसमत्तत्थक (अज्जतन) भूतकाल

अत्तनोपद

	एकवचन	बहुवचन
पठम पुरिस	अकरा, करा; अकरित्थ[1], करित्थ, अकासा, कासा; अकासित्थ, कासित्थ	अकरु, करु; अकासू, कासू
मज्झिम पुरिस	अकरसे, करसे; अकाससे कास से	अकरव्हं, करव्हं; अकासव्हं, कासव्हं
उत्तम पुरिस	अकरं, कर; अकरं, करं; अकास, कास; अकासं, कासं	अकरम्हे, करम्हे; अकासम्हे, कासम्हे

हीयत्तन (अनज्जतन) भूतकाल

अत्तनोपद

	एकवचन	बहुवचन
पठम पुरिस	अकरत्थ, करत्थ;	अकरत्थुं, करत्थु
मज्झिम पुरिस	अकरसे, करसे	अकरव्हं, करव्हं
उत्तम पुरिस	अकरिं, करिं	अकरम्हसे, करम्हसे

भाँति ही रूप होगा। र् आदि लोप प्रक्रिया के लिए कुब्बात प्रयोग की टिप्पणी देखें।

१. अकरित्थ—कर धातु, अज्जतनभूतकाल, अत्तनोपद, पठमपुरिस, एकवचन, आ विभत्ति, विकल्प से अ का आगम, एय्याथस्सेअआईथानं ओ अ अं त्थ त्थो व्होक् (मो० ६.३८) सूत्र से अ को विकल्प से त्थ आदेश होने पर अकरित्थ प्रयोग सिद्ध होता है।

परोक्खभूत काल
अत्तनोपद

	एकवचन	बहुवचन
पठम पुरिस	चकरित्थ	चकरिरे
मज्झिम पुरिस	चकरित्थो	चकरिव्हो
उत्तम पुरिस	चकरि	चकरिम्हे

कालातिपत्ति (हेतुहेतुमद्भूत)
अत्तनोपद

	एकवचन	बहुवचन
पठमपुरिस	अकरिस्सथ, करिस्सथ; अकाहथ, काहथ	अकरिंस्सिसु, करिंस्सिसु; अकाहिंसु, काहिंसु
मज्झिमपुरिस	अकरिस्ससे, करिस्ससे; अकाहसे, काहसे	अकरिस्सव्हे, करिस्सव्हे, अकाहव्हे, काहव्हे
उत्तमपुरिस	अकरिस्सं, करिस्सं, अकाहं, काहं	अकरिस्साम्हसे, करिस्साम्हसे अकाहम्हसे, काहम्हसे

अनुज्ञा (पञ्चमी विभत्ति)
अत्तनोपद

	एकवचन	बहुवचन
पठमपुरिस	कुरुतं, कुब्बतं, कयिरतं	कुब्बन्तं, कयिरन्तं
मज्झिमपुरिस	कुरुस्सु, कुब्बसु, कयिरस्सु	कुरुव्हो, कुब्बव्हो, कयिरव्हो
उत्तमपुरिस	कुब्बे, कयिरे	कुब्बामसे, कयिरामसे

विधि (सत्तमी, हेतुफल)
अत्तनोपद

	एकवचन	बहुवचन
पठमपुरिस	करेथ, कुब्बेथ, कयिरेथ	करेरं, कुब्बेरं, कयिरेरं
मज्झिमपुरिस	करेथो, कुब्बेथो, कयिरेथो	करेय्यव्हो, कुब्बेय्यव्हो, कयिरव्हो
उत्तमपुरिस	करे, करेय्यं, कुब्बे, कुब्बेयं कयिरं	करेय्याम्हे, कुब्बेय्याम्हे, कयिराम्हे

चुरादिगण

चुर धातु

पच्चुप्पन्न (बत्तमान) काल

परस्सपद

	एकवचन	बहुवचन
पठम पुरिस	चोरेति[1], चोरयति	चोरेन्ति, चोरयन्ति
मज्झिम पुरिस	चोरेसि, चोरयसि	चोरेथ, चोरयथ
उत्तम पुरिस	चोरेमि, चोरयामि	चोरेम, चोरयाम

भविस्सत्त (भविस्सन्त) काल

परस्सपद

	एकवचन	बहुवचन
पठम पुरिस	चोरेस्सति[2], चोरयिस्सति	चोरेस्सन्ति, चोरयिस्सन्ति
मज्झिम पुरिस	चोरेस्ससि, चोरयिस्ससि	चोरेस्सथ, चोरयिस्सथ
उत्तम पुरिस	चोरेस्सामि, चोरयिस्सामि	चोरेस्साम, चोरयिस्साम

---

१. चोरेति—चुर धातु, पच्चुप्पन्नकाल, परस्सपद, पठमपुरिस, एकवचन, ति विभत्ति, चुरादितो णि (मो० ५.१५) सूत्र से णि (इ) विकरण, चु के उ की वृद्धि (ओ) चोरि ति, णिणाप्यापीहि वा (मो० ५.२०) सूत्र से विकल्प से अ विकरण, रि के इ की वृद्धि (ए) चोरे अ ति, ए ओनमयवा परे (मो० ५.८९) सूत्र से ए को अय आदेश, चोरयति, अ विकरण के अभाव में चोरेति रूप बनता है।

कच्चायन ने इस प्रयोग की सिद्धि कुछ भिन्न ढंग से बतायी है—चुर धातु ति विभत्ति, चुरादितो णेणया (क० ३.२.२१) से णे (ए) तथा णय (अय) विकरण, चुरे ति, चुरय ति, चु के उ की वृद्धि (ओ) चोरेति, चोरयति प्रयोग सिद्ध होते हैं। शेष प्रयोगों की सिद्धि उन-उन विभक्तियों के योग में इसी प्रयोग की भाँति जानें।

२. चुर धातु, भविस्सत्तकाल में उपर्युक्त प्रयोगों की भाँति चोरे एवं चोरय बनाने के बाद शेष प्रक्रिया भविस्सति आदि रूपों की भाँति समझें।

परिसमत्तत्थक (अज्जतन) भूतकाल

परस्सपद

	एकवचन	बहुवचन
पठमपुरिस	अचोरयी, चोरयी, अचोरयि, चोरयि	अचोरयुं, चोरयुं, अचोरयिंसु, चोरयिंसु
मज्झिमपुरिस	अचोरयो, चोरयो, अचोरय, चोरय, अचोरयि, चोरयि, अचोरयित्थ, चोरयित्थ, अचोरयित्थो, चोरयित्थो	अचोरयित्थ, चोरयित्थ, अचोरयुत्थ, चोरयुत्थ
उत्तमपुरिस	अचोरयिं, चोरयिं	अचोरयिम्हा, चोरयिम्हा, अचोरयिम्ह, चोरयिम्ह, अचोरयुम्हा, चोरयुम्हा

हीयत्तन (अनज्जतन) भूतकाल

परस्सपद

	एकवचन	बहुवचन
पठमपुरिस	अचोरया, चोरया, अचोरय, चोरय	अचोरयू, चोरयू
मज्झिमपुरिस	अचोरयो, चोरयो, अचोरय, चोरय, अचोरयि, चोरयि, अचोरयित्थ, चोरयित्थ, अचोरयित्थो, चोरयित्थो	अचोरयित्थ, चोरयित्थ, अचोरयुत्थ, चोरयुत्थ
उत्तमपुरिस	अचोरय, चोरय	अचोरयिम्हा, चोरयिम्हा, अचोरयिम्ह, चोरयिम्ह अचोरयुम्हा, चोरयुम्हा

परोक्खभूतकाल

परस्सपद

	एकवचन	बहुवचन
पठमपुरिस	चोरयाञ्चकर, चोरयामास, चोरयाम्बभूव	चोरयाञ्चकरु, चोरयामासु, चोरयाम्बभूवु
मज्झिमपुरिस	चोरयाञ्चकरे, चोरयामासे, चोरयाम्बभूवे	चोरयाञ्चकरित्थ, चोरयामासित्थ चोरयाम्बभूवित्थ
उत्तमपुरिस	चोरयाञ्चकर, चोरयामास, चोरयाम्बभूव	चोरयाञ्चकरिम्ह, चोरयामासिम्ह चोरयाम्बभूविम्ह

कालातिपत्ति (हेतुहेतुमद्भूत)

परस्सपद

	एकवचन	बहुवचन
पठम पुरिस	अचोरयिस्सा, चोरयिस्सा; अचोरेस्सा, चोरेस्सा	अचोरयिस्संसु, चोरयिस्संसु; अचोरेस्संसु, चोरेस्संसु
मज्झिम पुरिस	अचोरयिस्से, चोरयिस्से अचोरेस्से, चोरेस्से	अचोरयिस्सथ, चोरयिस्सथ अचोरेस्सथ, चोरेस्सथ
उत्तम पुरिस	अचोरयिस्सं, चोरयिस्सं अचोरेस्सं, चोरेस्सं	अचोरयिस्सम्हा, चोरयिस्सम्हा, अचोरेस्सम्हा, चोरेस्सम्हा

अनुज्ञा (पञ्चमी विभत्ति)

परस्सपद

	एकवचन	बहुवचन
पठम पुरिस	चोरेतु, चोरयतु	चोरेन्तु, चोरयन्तु
मज्झिम पुरिस	चोरे, चोरेहि; चोरय, चोरयाहि	चोरेथ, चोरयथ
उत्तम पुरिस	चोरेमि, चोरयामि	चोरेम, चोरयाम

विधि (सत्तमी हेतुफल)

परस्सपद

	एकवचन	बहुवचन
पठम पुरिस	चोरे, चोरेय्य; चोरये, चोरयेय्य	चोरेय्युं, चोरयेय्युं
मज्झिम पुरिस	चोरेय्यासि, चोरयेय्यासि	चोरेय्याथ, चोरयेय्याथ
उत्तम पुरिस	चोरेय्यामि; चोरयेय्यामि	चोरेय्याम, चोरयेय्याम

इसी प्रकार—

कथ धातु

परस्सपद

	एकवचन	बहुवचन
पठम पुरिस	कथेति, कथयति	कथेन्ति, कथयन्ति
मज्झिम पुरिस	कथेसि, कसयसि	कथेथ, कथयथ
उत्तम पुरिस	कथेमि; कथयामि	कथेम, कथयाम

भविस्सन्त (भविस्सत्त) काल

	एकवचन	बहुवचन
पठम पुरिस	कथेस्सति, कथयिस्सति	कथेस्सन्ति, कथयिस्सन्ति
मज्झिम पुरिस	कथेस्ससि, कथयिस्ससि	कथेस्सथ, कथयिस्सथ
उत्तम पुरिस	कथेस्सामि, कथयिस्सामि	कथेस्साम, कथयिस्साम

परिसमत्तत्थक (अज्जतन) काल

परस्सपद

	एकवचन	बहुवचन
पठम पुरिस	अकथयी कथयी; अकथयि, कथयि	अकथयुं, कथयुं; अकथयिंसु, कथयिंसु
मज्झिम पुरिस	अकथयो, कथयो; अकथय, कथय; अकथयि, कथयि; अकथयित्थ, कथयित्थ; अकथयित्थो, कथयित्थो	अकथयित्थ, कथयित्थ; अकथयुत्थ, कथयुत्थ
उत्तम पुरिस	अकथयिं, कथयिं	अकथयिम्हा, कथयिम्हा; अकथयिम्ह, कथयिम्ह; अकथयुम्हा, कथयुम्हा

हीयत्तन (अनज्जतन) भूतकाल

परस्सपद

	एकवचन	बहुवचन
पठम पुरिस	अकथया, कथया; अकथय, कथय	अकथयू, कथयू
मज्झिम पुरिस	अकथयो, कथयो, अकथय, कथय; अकथयि, कथयि; अकथयित्थ, अकयित्थ; अकथयित्थो, कथयित्थो	अकथयित्थ, कथयित्थ; अकथयुत्थ, कथयुत्थ
उत्तम पुरिस	अकथय, कथय	अकथयिम्हा, कथयिम्हा; अकथयिम्ह, कत्रयिम्ह; अकथयुम्हा, कथयुम्हा

परोक्खभूत काल

परस्सपद

	एकवचन	बहुवचन
पठम पुरिस	कथयाञ्चकर, कथयामास, कथयाम्बभूव	कथयाञ्चकरु, कथयामासु, कथयाम्बभूवु
मज्झिम पुरिस	कथयाञ्चकरे, कथयामासे, कथयाम्बभूवे	कथयाञ्चकरित्थ, कथयामासित्थ, कथयाम्बभूवित्थ
उत्तम पुरिस	कथयाञ्चकर, कथयामास, कथयाम्बभूव	कथयाञ्चकरिम्ह, कथयामासिम्ह, कथयाम्बभूविम्ह

कालातिपत्ति (हेतुहेतुमद्भूत)

परस्सपद

	एकवचन	बहुवचन
पठम पुरिस	अकथयिस्सा, कथयिस्सा; अकथेस्सा, कथेस्सा	अकथयिस्संसु, कथयिस्ससु अकथेस्संसू, कथेस्संसु
मज्झिम पुरिस	अकथयिस्से, कथयिस्से; अकथेस्से, कथेस्से	अकथयिस्सथ, कथयिस्सथ; अकथेस्सथ, कथेस्सथ
उत्तम पुरिस	अकथयिस्सं, कथयिस्सं; अकथेस्सं, कथेस्सं	अकथयिस्सम्हा, कथयिस्सम्हा; अकथेस्सम्हा, कथेस्सम्हा

अनुञ्ञा (पंचमी विभत्ति)

परस्सपद

	एकवचन	बहुवचन
पठम पुरिस	कथयतु, कथेतु	कथयन्तु, कथेन्तु
मज्झिम पुरिस	कथय, कथयाहि, कथे, कथेहि	कथयथ, कथेथ
उत्तम पुरिस	कथयामि, कथेमि	कथयाम, कथेम

विधि (सत्तमी, हेतुफल)

परस्सपद

	एकवचन	बहुवचन
पठम पुरिस	कथये, कथयेय्य, कथे, कथेय्य	कथयेय्युं, कथेय्युं
मज्झिम पुरिस	कथयेय्यासि, कथेय्यासि	कथयेय्याथ, कथेय्याथ
उत्तम पुरिस	कथयेय्यामि, कथेय्यामि	कथयेय्याम, कथेय्याम

इसी प्रकार—

चिन्त धातु

पच्चुप्पन्न (वत्तमान) काल

परस्सपद

	एकवचन	बहुवचन
पठम पुरिस	चिन्तयति, चिन्तेति	चिन्तयन्ति, चिन्तेन्ति
मज्झिम पुरिस	चिन्तयसि, चिन्तेसि	चिन्तयथ, चिन्तेथ
उत्तम पुरिस	चिन्तयामि, चिन्तेमि	चिन्तयाम- चिन्तेम

भविस्सत्त (भविस्सन्त) काल

परस्सपद

	एकवचन	बहुवचन
पठम पुरिस	चिन्तयिस्सति, चिन्तेस्सति	चिन्तयिस्सन्ति, चिन्तेस्सन्ति
मज्झिम पुरिस	चिन्तयिस्ससि, चिन्तेस्ससि	चिन्तयिस्सथ, चिन्तेस्सथ
उत्तम पुरिस	चिन्तयिस्सामि, चिन्तेस्सामि	चिन्तयिस्साम, चिन्तेस्साम

परिसमत्तत्थक (अज्जतन) काल

परस्सपद

	एकवचन	बहुवचन
पठम पुरिस	अचिन्तयी, चिन्तयी; अचिन्तयि, चिन्तयि	अचिन्तयुं, चिन्तयुं, अचिन्तयिंसु चिन्तयिंसु
मज्झिम पुरिस	अचिन्तयो, चिन्तयो, अचिन्तय, चिन्तय, अचिन्तयि, चिन्तयि, अचिन्तयित्थ, चिन्तयित्थ, अचिन्तयित्थो, चिन्तयित्थो	अचिन्तयित्थ, चिन्तयित्थ, अचिन्तयुत्थ, चिन्तयुत्थ
उत्तम पुरिस	अचिन्तयिं, चिन्तयिं	अचिन्तयिम्हा, चिन्तयिम्हा, अचिन्तयिम्ह चिन्तयिम्ह, अचिन्तयुम्हा, चिन्तयुम्हा

होयत्तन (अनज्जतन) भूतकाल

परस्सपद

	एकवचन	बहुवचन
पठम पुरिस	अचिन्तया, चिन्तया, अचिन्तय, चिन्तय	अचिन्तयू, चिन्तयू
मज्झिम पुरिस	अचिन्तयो, चिन्तयो, अचिन्तय, चिन्तय; अचिन्तयि, चिन्तयि, अचिन्तयित्थ, चिन्तयित्थ; अचिन्तयित्थो, चिन्तयित्थो	अचिन्तयित्थ, चिन्तयित्थ अचिन्तयुत्थ, चिन्तयुत्थ
उत्तम पुरिस	अचिन्तय, चिन्तय	अचिन्तयिम्हा, चिन्तयिम्हा, अचिन्तयिम्ह, चिन्तयिम्ह अचिन्तयुम्हा, चिन्तयुम्हा

परोक्खभूत काल

परस्सपद

	एकवचन	बहुवचन
पठम पुरिस	चिन्तयाञ्चकर, चिन्तयामास, चिन्तयाम्बभूव	चिन्तयाञ्चकरु, चिन्तयामासु चिन्तयाम्बभूवु
मज्झिम पुरिस	चिन्तयाञ्चकरे, चिन्तयामासे, चिन्तयाम्बभूवे	चिन्तयाञ्चकरित्थ, चिन्तयामासित्थ, चिन्तयाम्बभूवित्थ
उत्तम पुरिस	चिन्तयाञ्चकर, चिन्तयामास, चिन्तयाम्बभूव	चिन्तयाञ्चकरिम्ह, चिन्तयामासिम्ह, चिन्तयाम्बभूविम्ह

कालातिपत्ति (हेतुहेतुमद्भूत)

परस्सपद

	एकवचन	बहुवचन
पठम पुरिस	अचिन्तयिस्सा, चिन्तयिस्सा, अचिन्तेस्सा, चिन्तेस्सा	अचिन्तयिस्संसु, चिन्तयिस्संसु अचिन्तेस्संसु, चिन्तेस्संसु
मज्झिम पुरिस	अचिन्तयिस्से, चिन्तयिस्से, अचिन्तेस्से, चिन्तेस्से	अचिन्तयिस्सथ, चिन्तयिस्सथ अचिन्तेस्सथ, चिन्तेस्सथ
उत्तम पुरिस	अचिन्तयिस्सं, चिन्तयिस्सं अचिन्तेस्सं, चिन्तेस्सं	अचिन्तयिस्सम्हा, चिन्तयिस्सम्हा अचिन्तेस्सम्हा, चिन्तेस्सम्हा

अनुज्ञा (पंचमो विभत्ति)

परस्सपद

	एकवचन	बहुवचन
पठम पुरिस	चिन्तयतु, चिन्तेतु	चिन्तयन्तु, चिन्तेन्तु
मज्झिम पुरिस	चिन्तय, चिन्तयाहि, चिन्ते, चिन्तेहि	चिन्तयथ, चिन्तेथ
उत्तम पुरिस	चिन्तयामि, चिन्तेमि	चिन्तयाम, चिन्तेम

विधि (सत्तमी, हेतुफल)

परस्सपद

	एकवचन	बहुवचन
पठम पुरिस	चिन्तये, चिन्तयेय्य, चिन्ते, चिन्तेय	चिन्तयेय्युं चिन्तेय्युं
मज्झिम पुरिस	चिन्तयेय्यासि, चिन्तेय्यासि	चिन्तयेय्याथ, चिन्तेय्याथ
उत्तम पुरिस	चिन्तयेय्यामि, चिन्तेय्यामि	चिन्तयेय्याम, चिन्तेय्याम

इसी प्रकार—

पूज धातु

पच्चुप्पन्न (वत्तमान) काल

परस्सपद

	एकवचन	बहुवचन
पठम पुरिस	पूजयति, पूजेति	पूजयन्ति, पूजेन्ति
मज्झिम पुरिस	पूजयसि, पृजेसि	पूजयथ, पूजेथ
उत्तम पुरिस	पूजयामि, पूजेमि	पूजयाम, पूजेम

भविस्सत्त (भविस्सन्त) काल

परस्सपद

	एकवचन	बहुवचन
पठम पुरिस	पूजयिस्सति, पूजेस्सति	पूजयिस्सन्ति, पूजेस्सन्ति
मज्झिम पुरिस	पूजयिस्ससि, पूजेस्ससि	पूजयिस्सथ, पूजेस्सथ
उत्तम पुरिस	पूजयिस्सामि, पूजेस्सामि	पूजयिस्साम, पूजेस्साम

परिसमत्तत्थक (अज्जतन) भूतकाल

परस्सपद

	एकवचन	बहुवचन
पठम पुरिस	अपूजयी, पूजयी, अपूजयि, पूजयि	अपूजयुं, पूजयुं, अपूजयिंसु, पूजयिंसु
मज्झिम पुरिस	अपूजयो, पूजयो, अपूजय, पूजय, अपूजयि, पूजयि, अपूजयित्थ, पूजयित्थ, अपूजयित्थो, पूजयित्थो	अपूजयित्थ, पूजयित्थ, अपूयुत्थ, पूजयुत्थ
उत्तम पुरिस	अपूजयिं, पूजयिं	अपूजयिम्हा, पूजयिम्हा; अपूजयिम्ह, पूजयिम्ह; अपूजयुम्हा, पूजयुम्हा

हीयत्तन (अनज्जतन) भूतकाल

परस्सपद

	एकवचन	बहुवचन
पठम पुरिस	अपूजया, पूजया, अपूजय, पूजय	अपूजयू, पूजयू
मज्झिम पुरिष	अपूजयो, पूजयो' अपूजय, पूजय अपूजयि, पूजयि; अपूजयित्थ, पूजयित्थ; अपूजयित्थो, पूजयित्थो	अपूजयित्थ, पूजयित्थ अपूजयुत्थ, पूजयुत्थ

उत्तम पुरिस	अपूजय, पूजय	अपूजयिम्हा, पूजयिम्हा, अपूजयिम्ह, पूजयिम्ह अपूजयुम्हा, पूजयुम्हा

परोक्खभूत काल

परस्सपद

	एकवचन	बहुवचन
पठम पुरिस	पूजयाञ्चकर, पूजयामास पूजयाम्बभूव	पूजयाञ्चकरु, पूजयामासु, पूजयाम्बभूवु
मज्झिम पुरिस	पूजयाञ्चकरे, पूजयामासे पूजयाम्बभूवे	पूजयाञ्चकरित्थ, पूजयामासित्थ, पूजयाम्बभूवित्थ
उत्तम पुरिस	पूजयाञ्चकर, पूजयामास पूजयाम्बभूव	पूजयाञ्चकरिम्ह, पूजयामासिम्ह, पूजयाम्बभूविम्ह

कालातिपत्ति (हेतुहेतुमद्भूत)

परस्सपद

	एकवचन	बहुवचन
पठम पुरिस	अपूजयिस्सा, पूजयिस्सा, अपूजेस्सा, पूजेस्सा	अपूजयिस्संसु, पूजयिस्संसु, अपूजेस्संसु, पूजेस्संसु
मज्झिम पुरिस	अपूजयिस्से, पूजयिस्से अपूजेस्से; पूजेस्से	अपूजयिस्सथ, पूजयिस्सथ अपूजेस्सथ, पूजेस्सथ
उत्तम पुरिस	अपूजयिस्सं, पूजयिस्सं अपूजेस्सं, पूजेस्सं	अपूजयिस्सम्हा, पूजयिस्सम्हा अपूजेस्सम्हा, पूजेस्सम्हा

अनुज्ञा (पञ्चमी विभत्ति)

परस्सपद

	एकवचन	बहुवचन
पठम पुरिस	पूजयतु, पूजेतु	पूजयन्तु, पूजेन्तु
मज्झिम पुरिस	पूजय, पूजयाहि; पूजे, पूजेहि	पूजयथ, पूजेथ
उत्तम पुरिस	पूजयामि, पूजेमि	पूजयाम, पूजेम

विधि (हेतुफल, सत्तमी विभत्ति)

परस्सपद

	एकवचन	बहुवचन
पठम पुरिस	पूजये, पूजयेय्य; पूजे, पूजेय्य	पूजयेय्युं, पूजेय्युं
मज्झिम पुरिस	पूजयेय्यासि, पूजेय्यासि	पूजयेय्याथ, पूजेय्याथ
उत्तम पुरिस	पूजयेय्यामि, पूजेय्यामि	पूजयेय्याम, पूजेय्याम

कारित या प्रेरणार्थक

कर्त्ता जिस व्यापार को करता है उस व्यापार को करने में जब कोई कर्त्ता को प्रेरित करता है तो उस प्रेरित करने वाले को प्रेरक या प्रयोजक कर्त्ता कहते हैं और व्यापार के मूल कर्त्ता को प्रेर्यमाण या प्रयोज्यमान कर्त्ता कहते हैं। सभी भाषाओं में यह कार्य स्वभावतः होता है और इस कार्य को द्योतित करने के लिए भाषा की अपनी संघटना के अनुसार विभिन्न उपाय किये गये हैं। संस्कृत भाषा में व्यापार को कहने वाली मूल धातु से णि (इ) प्रत्यय करके धातु का ही रूप ण्यन्त बना लिया जाता है जिसमें प्रेरक और प्रेर्यमाण दोनों के व्यापार एकत्र होने लगते हैं। अब उस धातु के रूप चुरादि धातुओं के रूपों की भाँति होते हैं और इनसे अभीष्ट सिद्ध कर लिया जाता है, जैसे—बालकः पठति, पठन्तं बालकं गुरुः प्रेरयति, गुरुः बालकं पाठयति, यहाँ 'पढ़ना' व्यापार को करने वाला बालक है, उसे प्रेरित करने वाला गुरु है। इस प्रकार बालक प्रेर्यमाण और गुरु प्रेरक है, अतः पठ धातु से णि (इ) अर्थात् पाठि को मूलधातु मानकर, जिसमें पढ़ना और प्रेरणा करना दोनों व्यापार एकत्र हो गये, रूप बनाये जाते हैं और इस प्रकार एक ही धातु से अभीष्ट की सिद्धि की जाती है। संस्कृत भाषा की भाँति ही पालिभाषा में भी इन कारित या प्रेरणार्थक प्रत्यय वाली धातुओं का प्रयोग होता है। उन धातुओं के रूप चुरादि गण की धातुओं के समान ही होते हैं। एक बार धातु से प्रेरणार्थक प्रत्यय लग जाने पर पुनः प्रेरणार्थक प्रत्यय नहीं लगते हैं, यह सर्वसिद्ध बात मोग्गल्लान ने लिखी है—णिणायीनं तेसु (मो० ५-१६०)।

भू धातु

प्रेरणार्थक (कारित)

पच्चुप्पन्न (वत्तमान) काल

परस्सपद

	एकवचन	बहुवचन
पठम पुरिस	भावयति[1], भावेति,	भावयन्ति, भावेन्ति;

१. भावयति—भू धातु से पयोजकव्यापारे णापि च (मो० ५-१६, धातूहि णे

	भावापयति, भावापेति	भावापयन्ति, भावापेन्ति
मज्झिम पुरिस	भावयसि, भावेसि, भावापयसि, भावापेसि	भावयथ, भावेथ; भावापयथ, भावापेथ
उत्तम पुरिस	भावयामि, भावेमि; भावापयामि, भावापेमि	भावयाम, भावेम; भावापयाम, भावापेम

पच धातु
प्रेरणार्थक (कारित)
पच्चुप्पन्न (वत्तमान) काल

परस्सपद

	एकवचन	बहुवचन
पठमपुरिस	पाचयति[1], पाचेति, पाचापयति, पाचापेति	पाचयन्ति, पाचेन्ति, पाचापयन्ति, पाचापेन्ति
मज्झिमपुरिस	पाचयसि, पाचेसि, पाचापयसि, पाचापेसि	पाचयथ, पाचेथ; पाचापयथ, पाचापेथ
उत्तमपुरिस	पाचयामि, पाचेमि; पाचापयामि, पाचापेमि	पाचयाम, पाचेम, पाचापयाम, पाचापेम

णय णापेणापया कारितानि हेत्वत्थे, क० व्या० ३-२-७) सूत्र से णि (इ), णापि (आपि) [णे, णय, णाये, णापय] प्रत्यय करने पर, कारितानं णो लोपं (क० व्या० ३-४-४२) से ण का लोप, विकल्प से ल (अ) विकरण, युवण्णानमे ओपच्चये (मो० ५-८२, असंयोगन्तस्स वुद्धि कारिते, क० व्या० ३-४-२) से ऊ की वृद्धि ओ, आया वा णानुबन्धे (मो० ५-९०, ते आवाया कारिते, क० व्या० ३-४-३४) सूत्र से ओ को विकल्प से आव आदेश; भावि, भावापि वत्तमान काल, परस्सपद पठम पुरिस, एकवचन ति विभत्ति, भावयति, भावेति, भावापयेति, भावायेति प्रयोग सिद्ध होते हैं।

१. पाचयति—पच धातु, प्रेरणार्थ प्रत्यय, अस्साणानुबन्धे (मो, ५·८४, असंयोगन्तस्स वुद्धि कारिते, क० व्या० ३.४.२) से पच के प के अ को आ पाचि, पाचापि, शेष प्रक्रिया प्रेरणार्थक भू धातु के रूपों की भाँति जानें।

हन धातु

प्रेरणार्थक (कारित)

पच्चुप्पन्न (वत्तमान) काल

परस्सपद

	एकवचन	बहुवचन
पठमपुरिस	घातयति[1], घातेति, घातापयति, घातापेति; हनयति, हनेति, हनापयति, हनापेति	घातयन्ति, घातेन्ति, घातापयन्ति, घातापेन्ति; हनयन्ति, हनेन्ति, हनापयन्ति हनापेन्ति
मज्झिमपुरिस	घातयसि, घातेसि, घातापयसि, घातापेसि, हनयसि, हनेसि, हनापयसि, हनापेसि	घातयथ, घातेथ, घातापयथ घातापेथ; हनयथ, हनेथ, हनापयथ, हनापेथ
उत्तमपुरिस	घातयामि, घातेमि, घातापयामि, घातापेमि हनयामि हनेमि, हनापयामि, हनापेमि	घातयाम, घातेम, घातापयाम, घातापेम, हनयाम, हनेम, हनापयाम, हनापेम

---

1. हन धातु, प्रेरणार्थक प्रत्यय, हनस्सघातो णानुबन्धे (मो० ५.९९ तु० पच्चयादनिद्दिट्ठा निपातना सिज्झन्ति, क० व्या० ४.३.१) सूत्र से हन को घात आदेश, शेष प्रक्रिया प्रेरणार्थक भू धातु के रूपों की प्रक्रिया की भाँति जानें।

कच्चायन ने ३.२.७ सूत्र की वृत्ति में हनेति, हनयति, हनापेति, हनापयति प्रयोगों को दिया है और घात आदेश वाले प्रयोगों को नही दिया है, किन्तु किब्बिधान कप्प के ४ ३.१ सूत्र में निपातनात् घातक प्रयोग सिद्ध किया है और दूसरी ओर मोग्गल्लान ने हन धातु को जो घात आदेश किया है वह आदेश विकल्प से नही है। इस स्थिति में दोनों प्रकार के रूप दिये गये हैं।

दुस धातु

प्रेरणार्थक (कारित)

पच्चुप्पन्न (वत्तमान) काल

परस्सपद

	एकवचन	बहुवचन
पठमपुरिस	दूसयति, दूसेति[1], दूसापयति दूसापेति	दूसयन्ति, दूसेन्ति, दूसापयन्ति, दूसापेन्ति
मज्झिमपुरिस	दूसयसि, दूसेसि, दूसापयसि, दूसापेसि	दूसयथ, दूसेथ, दूसापयथ, दूसापेथ
उत्तमपुरिस	दूसयामि, दूसेमि, दूसापयामि, दूसापेमि	दूसयाम, दूसेम; दूसापयाम, दूसापेम

तुमिच्छार्थक (इच्छार्थक)

संस्कृत भाषा में मूलभूत धातु से इच्छार्थक सन् (स) प्रत्यय करके उस सन्नन्त को धातु मानकर उसके क्रियारूप बनाये जाते हैं। वहाँ यह होता है कि यदि इच्छा करने वाला कर्त्ता ही इच्छा के कर्मीभूत व्यापार का भी कर्त्ता है तो इच्छा के कर्मीभूत व्यापार को कहने वाली धातुसे सन् (स) प्रत्यय जोड़कर प्रयोग किया जाता है, जैसे—छात्रः पठितुम् इच्छति, इस वाक्य में इच्छा का कर्त्ता छात्र है और वही इच्छा के कर्मीभूत पठन व्यापार का भी कर्त्ता है, अतः पठ् धातु से विकल्प से सन् (स) प्रत्यय और अन्य प्रक्रियायें करके पिपठिष् इस सन्नन्त को धातु मानकर प्रयोग किया जाता है। पालिभाषा में भी ठीक यही प्रक्रिया होती है। इसे ही मोग्गल्लान ने 'तुंस्मालोपो चिच्छायं ते (मो० ५.४)' और कच्चायन ने 'भुजघसहरसुपादीहि तुमिच्छत्थेसु च (क० व्या० ३.२.३)' सूत्रों से व्यक्त किया है। कुछ संस्कृत और पालि दोनों में इस प्रकार की अन्य भी धातुयें हैं जिनसे; उनके मूल अर्थ में ही, न कि इच्छा अर्थ में; ख, छ, स प्रत्यय विकल्प से हो जाते हैं।

---

१. दूसयति—दुस धातु, प्रेरणार्थक प्रत्यय, णिम्हि दीघो दुसस्स (मो० ५.१०४, गुहदुसानं दीघं, (क० व्या० ३.४.५) सूत्र से दु के उ को दीर्घ, शेष प्रक्रिया प्रेरणार्थक भू धातु के रूपों की भाँति जानें।

भुज धातु

इच्छार्थक (भोत्तुमिच्छति)

पच्चुप्पन्न (वत्तमान) काल

परस्सपद

	एकवचन	बहुवचन
पठमपुरिस	बुभुक्खति,[1]	बुभुक्खन्ति
मज्झिमपुरिस	बुभुक्खसि	बुभुक्खथ
उत्तमपुरिस	बुभुक्खामि,	बुभुक्खाम

घस धातु

इच्छार्थक (घसितुम् इच्छति)

पच्चुप्पन्न (वत्तमान) काल

परस्सपद

	एकवचन	बहुवचन
पठम पुरिस	जिघच्छति[2]	जिघच्छन्ति
मज्झिम पुरिस	जिघच्छसि	जिघच्छथ
उत्तम पुरिस	जिघच्छामि	जिघच्छाम

---

१. बुभुक्खति—भुज धातु, तुंस्मालोपो चिच्छायं ते (मो० ५.४ तथा भुज घस-हर सुपादीहि तुमिच्छत्थेसु (क० व्या० ३.२.३) से ख प्रत्यय, खछसानमेक-स्सरोदि द्वे (मो० ५.६९) तथा क्वचादिवण्णानमेकस्सरसं द्वे भावो (क० व्या० ३.३.१) से भु को द्वित्व, चतुत्थ दुतियानं ततिय पठमा (मो० ५.७८) दुतियचतुत्थानं पठमततिया, क० व्या० ३.३.४) से प्रथम भ को ब, बुभुज ख, को खे च (क० व्या० ३.३.१६) से ज को क होने पर, बुभुक्ख, शेष प्रक्रिया भवति की भाँति जानें।

२. जिघच्छति—घस धातु छ प्रत्यय, घ को द्वित्व, घघस छ, कवग्गहानं चवग्गजा (मो० ५. ७९, कवग्गस्स चवग्गो, (क० ३. ३. ५) सूत्र से प्रथम घ को झ, झ को ज, खछसेस्वस्सि (मो० ५. ७६ अन्तस्सिवण्णाकारो वा, क० व्या० ३. ३. ८) सूत्र से ज के अ को इ आदेश जिघस छ व्यञ्जनत्तस्स चो छप्पच्चयेसु च (क० ३. ३. १५) से स् को च आदेश, जिघच्छ धातु, शेष प्रक्रिया भवति की भाँति जानें।

जि धातु

इच्छार्थक (जेतुम् इच्छति)

पच्चुप्पन्न (वत्तमान काल)

परस्सपद

	एकवचन	बहुवचन
पठम पुरिस	जिंगिसति[1]	जिगिंसन्ति
मज्झिम पुरिस	जिगिंससि	जिगिंसथ
उत्तम पुरिस	जिगिंसामि	जिगिंसाम

हन धातु

इच्छार्थक (हन्तुम् इच्छति)

पच्चुप्पन्न (वत्तमान काल)

परस्सपद

	एकवचन	बहुवचन
पठम पुरिस	जिंघंसति[2]	जिघंसन्ति
मज्झिम पुरिस	जिघंससि	जिघंसथ
उत्तम पुरिस	जिघंसामि	जिघंसाम

---

१. जिगिंसति—जि धातु स प्रत्यय, जि को द्वित्व, जि जि स, जिहरानं गिं (मो० ५. १२०) सूत्र से द्वितीय जि को गिं आदेश, जिगिंस, शेष प्रक्रिया भवति की भाँति जानें।

हरितुम् इच्छति, इस विग्रह में भी जिगिंसति यही प्रयोग बनता है। कच्चायन ने तो इसे ही दिया है। उन्होंने, हरस्य गिं से (३. ३. १७) से हर के स्थान में गिं आदेश कर दिया है जब कि मोग्गल्लान ने जि तथा हर दोनों धातुओं से जिगिंसति सिद्ध किया है।

२. जिघंसति—हन धातु, इच्छार्थक स प्रत्यय, द्वित्व हनन् स परस्स घं से (मो० ५. १०१) सूत्र से द्वितीय ह को घं आदेश ह घं स, ह को झ, झघंस, जघंस, जिघंस, शेष प्रक्रिया भवति की भाँति जानें।

अस धातु
इच्छार्थक (असितुं इच्छति)
पच्चुप्पन्न (वत्तमान) काल
परस्सपद

	एकवचन	बहुवचन
पठम पुरिस	असिसिसति[1]	असिसिसन्ति
मज्झिम पुरिस	असिसिससि	असिसिसथ
उत्तम पुरिस	असिसिसामि	असिसिसाम

पा धातु
इच्छार्थक (पातुं इच्छति)
पच्चुप्पन्न (वत्तमान) काल
परस्सपद

	एकवचन	बहुवचन
पठम पुरिस	पिवासति, पिपासति	पिवासन्ति, पिपासन्ति
मज्झिम पुरिस	पिवाससि, पिपाससि	पिवासथ, पिपासथ
उत्तम पुरिस	पिवासामि, पिपासामि	पिवासाम, पिपासाम

पुत्तीय नामधातु
इच्छार्थक (पुत्तीयितुम् इच्छति)
पच्चुप्पन्न (वत्तमान) काल
परस्सपद

	एकवचन	बहुवचन
पठम पुरिस	पुपुत्तीयिसति,[3] पुतित्तीयिसति पुत्तीयियिसति	पुपुत्तीयिसन्ति, पुतित्तीयिसन्ति, पुत्तीयियिसन्ति

---

१. असिसिसति—अस धातु इच्छार्थक स प्रत्यय, इ का आगम, आदिस्मा सा (मो० ५.७१) से सि को द्वित्व, असिसिस, शेष प्रक्रिया भवति की भाँति जानें।

२. पिवासति—पा धातु, इच्छार्थक स प्रत्यय, धातु को द्वित्व, पापास, रस्सो पुब्बस्स (मो० ५.७४), रस्सो (क० व्या० ३.३.३) सूत्र से प्रथम पा के आ को ह्रस्व अ पपास, अ को इ, पिपास, ततो पामानानं वा मं सेसु (क० व्या० ३. ३. १०) सूत्र से विकल्प से पा को वा आदेश होने पर, पिवास, नहीं तो पिपास, शेष प्रक्रिया भवति की भाँति जानें। मोग्गल्लान ने पा को वा आदेश न करके पिपास ही बनाया है।

३. पुपुत्तीयिसति—पुत्तीय नामधातु इच्छार्थक स प्रत्यय, यथिट्ठं स्यादि नो

मज्झिम पुरिस	पुपुत्तीयिससि, पुतित्तीयिससि पुत्तीयियिससि	पुपुत्तीयिसथ, पुतित्तीयिसथ पुत्तीयियिसथ
उत्तम पुरिस	पुपुत्तीयिसामि, पुतित्तीयिसामि पुत्तीयियिसामि	पुपुत्तीयिसाम, पुतित्तीयिसाम, पुत्तीयियिसाम

वे धातु जिनसे ख, छ, स प्रत्यय तो होते हैं किन्तु उनके अर्थ इच्छा नहीं होते हैं, यथा—

तिज धातु

पच्चुप्पन्न (वत्तमान) काल

परस्सपद

	एकवचन	बहुवचन
पठम पुरिस	तितिक्खति[1]	तितिक्खन्ति
मज्झिम पुरिस	तितिक्खसि	तितिक्खथ
उत्तम पुरिस	तितिक्खामि	तितिक्खाम

कित धातु

पचुप्पन्न (वत्तमान) काल

परस्सपद

	एकवचन	बहुवचन
पठम पुरिस	तिकिच्छति[2], चिकिच्छति	तिकिच्छन्ति, चिकिच्छन्ति
मज्झिम पुरिस	तिकिच्छसि, चिकिच्छसि	तिकिच्छथ, चिकिच्छथ
उत्तम पुरिस	तिकिच्छामि, चिकिच्छामि	तिकिच्छाम, चिकिच्छाम

(मो० ५.७३) सूत्र से यथेच्छ आदि का, द्वितीय का, तृतीय आदि का द्वित्व होता है शेष प्रक्रिया भवति की भाँति जानें।

१. तितिक्खति—तिज धातु, वत्तमानकाल, परस्सपद, पठम पुरिस, एकवचन, तिजगुपकितमानेहि ख छ सा वा (क० व्या० ३.२.२, निजमानेहि खसाखमावीमंसासु, मो० ५ १) से ख प्रत्यय, ति को द्वित्व, तितिज ख, ज को क तितिक्ख, शेष प्रक्रिया भवति की भाँति जानें।

२. तिकिच्छति—कित धातु, वत्तमान काल, परस्सपद, पठम पुरिस, एकवचन, तजिगुप० (क० ३. २. २ तथा कितातिकिच्छा संसयेसु छो, मो० ५. २) सूत्र से छ प्रत्यय, कि का द्वित्व, कि कित छ, मानकितानं वत्ततं वा (क० व्या० ३. ३. ६, कितस्सासंसयेती वा, मो० ५. ८१) सूत्र से प्रथम क् को विकल्प से त् आदेश तिकित छ, अन्तिम व्यञ्जन त् को च आदेश, तिकिच्छ, त आदेश के अभाव में, प्रथम क् को च् आदेश, चिकिच्छ, शेष प्रक्रिया भवति की भाँति जानें।

गुप धातु

पच्चुप्पन्न (वत्तमान) काल

परस्सपद

	एकवचन	बहुवचन
पठम पुरिस	जिगुच्छति[1]	जिगुच्छन्ति
मज्झिम पुरिस	जिगुच्छसि	जिगुच्छथ
उत्तम पुरिस	जिगुच्छामि	जिगुच्छाम

मान धातु

पच्चुप्पन्न (वत्तमान) काल

परस्सपद

	एकवचन	बहुवचन
पठम पुरिस	वीमंसति[2]	वीमंसन्ति
मज्झिम पुरिस	वीमंससि	वीमंसथ
उत्तम पुरिस	वीमंसामि	वीमंसाम

यङन्त

संस्कृत भाषा में किसी धातु के व्यापार के 'बार-बार होने' अथवा 'अधिक होने' अर्थ में धातु से यङ् (य) प्रत्यय जोड़कर नये सिरे से धातु बनाकर उसका प्रयोग करते हैं, जैसे—बारं-बारं पठति, अतिशयेन वा पठति, इस अर्थ में पठ-धातु से यङ् (य) प्रत्यय करके ओर अपेक्षित अन्य कार्य करके, पापठ्य यह धातु बनालिया जाता है और इसका प्रयोग किया जाता है, पालिभाषा में ये यङन्त

---

१. जिगुच्छति—गुप धातु, वत्तमानकाल, परस्सपद, पठम पुरिस, एकवचन, निन्दायं गुपवधावस्स भो च (मो० ५. ३, तथा तिजगुप० क० व्या० ३.२.२) सूत्र से निन्दा अर्थ में छ प्रत्यय, गु को द्वित्व गु गुप छ, अन्तिम व्यञ्जन प को च, गुपिस्सुस्स (मो० ५. ७७, तथा अन्तस्सिवण्णाकारो वा, क० व्या० ३. ३. ८) सूत्र से प्रथम गु के उ को इ आदेश, गिगुच्छ, प्रथम ग को ज, जिगुच्छ, शेष प्रक्रिया भवति की भाँति जानें।

२. वीमंसति—मानधातु, वत्तमानकाल, परस्सपद, पठम पुरिस, एकवचन, स प्रत्यय, धातु के आदि को द्वित्व, मामान स, मानकितानं वत्ततं वा (क० व्या० ३. ३. ६, मानस्सवी परस्स च मं, मो० ५.८०) सूत्र से प्रथम मा को वी आदेश, ततो पामानानं वा संसेसु (क० २. ३. १०, तथा मो० ५.८०) से द्वितीय मान को मं, वीमंस, शेष प्रक्रिया भवति की भाँति जानें।

रूप अति स्वल्प इने-गिने पाये जाते हैं, गायगर ने लिखा है[1],—पालि में संस्कृत के यङन्त धातुओं से ही यङन्त धातु लिये गये हैं। चङ्कमति, (क्रमधातु), दद्दल्लति (ज्वल धातु), लालल्लपति, लालल्लपित (लपधातु); इसी प्रकार लुप धातु से ही लोलुप्प (संस्कृत लोलुप) आदि रूप पालि में मिलते हैं। कभी-कभी संस्कृत के य के स्थान पर पालि में अ का प्रयोग हुआ है, जैसे—जङ्गम्यते (संस्कृत) के स्थान पर जङ्गमति, चञ्चल्यते (संस्कृत) के स्थान पर चञ्चलति, मोमुह्यते (संस्कृत) की जगह मोमुहति आदि।

भाव-कर्म

संस्कृत भाषा की भाँति ही पालिभाषा में भी कर्त्ता, कर्म तथा भाव अर्थ में प्रत्यय होते हैं। जब कर्त्ता अर्थ में प्रत्यय होते हैं तब कर्त्ता में पठमा विभत्ति होती है और कर्म में दुतिया विभत्ति होती है। इसी प्रकार सकर्मक धातु से कर्म में भी प्रत्यय होता है। यतः कर्म में प्रत्यय होता है और प्रत्यय से ही कर्म अर्थ उक्त रहता है अतः कर्म में भी पठमा विभत्ति ही होती है तथा कर्त्ता में ततिया विभत्ति हो जाती है। कारण यह है कि कर्त्ता में भी पठमा विभत्ति तभी होती है जब कर्त्ता-अर्थ में प्रत्यय होने से ही कर्त्ता अर्थ उक्त होता है। अतः उक्त कर्त्ता में पठमा विभत्ति होती है और स्वभावतः अनुक्त कर्त्ता में ततिया विभत्ति ही होती है। भाव और कर्म में धातु से य प्रत्यय जोड़कर अब मूल धातु बना लेते हैं। सकर्मक धातु से कर्म में प्रत्यय होता है और स्वभावतः अकर्मक धातु से भाव में प्रत्यय होता है। भाव प्रत्यय और कर्म प्रत्यय में भेद यह होता है कि यतः भाव एकवचन ही होता है, अतः कर्त्ता के एकवचन या बहुवचन होने पर भी क्रिया में एकवचन ही रखते हैं, जबकि कर्म में प्रत्यय होने पर यतः कर्म में वचन का भेद हो सकता है, अतः कर्म के वचन, पुरुष और कृत् प्रत्यय होने पर लिङ्ग भी कर्म के अनुसार ही क्रिया में रखे जाते हैं इसी को कर्त्ता, कर्म और भाव तीनों अर्थ में प्रत्यय होते हैं, ऐसा कहा जाता है। यह संक्षेप है अन्यथा इसे ऐसा कहना अधिक स्पष्ट है कि सकर्मक धातु से कर्त्ता और कर्म में तथा अकर्मक धातु से कर्त्ता और भाव अर्थ में प्रत्यय होते हैं, इसे बहुधा कर्त्तृवाच्य, कर्मवाच्य, भाववाच्य कहने की परिपाटी है किन्तु कहीं भी ग्रन्थकारों ने इन वाच्यों का नाम नहीं लिया है प्रत्युत कर्तरि, कर्मणि, भावे, यही लिखा है। यदि इन्हें वाच्य कहा ही जाता है तो कथमपि असिद्धस्य गतिः चिन्तनीया, न्याय से प्रत्ययेन कर्त्ता वाच्यः यस्मिन् वाक्ये तद्वाक्यं कर्त्तृवाच्यं

---

1. Pali literature & Language (English Translation) 2nd edition Page 211-212.

आदि विग्रह करके समझा जा सकता है। भावकर्म अर्थ वाले प्रत्ययान्त धातु प्रायः अत्तनोपद में ही प्रयुक्त होती हैं।

पच धातु
भावकर्म
पच्चुप्पन्न (वत्तमान) काल
अत्तनोपद

	एकवचन	बहुवचन
पठम पुरिस	पच्चते[1]	पच्चन्ते
मज्झिम पुरिस	पच्चसे	पच्चव्हे
उत्तम पुरिस	पच्चे	पच्चाम्हे

कर धातु
भावकर्मार्थक
पचुप्पन्न (वत्तमान) काल
अत्तनोपद

	एकवचन	बहुवचन
पठम पुरिस	करीयते[2], करिय्यते, कय्यते	करीयन्ते, करिय्यन्ते, कय्यन्ते
मज्झिम पुरिस	करीयसे, करिय्यसे, कय्यसे	करीयव्हे, करिय्यव्हे, कय्यव्हे
उत्तम पुरिस	करीये, करिय्ये; ककय्ये	करीयाम्हे, करिय्याम्हे, कय्याम्हे

---

१. पच्चते—पच धातु, भावकम्मेसु यो (क० व्या० ३. २. ९, क्यो भावकम्मेस्वपरोक्खेसु मानन्तत्यादिसु, (मो० ५. १७) सूत्र से य प्रत्यय, पच य, तस्स चवग्गयकारवकारत्तं सधात्वन्तस्स (क० व्या० ३. २. १०) सूत्र से य का च, पच्च, शेष प्रक्रिया मोदते की भाँति जानें।

२. करीयते—कर धातु, य प्रत्यय; कर य, इवण्णागमो वा (क० व्या० ३. २. ११, क्यस्स, मो० ६. ३७) सूत्र से विकल्प से इवर्ण (इ, ई) का आगम, करीय, सरम्हा द्वे (मो० १. ३४, परद्वेभावो ठाने, क० व्या० १. ३. ६) सूत्र से य का द्वित्व होने पर, करिय्य, तस्स चवग्गा० (क० व्या० ३. २. १०) सूत्र से कभी-कभी धातु के अन्त्य सहित य के स्थान में य, सन्धिकार्य, कय्य, शेष प्रकिया मोदते की भाँति जानें।

परस्मैपद में भी करीयति, कय्यति, करिय्यति, पचीयति, पच्चति आदि भी रूप होते हैं।

दा धातु

भावकर्म

पच्चुप्पन्न (वत्तमान) काल

अत्तनोपद

	एकवचन	बहुवचन
पठम पुरिस	दीयते[1]	दीयन्ते
मज्झिम पुरिस	दीयसे	दीयव्हे
उत्तम पुरिस	दीये	दीयाम्हे

तन धातु

भावकर्म

पच्चुप्पन्न (वत्तमान) काल

अत्तनोपद

	एकवचन	बहुवचन
पठम पुरिस	तायते[2], तञ्ञते	तायन्ते, तञ्ञन्ते
मज्झिम पुरिस	तायसे, तञ्ञसे	तायव्हे, तञ्ञव्हे
उत्तम पुरिस	ताये, तञ्ञे	तायाव्हे, तञ्ञाव्हे

चि धातु

भावकर्म

पच्चुप्पन्न (वत्तमान) काल

अत्तनोपद

	एकवचन	बहुवचन
पठम पुरिस	चीयते[3]	चीयन्ते
मज्झिम पुरिस	चीयसे	चीयव्हे
उत्तम पुरिस	चीये	चीयाम्हे

---

१. दीयते—दा धातु, य प्रत्यय, दा य, अञ्ञादिस्सास्सीक्ये (मो० ५.१३७ इवण्णागमो वा, क० व्या० ३.२.११) से दा के आ को ई, दीय; शेष प्रक्रिया मोदते की भाँति जानें।

२. तायते—तन धातु, य प्रत्यय, तन य, तनस्सा वा (मो० ५.१३८) सूत्र से विकल्प से तन को ता आदेश, ताय, ता के अभाव में, तस्स चवग्गयकारवत्तं (क० व्या० ३.२.१०) सूत्र से य चवर्ग सन्धिकार्य तञ्ञ, शेष प्रक्रिया मोदते की भाँति जानें।

३. चीयते—चि धातु, य प्रत्यय, चि य, दीघो सरस्स (मो० ५.१२९) सूत्र से चि के इ को दीर्घ करने पर चीय, शेष प्रक्रिया मोदते की भाँति जानें।

धातु

भावकम्म

पच्चुप्पन्न (वत्तमान) काल

अत्तनोपद

	एकवचन	बहुवचन
पठम पुरिस	लब्भते[1]	लब्भन्ते
मज्झिम पुरिस	लब्भसे	लब्भव्हे
उत्तम पुरिस	लब्भे	लब्भाम्हे

नाम धातु

अपनी मूल भाषा संस्कृत की भाँति ही पालि भाषा में भी नामों (संज्ञा, सर्वनाम, विशेषण, क्रिया विशेषण) से विभिन्न अर्थों को द्योतित करने वाले विभिन्न प्रत्ययों को जोड़कर उन्हें नये धातु बनाकर उनके प्रयोग किये जाते हैं। ये प्रत्यय ईय, आप, अस्स, इ, आपि हैं, ये इच्छा करना, आचरण करना, शब्द करना, नमस्कार करना, अतिक्रमण करना, उपगान करना, दृढ़ करना, सत्य सिद्ध करना, कुशल पूछना आदि अर्थों में होते हैं।

पुत्तीय धातु

पच्चुप्पन्न (बत्तमान) काल

परस्सपद

	एकवचन	बहुवचन
पठम पुरिस	पुत्तीयति[2]	पुत्तीयन्ति
मज्झिम पुरिस	पुत्तीयसि	पुत्तीयथ
उत्तम पुरिस	पुत्तीयामि	पुत्तीयाम

---

१. लब्भते—लभ धातु, य प्रत्यय, लभ य, पुब्बरूपञ्च (क० व्या० ३.२.१२) सूत्र से य का पूर्वरूप भ, प्रथम भ को ब, लब्भ, शेष प्रक्रिया मोदते की भाँति जानें।

२. पुत्तीयति—अत्तनो पुत्तं इच्छति, इस अर्थ में पुत्तं शब्द से, ईयो कम्मा (मो० ५.५, नामम्हात्तिच्छत्थे, क० व्या० ३.२.६) सूत्र से ईय प्रत्यय, पुत्तं ईय, एकत्थतायं (मो० २.१२१, तथा तेसं विभत्तियो लोपा च, क० व्या० २.७.२) सूत्र से पुत्तं की अ विभत्ति का लोप, सन्धिकार्य पुत्तीय, शेष प्रक्रिया भवति की भाँति जानें।

पब्बताय धातु

पच्चुप्पन्न काल

परस्सपद

	एकवचन	बहुवचन
पठम पुरिस	पब्बतायति[1]	पब्बतायन्ति
मज्झिम पुरिस	पब्बतायसि	पब्बतायथ
उत्तम पुरिस	पब्बतायामि	पब्बतायाम

नमस्स धातु

पच्चुप्पन्न काल

परस्सपद

	एकवचन	बहुवचन
पठम पुरिस	नमस्सति[2]	नमस्सन्ति
मज्झिम पुरिस	नमस्ससि	नमस्सथ
उत्तम पुरिस	नमस्सामि	नमस्साम

पुत्तमिवाचरति इस अर्थ में पुत्तीयति (माणवकं) आदि प्रयोग भी होते हैं।

देखें—उपमानादाचारे (मो० ५.६, ईयु पमाना च, क० व्या० ३.३.५)। कुटियं इव आचरति कुटीयति (पासादे), पासादीयति कुटियं, देखें, आधारा (मो० ५.७ तथा क० व्या० ३.२.५)।

१. पब्बतायति—पब्बतो इव आचरति, इस अर्थ में पब्बतो शब्द से, कत्तुतापो (मो० ५.८, आप नामतो कत्तुपमानादाचारे, क० व्या० ३.२.४) सूत्र से आप प्रत्यय, पब्बतो की विभत्ति का लोप, पब्बताय, शेष प्रक्रिया भवति की भाँति जानें।

अभूततद्भाव अर्थ में भी आप प्रत्यय होता है—अमुसो मुसो भवति, मुसायति, अलोहितो लोहितो भवति लोहितायति। देखें—च्यत्थे (मो० ५.९)।

शब्द आदि करने के अर्थ में भी द्वितीयान्त शब्द से आप प्रत्यय होता है—यथा सद्दं करोति-सद्दायति, वेरं करोति, वेरायति, कलहं करोति, कलहायति आदि (देखें—सद्दादीनि करोति (मो० ५.१०)।

२. नमस्सति—नमो करोति इस अर्थ में नमो शब्द से, नमो त्वस्सो (मो० ५.११) सूत्र से अस्स प्रत्यय, विभत्ति लोप, सन्धिकार्य नमस्स, शेष प्रक्रिया भवति की भाँति जानें।

अतिहत्थय धातु

पच्चुप्पन्न (वत्तमान) काल

परस्सपद

	एकवचन	बहुवचन
पठम पुरिस	अतिहत्थयति[1]	अतिहत्थयन्ति
मज्झिम पुरिस	अतिहत्थयसि	अतिहत्थयथ
उत्तम पुरिस	अतिहत्थयामि	अतिहत्थयाम

सच्चाप धातु

पच्चुप्पन्न (वत्तमान) काल

परस्सदद

	एकवचन	बहुवचन
पठम पुरिस	सच्चापेति[2], सच्चापयति	सच्चापेन्ति, सच्चापयन्ति
मज्झिम पुरिस	सच्चापेसि, सच्चापयसि	सच्चापेथ, सच्चापयथ
उत्तम पुरिस	सच्चापेमि, सच्चापयामि	सच्चापेम, सच्चापयाम

आख्यातसागरमथज्जतनीतरङ्गं,
धातुज्जलं विकरणागमकालमीनं।
लोपानुबन्धरयमत्थविभागतीरं,
धीरा तरन्ति कविनो पुथुबुद्धिना वा ॥१॥

---

१. अतिहत्थयति—हत्थिना अतिक्कमति, इस अर्थ में अतिहत्थिना शब्द से धात्वत्थे नामस्मि (मो० ५.१२) सूत्र से इ प्रत्यय, विभत्ति लोप, सन्धि कार्य, अतिहत्थय, शेष प्रक्रिया भवति की भाँति जानें।

वीणाय उपगायति—उपवीणयति, दळ्हं करोति, दळ्हयति विनयं, कुसलं पुच्छति-कुसलयति आदि।

२. सच्चापेति—सच्चं साधति, इस अर्थ में सच्चं शब्द से सच्चादीहापि (मो० ५.१३) सूत्र से आपि प्रत्यय, विभत्ति लोप, सच्च आपि, सन्धिकार्य, सच्चापि, इ का ए आदेश, ए को विकल्प से अय, सच्चापे ति, सच्चापय ति, सच्चापेति, सच्चापयति प्रयोग सिद्ध होते हैं।

अत्थं साधति—अत्थापेति, अत्थापयति, वेदं साधति वेदापेति वेदापयति आदि।

विचित्तसङ्खारपरिक्खित्तं इमं,
आख्यातसद्दं विपुलं असेसतो ।
पणम्य सम्बुद्धमनन्तगोचरं,
सुगोचरं यं वदतो सुणाथ मे ॥२॥

अधिकारे मङ्गले चेव निप्फन्ने अवधारणे ।
अनन्तरे चपादाने अथसद्दो पवत्तति ॥३॥

आख्यात प्रकरण समाप्त

कृदन्त प्रकरण

यह ऊपर दिया गया है कि धातु से क्रिया रूप बनाने के लिए ति आदि प्रत्यय अर्थात् तिङन्त जोड़े जाते हैं और उनसे अतिरिक्त जो प्रत्यय धातु से जुटते हैं, वे सभी कृत् कहलाते हैं और जुटने पर वह कृदन्त शब्द बनते हैं जो कभी संज्ञा, कभी विशेषण आदि के रूप में प्रयुक्त होते हैं। धातुओं से जो क्रिया रूप बनते हैं उनमें धातु के वाच्य, फल और व्यापार जिस प्रकार प्रकट होते रहते हैं उसी प्रकार कृदन्त शब्दों में भी वे प्रकट होते रहते हैं। क्रिया रूपों में वे साध्य रहते हैं और कृदन्त में प्रायः सिद्ध रहते हैं। धातु वाच्य, व्यापार और फलों की ही विभिन्न अवस्थाओं को द्योतित करने के लिए विभिन्न अर्थ में विभिन्न प्रत्यय होते हैं—

क्तवन्तु (तवन्तु)—भूतकाल के अर्थ को बताने के लिए सभी धातुओं से क्तवन्तु प्रत्यय जुटते हैं। प्रत्यय जुटने के बाद बनने वाला पद कर्ता के लिङ्ग एवं वचन के अनुसार ही प्रयुक्त होता है।[1] यथा—

वि + जि + क्तवन्तु = विजितवन्तु,

हु + क्तवन्तु = हुतवन्तु।

क्तावी (तावी)—उपर्युक्त अर्थ में ही सभी धातुओं से क्तावी प्रत्यय जुटता है तथा इससे बननेवाला पद उपर्युक्त की भाँति ही प्रयुक्त होता है।[1] यथा—

हु + क्तावी = हुतावी।

वि + जि + क्तावी = विजितावी।

क्त (त)—अतीत काल के अर्थ को बताने के लिए सभी धातुओं से, भाव तथा कर्म के अर्थ में, क्त (त) प्रत्यय जुटते हैं। कर्म के अर्थ में धातुओं से क्त प्रत्यय जुट कर बनने वाले पद तीनों लिङ्गों में प्रयुक्त होते हैं जबकि भाव के अर्थ में धातुओं से जुटकर बनने वाले पद केवल नपुंसक लिङ्ग एवं एकवचन में ही प्रयुक्त होते हैं।[2] यथा—

हस + क्त (त) = हसितं (भाव अर्थ)

भास + क्त = भासितं (कर्म अर्थ-तेन भासयित्था ति भासितं)

---

१. कत्तरि भूते क्तवन्तु क्तावी, मो० ५.५५।
अतीते ततवन्तुतावी, क० व्या० ४.२.६।

२. भावकम्मेसु त, क० व्या० ४.२.७।
क्तो भावकम्मेसु, मो० ५.५६।

गमनार्थक और अकर्मक धातुओं से; कर्ता, कर्म एवं भाव में धातु के आधार को क्त (त) प्रत्यय होता है।[1] यथा—

इह ते यातं (भाव)	या + क्त (त) = यातं,
इह तेहि यातं (कर्म)	या + क्त (त) = यातं,
इह ते याता (कर्ता)	या + क्त (त) + अ = याता

क्त (त) तथा क्तवन्तु प्रत्ययों के लगने से धातु में होने वाले कुछ परिवर्तनों के उदाहरण द्रष्टव्य हैं—

(१) क्त्वा तथा क्त्वान को छोड़कर क अनुबन्ध वाले तथा त बाद में रहने वाले अन्य प्रत्ययों के होने पर गमु आदि धातुओं के तथा रकारान्त धातुओं के अन्त का लोप होता है।[2] यथा—

गम + क्त = गतो   कर + क्त = कतो

(२) क्त्वा तथा क्त्वान को छोड़कर क अनुबन्ध वाले अन्य प्रत्ययों के होने पर वच वस आदि धातुओं के व को विकल्प से उ आदेश होता है।[3] यथा—

वच + क्त = उत्त, वुत्त

३. क्त्वान तथा क्त्वा को छोड़ कर क अनुबन्ध वाले प्रत्ययों के होने पर वस आदि धातुओं से क्त प्रत्यय होने पर विकल्प से आदि व्यञ्जन को उ तथा त को त्थ आदेश होता है।[4] यथा

वस + क्त = उत्थ

४. क्त्वा तथा क्त्वान प्रत्ययों को छोड़कर क अनुबन्ध वाले क्त प्रत्यय के, ध ढ भ तथा ह में अन्त होने वाली धातुओं के, बाद आने पर निम्नलिखित परिवर्तन होते हैं।[5] यथा—

---

१. गमनत्थाकम्मकाधारे च। —मो० ५.५९।
२. गमादिरानं लोपोन्तस्स। —मो० ५.१०९।
३. वचादीनं वस्सुट् वा। —मो० ५.११०
   वस्स वा उ। —क० व्या० ४.३.५
   वच वा उ। —क० व्या० ४.३.९।
४. अस्सु। —मो० ५.१११, वसतो उत्थ। —क० व्या० ४.३.४।
५. धढभहेहि ध ढा च। —क० व्या० ४.३.६।

बुध + क्त = बुद्धो[1] लभ् + क्त = लद्धं[2]

वढ + क्त = बुड्ढं।[3] दह + क्त = दड्ढं[3]

५. क्त्वा तथा क्त्वान प्रत्ययों को छोड़कर क अनुबन्ध वाले त् के बाद में रहने पर गम, खन, हन आदि धातुओं के तथा रकारान्त धातुओं के अन्तिम व्यञ्जन का लोप होता है ।[४] यथा—

गम + क्त = गतो हन + क्त = हतं

खन + क्त = खतं कर + क्त = कतो[५]

६. क्त्वा तथा क्त्वान को छोड़ कर क अनुबन्ध वाला क्त प्रत्यय यदि वद्ध धातु के बाद आये तो धातु के अकार का विकल्प से उकार होता है ।[६] यथा—

वद्ध + क्त = वुद्धं, वुद्धं

७. क्त्वा तथा क्त्वान को छोड़कर यदि क अनुबन्ध वाला क्त प्रत्यय यज धातु के बाद आये तो य को इ या यि आदेश होता है[१] तथा यज, पुच्छ आदि धातुओं के बाद के त प्रत्यय को धात्वन्त के साथ ट्ठ आदेश होता है ।[७] यथा--

यज + क्त = इट्ठं, यिट्ठं ।

८. क्त्वा तथा क्त्वान को छोड़कर यदि क अनुबन्ध वाला प्रत्यय ठा धातु के बाद आये तो ठा के आ को इ आदेश होता है ।[८] यथा—

ठा + क्त (त) = ठितो

९. गा तथा पा धातु के बाद, यदि क्त्वा तथा क्त्वान को छोड़कर क अनुबन्ध वाला प्रत्यय आये तो गा तथा पा के आ को ई आदेश होता है,[९] यथा

---

१. धो धहभेहि । —मो० ५.१४५ ।

२. बहस्सुम् च । —मो० ५.१४७ ।

३. दहा ढो । —मो० ५.१४६ ।

४. गमादिरानं लोपोन्तस्स । —मो० ५.१०९ । गम खन हन रमा दीन मन्तो । —क० व्या० ४.३.१६ ।

५. रकारो च । —क० व्या० ४.३.१७ ।

६. वड्ढस्स वा ।—मो० ५.११२ । तु० क्वचि०, क० व्या० ३.४.३६ ।

७. यजस्स यस्स टियी ।—मो० ५.११३ तथा यजस्स सरस्सि ट्ठे, क० व्या० ४.५,४ ।

३. सादिसन्तपुच्छभञ्जहसादीहि ट्ठो ।—पुच्छादितो, मो० ५.१४३

८. ठास्सि ।—मो० ५.११४, ठापानमिई च, क० व्या० ४.२.१८

९. गापानमी ।—मो० ५,११५

ठापानमिई च, क० व्या० ४.३.१८ तथा तु० सब्बत्थ गे गी—क०

१०. यदि धकारान्त, हकारान्त तथा भकारान्त धातु के बाद त आये तो क्त प्रत्यय को ध आदेश होता है[१] किन्तु दह और बह धातुओं के ह के बाद यदि क्त हो तो क्त (त) को ढ आदेश होता है। यथा—

बुध + क्त (त) बुद्धं, दुह + क्त (त) = दुद्ध,

लभ + क्त (त) = लद्धं। दह + क्त = दड्ढो,[२]

वह् + क्त = बुड्ढो[3]।

११. यदि जन धातु के बाद क्त्वा, क्त्वान को छोड़कर क अनुबन्ध वाला क्त (त) प्रत्यय आये तो जन धातु के अन्तिम व्यञ्जन को आ आदेश हो जाता है।[४] यथा—

जन + क्त (त) = जातो

१२. क्त्वा तथा क्त्वान के अतिरिक्त क, अनुबन्ध वाले प्रत्ययों के बाद में आने पर सास धातु को विकल्प से सि[५] आदेश होता है तथा क अनुबन्ध वाले क्त (त) प्रत्यय को रिट्ठ[६] (इट्ठ) आदेश होता है। यथा—

सास + क्त (क) = सि + इट्ठ = सिट्ठो

१३. क्त्वा तथा क्त्वान को छोड़कर क अनुबन्ध वाले क्त प्रत्यय के बाद में आने पर धा धातु को ही आदेश होता है।[७] यथा—

नि + धा + त = नि + हि + त = निहित

व्या० ४.५.२ धातु मञ्जूषा में गे धातु का उल्लेख न करके गा धातु का उल्लेख किया गया है। कच्चायन के सूत्र में गे धातु के गी होने का उल्लेख किया है। श्री लक्ष्मीनारायण तिवारी ने, 'कच्चायन व्याकरण' में सीलवंस द्वारा कच्चायन व्याकरण के अनुसार ही धातुओं का धातुमञ्जूषा में संकलन किया गया है, ऐसा उल्लेख किया है। यह एक विचारणीय विषय है।

१. धढभहेहि धढा च, क० व्या० ४.३.६ धो धहभेहि, मो० ५.१४५।

२. दहा ढो, मो० ५.१४६, तु० धढभ० क० व्या० ४.३.६।

३. बहस्सुम् च क० व्या० ५.१.४७ तु० धढभ० क० व्या० ४.३.६ बहस्सुम् च, सूत्र से ब के अ को उ आदेश भी होता है।

४. जनादीनमा तिम्हि च।—क० व्या० ४.३.१५, जनिस्सा, मो० ५.११६।

५. सासस्स सिस्वा।—मो० ५.११७

६. सासादितो तस्स रिट्ठो च।—क० व्या० ४.३.२।
तु० सानन्तरस्स तस्स ठो, मो० ५.१४०

७. धास्स हि।—मो० ५.१०८।

१४. कस धातु के बाद आने वाले क्त को ठ आदेश तथा कस को विकल्प से किस आदेश होता है।[1] यथा—

कस + क्त = किट्ठं, कट्ठं

१५. नह तथा दह धातुओं को छोड़कर अन्य हकारान्त धातुओं के बाद आने वाले क्त (त) प्रत्यय को ह् आदेश, तथा धातु के अन्तिम वर्ण को विकल्प से ळ् आदेश हो जाता है।[2] यथा—

आ + रुह + क्त + (त) = आरुळ् + ह = आरुळ्हो

वह + क्त = वूळ्हो[3], मुह + क्त (त) मूळ्हो, मुड्ढो[4]

१६. भिद आदि (भिदि, छिदि, दा, छद, खिद, रुधि, पद, खी, हा, आस, ली, दी, पी, लू आदि) धातुओं के बाद क्त (त) क्तवन्तु (तवन्तु) प्रत्यय के त को न आदेश होता है।[5] यथा—

भिद + क्त = भिन्न, खिद + क्त = खीण[6]

छिदि + क्त = छन्न दा + क्त = दिन्नो[7]

१७. तर आदि (तर, पूर, तुद, जर तथा किर आदि) धातुओं के बाद आने वाले क्त तथा क्तवन्तु के त को रिण्ण आदेश होता है। कच्चायन ने इण्ण

---

१. कसस्सिम च वा। —मो० ५.१४१

२. हन्तेहि हो हस्स ळ् वा अदहनहानं। —क० व्या९ ४.३.१९।
रुहादीहि हो ळ च, मो० ५.१४८। तथा मुहा वा मो० ५.१४९

३. मुह बहानं च ते कानुबन्धत्वे—मो० ५.१०६ सूत्र से क्त्वा तथा क्त्वान प्रत्यय को छोड़कर क अनुबन्ध वाले क्त आदि प्रत्ययों के मुह गुह आदि धातुओं के बाद आने पर धातु के प्रथम स्वर को दीर्घ हो जाता है।

४. मुहा वा मो० ५.१४९ सूत्र के अनुसार मुह धातु के बाद क्त प्रत्यय के आने पर धातु के अन्तिम व्यञ्जन को विकल्प से ळ् आदेश होता है।

५. भिदादितो नो क्तक्तवन्तूनं, मो० ५.१५०।

कच्चायन के अनुसार, भिद आदि धातुओं के बाद केवल प्रत्यय आने पर क्त (त) को विकल्प से तीन आदेश इन्न, अन्न, एवं ईण आदेश होते हैं तथा धातु के अन्त का लोप हो जाता है। —भिदादितो इन्नन्नईणावा, क० व्या० ४.३.१२।

६. किरादीहि णो, मो० ५.१५२, तु० भिदादितो०, क० व्या० ४.३.१२।

७. दात्विन्नो, मो० ५.१५१, तु० भिदादितो०, क० व्या० ४.३.१२।

आदेश किया है तथा इन धातुओं के अन्तिम व्यञ्जन का लोप भी किया है।[1] यथा—

तर + क्त = तिण्णो जर + क्त = जिण्णो

१८. गुप आदि (गुप, चिन्त, लिय, तप, दीप, अप, मद, सुप आदि) धातुओं के बाद यदि क्त (त) प्रत्यय हो तो धातु के अन्त का विकल्प से लोप हो जाता है तथा प्रत्यय को द्वित्व हो जाता है।[2] यथा—

गुप + क्त = गुत्तो वच् + क्त = उत्तो

१९. भञ्ज आदि धातुओं के बाद क्त, क्तवन्तु प्रत्ययों के आने पर त को ग आदेश होता है।[3] यथा—

भञ्ज + क्त = भग्गो

२०. सुस, पच तथा सक धातुओं के बाद यदि क्त क्तवन्तु प्रत्यय आयें तो क्रमशः त का ख तथा क आदेश होता है। यथा—

सुस + क्त = सुक्खो,[4] पच + क्त = पक्को[5], मुच + क्त, = मुक्को;[6]

तब्ब— भाव तथा कर्म के अर्थ में सभी धातुओं से तब्ब प्रत्यय होता है।[7] यथा--

---

१. तरादीहि णो, मो० ५,१५३, तु० तरादीहि इण्णो, क० व्या० ४.३.११ ।

२. गुपादीनञ्च, क० व्या० ४.३.१० ।

३. गो भञ्जादीहि, मो० ५.१५४ । कच्चायन ने क्त प्रत्यय के गा होने की तथा धातु के अन्तिम व्यञ्जन के लोप होने की बात कही है,--भञ्जतो ग्गो च, क० व्या० ४.३.७ ।

४. सुसा खो, मो० ५.१५५ । तु० सुसपचसकातो क्खक्का च, क० व्या० ४.३.१३

५. पचा को, मो० ५.१५६, तु० सुसपच०, क० व्या० ४.३.१३ ।

६. मुचा वा, मो० ५.१५७ । यहाँ मुच के बाद के त को विकल्प से क् आदेश होता है। कच्चायनने इन उदाहरणों में धातु के बाद आने वाले त प्रत्यय के क्रमशः क्ख, एवं क्क आदेश होने, तथा धातु के अन्त के लोप होने की बात कही हैं।

७. भावकम्मेसु तब्बानीया, मो०, ५.२७ । भावकम्मेसु तब्बानीया, क० व्या० ४.१.१७ ।

भू + तब्ब = भवितब्बं[१] । पठ + तब्ब = पठितब्बं ।
हस + तब्ब = हसितब्बं । गम + तब्ब = गन्तब्बं[२] ।
कर + तब्ब = कत्तब्बं,[३] कातब्बं,[४]

अनीय—भाव तथा कर्म के अर्थ में सभी धातुओं से अनीय प्रत्यय होता है ।[५] यथा—

भू + अनीय = भवनीयं । दा + अनीय = दानीय ।
हस + अनीय = हसनीय ।

घ्यण्[६] (ण्य) प्रत्यय—भाव तथा कर्म अर्थ में सभी धातुओं से घ्यण या ण्य प्रत्यय होता है ।[७] यथा—

कर + घ्यण् (य) = कारियं चि + घ्यण् (य) = चेय्यं
दिट्ठ + घ्यण् (य) = दिट्ठेय्यं वच + घ्यण् (य) = वाक्यं[८]
दा + घ्यण् (य) = देय्यं[९]

---

१. सभी प्रत्ययों के बाद में आनेपर सभी धातुओं के पश्चात् आगम के अनुसार इ का आगम होता है—यथागममिकारो, क० व्या० ४.४.१६ ।

२. गम, खन, हन आदि धातुओं के बाद तुं, तब्ब, तवे, तून, त्वान, त्वा प्रत्ययों के आने पर धातु के अन्तिम स को न् आदेश विकल्प से होता है—गमखनहनादीनं तुंतब्बादिसु न, क० व्या० ४.४.७, तु० मनानं निग्गहीतं मो० ५.९६ ।

३. कर धातु के अन्तिम र को त, आदेश विकल्प से होता है यदि धातु के बाद तुं, तून, तब्ब प्रत्यय आयें—तुं तूनतब्बेसु, क० व्या० ४.५.१४ ।

४. कर धातु को का आदेश विकल्प से होता है यदि उसके बाद तवे, तून, त्वा और तब्ब प्रत्यय आयें—तवे तूनादिसु का, क० व्या० ४.४.६, तु० तुं तून तब्बेसु वा, मो० ५.११९ ।

५. मो० ५.२७, तथा क० व्या० ४.१.१७ ।

६. मोग्गल्लान ने घ्यण प्रत्यय माना है तथा कच्चायन ने इसी अर्थ में इसे ण्य प्रत्यय माना है । दोनों का शेष 'य' रहता है ।

७. घ्यण्, मो० ५.२८, तु० ण्यो च, क० व्या० ४.१.१८

८. घ (ण) अनुबन्ध वाले प्रत्ययों के बाद में आने पर धातु के अन्तिम च को क तथा ज को ग आदेश हो जाता है,—कगा चजानं घानुबन्धे, मो० ५.९८, तु० सचजानं कगा णानुबन्धे, क० व्या० ४.६ १७ ।

९. आकारान्त धातु से भाव तथा कर्म अर्थ में ही घ्यण् प्रत्यय लगता है तथा आ को ए आदेश होता है, यथा—आस्से च, मो० ५.२९ तु० वदमदगमयुजगरहाकारादीहिज्जम्मग्गय्हेय्हा गारो वा, क० व्या० ४.१.२१ की

वद + घ्यण् (य) = वज्जं[1]　　　　गम + घ्यण् (य) = गम्म[1]

भज + घ्यण् (य) = भाग्यं　　　　गरह + घ्यण् (य)=गार + य्हं = गारय्हं[1]

भू + ण्य (य) = भब्बो[2]

तेय्य प्रत्यय––उपर्युक्त अर्थ में ही धातुओं से 'तेय्य' प्रत्यय होता है।[3] यथा––

सु + तेय्य = सोतेय्यं

तवे प्रत्यय––इच्छार्थक तथा समानकर्तृक (जो इच्छा करता है, वही इच्छा भी करता है) धातुओं से कर्त्रर्थ में तवे प्रत्यय होता है[4]। यथा––

कर + तवे = कातवे[5]

ताये प्रत्यय––भविष्यति अर्थ होने पर, धातुओं से परे, उस-उस अर्थवाली क्रिया के होने पर भाव अर्थ में ताये प्रत्यय होता है।[6] यथा––

कर + ताये = कत्ताये

व्याख्या करते समय कच्चायन वण्णना का यह अंश––"धात्ववयव भूतेन आकारेन सह एय्यादेसो च होति········"।

१. वद, मद आदि धातु के बाद घ्यण् प्रत्यय आने पर घ्यण् को 'ज्ज' आदेश, गम, युज धातु के बाद घ्यण् प्रत्यय आने पर घ्यण् को 'ग्ग' आदेश तथा गरह, गुह आदि के बाद घ्यण् प्रत्यय के आने पर घ्यण् को य्ह आदेश तथा गरह् को गार आदेश होते हैं––वदमदगम० क० व्या० ४.१.२१ तथा तु० वदादीहि यो, मो ५.३०, गुहादीहि यक् मो० ५.३२।

२. भू धातु के बाद आने वाले ण्य प्रत्यय को ऊ के साथ अब्ब आदेश होता है, ––भूतोब्ब, क० व्या० ४.१.२० तु० किच्चघच्चभच्चभब्बलेय्या, मो० ५.३१।

३. ण्यो च, क० व्या० ४.१.१८ की वृत्ति।

४. इच्छत्थेसु समानकत्तुकेसु तवेतुं वा, क० व्या० ४-२-१२ तु० तुं ताये तवे भावे भविस्सति क्रियायं तदत्थायं, मो० ५-६१।

५. कर धातु के बाद तवे प्रत्यय जुटने पर कर को का आदेश विकल्प से होता है–तवेतूनादिसु का, क० व्या० ४. ४. ६, तु० करस्सा तवे, मो० ५.११८। मोग्गल्लान ने भविष्यति अर्थ होने पर, धातुओं से परे, उस-उस अर्थ वाली क्रिया प्रकट होने पर भाव अर्थ में तवे प्रत्यय का विधान किया है, दे० मो० ५.६१।

६. तुं ताये तवे०, मो० ५.६१।
कच्चायन ने इस प्रत्यय का उल्लेख अपने व्याकरण में नहीं किया है।

तुं प्रत्यय—इच्छार्थक तथा समानकर्तृक धातुओं से कर्ता अर्थ में तुं प्रत्यय होता है।[1]—यथा।

कर + तुं = कातुं[2] रुन्ध + तुं = रुन्धितुं[3], रुज्झितुं

उपर्युक्त अर्थ के अतिरिक्त निम्नलिखित अर्थों में भी तुं प्रत्यय धातु से होता है—

योग्य तथा समर्थ आदि अर्थों में सभी धातुओं से तुं प्रत्यय होता है।[4] यथा—
अरहति इस अर्थ में—

निन्द + तुं = निन्दितुं (अरहति) भुज + तुं = भोत्तुं (अरहति)

समर्थ अर्थ में—

जि + तुं = जेतुं (सक्का) गम + तुं = गन्तुं (सक्कोति)

(२) पर्याप्त वचन होने पर अलं के अर्थों में धातु से तुं प्रत्यय होता है[5]। यथा—

कर + तुं = कातुं (अलमेवपुञ्ञानि कातुं)
भुज + तुं = भोत्तुं (अलं भोत्तुं)

तून प्रत्यय—जब दो धातुओं का एक ही कर्त्ता होता है तब पूर्वकालिक धातु से तून प्रत्यय होता है[6] (अर्थात् पहले सम्पन्न हुई क्रिया से तून प्रत्यय होता है)। यथा—

कर + तून = कातून[7] सु + तून = सोतून

---

१. इच्छत्थेसु०, क० व्या० ४. २. १२, तु० तुंताये तवे० मो० ५.६१।
२. तुं तूनतब्बेसु वा, मो० ५.११९, तु० तवेतूनादिसु का क० व्या० ४. ४. ६।
३. रुध आदि धातुओं में अन्तिम स्वर से परे कहीं-कहीं विकल्प से अं निग्गहीत का आगम हो जाता है—मं वा रुधादीनं, मो० ५.९३, तुं रुधादितो निग्गहीतपुब्बञ्च क० व्या० ३. २. १५।
४. अरहसकादिसु च, क० व्या ३ ४. २. १३, तु० तुंताये तवे० मो० ५.६१।
५. पत्तवचने अलमत्थेसु च, क० व्या० ४. २. १४, तु० तुंताये तवे० मो० ५. ६१।
६. तूनत्वानत्वा वा, क० व्या० ४. २. १५, पुब्बकालेककत्तुकानं तु० पुब्बेककत्तुकानं, मो० ५. ६३।
७. कर धातु के बाद जब तून जुटता है तब कर को 'का' आदेश होता है,—तुं तून तब्बेसु वा, मो० ५. ११९, तु० तवेतूनादिसु का, क० व्या० ४. ४. ६।

(२) निषेधार्थक अलं तथा खलु शब्द प्रयुक्त होने पर विकल्प से तून, त्वान तथा क्त्वा प्रत्यय धातु से होता है[1]। यथा—

अलं के साथ—

सु + तून = सोतून (अलं सोतून)
सु + त्वान = सुत्वान (अलं सुत्वान)
सु + त्वा = सुत्वा (अलं सुत्वा)

खलु के साथ—

सु + तून = सोतून (खलु सोतून)

क्त्वान (त्वान) प्रत्यय—जब दो धातुओं का एक ही कर्त्ता होता है, तब पूर्वकालिक धातु से क्त्वान प्रत्यय होता है।[2] यथा-—

सु + त्वान = सुत्वान जि + त्वान = जित्वान

क्त्वा (त्वा) प्रत्यय—जब दो धातुओं का एक ही कर्त्ता होता है, तो पूर्व कालिक धातु से उपर्युक्त प्रत्ययों की भाँति ही क्त्वा (त्वा) प्रत्यय होता है।[3] यथा—

सु + त्वा = सुत्वा

क्त्वा (त्वा) प्रत्यय के धातुओं से लगने पर कभी-कभी विभिन्न आदेश होते हैं जिनके सम्बन्ध में निम्नलिखित नियम द्रष्टव्य हैं—

(१) धातु के साथ समास होने पर (अर्थात् धातु के साथ उसके पूर्व उपसर्ग जुटने पर) क्त्वा (त्वा) प्रत्यय को य्य (य) आदेश विकल्प से होता है।[4] कच्चायन इस प्रत्यय को 'य' के रूप में उल्लिखित करते हैं तथा विधान करते हैं कि यह 'य' आदेश, तून त्वान तथा त्वा इन सभी प्रत्ययों का होता है[5] तथा उपसर्ग के धातु से न जुटने पर भी इनको 'य' आदेश होता है—

अभि + भू + क्त्वा = अभिभूय अभि + वन्द + क्त्वा = अभिवन्दिय
दिस (पस्सा) + क्त्वा = पास्सिय

(२) धातु के साथ समास होने पर क्त्वा को कभी-कभी तुं और यान आदेश होते हैं।[6] यथा—

१. 'पटिसेधे' लंखलूनं तुनक्त्वानक्त्वा वा, मो०, ५. ६२।
२. पुब्बकाले०, क० व्या० ४. २. १४, तु० पुब्बेककत्तु० मो० ५. ६३।
३. पुब्बकालिक० क० व्या० ४. २. १५, तु० पुब्बेकअत्तुकानं, मो० ५. ६३।
४. य्यो वा त्वास्स समासे, मो० ५. १६४।
५. सब्बेहि तूनादीनं यो, क० व्या० ४. ४. ८।
६. तुं याना, मो० ५. १६५।

अभिहा + क्त्वा = अभिहट्ठुं　　　　अनुमुद + क्त्वा = अनुमोदियान

३. हन (चकारान्त, नकारान्त) धातु के साथ समास होने पर इस धातु से लगने वाले क्त्वा (त्वा) प्रत्यय को रच्च (अच्च) आदेश, विकल्प से होता है।[1] यथा—

आ + हन + त्वा = आहच्च, अहनित्वा

४. स, अस तथा अधिपूर्वक कर धातु के बाद आने वाले क्त्वा को विकल्प से क्रमशः च, च तथा रिच्च आदेश होता है, स के बाद कर हो तो क्त्वा को च, अस के बाद कर धातु हो तो क्त्वा को च तथा अधि के बाद कर धातु हो तो क्त्वा को रिच्च (इच्च) आदेश होता है।[2] यथा—

स + कर + क्त्वा = सक्कच्च　　　　अस + कर + क्त्वा = असकच्च

अधि + कर + क्त्वा = अधिकिच्च

५. इ धातु के बाद आने वाले क्त्वा को विकल्प से च्च आदेश होता है।[3] यथा—

अधि + इ + क्त्वा = अधिच्च　　　　सम + इ + क्त्वा = समेच्च।

६. दिस धातु के बाद क्त्वा प्रत्यय आने पर क्त्वा को विकल्प से वान तथा वा आदेश होते हैं तथा दिस के बाद स् का आगम भी होता है।[4] यथा—

दिस + क्त्वा = दिस्वान, दिस्वा

ल्तु (तु) प्रत्यय—कर्ता अर्थ में धातुओं से 'ल्तु' (तु) प्रत्यय होता है।[5] कच्चायन इस अर्थ में तु प्रत्यय करने का विधान करते हैं, जब कि मोग्गल्लान ल्तु। यथा—

कर + क्तु (तु) = कत्ता[6]　　　　सर + ल्तु (तु) = सरिता

दा + ल्तु (तु) = दाता　　　　नी + ल्तु (तु) = नेता

---

१. हना रच्चो, मो० ५. १६६, तु० चनन्तेहि रच्चं, क० व्या० ४. ४. ९।

२. सासाधिकरा च च, रिच्चा, मो० ५. १६७।

३. इतो च्चो, मो० ५. १६८।

४. दिसा वानवा स् च. ५. १६९ तु० दिसा स्वानस्वान्त लोपो च, क० ४. ४. १०। कच्चायन यहाँ क्त्वा को स्वान एवं स्वा आदेश करते हैं तथा दिस् के स् का लोप करते हैं और इस प्रकार दिस्वान, एवं दिस्वा ये प्रयोग बनाते हैं।

५. कत्तरि ल्तुणका, मो० ५. ३३, तु० सब्बतो ण्वुत्वावी वा क. व्या. ४.१.४।

६. करस्स च तत्तं तुस्मिं, क० व्या० ४. ५. १३। कर धातु के बाद तु प्रत्यय जुटने पर र को त आदेश हो जाता है।

णक (ण्वु) प्रत्यय—उपर्युक्त अर्थ में ही सभी धातुओं से णक[१] (ण्वु) प्रत्यय होता है।[२] यथा—

दा + णक (ण्वु) – दायको[3] नी + णक (ण्वु) = नायको

कर + णक (ण्वु) = कारको वच + णक (ण्णु) = वाचको

अ प्रत्यय—कर्म या अकर्म के प्रारम्भ में रहने पर सभी धातुओं से, कर्ता अर्थ में, 'अ' प्रत्यय होता है।[४] यथा—

तं करोति, कर + अ = तक्करो वि + नी + अ + विनयो

आवी प्रत्यय—'स्वभाववाला' अर्थ में सभी धातुओं से आवी प्रत्यय जुटता है।[५] यथा—

भयं पस्सति इति भय + दस्स + आवी = भयदस्सावी

अक प्रत्यय—आशीष अर्थ में, कर्ता कारक होने पर सभी धातुओं से अक प्रत्यय होता है।[६] यथा—

जीवतु इति, जीव + अक = जीवको नन्दतु इति, नन्द + अक = नन्दको

णन (अन) प्रत्यय—कर्त्ताकारक होने पर कर धातु से णन (अन) प्रत्यय होता है।[७] यथा—

करोति इति क + अण (अन) = कारणं

---

१. मोग्गल्लान ने जिस अर्थ में णक प्रत्यय का विधान किया है उसी अर्थ में कच्चायन में 'ण्वु' प्रत्यय का विधान किया है। ण्वु को अक आदेश होता है, अनका यूण्वूनं, क० व्या० ४. ५. १६।

२. देखिये त्तु प्रत्यय की टिप्पणी सं० १।

३. णापि प्रत्यय को छोड़कर ण अनुबन्ध वाले अन्य प्रत्ययों के आने पर आकारान्त धातु के बाद युक् (य) का आगम हो जाता है, आस्साणापिम्हि युक् मो० ५. ९१।

४. सब्बतो ण्वु० क० व्या० ४. १. ४।

५. आवी, मो० ५. ३४ तु० सब्बतो ण्वुत्वावी वा, क० व्या० ४. १. ४।

६. आसिसायमको, मो० ३५।

७. करा णनो, मो० ५. ३५।

हा + अण (अन) = हायना[1] (एक प्रकार का धान)
हा + अण (अन) = हायनो (संवत्सर)

कू प्रत्यय—विद धातु के बाद कत्तकारक में कू (ऊ) प्रत्यय होता है।[2] यथा—

लोक + विद + कू (ऊ) = लोकविदू। वि + ञा + कू (ऊ) = विञ्ञू[3]
सब्ब + ञा + कू (ऊ) = सब्बञ्ञू[4]

अण प्रत्यय—कर्म यदि उपपद में रहे तो धातु से अण[5] (ण) प्रत्यय होता है, यथा—

कुम्भ + कर + अण (ण) = कुम्भकारो माला + कर + अण (ण) = मालाकारो
मन्त + झा + अण (ण) = मन्तज्झायो

रू प्रत्यय—पार आदि शब्द यदि उपपद भूत हों तो ताच्छील्य अर्थ में गम धातु से रू (ऊ) प्रत्यय होता है।[6] यथा—

---

१. हातो वीहिकालेसु ५. ३७। जब हा धातु ब्रीहि तथा काल का द्योतक होगी उस समय हा धातु से णन प्रत्यय होगा अन्यथा त्तु (तु) ही होगा।

२. विदा कू, मो० ५. ३८। कच्चायन ने सभी धातुओं से 'क्वि' प्रत्यय करने का विधान किया है, क्वि च, क० व्या० १. ७, मोग्गल्लान ने भी ऐसा माना है; क्वि, ५. ४४। क्वि प्रत्ययान्त विद धातु के अन्त में ऊ आगम का विधान कच्चायन ने किया है जिसके लिए सम्भवतः मोग्गल्लान ने 'कू' प्रत्यय किया है—विदन्ते ऊ, क० व्या० ४. ५. १०।

३. वि पूर्वक ञा धातु से भी 'कू' (ऊ) प्रत्यय होता है, वितो ञातो, मो० ५. ३९।

४. कर्म यदि उपपद में हो तो ञा धातु से 'कू' (ऊ) प्रत्यय होता है, कम्मा, मो० ५. ४०।

५. क्वचण्, मो० ५. ४०। कच्चायन ने इस अर्थ में 'ण' प्रत्यय का विधान किया है, धातु या कम्मादीहि णो, क० व्या० ४. १. १। अण तथा ण दोनों का केवल 'अ' शेष रहता है तथा धातु के आरम्भिक स्वर की वृद्धि हो जाती है।

६. गमा रू. मो० ५. ४२, तु० पारादिगमिम्हा रू, क० व्या० ४. १. ११। ताच्छील्य आदि अर्थों में ही भिक्ख आदि धातुओं से 'रू' प्रत्यय का विधान करके भिक्खु आदि पद बनाने का विधान कच्चायन ने किया है, खिक्खादितो च, क० व्या० ४. १. १२।

पार + गम + रू (ऊ) = पारगू वेद + गम + रू (ऊ) = वेदगू

णी प्रत्यय––शील, बार-बार होना तथा आवश्यक के अर्थ की प्रतीति होने पर धातु से णी (ई) प्रत्यय होता है।[1] यथा—

पियं पसंसितुं सीलं यस्य सो होति, पिय + प + संस + णी (ई) = पियपसंसी

उण्ह + भुज + णी (ई) उण्हभोजी

भाववाचक कृदन्त प्रत्यय—अ प्रत्यय––भाव के अर्थ में धातुओं से 'अ' प्रत्यय होता है।[2] यथा––

कर + अ = करो जि + अ = जयो

पुरिं + दद + अ = पुरिंददो[3] भू + अ = भवो

घण प्रत्यय––उपर्युक्त अर्थ में ही धातुओं से घण (अ) प्रत्यय होता है।[4] यथा––

पच + घण = पाको[5] चज + घण = चागो

नि + चि + घण = निच्छयो[6] प + विस + घण = पवेसो[7]

रुस + घण = रोगो[7]

---

१. सीलाभिक्खञ्ञा वस्सकेसु णी, मो० ६. ५३ तु तस्सीलादिसुणीत्वावी च, क० व्या० ४. १. ९।

२. भावकारकेस्वघण् घ का, मो० ५, ४४, तु० सब्बतो० क० ४. १. ४।

३. पुर शब्द के आदि में रहने पर दद धातु से अ प्रत्यय होता है तथा पुर के अ को इं आदेश होता है––पुरे ददा च इं, क० व्या० ४. १. ३।

४. भावकारके ०, मो० ५. ४४, तु० विसरुजपदादितो ण, तथा भावे च, क० व्या० ४. १. ५–६। कच्चायन ने घण प्रत्यय (मोग्गल्लान के अनुसार) को ही ण प्रत्यय माना है। घण का केवल (अ) शेष रहता है।

५. घ अनुबन्ध वाले प्रत्यय के लगने पर अन्तिम च, ज को क्रमशः क तथा ग आदेश होता है तथा प्रथम स्वर की वृद्धि हो जाती है।

६. नि उपसर्गपूर्वक चि धातु को छि आदेश हो जाता है देखिये––नितो चिस्स छो, मो० ५. ११२, तथा छ को द्वित्व हो जाता है, देखिये सरम्हा द्वे मो० १. ३४, प्रथम छ को च आदेश; देखिये चतुत्थदुतिये० मो० १. ३५, धातु के अन्तिम स्वर की वृद्धि, देखिये युवणानं ए ओ, मो० ५. ८२, ए को अय आदेश, देखिये, ए ओ नमयवा सरे, मो० ५. ८९।

७. पवेसो—विस, रुज आदि धातुओं से ण प्रत्यय होता है, विसरुजपदादितो ण, क० व्या० ४. १. ५।

घ प्रत्यय--उपर्युक्त अर्थ में धातुओं से घ प्रत्यय होता है ।[१] यथा--

नि + पच + ध = निपको

क प्रत्यय—उपर्युक्त अर्थ में धातुओं से क (अ) प्रत्यय होता है ।[२] तथा--

खिप + क = खिपो

इ प्रत्यय--संज्ञा का कथन होने पर भाव अर्थ में दा तथा धा धातुओं से 'इ' प्रत्यय होता है ।[३] यथा--

आ + दा + इ = आदि   उद + धा + इ = उदधि

वाल + धा + इ = वालधि

अथु प्रत्यय--भाव के अर्थ में वमन आदि अर्थ में धातु से अथु प्रत्यय होता है ।[४] यथा--

वम + अथु = वमथु   वेप + अथु = वेपथु

क्वि प्रत्यय—भाव के अर्थ में सभी धातुओं से क्वि प्रत्यय होता है ।[५] क्वि का सर्वाङ्ग लुप्त हो जाता है[६], तथा धातु का अन्तिम व्यञ्जन भी लुप्त हो जाता है ।[७] यथा—

अभि भू + क्वि = अभिभू

अ, ण, क्ति, क, यक्, य तथा अन्य प्रत्यय—स्त्रीलिंग में, भाव के अर्थ में सभी धातुओं से उपर्युक्त प्रत्यय होते हैं ।[८] यथा—

अ का उदाहरण—भिक्ख + अ = भिक्खा

जर + अ = जरा

ण का उदाहरण—कर + अ = कारा

तर + अ = तारा

---

१. भावकारके० मो० ५. ४४ ।

२. वही ।

३. दाधात्वि, मो० ५. ४५, तु० सञ्जायं दा धातो इ, क० व्या० ४. २. २ ।

४. वमादीहथु, मो० ५. ४६ । कच्चायन ने इसे उयादि प्रत्यय मानकर इणादिप्रकरण में पढ़ा है ।

५. क्वि, मो० ५. ४७ तु३ क्वि च, क० व्या० ४. १. ७ ।

६. क्विस्स, मो० ५. १५९, तु० क्वि लोपो च, क० व्या० ४. ६. १६ ।

७. क्विम्हि लोपों'न्त व्यञ्जनस्स, मो० ५. ९४ ।

८. इत्थियमणाक्तिकयक्याच, मो० ५. ४९, तु० इत्थियमतियवो वा, क० व्या० ३. २ ४ ।

क्ति (ति) का उदाहरण—मन + क्ति = मति[1]

क (अ) का उदाहरण—रुज + क = रुजा

यक् (य) का उदाहरण—विद + यक् = विज्जा

य का उदाहरण—प + बज + य = पब्बज्जा

अन का उदाहरण—विद + अन = वेदना[2]

कर + अन = करणा

अन प्रत्यय—भाव तथा कर्म के अर्थ में सभी धातुओं से अन प्रत्यय होता है।[3] यथा—

नन्द + अन = नन्दनं	चल + अन = चलनो
गह + अन = गहणं[4]	जल + अन = जलनो
चर + अन = चरणं[4]	कर + अन = करणं[5]

नि—स्त्रीलिङ्ग में, भाव के अर्थ में जा तथा 'हा' धातु से नि प्रत्यय होता है।[6] यथा

जा + नि = जानि	हा + नि = हानि

---

१. कच्चायन में जिसे मोग्गल्लान ने क्ति प्रत्यय माना है, उसे हे 'ति' प्रत्यय कहा है, दे० इत्थिय० क० व्या० ४. २. ४।

२. मोग्गल्लान के इस अन प्रत्यय के लिए कच्चायन ने 'यु' प्रत्यय तथा यु को अन आदेश किया है, देखिये इत्थिय क० व्या० ४. २. ४।

३. अनो, मो० ५.४८। कच्चायन ने मोग्गल्लान के इस अन प्रत्यय के लिए इसी अर्थ में यु प्रत्यय का विधान किया है, दे० सद्दकुधचलमण्डत्थरुचादीहि यु, क० व्या० ४. १. १०, नन्दादीहि यु, क० व्या० ४. १. २४, कत्तुकरणप्पदेसेसु च, ४. १.२५। 'यु' को पुनः 'अन' आदेश होता है। अनका पुण्वूनं, क० व्या० ४. ५. १६। यह अन या यु प्रत्यय लगा पद नपुंसक लिङ्ग एवं पुंलिङ्ग दोनों में प्रयुक्त होता है।

४. रकारान्त तथा हकारान्त आदि धातुओं से अन (यु) प्रत्यय जुटने पर न को ण आदेश होता है, दे० रहादितो नो ण, क० व्या० ४. १. २६ तु० श नस्स णो, मो ५. १७१.

५. कर्ता, करण तथा प्रदेश अर्थ में भी 'यु' प्रत्यय धातुओं से होता है। दे० कत्तुकरणप्पदेसेसु च, क० व्या० ४. १. २५।

६. जाहाहि नि, मो० ५.५०।

इ, कि, ति—धातु के स्वरूपमात्र से प्रयोजन होने पर धातु से उपर्युक्त प्रत्यय होते हैं ।[१] यथा—

'इ' का उदाहरण—वच + इ = वचि,
'कि' का उदाहरण—युध + कि = युधि,
'ति' का उदाहरण—पच + ति = पचति,

वर्त्तमानकालिक कृदन्त—मान प्रत्यय—आरब्ध अपरिसमाप्त अर्थ में वर्तमान काल में धातुओं से मान प्रत्यय होता है ।[२] यह प्रत्यय प्रायः अत्तनोपदी धातुओं से हता है । किन्तु पालि में प्रायः अत्तनोपदी धातुएँ परस्सपदी हो गयी हैं अतएव सभी धातुओं से यह प्रत्यय भाव, कर्त्ता एवं कर्म[3] इन तीनों अर्थों में होता है । मान प्रत्ययान्त पद विशेषण की भाँति प्रयुक्त होता है, अर्थात् इसका रूप तीनों लिङ्गों में बनता है । यथा—

तिट्ठ + मान – तिठ्ठमानो[४] पच + मान = पच्चमानो[६]
सर + मान = सरमानो कर + मान = कराणो[७] कुरुमानो[८]
ठा + मान = ठीयमानं[५] अस + मान = समानो[९]

न्त प्रत्यय—आरब्ध परिसमाप्त अर्थ में वर्तमान काल में धातुओं से न्त प्रत्यय होता है । मान प्रत्यय की भाँति ही न्त प्रत्ययान्त पद विशेषण की भाँति प्रयुक्त होते हैं, अर्थात् अन्त प्रत्ययान्त पदों का रूप पुंल्लिङ्ग, नपुंसकलिङ्ग एवं

१. इकिती सरूपे, मो० ५.५२ ।
२. मानो, मो० ५. ६५, तु० वत्तमाने मानन्ता, क० व्या० ४. २. १६
३. भावकम्मेसु, मो० ५. ६६
४. कर्ता के अर्थ में यहाँ मान प्रत्यय है। मान प्रत्यय लगने पर ठा पा को विकल्प से तिट्ठ एवं पि आदेश हो जाता है, दे० ठापानं टिट्ठपि वा, मो, ५. १७५ तु० ठा तिट्ठो, क० व्या० ३. ३. ११
५. भाव के अर्थ में यहाँ मान प्रत्यय हुआ है ।
६. कर्म के अर्थ में यहाँ यह प्रत्यय हुआ है ।
७. कहीं, कहीं धातु के बाद आने वाले म का लोप हो जाता है, दे० मानस्स मस्स, मो, ५. १६२ ।
८. अस धातु के बाद मान प्रत्यय लगने पर अस धातु का आरम्भिक 'अ' लुप्त हो जाता है, दे० न्तमानत्ति पि पुं स्वादि लोवो, मो० ५. १३०, तु० सब्बत्थासस्सादिलोपो च, क० व्या० ३. ४. २५
९. रकारान्त धातु से परे मान के न को ण नहीं भी होता है, दे० न न्तमानत्यादीनं, मो० ५. १७२ ।

स्त्रीलिङ्ग में होता है ।[1] यथा—

गण्ह + अन्त = गण्हन्तो पठ + अन्त = पठन्तो

ठा + अन्त = तिट्ठ + अन्त = तिट्ठन्तो

भविष्यत् कालिक कृदन्त—स्सन्त, स्समान प्रत्यय—भविष्यद् अर्थ में वर्तमान कालिक कृदन्त न्त और मान के पूर्व स्स लगकर उपर्युक्त प्रत्यय सभी धातुओं से होते हैं तथा इनसे बने पद भी तीनों लिङ्गो में प्रयुक्त होते हैं ।[2] यथा—

ठा + स्सन्त = ठस्सन्तो ठा + स्समान = ठस्समानो

तब्ब प्रत्यय—भाव तथा कर्म के अर्थ में सभी धातुओं से तब्ब प्रत्यय होता है ।[3] यथा—

गम + तब्ब = गन्तब्बं भू + तब्ब = भवितब्बं

रम + तब्ब = रमितब्बं

अनीय प्रत्यय—उपर्युक्त अर्थ में ही सभी धातुओं से अनीय प्रत्यय होता है ।[4] यथा—

गम + अनीय = गमनीय पठ + अनीय = पठनीयं

भू + अनो = भवनीयं

र प्रत्यय—सं पूर्वक हन धातु से या अन्य धातुओं से विकल्प से र प्रत्यय होता है तथा हन को घ आदेश हो जाता है ।[5] यथा—

सं + हन् + र (अ) = सङ्घो

रत्थु प्रत्यय—मास आदि धातुओं से रत्थु प्रत्यय होता है ।[6] यथा—

मास + रत्थु = सत्था[7]

१. न्तो कत्तरि वत्तमाने, मो० ५. ६४. तु० वत्तमाने मानन्ता, क० व्या० ४. २.१६ ।

२. ते स्सपुब्बानागते, मो० ५.५७ ।

३. भावकम्मेसु तब्बानीया, मो० ५.२७, तु० भावकम्मेसु तब्बानीया, क० व्या० ४. १.१७ ।

४. वही ।

५. संहनञ्जाय वा रो घो, क० व्या० ४.१.१५ ।

६. मामादीहि रत्थु क० व्या० ४.२.१७ ।

७. रकार अनुबन्ध वाला प्रत्यय बाद में रहने पर धातु के अन्तिम वर्ण तथा र का लोप हो जाता है । सा + त्थु, सा के आ का लोप, सत्थु, सत्थुपितादीनमा सिस्मि सिलोपो च, क० व्या० २.३.३९ से त्थु के उ का आ होने पर सत्था ।

रम्मो प्रत्यय—धर, कर, वर आदि धातुओं से रम्म प्रत्यय होता है।[१] यथा—

धर + रम्म = धम्मो[२] कर + रम्म = कम्मं।

रातु प्रत्यय—मान, मास आदि धातुओं से कर्म अर्थ में रातु तथा रितु प्रत्यय होते हैं।[३] यथा—

मान + रातु = माता

रितु प्रत्यय—पा, धर, मान आदि धातुओं से कर्म अर्थ में रितु प्रत्यय होता है।[४] यथा—

पा + रितु = पिता धर + रितु = धीता

रिरिय प्रत्यय—स्त्रीलिङ्ग का कथन होने के अर्थ में या न होने के अर्थ में तथा नपुंसक लिङ्ग में कर धातु से रिरिय प्रत्यय होता है।[५] यथा—

कर + रिरिय = किरिया कर + रिरिय = किरियं

णुक प्रत्यय—ताच्छील्य आदि अर्थ में हन आदि धातुओं से णुक प्रत्यय होता है णुक का उक शेष रहता है।[६] यथा—

आ + हन + णुक = आघातुको[७]।

---

१. धरादीहि रम्मो, क० व्या० ४. १. ८.।
२. रम्हिरन्तो रादि नो, क० व्या० ४. १. १६ से धातु के अन्तिम वर्ण के साथ र का लोप होता है।
३. मानादीहि रातु, क० व्या० ४. २. १९।
४. पादितो रितु, क० व्या० ४१. १८।
५. करतो रिरियो, क० व्या० ४. २. ५, तु० करा रिरियो मो० ५.५१।
६. हन्त्यादीनं णुको क० व्या० ४ १. १३
७. हन को घ आदेश होता है।

उणादि प्रकरण

अत्यन्त प्राचीन वैदिक संस्कृत काल से ही शब्दों की सिद्धि के सम्बन्ध में दो मत चले आ रहे हैं । एक मत वह है, जो यह मानता है कि प्रत्येक शब्द धातु से ही निष्पन्न हुआ है, और दूसरा मत उनलोगों का है जो यह मानते हैं कि अधिकांश शब्द धातु से निष्पन्न होते हैं किन्तु कुछ ऐसे भी शब्द अवश्य हैं जो धातु से निष्पन्न नहीं हैं, अर्थात् जिनमें प्रकृति-प्रत्यय का विभाग नहीं किया जा सकता । तात्पर्य यह कि कुछ शब्द यौगिक होते हैं परन्तु साथ ही कुछ रूढ़ भी अवश्य होते हैं । संस्कृत भाषा के वैयाकरणों में उणादि सूत्रकार इसी मत के हैं कि सभी शब्द धातु से ही बने हैं, कोई रूढ़ नहीं है । किसी भी व्याकरण को सर्वाङ्गपूर्ण होने के लिए यह आवश्यक है कि उस व्याकरण के धातु, सूत्र, गण, उणादि, लिङ्गानुशासन आदि अङ्ग के रूप में व्यवस्थित हों । सम्भवतः इसी बात को ध्यान में रखकर कच्चायन और मोग्गल्लान ने व्यवस्थित उणादि प्रकरण भी दिये हैं ।

तब्ब प्रत्यय—भाव तथा कर्म के अर्थों में तब्ब प्रत्यय होता है ।[1] यथा—

भावार्थ में—उप + सं + पद + तब्ब = उपसम्पादेतब्बं ।

कर्मार्थ में—कर + तब्ब = कत्तब्बं ।

क्त प्रत्यय—१. भाव तथा कर्म के अर्थों में क्त प्रत्यय होता है ।[2] यथा—

भावार्थ में—अस् + क्त = असितं ।

अ प्रत्यय—भाव तथा कर्म से वत के अर्थ को व्यक्त करने वाला 'अ' प्रत्यय धातुओं से होता है ।[2] यथा—

भावार्थ—किञ्चि + गि + अ = किञ्चिक्खमयं[3]

ख प्रत्यय—भाव तथा कर्म के अर्थ में धातुओं से ख प्रत्यय होता है ।[1]
यथा— ईस + सि + ख = ईसस्सखा[3]

1. भावकम्मेसु किच्चक्तक्खत्था, क० व्या० ४. ६. २ । तब्ब, अनीय, ण्य तथा रिच्च को किच्च प्रत्यय कहते हैं, द्रष्टव्य-ते किच्चा, क० व्या० ४. १. २२ । ये किच्च प्रत्यय पैस अर्थात् विधि, अतिसर्ग अर्थात् कामचारानुज्ञा, तथा प्राप्तकाल अर्थात् समयागमन इन अर्थों में भी होते हैं—द्रष्टव्य—पेसातिसग्गपत्तकालेसु किच्चा, क० व्या० ४. ६. १२ ।
2. भावकम्मेसु० क० व्या० ४. ६. २ ।
3. भावकम्मेसु०, क० व्या० ४. ६. २ ।

२. कर्म के अर्थ में द्वितीया विभक्ति में कर्ता अर्थ में धातुओं से क्त प्रत्यय होता है।[1] यथा--

दानं दिन्नो--दा + क्त = दिन्नो

सीलं रक्खितो देवदत्तो—रक्ख + क्त = रक्खितो

३. भी सुप मिद आदि धातुओं से, इच्छार्थक मति आदि, ज्ञानार्थक बुध आदि तथा पूजार्थक धातुओं से क्त प्रत्यय होता है।[2] यथा--

भी + क्त = भीतो सुप + क्त = सुत्तो

मिद + क्त = मित्तो

इच्छार्थक--सं + मन + क्त = सम्मतो

ज्ञानार्थक—बुध + क्त = बुद्धो

पूजार्थक—पूज + क्त = पूजितो

४. वर्तमान तथा भूतकाल के अर्थ में धातुओं से क्त (त) प्रत्यय होता है।[3]

यथा— अभवि भवति इति भू + त = भूतं

मन् प्रत्यय—खी, भी, सु, रु, अद आदि धातुओं से मन् प्रत्यय होता है तथा कभी-कभी विकल्प से म को त आदेश हो जाता है। यथा[4]—

धू + मन् = धूमो[4] सु + मन् = सोमो[5]

खी + मन् = खेमो[5] रु + मन् = रोमो

भी + मन् = भीमो[4] अद + मन् (म् का त) = अत्ता

म प्रत्यय—दु, हि, सि, भी दा, या, सा, ठा, भस आदि धातुओं से म प्रत्यय होता है।[3] यथा—

दु + म = दुमो हि + म = हिमो

ठा + म = थामो आदि।

ल प्रत्यय—अल, कल तथा सल धातुओं से ल प्रत्यय होता है।[6] यथा—

---

१. कम्मणि दुतियायं क्तो, क० व्या० ४. ६. ३।

२. भ्यादीहि मतिबुद्धिपूजादीहि च क्तो, क० व्या० ४. ६. २०।

३. काले वत्तमानातीते ण्वादयो, क० व्या० ४. ६. २७।

४. ख्यादीहि मन् म च तो वा, क० व्या० ४. ६. ४। तु० हि धूहि मक्, मो० ण्वा० वृ० १३४। यहाँ मोग्ग० ने मक् प्रत्यय माना है।
तु० भी तोरीसनो च, मो० ण्वा० वृ० १३५। यहाँ भी मक् प्रत्यय ही माना है।

५. समादीहि थमा, क० व्या० ४. ६. ५। तु० खीसुवीयागाहिसालूखुहुमरधरकरघरजमअमसमा मो, मो० ण्वा० वृ० १३६।

६. अलकलसलेहि लया, क० व्या० ४. ६. ९।

अल + ल = अल्लं　　　　　कल + ल = कल्लं

सल + ल = सल्लं

थ प्रत्यय—सम, दम, दर, रह, सू, वु तथा अस आदि धातुओं से थ प्रत्यय होता है।[1] यथा—

सम + थ = समथो[1]　　　　　रह + थ = रथो[2]

दम + थ = दमथो[1]　　　　　सू + थ = सत्थं[3]

दर + थ = दरथो[1]　　　　　वु + थ = वत्थं[3]

अस + थ = अत्थो[4]

य प्रत्यय—अल, कल तथा सल धातुओं से य प्रत्यय होता है।[5] यथा—

अल + य = अल्यं　　　　　कल + य = कल्यं आदि

याण तथा लाण प्रत्यय–कल तथा सूल धातुओं से याण तथा लाण प्रत्यय होते हैं।[6] यथा—

कल + याण = कल्याणं　　　　　सल + याण = सल्याणं

कल + लाण = कल्लाणं　　　　　सल + लाण = सल्लाणं

तब्ब प्रत्यय—१. भाव तथा कर्म के अर्थ में तब्ब प्रत्यय होता है।[7] यथा—

---

१. समादीहि थमा, क० व्या० ४. ६. ५। तु० समादीह्यथो, मो० ण्वा० वृ० ८५। मोग्ग० ने थ प्रत्यय की जगह यहाँ पर अथ प्रत्यय माना है।

२. रथो–पद की सिद्धि कच्चान ने रह धातु से थ प्रत्यय करके की है जब कि मोग्गल्लान ने रम धातु से थक् प्रत्यय करके की है, दे०—रमा थक्, मो० ण्वा० वृ० ८७। मोग्गल्लान ने तित्थ से थक् प्रत्ययान्त शब्दों को निपात कहा है। दे० तित्थादयो, मो०, ण्वा० वृ० ८८।

३. सूवुसानमूवसानमतो थो च, क० व्या० ४. ६. ३७। थ प्रत्यय जुटते समय सू, वु तथा अस धातुओं में सू के ऊ, वु के उ तथा सम्पूर्ण अस को अत आदेश होता है।

४. अत्थो प्रयोग की सिद्धि कच्चान ने अस धातु में थ प्रत्यय जोड़कर अस को अत आदेश करके की है जबकि मोग्गल्लान ने अर धातु से थक् प्रत्यय करके अत्थो बनाया है तथा इसे निपात बताया है।

५. अलकलसलेहि लया क० व्या० ४. ६. ९।

६. याणलाणा, क० व्या० ४, ६, १०।

७. भावकम्मेसु किच्च ण्य खत्था, क० व्या० ४, ६, २।

भाव के अर्थ में—उप + सं + पद + तब्ब = उपसम्पादेतब्बं।

कर्म के अर्थ में—कर + तब्ब = कत्तब्बं।

२. विधि, कामचारानुज्ञा तथा प्राप्त काल के अर्थ में धातुओं से तब्ब प्रत्यय होते हैं।[1] यथा—

विध्यर्थ में—कर + तब्ब = कत्तब्बं।

कामचारानुज्ञा अर्थ में—भुज + तब्ब = भोत्तब्बं।

प्राप्तकाल अर्थ में—अधि + इ + तब्ब + अज्झयितब्बं।

३. आवश्यकता तथा आधमर्ण्य (ऋण को धारण करने का भाव) अर्थ में भी धातुओं स तब्ब प्रत्यय होता है।[2] यथा—

आवश्यक अर्थ में—कर + तब्ब = कत्तब्बं।

आधमर्ण्य अर्थ में—दा + तब्ब = दातब्बं।

अनीय प्रत्यय—१. भाव तथा कर्म के अर्थ में धातुओं से अनीय प्रत्यय होता है।[3] यथा—

उप + सं + पद + अनीय = उपसम्पादनीयं।

२. विधि, कामचारानुज्ञा तथा प्राप्तकाल के अर्थो में धातुओं से अनीय प्रत्यय होता है।[4] यथा—

विध्यर्थं में—कर + अनीय = करणीयं।

कामचारानुज्ञा अर्थ में—भुज + अनीय = भोजनीयं।

प्राप्तकाल अर्थ में—अधि + इ + अनीय = अज्झयनीयं।

३. आवश्यक तथा आधमर्ण्य अर्थ में धातुओं मे अनीय प्रत्यय होता है।[5] यथा—

आवश्यक अर्थ में—कर + अनीय = करणीयं।

आधमर्ण्य अर्थ में—धर + अनीय = धरणीयं।

णी प्रत्यय—१. आवश्यक तथा आधमर्ण्य अर्थों में ही धातुओं मे णी (ई) प्रत्यय होता है।[6] यथा—

१. पेसातिसग्गपत्तकालेसु किच्चा, क० व्या० ४, ६, १२।
२. अवस्सकाधमिणेसु णो च, क० व्या० ४, ६, १३।
३. भावकम्मेसु किच्चत्तक्खत्था, क० व्या० ४, ६, २।
४. पेसातिसग्गपत्तकालेसु किच्चा, क० व्या० ४, ६, १२।
५. अवस्सकाधमिणेसु णी च, क० व्या० ४, ६, १३।
६. अवस्स० क० व्या० ४, ६, १३।

आवश्यक अर्थ में—कर + णी (ई) = कारी।

आधमर्ण्य अर्थ में—दा + णी (ई) = दायी।

२. भविष्यत् काल के अर्थ में गमु, भज, सु, ठा आदि धातुओं से णी प्रत्यय होता है।[१] यथा—

गमु (गम) + णी = गामी आदि।

तुं प्रत्यय—अरह (अर्ह) सक्क (शक्य) तथा भब्ब (होने योग्य) अर्थवाले प्रातिपदिकों के योग में धातुओं से तुं प्रत्यय होता है।[२] यथा—

अरह—वच + तुं = वत्तुं (अरहा भवं वत्तुं)

सक्क—हन + तुं = हन्तुं (सक्को भवं हन्तुं)

भब्ब—जि + तुं = जिनितुं (भब्बो भवं जिनितुं)

क्वि प्रत्यय—भू, धू, भा, गमु, खनु आदि धातुओं से क्वि प्रत्यय होता है, बाद में इस क्वि प्रत्यय का लोप हो जाता है तथा ये शब्द निपातित कहलाते हैं।[3] यथा—

वि + भू + क्वि = विभू, सं + धू + क्वि = सन्धु,

वि + भा + क्वि = विभा आदि।

थु प्रत्यय—वेपु, सि, दव, वमु आदि धातुओं निबृत्ति अर्थ में थु प्रत्यय होता है।[४] यथा—

वेपु (वेप) + थु = वेपथु (वेपेन निब्बत्तो)

सि + थु = सयथु (सयेन निब्बत्तो)

दव + थु = दवथु (दवेन निब्बत्तो) आदि

त्तिम प्रत्यय—कु, दा, भू आदि धातुओं से निवृत्ति अर्थ में त्तिम प्रत्यय होता है।[५] यथा—

कु + त्तिम = कुत्तिमं (करणं कुति, तेन निब्बत्तं)

दा + त्तिम = दत्तिमं (दानं दाति, तेन निब्बत्तं) आदि।

---

१. भविस्सति गमादीहि णी घिण्, क० व्या० ४, ६, २७ तु० भूगमाईण्, मो० ण्वा० वृत्ति ११। मोग्गल्लान ने णी प्रत्यय के स्थान पर ईण् प्रत्यय का विधान किया है।

२. अरहसक्कादीहि तुं, क० व्या० ४, ६, १४।

३. क्विलोपो च, क० व्या० ४, ६, १६।

४. वेपुसिदववमुकुदाभूह्वादीहि थुत्तिमणिमा निब्बत्ते,—क० व्या० ४, ६, २१।

५. वेपुसिदव०, क० व्या० ४, ६, २१।

णिम प्रत्यय—हू आदि धातुओं से निर्बृत्ति के अर्थ में णिम प्रत्यय होता है।[१] यथा—

अव + हू + णिम (इम) = ओहाविमं

आनि प्रत्यय—आक्रोश अर्थ गम्यमान रहने पर प्रतिषेधार्थक निपात यदि उप पद में रहे तो धातुओं से आनि प्रत्यय होता है।[२] यथा—

न + गमु + आनि = अगमानि (न गमितब्बं....)

न + कर + आनि = अकराणि (न कत्तब्बं....)

णु प्रत्यय—१. वर्तमान काल तथा भूतकाल के अर्थ में धातुओं से णु प्रत्यय होता है।[3] यथा—

(अकासि करोति इति) कर + णु (उ) = कारु

२. रि, खनु, अम, वे आदि धातुओं से णु प्रत्यय होता है।[४] यथा—

रि + णु = रेणु, खनु + णु = खाणु,

अम + णु = अणु, वे + णु = वेणु आदि।

यु प्रत्यय—वर्तमान काल एवं भूतकाल अर्थ में धातुओं से यु प्रत्यय होता है।[५] यथा—

(वाति अवायि, इति) वा + यु = वायु[६]

---

१. वेपुसिदववमुकुदा०, क० व्या० ४, ६, २१।

२. अक्कोसे नम्हानि, क० व्या० ४, ६, २२।

३. काले वत्तमानातीते ण्वादयो, क० व्या० ४, ६, २७। तथा, चरदरकररह-जनसनतलसादसाधकसअसचटअसवाहिणु, मो० ण्वा० वृ० १।

४. हनादीहि नु णु तवो, क० व्या० ४, ६, ४८। तथा, रीवीहाहि णु, मो० ण्वा० वृ० ६३ तथा खाण्वादयो, मो० ण्वा० वृ० ६४। मोग्गल्लान ने रेणु शब्द की सिद्धि री धातु तथा वेणु शब्द की सिद्धि वी धातु से णु प्रत्यय लगाकर बनायी है जबकि कच्चायन ने रि तथा वे से णु प्रत्यय करके उक्त रूपों की सिद्धि की है। खाणु, जाणु आदि णु प्रत्ययान्त शब्दों को मोग्गल्लान ने निपात माना है।

५. काले वत्तमानातीते ण्वादयो, क० व्या० ४, ६, २७।

६. 'वायु' प्रयोग को सिद्ध करते समय मोग्गल्लान ने वा धातु से, औणादिक णु (उ) प्रत्यय करके, आस्साणापिम्हि युक् मो० ५, ९१ से य का आगम करके वायु सिद्ध किया है। कच्चायन 'यु' प्रत्यय ही मानते हैं।

घिण् प्रत्यय—भविष्यत् काल के अर्थ में ठा, गमु, भज, सु आदि धातुओं से घिण् प्रत्यय होता है ।[1] यथा—

प + ठा + घिण् (इ) = पट्ठाय, पट्ठायी

ण्वु प्रत्यय—भविष्यत् काल में क्रिया के अर्थ में धातुओं से ण्वु प्रत्यय होता है ।[2] यथा—

कर + ण्वु (अक) = कारको

तु प्रत्यय— १. भविष्यत् काल में क्रिया के अर्थ में धातुओं से तु प्रत्यय होता है ।[3] यथा—

भुज + तु = भोत्ता

२. ससु, धा, सि, कि, हि आदि धातुओं से तु प्रत्यय होता है ।[4] यथा—

ससु + तु = सत्तु   धा + तु = धातु[5],
सि + तु = सेतु[5]   कि + तु = केतु[5],
हि + तु = हेतु[5] आदि ।

दु प्रत्यय—दद, अद, मद आदि धातुओं से दु प्रत्यय होता है ।[6] यथा—

दद + दु = दद्दु   अद + दु = अद्दु,
मद + दु = मद्दु आदि ।

ण प्रत्यय—यदि कर्म उपपद में रहे, तो भविष्यत्काल में धातुओं से ण (अ) प्रत्यय होता है ।[7] यथा—

नगर + कर + ण = नगरकारो   धञ्ञ + वप + ण = धञ्ञ वापो
भोग + दा + ण = भोगदायो   सिन्धु + पा (पव) ण = सिन्धुपायो

---

१. भविस्सति गमादीहि णीघिण्, क० व्या० ४. ६. २८ ।
२. किरियायं ण्वुतवो, क० व्या० ४. ६. २९ । मोग्गल्लान ने इस प्रकार के किसी औणादिक प्रत्यय का विधान न करके णका प्रत्यय का ही विधान किया है ।
३. किरियायं०, क० व्या० ४. ६. २९ मोग्गल्लान ने इसके लिए कृत् 'त्तु' प्रत्यय का ही विधान किया है ।
४. ससादीहितुदवो, क० व्या० ४. ६. ४४ तथा धाहिसितनजनगम सदा तु, मो० ण्पा० वृ० ७० ।
५. हवा दीहि नणुतवो, क० व्या० ४. ६. ४० ।
६. ससादीहि तुदवो, क० व्या० ४.६.४४ । तु० ददा यु, मो० ण्वा० वृ० ९७ ।
७. कम्मणि णो, क० व्या० ४.६.३१ ।

स्सं, न्तु, मान तथा आन प्रत्यय—यदि उपपद में कर्म गम्यमान हो तो भविष्यत् काल में शेष के अर्थ में धातुओं से स्सं, न्तु, मान तथा आन प्रत्यय होते हैं।[1] यथा—

स्सं प्रत्यय—कर + स्सं = करिस्सं (कम्मं करिस्सति)

न्तु प्रत्यय – कर + न्तु = करोन्तो (कम्मं करोन्तो)

मान प्रत्यय – कर + मान = कुरुमानो (कम्मं कुरुमानो)

आन प्रत्यय – कर + आन = करानो (कम्मं करानो)

त प्रत्यय—छद, चिति, सु, नी, विद, पद, तनु, यत, अद, मद, युज, वतु, मिद, मा, पु, कल, नर, वेपु, गुप, दा आदि धातुओं से यथासम्भव त प्रत्यय होता है।[2] यथा—

छद + त = छत्तं[2], वर + त = वरत्तं[2]

कल + त = कलत्तं[2] चिति + त = चित्तं[3]

अद + त = अत्तं[4] युज + त = योत्तं[4]

वतु + त = वत्तं[3] नी + त = नेत्तं[5]

त्रण् प्रत्यय—उपर्युक्त धातुओं से यथासम्भव त्रण प्रत्यय होता है।[6] यथा—

छद + त्रण् = छत्रं, वर + त्रण् = वत्रं,

कल + त्रण् = कलत्रं

णित्त प्रत्यय—यदि समूह (गण) अर्थ हो तो वद, चर, वर आदि धातुओं से णित्त प्रत्यय होता है[6]। यथा—

वादितानंगणो, वद + णित्त = वादित्तं आदि।

---

१. सेसे स्सन्तुमानाना, क० व्या० ४.६.३२।

२. छदादीहि तत्रण्, क० व्या० ४.६.३३।
तु० अमादी हयत्तो, मो० व्या० वृ० ८१। मोग्गल्लान उपर्युक्त उदाहरणों में त प्रत्यय के स्थान पर अत्त प्रत्यय मानते हैं।

३. मोग्गल्लान ने यहाँ तक् प्रत्यय माना है, देखिये—घरादीहि तक्, मो० व्या०, वृ० ८३ (घर आदि धातुओं से तक् प्रत्यय होता है।)

४. मोग्गल्लान ने उदाहरणों में तप्रत्यय स्वीकार किया जिसके लिए निम्नलिखित सूत्र की रचना की है—वादीहि तो, मो० व्या० वृ० ८२।

५. इस उदाहरण में भी मोग्गल्लान ने तप्रत्यय के स्थान पर तक् प्रत्यय स्वीकारा है, दे०—नेत्तादयो, मो० व्या० वृ० ८४।

६. छदादीहि तत्रण्, क० ४.६.३३।

७. वदादीहि णित्तो गणे, क० व्या० ४.६.३४।

त्ति प्रत्यय---मिद, पद, रञ्ज, आदि धातुओं से त्ति प्रत्यय होता है ।[1] यथा–

मिद + त्ति = मेत्ति, पद + त्ति = पत्ति
रञ्ज + त्ति = रत्ति आदि ।

ति प्रत्यय---तनु, धा आदि धातुओं से ति प्रत्यय होता है ।[2] यथा—

तनु + ति = तन्ति, धा + ति = धाति आदि ।

ठ प्रत्यय--१. रञ्ज आदि धातुओं से ठ प्रत्यय होता है ।[3] यथा—

रञ्ज + ठ = रट्ठं आदि ।

२. कम, उस, कस, कुट, कुस, कट आदि धातुओं एवं प्रातिपदिकों से ठ प्रत्यय होता है ।[4] यथा---

कुट + ठ = कुट्ठो, कुस + ठ = कोट्ठो, कोट्ठं
कट + ठ = कट्ठं कम + ठ = कण्ठो

ढ प्रत्यय—उसु आदि धातुओं से ढ प्रत्यय होता है ।[5] यथा—

उसु + ढ = उड्ढो आदि ।

ध प्रत्यय—रञ्ज, खण, अन, दम आदि धातुओं से ध प्रत्यय होता है ।[6] यथा—

---

१. मिदादीहि त्तितियो, क० व्या० ४.६.३५ ।
२. मिदादीहि०, क० व्या० ४.६.३५ ।
३. उसुरञ्जदंसानं दड्ढो ढठा च, क० व्या० ४.६.३६ ।
४. कुटदीहि ठो, क० व्या०, ४.६.४९, तु० कमउसकुसकसा ठो, मो० ण्वा० वृ० ५५ ।
मोग्गल्लान ने कुट्ठ आदि ठ प्रत्ययान्त शब्दों को निपात बताया है, देखिये--कुट्ठादयो, मो० ण्वा० वृ० ५६ ।
५. उसुरञ्जदंसानं दंसस्स दड्ढो ढठा च, क० व्या० ४. ६. ३६ ।
यहाँ पर कच्चायन ने दंस धातु को दड्ढ आदेश करके क्वि प्रत्यय होने की बात कही है ।
६. रञ्जुदादीहि धदिद्दकिरा क्वचि जदलोपो च, क० व्या० ४. ६. ३८ तथा दे०, खण अनदमरमा धो, मो० ण्वा० वृ० ९८ ।

रञ्ज + ध = रन्धं[1]　　　　अन + ध = अन्धो[2]

खण + ध = खन्धो[2]　　　　दम + ध = दन्धो

द प्रत्यय—उदि, इदि, चदि, मदि, खुदि, छिदि, रिदि, सूद, सप, कम आदि धातुओं से द प्रत्यय होता है।[3] यथा—

सं + उदि (उद्) + द = समुद्दो　　　　खुदि (खुद) + द = खुदो

इदि (इद्) + द = इन्दो　　　　मदि (मद्) + द = मन्दो[4], आदि।

इद्द प्रत्यय—दत आदि धातुओं से इद्द प्रत्यय होता है।[5] यथा—

दल + इद्द = दलिद्दो आदि।

इर प्रत्यय—वज, तिम, रुह, रुध, मन्द, वध, अज, रुच, कस आदि धातुओं से इर प्रत्यय होता है,[6] यथा—

वज + इर = वजिरं　　　　रुध + इर = रुधिरं

तिग + इर = तिमिरं　　　　मन्द + इर = मन्दिरं

रुह + इर = रुहिरं　　　　रुच + इर = रुचिरं आदि।

---

१. रञ्ज धातु से ध प्रत्यय करके कच्चायन ने अपने उक्त ध प्रत्ययविधायक सूत्र से ही धातु के अन्त में आने वाले ज, द के लोप की बात कही है। मोग्गल्लान रन्धं पद रम धातु से ध प्रत्यय करके बनाने के पक्ष में हैं, दे० खणन्न०, मो० ण्वा० वृ० ९८।

२. कच्चायन ने अपने सूत्र 'खादामगमानं खन्धन्धगन्धा, क० व्या० ४. ६. ४१ द्वारा खाद, अम, तथा गमु के खन्द, अन्ध एवं गन्ध आदेश होने की तथा उनसे क्वि प्रत्यय करने की भी वात कही है। भोग्गल्लान इन धातुओं से केवल ध प्रत्यय ही करते हैं। वे ध प्रत्ययान्त शब्दों को निपात मानते हैं, दे० मुद्धादयो, मो० ण्वा वृ० ९९।

३. रज्जुदादीहि०, क० व्या० ४. ६. ३८।

तथा तु० रुद खिदमुदमदछिदसूदसपकमादक, मो० ण्वा० वृ० ९५। मो० द प्रत्यय के स्थान पर दक् प्रत्यय मानने के पक्ष में हैं।

४. मोग्गलान के अनुसार दक् प्रत्ययान्त ये सभी शब्द निपात हैं, देखिये—कुन्दादयो, मो० ण्वा० पृ० ९६।

५. रञ्जुदादीहि०, क० व्या० ४. ६. ३८।

६. रञ्जुदादीहि०, क० व्या० ४. ६. ३८।

तु० तिमरुहरुधबधमदभन्दवजअजरुचकसाकिरो, मो० ण्वा० वृ० १४९। मोग्गल्लान ने इर प्रत्यय के स्थान पर किर प्रत्यय किया है तथा इन किर प्रत्ययान्त शब्दों को निपात बताया है, दे० थिरादयो, मो० ण्वा० वृ० १५०।

क प्रत्यय—१. सुस, सुच, वच, का, भी, इ आदि धातुओं से क प्रत्यय होता है।[१] यथा—

सुस + क = सुक्कं, सुच + क = सोको

वच + क = वक्कं

२. कड, घट, वट, करड, मड, सड, कुट, भड, पड, दड, रड, तड, इसड, चड, गड, अड, लड, मेड, एरड, खड आदि धातुओं से क प्रत्यय होता है, तथा ये यथासम्भव निपात कहलाते हैं।[२] यथा—

कड + क = कण्डो करड + क = करण्डो

वर + क = वरण्डो[3] दड + क = दण्डो[४]

खड + क = खन्डो[४]

३. खाद, अम तथा गमु धातुओं को क्रमशः खन्ध, अन्ध तथा गन्ध आदेश होते हैं तथा इन आदेशभूत शब्दों से क प्रत्यय होता है।[५] यथा—

खाद—खन्ध + क = खन्धको, अम—अन्ध + क = अन्धको,

गमु—गन्ध + क = गन्धको।

अल प्रत्यय—पट, कल, कुस, कुद, भगन्द, मेख, वक्क, तक्क, पल्ल, सद्द, मूल, बिल, विद, चण्डि, पञ्च वा, वस, पच, मच, मुस, गोत्थु, पुथु, बहु, मञ्ज बहु, कवि, सबि, अग्ग आदि धातुओं से तथा प्रातिपदिकों से अल प्रत्यय होता है।[६] यथा—

---

१. रञ्जुदादीहि० क० व्या० ४. ६. ३८, तथा दे० इभी काकरअरबकसकवाहि को, मो० ण्वा० वृ० १४। मोग्गल्लान ने इन क प्रत्ययान्त शब्दों को निपात भी बताया है। दे० अकादमो, मो० ण्वा० वृ० १५।

२. कड्यादीहि को, क० व्या० ४. ६. ४०।

३. क प्रत्यय के स्थानपर मोग्गल्लान ने यहाँ अण्ड प्रत्यय किया हैं, दे०- वरकरा-अण्डो, मो० ण्वा० वृ० ५७।

४. मोग्गल्लान ने इन दण्डो तथा खण्डो पदों को क्रमशः मकारान्त तथा नकारान्त धातु से ड प्रत्यय करके निष्पन्न किया है। इस सम्बन्ध में इनका यह सूत्र द्रष्टव्य है—मनन्ता डो, मो० ण्वा० वृ० ५८। इन सभी ड प्रत्ययान्त शब्दों को निपात कहा है—कुण्डादयो, मो० ण्वा० वृ० ५९।

५. खादामगमानं खन्धन्धगन्धा, क० व्या० ४. ६. ४१।

६. पटादीहलं, क० व्या० ४. ६. ४२। तथा दे० मञ्जकसेम्बसबसकवसपिसकेव- कलपल्लकठपठकुण्ठमण्डा अलो, मो० ण्वा० वृ० १८२।

पट + अल = पटलं, मूल + अल = मुलालं[२]
पल्ल + अल = पल्ललं बिल + अल = बिलालो[२]
मुस + अल = मुसलो[१] चण्डि + अल = चण्डालो[३]
बह + अल = बहलं[१]

अम प्रत्यय—पुथ इस प्रातिपदिक के पुथु[४] तथा पथ आदेश होने पर किन्हीं प्रयोगों में पथ से अम प्रत्यय होता है[५], यथा—

पुथ—पथ + अम = पठमो, पथमो।

ईवर प्रत्यय—चि, पा, धा आदि धातुओं में ईवर प्रत्यय होता है।[६] यथा—

चि + ईवर = चीवरं, पा + ईवर – पीवरं,
धा + ईवरी = धीवरं आदि

इ प्रत्यय—मुन, यत, अग्ग, पद, कव, सुच, रुच, महाल, भद्दाल, मण

---

१. यहाँ मोग्गल्लान ने अल प्रत्यय के स्थान पर कल प्रत्यय की व्यवस्था की है, दे० मुसा कलो, मो० ण्वा० वृ० १८३। मोग्गल्लान के अनुसार सभी कल प्रत्ययान्त शब्द निपात हैं, दे०—फलादयो, मो० ण्वा० वृ० १८४।

२. इन उदाहरणों में मोग्गल्लान ने काल प्रत्यय किया की व्यवस्था की है,—कुला कालो च, मो० ण्वा० वृ० १८५। इन्हीं धातुओं से कल प्रत्यय होने की भी बात इसी सूत्र में मोग्गल्लान ने की है। ये सभी काल प्रत्ययान्त शब्द मोग्गल्लान के मत में निपात हैं—मुलालादयो मो० ण्वा० वृ० १८६।

३. चण्ड तथा पत धातु से णाल प्रत्यय होता है, ऐसा मोग्गल्लान का मत है, चण्डपताणालो, मो० ण्वा० वृ० १८७।

४. पुथ के स्थान पर पुथु आदेश का विधान कच्चायन ने अपने सूत्र 'पुथस्स पुथु पथामो वा, क० व्या० ४. ६. ४३ के द्वारा किया है किन्तु मोग्गलान ने पुथ से कु (उ) प्रत्यय करके पुथु बनाया है, दे०—तपुसवीधकुरपुथमुदा कु, मो० ण्वा० पृ० ५।

५. पुथस्स पुथु पथामो वा, क० व्या०, ४. ६. ४३।

६. च्यादीहि ईवरो, क० व्या० ४. ६. ४५। मोग्लल्लान ने ईवर प्रत्यय के स्थान पर क्वर प्रत्यय किया हैं, तथा इन क्वर प्रत्ययान्त शब्दों को निपात बताया है, दे०, पीतो क्वरो, मो० ण्वा० वृ० १५३ तथा चीवरादयो, मो० ण्वा० वृ० १५४।

आदि धातुओं तथा प्रातिपदिकों से इ प्रत्यय होता है ।[1] यथा—

मुन + इ = मुनि　　　　रुच + इ = रुचि[2]

सुच + इ = सुचि　　　　पद (पत) + इ = पति[3]

कव[4] + इ = कवि

ऊर प्रत्यय—विद, वल्ल, मस, सिन्द, दु, कु, कपु, मय, उन्द, खज्ज, कुर आदि धातुओं तथा प्रातिपदिकों से ऊर प्रत्यय होता है ।[5] यथा—

विद + ऊर = वेदूरो　　　　कुर + ऊर = कुरूरो[6]

मस + ऊर = मसूरो　　　　उन्द + ऊर = उन्दूरो, उन्दुरो[7]

खज्ज + ऊर = खज्जूरो　　　　कु + ऊर = कूरो

कपु + ऊर = कप्पूरो[6]　　　　दु + ऊर = दूरो[8]

---

१. मुनादीहि च्वि, क० व्या० ४. ६. ४६, तथा दे० 'इ', मो० ण्वा० वृ० ७ ।' मोग्गल्लान के अनुसार इ प्रत्ययान्त शब्द दधि आदि निपात है, दध्यादयो, मो० ण्वा० वृ० ८ ।

२. इन उदाहरणों तथा ऐसे ही अन्य उदाहरणों में यदि धातुओं के अन्त के पूर्व (उपधा) इ या उ रहे तो 'कि' प्रत्यय का विधान किया है, दे० पुवण्णुपन्ता कि, मो० ण्वा० वृ० ९ ।

३. मोग्गल्लान के अनुसार पति शब्द पद (पत) से न बनकर पा धातु से बना है । इस शब्द के निर्माण प्रक्रिया को बताते हुए वे कहते हैं कि पा तथा वस धातु से अति प्रत्यय होता है, पावसा अति, मो० ण्वा० वृ० ६९ ।

४. मो० ने कव धातु न मानकर कु खद्दे धातु माना है । उ को ओ तथा ओ को अव करके कव बनाकर इ प्रत्यय लगाया है ।

५. विदादीहूरो, क० व्या० ४. ६. ४७ । तथा दे०, खज्जवल्लमसा ऊरी, मो० ण्वा० वृ० १७१ ।

६. कप्पूर, कुरूर आदि आदि ऊर प्रत्ययान्त शब्द को मोग्गल्लान ने निपात बताया है, कप्पूरादयो, मो० ण्वा० वृ० १७२ ।

७. मोग्गल्लान के अनुसार उन्दुरो की व्युत्पत्ति उन्द धातु से 'उर' प्रत्यय करके हुयी है तथा यह शब्द निपात है, विधुरादयो, मो० ण्वा० वृ० १४८ ।

८. दूरो तथा कूरो इन पदों के लिए मोग्गल्लान ने क्रमशः दूरं तथा कुरं पद दिया है । दोनों कच्चायन तथा मोग्गल्लान व्याकरणों में मूल धातु दु तथा कु ही है किन्तु प्रत्यय दोनों धातुओं से मोग्गल्लान के अनुसार रक् होता है, हिचिदुमीनं दीघो च, मो० ण्वा० वृ० १४४ तथा खीसिसिनीसीसुवीकुसूहि रक्, मो० ण्वा० वृ० १४३ ।

नु प्रत्यय—हन, जन, भा, सू आदि धातुओं से नु प्रत्यय होते हैं।[1] यथा—

हन + नु = हनु　　　　भा + नु = भानु[2]

जन + नु = जानु　　　　सू + नु = सूनु[2]

उस्स तथा नुस प्रत्यय—मनु आदि धातुओं तथा प्रातिपादकों से उस्स तथा नुस प्रत्यय होते हैं।[3] यथा—

मनु + उस्स = मनुस्स　　　　मनु + नुस = मानुसो

इस प्रत्यय—पूर, सुण, कु, सु, इल, अल, मह, सि, कि आदि धातुओं तथा प्रातिपदिकों से इस प्रत्यय होता है।[4] यथा—

पूर + इस = पुरिसो[5]　　　　कु + इस = करीसं[6] आदि।

कच्चायन—व्याकरण में उल्लिखित इन उणादि प्रत्ययों के अतिरिक्त ऐसे और भी उणादिप्रत्यय हैं जो पालिभाषा के अध्ययन की दृष्टि से अपना विशेष महत्त्व रखते हैं। ऐसे प्रत्यय मोग्गल्लान की ण्वादिवृत्ति में संकलित हैं। अतएव महत्त्व की दृष्टि से अब उन अवशिष्ट उणादि प्रत्ययों को यहाँ दिया जा रहा है। इन प्रत्ययों का यहाँ उल्लेख करने के कारण विषय का विस्तार अवश्य हो जायेगा। सुधी पाठक इस विस्तार के लिए क्षमा करेंगे।

उ प्रत्यय—भर, मर, चर, तर, अर, गर, घर, हन, तन, मन, भम, कित, धन, वह, कम्ब, अम्ब, इक्ख, चक्ख, भिक्ख, स, क, इन्द, अन्द, यज, पट, अण, अस

---

१. हनादीहि नु णु तवो क० व्या० ४. ६. ४८।

२. मोग्गल्लान के अनुसार इन स्थलों पर नु प्रत्यय न होकर नुक् प्रत्यय होते हैं, सुभा हि नुक्, मो० ण्वा० वृ० ११०।

३. मनुपूरसुणादीहि उस्सनुसिसा, क० व्या० ४. ६. ५०।

४. मनुपूर० क० व्या० ४. ५. ५०।

५. मोग्गल्लान ने इस उदाहरण में 'इस' प्रत्यय के स्थान पर किस (इस) प्रत्यय का विधान किया है तथा पू के दीर्घ ऊ को ह्रस्व करने की बात कही है, पूरतिमाकिसोरस्सो च, मो० ण्वा० वृ० २०९।

६. इस उदाहरण तथा अन्य ऐसे ही उदाहरणों में मोग्गल्लान ने 'इस' प्रत्यय के स्थान पर ईस प्रत्यय करने का विधान किया है। करीसं की व्युत्पत्ति कु धातु से न मान कर 'कर' धातु से मानी है, करा ईसो, मो० ण्वा० वृ० २१०।

आदि धातुओं से उ प्रत्यय होता है ।[1] यथा—

भर + उ = भरु, तन + उ – तनु,

मर + उ = मरु, कित + उ = केतु आदि ।

ऊ प्रत्यय—बन्ध धातु से ऊ प्रत्यय होता है तथा बन्धु को बध आदेश होता है ।[2] यथा—

बन्धु—वध + ऊ = वधू

(पञ्चहि कामगुणेहि अत्तनि सत्रे बन्धती ति वध)

कु प्रत्यय—तप, उस, वीध, कुर, पुथ आदि धातुओं से कु (उ) प्रत्यय होता है ।[3] यथा—

तप + कु = तिपु (तापीयति इति तिपु)

उस + कु = उसु (उसति, दाहं करोति इति उसु)

कुर + कु = कुस

इण प्रत्य—वप, वर, वस, रस, नभ, हर, हन, पण आदि धातुओं से इण प्रत्यय होता है ।[4] यथा—

वप + इण = वापि हर + इण = हारि

रस + इण = रासि पण + इण = पाणि

ई प्रत्यय—तन्द, लक्ख धातुओं से ई प्रत्यय होता है ।[5] यथा—

तन्द + ई = तन्दी लक्ख + ई = लक्खी

रो प्रत्यय—गम धातु से रो प्रत्यय होता है ।[6] यथा—

गम + रो (ओ) = गो[7] (गच्छती ति गो)

---

१. भरमरचरतरअरगरधरहततनमनभमकितधनवहकम्बअम्बइक्खचक्खभिक्खसक-इन्दअन्दयजपटअणअसत्रसपसपंसबन्धा उ, —मो० ण्वा० वृ० २ ।

२. बन्धा ऊ वधो च, मो० ण्वा० वृ० ३ ।

३. तपुसवीधकुरपुथमुदा कु, मो० ण्वा० वृ० ५ । सिन्धु आदि कु प्रत्ययान्त शब्द नियात हैं, सिन्धादयो, मो० ण्वो० वृ० ६ ।

४. वपवरवसरसनभहरहनपणा इण्, मो० ण्वा० वृ० १० ।

५. तन्दलक्खा ई, मो० ण्वा० वृ० १३ ।

६. गमा रो, मो० ण्वा० वृ० १३ ।

७. रानुबन्धन्तसरादिस्स, मो० ४. १३२ से गम के अम का लोप होकर ग् बचता है फिर रो (ओ) प्रत्यय लगकर गो पद बनता है ।

आनक प्रत्यय—भी धातु से आनक प्रत्यय होता है ।[१] यथा—

भी + आनक = भयानको (भायन्ति एतस्का)

आणिक तथा आटक प्रत्यय—सिंघ धातु से आणिक तथा आटक प्रत्यय होते हैं ।[२] यथा—

सिंघ + आणिक = सिङ्घाणिका

सिंघ + आटक = सिङ्घाटक (सिङ्घति एकीभावं याति इति सिंघाटकं)

अक प्रत्यय—कर, सर आदि धातुओं से अक प्रत्यय होता है ।[३] यथा—

कर + अक = करको सर + अक = सरको आदि

आक प्रत्यय—बल, पत आदि धातुओं से अक प्रत्यय होता है ।[४] यथा—

बल + आक = बलाका (बलति जीवति)

पत + आक = पताका (पतति याति)

किक प्रत्यय—विच्छ, अल, गमु तथा मुस आदि धातुओं से किक प्रत्यय होता है ।[५] यथा—

विच्छ + किक (इक) = विच्छिको (विच्छति, याति)

अल + किक (इक) = अलिक

मुस + किक (इक) = मूसिको (मुसतिथेनेति)

कीक प्रत्यय—'इस' आदि धातुओं से कीक (ईक) प्रत्यय होता है ।[६] यथा—

इस + कीक (ईक) = इसीका (इच्छीयति इति)

णुक प्रत्यय—कम तथा पद आदि धातुओं से णुक प्रत्यय होता है ।[७] यथा—

कम + णुक (उक) = कामुको (कामेति इति)

पद + णुक (उक) = पादुको (पज्जति, याति, एतायाति)

---

१. भीत्वानको, मो० ण्वा० वृ० १६ ।

२. सिङ्घा आणिकाटका, मो० ण्वा० वृ० १७ ।

३. करादित्वको, मो० ण्वा० वृ० १८ ।

४. बलपतेह्याको, मो० ण्वा० वृ० १९ । सामाक आदि आक प्रत्ययान्त शब्द निपात हैं, दे०, 'सामाकादयो', मो ण्वा० वृ० २० ।

५. विच्छाळगममुसा किको, मो० ण्वा० वृ० २१ । किंकणिका आदि किक प्रत्ययान्त शब्दों को मोग्गल्लान ने निपात कहा है, दे०, किंकणिकादयो, मो० ण्वा० वृ० २२ ।

६. इसा कीको, मो० ण्वा० वृ० २३ ।

७. कमपदाणुको, मो० ण्वा० वृ० २४ ।

णूक प्रत्यय—मण्ड, सल आदि धातुओं से णूक (ऊक) प्रत्यय होता है।[१] यथा—

मण्ड + णूक (ऊक) = मण्डूकको (मण्डेति, जलं भूसेति)
सल + णूक (ऊक) = सालूकं (सलति, गोचरत्तं उपयाति)

सक प्रत्यय—कस आदि धातुओं से सक प्रत्यय होता है।[२] यथा—

कस + सक = कस्सको (कस्सति)

तिक प्रत्यय—कर आदि धातुओं से तिक प्रत्यय होता है।[३] यथा—

कर + तिक = कत्तिका (करोन्ति कीळं एत्थाति)

ठकण् प्रत्यय—'इस' आदि धातुओं से ठकण् प्रत्यय होता है।[४] यथा—

इस + ठकण् (ठक) = इट्ठका (इच्छीयति)

ख प्रत्यय—सम आदि धातुओं से ख प्रत्यय होता है।[५] यथा—

सम + ख = सङ्खो (उपसमेति)

गक् प्रत्यय—अज, वज, मुद, गद, गम आदि धातुओं से गक् प्रत्यय होता है।[६] यथा—

अज + गक् (ग) = अग्गो (अजति, गच्छति सेट्ठभावं)
वज + गक् (ग) = वग्गो (वजति, समूहत्तं गच्छति)
गम् + गक् (ग) = गङ्गा[७] (गच्छति)

गि प्रत्यय—अग आदि धातुओं से गि प्रत्यय होता है।[८] यथा—

अग + गि = अग्गि (अगति, कुटिलो हुत्वा गच्छति)

---

१. मण्डसलाणूको, मो० ण्वा० वृ० २५। उलूक आदि णूक प्रत्ययान्त शब्द, मोग्गल्लान के मत में निपात हैं। दे०, उलूकादयो, मो० ण्वा० वृ० २६।
२. कसा सको, मो० ण्वा० वृ० २७।
३. करातिको, मो० ण्वा० वृ० २८।
४. इसा ठकण्, मो० ण्वा० वृ० २९।
५. समा खो, मो० ण्वा० वृ० ३०। मुख आदि ख प्रत्ययान्त शब्दों को मोग्गल्लान ने निपात बताया है, दे०, मुखादयो, मो० ण्वा० वृ० ३१।
६. अजवजमुदगदगमा गक्, मो० ण्वा० वृ० ३२।
७. गम धातु से गक् प्रत्यय होने पर 'मनानं निग्गहीतं', मो० ५.९६ से 'म' का अनुस्वार होने पर गङ्गा शब्द बनता है। मोग्गल्लान ने सिङ्ग, पुलिङ्ग आदि गक् प्रत्ययान्त शब्दों को निपात कहा है, दे० सिङ्गादयो, मो० ण्वा वृ० ३३।
८. अगा गि, मो० ण्वा० वृ० ३४।

गु प्रत्यय—'या' तथा वल आदि धातुओं से गु प्रत्यय होता है।[१] यथा—

या + गु = यागु (याति इति)

वल + गु = वग्गु (वलीयति, संवरीयति)

घ प्रत्यय—जन आदि धातुओं से घ प्रत्यय होता है।[२] यथा—

जन + घ = जङ्घा (जायति गमनमेतायति)

च प्रत्यय—चु, सर, वर आदि धातुओं से च प्रत्यय होता है।[३] यथा—

चु + च = चोचं (चवति रुक्खाति)

सर + च = सच्चं (सरति आयति दुक्खं हिंसति)

चु तथा ईचि प्रत्यय—मर आदि धातुओं से चु तथा ईचि प्रत्यय होते हैं।[४] यथा—

मर + चु = मच्चु (मरणं)

मर + ईचि = मारीचि (मारेति, अन्धकारं विनासेति)

छिक् प्रत्यय—कुस, पस आदि धातुओं से छिक् प्रत्यय होता है।[५] यथा—

कुस + छिक् (छ) = कुच्छि (कुसीयति, अक्कोसीयति)

पस + छिक् (छ) = पच्छि (पसीयति, बाधीयति एत्थ)

छुक् प्रत्यय—कस, उस आदि धातुओं से छुक् प्रत्यय होता है।[६] यथा—

कस + छुक् (छ) = कच्छु (कसन्ति, विलेखन्ति एत्थ)

छ प्रत्यय—अस, मस, वद, कुच, कच, आदि धातुओं से छ प्रत्यय होता है।[७] यथा—

अस + छ = अच्छो (असति, खिपति)

वद + छ = वच्छो (वदति)

कच + छ = कच्छो (कचीयति, बन्धीयति)

---

१. यखलागु, मो० ण्वा० वृ० ३५। फेग्गु, भगु, हिङ्गु आदि गु प्रत्ययान्त शब्द निपात हैं, दे०, फेग्वादयो, मो० ण्वा० वृ० ३६।

२. जना घो, मो० ण्वा० वृ० ३७। मेघ, मोघ, सीघ आदि घ प्रत्ययान्त शब्द निपात हैं, दे०, मेघादयो मो० ण्वा० वृ० ३८।

३. चुसरवरा चो, मो० ण्वा० वृ० ३९।

४. मरा चुईचि च, मो० ण्वा वृ० ४०।

५. कुस पसा छिक्, मो० ण्वा वृ० ४१।

६. कसउसा छुक्, मो० ण्वा० वृ० ४२।

७. असमसवदवुचकचा छो, मो० ण्वा० वृ० ४३। गुच्छ, तुच्छ, पुच्छ आदि। छ प्रत्ययान्त शब्द निपात हैं, दे०, गुच्छादयो, मो० ण्वा० वृ० ४४।

जु प्रत्यय—अर धातु से जु प्रत्यय होता है तथा अर को उट् (उ) आदेश होता है।[1] यथा—

अर—उ + जु = उजु (अरति अकुटिलभावेन पवत्तत्ति)

झक् प्रत्यय—गिध आदि धातुओं से झक् प्रत्यय होता है।[2] यथा—

गिध + झक् (झ) = गिज्झो (गेधति)

ञ प्रत्यय—१. कम, यज आदि धातुओं से ञ प्रत्यय होता है।[3] यथा—

कम + ञ = कञ्ञा[4] (कमीयति)

यज् + ञ = यञ्ञो (यजन्ति अनेन)

२. पु धातु से विकल्प से ञ प्रत्यय होता है।[5] यथा—

पु + ञ = पुञ्ञं (पुणाति, सुन्दरत्तं करोति)

३. अर तथा हा धातुओं से ञ प्रत्यय होता है, तथा हा को हिरञ् आदेश होता है।[6] यथा—

अर + ञ = अरञ्ञ (अरीयते गम्यते)

हा—हिर ञ् + ञ = हिरञ्ञं (जहाति सत्तानं हीनत्तन्ति)

कीट प्रत्यय—किर, तर आदि धातुओं से कीट प्रत्यय होता है।[7] यथा—

किर + कीट (ईट) = किरीटं, तर + कीट (ईट) = तिरीटं आदि।

अट प्रत्यय—सक, कस, कर, देव आदि धातुओं से अट प्रत्यय होता है।[8] यथा—

सक + अट = सकटो (सक्कोति भारं वहितुं),

कस + अट + कसटं, कर + अट = करटो,

देव + अट – देवटो आदि।

---

१. अरा जु उट् च, मो० ण्वा० वृ० ४५। रज्जु, मञ्जु, आदि जु प्रत्ययान्त शब्द निपात हैं, दे० रज्जादयो, मो० ण्वा० वृ० ४६।

२. गिधा झक्, मो० ण्वा० वृ० ४७। वञ्झ, विञ्झ सञ्झ आदि झक् प्रत्ययान्त शब्द निपात हैं, दे०, वञ्झादयो, मो० ण्वा० वृ० ४८।

३. कमयजा ञो, मो० ण्वा० वृ० ४९।

४. कम धातु से ञ प्रत्यय जुटने पर 'मनानं निग्गहीतं' मो० ५.३६ से म को निग्गहीत होने पर कञ्ञा बनता है।

५. पुणा ञं, मो० ण्वा० वृ० ५०।

६. अर हाञो हास्सहिरञ् च, मो० ण्वा० वृ० ५१।

७. किरतराकीटा, मो० ण्वा० वृ० ५२।

८. सकादीहाटो. मो० ण्वा० वृ० ५३।

किण प्रत्यय--तिज, कस, तस, दक्ख आदि धातुओं से किण (इण) प्रत्यय होता है तथा 'ज' को 'ख' आदेश होता है।[1] यथा—

तिज + तिख + किण (इण) = तिखिणं,
तस + किण (इण) = तसिणा,
दक्ख + किण (इण) = दक्खिणा आदि।

णि प्रत्यय—वी आदि धातुओं से णि प्रत्यय होता है।[2] यथा--

वी + णि = वेणि   दु + णिं = देणि आदि।

अणि प्रत्यय—गह, अर, धर आदि धातुओं से अणि प्रत्यय होता है।[3] यथा—

गह + अणि = गहणि,   अर + अणि = अरणि,
धर + अणि = घरणि आदि।

ण प्रत्यय—कु, सु आदि धातुओं से ण प्रत्यय होता है।[4] यथा—

कु + ण = कोणो,   सु + ण = सोणो,
कण + ण = कण्णो आदि।

णक् प्रत्यय—सु तथा वी आदि धातुओं से णक् (ण) प्रत्यय होता है।[5] यथा—

सु + णक् = सुणो (सुणोति)
वी + णक् = वीणा (वीयति इति वीणा)

अण् प्रत्यय—रु पूर आदि धातुओं से अण प्रत्यय होता है।[6] यथा—

रु + अण = रवणो,   पूर + अण = पूरणो आदि।

रतु प्रत्यय —जन, कर आदि धातुओं से रतु प्रत्यय होता है।[7] यथा—

जन + रतु (तु) = जतु,   कर + रतु = कतु आदि

उन्त प्रत्यय—सक आदि धातुओं से उन्त प्रत्यय होता है।[8] यथा—

---

१. तिजकसतसदक्खाकिणो जस्स ओ च, मो० ण्वा० वृ० ६०।
२. वीआदितो णि, मो० ण्वा० वृ० ६१।
३. गहादीह्यणि, मो० ण्वा० वृ० ६२।
४. क्वादितो णो, मो० ण्वा० वृ० ६५।
५. सुवीहि णक्, मो० ण्वा० वृ० ६६। तिण आदि णक् प्रत्ययान्त शब्द निपात हैं, दे०, तिणादयो, मो० ण्वा० वृ० ६७।
६. खणवरणपूरणादयो, मो० ण्वा० वृ० ६८।
७. जनकरारतु, मो० ण्वा० वृ० ७३।
८. सका उन्तो, मो० ण्वा० वृ० ७४।

सक + उन्त = सकुन्तो (आकासे गन्तुं सक्कोति)

ओत प्रत्यय—कप आदि धातुओं से ओत प्रत्यय होता है।[1] यथा—

कप + ओत = कपोतो आदि।

अन्त प्रत्यय—वस, हि, सि आदि धातुओं से अन्त प्रत्यय होता है। यथा—

वस + अन्त = वसन्तो,[2] हि + अन्त = हेमन्तो[3]

सि + अन्त = सीमन्तो[3] आदि।

इत प्रत्यय—हर, रुह, कुल आदि धातुओं से इत प्रत्यय होता है।[4] यथा—

हर + इत = हरितो (अत्तनो सिनेहं हरति)

रुह + इत = रोहितो (रुहति), रोहितं भी :

अत प्रत्यय—भर, रञ्ज, यज आदि धातुओं से अत प्रत्यय होता है।[5] यथा—

भर + अत = भरतो (भरति इति भरतो)

रञ्ज + अत = रजतं (रञ्जन्ति एत्थ इति)

आतक् प्रत्यय—किर, अल, चिल आदि धातुओं से आतक् प्रत्यय होता है।[6] यथा—

किर + आतक् (आत) = किरातो[7] (किरति इति)

अल + आतक् (आत) = अलात आदि

थु प्रत्यय—वस, मस, कुस आदि धातुओं से थु प्रत्यय होता है।[8] यथा—

वस + थु = वत्थु (वसन्ति एत्थ)

मस + थु = मत्थु (दधिं आमसति)

कुस + थु = कोत्थु (कुसति, अक्कोसति)

थि प्रत्यय—सक, वस आदि धातुओं से थि प्रत्यय होता है।[9] यथा—

---

१. कपा ओतो, मो० ण्वा० वृ० ७५।

२. वसादीह्यन्तो, मो० ण्वा० वृ० ७६।

३. हिसीनं मुक् च, मो० ण्वा० वृ० ७७। इस सूत्र से अन्त प्रत्यय तथा धातुओं के बाद म का आगम भी होता है।

४. हररुहकुला इतो, मो० ण्वा० वृ० ७८।

५. भरादीह्यतो, मो० ण्वा० वृ० ७९।

६. किरादीह्यातक्, मो० ण्वा० वृ० ८०।

७. र का ल होने पर किलातो भी बनता है।

८. वसमसकुसा थु, मो० ण्वा० वृ० ८९।

९. सकवसा थि, मो० ण्वा० वृ० ९०।

सक + थि = सत्थि (सक्कोति गन्तुमनेन)

वस + थि = वत्थि (वसीयति अच्छादीयति)

थिक् प्रत्यय—वी धातु से थिक् प्रत्यय होता है।[१] यथा—

वी + थिक् (थि) = वीथि (वीयन्ति, गच्छन्ति)

रथिण् प्रत्यय—'सर' धातु से रथिण् (रथि) प्रत्यय होता है।[२] यथा—

सर + रथिण् (रथि) = सारथि (सारेति इति)

इथि प्रत्यय—ता, अत आदि धातुओं से इथि प्रत्यय होता है।[3] यथा—

ता + इथि = तिथि (तायति, पालेति)

अत + इथि = अतिथि (अतति, गच्छति इति)

थी प्रत्यय—'इस' धातु से 'थी' प्रत्यय होता हैं।[४] यथा—

इस + इत्थी (इच्छति, इच्छीयति वा)

धुक् प्रत्यय—सी धातु से धुक् प्रत्यय होता है।[५] यथा—

सी + धुक् (धु) = सीधु (सयन्ति एतायन्ति)

कुन प्रत्यय—वर, अर, कर, तर, दर, यम, अज्ज, मिथ, सक आदि धातुओं से कुन प्रत्यय होता हैं।[६] यथा—

वर + कुन (उन) वरुणो (वारेति इति)

अर + कुन (उन) = अरुणो (अरति, गच्छति)

कर + कुन (उन) = करुणा

यम + कुन (उन) = यमुना आदि।

इन प्रत्यय—अज, वज आदि धातुओं से इन प्रत्यय होता है।[७] यथा—

अज + इन = अजिनं (अजति, विक्कपं याति)

कन प्रत्यय—किर धातु से कन प्रत्यय होता है।[८] यथा—

किर + कन (अन) = किरणा

---

१. वीतो थिक्, मो० ण्वा० वृ० ९१।

२. सरिस्सा रथिण्, मो० ण्वा० वृ० ९२।

३. ताता इथि, मो० ण्वा० वृ० ९३।

४. इसा थी, मो० ण्वा० वृ० ९४।

५. सीतो धुक्, मो० ण्वा० वृ० १००।

६. वरअरकरतरदरयमअज्जमिथसकाकुनो, मो० ण्वा० वृ० १०१।

७. अजा इनो, मो० ण्वा० वृ० १०२। विपिन आदि 'इन' प्रत्ययान्त शब्द निपात हैं, दे० विपिनादयो, मो० ण्वा० वृ० १०३।

८. किरा कनो, मो० ण्वा० वृ० १०४।

नक् प्रत्यय--दी, जि, इ, मी आदि धातुओं से नक् प्रत्यय होता है।[१] यथा–

दी + नक (न) = दीनो जि + नक् (न) = जिनो

मी + नक् (न) = मीनो आदि।

न प्रत्यय--सि, धा, वो, वा आदि धातुओं से न प्रत्यय होता है।[२] यथा--

सि + न = सेनो[3] धा + न = धाना

वी + न = वेनो आदि।

तन प्रत्यय--वी, पत आदि धातुओं से तन प्रत्यय होता है।[४] यथा--

वी + तन = वेतनं पत + तन = पत्तनं आदि।

तनक् प्रत्यय--रम् धातु से तनक् प्रत्यय होता है।[५] यथा—

रम + तनक् (तन) = रतनं आदि।

अनि प्रत्यय—वत्त, अट, अव, धम, अस आदि धातुओं से अनि प्रत्यय होता है।[६] यथा—

वत्त + अनि = वत्तनी अस + अनि = असनि

धम + अनि = धमनी

नि—यु धातु से नि प्रत्यय होता है।[७] यथा--

यु + नि = योनि

प प्रत्यय—१. चम, आप, पा, वप आदि धातुओं से प प्रत्यय होता है।[८] यथा— चम + प = चम्पा वप + प = वप्पो आदि।

२. यु, थु, कु आदि धातुओं से प प्रत्यय होता है तथा उनको दीर्घ हो जाता है।[९] यथा—

यु + प = यूपो थु + प = थूपो आदि।

कु + प = कूपो

---

१. दीजिइमीहि नक्, मो० ण्वा० वृ० १०५।

२. सिधावीवाहिनो, मो० ण्वा० वृ० १०६। 'ऊन' आदि 'न' प्रत्ययान्त शब्द निपात हैं, दे० ऊनादयो, मो० ण्वा० वृ० १०७।

३. सेना रूप भी इसी धातु से बनता है।

४. वीपता तनो, मो० ण्वा० वृ० १०८।

५. रमा तनक्, मो० ण्वा० वृ० १०९।

६. वत्त अटअवधमअसेह्यनि, मो० ण्वा० वृ० ११२।

७. युतो नि, मो० ण्वा० वृ० ११३।

८. चमआयवावपया पो, मो० ण्वा० वृ० ११४।

९. युथुकूनं दीघो च, मो० ण्वा० वृ० ११५।

पक् प्रत्यय--खिप, सुप, नी, सू, पू आदि धातुओं से पक् (प) प्रत्यय होता है।[1] यथा--

खिप + पक् (प) = खिप्पं   नी + पक् (प) = नीपो आदि।

सुप + पक् (प) सुप्पं

अप प्रत्यय--सास आदि धातुओं से अप प्रत्यय होता है।[2] यथा--

सास + अप = सासपो   कुण + अप = कुणपो आदि।

वि + अप = विटपो

फ प्रत्यय--गुप आदि धातुओं से फ प्रत्यय होता है।[3] यथा--

गुप + फ = गोप्फो आदि।

ब प्रत्यय--गर, सर, अम आदि धातुओं से ब प्रत्यय होता है।[4] यथा--

गर + ब = गब्बो   अम + ब = अम्बो आदि।

सर + ब = सब्बो

वि प्रत्यय--दर आदि धातुओं से बि प्रत्यय होता है।[5] यथा-

दर + बि = दब्बि

अभ प्रत्यय--कर, सर, सल, कल, वल्ल, वस आदि धातुओं से अभ प्रत्यय होता है।[6] यथा--

कर + अभ = करभो   कल + अभ = कलभो (कळभो भी)

सर + अभ = सरभो   वल्ल + अभ = वल्लभो आदि।

रभ प्रत्यय--गद आदि धातुओं से रभ प्रत्यय होता है।[7] यथा--

गद + रभ = गद्रभो

---

१. खिपसुपनीसूपूहि पक्, मो० ण्वा० वृ० ११६। सिप्प आदि पक् प्रत्ययान्त शब्द निपात हैं, दे०, सिप्पादयो, मो० ण्वा० वृ० ११७।

२. सासा अपो, मो० ण्वा० वृ० ११८। विटप आदि अप प्रत्ययान्त शब्द निपात हैं, दे०, विटपादयो, मो० ण्वा० वृ० ११९।

३. गुपा फो, मो० ण्वा० वृ० १२०।

४. गरसरादीहिबो, मो० ण्वा० वृ० १२१। निम्ब आदि ब प्रत्ययान्त शब्द निपात हैं, दे० निम्बादयो, मो० ण्वा० वृ० १२२।

५. दरा वि, मो० ण्वा० वृ० १२३।

६. करसरसलफलबल्लवसा अभो, मो० ण्वा० वृ० १२४।

७. गदा रभो, मो० ण्वा० वृ० १२५।

कभ प्रत्यय—उस, रास आदि धातुओं से कभ प्रत्यय होता है।[1] यथा—

उस + कभ (अभ) = उसभो,

रास + कभ (अभ) = रासभो (रासति नदति इति) आदि।

भक् प्रत्यय—'इ' आदि आतुओं से भक् (भ) प्रत्यय होता है।[2] यथा—

इ + भक् (भ) = इभो (एति गच्छति इति)

भ प्रत्यय—गर, अव आदि धातुओं से भ प्रत्यय होता है।[3] यथा—

गर + भ = गब्भो (गरति, बहि निक्खमनवसेन सिञ्चति इति)

कुम प्रत्यय—उस, कुस, पद, सुख आदि धातुओं से कुम प्रत्यय होता है।[4] यथा—

उस + कुम (उम) = उसुमं (उसति दहति, इति)

कुस + कुम (उम) = कुसुमं (कुसति अव्हयतीति)

पद + कुम (उम) = पदुमं (पज्जति देवपूजानं याति) आदि।

उम प्रत्यय—गुध आदि धातुओं से 'उम' प्रत्यय होता है।[5] यथा—

गुध + उम = गोधुमो (गुधति, परिवेठतीति)

अम प्रत्यय—पठ धातु से अम प्रत्यय होता है।[6] यथा—

पठ + अम = पठमं

इम प्रत्यय—चर धातु से इम प्रत्यय होता है।[7] यथा—

चर + इम = चरिमं (चरति, हीनत्तं यांतीति)

मक् प्रत्यय—हि, धू भी आदि धातुओं से मक् प्रत्यय होता है।[8] यथा—

हि + मक् (म) = हिमं (हिनोति पवत्ततीति),

धू + मक् (म) धूमं (धुनाति, कम्पति इति)

भी + मक् (म) = भीमो आदि।

---

१. उसरासा कभो, मो० ण्वा० वृ० १२६।

२. इतो भक्, मो० ण्वा० वृ० १२७।

३. गरअवा भो०, मो ण्वा० वृ० १२८। सोब्भ आदि भ प्रत्ययान्त शब्द निपात हैं दे० सोब्भादयो, मो० ण्वा० वृ० १२९।

४. उसकुसपदसुखा कुमो, मो० ण्वा, वृ० १३०। वटुम आदि कुम प्रत्ययान्त शब्द निपात हैं, दे०, वटुमादयो, मो० ण्वा, वृ० १३१।

५. गुधा उमो, मो० ण्वा० वृ० १३२।

६. पठचराअमिभा, मो० ण्वा वृ० १३३।

७. पठचरा०, मो० ण्वा० वृ० १३३।

८. हिधूहि मक्, मो० ण्वा० वृ० १३४।

रीसन प्रत्यय—भी धातु से रीसन (ईसन) प्रत्यय भी होता है।[१] यथा—

भी + रीसन (ईसन) = भीसनो।

म प्रत्यय—खी, सु, वी, या, गा, हि, सा, लू, खु, हु, मर, धर, कर, घर, जम, अम, सम, आदि धातुओं से म प्रत्यय होता है।[२] यथा—

खी + म = खेमो, सु + म = सोमो (सुणाति इति),
या + म = यामो (याति इति) गा + म = गामो (गायन्ति एत्थ इति),
हि + म = हेमो (हिनोति पवत्ततीति) आदि।

मि प्रत्यय—नी आदि धातुओं से मि प्रत्यय होता है।[3] यथा—

नी + मि = नेमि (नयति इति)

य प्रत्यय—मा, छा, जन आदि धातुओं से य प्रत्यय होता है।[४] यथा—

मा + य = माया (मेति, परिमेति अज्जेन उत्तमेन गुणेन अत्तनो गुणन्ति)
छा + य = छाया। जन + य = जाया[५]।

रक् प्रत्यय—धा, ता आदि धातुओं से रक् प्रत्यय होता है तथा अन्त में आने वाले स्वर को ई आदेश होता है।[६] यथा—

धा → धी + रक् (र) = धीरो
ता → ती + रक् (र) = तीर आदि।

दुर प्रत्यय—दद धातु से दुर प्रत्यय होता है।[७] यथा—

दद + दुर = दद्दुरो

---

१. भीतोरीसनो च, मो० ण्वा० वृ० १३५।

२. खीसुवीयागाहिसालूखुहुमरधरकरघरजमअमसभा मो, मो०ण्वा० वृ० १३६। अस्मा भस्मं आदि म प्रत्ययान्त शब्द निपात हैं, दे० अस्मादयो, मो० ण्वा० वृ० १३७।

३. नीतो मि, मो० ण्वा० वृ० १३८ मोग्गल्लान ने अमि, भूमि, रस्मि आदि मि प्रत्ययान्त शब्दों को निपात कहा है। दे० अमिभूमिनिमिरस्मि, मो० ण्वा० वृ० १३९।

४. माछाहि यो, मो० ण्वा० वृ० १४०।

५. जन धातु से य प्रत्यय होता है तथा 'जन' को 'जा' आदेश होता है, दे० जनिस्स जा च, मो० ण्वा० वृ० १४१। हृदयं, तनयो आदि य प्रत्ययान्त शब्द निपात हैं, दे० हृदयादयो; मो० ण्वा० वृ० १४२।

६. धातानमी च, मो० ण्वा० वृ० १४५। भद्रं, विचित्र आदि रक् प्रत्ययान्त शब्द निपात हैं दे०, भद्रादयो, मो० ण्वा० वृ० १४६।

७. ददगरेहि दुर भरा, मो० ण्वा० वृ० १५१।

भर प्रत्यय—गर धातु से 'भर' प्रत्यय होता है ।[1] यथा—

गर + भर = गब्भरो

क्रर प्रत्यय—कु आदि धातुओं से क्रर (रर) प्रत्यय होता है ।[2] यथा—

कु + क्रर (रर) = कुररो ।

छर प्रत्यय—वस, अस आदि धातुओं से छर प्रत्यय होता है ।[3] यथा—

वस + छर = वच्छरो, अस + छर = अच्छरा ।

मस + छर = मच्छरं ।

छेर प्रत्यय—मस धातु से छेर प्रत्यय भी होता है ।[4] यथा—

मस + छेर = मच्छेरं ।

सर प्रत्यय—धू, वा आदि धातुओं से सर प्रत्यय होता है ।[5] यथा—

धू + सर = धूसरो, वा + सर = वासरो आदि ।

अर प्रत्यय—१. भ्रम, तस, मन्द आदि धातुओं से अर प्रत्यय होता है ।[6] यथा—

भम + अर = भमरो, तस + अर = तसरो,

मन्द + अर = मन्दरो, कन्द + अर = कन्दरो

२. वद धातु से अरप्रत्यय होता है तथा वद को बद आदेश होता है ।[7] यथा—

वद → बद + अर = बदरो ।

३. वद तथा जन धातु से अर प्रत्यय होता है तथा इन धातुओं के अन्त को ठ आदेश होता है ।[8] यथा—

वद → वठ + अर = वठरो । (यहाँ वद–बद नहीं हुआ)

जन → जठ + अर = जठरो ।

४. पच धातु से अर प्रत्यय होता है तथा पच को पिठ आदेश होता है ।[9] यथा—

पच → पिठ + अर = पिठरो ।

---

१. दरगरेहि०, मो० ण्वा० वृ० १५१ ।

२. कुतो क्ररो, मो० ण्वा० वृ० १५५ ।

३. वसअसा छरो, मो० ण्वा० वृ० १५६ ।

४. मसा छेरो च, मो० ण्वा० वृ० १५७ ।

५. धूवातो सरो, मो० ण्वा० वृ० १५८ ।

६. भमादीहयरो, मो० ण्वा० वृ० १५९ ।

७. वदिस्स बदा च, मो० ण्वा० वृ० १६० ।

८. वदजनानं ठङ्च, मो० ण्वा० वृ० १६१ ।

९. पचिस्सिठङ्च, मो० ण्वा० वृ० ।

अरण प्रत्यय—वक आदि धातुओं से अरण (अर) प्रत्यय होता है।[१] यथा—

वक + अरण (अर) = वाकरा

आर प्रत्यय— १. सिङ्गि, अंग, अग, मज्ज, कल, आदि नाम–धातुओं से आर प्रत्यय होता है।[२] यथा—

सिङ्गि + आर = सिङ्गारो, अंग + आर = अङ्गारो,

अग + आर = अगारं मज्ज + आर = मज्जारो आदि।

२. कम धातु से आर प्रत्यय होता है तथा कम को कुम आदेश होता है।[३] यथा—

कम → कुम + आर = कुमारो।

मार प्रत्यय—कर आदि धातुओं से मार प्रत्यय होता है।[४] मथा—

कर + मार = कम्मारो।

खर प्रत्यय—पुस, सर आदि धातुओं से खर प्रत्यय होता है।[५] यथा—

पुस + खर = पोक्खरं, सर + खर = सक्खरा आदि।

कीर प्रत्यय—सर, वस, कल आदि धातुओं से कीर प्रत्यय होता हैं तथा व कों उट् (उ) आदेश होता है।[६] यथा—

सर + कीर (ईर) = सरीरं,

वस—उस + कीर (ईर) = उसीरं आदि!

ओर प्रत्यय—कठ, चक आदि धातुओं से 'ओर' प्रत्यय होता है।[७] यथा—

कठ + ओर = कठोरो। चक + ओर = चकोरो

एरक् प्रत्यय—कु धातु से एरक् (एर) प्रत्यय होता है।[८] यथा—

कु + एर = कुवेरो

---

१. वका अरण, मो० ण्वा० वृ० १६३।

२. सिङ्गिअंगअगमज्जकलअल आरो, मो० ण्वा० वृ० १६४।

३. कमिस्सस्सु च, मो० ण्वा० बृ० १६५। भिङ्गारो, केदारं आदि आर प्रत्ययान्त शब्द निपात हैं, दे० भिङ्गारादयो, मो० ण्वा० १६६।

४. करामारो, मो० ण्वा० वृ०, १६७।

५. पुससरेहि खरो, मो० ण्वा० वृ० १६८।

६. सरवसकलाकीरो वस्सुट् च, मो० ण्वा० वृ० १६९। गम्भीरो कुव्वरो आदि 'कीर' प्रत्ययान्त शब्द निपात हैं, दे० गम्भीरादयो, मो० ण्वा० वृ० १७०।

७. कठचका ओरो, मो० ण्वा० वृ० १७३। मोरो, किसोरो आदि 'ओर' प्रत्ययान्त शब्द निपात हैं, दे० मोरादयो, मो० ण्वा० वृ० १७४।

८. कुतो एरक्, मो० ण्वा० वृ० १७५।

रिक् प्रत्यय—भू, सू, आदि धातुओं से रिक् (रि) प्रत्यय होता है।[१] यथा—

भू + रिक् (र) = भूरि, (भूरी भी बनता है)

सू + रिक् (रि) = सूरि।

रु प्रत्यय—मी, कसी आदि धातुओं से 'रु' प्रत्यय होता है।[२] यथा—

मी + रु = मेरु, कसी + रु = कसेरु, आदि।

एरु प्रत्यय—सिना धातु से एरु प्रत्यय होता है।[३] यथा—

सिना + एस = सिनेस

रुक् प्रत्यय—भी तथा रू आदि धातुओं से रुक् (रू) प्रत्यय होता है।[४] यथा—

भी + रुक् (रु) = भीरु, रू + रुक् = रूरु आदि।

बूल प्रत्यय—तम धातु से बूल प्रत्यय होता है।[५] यथा—

तम + बूल = तम्बूलं।

लक् तथा वाल प्रत्यय—सि धातु से लक् (ल) तथा वाल प्रत्यय होता हैं।[६] यथा—

सि + लक् (ल) = सिला, (सेलो भी बनता है)

सि + वाले = सेवालो आदि।

कल तथा काल प्रत्यय—कुल धातु से कल तथा काल प्रत्यय होते हैं।[७] यथा—

कुल + काल (अल) = कुललो, कुल + काल (आल) = कुलालो आदि।

ल प्रत्यय—मा, इ, कल आदि धातुओं से ल प्रत्यय होता है।[८] यथा—

मा + ल = माला, इ + ल = एला,

कल + ल = कल्लं आदि।

इल प्रत्यय—अन, सल, कल, कुक, सठ, मह आदि धातुओं से इल प्रत्यय होता है।[९] यथा—

---

१. भू सू हि रिक्, मो० ण्वा० वृ० १७६।

२. मीकसीनीहिरु, मो० ण्वा० वृ० १७७।

३. सिना एरु, मो० ण्वा० वृ० १७८।

४. भीरूहि रुक्, मो० ण्वा० वृ० १७९।

५. तमा बूलो, मो० ण्वा० वृ० १८१।

६. सितो लक्वाला, मो० ण्वा० वृ० १८१।

७. कुला कालो च, मो० ण्वा० वृ० १८५।

८. मादितो लो, मो० ण्वा० वृ० १८८।

९. अनसलकलकुलसठ महा इलो, मो० ण्वा० वृ० १८९।

अन + इल = अनिलो, सल + इल = सलिलं,
कल + इल = कलिलं, कुक + इल = कोकिलो,
मह + इल = महिला (महीयति पूजयति इति) आदि ।

किल प्रत्यय—कुट धातु से किल (इल) प्रत्यय होता है ।[1] यथा—

कुट + किल (इल) = कुटिलो ।

कुल प्रत्यय—चट, कण्ड, वट्ट, पुथ आदि धातुओं से 'कुल' प्रत्यय होता है ।[2] यथा—

चट + कुल (उल) = चटुलो, वट्ट + कुल (उल) = वट्टुलो,
पुथ + कुल (उल) = पुथुलो ।

ओल प्रत्यय—कल्ल, कप, तक्क, पट आदि धातुओं से 'ओल' प्रत्यय होता है ।[3] यथा—

कल्ल + ओल = कल्लोलो, कप + ओल = कपोलो आदि ।

उल प्रत्यय तथा उलि प्रत्यय—अङ्ग धातु से उल तथा उलि प्रत्यय होते हैं ।[4] यथा—

अङ्ग + उल = अङ्गुल, अङ्ग + उलि = अङ्गुलि आदि ।

अलि प्रत्यय—अञ्जन धातु से अलि प्रत्यय होता है ।[5] यथा—

अज्जन + अलि = अञ्जलि ।

लि प्रत्यय—छद धातु से लि प्रत्यय होता है ।[6] यथा—

छद + लि = छल्ली ।

अव प्रत्यय—'पिल' पल पण, आदि धातुओं से 'अव' प्रत्यय होता है ।[7] यथा—

पिल + अव + पेलवो, पल + अव = पल्लवो,
पण + अव = पणवो आदि ।

---

१. कुटा किलो मो० ण्वा० वृ० १९० । मिथिलं, कपिलो, यिथिला आदि किल प्रत्ययान्त शब्द निपात हैं, दे० मिथिलादयो, मो० ण्वा० वृ० १९१ ।

२. चटकण्डवट्टपुथा कुलो, मो० ण्वा० वृ० १९२ । तुमुलो, निचुलो आदि 'कुल' प्रत्ययान्त शब्द नियात हैं, दे० तुमुलादयो, मो० ण्वा० वृ० १९३ ।

३. कल्लवतक्कपटा ओलो, मो० ण्वा० वृ० १९४ ।

४. अङ्गा उलोलि, मो० ण्वा० वृ० १९५ ।

५. अज्जालि, मो० ण्वा० वृ० १९६ ।

६. छदा लि, मो० ण्वा० वृ० १९७ । अल्लि, नीलि, दालि आदि लि प्रत्ययान्त शब्द निपात हैं, दे०, अल्लादयो, मो० ण्वा० वृ० १९८ ।

७. पिलादीहयवो, मो० ण्वा० वृ०, १९९ । साळवो, कितवो आदि अव प्रत्ययान्त शब्द निपात हैं, दे० साळवादयो, मो० ण्वा० वृ० २०० ।

आव प्रत्यय--सर धातु से आव प्रत्यय होता है ।[1] यथा—

सर + आव = सरावो ।

णुव प्रत्यय—अल, मल, बिल आदि धातुओं से णुव प्रत्यय होता है ।[2] यथा—

अल + णुव (उव) = आलुवो, मल + णुव (उव) = मालुवो,
बिल + णुव (उव) = बेलुओ आदि ।

ईव प्रत्यय—गा आदि धातुओं से ईव प्रत्यय होता है ।[3] यथा—

गा + ईव = गीवा

क्व तथा क्वा प्रत्यय—'सु' विद आदि धातुओं से 'क्व' तथा क्वा प्रत्यय होते हैं ।[4] यथा--

सु + क्व (व) = सुवो सु + क्वा (वा) = सुवा
विद + क्वा (वा) = विद्वा ।[5]

रेव प्रत्यय—थु धातु से रेव प्रत्यय होता है ।[6] यथा--

थुव + रेव (एव) = थेवो ।

रिव प्रत्यय—सम धातु से रिव प्रत्यय होता है ।[7] यथा—

सम + रिव (इव) = सिवो, सिवा, सिवं ।

रवि प्रत्यय—छद धातु से 'रवि' प्रत्यय होता है ।[8] यथा--

छद + रवि (वि) = छवि

रिब्बिस प्रत्यय---'कर' धातु से रिब्बिस प्रत्यय होता है ।[9] यथा—

कर + रिब्बिस (इब्बिस) = कब्बिसं

---

१. सरा आवो, मो० ण्वा० वृ० २०१ ।
२. अलमलबिला णुवो, मो० ण्वा० वृ० २०२ ।
३. गात्वीवो, मो० ण्वा० वृ० २०३ ।
४. सुतो क्व क्वा, मो० ण्वा० वृ० २०४ ।
५. विद्वा, मो० ण्वा० वृ० २०५ । विद धातु से क्वा प्रत्यय होता है तथा पररूपभाव होता है ।
६. थुतो रेवो, मो० ण्वा० वृ० २०६ ।
७. समारिवो, मो० ण्वा० वृ० २०७ ।
८. छदा रवि, मो० ण्वा० वृ० २०८ ।
९. करा रिब्बसो, मो० ण्वा० वृ० २१२ ।

स प्रत्यय--सस, अस, वस, इन, वन, भन, अन, कम आदि धातुओं से 'स' प्रत्यय होता है।[१] यथा--

सस + स = सस्सं, अस + स = अस्सो,
वस + स = वस्सं, विस + स = विस्सो,
हन + स = हंसो, अन + स = अंसो आदि

सक् प्रत्यय---आमि, थु, कु, सी आदि धातुओं से सक् प्रत्यय होता है।[२] यथा--

आमि + सक् (स) = आमिसं, थु + सक् (स) = थुसो,
कु + सक् (स) = कुसो, सी + सक् (स) सीसं आदि ।

णिसक् प्रत्यय--सु धातु से णिसक् प्रत्यय होता है।[३] यथा--

सु + णिसक् (णिस) = सुणिसा

अस प्रत्यय---वेत, अत, यु, पन, अल, कल, चम आदि धातुओं से 'अस' प्रत्यय होता है।[४] यथा--

वेत + अस = वेतसो, अत + अस = अतसो (अतसी भी),
पन + अस = पनसो, अल + अस = अलसो,
कल + अस = कलसो आदि ।

असण्, सक्, पास तथा कस प्रत्यय---वय, दिव, कर, कर आदि धातुओं से क्रमशः असण् (वय से), सक् (दिव से), दास (कर से) तथा (करसे) प्रत्यय होते हैं।[५] यथा--

वय + असण् (अस) = वायतो, दिव + सक्(स) = दिवसो,
कर + पास = कप्पासो, कर + कस = कक्कसो आदि ।

सु प्रत्यय---सस, मस, दंस, अस आदि धातुओं से सु प्रत्यय होता है।[६] यथा---

सस + सु = सस्सु, मस + सु = मस्सु,
अस + सु = अस्सु आदि ।

दसुक् प्रत्यय---विद धातु से दसुक् प्रत्यय होता है।[७] यथा--

विद + दसुक (असु) = विदस्सु ।

---

१. ससअसवसविसहनवनभनअनकमा सो, मो० ण्वा० वृ० २१३ ।

२. आमिथुकुसितो सक्, मो० ण्वा० वृ०, २१४। फस्सो, पोसो, अङ्कुसो आदि । सक् प्रत्ययान्त शब्द निपात हैं, दे० फस्सादयो, मो० ण्वा० वृ० २१५ ।

३. सुतो णिसक्, मो० ण्वा० वृ० २१६ ।

४. वेतअतयुपनअलकलचमा असो, मो० ण्वा० वृ० । २१७ ।

५. वयदिवकर करेहि असण् सक् पासकसा, मो० ण्वा० वृ० २१८ ।

६. ससमसदसअसा सु, मो० ण्वा० वृ० २१९ ।

७. विदा दसुक्, मो० ण्वा० वृ० २२० ।

रीह प्रत्यय--सस धातु से रीह प्रत्यय होता है ।[1] यथा--

सस + रीह (ईह) = सीहो

ह प्रत्यय--जीव तथा अम धातुओं से ह प्रत्यय होता है ।[2] यथा--

जीव + ह = जिव्हा, अम + ह = अम्हं आदि

हि तथा ही प्रत्यय--पण तथा उ पूर्वक सह धातुओं से हि (उ पूर्वक सह धातु से) तथा 'ही' (पण धातु से) प्रत्यय होते हैं ।[3] यथा--

पण + ही = पण्ही उस्सह + हि = उस्सोळिह[4] आदि ।

ळ प्रत्यय--खी, मि, पी, चु, मा, वा तथा का आदि धातुओं से ळ प्रत्यय होता है, तथा 'उ' का विकल्प से दीर्घ हो जाता है ।[5] यथा--

खी + ळ = खेळो, मि + ळ = मेळो,

चु + ळ = चूळा (चोळो भी) आदि ।

ळक् प्रत्यय--गु धातु से ळ तथा ळक् प्रत्यय होता है ।[6] यथा--

गु + ळक् = गुळो, (गोळो भी)

ळि प्रत्यय--पा धातु से ळि प्रत्यय होता है ।[7] यथा--

पा + ळि = पाळि

लु प्रत्यय--वी धातु से लु प्रत्यय होता है ।[8] यथा--

वी + लु = वेलु आदि !

१. ससा रीहो, मो० ण्वा० वृ० २२१ ।
२. जीवामा हो वमा च, मो० ण्वा० वृ० २२२ । तण्हा, कण्हो आदि ह प्रत्ययान्त शब्द निपात हैं, दे० तण्हादयो, मो० ण्वा० वृ० २२३ ।
३. पणुस्सहा हि ही णो लङ् च, मो० ण्वा० वृ० २२४ ।
४ धातु में ळङ् का आगम होकर उस्सो ळ् हि = उस्सोळिह, बना ।
५. खीमिपीचुमावाकाहि ळो उस्स वा दीघो च, मो० ण्वा० वृ० २२५ ।
६. गुतो ळक् च, मो० ण्वा० वृ० २२६ । पङ्गुळो, कक्खलो आदि । ळक् प्रत्ययान्त शब्द निपात हैं, दे० पङ्गुळादयो, मो० ण्वा० वृ० २२७ ।
७. पातो ळि, मो० ण्वा० वृ० २२८ ।
८. वीतो लु, मो० ण्वा० वृ० २२९ ।

इन उपादि प्रत्ययों के अतिरिक्त कुछ ऐसे सामान्य नियम हैं जिनका उपयोग इन उणादिप्रत्ययों को धातुओं के साथ जोड़कर उपयुक्त पदनिर्माण में अत्यावश्यक हैं। उन्हीं कुछ नियमों को (कच्चायन व्याकरण के अनुसार) नीचे दिया जा रहा हैं--

१. गह धातु के उपधा (उपान्त स्वर) को विकल्प से ए होता है।[१] यथा-

गह + अ = ग् ए हं = गेहं।

२. मसु प्रातिपदिक के सु को च्छर तथा च्छेर आदेश होते हैं।[२] यथा--

मसु + सि = मच्छरो, मच्छेरो।

३. आपूर्वक चर धातु को च्छरिय, च्छर तथा च्छेर आदेश होते हैं।[3] यथा-

आ + चर = आच्छरिय, अच्छरिय, अच्छेरं।

४. मथि धातु के थ को ल तथा लक आदेश होते हैं।[४] यथा--

मथि + अ = मल + अ = मल्लो।

मथि + अ = मलक + अ = मल्लको, मल्लं।

५. वज, इञ्ज, अञ्जु, सद, विद, सज, पद, हन, इसु, सद, सि, धा, चर, कर, रुज, पद, रिच, कित, कुच, मद, लभ, रद, तिर, अज, तिज, गमु, धस, रुच, पुच्छ, मुह, वस, कुच, कथ, तुद, वस, पिस, मुद, भुस, सत, धु, नट, निति, तथ आदि धातुओं से उपसर्ग एवं प्रत्ययादि सहित पब्बज्जा आदि शब्द निपात कहलाते हैं।[५] यथा--

प + वज = पब्बज्जा।

६. यदि चकारान्त एवं जकारान्त धातु के बाद ण अनुबन्ध वाले (जिससे ण् का लोप हो गया है) प्रत्यय आते हैं तो च को क तथा ज को ग आदेश होता है।[६] यथा--

उच + ण = ओको, चज + ण = चागो आदि।

---

१. गहस्सुपधस्से वा, क० व्या० ४. ६. ६।
२. मसुस्स सुस्स च्छरच्छेरा, क० व्या० ४. ६. ७।
३. आपुब्बचरस्स च, क० व्या० ४. ६. ८।
४. मथिस्स थस्स लो च, क० व्या० ४. ६. ११।
५. वजादीहि पब्बज्जादयो निपच्चन्ते, क० व्या० ४. ६. १५।
६. सचजानं कगा णानुबन्धे, क० व्या० ४. ६. १७।

७. कर्त्ता भाव एवं करण में नुद, सुद, जन, सु, लु, हु, पु, भू, ञा, अस तथा समु आदि धातुओं से तथा फन्द, चिति तथा आण आदि प्रेरणार्थ युक्त धातुओं से यु तथा ण्वु प्रत्ययों को क्रमशः अन, आनन, अक एवं आननक आदेश होते हैं।[1] यथा—

कर्त्ता में—	प + नुद + यु = पनूदनो (अन का उदा०)
भाव में—	प + नुद + यु = पनूदनं (अन का उदा०)
करण में—	नुद + यु = नूदनं (अन का उदा०)
प्रेरणार्थक प्रत्ययों से युक्त धातुओं से	—फन्द + णापे + यु = फन्दापनं (,, ,,)
कर्त्ता में—	नुद + ण्वु = नूदको (अक का उदाहरण)
प्रेरणार्थक प्रत्यय युक्त धातुओं से	फन्द + णापय + ण्वु = फन्दापको, (अक का उदा०)
भाव में—	सं + ञा + यु = सञ्जाननं (आनन का उदाहरण)
कर्त्ता में—	ञा + ण्वु = संजाननको (आननक का उदाहरण)
प्रेरणार्थक प्रत्यय युक्त धातुओं से	—सं + ञा + ण्वु = संजाननको (आननक का उदा०)

८. इ, य, त, म, कि, ए तथा स सर्वनामों का अन्तिम स्वर दीर्घ हो जाता है[2], यदि इनके बाद दुस धातु हो तथा कहीं दुस के उ को इ हो जाता है, द को र हो जाता है तथा दुस के स को यथा सम्भव स, क्ख एवं ई आदेश हो जाते हैं।[2] यथा—

इ + दुस + कि = ईरिसो; ईदिक्खो, ईदी आदि

९. एक, द्वि, ति, चतु, पञ्च; छ, सत्त, अट्ठ, नव तथा दस आदि संख्याओं के बाद आने वाले 'सकि' को क्खत्तु आदेश होता है।[3] यथा—

एक + सकि = एकक्खत्तु,

द्वि + सकि = द्विक्खत्तु आदि।

१०. 'मुन' प्रातिपदिक के 'उन' के ओण, वान, उवान, ऊन, उनख, उण, आ तथा आन आदेश होते हैं। यथा—

---

१. नुदादीहि युण्वूनमनाननाकाननका सकारितेहि च, क० व्या० ८. ६. १८।

२. इयतमकिएसानमन्तस्सरो दीघं क्वचि दुसस्स गुणं दो रं सक्खी च, क० व्या० ८. ६. ३२।

३. एकादितो सकिस्स क्खत्तुं, क० व्या० ८. ६. ३३।

सुन→सोणो, स्वानो, सुवानो, सूनो, सुनखो, सूणो, सा, सानो ।

११. तरुण प्रातिपदिक को सुसु आदेश होता है। यथा——

तरुण → सुसु

१२. युव प्रातिपदिक के उव को उव, उवान, उन तथा ऊन आदेश होते हैं। यथा——

युव→युवो, युवानो, युनो, यूनो ।

१३. भविष्यत् काल में भाव के कथन में चतुर्थी विभक्ति होती है। यथा—— पाकाय वजति। पाक भाववचन है अतएव भविष्यत् काल के कथन में चतुर्थी विभक्ति हुई है।

१४. पटि के बाद यदि हि धातु का प्रयोग होता है तो हि धातु के हीरण् (हीर) तथा हेरण (हो) आदेश होते हैं। यथा——

पटि + हि + हिव = पटिहीरं,

पटि + हि + क्वि = पटिहेरं ।

परिशिष्ट 'क'

समासान्त प्रकरण

इस समासान्त प्रकरण में विविक्त विषय समास प्रकरण के अन्त से ही सम्बद्ध होने के कारण इस प्रकरण को वहीं दे देना चाहिए था और इनमें कुछ नियम समासों के प्रसंग में ही दे भी दिये गये हैं, तथापि बाद में यह अनुभव किया गया कि उतने से ही विषय का समग्रता नहीं हो पाती, अतः इसे स्वतन्त्र प्रकरण के रूप में इस परिशिष्ट में दिया जा रहा है। अगले संस्करण में इसे मूलग्रन्थ के उचित स्थान पर ही कर दिया जायेगा।

इस प्रकरण में समास हो जाने पर उन समस्त पदों के अन्त में किन्हीं विशेष प्रत्ययों को जोड़कर उन्हें सिद्ध समझा जाता है। यही इस प्रकरण का विषय है।

अ प्रत्यय—

पापा भूमि यस्मिं ठाने, पापभूमि + अ = पापभूमं[1] = पापभूमि वाला स्थान अर्थात् अपवित्र भूमिवाला स्थान।

जातिया उपलक्खिता भूमि यस्मिं ठाने, जातभूमि + अ = जातभूमं = वह स्थान जहाँ की भूमि जाति से उपलक्षित हो रही हो।

द्वे भूमियो अस्स भवनस्स, द्विभूमि + अ = द्विभूमं[2] = जिस भवन की दो भूमियाँ हों। इसी प्रकार तिभूमं[2] आदि समझें।

पञ्चन्नं नदीनं समाहारो, पञ्चनदी + अ = पञ्चनदं[3] = पाँचनदियों का समूह।

इसी प्रकार सत्तन्नं गोदावरीनं समाहारो सत्तगोदावरं[3] आदि समझना चाहिए।

निग्गतं अङ्गुलीहि, निर अङ्गुली + अ = निरङ्गुलं[1] अङ्गुली रहित।

द्वे अङ्गुलीयो समाहारो द्वङ्गुली + अ = द्वङ्गुलं[1] आदि को जानना चाहिए।

---

१. पापादीहि भूमिया, मो० ३. ४१, तु० क्वचिसमासन्तगतानमकारन्तो, क० व्या० २. ७. २२।

२. संख्याहि, मो० ३. ४२, तु० क्वचिसमास०, क० व्या० २. ७. २२।

३. नदीगोदावरीनं, मो० ३. ४३, तु० क्वचिसमा० क० व्या० २. ७. २२।

दीघा च रत्ति च, दीघरत्ति + अ = दीघरत्तं[2]=लम्बीरात। इसी प्रकार अहो च रत्ति च, अहोरत्तं,[2] वस्सासु रत्ति = वस्सारत्तं,[2] पुब्बा च सा रत्ति च = पुब्बरत्तं[2] अपरा च रत्ति च = अपररत्तं,[2] अड्ढा च रत्ति च = अड्ढरत्तं[2], अतिक्कन्तो रत्तिं = अतिरत्तो[2] इत्यादि।

रञ्ञो गो, राजगो + अ = राजगवो[3] = राजा की गाय। इसी प्रकार परमो गो, परमगवो,[3] पञ्चगावो धनं अस्स, पञ्चगवधनो;[3] दसन्नं गुन्नं समाहारो, दसगवं[3] आदि समझें।

रत्तो च दिवा च, रत्तिदिवा + अ = रत्तिन्दिवं[4] = रात दिन। इसी प्रकार दारा च गावो च, दारगवं[4], चतस्सो अस्सियो अस्स, चतुरस्सो[4] आदि।

गुन्नं अनुकूलं (सकटं), अनुगो + अ = अनुगवं[5] (सकटं) = बैल की लम्बाई के अनुसार (गाड़ी)।

विसालानि अक्खीनि यस्स, विसालक्खि + अ = विसालक्खो[6] = बड़ी-बड़ी आँखों वाला।

द्वे अङ्गुलियो अवयवा अस्स, द्वङ्गुली + अ = द्वङ्गुलं[7] (दारु) दो अङ्गुलियों (शाखाओं) वाली लकड़ी। इसी प्रकार पञ्च अङ्गुलियो अवयवा अस्स, पञ्चंगुलं[7] दारु आदि समझें।

आ प्रत्यय—

पच्चक्खो धम्मो यस्स स, पच्चक्खधम्म + आ = पच्चक्खधम्मा[8] = वह,

---

१. असंख्येहि चाङ्गुल्यातञ्ञासंख्यत्थेसु, मो० ३. ४४, तु० क्वचि समासन्त०, क० व्या० २. ७. २२।
२. दीघाहोवस्सेक देसे हि च रत्या, मो० ३. ४५, तु० क्वचि समासन्त०, क० व्या० २. ७. २२।
३. गोत्वचत्थे चालोपे, मो० ३. ४६, तु० क्वचि समासन्त०, क० व्या० २, ७. २२।
४. रत्तिन्दिव दारगव चतुरस्सा, मो० ३. ४७। यह सूत्र निपातन करता है।
५. आयामेनुगवं, मो० ३. ४८, आयाम अर्थ गम्यमान होने पर यह सूत्र निपातन करता है।
६. अक्खिस्माञ्ञत्थे, मो० ३. ४९, तु० क्वचि समासन्त०, क० व्या० २. ७. २२।
७. दारुम्ह्यङ्गुल्या, मो० ३. ५०, तु० क्वचि समासन्त०, क० व्या० २.७.२२।
८. क्वचिसमासन्त०, क० व्या० २. ७. २२।

जिसको धर्म का प्रत्यक्ष हो गया हो। इसी प्रकार गाण्डीवो धनु यस्स सोयं गाण्डीवधन्वा आदि समझें।

इ प्रत्यय—

सुरभि गन्धो यस्स सो, सुगन्ध + इ = सुगन्धि[2] = अच्छी गन्ध वाला। इसी प्रकार असुन्दरो गन्धो यस्स सो, दुग्गन्धि,[2] पूति गन्धो यस्स सो, पूतिगन्धि[2] आदि समझें।

क प्रत्यय—

बहू नदियो यस्मिं (जनपदे) सोयं, बहुनदी + क = बहुनदिको[3] = बहुत सी नदियों वाला जनपद। इसी प्रकार बहवो कत्तारो यस्स सोयं, बहुकत्तुको;[3] बहू कुमारियो एतस्मिं गामे, बहुकुमारिको गामो[4]; बहू ब्रह्मबन्धू एतस्मिं गामे, बहुब्रह्मबन्धुको[4] गामो; बहू कन्तियो यस्स सोयं बहुकन्तिको;[4] बहू नारियो यस्स सोयं, बहुनारिको;[4] बहू मालायो यस्स सो बहुमाला + क = बहुमालको,[5] बहुमालो[7] = बहुत मालाओं वाला।

चि प्रत्यय—

केसेसु च केसेसु च गहेत्वा युद्ध पवत्तं, केसाकेस + चि (इ) केसाकेसी[6]; इसी प्रकार दण्डेहि च दण्डेहि च पहरित्वा युद्धं पवत्तं; दण्डादण्डी;[6] मुट्ठेहि च मुण्ठेहि च पहरित्वा युद्धं पवत्तं, मुट्ठामुट्ठी[6] आदि समझें।

●

---

१. धनुम्हा च, क० व्या० २. ७. २५, तु० दारुम्ह्यङ्गुल्या, मो० ३. ५० की वृत्ति।

२. क्वचिसमासन्त०, क० व्या० २. ७. २२ तु० चि वीतिहारे, मो० ३. ५१।

३. क्वचिसमासन्त०, क० व्या० २. ७. २२ ल्त्विर्त्थियूहि को, मो० ३. ५२।

४. त्वित्थि०, मो० ३. ५२, नदिम्हा च, क० व्या० २. ७. २३।

५. वाञ्ञतो, मो० ३. ५३, तु० क्वचिसमासन्त०, क० व्या० २. ७. २२।

६. केसाकेसी—केसेसु च केसेसु च गहेत्वा युद्धं पवत्तं, इस विग्रह में तत्थ गहेत्वा तेन पहरित्वा युद्धे सरूपं, मो० ३. १८ सूत्र से समास, चि वीतिहारे, मो० ३. ५१ सूत्र से चि (इ) प्रत्यय, चिस्मिं, मो० ३. ६६ सूत्र से प्रथम पद के अन्तिम पद को आ होने पर केसाकेसी पद बनेगा।

परिशिष्ट 'ख'

धातुपाठ

मूल पालिधातुपाठ, उसके आगे कोष्ठक में गण, उसका पालि भाषा में अर्थ तथा हिन्दी भाषा में अर्थ दिया जा रहा है। जिस धातु के सामने क(= कच्चान) या 'मो' (= मोग्गलान) दिया हो उसे उसी व्याकरण के धातुपाठ में पठित समझें। अवशिष्ट को दोनों में समान रूप से उपलब्ध समझें।

१. अकि (क) अङ्क (मो) (भू, चु) लक्खणे = चिह्न बनाना, रेखा खींचना।

२. अगा (तु) सज्झायनादिसु (क) = स्वाध्याय आदि।

३. अगि (क), अङ्ग (मो) (भू) गत्यत्थे = जाना।

४. अग्ग (भू) गतिकोटिल्ले (क) = कुटिलगति (टेढ़े,टेढ़े जाना)।

५. अग्घ (भू) अग्घने = योग्य, पूज्य होना।

६. अच्च (भू, चु) पूजायं = पूजा करना।

७. अज (भू) गमने = जाना।

८. अज्ज (भू) गमने = जाना।

९. अज्ज (चु) अज्जने = अर्जन करना।

१०. अञ्च (भू) गमने (मो) पूजागते (क) = पूजा करना, जाना।

११. अञ्च (चु) पूजायं (मो) = पूजा करना।

१२. अञ्छ (भू) आयामे = खींचना, निकालना।

१३. अञ्जु (क), अञ्ज (मो) (भू) व्यत्तिगतीकन्तिमक्खणेसु = व्यक्त करना। जाना, चमकना, लेप करना।

१४. अट (भू) गमने = जाना।

१५. अट (तु) अटने (क) = घूमना।

१६. अडि (भू) अण्डत्थे (क)।

१७. अण (भू) सद्दे = शब्द करना।

१८. अत (भू) गमने (क) = जाना।

१९. अत्थ (चु) याचने = याचना करना।

२०. अद (भू) भक्खणे = भोजन करना।

२१. अदि (भू) बन्धने (क) = बाँधना।

२२. अद्द (भू) याचनयाचादिसु = माँगना, जाना।

२३. अन (भू) पाणने = श्वाँस लेना।

२४. अन्द (भू) बन्धने = बाँधना ।

२५. अप (तं) पापुणनर्स्मि (क) = प्राप्त करना ।

२६. अप (स्वादि) पापुणने (क) = प्राप्त करना ।

२७. अब्ब (भू) गुम्बने (क) ।

२८. अम (भू) गमने = जाना ।

२९. अम (चु) रोगगतादिसु (क) = रोग होना, जाना आदि ।

३०. अम्ब (भू) सद्दे = शब्द करना ।

३१. अय (भू) गमनत्थे (मो)=जाना

३२. अर (भू) नासेगते (क) गत = (मो) नाश करना, जाना ।

३३. अरह (भू) पूजायं=पूजा करना ।

३४. अल (भू) कलिले (क) = दम घुटना, दुर्भेद्य होना ।

३५. अलि (भू) बन्धने (क) = बाँधना ।

३६. अव (भू) रक्खणे = रक्षा करना ।

३७. अस (भू) भक्खणे, भुवि = भोजन करना, होना ।

३८. अस (कियादि) भक्खणे = भोजन करना ।

३९. असु (दि) खेपने = फेंकना ।

४० आण (चु) पेसने = भेजना, आदेश देना ।

४१. आप (कियादि) पापुणने (मो) = पाना ।

४२. आप (त) पापुणने (मो) = पाना ।

४३. आस (भू) उपवेसने = बैठना ।

४४. इ (भू) अज्झाने गतिम्हि (क) अज्झनेगतिकत्तिसु = अध्ययन करना, जाना, चमकना ।

४५. इक्ख (भू) दस्सने = देखना ।

४६. इगी (भू) गत्यत्थे (क) = जाना ।

४७. इङ्ग (भू) गमनत्थे (मो) = जाना ।

४८. इञ्ज (भू) कम्पने (क) = काँपना ।

४९. इण (भू) गते (क) = जाना ।

५०. इदि (क) इन्द (मो) (भू) परिमिस्सरिये = स्वामी बनना, ऐश्वर्यशाली बनना ।

५१. इध (भू) सिद्धिम्हि (क) = सिद्धि प्राप्त करना ।

५२. इध (दि) संसिद्धिबुद्धीसु (क) = सिद्धि प्राप्त करना, वृद्धि प्राप्त करना।

५३. इन्ध (भू) दित्तियं = प्रदीप्त होना ।

५४. इरीय (भू) वत्तने (क) = चरित्र प्राप्त करना ।

५५. इस (भू) परियेसे (क) ढूँढना ।
५६. इसु (क) इस (मो) (भू) इच्छायं = चाहना ।
५७. इस्स (भू) इस्सायं = ईर्ष्या करना ।
५८. ईर (चु) वाचापकम्पने (क) खेपे (मो) =
५९. ईस (दि) इस्सरिये = ऐश्वर्य प्राप्त करना ।
६०. ईह (भू) घट्टने = चेष्टा करना ।
६१. उच (तु) सद्दे समवाये (क) = शब्द करना ।
६२. उज्झ (भू) उस्सग्गे (क) = उत्सर्ग करना ।
६३. उन्छ (भू) उन्छने = कणों को चुनना ।
६४. उदि (क) उन्द (मो) (भू) किलेदने = भिगोना ।
६५. उद्रभ (भू) अदने = भोजन करना ।
६६. उब्ब (भू) धारणे = धारण करना ।
६७. उसु (भू) दाहे (क) = दाह उत्पन्न करना ।
६८. उसूय (भू) दोसविकरणे = दोषारोपण करना ।
६९. ऊन (चु) परिहाणे (क) = छोड़ना !
७०. ऊह (भू) वितक्के (क) = वितर्क करना, कल्पना करना ।
७१. एज (भू) कम्वने (मो) = काँपना ।
७२. एध (भू) बुद्धियं = वृद्धि करना, बढ़ना ।
७३. एस (भू) मग्गने (मो) = खोजना ।
७४. एरडि (भू) हिंसायं (क) = हिंसा करना ।
७५. ककि (भू) लोलत्तने (क) =
७६. कंख(भू) कंखणे = चाहना, इच्छा करना ।
७७. कच (दिचु) दित्तियं (क) = प्रदीप्त होना।
७८. कचि (भू) दित्तियं (क) = प्रदीप्त होना ।
७९. कट (मू) मद्दने = मर्दन करना, चूर-चूर करना ।
८०. कठ (भू) सोसनपाकेसु (क) = सूखा भोजन ।
८१. कठि (भू) सोसे (क) = सूखना, उपभोग ।
८२. कडि (क) कण्ड (मो) (भू चु) भेदे = तोड़ना ।
८३. कड्ढ (भू) कड्ढने = खींचना, निकालना ।
८४. कण (भू) मीलने सद्दे = मूँदना, शब्द करना ।
८५. कण्ठ (चु) सोके (मो) = शोक करना ।
८६. कण्डूव (भू) कन्डुवनम्हि = खुजलाना ।
८७. कण्ण (चु) सवने = सुनना

८८. कति (क) कत (मो) (रु) छेदे = छेदना, काटना ।
८९. कत्थ (भू) सिलाघायं = प्रशंसा करना ।
९०. कथ (चु) वाक्यप्पबन्धे = कहना ।
९१. कन (भू) दित्तिगतीकन्त्यं = चमकना, जाना ।
९२. कन्द (भू) ह्वाने व रोदने = पुकारना, रोना ।
९३. कप (भू) अच्छादने (क) = आच्छादन करना, ढँकना ।
९४. कपि (भू) किञ्चिचले (क) =
९५. कप्प (भू) सामत्थिये = समर्थ होना ।
९६. कक्प्प (चु) वितक्के = वितर्क करना ।
९७. कमु (क) कम (मो) (भू) पदविक्खेपे = टहलना ।
९८. कमु (क) कम (मो) (चु) इच्छायं = चाहना ।
९९. कम्प (भू) चलने (मो) = काँपना ।
१००. कम्ब (भू) संवरणे = आच्छादित करना ।
१०१. कर (त) करणे = करना ।
१०२. करण्ड (भू) भाजनत्थम्हि (क) = पात्रबनाना
१०३. कल (भू) कलिले (क) = दुर्भेद्य होना ।
१०४. कल (चु) संकलनादीसु (क) संख्याने (मो) = संकलन आदि करना, गिनना ।
१०५. कल्ल (भू) सञ्जने (क) = जुटना, तैय्यार करना, सजाना ।
१०६. कस (भू) गतिहिंसाविलेखनेसु = जाना, मारना, जोतना ।
१०७. कस्स (भू) कस्सने (क) = जोतना, खोदना ।
१०८ का (दि) सद्दे = शब्द करना ।
१०९. कास (भू) दित्तियं = दीप्त होना, सुशोभित होना ।
११०. किञ्च (भू) मद्दने = तोड़ना, चूर-चूर करना ।
१११. कित (भू) निवासे = रहना ।
११२. कित्त (चु) संसद्दे = बार-बार कहना ।
११३. किर (भू) विकिरणे = विखेर देना ।
११४. किलमु क्लम (क) किलम क्लम (मो) (भू) = ग्लान करना ।
११५. किलिदि (भू) परिदेवादो (क) = विलाप करना ।
११६. किलिस, क्लिस (दि) उपतापे = क्लेश प्राप्त करना
११७. किस (भू) साणे (क) = शान रखना, तेज करना ।
११८. की (कियादि) विनिमये = खरीदना ।
११९. कील (भू) बन्धे = बाँधना ।

१२०. कील (भू) विहारम्हि (क) खेलने (मो) = विहार करना, खेलना।

१२१. कु (भू) सद्दे = शब्द करना।

१२२. कुक (भू) आदाने (क) = लेना।

१२३. कुच (भू) सद्दे, (क) = शब्द करना।

१२४. कुच (तु) संकोचे = सिकोड़ना।

१२५. कुज (भू) सद्दे अब्यत्ते = अव्यक्त शब्द करना। कूँजना।

१२६. कुट (भू) छेदे = काटना।

१२७. कुट (तु) कोटिल्ले = टेढ़ा होना।

१२८. कुट (चु) आकोटनादिसु = मारना पीटना आदि।

१२९. कुठि (भू) सोसे (क) = सूखना।

१३०. कुडि (भू) दाहे (क) = दाह करना, गर्म होना।

१३१. कुण (भू) सद्दे = शब्द करना।

१३२. कुथ (तु) संक्लेसने = क्लेश पाना।

१३३. कुध (दि) कोपे (क) = कोप करना।

१३४. कुप (दि) कोपे = कोप करना।

१३५. कुर (भू) कोसे (क) =

१३६. कुर (तु) सद्दे = शब्द करना।

१३७. कुरु (तु) छेदने (मो) = काटना।

१३८. कुस (भू) अक्कोसे (क) अक्कोसे आह्वाने (मो) = आक्रोश करना पुकारना।

१३९. कुस (तु) छेदनपूरणे (क) =

१४०. कुस (चु) अक्कोसे (मो) = बुरा भला कहना।

१४१. कुह (चु) विम्हापणे (क) = आश्चर्य चकित होना।

१४२. कूल (भू) आवरणे = ढकना।

१४३. के (भू) सद्दे (क) = शब्द करना।

१४४. केल (भू) चलने = चलना।

१४५. कोट्ट (भू, चु) छेदने = काटना।

१४६. खच (तु) बन्धने (क) = बाँधना।

१४७. खजि (क) खञ्ज (मो) (भू) गतिवेकल्ले = लँगड़ाना।

१४८. खज्ज (भू) भक्खणे (क) = भक्षण करना, भोजन करना।

१४९. खडि (क) खण्ड (मो) (भू, चु) भेदने (क) = काटना।

१५०. खण (भू) अवदारणे (मो) = फाडना।

१५१. खदि (भू) पक्खन्दनादिसु = उछलना।

२१६. घुट (भू) घोसे (क) = घोषणा करना ।
२१७. घुर (भू तु) भीमे = घुरघुराना ।
२१८. घुस (भू चु) मद्दस्मि = घोषित करना ।
२१९. चक्ख (भू) दस्से = देखना ।
२२० चज (भू) हानियं = छोड़ना ।
२२१. चट (चु) पुटभेदे = कूटना ।
२२२. चण्ड (भू) चण्डिक्के (क) =
२२३. चत (तु) याचने (क) = याचना करना, माँगना ।
२२४. चदि (क) चन्द्र (मो) (भू) कन्तिह्ळादने = चमकना, प्रसन्न होना,
२२५. चप (भू तु) सन्त्वे (क) = सान्त्वना देना ।
२२६. चब्ब (भू) अदने (क) = चबाकर खाना, भोजन करना ।
२२७. चमु (तु) अदने = भोजन करना ।
२२८. चर (भू) गतिभक्खणेसु = चलना, भोजन करना ।
२२९. चळ (भू) कम्पने = काँपना ।
२३०. चाय (भू) सम्पूजने = विधिवत् पूजा करना ।
२३१. चि (जि) चपे (मो) ची (कियादि) चये (क) = चुनना ।
२३२. चिक्ख (भू) वचने = कहना ।
२३३. चिट (भू) क्कोसे, तासे (क) = आक्रोश करना, त्रास देना ।
२३४. चित (भू चु) संचेतने = होश में आना ।
२३५. चिन्त (चु) चिन्तायं = चिन्ता करना ।
२३६. चिल (तु) वासे (क) = निवास करना ।
२३७. चु (भू) चवने (क) = गिराना ।
२३८ चुण्ण (चु) चुण्णने (क) = चूर्ण बनाना, चूर्ण करना ।
२३९. चुद (चु) नुदे (क) = अस्वीकार करना, दूरकरना, हटाना ।
२४०. चुप (भू) मन्दगमने = धीरे धीरे चलना ।
२४१. चुम्ब (भू) वदनसंयोगे = चूमना ।
२४२. चुर (चु) थेय्ये = चोरी करना ।
२४३. चुल्ल (भू) भावक्रिये (क) =
२४४. चूल (भू) मद्दने (क) = मर्दन करना ।
२४५. चेल (भू) सञ्चलनादिसु = चलना, गति करना ।
२४६. छड्ड (चु) छड्डने = फेंकना ।
२४७. छद (चु) अपवारणे (क) = हटाना ।
२४८. छद्द (चु) वमने = वमन करना, उल्टी करना ।

२४९. छन्द (चु) इच्छायं = इच्छा करना, चाहना।

२५०. छुमु (तु) हीळने (क) =

२५१. छमु (तु) अदने (क) = भोजन करना।

२५२. छर (भू) छेदे (क) = काटना।

२५३. छिदि (क) छिद (मो) (रु, दि) द्वेधाकरणे = टुकड़े करना।

२५४. छु (मो) छुप (क) (तु) फस्से = छूना।

२५५. जग्ग (भू) निद्दाख = जागना।

२५६. जग्घ (भू) हसने = हँसना।

२५७. जट (भू) सङ्घाते = ढेर होना।

२५८. जन (दि) जनने (मो) = उत्पन्न करना।

२५९. जप (भू) व्यत्ते वचे = स्पस्ट बोलना।

२६०. जप्प (भू) व्यत्ते वचे (क) = स्पष्ट बोलना।

२६१. जम्भ (धू, तु) गत्तविनामे, जम्भने = जँभाई लेना।

२६२. जर (भू) जीरणत्थे = जीर्ण होना।

२६३. जल (भू) दित्तियं = जलना, दीप्त होना।

२६४. जा (कि) वयोहानियं (मो०) = उम्र कम होना।

२६५. जागर (भू) सुपिनक्खये = जागना।

२६६. जि (भू, कि) जये = जीतना।

२६७. जी (भू) जये (क) = जीतना।

२६८. जीव (भू) पाणधारणे (क) = प्राण धारण करना।

२६९. जु (भू) जवे = वेग में होना।

२७०. जुत (भू) दित्तिम्ह = चमकना।

२७१. झट (भू) सङ्घाते (क) = ढेर होना,

२७२ झप (भू, चु) दाहे = जलाना, दाह उत्पन्न करना।

२७३. झमु (तु) दाहे (क) = जलाना।

२७४. झस (भू) हिंसायं (क) = हिंसा करना।

२७५. झा (दि) विचिन्तने = चिन्ता करना।

२७६. झे (भू) चिन्तायुज्झउस्सग्गे (क) = चिन्ता करना, युद्ध करना, उत्सर्ग करना।

२७७. ञप (चु) तोमनिसानमरणादिसु = सन्तोष करना, तेज करना, मरना।

२७८. ञा (भू, कि०) अवबोधने = जानना।

२७९. टकि (भू) बन्धने = बाँधना।

२८०. टीक (भू) गते = जाना।

१५२. खन (भू) अवदारणे (मो) = खोदना ।
१५३. खमु (क) खम (मो) (भू) सहने = सहना, क्षमा करना ।
१५४. खम्भ (भू) पतीबन्धे = आड़ देना ।
१५५. खर (भू) विनासे = नाश होना ।
१५६. खल (भू) सञ्चलने, सोचेय्ये = काँपना, साफ करना ।
१५७. खल (चु) सोचे सञ्चये (क) = शोक करना, सञ्चय करना ।
१५८. खस (भू) हिंसायं (क) = हिंसा करना ।
१५९. खा (भू) पकथने = कहना ।
१६०. खा (दि) पकासने = प्रकाशित होना ।
१६१. खाद (भू) भक्खणे (क) = भोजन करना ।
१६२. खिद (दि) दीनभावे अहसने (मो) = दु:खित होना, खिन्न होना ।
१६३. खिप (तु) पेरणे = प्रेरित करना ।
१६४. खिप (कियादि) क्खेपे (मो) = फेंकना ।
१६५. खिल (भू) काठिन्ने (क) = कठिन होना ।
१६६. खिल (तु) भेदने = तोड़ना ।
१६७. खी (भू, दि, सु) खये = क्षय होना ।
१६८. खी (कियादि) खये (मो) = क्षय होना ।
१६९. खुंस (चु) अक्कोसे (क) = आक्रोश करना ।
१७०. खुद (भू) जिघच्छायं = भूख लगना, भोजन करने की इच्छा होना ।
१७१. खुभ (भू) सञ्चले (क) = चञ्चल होना, क्षुब्ध होना ।
१७२. खुभ (दि) चले = क्षुब्ध होना ।
१७३. खुभर (भू) सञ्चलने (मो) = क्षुब्ध होना ।
१७४. खुर (भू) छेदने (क) = काटना ।
१७५. खुर (तु) छेदे विलेखने = काटना, रेखा खींचना, खुरेदना ।
१७६. खेल (भू) सञ्चलनादिसु = खेलना ।
१७७. ख्या (भू) कथने = कहना ।
१७८. गज्ज (भू) सद्दने = गरजना ।
१७९. गडि (भू) वत्तेकदेसम्हि सन्निचये च (क) =
१८०. गण (चु) संकलने = गिनना ।
१८१. गद (भू) व्यत्तवचे = साफ साफ बोलना ।
१८२. गन्थ (चु) गन्थने = गूंथना ।
१८३. गन्ध (चु) सूचने = सूचित करना ।
१८४. गब्ब (भू) गमने (क) = जाना ।

१८५. गब्भ (भू) पागब्भिये = बकवाद करना।

१८६. गमु (क) गम (मो) (भू) गमने = जाना।

१८७. गर (भू) निगरणे सेके (क) सेके (मो) = निगरण करना, सींचना।

१८८. गरह (भू) निन्दायं = निन्दा करना।

१८९. गल (भू) अदने = भोजन करना।

१९०. गवेस (भू) मग्गने = ढूँढ़ना।

१९१. गस (भू) अदने = भोजन करना।

१९२. गह (क) (कियादि) गह (मो) (रु) उपादाने = पकड़ना।

१९३. गा (दि) सद्दे = शब्द करना।

१९४. गाध (भू) पतिट्ठायं = प्रतिष्ठित होना।

१९५. गाह (भू) विळोळने = विलोड़न करना, थाह लगाना।

१९६. गि (सु, कि) सद्दे = शब्द करना।

१९७. गिध (दि) गेधे (क) = लालच करना।

१९८. गिर (तु) निगिरणे (क) गिर (भू तु) निगिरणे (मो) = निगलना।

१९९. गिल (भू तु) अदने = भोजन करना।

२००. गिला (दि) हासक्खये = दुःखी होना।

२०१. गुज (भू) अव्यत्ते सद्दे = अव्यक्त शब्द करना, गूँजना।

२०२. गुण्ठ (चु) ओगुण्ठने = अवगुण्ठन करना, लपेटना।

२०३. गुध (भू) वेठने (का) परिवेठने (मो) = लपेटना, चारों ओर से लपेटना।

२०४. गुप (भू) गोपनके, संवरणे (क) = छिपाना, ढकना।

२०५. गुम्ब (भू) गुम्बने (क) = to bush

२०६. गुह (भू) संवरणे = ढकना।

२०७. गुळ (तु) मोक्खे (क) = मुक्त होना।

२०८ गोत्थु (भू) वंसे (क) = वंश होना।

२०९. घंस (भू) घंसने = रगड़ना।

२१०. घट (भू) अदने = भोजन करना।

२११. घट (चु) संघांते विसरणे (क) =

२१२. घट्ट (भू चु) सञ्चलनादिसु (क) घट्टने (मो) = संचरण करना, चेष्टा करना।

२१३. घर (भू) सेचनम्हि = सींचना।

२१४. घट (भू) अदने = भोजन करना।

२१५. घा (दि) गन्धोपादाने = सूँघना।

२८१. ठा (भू) गतिविनिवुत्तियं = ठहरना, स्थिर होना, बैठना ।
२८२. ठुभ (तु) निट्ठुभने = थूकना ।
२८३. डंस (भू) दंसने = डँसना ।
२८४. डी (भू) वेहासगमने = उड़ना ।
२८५. तकि (भू) गमनत्थे (क) = जाना ।
२८६. तक्क (चु) वितक्कने = वितर्क करना ।
२८७. तच्च (भू) तनुक्रिये = पतला करना ।
२८८. तज्ज (भू चु) तज्जने = डराना धमकाना ।
२८९. तज्ज (भू) हिंसायं (मो) = हिंसा करना ।
२९०. तट्ट (भू) छेदने (क) = काटना ।
२९१. तडि (चु) संताडने (क) = ताड़ना देना, मारना ।
२९२. तदि (भू) आलसिये (क) = आलसी होना ।
२९३. तनु (क) तन (मो) (तु) वित्थारे = फैलाना ।
२९४. तप (भू, दि) संतापे (मो-संतापे इस्सरिये) = तपाना, ऐश्वर्य प्राप्त करना ।
२९५. तपु (भू) उब्बेगे । (क) = उद्विग्न करना ।
२९६. तप्प (भू) सन्तप्पने = तृप्त करना ।
२९७. तर (भू) तरणे = तरना ।
२९८. तल (भू) पतिट्ठायं = प्रतिष्ठित करना ।
२९९. तस (भू) उब्बेगे = सताना, उद्विग्न करना ।
३००. तस (दि) पिपासने = पाना, चाहना, पीने की इच्छा करना ।
३०१. तळ (चु) ताळने (क) = ताड़ना देना ।
३०२. ता (दि) पालने = पालना ।
३०३. ताप (भू) सन्तापे = क्लेश देना, तपाना ।
३०४. तिज (भू, चु) तेजने = तेज करना ।
३०५. तिमु (चु) तेमने (क) = भींगना ।
३०६. तिल (तु) स्नेहे (क) = तेल ।
३०७. तीर (चु) कम्मसमत्तियं = काम समाप्त करना ।
३०८. तुडि (भू) तोडने (क) = तोड़ना ।
३०९. तुद (तु) व्यथने = तकलीफ देना, सताना ।
३१०. तुल (चु) उम्माने = तौलना ।
३११. तुवट्ट (चु) एकसयने (क) =
३१२. तुस (भू दि) सन्तोसे = खुस करना, सन्तोष करना ।

३१३. त्रस (भू) उव्वेगे = सताना ।

३१४. थक (चु) पतीघाते = रोकना ।

३१५. थेन (चु) देवसद्दे = मेघ का गर्जना ।

३१६. थम्भ (भू) पतीबन्धे = रोकना ।

३१७. थर (भू) सत्थरणे = फैलाना ।

३१८. थु (भू) अभित्थवे (मो) = प्रशंसा करना ।

३१९. थूल (भू तु) आकस्सने चये (क) = आकृष्ट करना, चयन करना ।

३२०. थेन (चु) चोरिये = चोरी करना ।

३२१. थोम (चु) सिलाघने = प्रशंसा करना ।

३२२. दंस (भू) डसने=डँसना ।

३२३. दण्ड (चु) दण्डने = सजा देना ।

३२४. दद (भू) दाने (क) = दान देना ।

३२५. दप (दि) हासे (क) = हँसना ।

३२६. दब्भ (भू) गन्थने (क) = बाँधना ।

३२७. दम (भू) दमे (क) = दमन करना ।

३२८. दय (भू) दानगतीरक्खाहिंसादिसु = दान, गति, रक्षा, हिंसा आदि ।

३२९. दर (भू) डाहे (क) = जलाना ।

३३०. दल (भू) दुग्गतियं (क) = दुर्गति करना ।

३३१. दव (भू) छेदने दवने (क) = काटना, खेलना ।

३३२. दह (भू) भस्मीकरणे (क) = भस्म करना ।

३३३. दलिद्द (भू) दुग्गतियं (क) = दुर्गति करना ।

३३४. दा (भू, जु दि) दाने = देना ।

३३५. दा (जु) अवखण्डने (क) = तोड़ना ।

३३६. दिक्ख (भू) उपनयमुण्डिसु वतादेसेसु नियमे = उपनयन करना, मुण्डन करना, व्रत करना, धर्म सिखाना, नियम करना ।

३३७. दिप (दि) दित्तियं = चमकना ।

३३८. दिवु (क) दि (मो) (दि) कीळाविजिगिंसाबोहारज्जुतिथोमिते = खेलना, जीतने की इच्छा करना, व्यापार करना, चमकना, प्रशंसा करना, जाना ।

३३९. दिस (भू) पेक्खने = देखना ।

३४०. दिस (तु) अतिसज्जने = पारितोषिक देना ।

३४१. दिस (दि) अप्पीतियं = घृणा करना

३४२. दिस (चु) उच्चारणे = उच्चारण करना ।

३४३. दिह (भू) उपचये = बढ़ना ।

३४४. दी (दि) अवखंडने, खमे = टुकड़े करना, नष्ट होना, क्षीण होना ।

३४५. दु (भू) गत्यत्थे, दवे = जाना पिघलना ।

३४६. दुक्ख (चु) दुक्खे (क) = दुख देना

३४७. दुम (भू) जिगिंसने = हिंसा की इच्छा करना ।

३४८. दुल (चु) उक्खेपने = ऊपर फेंकना ।

३४९. दुस (भू दि) अप्पीतिम्हि = घृणा करना ।

३५० दुह (भू) प्पपूरणे = दुहना ।

३५१. दू (त) परितापे = पश्चात्ताप करना ।

३५२. देवु (क) देव (मो) (भू) देवने गमने = जाना ।

३५३. धंस (भू) धंसने = ध्वंस करना ।

३५४. धन (चु) सद्दे = ध्वनि करना ।

३५५. धम (भू) धमने = शंख आदि बजाना ।

३५६. धर (भू चु) धारणम्हि = धारण करना ।

३५७. धा (भू जु) धारणे = धारण करना ।

३५८. धाव (भू) गमन बुद्धिम्हि = दौड़ना ।

३५९. धुव (भू) यात्राथिरेसु (क) = यात्रा में दृढ़ होना ।

३६०. धू (कि) कम्पने = हिलाना ।

३६१. धूप (भू) सन्तपने (क) = सन्ताप देना, दुखी करना

३६२. धूम (भू) सङ्घाते (क) = इकट्ठा करना ।

३६३. धे (भू) पाने = पीना ।

३६४. धोवु (क) धोव (मो) (भू) धोवने = धोना ।

३६५. नच्च (भू) नच्चने = नाचना ।

३६६. नट (भू) नच्चे = नृत्य करना ।

३६७. नट (चु) नाट्ये = अभिनय करना ।

३६८. नद (भू) अब्यत्ते सद्दे = अव्यक्त शब्द करना. नाद करना ।

३६९. नन्द (भू) सम्मिद्धियं = समृद्ध होना ।

३७०. नन्ध (तु) विनन्धने (क) = बाँधना, मोड़ना ।

३७१. नभ (तु) विहिंसायं (क) = हिंसा करना ।

३७२. नम (भू) नमे = झुकना, नमस्कार करना ।

३७३. नय (भू) गमनत्थे = जाना ।

३७४. नर (भू) नये (क) = प्रतिनिधित्व करना, निर्देशन करना ।

३७५. नस (दि) अदस्सने = नष्ट होना ।

३७६. नह (दि) सज्जनबन्धने = बाँधना ।

३७७. नहा (दि) सोच्चे (मो०) = स्नान करना ।

३७८. नाथ (भू) याचनोपतापिस्सरियासिंसासु = माँगना, बीमार होना, श्रीमान् होना, आशीष देना ।

३७९. निन्द (भू) गरहायं = निन्दा करना ।

३८०. नी (भू) पापुणने = पहुँचाना, प्राप्त करना ।

३८१. नील (भू) वण्णे = रँगना, नीला रंगना ।

३८२. नु (चु) त्थुतिहिं (क) = स्तुति करना ।

३८३. नुद (भू) क्खेपे = फेंकना ।

३८४. पंस (भू) नासने = नष्ट करना ।

३८५. पच (भू) पाके = पकाना ।

३८६. पच (चु) वित्थारे = फैलाना ।

३८७. पज (चु) संवरणे (क) = छिपाना ।

३८८. पट (भू) गमनत्थे = जाना ।

३८९. पठ (भू) ब्यत्तवचे = पढ़ना ।

३९०. पडि (भू) गते (क) = जाना ।

३९१. पण (भू) वोहारथोनेसु = व्यापार करना, बड़ाई करना ।

३९२. पण्ड (चु) परिहारे = खण्डन करना, नष्ट करना ।

३९३. पत (भू) गमने, पतने = जाना, गिरना ।

३९४. पत्थर (भू) संथरणे (मे) = बिछाना ।

३९५. पथ (भू) गते = जाना ।

३९६. पथ (तु) वित्थारे = फैलाना ।

३९७. पद (दि) गमने = जाना ।

३९८. पन्थ (भू) गते (क) = जाना ।

३९९. पय (भू) गमने = जाना ।

४००. पल (भू चु) रक्खगतेतु (क) = रक्षा करना, जाना ।

४०१. पलु (भू) गत्यत्थे (क) = जाना ।

४०२. पल्ल (भू) निन्ने गमने (क) = नीचे जाना ।

४०३. पा (भू) रक्खणे पाने = रक्षा करना, पीना ।

४०४. पाण (भू) चागे (मो) = त्यागना ।

४०५. पाय (भू) बुद्धियं (क) = बुद्धि प्राप्त करना ।

४०६. पार (चु) सामत्थियादिसु = समर्थ होना ।

४०७. पाल (चु) रक्खणे = रक्षा करना ।

४०८. पास (चु) बन्धने = बाँधना ।

४०९. पिट (भू) सङ्घाते = ढेर करना ।
४१०. पिडि (भू) सङ्घात आदिसु (क) = एकत्र करना आदि ।
४११. पिण्ड (चु) सङ्घाते = एकत्र करना, ढेर करना ।
४१२. पिलु (भू) गमनत्थे = जाना ।
४१३. पिस (रु) संचुण्णने (क) = चूर्ण-चूर्ण करना ।
४१४. पिस (चु) पेसे (क) गमने (मो) = भेजना, जाना ।
४१५. पिह (दि चु) इच्छायं = इच्छा करना ।
४१६. पी (कि चु) तप्पणे (क) = सन्तुष्ट करना, तर्पण करना ।
४१७. पीळ (चु) बाधायं = बाधा उत्पन्न करना ।
४१८. पु (भू कि) पवने (क) = पवित्र करना ।
४१९. पुच्छ (भू) सम्पुच्छने = पूछना ।
४२०. पुञ्छ (भू) पुञ्छने = पोंछना ।
४२१. पुट (चु) भेदने (मो)=तोड़ना ।
४२२. पुण (तु) कम्मनि सुभे=धार्मिक कृत्य करना ।
४२३. पुथ (भू तु) वित्थारे=फैलाना ।
४२४. पुप्फ (भू) विकसते=विकसित होना, फूलना ।
४२५. पुब्ब (भू) पूरणे (क)=पूर्ण करना ।
४२६. पुर (तु) सञ्चलनादिसु (क)=चलना ।
४२७. पुल (चु) महत्ते, समुस्सये=ऊँचा होना, ढेर करना ।
४२८. पुस (भू चु) पोसना=पालना ।
४२९. पू (भू जि) पवने (मो)=पवित्र करना ।
४३०. पूज (चु) पूजायं=पूजा करना ।
४३१. पूर (भू) पूरणे=भरना ।
४३२. पेल (भू) चलने = चलना ।
४३३. प्लव (भू) गते (क)=जाना ।
४३४. प्लु (भू) गमनत्थे (मो) = जाना ।
४३५. फण (भू) फरणे (मो)=व्याप्त होना ।
४३६. फदि (क) फन्द (मो) (भू) किञ्चि चलने=धड़कना, हिलना ।
४३७. फर (भू) सम्फरणे = व्याप्त होना ।
४३८. फल (भू) निप्फत्तियं = फलना ।
४३९. फाय (भू) बुद्धियं (मो)=बढ़ना ।
४४०. फुट (भू) विसरणादिसु (क)=फैलना ।

४४१. फुर (भू) सम्फरण (क) फुर (तु) चलने (मो) = व्याप्त होना, चलना ।

४४२. फुल्ल (भू) विकसने=विकसित होना, फूलना ।

४४३. फुस (तु) सम्फसे = छूना ।

४४४. फेण (भू) गमने (क) = जाना ।

४४५. बध (भू रु) बन्धने=बांधना ।

४४६. बन्ध (भू) बन्धने=बांधना ।

४४७. बल (भू) पाणने = श्वांस लेना ।

४४८. बह (भू) बुद्धियं=बढ़ना ।

४४९. बहु (भू) संख्याने = गिनना ।

४५०. बाध (भू) बाधायं = पीड़ा देना ।

४५१. बुध (भू दि) अवगमने = जनाना, समझना ।

४५२. ब्यथ (भू) भीति चलेसु (क) = भय के कारण कांपना ।

४५३. ब्रह (भू) बुद्धियं = बढ़ना ।

४५४. ब्रू (भू) वचने = बोलना ।

४५५. ब्रूह (भू) बुद्धियं = बढ़ना ।

४५६. भक्ख (भू चु) अदनम्हि = भोजना करना ।

४५७. भगन्द (भू) सेचने (क) = सींचना ।

४५८. भज (भू, तु) संसेवने = सेवा करना ।

४५९. भज (तु, चु) विभाजने (क) = विभक्त करना ।

४६०. भज्ज (भू) पाके = भुनना, पकाना ।

४६१. भञ्ज (भू) अवमद्दने = नष्ट करना ।

४६२. भट (भू) भतियं = नौकरी करना ।

४६३. भडि (भू) भण्डने (क) = झगड़ा करना ।

४६४. भण (भू) भणने = कहना, स्पष्ट कहना ।

४६५. भण्ड (चु) परिहासे = उपहास करना ।

४६६. भदि (चु) कल्याणकम्मनि = कल्याणकारी काम करना ।

४६७. भद्द (भू) कल्याणे = शुभ कर्म करना ।

४६८. भमु (क) भम (मो) (भू) अनवट्ठाने = घूमना ।

४६९. भर (भू) भरणे = पालन करना ।

४७०. भस (भू) भस्मीकरणे = भस्म करना ।

४७१. भस (दि) अधोपाते = नीचे गिरना, निन्दित होना ।

४७२. भा (भू) दित्तियं, अवबोधेन = चमकना, जनाना ।

४७३. भाज (चु) पुथक्कारे (क) = अलग करना ।
४७४. भास (भू) वचने = बोलना ।
४७५. भिक्ख (भू) याचने = माँगना ।
४७६. भिद (दि, रु) विदारणे = तोड़ना, फोड़ना, चीरना ।
४७७. भी (भू) भये = डरना ।
४७८. भुज (रु) कोटिल्ले पालनज्झोहारेसु = टेढ़ा होना, पालना, खाना ।
४७९. भुस (भू, चु) अलङ्कारे = अलंकृत करना, सजाना ।
४८०. भू (भू) सत्तायं = होना ।
४८१. मकि (भू) मण्डने (क) = अलंकृत करना ।
४८२. मक्ख भू) मक्खने = जाना ।
४८३. मग (भू, चु) एसने (क) = ढूँढ़ना ।
४८४. मग्ग (चु) अन्वेसने = खोजना ।
४८५. मङ्ग (भू) मङ्गल्ये (मो) = मङ्गल होना ।
४८६. मच (भू) रोचने (क) = सुशोभित होना ।
४८७. मचि भू) धारणे (क) = धारण करना ।
४८८. मज्ज (भू, दि) संशुद्धियं = संशोधन करना ।
४८९. मडि (चु) भूसने (क) = विभूषित करना ।
४९०. मण (भू) सद्दत्थे = शब्द करना ।
४९१. मण्ड (भू, चु) भूसायं = सुसज्जित करना ।
४९२. मथ (भू) विलोळने = मथना, विलोडन करना ।
४९३. मद (भू दि) उम्मादे = नशे में होना, पागल होना ।
४९४. मदि (भू) बाल्ये (क) = बच्चा बनना ।
४९५. मद्द (भू) मद्दने = मसलना ।
४९६. मन (दि) ञाने = जानना ।
४९७. मनु (त) बोधस्मिं (क) = जानना ।
४९८. मन्त (चु) गुत्तभासने = सलाह करना ।
४९९. मन्थ (भू) विलोळने = मथना ।
५००. मय (भू) गमनत्थे = जाना ।
५०१. मर (भू) पाणचागे = मरना ।
५०२. मल (भू) अवधारणे (क) = निश्चय करना ।
५०३. मल्ल (भू) अवधारणे (क) = निश्चय करना ।
५०४. मस (भू) आमसने बुद्धियं (क) आमसने (मो) = क्षमा करना, बढ़ना ।

५०५. मसु (भू) मच्छेरे (क) = मात्सर्य करना ।
५०६. मह (भू, चु) पूजायं = पूजा करना ।
५०७. मा (भू, कि) पमाणे = नापना, तौलना ।
५०८. मान (भू, चु) पूजायं = पूजा करना ।
५०९. मि (कि) पमाणे (क) = नापना (तौलना) ।
५१०. मिद (भू, दि) सिनेहने = स्नेह युक्त होना, स्नेह करना ।
५११. मिध (भू) सङ्गमे (मो) = जोड़ना, संयुक्त करना ।
५१२. मिध (दि) अभिकंखायं (मोधि) = चाहना ।
५१३. मिल (भू) निमीलने (क) = बन्द होना ।
५१४. मिला (दि) गत्तविनामे = अंगड़ाई लेना ।
५१५. मिस (भू) मीलने (क) = बन्द होना ।
५१६. मिस्स (चु) सम्मिस्से = मिलाना ।
५१७. मिह (भू) ईस हसने = मुस्कराना ।
५१८. मिह (चु) पूजायं (मो) = पूजा करना ।
५१९. मील (चु) निमीलने (क) = मूँदना ।
५२०. मु (भू कियादि) बन्धे (क) = बाँधना ।
५२१. मुच (रु, दि, चु) मोचने = छुड़ाना ।
५२२. मुच्छ (भू) मोहस्मि = मुग्ध होना, मुरझाना ।
५२३. मुज्ज (भू) मुज्जने = गोता लगाना ।
५२४. मुट (भू) मद्दने (क) = मर्दन करना ।
५२५. मुडि (भू) मुड (मो) (भू) खण्डने = मूँड़ना ।
५२६. मुद (भू) तोसे = संतुष्ट होना ।
५२७. मुन (भू) ञाणे (क) = जानना ।
५२८. मुस (तु) थेय्ये = चोरी करना ।
५२९. मुह (भू) मुच्छायं = मूर्च्छित होना ।
५३०. मुह (दि) वेचित्ते = मोहित होना मूढ़ होना ।
५३१. मूल (भू) पतिट्ठायं (क) = प्रतिष्ठा करना ।
५३२. मूल (चु) रोहणे (क) = चढ़ना ।
५३३. मेडि (भू) कोटिल्ले (क) = कुटिल होना, तिरछा होना ।
५३४. नेध (भू) सङ्गमे (मो) = लड़ाई करना ।
५३५. मोक्ख (चु) मोचने = छुड़ाना ।
५३६. यज (भू) देवपूजासङ्गतिकरणदानेसु = देवपूजा करना, मिलना, देना ।
५३७. यत (चु) निय्यातने = बाहर भेजना ।

५३८. यन्त (चु) संकोचने = सकुचना ।
५३९. यभ (भू) मेथुने = विवाह करना ।
५४०. यमु (क) यत (मो) (भू) उपरमे = रुकना, विराम करना ।
५४१. यस (दि) पयतने (मो) = यत्न करना ।
५४२. या (भू) पापुणने = प्राप्त करना ।
५४३. याच (भू) याचने = माँगना ।
५४४. यु (भू) मिस्सने (क) = मिलाना ।
५४५. युज (रु०) योगे = जोड़ना ।
५४६. युज (दि) समाधिम्हि = ध्यान करना ।
५४७. युज (चु) संयमे = संयम करना ।
५४८. युध (भू दि) सम्पहारे = लड़ना, जूझना ।
५४९. रक्ख (भू) पालने = पालना ।
५५०. रङ्ग (भू) गमनत्थे = जाना
५५१. रच (चु) पतियतने = प्रयत्न करना ।
५५२. रञ्ज (भू, दि) रागे (मो) = रँगना ।
५५३. रट (भू) परिभासनें (क) = रटना ।
५५४. रडि (भू) हिंसायं (क) = हिंसा करना ।
५५५. रण (भू) सद्दत्थे = आवाज करना ।
५५६. रद (भू) विलेखणे = खोदना ।
५५७. रन्ध (चु) पाके (क) = भोजन बनाना ।
५५८. रप (भू) वचने = बोलना ।
५५९. रभ (भू) राभस्से = जल्दी में होना ।
५६०. रमु (क) रम (भो) (भू) कीडायं = खेलना ।
५६१. रम्ब (भू) अवसेसने = बचाना ।
५६२. रय (भू) गमनत्थे = जाना ।
५६३. रस (भू, चु) अस्सादस्नेहनेसु = स्वाद लेना, गीला होना, प्यार करना ।
५६४. रह (भू, चु) चागे = त्यागना, छोड़ना ।
५६५. रा (भू) आदाने = लेना ।
५६६. राज (भू) दित्तियं = शोभा देना ।
५६७. राध (भू) संसिद्धियं = सिद्ध होना ।
५६८. राध (दि) हिंसायं = हिंसा करना ।
५६९. रि (भू) सन्ततिस्मि गते (क) = सन्तति होना, जाना ।

५७०. रिगि (भू) गत्यत्थे (क) = जाना।
५७१. रिच (तु) क्खरणे (क) = क्षरण होना।
५७२. रिच (रु) रेचने = दस्त आना।
५७३. रु (भू) सद्दे = शब्द करना।
५७४. रुच (भू) दित्तियं = चमकना।
५७५. रुच (दि, चु) रोचने = पसन्द आना, अच्छा लगना।
५७६. रुज (तु) भङ्गे = बुरा होना, कष्ट होना, कष्ट देना।
५७७. रुठ (भू) (क) रुठ (तु) (मो) उपसंघाते = मारना, लूटना।
५७८. रुदि (क) रुद (मो) (भू) रोदने = रोना।
५७९. रुधि (क) रुध (मो) (रु, दि) आवरणे = रोकना, घेर लेना
५८०. रुप (दि) नासे (क) = नष्ट करना।
५८१. रुप (चु) रोपनादिसु = रोपना आदि।
५८२. रुम्भ (तु) उप्पीलनादिसु (क) = उत्पीडन आदि करना।
५८३. रूस (भू, दि) रोसे = नाराज होना।
५८४. रूस (चु) फारुसिये = कठोर होना।
५८५. रुह (भू) जनने = उगना।
५८६. लक्ख (चु) दस्सणें = देखना।
५८७. लग (भू) सङ्गे (क) = साथ रहना
५८८. लघि (क) लङ्घि (मो) (भू) गतिसोसतेसु = जाना, सूखना।
५८९. लङ्घ (भू) गमनत्थे (मो) = जाना।
५९०. लज्ज (भू) लज्जने = लजाना, शर्माना।
५९१. लञ्छ (भू) लक्खणे = निशान करना।
५९२. लडि (भू) जिगुच्छने (क) = न चाहना।
५९३. लप (भू चु) वाक्ये = कहना।
५९४. लभ (भू दि) लाभे = प्राप्त करना, आसक्त होना।
५९५. लभि (चु) वञ्चने (क) = ठगना।
५९६. लम्ब (भू) अवसंसने = लटकना।
५९७. लल (चु) इच्छायं = इच्छा करना।
५९८. लस (भू) कन्तिये = शोभादेना।
५९९. लल (भू) विलासे = विलास करना।
६००. लळ (चु) उपसेवायं = पालना, पोसना।
६०१. ला (भू) आदाने = ग्रहण करना।
६०२. लिख (तु) लेखने = लिखना।

६०३. लिगि (भू) गत्यत्थे (क) = जाना ।
६०४. लिङ्ग (चु) चित्तक्रियादिसु (क) = चित्र क्रिया आदि बनाना ।
६०५. लिप (रु) लिम्पने = लीपना ।
६०६. लिसि (क) लिस (मो) (दि) लेसे = आलिङ्गन करना ।
६०७. लिह (भू) अस्सादने = चाटना ।
६०८. ली (दि) सिलेसन द्रवीकरणेसु = चिपकाना, पिघलाना ।
६०९. लुज (दि) विनासे = नाश करना ।
६१०. लुञ्ज (भू) अपनयने = उखाड़ना ।
६११. लुट (भू) लोटने (क)=लोटना ।
६१२. लुठ (भू) उपघाते = मारना, लूटना ।
६१३. लुप (रु) दि, (क) छेदने = काटना ।
६१४. लुभ (दि) लोभे = लोभ करना ।
६१५. लुळ (भू) मत्थने (क) = खूब हिलाना, मथना ।
६१६. लू (जि) छेदने (मो) = काटना ।
६१७. लोक (चु) दस्सने = देखना ।
६१८. लोच (चु) दस्सने = देखना ।
६१९. वक (भू) आदाने = लेना ।
६२०. वकि (क) वङ्क (मो) (भू) = कोटिल्ले = टेढ़ा होना ।
६२१. वगि (क) वङ्ग (मो) (भू) गत्यत्थे = जाना ।
६२२. वच (भू तु) भासने = बोलना, बात चीत करना ।
६२३. वच्च (भू) गमने = जाना ।
६२४. बच्च (चु) अज्झेने = पढ़ना ।
६२५. वज (भू) गमने = जाना ।
६२६. वज्ज (चु) वज्जने = मना करना ।
६२७. वञ्ज (भू) गमने = जाना ।
६२८. वञ्ज (चु) पलम्भने = ठगना ।
६२९. वट (भू) वेठने (क) = ढकना ।
६३०. वट्ट (भू) आवत्तने (क) = वर्तमान होना ।
६३१. वठ (भू) थूलत्तने (क) = स्थूल होना ।
६३२. वड्ढ (भू) बुद्धियं = बढ़ना ।
६३३. वण (भू) सम्हत्तियं (मो) = आवाज करना ।
६३४. वण्ट (भू चु) विभाजने = बाँटना ।
६३५. वण्ण (चु) वण्णने = वर्णन करना ।

६३६. वत (भू) आदेसेसु नियम (क) = आदेश देना, नियम करना ।
६३७. वतु (भू) वत्तम्हि (क) = सेवा करना ।
६३८. वत्त (भू) वत्तने = होना ।
६३९. वदि (क) वद (मो) (चु) वचने = बोलना ।
६४०. वध (भू) हिंसायं (मो) = हिंसा करना ।
६४१. वन (भू) सम्भमे (क) = सम्भ्रम होना ।
६४२. वन (त) याचने = माँगना
६४३. वन्द (चु) अभिवादनथुतिसु = नमस्कार करना, स्तुतिकरना ।
६४४. वन्ध (चु) अभिवादनथुतिसु (मो) = नमस्कार करना, स्तुति करना ।
६४५. वप (भू) गमनत्थे = जाना ।
६४६. वप्प (तु) वारणे (क) = मना करना, निषेध करना ।
६४७. वभि (चु) गरहायं (क) = निन्दा करना ।
६४८. वमु (भू) उग्गिरणादिसु (क) = कहना
६४९. वय (भू) गतिम्हि (क) = जाना ।
६५०. वर (भू) वारणसम्भतिसु = मना करना, विभाग करना ।
६५१. वर (चु) आवरणिच्छासु = छिपाना, चाहना ।
६५२. वल (भू) संवरणे = छिपाना ।
६५३. वलञ्ज (तु) वलञ्जने (क) = प्रयोग करना ।
६५४. वल्ल (भू) संवरणे = छिपाना ।
६५५. वस (भू) निवासे = रहना ।
६५६. वस (चु) अच्छादने = ढकना ।
६५७. वस्स (भू) सेवने = सेवा करना ।
६५८. वह (भू) वहने = ढोना ।
६५९. वह़ (भू) पापुणने (मो) = पाना ।
६६०. वा (भू) गमने = जाना ।
६६१. वा (दि) गतिबन्धनेसु = जाना, बाँधना ।
६६२. विच (भू दि) विवेचने (क) = विवेचन करना ।
६६३. विजि (क) विज (मो) (भू तु) भयचलने = डरना, काँपना ।
६६४. विद (भू तु, रु, दि, चु) लाभे, जानने सत्ताविचिन्तन = पाना, जानना, होना ।
६६५. विध (भू चु) वेधने = बींधना ।
६६६. विस (तु) पवेसे = घुसना, प्रवेश करना ।
६६७. वी (भू) गमने तन्तुसन्ताने = जाना, कपड़ा बुनना ।

६६८. वीज (भू) वीजने = हवा करना।
६६९. वीळ (चु) लज्जायं (क) = लजाना।
६७०. वु (भू, सु) संवरणे = ढकना।
६७१. वुधु (भू) बुद्धियं (क) = बढ़ना।
६७२. वे (भू) तन्तुसन्ताने (क) = कपड़ा बुनना।
६७३. वेठ (भू चु) बेठने = लपेटना।
६७४. वेपु (क) वेप (मो) (भू) चलने = काँपन।
६७५. वेल (भू) चलने = हिलना।
६७६. वेल्ळ (भू) संहरणे (क) = संहार करना।
६७७. वेह (भू) सद्दम्हि (क) = शब्द करना।
६७८. व्यथ (भू) दुखभयचलनेसु (मो) = दुखी होना, डरना, चलना।
६७९. व्हे (भू) आव्हाने = पुकारना।
६८०. ए सङ्क (भू) सङ्कायं = सन्देह करना।
६८१. संगाम (चु) युद्धे = लड़ाई करना।
६८२. संस (भू) पसंसने = प्रशंसा करना।
६८३. सक (सु, त) सत्तिये = समर्थ होना।
६८४. सकि (भू) संकाय वत्तने (क) = शंका करना।
६८५. सक्क (भू) गमनत्थे = जाना।
६८६. सच (भू) समवाये = समवाय होना।
६८७. सज (भू) विस्सजनालिङ्गननिम्मानेसु=छोड़ना, गले लगाना, बनाना।
६८८. सज्ज (भू, चु) अज्जने = उपार्जन करना।
६८९ सज्ज (भू दि) सङ्गे = आसक्त होना।
६९०. सठ (भू) केतवे = ठगना।
६९१. सडि (भू) गुम्बत्थे (क) = to brush
६९२. सद (भू) विसणगत्यवसादनादानेसु = जीर्ण होना, जाना, नीचे गिराना, लेना।

६९३. सद्द (भू) हरितसोसने (क) = सुखाना।
६९४. सन (भू) सम्भमे (क) = सम्भ्रम होना।
६९५. सनु (क) सन (मो) (त) दाने = दान करना।
६९६. सन्त (चु) संकोचने (क) = संकुचित होना, संकुचित करना।
६९७. सन्दु (क) सन्द (मो) (भू) पस्सवने = टपकना।
६९८. सप (भू) अक्कोसे = कोसना, शाप देना।
६९९. सप्प (भू) गमने = जाना, रेंगना।

७००. सब्रि (भू) मण्डने (क) = सुशोभित करना, सुशोभित होना ।

७०१. सब्ब (भू) गमने (क) = जाना ।

७०२. सभाज (चु) पीतिदस्सने (क) = प्रेमपूर्वक देखना, स्वागत करना ।

७०३. सम (भू) परिस्समे = थकना,

७०४. समु (क) सम (मो) (दि) उपसमखेदेसु = शान्तिप्राप्त करना, पसीना छूटना ।

७०५. समु (चु) सान्त्वनदस्सने (क) = स्वागत करना ।

७०६. सम्ब (भू) मण्डने (मो) = सजाना ।

७०७. सम्भ (भू) विस्सासे = भरोसा रखना ।

७०८. सम्भू (क) सम्भ (मो) सु पापुणने = इकट्ठा करना प्राप्त करना ।

७०९. सर (भू) गतिहिंसाचिन्तासु = आना, हिंसा करना, सोचना चिन्ता करना ।

७१०. सळ (भू) गमनत्थे = जाना ।

७११. ससु (क) सस (मो) (भू) गतिहिंसापाणनेसु = जाना, हिंसा करना, श्वांस लेना ।

७१२. सह् (भू) मरिसने = क्षमा करना ।

७१३. सा (भू) समत्थिए = समर्थ होना ।

७१४. सा (दि) तनूकरणावसानेसु = पैना करना, समाप्त करना ।

७१५. साद (भू) अस्सादने = स्वादलेना ।

७१६. साध (भू दि) संसिद्धियं = सिद्ध करना ।

७१७. साप (भू) सायने = चाटना ।

७१८. सास (भू) अनुसिट्ठियं = अनुशासन करना ।

७१९. सिंस (भू) इच्छायं = चाहना ।

७२०. सि (भू) सेवायं = सेवा करना, टहल करना ।

७२१. सि (कि, त) बन्धने = बाँधना ।

७२२. सिक्ख (भू) विज्जोपादाने = विद्या आदि सीखना

७२३. सिधि (क) सिङ्घ (मो) (भू) आघायने = सूँघना ।

७२४. सिच (रु)क्खरणे = टपकना ।

७२५. सिद (भू, दि) पाके = पकाना ।

७२६. सिध (द) संसिद्धियं = सिद्ध होना ।

७२७. सिधु (भू) गतिम्हि = जाना ।

७२८. सिना (दि) सोचेय्ये = नहाना, पवित्र होना ।

७२९. सिनिह (दि) पीणने = स्नेह करना ।

७३०. सिल (तु) उञ्छने (क) = छोड़ना ।

७३१. सिलाघ (भू) कत्थने = प्रशंसा करना ।
७३२. सिलिस (दि) आलिङ्गने = गले लगाना ।
७३३. सिलु (चु) उपधारणे (क) = उपसंहार करना चुनना ।
७३४. सिलोक (भू) संघाते = शब्दयोजना करनु ।
७३५. सिबु (क) सिव (मो) (दि) तन्तुसन्ताने = कपड़ा बुनना, सीना ।
७३६. सिस (चु) विसेसने = वचाना, बाकी रखना ।
७३७. सी (भू) सये (मो) = सोना ।
७३८. सील (भू) समाधिम्हि = शीलपालन करना, समाधि लगाना ।
७३९. सील (चु) उपधारणे (मो) = चुनना ।
७४०. सु (सु, कि, त) सवने = सुनना ।
७४१. सुच (भू) सोके = शोक करना ।
७४२. सुच (चु) पेसुञ्ञे (मो) = सूचना देना ।
७४३. सुठि (भू) सोसे (क) = सूखना ।
७४४. सुध (दि) सोचेय्ये = शुद्ध करना, पवित्र करना ।
७४५. सुप (तु) सये = सोना ।
७४६. सुभ (भू) सोभने = शोभा देना ।
७४७. सुस (दि) सोसने = सूखना ।
७४८. सू (भू) पसवे (मो) = पैदा करना ।
७४९. सूच (चु) पेसुञ्ञे (क) = सूचना देना ।
७५०. सूद (भू) क्खरणे = टपकना ।
७५१. सूल (भू) रूजायें = दर्द होना ।
७५२. सेवु (क) सेव (मो) (भू) सेवने = सेवा करना ।
७५३. सोण (भू) वण्णे (क) = रंगना ।
७५४. स्निह (दि) पीणने = प्रेम करना ।
७५५. हंस (भू) पीतियं = प्रेम करना ।
७५६. हठ (भू) बलक्कारे = हठ करना ।
७५७. हद (तु) उच्चारउस्सग्गे (क) = पेशाव पाखाना करना ।
७५८. हन (भू, दि) हिंसायं = मारना, हिंसा करना ।
७५९. हनु (भू) अपनयने (मो) = छिपाना ।
७६०. हर (भू) हरणे = हरना, चुराना ।
७६१. हर (दि) लज्जायं = लजाना शर्माना ।
७६२. हस (भू) हसने = हँसना ।
७६३. हस (भू) आलिक्ये = हँसी करना ।

७६४. हा (भू) चागे = छोड़ना ।

७६५. हा (दि) परिहाने = हानि होना ।

७६६. हि (सु, त) गविम्हि = जाना ।

७६७. हिडि (क) हिण्ड (भू) आहिण्डने = भटकना, खोजते फिरना ।

७६८. हिरी (क) हिरि (मो) (दि) लज्जायं = लजाना ।

७६९. हिल (तु) हावे (क) =

७७०. हिसि (रु) विहिंसाय (क) हिंसा करना ।

७७१. हिलाद (भू चु) सुखे (क) = सुख करना, सुख देना ।

७७२. हु (क) हू (भू) (मो) सत्तायं (क) = होना ।

७७३. हु (जु) रखे (क) = देना ।

७७४. हुल (भू) गमनत्थे = जाना ।

७७५. हेठ (भू, चु) बाधायं (क) = बाधा करना ।

७७६. ळी (भू) वेहास गमने (क) आकाश में उड़ना ।